F. I. Thomas
Flammendes Erbe

PIPER

Zu diesem Buch

Der Krieg zwischen den alten Magiern und ihren Novizen ist noch nicht vorbei. Doch ein neuer Feind hält beide Seiten in Atem. Die längst besiegt geglaubten grausamen Drachen unter ihrem König Yolsulgur sind zurückgekehrt und wollen mit nichts Geringerem als einem Heer aus Toten die Herrschaft wieder an sich reißen. Verzweifelt beginnen die Novizen, nach den verschwundenen Elfen zu suchen und den Widerstand in den Jungen Königreichen zu organisieren – aber die Allianzen sind brüchig. Vor allem als ein Gerücht die Runde macht: Wissen die Drachen, wie man Zauberei ohne den Verlust von Lebenskraft wirken kann? Um mehr dazu herauszufinden, müssen die jungen Magier bis ins Totenreich vordringen. Dort befindet sich die »Bibliothek der Toten«, die ein Geheimnis birgt, das ihnen vielleicht doch noch zum Sieg verhelfen könnte ...

F. I. Thomas ist das Pseudonym des erfolgreichen norddeutschen Autors Thomas Finn. Der ausgebildete Werbekaufmann und Diplom-Volkswirt ist preisgekrönter Spiele- und Romanautor und hat einige Jahre als Lektor und Dramaturg sowie als Chefredakteur bei Nautilus gearbeitet. Er liebt die Fantasy in all ihren Facetten. Im Spielbereich stammen zahlreiche Abenteuer-Publikationen aus seiner Feder, darunter über ein Dutzend Titel des beliebten deutschen Fantasy-Rollenspiels »Das Schwarze Auge«. Seine ersten Erzählungen entstanden bereits in der Teenagerzeit, heute arbeitet er hauptberuflich als Roman-, Spiel-, Theater- und Drehbuchautor. Entspannung findet der Autor bei Spiel, Sport und Breakdance.

F. I. Thomas

Flammendes Erbe

Krieg der Drachen 2

Mit einer Karte

PIPER

Von F. I. Thomas und Thomas Finn liegen im Piper Verlag vor:
Glühender Zorn. Krieg der Drachen 1
Flammendes Erbe. Krieg der Drachen 2
Aquarius
Weißer Schrecken
Der Funke Chronos

FSC
www.fsc.org
MIX
Papier aus verantwortungsvollen Quellen
FSC® C083411

Originalausgabe
ISBN 978-3-492-28136-2
Januar 2019

Umschlaggestaltung und -abbildung: www.buerosued.de
Karte: Daniel Jödemann
Satz: Satz für Satz, Wangen im Allgäu
Gesetzt aus der Minion
Druck und Bindung: CPI books GmbH, Leck
Printed in the EU

Für Philipp und Loki,
zwei meisterhafte Adepten.

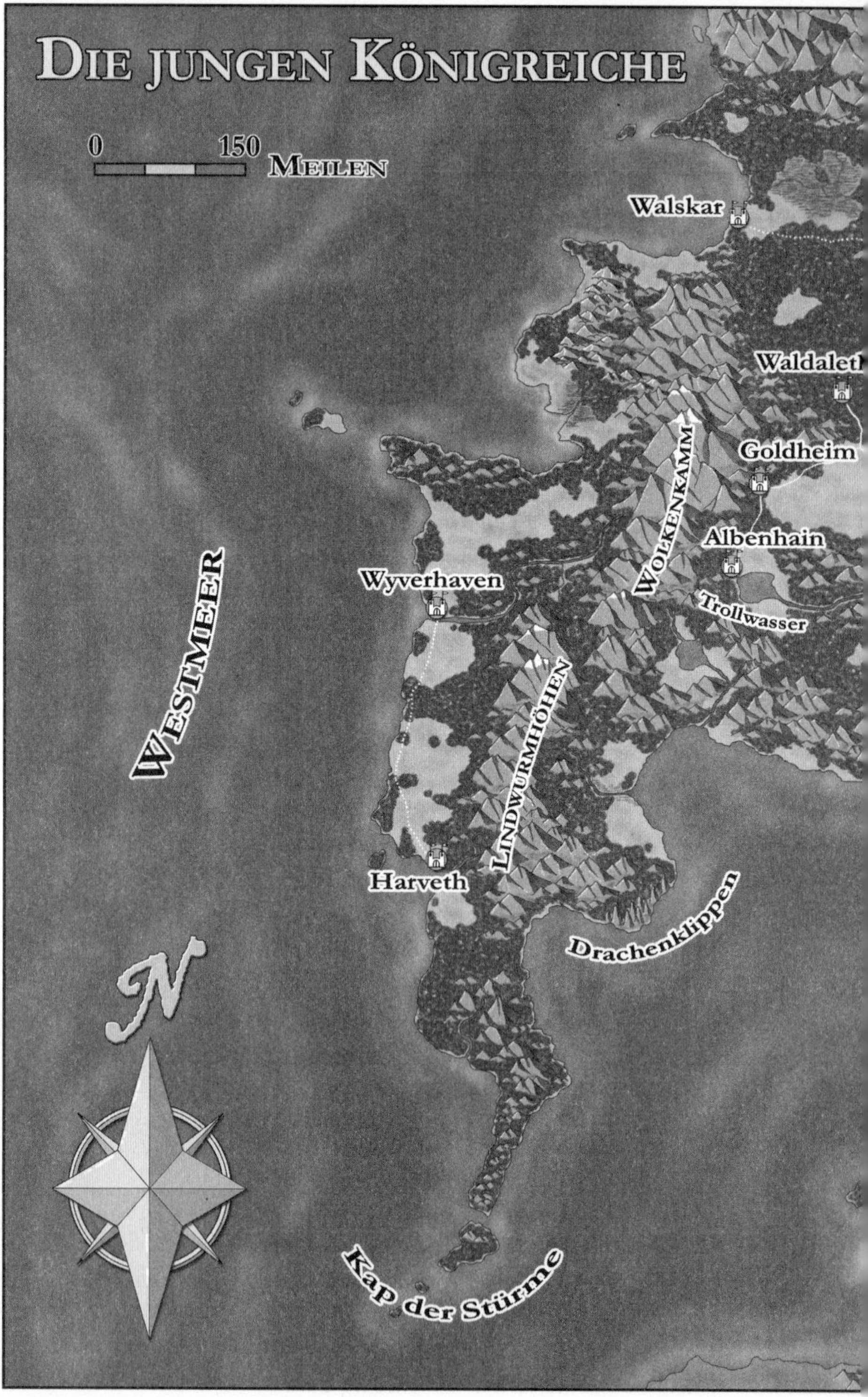

Die jungen Königreiche
0
150
Meilen
Walskar
Waldaleth
Goldheim
Wolkenkamm
Albenhain
Wyverhaven
Trollwasser
Westmeer
Lindwurmhöhen
Harveth
Drachenklippen
N
Kap der Stürme

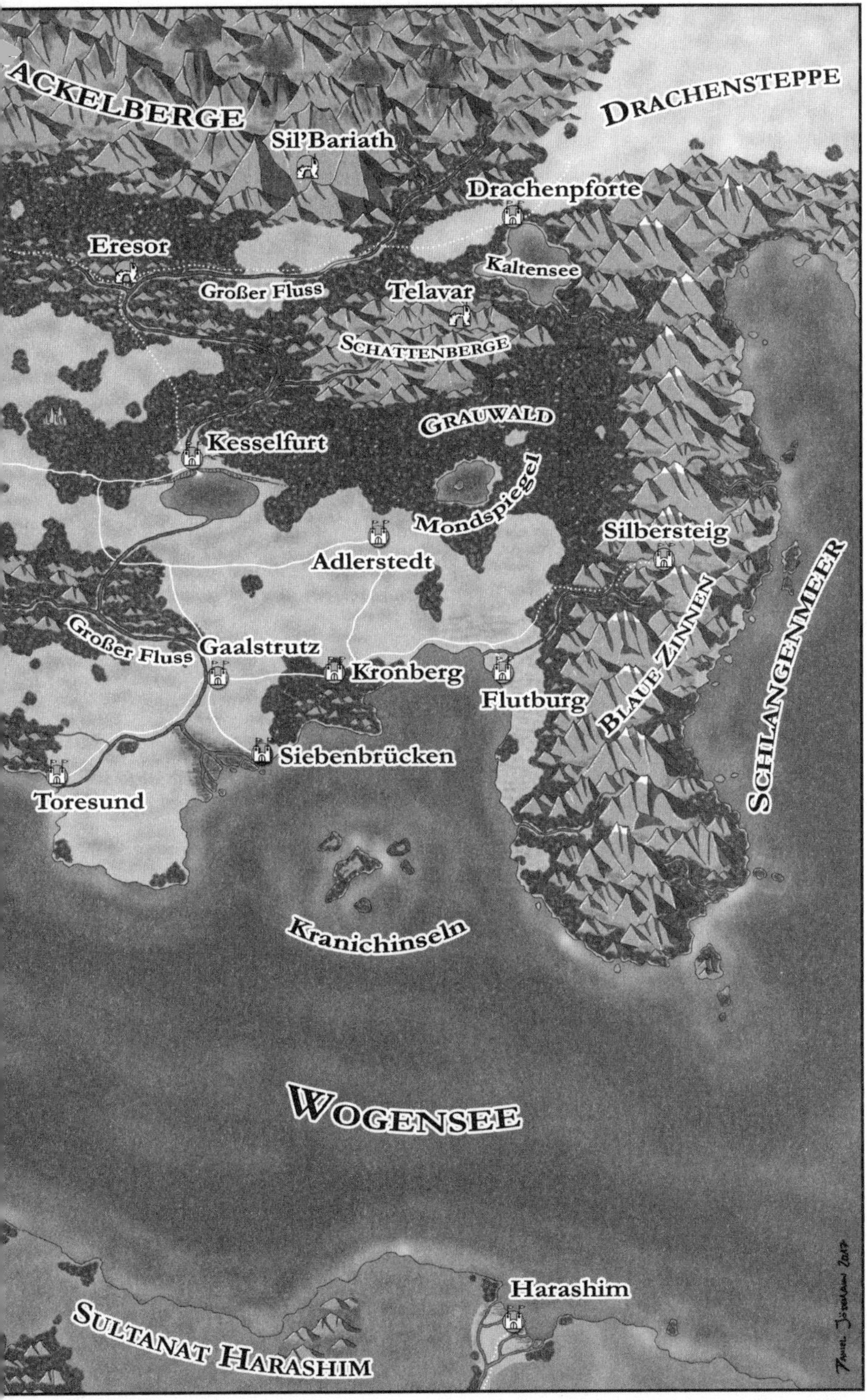
ACKELBERGE
DRACHENSTEPPE
Sil'Bariath
Drachenpforte
Eresor
Kaltensee
Großer Fluss
Telavar
SCHATTENBERGE
GRAUWALD
Kesselfurt
Mondspiegel
Silbersteig
Adlerstedt
BLAUE ZINNEN
SCHLANGENMEER
Großer Fluss
Gaalstrutz
Kronberg
Flutburg
Siebenbrücken
Toresund
Kranichinseln
WOGENSEE
Harashim
SULTANAT HARASHIM

Einer wird fallen, einer wird sterben,
einer versucht, ein andrer verderben.
Einem obliegt es, die Macht zu wecken.
Einer findet Gnade im nahenden Schrecken.

– *Weissagung der Greisenmaid* –

Das Lied der Toten

Der Drache stieß lotrecht in die Tiefe.

Sein langer gezüngelter Schwanz ragte steil in den Nachthimmel, die fledermausartigen Schwingen presste er eng an den Schuppenleib, und aus dem aufgerissenen Schlund stoben Flammen.

Er war ein Gestalt gewordener Schrecken.

Und er wirkte fast lebensecht.

Magister Rasgath Tiefwasser klopfte sich den Schmutz von der Weste, rückte seine Nickelbrille zurecht und betrachtete aufmerksam die gewaltige Steinmetzarbeit, die das Mondlicht an den Außenmauern des Turms der Toten enthüllte. Sie war annähernd dreißig Schritt hoch; von der Plattform der runden Zinne bis hinab zu dem wuchtigen, hausgroßen Fundament mit dem doppelflügeligen Portal.

Da der hohe Turm aus dem schwarzen Basalt der Lindwurmhöhen gefertigt und an exponierter Stelle über der heutigen Hafenstadt Wyverhaven errichtet worden war, ragte er tagsüber wie ein schwarzer Dorn aus dem Stadtbild hervor. Ein unheimlicher Eindruck, der sich jetzt, im Mondlicht, noch verstärkte. Daran änderten auch die beiden luftigen und von Pfeilern verzierten Außengalerien nichts, die das Bauwerk ab einer Höhe von zwanzig Schritt ringförmig umschlossen. Hinzu kamen die schmalen, an Schießscharten gemahnenden Mauerdurchbrüche, die unregelmäßig in der Turmwand gähnten und dafür sorgten, dass sich der Westwind klagend in dem Bauwerk verirrte.

In Wyverhaven war das unentwegte, auf- und abschwellende Heulen des Windes als *Lied der Toten* bekannt. Kein Wunder, denn die Toten waren es, die das unheimliche Bauwerk bevölkerten – und sie waren es auch, die vielleicht den Schlüssel zur Rettung der Jungen Königreiche hüteten.

Nein, nicht vielleicht. Die ebenso riesige wie eigenwillige Abbildung des Drachen ließ gar keinen Zweifel daran. Umso befremdlicher erschien es Rasgath, dass er den allzu deutlichen Fingerzeig all die Jahre übersehen hatte. Immerhin handelte es sich um die imposanteste von Menschenhand gefertigte Darstellung eines Drachen in den Jungen Königreichen. Doch auch er hatte sie bislang als Mahnung missinterpretiert. Als Erinnerung an die fürchterliche Bedrohung, der dieser Teil der Welt über ein Jahrtausend lang ausgesetzt gewesen war – bis die Lindwürmer vor genau 420 Jahren besiegt worden waren.

Am Ende des Dritten Drachenkrieges.

Vermeintlich ausgelöscht.

Denn die Magierschaft hatte die Völker damals belogen.

Eine Lüge, an die Rasgath Tiefwasser selbst nur zu gern geglaubt hatte – bis ihn der schändliche Verrat seiner einstigen Magierkollegin Alruna von Greifenfels eines Besseren belehrt hatte. Alruna war in Wahrheit die Drachin Srazzz. Und noch immer konnte er es nicht fassen, dass sie ihn und die übrigen Zauberer all die Jahrhunderte über in Menschengestalt genarrt und so am Ende ausgetrickst hatte.

Das war vor zwei Wochen gewesen. Und nun war es nicht mehr zu leugnen: Die Drachen waren zurück.

Alruna war nicht allein. Im Verborgenen hatte sie weitere Drachen aufgezogen, und es war ihr gelungen, den finsteren Drachenkönig Yolsulgur aus dem Reich der Toten ins Diesseits zurückzuholen. Das veränderte alles. Denn der Drachenkönig war jetzt ein Wesen der Nacht. Eine monströse, untote Kreatur, die kaum etwas mit der Welt der Lebenden verband. Ja, es stand sogar zu befürchten, dass Yolsulgur durch die unheimliche Transformation weitaus mächtiger war als früher.

Rasgath Tiefwasser atmete tief die raue Seeluft ein, die von

Westen kommend über das Plateau am Fuß des Turms strich. Scheiterte er also an seinem heutigen Vorhaben, dann war guter Rat teuer.

Er wollte gerade auf das Portal zuschreiten, als er hinter sich, dort, wo eine steile Treppe hinab ins Stadtgebiet führte, hektische Stiefelschritte vernahm. Lichtschein nahte.

Seine Ankunft war also nicht unbemerkt geblieben.

Sein Kollege Walmar der Weise hatte ihm einen seiner Sturmringe überlassen, dessen Magie ihm die rasche Anreise ermöglicht hatte. Die Windhose, die Rasgath über das Wolkenkamm-Gebirge getragen hatte, war offenbar selbst zu dieser Tageszeit auffällig genug gewesen, um aufmerksame Bürger der Hafenstadt aufzuschrecken.

»Stehen bleiben! Gebt Euch zu erkennen und sagt, was Ihr hier oben sucht!«, bellte eine Männerstimme im breiten Zungenschlag der Wyverhavener.

Widerstrebend wandte sich der Magier zur Treppe um und sah im Zwielicht drei Bewaffnete mit Hellebarden und Laternen das Plateau erklimmen. Die schweratmenden Männer trugen Topfhelme und grauschwarze, regenabweisende Kaputzenüberwürfe, deren hervorstechendstes Merkmal markante Zierleisten mit Metallknöpfen waren, die silbrig im Laternenlicht schimmerten.

Keine Soldaten, sondern einfache Nachtwächter.

Hinter ihnen zeichnete sich das verschattete Dächermeer Wyverhavens ab. Die Küstenstadt schmiegte sich an einen felsigen Hang und reichte über mehrere Höhenebenen hinab bis hinunter zum fast kreisrunden und von künstlichen Flutmauern umgebenen Hafenbecken samt Werften und Speichern. Die Hafenstadt war dort erbaut worden, wo der Reißwasser ins Westmeer mündete. Der Fluss entsprang dem Wolkenkamm-Gebirge und war zur Schneeschmelze kaum schiffbar. Dennoch hatte sich die etwas über zweitausend Einwohner beherbergende Küstenstadt in den letzten Jahrhunderten zum wichtigsten Umschlagsplatz für den Überseehandel mit Drachengebein entwickelt. Entgegen den Gepflogenheiten in anderen Teilen der Jungen Königreiche, war der Handel mit dem kostbaren Material hier noch immer erlaubt.

Doch Drachengebein wurde zunehmend rar, und so lebten die hiesigen Händler inzwischen vornehmlich von dem, was die Waljäger oben in Walskar erbeuteten oder was über den Nebelpass an kostbaren und zuweilen verbotenen Waren aus den Reichen östlich des Wolkenkamm-Gebirges hierhergelangte, darunter Waffen aus Waldalether Stahl, Rauschpilze aus Kesselfurt, Tuche aus Kronberg und buntes Glas aus Albenhain. Der Niedergang Wyverhavens war dennoch kaum aufzuhalten. Die serpentinenartigen Gassen, die sich durch die Stadt zogen, waren baufällig, große Teile der Einwohnerschaft verarmt, und einzig im Stadtviertel der reichen Überseehändler, Werftbesitzer und Schiffseigner, das sich rund um die Burg des hiesigen Seekönigs schmiegte, war noch etwas von dem vergangenen Glanz zu erahnen. Seit die herrschenden Clans in dem Piratennest Harveth jedoch wieder auf Kaperfahrt gingen, schwand auch der verbliebene Reichtum.

Trotzdem mussten Stadt und Seekönig ihre Verpflichtungen erfüllten.

»Mein Name ist Magister Rasgath Tiefwasser und ich bin ein Abgesandter des Ordens der Stäbe!«, erklärte der Magier den näher kommenden Männern. Er klopfte mit seinem Zauberstab aus gedrechseltem Drachengebein auf den Boden und über dem Stabende erschien eine sanft leuchtende Lichtkugel, deren Helligkeit die Schatten auf dem Turmplateau vertrieb.

Verblüfft sahen ihn die drei Nachtwächter an.

Der älteste von ihnen, ein Mann mit Vollbart und vom Wetter gegerbtem Gesicht, senkte sogleich die Waffe.

»Ein Magier vom Orden der Stäbe?« Verlegen rückte er sich den Topfhelm zurecht. »Ich wusste gar nicht, dass der Orden noch existiert. Zumindest … dürfte es schon eine Weile her sein, seit einer von euch unsere Stadt besucht hat.«

»Was mich betrifft, ist es einhundertunddrei Jahre her«, erwiderte Rasgath Tiefwasser.

»Meine Güte, wie alt seid Ihr?«

Der Magier musterte ihn kühl. »Heute sind es 473 Jahre, fünf Monate und dreizehn Tage. Aber ich glaube kaum, dass das etwas zur Sache tut.«

Der Nachtwächter und seine Kameraden wechselten ungläubige Blicke. »In diesem Fall habt Ihr ja sogar den Dritten Drachenkrieg miterlebt.«

Rasgath Tiefwasser lächelte schmallippig. Dass der Magierorden heute nur noch aus ihm und Walmar bestand, musste der Mann nicht wissen. Escalia und der fette Goltar waren tot. Alruna hatte sich als Drache entpuppt, und wo Valeska nach ihrer Flucht vom Drachenthron geblieben war, entzog sich seiner Kenntnis. Valeska war schon immer ein selbstsüchtiges Miststück gewesen, das die Zauberei weniger aus akademischen Zwecken betrieb, sondern um sich zu bereichern. Um den magischen Schutz der Jungen Königreiche war es also schlecht bestellt.

Auf ihre ehemaligen widerspenstigen Adepten würde Rasgath nicht setzen. Alle waren sie magische Dilettanten, ausgebildet allein zu dem Zweck, ihr Leben für das Wohl der Jungen Königreiche zu opfern. Bedauerlicherweise war das missglückt und die Adepten flüchtig. Nur bei seiner eigenen Adeptin Ambra spürte Rasgath, dass sie den Kampf am Drachenthron nicht überlebt hatte. Walmar und er mussten sich also allein auf ihre eigenen Kräfte verlassen.

»So oder so, Ihr solltet dankbar sein, dass ich Eure Stadt angesichts der heraufziehenden Bedrohung mit einem Besuch beehre«, sagte Rasgath.

Die Männer warfen sich irritierte Blicke zu.

»Welche Bedrohung?«, fragte der Bärtige.

»Der Meister unseres Ordens, Walmar der Weise, hat doch bereits vor zwei Wochen Botschaften überall in die Jungen Königreiche entsandt«, erklärte Rasgath Tiefwasser misstrauisch. »Auch zu Eurem König. Ihr solltet also wissen, wovon ich spreche.«

»Entschuldigt, Herr«, meldete sich einer der Jüngeren zu Wort, »was auch immer Ihr meint, wir wurden nicht eingeweiht.«

»Wie bitte?« Alarmiert marschierte Rasgath Tiefwasser an den Bewaffneten vorbei zum Rand des Plateaus, nestelte an seiner Brille und warf einen genaueren Blick auf das Stadtgebiet. Zwar schob sich in diesem Moment eine Wolke vor den Mond, dennoch konnte er erkennen, dass im Hafenbecken statt der erhofften Kriegsschiffe lediglich drei hochseetaugliche Handelssegler vor Anker lagen. Die Stadt machte überhaupt einen verschlafenen Eindruck.

Erbost fuhr er herum. »Dann ist die Botschaft nicht eingetroffen, dass die Drachen zurück sind?«

»Die Drachen?!« Entgeistert rissen die Männer die Augen auf.

»Ja, verdammt, die Drachen!« Tiefwasser trat verärgert an den Bärtigen heran. »Euer Name?«

»Keinert Wogentreu, Magister.«

»Schickt Eure Männer sofort zur Festung des Seekönigs und richtet ihm aus, dass ich ihn heute Nacht noch zu sehen wünsche. Der Orden der Stäbe verlangt auch von Wyverhaven die Entsendung von Soldaten, um der Drachenmacht zu widerstehen.«

Der Bärtige schluckte und wandte sich an seine Untergebenen. »Los, ihr habt es gehört. Beeilt euch!«

Seine Kameraden eilten ohne zu zögern über die steile Treppe nach unten ins Stadtgebiet – und der Magier spürte unvermittelt ein körperliches Unbehagen. Nein, mehr. Seine Nackenhaare stellten sich auf, fast so, als lauere in der Nacht ein ungenannter Schrecken, der sich bereit machte, ihn anzuspringen. Den Stab abwehrbereit erhoben, fuhr Rasgath zu dem Turm der Toten herum, doch das beunruhigende Gefühl verebbte ebenso schlagartig, wie es gekommen war.

»Bei allem Respekt«, meldete sich der Nachtwächter zu Wort. »Wenn das alles wahr ist, was sucht Ihr dann ausgerechnet hier oben?«

»Eine Waffe gegen den Drachenkönig Yolsulgur«, sagte Rasgath Tiefwasser mehr zu sich selbst. Misstrauisch beäugte er die Dunkelheit um sich herum, dann gab er sich einen Ruck und marschierte geradewegs auf das Portal des düsteren Turms zu. »Und da Ihr schon hier seid, dürft Ihr mir assistieren.«

»Ich?« Keinert Wogentreu stolperte hinter ihm her. »Ihr wollt da rein? Das ist verboten. Überhaupt, was erwartet Ihr dort zu finden – außer Knochen? Wir nutzen den Turm ausschließlich dazu, unsere Toten zu bestatten. Ihr wisst es vielleicht nicht, aber die hiesige Gegend ist viel zu felsig, um Gräber auszuschachten.«

»Doch, mein Bester, das alles ist mir wohlbekannt. In meinen Kreisen gelte ich sogar als ausgemachter Spezialist für Totenbräuche.« Rasgath Tiefwasser hielt vor dem Portal inne und spähte an dem dunklen Mauerwerk und der gut erhaltenen steinernen Plastik des riesigen Drachen vorbei hinauf zur Turmkrone. Aus dieser Perspektive wirkte die scheinbar auf ihn herabstürzende Feuerechse besonders bedrohlich. Reine Optik, nicht vergleichbar mit dem Gefühl von eben; allerdings hatte er jetzt keinen Zweifel mehr daran, wer dem Turm einst seinen Stempel aufgedrückt hatte.

»Dann solltet Ihr auch wissen«, ereiferte sich Wogentreu, »dass der Turm geschaffen wurde, um die Totenruhe zu ehren und den Verstorbenen Respekt zu erweisen. Besser, Ihr wartet auf die Erlaubnis des Königs, bevor Ihr diesen Ort der Andacht betretet.«

»Die Toten zu ehren und ihnen *Respekt* zu zollen …?«, echote Rasgath ungläubig. »Offenbar wisst Ihr nicht viel über die Bräuche Eurer Vorfahren.«

»Welche Bräuche?« Der Bärtige sah ihn befremdet an.

Rasgath schürzte die Lippen. »Die Totenruhe hat Eure Ahnen nicht im Mindesten interessiert, als sie diesen Turm einst erbauten. Sie haben ihre Toten vielmehr hierhergeschleppt, um sie oben auf der Turmplattform den Greifen zum Fraß vorzuwerfen.«

»*Was* haben sie?« Der Nachtwächter ächzte.

»Den Greifen. Zum Fraß«, wiederholte Rasgath Tiefwasser in einem Tonfall, als spräche er zu einem Schwachsinnigen. »Das sind stattliche Kreaturen, halb Raubvögel, halb Löwen, die einst von den Elfen mit in die heutigen Jungen Königreiche gebracht wurden.«

»Ja, ich weiß, was Greifen sind. Aber –«

»Einige Exemplare verwilderten«, dozierte der Magier weiter, »und nisteten in den westlichen Ausläufern der Lindwurmhöhen. Dort gibt es heute zwar keine Greifen mehr, aber lange Zeit galten sie als natürliche Feinde der Drachen.«

»Ja, gut … aber was hat das alles mit –«

»Eure Vorfahren«, unterbrach ihn der Magier, »erbauten diesen Turm, um sie mithilfe ihrer Verstorbenen hierherzulocken.«

»Aber warum?«

»Greifen sind auch Aasfresser. Und viel Nahrung bot die von Drachen leergefressene Landschaft damals ja nicht.« Rasgath deutete hinauf zur Turmspitze. »Deswegen die Höhe des Bauwerks. Der aufsteigende Verwesungsgeruch wurde vom Westwind bis zu den Ausläufern des Gebirges getragen und sorgte so dafür, dass stets einige Greifen über der Küste kreisten. Ihre schiere Präsenz ließ die Drachen den hiesigen Küstenabschnitt meiden. Was die Greifen von ihrem Leichenfraß übrig ließen, wurde dann tatsächlich im Turm bestattet. Und wie wir heute wissen, hat sich der Brauch in der Folgezeit verselbstständigt.«

Keinert Wogentreu presste die Lippen aufeinander. Ihm schien bewusst zu werden, welchen Überlebenswillen seine Ahnen aufgebracht hatten.

»Und wenn gerade mal keiner gestorben war, nun ja, dann griffen Eure Ahnen sehr pragmatisch auch auf Schiffbrüchige und andere Gefangene zurück, die sie zu diesem Zweck erschlugen.« Rasgath Tiefwasser legte nachdenklich einen Finger an die Lippen. »Wobei das rein rechnerisch sogar die Regel gewesen sein muss. So viele Tote, wie Eure Altvorderen benötigten, kann die damalige Population auf natürliche Weise nicht hervorgebracht haben. Das beweist, dass Eure Ahnen exzellente Menschenjäger waren, die den Drachen an Skrupellosigkeit in nichts nachstanden. Seien wir ehrlich: Der verschlagene Zug von euch Küstenbewohnern ist ja noch heute landauf, landab berüchtigt. Man denke nur an die Kaperfahrten bis hinunter nach Harveth, an all die blutigen Intrigen, mittels denen die Mitglieder Eurer Königsfamilie üblicherweise um die Herrschaft streiten, an den grassierenden Schmuggel und, ja, nicht zuletzt an die Strandpiraterie Eurer Fischer, die hierzulande ja fröhliche Urständ feiert.« Er zwinkerte. »Ihr entstammt einem mit allen Wassern gewaschenen Volk. Und ich schätze solchen Pragmatismus. Sehr sogar. Genau darauf sollten wir uns auch heute besinnen.«

Der Bärtige starrte ihn mit offenem Mund an.

»Wenn das wirklich wahr ist«, krächzte er, »warum dann der Drache über uns? Und nicht die Abbildung eines Greifen?«

»Sehr gut, Keinert Wogentreu, Ihr stellt die richtigen Fragen.«

Der Magier nickte anerkennend. »Tatsächlich handelt es sich bei dieser kolossalen Darstellung um einen Hinweis, den wir Magier lange Zeit übersehen haben – und dem wir jetzt nachgehen werden. Ihr tragt nicht zufällig den Turmschlüssel bei Euch?«

Der Bärtige schüttelte den Kopf. »Die Schlüssel zum Turm verwahren der Turmwächter und der Seekönig.«

»Nun, die Lage erfordert es, dass wir uns dennoch einen Überblick verschaffen.« Rasgath Tiefwasser hob seinen Stab aus Drachengebein, intonierte eine Zauberformel und legte die Linke auf die Pforte. Ein scharfes metallisches Schnappen ertönte und wie von Geisterhand bewegt schwangen die Portalflügel zurück. Sie offenbarten einen düsteren Steingang mit Quergängen, an dessen Ende eine Wendeltreppe hinauf zu den oberen Stockwerken des Turms führte.

Forsch marschierte der Magier ins Turminnere. Sein Begleiter zögerte, schließlich hob er seine Laterne und eilte ihm nach. Rasch wurde es stiller um sie herum, abgesehen vom unheilvollen *Lied der Toten*, das der Wind in den oberen Etagen erzeugte.

Noch bevor sie die Treppe erreichten, sahen sie die Toten.

Vielmehr das, was von ihnen übrig geblieben war. Knochen. Und Schädel.

Hunderte. Tausende.

Generationen von Wyverhavenern ruhten in eigens dafür geschaffenen Nischen und Aussparungen an den Wänden. In manchen von ihnen lagen lediglich Arm- und Beinknochen, in anderen stapelten sich Beckenfragmente, Wirbelsäulen, Rippenbögen und Fingerknöchel.

Rasgath Tiefwasser hob anerkennend eine Augenbraue, denn diese Art von Effizienz nötigte ihm durchaus Respekt ab.

»Ich war bislang nur einmal hier«, wisperte der Nachtwächter hinter ihm. »Vor vier Jahren, als ich meiner Frau das letzte Geleit gab.«

»Perfekt!«, erwiderte Rasgath Tiefwasser mitleidlos. »Dann kennt Ihr Euch hier ja gut aus.«

»Ihr habt mich schon verstanden, oder? Das war meine Frau.«

»Keine falschen Sentimentalitäten. Dort, wo sich Eure Frau

jetzt befindet, sind weltliche Belange völlig ohne Bedeutung. Ihre Seele hat Euch vermutlich längst vergessen. Es sei denn« – er gestattete sich ein feines Lächeln – »Ihr habt ihr zeitlebens Leid und Unrecht zugefügt.«

»Wie könnt Ihr das sagen? Ich habe meine Frau geliebt. Und sie mich. Und … ich bin mir sicher, dass sie da, wo sie jetzt ist, auf mich wartet.«

»Welch törichter Gedanke.« Rasgath Tiefwasser verdrehte leicht die Augen. »Vor allem angesichts der profanen Natur Euer beider Verbindung. Glaubt mir, ich habe in den zurückliegenden Jahrhunderten ganze Heerscharen an Seelen zurück ins Diesseits gezwungen, und weiß daher, was sie bewegt. Die einzigen Toten, die wirklich ein Interesse an den Lebenden hatten, waren jene, die die Aussicht auf Rache trieb.«

»Ihr habt *was* getan?« Bestürzt sah ihn Wogentreu an. »Ihr habt Tote beschworen?«

»Zu rein akademischen Zwecken«, betonte der Magier, während er an weiteren hohen Knochenstapeln vorbei auf die Wendeltreppe zumarschierte. »Ihr solltet mir daher glauben, wenn ich Euch sage, dass es allein die rachsüchtigen und mordlüsternen Seelen sind, die noch ein Mindestmaß an Interesse an ihrer zurückliegenden weltlichen Existenz zeigen. Ihr hättet Eure Frau zeitlebens schon prügeln, an andere Männer verkaufen oder sonst wie quälen müssen, um eine Verbindung zwischen euch zu schaffen, die selbst den Tod überdauert. Nur befürchte ich, dass Ihr in diesem Fall froh wärt, wenn sie dort bliebe, wo sie jetzt ist.« Er lachte.

Der Nachtwächter nicht.

»Leid«, fuhr Rasgath fort, während er die Umgebung achtsam nach magischen Fallen absuchte, »ist meiner bescheidenen Expertise nach überhaupt alles, was die Toten mit den Lebenden verbindet. Alles andere verblasst, vergeht und entschwindet in völliger Bedeutungslosigkeit.« Der Magier blieb kurz stehen und sann seinen eigenen Worten nach. »Ein nahezu poetischer Gedanke, solch ein endgültiger, alles umfassender Friede, findet Ihr nicht? Nun ja, zumindest für all jene, die ein so banales Leben führen wie Ihr.« Der Magier schob sich die Brille zurecht und marschierte auf den Stufen hinauf. »Natürlich gibt es auch solche, deren Leben Geltung besitzt. Damit meine ich jene, die dem Leben durch ihre schiere Existenz Sinn verleihen. Kurz: Menschen wie mich. Allein ihretwegen lohnt es, die Welt trotz ihrer Unvollkommenheit zu erhalten. Und genau einen solchen suche ich hier. Besser gesagt: seine mögliche Hinterlassenschaft.«

Er erreichte das erste Stockwerk des Turms, wo weitere Gänge sternförmig zur Außenwand abzweigten. Auch hier waren die Wände bis unter die Decke mit aufeinandergestapelten Knochen und Schädelpyramiden verkleidet, deren gebleckte Zahnreihen ihn höhnisch angrinsten. Ebenso verhielt es sich mit dem zweiten Stockwerk. Und dem dritten.

Warum war er selbst nie auf den Gedanken gekommen, in solch einem Umfeld seinen nekromantischen Studien nachzugehen? Der Turm war der ideale Ort dafür.

Und das, obwohl immerzu der Seewind durch die Gänge säuselte, sich an den Knochen brach und unaufhörlich das *Lied der Toten* anstimmte.

Es ähnelte jetzt einem leisen Raunen und Wispern.

»Hier muss es doch irgendwo Areale geben, in denen Eure Toten nicht bis zur Unkenntlichkeit zerstückelt wurden«, sprach er seinen Begleiter an. »Bereiche mit Individualität und vor allem … Grabbeigaben.«

Keinert Wogentreu erwiderte nichts. Niedergeschlagen stand er vor einer vom Mondlicht beschienenen Schädelwand und berührte einen Kopf.

»Eure Frau?«

Der Mann nickte stumm.

»Ja, hübsche Zähne. Wenn wir jetzt bitte weiter könnten.«

»Was Ihr sucht«, kam es verärgert zurück, »kann sich nur ganz oben in der Königskammer befinden. Direkt unterhalb der Turmplattform.«

Rasgath Tiefwasser mühte sich mit neuem Elan die steinernen Turmstufen hinauf, und der Nachtwächter folgte ihm zögernd zu dem ersten jener Stockwerke, von dem aus man durch eine hölzernen Pforte eine der Außengalerien des Turms betreten konnte. Hier hatten die Wyverhavener sogar einen Anflug künstlerischer Kreativität walten lassen, denn der Pfortenbogen wurde von zwei eingemauerten menschlichen Gerippen gebildet, deren skelettierte Hände sich über dem Schlussstein wie zum Gruß berührten.

Auch hier oben war es zugig und der Seewind, der durch die schießschartenförmigen Fensterschlitze ins Innere drang, klang hohl und bedrohlich. Als ob er den mordlüsternen Kehlen von Wesen entwiche, die nur darauf lauerten, den Besucher aus dem Unsichtbaren heraus anzufallen.

Schlagartig wurde es finster um sie herum, und abermals stellten sich die Härchen auf Rasgaths Haut auf.

Doch sofort drang wieder fahler Mondschein durch die Fensterschlitze, der sich wohltuend mit der Helligkeit seines Zauberlichts mischte. Eine Wolke, die sich vor das nächtliche Himmelsgestirn geschoben hatte? Das unheimliche Heulen und Brausen verebbte und machte einem Laut Platz, der dem mahnenden Klagelied von Frauen ähnelte.

Nein, keine Frauen, das war die Stimme … eines jungen Mädchens.

Auch Wogentreu blieb davon nicht unberührt. Kreidebleich starrte er in die Düsternis und Rasgath sah ihm an, wie sehr er mit sich rang, nicht einfach die Flucht zu ergreifen.

Offenbar verwischte die Grenze zwischen Diesseits und Jenseits, je weiter sie im Turm nach oben stiegen. Spätestens jetzt war er sich sicher, dass an diesem Ort einst nekromantische Studien betrieben worden waren.

Er erreichte ein Turmgeschoss, in dem es auf den ersten Blick nicht weiterging. Auch hier stapelten sich bis unter die Decke die Gebeine von Menschen. Ein seufzender Hauch durchwehte die Turmkammer.

Weiiiiiteeer …

Misstrauisch verengte der Magier die Augen, aber die geisterhafte Stimme wiederholte sich nicht, sondern ging unter in dem unentwegten Flüstern und Säuseln des Windes. Doch sie war klar wahrnehmbar gewesen.

Da erblickte er auf der Südseite der Turmkammer eine weitere, etwas versetzt liegende Treppe. Er eilte zu ihr und sah, dass sie oben an einer prächtig beschnitzten Tür endete. Auf dieser prangte das Wappenschild der hiesigen Seekönige: ein dickbauchiges Schiff mit einer über dem Hauptmast schwebenden Krone.

»Da geht es zur Königskammer.« Keinert Wogentreu trat schwer atmend neben ihn. »Vielleicht wäre es jetzt doch Zeit, innezuhalten und die Erlaubnis des Königs abzuwarten?«

Rasgath Tiefwasser stieß seinen Zauberstab brüsk nach vorn. Mit einem Knall brach das Schloss über ihm auf und das Türblatt schlug zurück, als sei es von einer Riesenhand aufgestoßen worden. Schon war er oben und trat in eine kreisrunde, direkt unterhalb der Turmplattform liegende Kammer, deren hohe dunkle Decke von schwarzen Balken gestützt wurde. Der Raum erstreckte sich über zwei Höhenebenen, deren obere mittels eines hölzernen Rundgangs zu erreichen war. Rasgaths Zauberlicht offenbarte hier keine nackten Knochen, stattdessen waren die Wände ringsum über und über mit den marmornen Verschlussplatten schmaler Grabnischen ausgekleidet. In diese waren kunstvoll und teils vergoldet die Wappen der Stadt sowie unzählige Namen von Frauen und Männern eingemeißelt worden.

Der Nachtwächter warf ebenfalls einen Blick in die hoch über der Stadt liegende Königsgruft. »Ihr werdet Euch doch nicht an den königlichen Grabbeigaben vergreifen wollen?«

»Mitnichten. Ich suche die Hinterlassenschaft eines herausragenden Zunftkollegen!«, knurrte Rasgath und schritt die Wände der Turmkammer ab.

»Ihr sucht … einen Magier?«, ächzte Wogentreu. »Hier oben?«

»Sein Name war Hasraban el Sayed und er stammte aus dem heutigen Sultanat Harashim«, erklärte Tiefwasser geistesabwesend. »Seinerzeit war er einer der herausragendsten Zauberer dies- und jenseits der Wogensee. Wobei … sein arkanes Genie damals nicht unumstritten war. Aber welcher große Forschergeist ist das schon?«

»Dann ist er also … nicht so alt wie Ihr geworden?«

»Bedauerlicherweise nicht«, brummte der Magier. »Er starb

durch einen Drachen. Und das ist schon bitter, immerhin war er der Begründer der nekromantischen Wissenschaften, und als solcher genießt er bis heute meine stille Verehrung. Seine kühnen Forschungen schreckten nicht einmal vor der Seelenmanipulation artfremder Kreaturen wie den Greifen zurück …« Tiefwasser dachte wehmütig an den verlorenen fliegenden Teppich des Totenbeschwörers, der sich nur kurz in seinem Besitz befunden hatte. Die renitenten Adepten hatten ihn gestohlen, und bislang hatte er nicht herausfinden können, was mit dem kostbaren Flickenteppich geschehen war.

»Greifen … dieser Turm …« Er sah Wogentreu an. »Selbst Ihr solltet den Zusammenhang erkennen.«

Beunruhigt blickte sich der Nachtwächter um.

Der Magier schritt eine weitere Reihe Gruftnischen ab. »Ich habe jedenfalls schon früh damit begonnen, sein Lebenswerk vor der Vernichtung zu bewahren. Zum Glück, denn das hat den Jungen Königreichen die letzten 420 Jahre über den Frieden gesichert.« Rasgath dachte an seine jahrhundertelangen Anstrengungen zurück, den Riss ins Totenreich zu versiegeln, den der Drachenkönig Yolsugur geöffnet hatte. Er seufzte. »Nur musste ich leider feststellen, dass Hasrabans Geist zuletzt von Wahnsinn gezeichnet war. Eine charakterliche Schwäche, die ich ihm angesichts seiner kühnen Pionierarbeit jedoch gern nachsehe. Leider war ihm deswegen auch nach seinem Tod nicht mehr viel Brauchbares zu entnehmen. Und, glaubt mir, ich habe es mehrfach versucht …« Tiefwasser stützte sich auf seinen Stab. »Unglücklicherweise hatte er viele seiner Artefakte und Aufzeichnungen zuvor an geheime Orte verbracht. Einige dieser Verstecke habe ich in den zurückliegenden Jahrhunderten aufspüren können. Andere nicht. Auf diesen Ort hier bin ich erst aufmerksam geworden, als ich meine Aufzeichnungen mit denen unseres Ordensobersten abglich. Hasraban muss hier einige Jahre lang im Verborgenen gewirkt haben. Vermutlich unter dem weltlichen Schutz eines Eurer Könige. Nur hätte ich schon früher darauf kommen können, denn der Drache draußen am Turm war sein Zeichen.«

»Sein Zeichen?« Wogentreu stöhnte.

»Ja, es gleicht jener Tätowierung, die Hasraban Zeit seines Lebens auf der Brust trug. Und das versetzt mich hoffentlich in die Lage, eines seiner größten Meisterwerke aufzuspüren.«

Widerwillig trat der Nachtwächter tiefer in die Königsgruft und sah sich befangen um. »Hört Ihr das?«

Rasgath Tiefwasser hielt inne und vernahm es nun ebenfalls.

Das Lied der Toten.

Ähnlich wie vorhin ähnelte das unentwegte Säuseln des Windes wieder der klagenden Mädchenstimme. Und aus dem Raunen formte sich abermals ein Wort: *Hiiiiieeeer …*

Rasgaths Kopf ruckte zu dem hölzernen Rundgang der Turmkammer hoch und seine Augen weiteten sich vor Erstaunen. Denn für einen Augenblick glaubte er dort oben die Silhouette eines ihm nur zu vertrauten, kahlköpfigen Mädchens in fließenden Gewändern zu sehen: Ambra!

Seine tote Adeptin.

Die geisterhafte Erscheinung währte nur kurz, doch er hatte keinen Zweifel. Sie war es.

Sollte sich das stumme Mädchen, mit dem er sich all die Jahre abgemüht hatte, doch noch als nützlich erweisen?

Aufgeregt lief er über einen knarrenden Aufgang hinauf zur Galerie, stiefelte auf dem Rundgang entlang bis zu jener Stelle, an der er Ambras Geist hatte stehen sehen. Suchend schaute er sich um, und tatsächlich, eine der Grabplatten an den Wänden unterschied sich von den übrigen. Neben dem Stadtwappen und einem ihm unbekannten Namen war darauf Hasrabans Zeichen, der stürzende Drache, eingemeißelt worden.

Ohne zu Zögern stieß Rasgath Tiefwasser seinen Zauberstab vor und die Platte barst auseinander. Trümmerteile flogen ihm entgegen und Steinstaub vernebelte seine Sicht.

Der Magier grinste triumphierend.

Im Innern der Grabnische befanden sich keine sterblichen Überreste, dort ruhte ein altes leinernes Bündel. Gierig zerrte er den Packen hervor und trug seine Last aufgeregt die Stufen nach unten. Unweit des Nachtwächters warf er das Bündel zu Boden und riss an den hart gewordenen Lederverschnürungen.

Zum Vorschein kamen ein lederner Wälzer sowie … ein unterarmlanger Stab aus Drachengebein. Rasgath beachtete den Folianten kaum, sein Augenmerk galt dem Stab. Er mündete oben in eine faustgroße, bernsteinerne Kugel, die eine daumengroße schwarze Spinne umschloss.

»Was ist das?«, flüsterte der Nachwächter angeekelt.

»Das Zepter der Nacht!«, kam es unvermittelt vom Eingang.

Der Magier fuhr hoch.

»Ein arkanes Artefakt«, fuhr Alruna von Greifenfels fort, »das bei Berührung untotes Leben zu Staub zerfallen lässt. Ich wusste, dass uns Rasgath direkt zu ihm führen würde.«

Die elende Drachin betrat die Gruftkammer in ihrer vertrauten Menschengestalt. Es war die einer hochgewachsenen schlanken Frau mit alterslosen, fast asketischen Gesichtszügen, aus denen hart blickende Augen und eine scharf gebogene Nase hervorstachen. Ihre hohe Stirn wurde stets von einer kunstvoll zu den Seiten hochgezogenen Gelehrtenhaube gekrönt und sie trug sogar den schlanken Zauberstab jener schon lange verstorbenen Magierin bei sich, deren Gestalt sie vor 420 Jahren angenommen hatte, um sie alle zu täuschen. Allein ihre Magierrobe war heute eine andere. Statt des blauen Gewands mit den Greifensymbolen trug sie einen fließenden Überwurf aus dunkelrotem Stoff, der – wie Rasgath inzwischen wusste – der Farbe ihres Schuppenkleides als Drachin nachempfunden war.

»Alruna!«, fauchte er und hob abwehrbereit seinen Stab.

Keinert Wogentreu zwischen ihnen stolperte furchtsam einige Schritte zurück bis an die Königsgräber.

»Nein, nicht Alruna«, entgegnete die Drachin lauernd, während sie ihn langsam umkreiste. »Mein wahrer Name lautet Sraszzz. Das solltest du dir merken.«

»Wie hast du mich gefunden?«

»Das war nun wirklich nicht schwer.« Seine Gegnerin hielt ihren Stab ebenfalls kampfbereit. »Wir wussten ja, wo ihr euch aufhaltet, du und Walmar. Unsere Kundschafter mussten dir lediglich folgen.«

»Kundschafter?«

»Du solltest ihre Anwesenheit eigentlich gespürt haben.« Die menschengestaltige Drachin verzog ihre Lippen zu einem gehässigen Lächeln. »Zumal du dich ihrer vor Kurzem noch selbst bedient hast. Auf der Suche nach unseren Adepten …«

Die jähe Erkenntnis ließ Tiefwasser aufstöhnen.

Ein tief dröhnendes, zunehmend schauriger werdendes Heulen brandete in der hoch liegenden Turmkammer auf und schlagartig stellten sich ihm die Nackenhaare vor Grausen auf. Die elfischen Blutgeister!

Ein geisterhafter Sturm rüttelte an seiner Weste und unvermittelt glitten fünf düstere Schemen aus den Wänden, deren Präsenz ihm schier den Atem raubte. Sie waren schwarz und finster und besaßen monströse, vage humanoide Schlierenleiber, die bis unter die Galerie aufragten. Sie wirkten, als würde ein Orkan an ihren rütteln.

Keinert Wogentreu schrie panisch auf, stolperte ein, zwei Schritte vor, stürzte kreischend zu Boden und krabbelte auf allen vieren verzweifelt zum Ausgang. Die Blutgeister schenkten ihm keinerlei Beachtung. Ihre ins Groteske verzogenen Schlieraugen glosten in einem unheilvollen roten Licht, und diese waren ganz auf den Magier gerichtet.

Rasgath handelte. Seine Faust ruckte vor und die Drachin in Menschengestalt wurde von einem unsichtbaren Hieb getroffen, der sie trotz des Abwehrzaubers, den sie noch zu wirken versuchte, quer durch den Raum schleuderte und gegen einige Grabplatten warf. Die Blutgeister stürzten sich auf ihn.

Schon hielt Rasgath Hasrabans Zepter in der Linken und ließ Energie in sich fließen. Die Bernsteinkugel erstrahlte in einem düsteren, schmutzig-goldenen Licht.

Keinen Augenblick zu spät – die Blutgeister kreischten und heulten wie unter Schmerzen auf, wurden von dem Licht zurückgedrängt und wirbelten klagend davon, wie schwarzer Rauch.

Erleichtert leckte sich Rasgath über die spröden Lippen. Die Macht des Zepters war durchschlagender als er erhofft hatte. Allein das Sonnenlicht und überaus aufwendige Zauberei vermochten sonst die Geister in Schach zu halten.

»Wie du selbst schon sagtest«, sprach Rasgath gehässig zur Drachin, »dieses Artefakt vermag jedwedes Unleben zu vernichten. Genau so werden wir es bei deinem Meister halten. Nur wirst du Yolsulgur davon nicht mehr berichten können. Denn ich werde dich töten – und deinen Geist dazu zwingen, mir alle deine arkanen Geheimnisse preiszugeben.«

»Nein, Rasgath, du bist es, der fortan *uns* dienen wird. Oder was glaubst du, warum ich hier bin?« Die Drachin richtete sich auf. »Die Blutgeister waren dein geringstes Problem, denn sie sollten dich bloß aufspüren. Jetzt können sie ihrer eigentlichen Aufgabe nachkommen und wieder der Spur der Blätter folgen ...«

»Die Spur der Blätter?« Rasgath verengte misstrauisch die Augen.

»Das wird dir gern ein anderer erklären.« Sie lachte böse.

Außerhalb des Turm brandete markerschütterndes Drachengebrüll auf, und ein gewaltiger Schlag traf die Turmkammer, deren Decke unter dem fürchterlichen Ansturm zu explodieren schien. Noch bevor er die neuerliche Gefahr wirklich erfasste, erblickte Rasgath Tiefwasser über sich ein gewaltiges Loch mit Blick auf den von Sternen übersäten Nachthimmel. Und vor diesem zeichnete sich schwarz und unheilvoll die monströse Silhouette eines Drachen ab, der dort oben hockte.

Rasgath wirkte panisch eine Schutzformel, schon prasselten Balken, Steine, Grabplatten und Knochen gleichermaßen auf ihn herab, rissen ihn von den Füßen und begruben ihn unter sich. Sterne blitzten vor seinen Augen und Schmerzen peinigten seinen Körper, als etwas Gewaltiges zwischen die Trümmer griff, seinen Leib unter dem Schutt hervorzerrte und ihn durch das Loch in der Kammerdecke ins Freie riss.

Rasgath Tiefwasser wimmerte wie ein Kind, als er begriff, dass ihn scharfe Krallen umfasst hielten, die ihm jede Bewegungsfreiheit raubten. Sie gehörten einem monströsen Wesen mit halbverwestem, von klaffenden Löchern durchsetzten Schuppenkleid, durch die blanke Rippenbögen schimmerten: Yolsulgur!

Halb hielt sich der Drachenkönig unter wuchtigen Schlägen seiner löchrigen Schwingen in der Luft, halb hatte er sich mit seinen übrigen Pranken in das Turmwerk gekrallt. Sogar den langen, vermoderten Schwanz glaubte der Magier zu erkennen, der wuchtig durch die Nacht peitschte. Das alles verblasste angesichts des riesigen, halb skelettierten Echsenschädels, der sich jetzt zu ihm herabsenkte. Beißender Verwesungsgestank wehte zwischen den Reißzähnen des untoten Drachen hervor.

»ICH ERINNERE MICH AN DICH«, rollte ihm die Ehrfurcht gebietende Stimme Yolsulgurs entgegen. Sein mitleidloser und von fahlweißem Unlicht erfüllter Drachenblick durchbohrte Rasgath. »DU ALSO BIST DER NEKROMANT, VON DEM MIR SRASZZZ BERICHTETE. SAG MIR, MENSCH, BIST DU TATSÄCHLICH NÜTZLICH ODER SOLL ICH DICH ZERMALMEN?«

Tiefwasser schrie vor Schmerzen, denn die Krallen drohten ihm das Leben aus dem Leib zu quetschten. Für Gegenwehr war es zu spät. Er hatte sowohl seinen Zauberstab als auch das machtvolle Zepter verloren.

»Nein, bitte …«, würgte er hervor. »Verschont mich. Was auch immer Ihr vorhabt … ich werde mich als nützlich erweisen.«

»GUT, MENSCH, DANN DARFST DU LEBEN UND MIR DIENEN.« Yolsulgur bleckte seine verfaulten Lefzen und richtete seinen untoten Blick gen Norden. »NOCH IMMER KLAFFT EIN RISS ZWISCHEN DEM REICH DER LEBENDEN UND DEM REICH DER TOTEN. DU WIRST MIR DABEI HELFEN, DIESE MACHT ZU NUTZEN. UND AN DIESEM ORT BESORGEN WIR UNS ALLES, WAS WIR DAFÜR BENÖTIGEN.«

Mit einem Ruck hob ihn der Drachenkönig empor und gestattete Rasgath Tiefwasser einen Blick auf die vom Mond beschienene Hafenstadt. Ein dritter Drache kreiste dort am Himmel, stieß auf die Burg des Seekönigs nieder, spie seinen sengenden Drachenodem und steckte die Dächer der Festung in Brand. Schreie und Wehklagen brandeten leise an Rasgaths Ohren und in den Straßen und Gassen der Stadt waren aufgeschreckte Bewegungen zu erahnen. Aber da war noch etwas. Draußen, auf dem Meer.

Eine nachtschwarze Flotte aus sicher drei Dutzend Schiffen, die sich anschickte, die Stadt anzulaufen.

»DIE KORSAREN AUS HARVETH!« Rasselndes Gelächter entstieg der Kehle des Drachenkönigs. »SCHON IHRE VORFAHREN HABEN UNS DRACHEN GEDIENT. UND UM IHR EIGENES LEBEN ZU RETTEN, FOLGEN SIE MEINEM RUF AUCH HEUTE. SIE WERDEN UNS DABEI HELFEN, DIE EINWOHNER DIESER STADT ZUM DRACHENTHRON ZU SCHAFFEN, UM DIE WELT DER LEBENDEN ENDGÜLTIG ZU ZERSCHMETTERN.«

Der Magier starrte entgeistert auf die herannahende Flotte und langsam begriff er, was die Drachen mit den Menschen vorhatten …

Abermals erfüllte Drachengebrüll die Nacht, als sich Alruna von Greifenfels in ihre Drachengestalt begab. Ihr Menschenleib schwoll innerhalb von Augenblicken auf Drachengröße an und als sie ihren mit Reißzähnen bestückten Echsenschädel hob und ihre roten Schwingen ausbreitete, brach die Turmplattform gänzlich entzwei. Kaskaden von Gestein stürzten in die Tiefe.

Zwischen ihren Drachenzähnen steckte das Zepter.

»DAS BRAUCHEN WIR JETZT NICHT MEHR«, rasselte sie boshaft – und biss zu.

Mit einem Knirschen zermahlte sie das mächtige Artefakt.

Rasgath Tiefwassers bemächtigte sich eine nahezu vergessene Empfindung: Trauer.

Die Jungen Königreiche – sie waren verloren.

Der Drachenkönig schloss seine Pranke fester um ihn und ließ abermals sein fürchterliches Gebrüll erklingen, dann stieß er sich vom Turm ab und schraubte sich mit modrigen Schwingenschlägen zum Nachthimmel empor.

Verzweifelt blickte der Zauberer in die Tiefe und entdeckte zwischen den geborstenen Mauerstümpfen eine fahlweiße Gestalt mit nackter Kopfhaut, die zunehmend kleiner wurde.

Der Geist seiner Adeptin Ambra.

Das tote Mädchen sah ihnen nach.

Und es wirkte zufrieden.

Zwei Wochen später

Sturm

»Gut so«, brummte Walmar der Weise. »Jetzt lass ihn in die Wolkendecke eintauchen und erwecke kurz den Eindruck, als habe er die Wolke mit seinem Drachenodem in Brand gesteckt.«

Dania schwebte unter dem Giebel der alten Rathausdachkammer und blickte durch einen zugigen Spalt im Dachgebälk zum Himmel über Gaalstrutz auf, wo ihre Zwillingsschwester Vala unter Anleitung des Zauberers die täuschend echte Illusion eines grün geschuppten Drachen aufsteigen und dann zwischen tief liegenden Sturmwolken verschwinden ließ. So, wie er es verlangt hatte, beendete sie die magische Demonstration mit einem grellen, schwefelgelben Flackerlicht, das Teile der Wolke illuminierte.

Am westlichen Horizont grummelte es wie zur Antwort. In der Ferne kündigte sich ein Gewitter mit dunklen Regenschleiern an.

Valas magisches Talent war so viel größer als das ihre. Und das machte Dania stolz. Sie löste sich von dem Anblick, berührte den drachenbeinernen Ring an ihrem Ringfinger und schwebte zurück zum Boden des mit alten Truhen und abgedeckten Möbelstücken angefüllten Speichers.

Ihre Schwester stand dort zusammen mit dem Zauberer vor einem offen stehenden Dachkammerfenster. Ihr war anzusehen, wie sehr sie das Spektakel genoss, das sie heraufbeschworen hatte.

Vala wirkte überhaupt verändert, seit die Schwestern sich vor knapp fünf Wochen auf Kosten ihres fetten Lehrmeisters Goltar verjüngt hatten. Gierig sog sie jede arkane Lektion Walmars des Weisen auf, als sei ihr Verstand ein ausgetrocknetes Pflänzchen, das sich nach Jahren der Dürre endlich an Wasser laben durfte. Ebenso begierig erlernte sie das Lesen und Schreiben, und zumindest äußerlich war ihr der jahrelange Missbrauch in den Bordellen Kesselfurts nicht mehr anzumerken. Aus der abgehalfterten und vom Alter gezeichneten Dirne war eine hübsche junge Frau geworden, deren Reize unübersehbar waren – was Dania stolz machte, sahen die Schwestern mit ihren rehbraunen Augen über der vorwitzigen Stupsnase und den langen, seidig schwarzen Haaren, die ihre mädchenhafte Figur umschmeichelten, doch wie Spiegelbilder aus.

Bisweilen machten sie sich einen Spaß daraus, so aufzutreten, dass niemand in ihrer Umgebung so recht wusste, mit wem sie es zu tun hatten. Ein Spiel, mit dem sie – nach all den Jahren der Trennung – ihre Verbundenheit demonstrierten. Dazu gehörte ein identischer Kleidungsstil, der heute aus figurbetonenden, an den Seiten geschlitzten schwarzen Lederkleidern mit prachtvollen Gürteln und tiefen Ausschnitten bestand, die die Ansätze ihrer festen Brüste erkennen ließen. Auch ihre teuren Schaftstiefel waren so bemessen, dass die Blicke der Männer stets etwas nacktes Bein erhaschen konnten.

Die Geldmittel dafür hatten sie von Walmar dem Weisen erhalten, der sie nach den schicksalhaften Geschehnissen am Drachenthron vor etwas über einem Monat mit in den Süden der Jungen Königreiche genommen hatte. Erst in die wohlhabende Handelsstadt Siebenbrücken, wo er sofort alle Hebel in Bewegung gesetzt hatte, um die Reiche vor der Rückkehr des Drachenkönigs zu warnen; dann hier nach Gaalstrutz.

Seitdem war ihr Leben merklich angenehmer. Das lag nicht nur daran, dass ihr Gönner über die Maßen wohlhabend war – er unterrichtete sie nun wirklich in der Zauberei. Vala hielt den alten Zauberer zwar für eine Mischung aus Mentor und Freier, doch Dania ahnte längst, dass er andere Pläne mit ihnen verfolgte. Die vergangenen Wochen hatten deutlich gezeigt, dass der Mann nicht an ihren Körpern interessiert war, sondern an ihrer arkanen Begabung. Und wenn sie ehrlich zu sich war, dann beschämte sie sein Blick, wann immer dieser ihre freizügigen Kleider streifte. In seinem Mienenspiel lag die spöttische Verachtung eines Mannes, der den niederen Verlockungen der Gosse schon lange entwachsen war.

Dania ärgerte das. In den ganzen Jungen Königreichen gab es sonst niemanden, der sie spüren lassen konnte, welch geringer Abkunft sie war. Doch sie waren jetzt keine Huren mehr. Hier verneigte man sich sogar vor ihnen. Aber so recht entkam Dania ihrer Vergangenheit nicht – und das auch dank ihrer geliebten Zwillingsschwester. Im Gegensatz zu Dania hatte Vala noch immer eine bösartige Freude daran, ihre erotische Macht weiter über die Männerwelt auszuspielen. Ein Spiel, dass Dania ihr zuliebe mitspielte, obwohl sie wusste, dass sich ihr Leben nur dann ändern konnte, wenn sich auch Vala änderte. Und das war ein Zwiespalt, der ihr mehr zu schaffen machte, als sie sich eingestehen mochte.

»Du bist ein Naturtalent«, riss Walmars tiefe Stimme sie aus den Gedanken. Der grauhaarige Zauberer strich sich über seinen bis auf die Brust reichenden Bart, raffte sein Magiergewand und trat gestützt auf seinen knorrigen Zauberstab näher an das Dachkammerfenster. Vala machte auch ihr bereitwillig Platz und so trat Dania neben den Magier, um ebenfalls einen Blick auf die Stadt zu werfen.

Das alte Rathaus von Gaalstrutz gehörte zu den ältesten und zugleich höchsten Gebäuden der von schiefwinkligen Häusern und engen Gassen geprägten Stadt. Sie schmiegte sich geschützt von einer mit Türmen versehenen Stadtmauer an die Ostseite des Großen Flusses, der auch hier, weit südlich der Kataraktstadt Kesselfurt, als Lebensader der Jungen Königreiche galt. Gaalstrutz profitierte auf besondere Weise von dem Strom, denn der günstigen Lage halber vermochte der hiesige Markgraf den Flusshandel zwischen den reichen Küstenstädten Toresund und Siebenbrücken mit dem Norden, aber auch dem Königreich Albenhain und der Regentenstadt Kronberg zu kontrollieren.

Wie erwartet, war das beeindruckende Schauspiel am Himmel nicht unbemerkt geblieben. Von gleich zwei Türmen der Stadtmauer erschallten Signalhörner, während kleinere Gruppen Bürger aus engen Gassen kommend im Flusshafen zusammenströmten und aufgeschreckt zum Himmel deuteten. Auch auf den Lastenseglern und Fähren des Flusses brach Hektik aus. Einige der Flussschiffer versuchen verzweifelt, den Hafen zu erreichen, andere glaubten, ihr Heil darin suchen zu müssen, die Leinen zu kappen und sich vom Strom südwärts treiben zu lassen.

Ungleich hektischer war das Treiben vor der Stadtmauer im Norden. Der Blick dorthin wurde zwar durch die Mauer getrübt, doch war das riesige und von unterschiedlichen Fahnen und Zelten gesprenkelte Feldlager von hier oben aus gut einzusehen. Es spannte sich von den Flussauen bis hin zu einem Wäldchen östlich der Stadt auf und reichte bestimmt über zwei Meilen nach Norden. Seit Wochen sammelten sich dort Soldaten und Söldner aus allen Teilen der südlichen Königreiche. Dania schätze die Zahl der bunt gekleideten Waffenträger inzwischen auf sechs- bis siebentausend, womit sie die Einwohnerschaft der Stadt um das Dreifache übertrafen. Etwa die Hälfte der Soldaten hatte König Wenzislaus III. von Kronberg hierher entsandt, zu dessen Königreich die Markgrafschaft Gaalstrutz gehörte. Der Rest bestand vornehmlich aus Söldnern und Soldaten, die die reichen Handelsstädte Toresund und Siebenbrücken angeworben hatten. Und es verging kein Tag, an dem in den Straßen der Stadt nicht der Marschtakt eines neuen Soldatenhaufens erklang, die aus allen Himmelsrichtungen kommend Walmars Ruf zu den Waffen folgten.

Auch der Zauberer betrachtete das Feldlager aufmerksam. Die Soldaten dort rannten aufgeschreckt aus ihren Zelten, griffen zu den Waffen und starrten an den Himmel. Andere schafften panisch einige auf mobilen Karren befestigte Skorpione ins Freie. Es handelte sich dabei um schwere Torsionsgeschütze, die an verschiedenen Stellen des Lagers unter Zeltplanen verborgen waren, und deren Geschützmeister nun begannen, die Ballisten aufzumunitionieren und zu spannen. Die Skorpione konnten als einzige einem am Himmel fliegenden Drachen gefährlich werden. Eine größere Gruppe gepanzerter Reiter preschte derweil quer durch das Zeltlager zum Fluss, wo die vielen Planwagen des Trosses standen. Trotz des anstehenden Gewitters überschütteten die dortigen Wachen die Gefährte zum Schutz vor Drachenfeuer mit dem Inhalt bereitstehender Wasserkübel. Auf Dania wirkte das emsige Treiben überraschend wohlgeordnet, doch Walmar der Weise grunzte unzufrieden.

»Wie wäre es, wenn ich mal etwas anderes heraufbeschwöre als so einen blöden Drachen?« Vala schob ihre Schwester vom Fenster weg, um selbst nach draußen zu blicken. Eine aufkommende Brise hob ihr langes Haar an und sie bedachte den Magier mit dem anzüglichen Blick einer Schankdirne. »Ich habe Euch doch schon zweimal gezeigt, dass ich das kann. Wenn es darum geht, die Schweineficker im Lager ordentlich aufzuschrecken, fallen mir durchaus noch andere Sachen ein.«

»So groß dein magisches Talent auch ist, Mädchen«, sagte der Zauberer, ohne sie eines Blickes zu würdigen, »so begriffsstutzig bist du leider auch. Es wird Zeit, dass du wie eine Adeptin denkst, und nicht wie eine Hure. Lass dir von deiner Schwester erklären, warum diese Art der Demonstration notwendig ist. Ich schätze, sie hat es längst begriffen.«

Vala drehte sich verärgert zu ihr um.

»Es geht darum«, erklärte Dania widerwillig, »dass jeder hier sieht, dass die Drachen wirklich zurück sind.«

»So denkt eine Zauberin!« Walmar der Weise löste sich von dem Giebelfenster und musterte sie beide abschätzend. »Früher haben die Feuerechsen keine Gelegenheit ausgelassen, ihre Überlegenheit zu demonstrieren. Diesmal ist alles anders. Die Drachen sind zwar zurück, aber sie sind gering an Zahl. Laut Rasgaths Aussage, der sie in Helgrinshall gesehen hat, haben wir es inklusive des Drachenkönigs Yolsulgur und Alruna vermutlich nur mit einem halben Dutzend Exemplaren zu tun, die meisten von ihnen recht jung. Aber ich kenne die Verschlagenheit des Drachenkönigs. Er hat stets versucht, seine Nachteile zu seinen Vorteilen zu verkehren. So ist es auch diesmal. Solange er und seine Brut sich nicht offen zeigen, solange untergräbt er meine Bemühungen, aus den Heeren der freien Reiche eine schlagkräftige Armee zu formen. Viele der Herrscher, denen ich Nachricht sandte, haben bis heute nicht reagiert. Die meisten anderen haben weit weniger

Truppen geschickt, als sie könnten. Ganz zu schweigen davon, dass sie die Versorgung ihrer Männer Kronberg und den südlichen Stadtstaaten überlassen haben.« Der Magier schnaubte verärgert. »Was glaubt ihr, warum ich das Heer an diesem Ort versammle?«

Vala zuckte gleichgültig mit den Schultern, doch Dania ahnte es. »Ich hörte, dass es hier im Dritten Drachenkrieg einst zu einer großen Schlacht gegen die Gaale kam.«

»Richtig. Gaalstrutz ist ein Symbol, von dem ich mir erhoffte, dass es Wirkung zeigt. Nur scheint der Ruf der Stadt in den letzten 420 Jahren etwas gelitten zu haben. Einst haben wir hier ein Heer von fast dreißigtausend Mann gegen den Vorstoß der Drachendiener aufgeboten. Und das trotz der Verluste, die uns die Drachen überall im Land zugefügt hatten. Die damalige Schlacht gegen die Gaalarmee Yolsulgurs hat über Wohl und Wehe der heutigen Jungen Königreiche entschieden. Vier lange Tage währte sie und sie hat damals den Wendepunkt im Kampf gegen die Drachen markiert. Danach erst gelang es uns, den Krieg in den Norden zu tragen. Was sich heute hier an Männern versammelt hat, ist dagegen ein schlechter Witz.« Walmars Blick verfinsterte sich. »Leider habe ich trotz aller Vorkehrungen in den letzten Jahrhunderten nicht alle Teile des Landes so gut im Griff wie jene an der Wogensee. Deine Illusionen, Mädchen, tragen also dazu bei, die drohende Gefahr sichtbar zu machen. Und diese Sichtungen werden sich mit jedem verstrichenen Tag weiter herumsprechen – nur weiß das auch Yolsulgur. Er wird dementsprechend handeln und versuchen, uns zuvorzukommen.«

»Die Rückkehr des Drachenkönigs liegt kaum einen Monat zurück.« Dania drehte nachdenklich den Zauberring an ihrer Hand. »Auch Yolsulgur dürfte in solch kurzer Zeit Probleme haben, ein Heer aufzustellen. Oder?«

»Dessen sollten wir uns besser nicht sicher sein«, knurrte der Magier. »Alruna … oder besser gesagt, diese elende Drachin Sraszzz, wird Vorkehrungen für den Tag seiner Rückkehr getroffen haben. Ärgerlicherweise hatte ich ausgerechnet ihr die Wacht über das Fackelgebirge anvertraut, in das sich die überlebenden

Gaale am Ende des Dritten Drachenkrieges zurückgezogen hatten. Alles, was wir über die heutige Kopfzahl der Echsenleibigen zu wissen glauben, ist vermutlich falsch. Ich hätte auch nie einwilligen dürfen, die Gaale später in unsere Dienste zu nehmen. Doch musste der Drachenthron bewacht werden. Wir konnten nicht zulassen, dass irgendein vorwitziger Schatzsucher vom dortigen Riss zwischen den Sphären Wind bekommt.« Verärgert schlossen sich seine knochigen Finger um den Zauberstab. »Ich hätte überhaupt misstrauischer sein müssen. Jetzt ist es dafür zu spät.«

»Tja, selbst schuld«, sagte Vala hochmütig. »Vielleicht hättet ihr Zauberer die vielen Jahrhunderte über etwas mehr tun sollen, als bloß eure Adepten auszulutschen und euch so ein langes Leben zu –«

Walmars Rechte schoss vor, packte Vala am Hals, und in seinem Blick loderte Zorn. Danias überrumpelte Zwillingsschwester röchelte und versuchte verzweifelt, sich gegen den Griff zu wehren, doch sie hatte nicht den Hauch einer Chance. Dania wollte ihr beistehen, doch im gleichen Moment bemächtigte sich eine Taubheit ihres Körpers, die es ihr unmöglich machte, sich von der Stelle zu rühren.

»Stelle niemals wieder meine Absichten in Zweifel, du selbstsüchtiges kleines Flittchen!« Aus Walmars Stimme troff eisige Kälte. »In all den Jahrhunderten ging es dem Orden der Stäbe stets um das Wohl der Menschen. Was wir getan haben, war notwendig, um den Schrecken zu bannen, der jetzt erneut seine Klauen nach den Jungen Königreichen ausstreckt. Kein Opfer ist zu groß, um Yolsulgur zu stoppen – und das gilt auch heute.« Er zog sie zu sich heran. »Ich gebe mich nur deswegen mit euch Huren ab, weil ihr mögliche Waffen im Kampf gegen unseren Erzfeind seid. Also verhalte dich dementsprechend. Ansonsten sorge ich dafür, dass du dich künftig andernorts nützlich machst. Da drüben im Feldlager warten die Männer nur darauf, dass eine wie du wieder die Beine breit macht.«

Wütend schleuderte er Vala neben eine Truhe und blickte drohend auf sie herab.

Dann glätteten sich seine Züge unvermittelt. Die seltsame

Taubheit in Danias Gliedern löste sich, und sofort stürzte sie zu ihrer Zwillingsschwester, um nach ihr zu sehen.

»Lass mich.« Vala schüttelte ihren Griff ab und berührte zornig ihren schmerzenden Hals.

»War das wirklich nötig?« Verärgert sah Dania zu dem Magier auf.

»Ehrwürdiger Zauberer!«, erklang eine Stimme hinter ihr.

Dania fuhr herum und erblickte in der Dachbodenluke einen schlacksigen Rathausdiener. Er war blond, höchstens zwanzig Jahre alt, und der blau-graue Überwurf sowie die Ärmelschoner stellten klar, dass er zu den hiesigen Schreibern gehörte. Er musste einen Teil der Auseinandersetzung mitbekommen haben, denn sein verlegener Blick sprach Bände.

»Ihr wolltet unterrichtet werden, sobald Kapitän Drazahr in Gaalstrutz eintrifft.« Er kletterte herauf und räusperte sich. »Er wartet in Eurer Unterkunft auf Euch.«

»Das wurde auch Zeit«, knurrte der Zauberer und wandte sich noch einmal an die Schwestern. »Entscheidet euch, wo euer Platz ist.«

Der junge Mann trat rasch zur Seite, und Walmar eilte die knarzenden Stufen hinunter. Anschließend fiel sein schüchterner Blick wieder auf Dania und Vala.

»Was?« Vala funkelte den Schreiber gereizt an. »Hast du Tintenkleckser mir etwa gerade auf die Titten gestarrt?«

»Natürlich nicht, äh, Adepta.« Verlegen räusperte er sich. »Ich versuche lediglich –«

»Doch, du *hast* mir auf meine Titten gestarrt«, sagte sie gereizt. »Das tut ihr alle. Offenbar fehlt dir der Respekt vor einer Zauberin.«

»Mitnichten, äh, Herrin. Falls der Eindruck entstanden sein sollte, dass ich –«

»Oder glaubst du gar, ich sei gar keine Zauberin?«

»Niemals würde ich –«

»Auf die Knie mit dir.«

»Was?«

»Auf die Knie mit dir – und dann leck mir die Stiefel!«

Entgeistert schaute der Schreiber sie an. Hilfesuchend blickte er zur Luke, durch die Walmar der Weise entschwunden war. Der Magier war längst fort.

»Leck! Mir! Die! Stiefel!« Vala trat drohend auf ihn zu und in ihrer Stimme schwang die gleiche Kälte wie zuvor in jener des Magiers.

»Vala, lass gut sein«, mischte sich Dania mit leichtem Augenrollen ein. »Der Kerl –«

»Du sagst mir nicht, was ich zu tun habe!« Im Blick ihrer Schwester blitzte Feindseligkeit. »Und jetzt runter mit dir oder ich gefriere dir den Federkiel zwischen deinen Beinen zu einem nutzlosen Klumpen Eis.« Schlagartig überzog sich ihre Rechte mit einer klirrend kalten Eisschicht. Ein Zauber, den sie beide in den letzten Wochen von Walmar dem Weisen erlernt hatten.

Der Schreiber sank verstört auf die Knie, dann beugte er sich vor und küsste ihr hastig den rechten Stiefel.

»Nicht küssen, lecken!«

Der junge Mann folgte zitternd ihrer Anweisung.

Vala verpasste ihm einen Tritt ins Gesicht, der ihn bis zur Kammerwand zurückwarf. »Ich hoffe, *du* weißt jetzt, wo dein Platz ist.«

Hochtrabend machte sie sich ebenfalls an den Abstieg.

Dania warf dem Gedemütigten einen letzten Blick zu, dann folgte sie ihrer Schwester nach unten. Doch erst ein Stockwerk tiefer, in einem Korridor mit den Ölgemälden alter Männer, holte sie sie ein.

»Das war nicht nötig«, zischte sie.

Vala schürzte verächtlich die Lippen. »Hast du etwa schon vergessen, was die Schweine uns angetan haben?«

»Nein, habe ich nicht. Aber wenn Walmar erfährt, was –«

»Walmar, Walmar, Walmar!«, brauste ihre Schwester auf, spähte zu einer weiter nach unten führenden Treppe, von wo Gespäche zu hören waren, und senkte die Stimme. »Beeindruckt dich das Geschwafel des Greises etwa? Zauberer hin, Zauberer her. Wir nehmen hier mit, was wir kriegen können, und dann machen wir uns an den Abflug. Ich habe in den letzten Tagen einen ganzen Sack an Gold- und Silbergeschirr hier aus dem Rathaus zusammengepackt und in einem der Weinkeller versteckt. Damit können wir uns jederzeit aus dem Staub machen und uns irgendwo etwas eigenes aufbauen.«

»Wovon redest du?«

»Wir könnten ein eigenes Hurenhaus gründen.«

»Ein *Hurenhaus*?«

»Sicher. Wir würden die Mädchen natürlich besser behandeln, als sie uns behandelt haben, aber zusammen mit unserer Begabung würden wir steinreich. Oder noch besser« – Valas Augen leuchteten – »wir sorgen dafür, dass uns Adlige heiraten, und werden so zu Fürstinnen oder Königinnen. Ein Leben in Reichtum und ohne Hunger. Die Arschlöcher müssten ja nicht lange leben …«

Erstaunt sah Dania ihre Schwester an. »Hast du vergessen, dass der Drachenkönig zurück ist?«

»Als ob das unser Krieg wäre.« Vala spuckte auf den Boden. »Nötigenfalls setzen wir uns über die Wogensee ab. Warum nicht ins Sultanat Harashim? Da soll es schön warm sein. Oder in ein fernes Reich jenseits des Schlangenmeers. Da findet uns garantiert niemand. Nicht einmal der Drachenkönig.«

Dania biss sich nachdenklich auf die Lippe und spähte den Gang zurück, den sie gekommen waren. Aus irgendeinem Grund war ihr nie der Gedanke gekommen, die Jungen Königreiche zu verlassen. »Ich weiß nicht. Mir erscheint das … falsch.«

»Was ist denn bloß los mit dir?«, herrschte ihre Schwester sie an. Mit einem Kopfschütteln fegte sie eine Strähne ihres langen Haares beiseite. »Offenbar hat dir die Zeit, die du mit deinen Mitadepten auf der Flucht warst, den Verstand vernebelt. Wir sind niemandem etwas schuldig. Und … wir müssen uns auch niemals wieder mit einem Mann abgeben!« Valas Blick verhärtete sich.

Dania atmete tief ein.

»Wir sind uns doch selbst genug«, sprach Vala bestimmt. »Das waren wir schon immer. Niemand wird je wieder über uns bestimmen.«

»Aber ich will eine Zauberin werden«, erklärte Dania. »Eine richtige Zauberin. Und das schaffen wir nur, wenn Walmar uns gewogen bleibt. Es ist ein Zweckbündnis. Er besitzt all das Wissen, das ich haben will.«

»Das sagst du doch nur, weil er dich eh mehr mag als mich.« Eifersüchtig sah Vala den drachenbeinernen Ring an Danias Hand an. »Mir hat er so ein Geschenk jedenfalls nicht gemacht.«

Dania seufzte und zog den Schwebering ab. Soweit sie wusste, stammte er von Tandurin. Die Zauberer hatte dem Fahrenden das kostbare Kleinod abgenommen, kurz nachdem sie die Adepten gefangen genommen hatten.

Ein bestohlener Dieb. Ein Gedanke, der Dania noch immer amüsierte. Und doch fragte sie sich hin und wieder, was aus ihm und den anderen geworden war.

»Hier, nimm ihn.« Sie drückte den Ring Vala in die Hand.

»Du schenkst ihn mir?« Valas Augen strahlten wie die eines kleinen Kindes, als sie ihn sich überstreifte.

»Wenn wir erst richtige Zauberinnen sind, dann brauchen wir so was nicht mehr.«

Vala hörte ihr kaum zu, denn sie hob jetzt einen Fußbreit vom Boden ab und lachte dabei verzückt.

»Und jetzt komm wieder runter und überlasse den Rest mir.« Dania berühte zärtlich Valas Gesicht, kaum dass ihre Fußspitzen auf dem Boden aufsetzten. »Ich werde schon einen Weg finden, uns all das Wissen zu beschaffen, das uns zusteht.«

»Und dann?«

»Danach sind wir frei.«

Da hinter ihnen der junge Schreiber zu hören war, der sich nun ebenfalls auf den Weg nach unten machte, zog Dania ihre Schwester rasch mit sich zur Treppe, hinab zu den Räumen der Schreiber, Hofschranzen und Offiziere, die das Rathaus der Stadt für ihre Zwecke nutzten. Viele der Männer schauten ihnen wie gewohnt nach, doch die meisten wussten, mit wem sie es zu tun hatten, und blieben daher respektvoll auf Abstand. Ganz zum Leidwesen Valas, die sich für die Demütigung Walmars offenbar gern noch an ein paar anderen abgearbeitet hätte.

Dania war froh, als sie endlich den großen, mit hohen Gemälden, Ritterrüstungen und einem prachtvollen, von der Decke hängenden Lüster geschmückten Eingangsbereich des Rathauses erreichten. Von dort gelangten sie auf den Vorplatz.

Draußen schüttete es jetzt wie aus Eimern. Trotz der Regenschleier, die über die Dächer der Stadt fegten, herrschte auf dem Vorplatz hektisches Treiben. Diener eilten an ihnen vorbei, um Kisten mit wertvollen Dokumenten und Verträgen zu bereitstehenden Blockwagen zu schaffen. Und weiter hinten, jenseits des Standbilds eines vornehmen Reiters mit zum Himmel gestrecktem Schwert, marschierte ein Trupp Spießträger mit Spangenhelmen und blau-grauen Wappenröcken trotzig in Richtung Burgtor. Dazwischen hasteten Mägde und Knechte über den Platz, die Körbe, Kisten und sogar Bauholz ins Trockene brachten. Nur Walmar der Weise war nirgendwo zu sehen.

»Müssen wir da wirklich raus?«, murrte Vala.

»Ja, verdammt. Verlorenen Boden wettmachen.« Dania sah gereizt zum Himmel, wo es dumpf grollte, schnappte sich den gegen eine Wand gelehnten Schild eines Soldaten, der den Rathausbediensteten bei ihrer Schlepperei half, und hielt ihn über sich und ihre Schwester. Derart vor dem Regen geschützt, eilten sie über den von Pfützen übersäten Ratshausplatz, hinein ins Gassengewirr der Stadt, wo das Leben wieder seinen Gang ging. Die meisten Bewohner von Gaalstrutz drängten sich in Hauseingängen oder unter den Planen der Straßenstände, doch längst mischte sich wieder das Lärmen der Handwerker und Schmiede unter die prasselnden Regengeräusche. Die meisten von ihnen waren vermutlich damit beschäftigt, weiteres Kriegsgerät herzustellen, darunter Äxte, Schwerter, Speere und Pfeile.

Es regnete noch immer, als sie endlich die *Brückenstube* erreichten, ein vornehmes, dreistöckiges Gasthaus mit Blick auf die Schiffe im Hafen, das von den hochstehenden Adligen kurzerhand zur Offiziersmesse umfunktioniert worden war. In gleich drei Zimmern des Obergeschosses residierten die Schwestern zusammen mit Walmar. Die beiden markgräflichen Wachen vor dem Eingang ließen sie passieren, und es zeigte sich, dass es Walmar der Weise nur bis in den großen Schankraum geschafft hatte. Er war umringt von einem halben Dutzend Adligen und Hauptleuten in fremdländischen Wappenröcken, die auf ihn einredeten.

»... heißt doch, dass die Drachen uns bereits auskundschaften«, erklärte einer von ihnen aufgebracht. »Ich verlange daher, dass ich und meine Männer zum Fluss versetzt werden. Wasser ist hier das Einzige, was uns im Zweifel vor dem Drachenfeuer schützt. Es kann nicht sein, dass die vornehme Ritterschaft, die mir vom Graf anvertraut wurde, dieser Gefahr ungeschützt ausgesetzt bleibt, während ein paar einfache Wagenlenker und Kutscher –«

»Nein, Hochwohlgeboren«, schnitt ihm Walmar der Weise brüsk das Wort ab. »Eure Männer werden weiterhin die Flanke im Osten schützen. Ihr werdet sie vielmehr anweisen, tiefe Gräben und Erdlöcher auszuheben, in denen auch die Pferde Platz finden.«

»Was? Eine solche Buddelei ist eines Ritters unwürdig. Dafür verlange ich Männer, die –«

»Diese Buddelei, wie Ihr sie nennt, wird Euer armseliges Leben retten, sollten die Drachen angreifen«, herrschte ihn der Magier an. »Und wenn Ihr mir noch einmal vorschlagt, die eh gering bemessenen Vorräte des Heeres aufs Spiel zu setzen, dann werde ich andere, sehr schmerzhafte Wege finden, damit meine Befehle umgesetzt werden. Das gilt hier für jeden!« Wütend betrachtete der Zauberer die Umstehenden. »Alles von Wert gehört fortan unter die Erde! Männer, Waffen, Vorräte. Und ich hoffe, werter Waffenmeister Brand« – er wandte sich einem Mann mit Vollbart zu, der dem rot-grünen Wappenrock nach aus dem Fürstentum Flutburg stammte – »ich erlebe es nie wieder, dass Eure Geschützmeister die Standorte der Skorpione enthüllen, *bevor* diese einsatzbereit sind. Diese Waffen sind die ersten, die die Drachen vernichten werden, sobald sie diese entdecken. Zum Spannen bleibt dann keine Zeit.«

Der Mann senkte zerknirscht den Blick. »Ich werde die Geschütze sofort umgruppieren lassen.«

»Gut, den Rest besprechen wir heute Abend in Anwesenheit des Markgrafen.« Der Blick des Zauberers streifte Dania und

Vala, dann löste er sich aus der Gruppe der Männer und marschierte zum rückwärtigen Teil des Gasthauses, in Richtung Kaminzimmer.

Sofort öffnete ihm ein bereitstehender Diener die Tür.

Dania und Vala folgten ihm schweigend in den großen Raum, wobei es Vala nicht lassen konnte, die Blicke der Adligen mit ihrem aufreizenden Gang auf sich zu ziehen.

Als sich die Tür hinter ihnen schloss, umfing sie eine angenehme Ruhe, die lediglich vom leisen Donnergrollen des Gewitters gestört wurde. Am Stirnende des hohen Raums flackerte ein wärmendes Kaminfeuer und der lange Tisch mit den hohen Lehnstühlen vor ihnen war mit Karten und Büchern übersät, die Zeugnis von den vielen Besprechungen gaben, die hier üblicherweise stattfanden.

Im Augenblick befand sich nur eine weitere Person im Raum, und die stand vor dem Kamin: ein Mann mit ungepflegtem Schnauzbart, einem Säbel an der Seite und einer grauen Kapitänsjacke, die zu dem schäbigen Dreispitz auf seinem Kopf passte. Als sich Kapitän Drazahr umwandte, blitzte Verschlagenheit in seinem Blick. Dania erkannte Mörder und Halsabschneider, wenn sie ihnen begegnete. Vor diesem Mann musste man sich in Acht nehmen.

Mit spöttischem Lächeln setzte er seinen Dreispitz ab und taxierte offen die Rundungen ihrer Körper.

»Ich bin überrascht, Magus«, wandte er sich mit rauer Stimme an den Zauberer. »Gönnt Ihr Euch am Ende doch noch etwas Zerstreuung?«

»Ganz sicher nicht«, knurrte der Magier, trat an eine Kristallkaraffe mit Wein heran und füllte zwei Pokale, von denen er einen dem Kapitän reichte. »Darf ich vorstellen« – Walmars Blick glitt kurz zu ihren Händen – »Vala. Und Dania. Die beiden Mädchen sind meine neuen Adeptinnen.«

Dania hob eine Augenbraue. Das war das erste Mal, dass Walmar sie und ihre Schwester miteinander verwechselte. Und jetzt begriff sie, dass er sie stets mittels ihres Zauberrings voneinander unterschieden hatte.

»Sieh an.« Drazahr nahm den Pokal grinsend entgegen und setzte sich, während er die Frauen mit den Augen auszog. »Lasst mich wissen, wenn Ihr keine Verwendung mehr für sie habt. Ich bin mir sicher, sie versprechen auch andernorts doppelte Freuden.«

»Sagt schon, irgendwelche Spuren von Rasgath Tiefwasser?« Walmar war offenbar nicht nach Plauderei.

Schlagartig wurde Drazahr ernst. »Wie man es nimmt – nur befürchte ich, dass Euch nicht freuen wird, was ich in Erfahrung bringen konnte. Und das, obwohl mir der Seeweg in den Westen leider versperrt blieb. Denn schon seit über zwei Wochen tobt sich unten am Kap der Stürme ein Orkan aus.«

»Ein Orkan? Zu dieser Jahreszeit?«

»Eben. Das ist völlig untypisch. Selbst mit den magischen Mitteln, die Ihr mir zur Verfügung gestellt habt, habe ich es nicht gewagt, mein Schiff dem Sturm auszusetzen. Ich bin stattdessen nach Toresund gesegelt, und dort gelangten Gerüchte an meine Ohren, dass Wyverhaven angeblich Opfer eines Überfalls der Piraten aus Harveth geworden sei.«

Die Augen des Zauberers verengten sich.

»Die Gerüchte gelangten mit Jägern in die Stadt«, fuhr Drazahr missmutig fort, »die in den nördlichen Lindwurmhöhen auf Überlebende des Angriffs gestoßen sind. Und die berichteten seltsames Zeug. Angeblich sei die komplette Stadt entvölkert worden. Nicht einmal der Seefürst und seine Familie blieben verschont. Und auch … von Drachen war da die Rede.«

Walmar der Weise sah Drazahr bestürzt an, dann kippte er sich den Wein in einem Zug in den Rachen. Dania wechselte einen knappen Blick mit ihrer Schwester, denn in all den Wochen hatte sie an Walmar nie einen derartigen Anflug von Unbeherrschtheit erlebt.

Schweren Schrittes trat der Magier zum Kamin und starrte in die Flammen. »Und? Was ist mit Rasgath?«, fragte er mit rauer Stimme. »Ich habe Euch einen Kontakt genannt, über den wir Nachrichten austauschen.«

»Tut mir leid.« Drazahr nippte an seinem Pokal, während er

über den Rand des Gefäßes aufmerksam den Magier beäugte. »Niemand dort wusste um seinen Verbleib. Wenn sich Euer Ordenskollege zum Zeitpunkt des Überfalls in Wyverhaven aufgehalten hat, dann befürchte ich ehrlich gesagt das Schlimmste.«

Eine Weile war nur das Prasseln des Kaminfeuers zu hören.

Als sich Walmar endlich zu ihnen umdrehte, hatte sich eine tiefe Erschöpfung in seine Züge geschlichen.

»Ihr wisst nicht, *welche* Tragweite Rasgaths Scheitern hat«, sprach er tonlos. »Nur passt das leider ins Bild. Denn auch aus Walskar oben im Norden habe ich schon seit Längerem keine Nachricht mehr erhalten. Wenn sich Yolsulgurs Einfluss bereits über die ganze Westküste erstreckt, dürften auch die dortigen Bewohner versklavt worden sein.«

Der Kapitän schreckte hoch. »Was meint Ihr damit? Ich dachte –«

»Der Drachenkönig bedient sich der gleichen Mittel wie früher«, unterbrach ihn der Zauberer sorgenvoll. »Er benötigt Menschenblut, um damit seine aufwendigen Zauberrituale zu speisen. Ströme an Menschenblut – da er sich nicht selbst schaden will.«

»Ihr glaubt, er hat die Wyverhavener nicht getötet, sondern … *verschleppen* lassen?«

Walmar der Weise nickte. »Wir haben nie herausfinden können, wie die Drachen dies genau bewerkstelligt haben. Im Zweiten Drachenkrieg hat er dafür drei ganze Königreiche im Norden entvölkert. Heute besorgt er sich seine Sklaven offenbar im Westen, und ich schätze, dass er sie mit Harvether Hilfe über die Walskarer Route zum Drachenthron schaffen lässt. Die einzige Macht, die ihn daran hindern könnte, wäre Waldaleth. Nur befürchte ich, dass es dazu nicht kommt.«

»Dann wisst Ihr schon, dass zwischen den Königreichen Waldaleth und Schwalbensee Krieg ausgebrochen ist?«, fragte Drazahr. »Ich weiß das von einem Kontaktmann, der sich zuletzt in Schwalbensees Hauptstadt Goldheim aufgehalten hat. Den genauen Anlass kenne ich zwar nicht, aber in Toresund hieß es, dass deswegen auch aus Albenhain kaum Hilfe zu erwarten sei. Das Königreich fürchtet wegen der Konflikte seiner Nachbarn um seine Nordgrenze.«

»Um seine Nordgrenze also …« Walmar schnaubte und betrachtete den Regen, der an den Fensterscheiben herunterlief. »Vermutlich haben die jüngsten Entwicklungen dort ebenfalls etwas mit den Drachen zu tun. König Almerdin von Waldaleth wurde vor der Rückkehr Yolsulgurs ermordet. Die Nachricht erreichte mich kurz nach meinem Aufenthalt am Drachenthron. Angeblich wurde er von seinem Sohn Geron erstochen, was selbstverständlich Unfug ist. Stattdessen dürfte Alruna von Greifenfels selbst für Almerdins Tod verantwortlich sein.«

»Eure abtrünnige Kollegin?«

Dania fragte sich, wie lange sich die beiden Männer schon kannten, dass der Kapitän so gut in die Ordensangelegenheiten eingeweiht war.

Walmar nickte. »Sie wird ihren Einfluss auf die junge Thronerbin Shira von Waldaleth dazu genutzt haben, um die Königreiche im Schatten des Wolkenkammgebirges einstweilen mit sich selbst zu beschäftigen. Und ich bezweifle, dass Almerdins Tochter weiß, dass ihre Ratgeberin in Wahrheit eine Drachin ist.«

»Dann müsst Ihr sie über diesen Verrat aufklären!«, ereiferte sich Drazahr.

»Das habe ich bereits versucht, nur scheint die Drachin Wege gefunden zu haben, alle meine Nachrichten abzufangen.« Walmar seufzte. »Ich müsste schon selbst dorthin, nur muss das warten. Zu viele Dinge hier erfordern meine Anwesenheit.«

Drazahr erhob sich, um sich nachzuschenken, wobei er Dania und Vala misstrauisch beäugte. Auch ihm schien nicht zu entgehen, dass Vala relativ gelangweilt wirkte. »Immerhin habt Ihr es in überraschend kurzer Zeit geschafft, Toresund, Siebenbrücken und Kronberg zum vereinten Handeln zu bewegen.« Der Mann lächelte verschlagen. »Offenbar habt Ihr ein paar *Gefallen* eingefordert.«

Walmars Antlitz blieb maskenhaft.

»Vielleicht hättet Ihr in den letzten Jahren noch ein paar Verträge mehr mit Eurer magischen Schwurtinte aufsetzen sollen«, fuhr der Kapitän fort. »Speziell in Harveth wäre das wohl nötig gewesen. Jetzt ist es zu spät dafür.«

Dania erinnerte sich daran, bereits von Boltan, Walmars einstigem Adepten, gehört zu haben, dass sich Walmar der Weise mittels Magie wichtige Personen überall im Süden gefügig machte. So war das also gelaufen.

»Niemand von uns hat mit einer derartigen Wendung der Ereignisse gerechnet«, erwiderte Walmar der Weise ruhig.

»Na gut, dann sagt mir, was wir jetzt tun sollen.« Drazahr nahm einen tiefen Schluck. »Derzeit scheint uns der Drachenkönig einen gehörigen Schritt voraus zu sein. Und es sieht auch nicht so aus, als ob –«

An der Tür klopfte es und alle Köpfe ruckten herum.

»Was ist?«, dröhnte die verärgerte Stimme Walmars durch das Kaminzimmer.

Die Tür öffnete sich und der Bedienstete, der auch die Schwestern hereingelassen hatte, führte drei abgerissen wirkende Bewaffnete in den Raum, die den Eindruck erweckten, einen entbehrungsreichen Ritt hinter sich zu haben. Die Neuankömmlinge trugen Nasenhelme und verschmutzte Lederrüstungen, und die Schwerter an ihrer Seite bezeugten, dass sie vornehmer Herkunft waren. Die drei setzten die Helme ab und verneigten sich vor dem Zauberer.

»Ihr seid Walmar der Weise«, stellte der Älteste der drei fest, ein etwa sechzig Jahre alter Mann mit Vollbart, dessen Lederpanzer unter dem Dreck kunstvolle Schmuckornamente aufwies.

Walmar musterte ihn. »Wir beide kennen uns, wenn ich mich nicht irre?«

»So ist es. Ich bin Herzog Berchtold von Drachenpforte. Und das hier sind meine Söhne Clewan und Ullin. Wir sind uns schon einmal vor vierzig Jahren begegnet, als Ihr meinen Vater besuchtet. Eurer Warnung hat mein Volk es zu verdanken, den Gaalen entkommen zu sein.«

Mit neuem Interesse trat Walmar der Weise vor. »Bitte, nehmt Euch Wein. Ich lasse auch gern etwas zu Essen bringen. Nur berichtet. Da keine Brieftaube von Euch eintraf, befürchtete ich bereits, dass die Warnung zu spät kam.«

»Nein, sie kam gerade noch rechtzeitig.« Herzog Berchtold

musterte Kapitän Drazahr, Dania und Vala. »Schon einige Wochen vor Eintreffen Eurer Nachricht alarmierten uns unsere Kundschafter, dass sich in den Tälern des Fackelgebirges auffällig viele Drachendiener sammelten. Als sie dann tatsächlich aus dem Gebirge hervorbrachen, traf uns ihr Angriff nicht unvorbereitet. Meine Männer hinderten die Gaale fast zwei Tage lang daran, den Oberlauf des Großes Flusses zu überqueren – bis die Geschuppten Hilfe von einem Drachen erhielten. Kaum einer der Männer hat diesen Angriff überlebt. Aber ihr aufopferungsvoller Einsatz verschaffte meinem Volk die Zeit, sich über den Kaltensee nach Süden abzusetzen.«

»Wie einst in die Blauen Zinnen?«, fragte der Zauberer. »Euer Volk hat dort schon einmal Schutz gefunden.«

»Nein, um die dortigen Höhlen dürften die Drachen längst wissen. Außerdem standen uns nicht genug Lebensmittel zur Verfügung.«

»Was ist mit den Karjaten der Drachensteppe? Habt Ihr sie warnen können?«

»Nein, auch dafür blieb keine Zeit.« Der Herzog seufzte schwer. »Ich war stattdessen damit beschäftigt, mein Volk über verborgene Pfade in den Grauwald und dann an den Ausläufern des Schattengebirges entlang nach Südwesten zu führen. Ein Gewaltmarsch, der uns viele Verluste beschert und den Großteil unserer Vorräte gekostet hat. Unterwegs sind fast hundert Menschen gestorben.« Er wechselte einen bekümmerten Blick mit seinen Söhnen. »Wir sind eben erst hier eingetroffen. Und uns bleibt nicht viel mehr, als auf die Gnade und Mildtätigkeit der Bruderreiche im Süden zu hoffen.«

»Wie viele seid ihr?«

»Wir sind vielleicht noch eintausenddreihundert. Darunter Alte, Frauen und Kinder. Aber ich verspreche Euch, wenn Ihr dafür sorgt, dass man sich ihrer annimmt, dann überantworte ich Euch jeden Mann meines Volkes, der in der Lage ist, eine Waffe zu führen. Und das sind fast vierhundert.«

Walmar musterte die Flüchtlinge nachdenklich. »Seid versichert, ich werde dafür sorgen, dass man sich um die Euren kümmert. Sie sollen ihr Lager südlich der Stadt aufschlagen. Und Eure Bewaffneten sind hier gern gesehen.«

»Die werdet ihr auch brauchen«, sagte der Herzog. »Denn wir glauben, dass die Gaale bereits tief in den Süden vorgerückt sind.«

»Wie weit nach Süden?«, mischte sich Kapitän Drazahr in die Unterhaltung ein.

»Unsere Leute sind bereits vor zehn Tagen auf Drachendiener südlich der Bibra gestoßen, ein Seitenarm des Großen Flusses, der im Schattengebirge entspringt«, erklärte Clewan, der ältere Sohn des Herzogs.

»Schon vor zehn Tagen?« Drazahr sah ihn überrascht an. »Ich dachte, der Große Fluss wird vom neuen Patriarch in Kesselfurt überwacht? Davon hätte er doch etwas mitbekommen müssen.«

»Nicht, wenn die Gaale den beschwerlichen Weg über das Schattengebirge gewählt haben«, wandte Clewan ein.

»Dann könnte die Vorhut der Gaalarmee also schlimmstenfalls schon an der nördlichen Grenze des hiesigen Königreichs stehen«, stellte der Kapitän fest.

»Offenbar will Yolsulgur nicht darauf warten, dass wir in den Norden ziehen, er will uns bereits hier stellen.« Walmar der Weise sah den Herzog an. »Von wie vielen Gaalen wisst Ihr?«

Der Herzog und seine Söhne wechselten Blicke.

»Es waren etwa dreitausend, die den Oberlauf des Großen Flusses überquert haben«, sagte Berchtold von Drachenpforte. »Wie viele Drachendiener weiter im Westen aus den Fackelbergen gestiegen sind, vermag ich nicht zu sagen. Unsere Kundschafter berichteten jedoch zuletzt, dass sie auch dort große Gruppen der Geschuppten gesehen hätten.«

»Dennoch … In früheren Zeiten waren es deutlich mehr, was die erste gute Nachricht ist. Und wir dürfen nicht vergessen, dass der Drachenkönig auch im Nordwesten Diener benötigt, die dort seinen Willen umsetzen. Ich frage mich also, was Yolsulgur plant.« Walmar der Weise brütete vor sich hin und schüttelte dann den Kopf. »Nun gut, kümmert Euch um Eure Leute und lasst mich wissen, wenn Ihr etwas benötigt.«

»Danke!« Der Herzog und seine Söhne verneigten sich und verließen das Zimmer.

»Was jetzt?«, fragte Drazahr.

»Ganz einfach«, hob der Zauberer an. »Zunächst einmal werde ich dafür sorgen, dass das Heer künftig unter einem militärischen Oberbefehl vereint wird, der dafür sorgt, dass hier nicht jeder seinen eigenen Interessen nachgeht. Eine Aufgabe, für die es eines Mannes bedarf, der die Skrupellosigkeit besitzt, die hiesigen Adligen in Schach zu halten, der über hinreichend Erfahrung im Kampf verfügt und der sich im Zweifel in die Tücke eines Drachen hineinzuversetzen vermag. Kurz, ich werde *Euch* zum Erzmarschall des Heeres erheben.«

Dania und ihre Schwester warfen dem Magier ebenso überraschte Blicke zu, wie Kapitän Drazahr selbst.

»Interessant, wie Ihr über mich denkt«, knurrte der.

Walmar der Weise schürzte spöttisch die Lippen und auch Drazahr grinste breit, wobei er eine breite Zahnlücke entblößte. »Ich werde einige unpopuläre Entscheidungen treffen müssen, die Euch beim Adel viele Feinde bescheren werden.«

»Das ist mir völlig egal. Ich werde alles gutheißen, wenn es nur den Vormarsch Yolsulgurs stoppt.« Der Magier musterte beiläufig Dania und Vala, bevor er fortfuhr. »Meldet Euch beim Kammerherrn des Markgrafen und lasst Euch dort vernünftig einkleiden. Wir beide sehen uns heute Abend.«

Drazahr setzte seinen Dreispitz auf und marschierte grinsend aus dem Raum.

»Jetzt zu euch beiden.« Walmar der Weise betrachtete Dania und ihre Schwester. »Ihr habt eine Entscheidung getroffen?«

»Wir wollen Zauberinnen werden«, sagte Dania mit fester Stimme.

»Nichts anderes habe ich erwartet.« Der Magier nickte. »Ich habe auch bereits eine Aufgabe für euch. Nur werde ich vorher dafür sorgen, dass unsere Zusammenarbeit künftig … in geregelteren Bahnen verläuft. Ich werde euch ausbilden, ihr werdet im Gegenzug all meinen Befehlen gehorchen und mir dabei den Respekt erweisen, der sich für Adepten wie euch geziemt.«

Er klopfte mit seinem Zauberstab dreimal auf den Boden und hinter ihm auf der Kommode zischte es. Vor ihren Augen erschien dort unter viel Rauch eine kleine Truhe. Walmar der Weise öffnete sie und entnahm ihr ein beschriebenes Pergament, eine Schreibfeder, rotes Siegelwachs und ein Glasgefäß mit tiefschwarzer Tinte. Sorgsam breitete er den Bogen vor ihnen auf dem langen Tisch aus. »Es handelt sich hierbei gewissermaßen um euren Lehrvertrag. Und ihr werdet ihn ebenso wie ich mit Schwurtinte unterzeichnen. *Ich* verpflichte mich, eurem Wunsch zu folgen, euch nach bestem Wissen auszubilden, *ihr* hingegen verpflichtet euch, allen meinen Befehlen zu gehorchen.«

»Gibt's sonst noch einen Haken?«, murrte Vala.

»Nicht, wenn der Vertrag eingehalten wird.« Der Magier lächelte kühl. »Doch jene Partei, die ihrer Verpflichtung nicht nachkommt, wird furchtbares Siechtum bis zum Tod erleiden.«

Vala presste die Lippen aufeinander, während es hinter Danias Stirn arbeitete.

»Und Ihr werdet uns wirklich zu Zauberinnen ausbilden?«, fragte sie. Ihr behagte das alles gar nicht.

»Aber sicher.«

Dania atmete tief ein, als sie sah, dass der Zauberer bereits unterzeichnet hatte. Sie überflog den Text, warf ihrer Schwester einen scheelen Blick zu, tunkte den Federkiel in die Schwurtinte und unterzeichnete den Vertrag.

Vala nahm die Feder widerwillig entgegen, starrte das Pergament an, sah noch einmal kurz zu ihr auf, und unterzeichnete ebenfalls, wenn auch etwas ungelenk. Rauch kräuselte über dem Vertragswerk und die Schrift brannte sich in das Dokument ein. »War es das?«

»Das war es.« Walmar der Weise rollte das Dokument zusammen und verstaute es in der Kiste, die er mit einem Fingerschnippen wieder verschwinden ließ.

»Und jetzt zu euren Befehlen.« Der Zauberer sah sie gebietend an. »Ihr beide werdet mir fortan treu dienen. Ihr werdet nie etwas tun, das mir schadet. Und ihr werdet euch bis zu eurem Tod dem Kampf gegen die Drachen verschreiben.«

Dania ballte die Rechte zur Faust. »Wusste ich doch, dass das nicht alles war.«

Ein spöttisches Lächeln kräuselte Walmars Lippen, dann wurde er ernst. »Unsere Situation ist sehr viel verzweifelter, als ihr ahnt. Wir drei sind die letzten verbliebenen Zauberkundigen, die sich dem Drachenkönig noch entgegenstellen.«

»Was ist mit dieser Mutter Valeska?«, wollte Dania wissen.

»Vergiss sie.« Er winkte wütend ab. »Wenn die Drachen sogar Rasgath Tiefwasser erwischt haben, haben sie sie vermutlich auch längst umgebracht. Und mit Rasgath haben wir auch die einzige uns bekannte Waffe gegen den Drachenkönig verloren.« Resigniert schnaubte er. »Alles, was mir jetzt noch bleibt, ist, die Drachen mit ihren eigenen Waffen zu schlagen. Um das jedoch tun zu können, müsst ihr mir etwas aus dem Westen besorgen.«

Der Zauberer erläuterte ihnen sein Vorhaben und Dania lauschte ihm aufmerksam.

»Wie sollen wir so schnell dahinkommen?«, fragte sie schließlich.

»Indem ihr mit dem Wind reist«, antwortete er. »Ganz so, wie es sich für meine Adeptinnen geziemt. Ihr erhaltet von mir Sturmringe. Doch ist höchste Vorsicht geboten, denn der Ort, zu dem ich euch entsende, dürfte gut gesichert sein. Und da ist noch etwas. Im Verborgenen tobt längst ein magischer Krieg. Alrun… diese Drachin weiß um die meisten unserer Geheimnisse. Ihr müsst mit jeder Form von Heimtücke rechnen. Also, macht euch fertig, denn ihr werdet heute noch aufbrechen.«

Dania und ihre Schwester warfen sich unbehagliche Blicke zu, dann wandten sie sich um und verließen das Kaminzimmer.

»Bist du sicher, dass er –«, begann Vala, kaum dass sich die Tür hinter ihnen geschlossen hatte, doch Dania stoppte ihren Redefluss energisch, da sie sich nicht sicher war, ob sie noch gehört wurden.

»Dann sag mir wenigstens, warum wir uns auf diesen Scheiß einlassen«, schimpfte sie etwas leiser.

»Du hast es doch gehört«, erwiderte Dania. »Der Ort, zu dem er uns schickt, ist voller Magie.«

Die Zitadelle

»Ich verstehe nicht, warum sich das verdammte Ding nicht erhebt«, wisperte Boltan.

Denk nach, Junge, forderte die Stimme in seinem Kopf.

»Aber ich denke doch nach«, erwiderte er gereizt. »Ambra sagte ganz klar, dass ein Blutopfer vonnöten sei. Wir haben den Teppich bereits mit dem Blut von Feldhasen und Wildschweinen getränkt. Umsonst. Sollen wir den Bauern jetzt auch noch ein Rind klauen?«

Was haben Greifen und Drachen mit Vorliebe gejagt? Kommst du von selbst drauf?

»Doch nicht etwa …?«

Boltan schreckte angesichts der jähen Erkenntnis hoch und bemerkte, dass ihn Kyrell, Geron und Tandurin befremdet anschauten. Seine Gefährten hockten zwischen den Bäumen, unter denen sie vorhin Zuflucht vor dem seltsamen Gewitter gefunden hatten. Das Unwetter hatte den Tag schier zur Nacht gemacht und die Bergwelt in Sturzfluten ertränkt. Nun war davon außer einem gelegentlichen Tröpfeln zwischen den Bäumen nichts mehr zu spüren. Auch das albtraumhafte Sturmgeheul, unter dem der Orkan aufgezogen war, war verklungen.

Die drei brieten Pilze über einem kleinen Lagerfeuer, das sie mit magischer Hilfe entfacht hatten. Der Duft wehte über die feuchte Waldlichtung und Boltan wunderte sich darüber, dass er den köstlichen Geruch erst jetzt bemerkte.

»Sag mal, was machst du da hinten eigentlich?«, fragte ihn

Tandurin misstrauisch. Der Zauberdieb reichte die Pfanne Geron und marschierte kurzerhand zu Boltan herüber.

Aufgeschreckt versuchte sich Boltan aufzurichten, doch da ihn sein Holzbein behinderte, stieß er mit dem Kopf gegen die durchhängende Plane, die sie zum Schutz ihres Gepäcks aufgespannt hatten. Schon plätscherte hinter ihm ein Schwung Regenwasser zu Boden.

Er stützte sich auf Cyrnachons Zauberstab, einen knorrigen alten Eichenstecken, der oben in einem henkelförmigen Astloch auslief, und in dem – einer übergroßen Münze nicht unähnlich – eine drachenbeinerne Scheibe samt eingeritztem Pentagramm steckte. Fahrig trat er unter der aufgespannten Regenplane vor und deutete auf den zusammengerollten Flickenteppich aus Greifenfedern, Haaren und Lederstücken, der auf einem Gestell neben dem übrigen Gepäck lag.

»Ich glaube, ich weiß jetzt, was den Teppich zum Fliegen bringt«, sprach er aufgeregt. »Es ist Menschenblut!«

»Was bitte?« Tandurin schaute den Teppich angewidert an, wischte sich die bunt geflochtenen Zöpfe aus dem hageren Gesicht und betrachtete wieder Boltan und den Stab. »Erst einmal klären wir etwas anderes: Du hattest uns versprochen, den Stab nicht mehr anzurühren. Außerdem sprichst du schon wieder mit ihm.«

»Was? Natürlich nicht«, log Boltan verärgert. Was gab Tandurin das Recht, ihn derart zu bevormunden? »Ich habe vielleicht ein kleines Selbstgespräch geführt. Das mache ich eben häufiger, wenn ich nachdenke. Aber …«

Selbstgespräch?, hallte in seinem Kopf eine amüsierte Stimme.

»Aber was?«, mischte sich Geron ein.

Auch er und Kyrell erhoben sich und stapften durch das nasse Gras auf Boltan zu. Die lederne Reisekleidung der beiden war leicht verschmutzt und man sah ihnen die zurückliegenden Strapazen an. Die Adepta mit ihren seitlich zusammengeflochtenen blonden Haaren und den leicht spitz zulaufenden Ohren, war hübsch wie eh und je, während an dem Königssohn kaum noch etwas vornehm wirkte. Geron trug einen zerzausten Bart von der gleichen dunklen Farbe wie sein halblanges, früher vornehm gekämmtes Haar. Außerdem wirkte er reifer, älter als noch vor wenigen Wochen. Wie auch Tandurin. Eine Folge des Lebenskraftraubes, denen die beiden vor knapp fünf Wochen beim Ahrvarien ausgesetzt gewesen waren. Vermutlich war es bei Boltan selbst nicht anders, denn auch ihn hatten die Zauberer damals an den Stamm des Goldbaums gefesselt gehabt. Allerdings war ihm seitdem ein Spiegel verwehrt geblieben.

Boltan blieb Geron eine Antwort schuldig, denn er war sich sicher, dass er das Rätsel um den fliegenden Teppich endlich geknackt hatte.

»Die Lösung lag so nah, versteht ihr?« Boltan stützte sich auf den Zauberstab des schon lange verstorbenen Zauberers aus Kesselfurt und leckte sich aufgeregt über die Lippen. »Es muss Menschenblut sein, das den Flickenteppich zum Fliegen bringt. Das ist das Einzige, was wir noch nicht ausprobiert haben.«

»Menschenblut?«, wiederholte Kyrell schockiert. »Das würde vermutlich sogar passen.«

»Ja, natürlich passt das!«, erwiderte Boltan gereizt. »Ihr habt doch gesehen, wie der Teppich jedes Mal auf Blut reagiert. Die Fasern saugen den Lebenssaft regelrecht auf. Nur eben nicht mit dem gewünschten Ergebnis. Die Frage ist also, wo wir so viel Menschenblut herbekommen, damit uns der Teppich endlich wieder trägt?«

Bringt jemanden um, raunte es hinter seiner Stirn.

Boltan blinzelte. »Aber … das können wir doch nicht tun«, meinte er betroffen. »Oder doch?«

»Verdammt, du tust es schon wieder!«, herrschte ihn Tandurin an.

»Was tue ich schon wieder?«

Tandurin riss ihm den Stab aus der Hand und schleuderte ihn wütend hinter sich zwischen die Bäume.

»Was machst du da!«, kreischte Boltan.

Aufgebracht humpelte er an ihm vorbei, um den Stab aufzusammeln, doch Geron stellte sich ihm in den Weg. Seine Rechte lag verdächtig nah am Knauf Ceredrils, dem unteramlangen Dolch aus Elfenstahl, mittels dessen Hilfe es ihm zuletzt geglückt war, seine einstige Lehrmeisterin Alruna von Greifenfels als Drachin in Menschengestalt zu entlarven.

»Merkst du nicht, was dieses Ding mit dir macht?«, sprach der Königssohn ernst. »Du bist nicht mehr du selbst, sobald du den Stab berührst.«

»Ach, bin ich nicht?!«, keifte Boltan. »Wie wäre es, wenn ihr mal etwas dankbarer wärt? Ohne Cyrnachons Stab wärt ihr alle schon lange Drachengulasch. Und wenn ich nicht gewesen wäre, dann wären wir damals auch nicht vom Drachenthron entkommen.« Sehnsüchig blickte er hinüber zu dem Stab, der im regennassen Unterholz lag. »Sag schon: Wem habt ihr eure neuen Zauber zu verdanken? Mir habt ihr das. Mir allein. Ohne ihn wären wir alle nicht hier.«

Brüsk versuchte er Geron zur Seite zu stoßen, doch der widersetzte sich standhaft.

»Lass mich gefälligst!«, schrie Boltan. »Der Stab gehört mir. Ich kann mit ihm tun und lassen, was ich will! Ihr wollt ihn mir bloß wegnehmen. Das ist es, was ihr in Wahrheit vorhabt. Ihr seid neidisch, weil er *mich* ausgewählt hat.« Seine Hände flogen hoch, um eine Zaubergeste zu wirken – als ihm Kyrell in den Arm fiel.

»Nicht Boltan. Nicht!« Sie umfasste seine Wangen, blickte ihm dabei fest in die Augen und begann zu singen.

Boltan wollte sich wehren. Auch sie hatte kein Recht, ihn seines kostbarsten Besitzes zu berauben. Doch all sein Zorn und all seine Wut verflüchtigten sich wie Morgentau in der Sonne.

Ganz am Rande nahm er wahr, dass ihn Geron und Tandurin an den Armen gepackt hielten. Denn alles, was jetzt wichtig war, war das tiefe Blau von Kyrells Augen.

Er schien förmlich darin zu versinken.

Und in ihrem Gesang lag solch ein Frieden.

Mit einem tiefen Seufzer ließ er los …

… und hockte, das Holzbein von sich gestreckt, auf einem umgestürzten Baumstamm. Er starrte auf die Fesseln, mit denen seine Hände gebunden waren.

Vor ihm standen seine drei Gefährten im Halbkreis und musterten ihn über das kleiner gewordene Lagerfeuer hinweg.

»Warum habt ihr mich …?« Jäh übermannte ihn die Erinnerungen an das Vorgefallene und vor Scham schwieg er. Sein Blick irrlichterte hinüber zu der Stelle, wohin Tandurin den Stab des Magiers geschleudert hatte.

Er war fort.

Zu seiner Erleichterung entdeckte er ihn quer über ihren Rucksäcken. Der Zauberstab war fest mit Stoff umwickelt, der eine Berührung mit der Haut verhindern sollte.

Kyrell hockte sich mitfühlend vor ihn. »Geht es dir besser?«

Boltan nickte verzagt. »Es tut mir leid. Ich war … offenbar wirklich nicht ich selbst.« Er schluckte, während es im Osten grummelte. »Ich … ich habe nicht einmal bemerkt, dass ich den Stab wieder angefasst habe.«

»Ich sage doch, es wird schlimmer.« Tandurin stand mit verschränkten Armen vor ihm. »Das verfluchte Mistding hat irgendeine Verbindung zu Boltan aufgebaut, die wir nicht im Griff haben.«

»Es sind doch bloß Cyrnachons … Erinnerungen.« Das letzte Wort hauchte Boltan, denn selbst er begriff, dass das nicht alles sein konnte.

»Erinnerungen?« Tandurin lachte trocken. »Was, wenn das in Wahrheit sein Geist ist, der den Tod überdauert hat? Du merkst nicht einmal, wie du dich veränderst, wenn du den Stab benutzt. Im Gegenteil: Du wirst immer unberechenbarer.« Er wandte sich den anderen zu. »Es geht nicht anders: Wir müssen das Ding zerstören. Werfen wir den Stab gleich hier ins Feuer und verbrennen ihn zu Asche.«

»Nein, das dürft ihr nicht«, begehrte Botan auf. »Der Stab ist doch unsere einzige –«

»Das funktioniert leider nicht«, erklärte Geron düster.

»Was funktioniert nicht?«, fragte Tandurin.

Der Prinz Waldaleths ließ eine knisternde Flamme in seiner rechten Handfläche entstehen und seufzte, während er die Lohe betrachtete. »Ich hab es bereits versucht. Vor etwas über einer

Woche. Kaum, dass ich verstanden hatte, wie sich das hier bewerkstelligen lässt.« Er ließ die Flamme ein Stück über seiner Hand aufsteigen und vom Wind über die Lichtung treiben. Dann löschte er sie mittels eines Fingerschnippens.

Erstaunt sah ihn Kyrell an. »Und wann wolltest du uns davon erzählen?«

»Tut mir leid.« Betreten sah Geron sie und Tandurin an. »Irgendwie fand sich nie die richtige Gelegenheit. Ich habe versucht, den Stab zu verbrennen, kurz nachdem Boltan seinen letzten Ausraster hatte. Doch das verflixte Ding ist vermutlich sogar immun gegen Drachenfeuer.«

»Sieh einmal an. Hin und wieder kommt bei unserem Goldjungen also der Monarch durch.« Tandurin schüttelte den Kopf. »Wir hätten das gemeinsam entscheiden sollen.«

Kyrell schwieg und Boltan vermochte nicht zu sagen, ob sie verärgert war.

»Wir müssen das wohl ganz nüchtern betrachten.« Geron seufzte. »Wenn es hart auf hart kommt, dann ist der Stab tatsächlich unsere letzte Hoffnung. Wir haben es ja erlebt: Boltan zaubert mit seiner Hilfe wie ein alter Meister. Und das ohne groß nachzudenken.« Er suchte Kyrells Blick. »Denkt dran, was er uns in den letzten Wochen alles beigebracht hat. Ich fühle mich inzwischen wirklich wie ein Adept und nicht bloß wie ein nutzloser Königsmörder, der seine Heimat vermutlich nie wiedersehen wird.«

»Du hast deinen Vater nicht ermordet«, widersprach die Halbelfe. »Also sprich nicht so. Lasst uns lieber überlegen, was wir jetzt tun sollen.«

Verwundert sah Boltan dabei zu, wie sie unter den Blicken der anderen seine Fesseln löste. Die beiden erhoben keine Einwände.

»Bist du dir sicher?«, fragte Boltan kleinlaut. »Ich kann mir doch nicht einmal mehr selbst trauen. Und eben … hätte ich euch fast wehgetan.«

»Ein seltener Moment der Klarheit«, spottete Tandurin.

»Was mich betrifft: Ich vertraue dir weiterhin.« Kyrell half ihm auf die Beine.

Boltan leckte sich über die Lippen, denn abermals spürte er

die Anziehungskraft des alten Zauberstabs. Der Wunsch, ihn zu berühren und seinen Geist in sich zu versenken, war fast übermächtig.

»Zurücklassen können wir den Stab nicht«, fuhr Tandurin fort. »Was, wenn ihn jemand findet und sich das Spielchen dann bei ihm wiederholt?«

»Wir werden eben weiterhin auf ihn aufpassen müssen.« Geron trat unter die Plane, hob den umwickelten Stab auf und warf ihn Tandurin zu. »Und ich finde, du bist sein idealer Hüter.«

»Na klasse.« Tandurin beäugte den umwickelten Stab übel gelaunt. »Vielleicht finden wir ja in der Zitadelle eine Möglichkeit, ihn loszuwerden.«

»Hauptsache, du hältst ihn bis dahin von Boltan fern.«

Boltan senkte angesichts Gerons Ermahnung den Blick.

»Wie weit ist es denn noch?« Kyrell schritt zur Böschung hinter ihnen und blickte zwischen den Bäumen auf den von Bergen gesäumten blauen Flusslauf hinab. Die Trondel war ein Seitenarm des Großen Flusses und entsprang im Westen dem Trollwasser, einem großen See im Schatten des Wolkenkammgebirges, an dessen Ufern die Hauptstadt des Königreichs Albenhain lag.

Boltan humpelte an ihre Seite und spähte ebenfalls auf die bewaldete Flusslandschaft. Ein voll beladener Flusssegler ließ sich von der Strömung gen Osten treiben, wo der Horizont auf ganzer Breite von Gewitterwolken verdunkelt war. Hin und wieder flackerte ein unheimliches Licht zwischen den Wolken auf, dem fernes Donnergrollen folgte. Boltan wandte seinen Blick von der abziehenden Unwetterfront ab, und betrachtete einen weiteren Kahn, der an langen Leinen von einem Ochsengespann stromauf gezogen wurde. Interessanter jedoch war, was sich auf dem Treidelpfad etwas weiter im Westen abspielte. Denn dort marschierte dem Gespann ein langer Heerwurm unter den blau-schwarzen Bannern Albenhains entgegen. Die Soldaten trugen Spieße, Speere und andere Waffen; sie wurden von Rittern auf Pferden begleitet, die die Banner des Königreichs – sieben Türme auf schwarz-blauem Grund – stolz im Wind wehen ließen. Boltan schätzte ihre Gesamtzahl auf etwa dreihundert. Hinzu kamen

Lastenschiffe, die jetzt hinter einer Biegung des Flusses auftauchten, außerdem der Tross mit Wagen und Karren.

»Seht mal«, rief Kyrell neben ihm, »es sieht ganz so aus, als träfe Albenhain Kriegsvorbereitungen.«

»Das hat garantiert mit Yolsulgurs Rückkehr zu tun.« Boltan kniff die Augen zusammen, um Details erkennen zu können. »Vermutlich haben sich in der Zwischenzeit Ereignisse zugetragen, von denen wir noch nichts wissen.«

Auch Geron und Tandurin hielten nun Ausschau.

»Anzunehmen«, pflichtete ihm der Königssohn bei. »Es ist bereits über einen Monat her, dass Yolsugur wiederauferstanden ist. Vielleicht hat er seine Drachen inzwischen in den Süden entsandt und dort erste Städte und Dörfer in Brand gesteckt?«

»Wir wären vermutlich nicht so ahnungslos, wenn wir den Großen Fluss oben bei Kesselfurt überbrückt hätten«, murrte Tandurin. »Datakor Askerios hätte uns detailliert über die jüngsten Geschehnisse in den Jungen Königreichen in Kenntnis gesetzt.«

»Nur, wenn er die Schlacht um Kesselfurt überlebt hat«, wandte Boltan ein und erntete dafür einen strafenden Blick.

»Der weiß schon auf sich aufzupassen.« Tandurin gab sich überzeugt. »Und dass Kesselfurt einen neuen Patriarchen hat, wurde uns zweimal bestätigt.«

»Hört auf!«, mischte sich Kyrell ein. »Es war schon richtig, eine der Fähren südlich des Kataraktes zu nehmen. In Kesselfurt wären wir keinesfalls unbemerkt geblieben. Niemand von uns. Und wir wissen nicht, wer uns alles jagt.«

»Der Preis dafür ist, dass wir nicht wissen, was derzeit in den Jungen Königreichen vor sich geht«, murrte Tandurin. »Es wird höchste Zeit, dass wir uns aus der Deckung wagen. Wir könnten zur Abwechslung mal ein richtiges Gasthaus aufsuchen. Dort finden sich immer Händler, die im Bilde sind, was in der Welt geschieht. Mal davon abgesehen, dass wir nicht so viel Zeit damit hätten vertrödelt sollen, nach dem elenden Flickenteppich zu suchen.«

»Die Aussicht, mit seiner Hilfe rasch überall hinzukommen, war ja nicht unrealistisch.« Geron seufzte.

»Und, was hat uns das gebracht? Nichts, außer wund gelaufene Füße. Bei dem anschließenden Gewaltmarsch quer durch die Jungen Königreiche hat uns das Mistding nur behindert. Ohne ihn wären wir schon lange an unserem Ziel.«

Boltan räusperte sich befangen, denn er konnte Tandurin nicht widersprechen.

Nach Ambras Bestattung hatte Kyrell sie mit ihrem goldenen Ahrvarienblatt zunächst auf die Elfenpfade geführt, um so schneller in den Südwesten zu gelangen. Sie waren durch ein wundersames magisches Zwischenreich gewandert, über das man in kürzester Zeit verschiedene weit entfernte Regionen in den Jungen Königreichen erreichen konnte. Allerdings hatten sie sich dort in eine unheimliche und lichtlose Wüstenei mit rasiermesserscharfen Felsen verirrt, die Kyrell als *verheerte Region* bezeichnete. Die alte Elfenmagie, die die Wege aufrechterhielt, hatte sich in dem Gebiet schrecklich ins Gegenteil verkehrt, und Boltan schüttelte es jetzt noch beim Gedanken an die nachtschwarzen fliegenden Schrecken, die dort die Jagd auf sie eröffnet hatten. Es war ihnen zwar gelungen, zurück in die wirkliche Welt zu finden, allerdings in die westlichen Ausläufer der Schattenberge. Da Kyrell keinen weiteren Zugang zu den Elfenpfaden kannte, hatten sie die von breiten Schluchten und reißenden Wildwassern durchsetzte Bergwelt nach jenem Pass abgesucht, über den sie damals zu dem Pfad der Fürsten samt den dortigen Grabmonumenten gelangt waren. Ihr Ziel war es gewesen, ersatzhalber den fliegenden Teppich zu nutzen, den sie dort zurückgelassen hatten. Nur wollte sich das Ding einfach nicht in die Lüfte erheben. Dass sie ihn noch immer mit sich herumschleppten, war letztlich Boltan zu verdanken, denn er hatte darauf bestanden.

»Immerhin wissen wir jetzt, wie wir den Greifenteppich wieder nutzbar machen können«, merkte er kleinlaut an.

»Wir *wissen* überhaupt nichts«, widersprach Tandurin böse. »Das mit dem Menschenblut ist bloß eine Vermutung. Sollen wir uns jetzt alle mal zur Ader lassen, um deine Theorie zu überprüfen? Oder sollen wir dafür jemanden abstechen?«

»Lass gut sein«, sagte Kyrell beschwichtigend. »Später ist man immer klüger. Beantworte mir lieber die Frage, wie weit es von hier aus noch ist?«

Der junge Mann aus dem Fahrenden Volk deutete auf einen spitzen, blauschwarzen Felsen, der sich in einiger Entfernung zwischen den Bäumen erhob. »Das da hinten ist bereits die Hirschnadel. Und das heißt, dass wir Escalia Rotdruds Zitadelle noch vor Sonnenuntergang erreichen können. Wenn wir einen Schritt zulegen. Denn das komische Gewitter vorhin hat uns leider mehr Zeit gekostet, als abzusehen war.« Er sah Boltan von der Seite an. »Und nur um das klarzustellen: Ich kann nicht versprechen, dass wir da tatsächlich einen Hinweis auf diese ominöse Bibliothek der Toten finden. Aber in der Zitadelle befindet sich eine ziemlich große gewöhnliche Bibliothek – auch wenn mich Escalia da so gut wie nie reingelassen hat. Was wir dort ganz sicher finden werden, sind weitere Zauber.« Er grinste. »Und vielleicht auch ein paar nützliche Artefakte. Escalia war eine ziemlich eifrige Sammlerin.«

»Uns bleibt gar nichts anderes übrig, wenn wir Ambras letztem Hinweis nachspüren wollen«, sagte Boltan. »Nach Siebenbrücken können wir nicht, denn Walmar dem Weisen ist nicht zu trauen – sollte er den Kampf gegen Yolsulgur überlebt haben. Wo genau Mutter Valeska ihre Wissensschätze hütet, weiß Kyrell nicht. Und Alruna von Greifenfels aufzusuchen … da könnten wir uns der Drachin auch direkt zum Frass vorwerfen.« Er zuckte mit den Schultern. »Die Feste deiner toten Lehrmeisterin ist derzeit unsere einzige Chance, um irgendwie an weitere Informationen zu gelangen. Und ich schwöre euch, Ambras letzte Worte waren sehr eindringlich.«

»Daran zweifelt keiner.« Geron legte ihm kameradschaftlich die Hand auf die Schulter.

»Ich frage mich eher, ob wir da überhaupt reinkommen«, merkte Kyrell an. »Das ist schließlich die Wohnstatt einer Zauberin.«

»Lass das mal meine Sorge sein.« Tandurin, darauf bedacht, dass Cyrnachons Zauberstab stets außer Boltans Reichweite blieb, zwinkerte zuversichtlich. »Ich habe dort ja einige Jahre gelebt. Escalia hat ihre Schutzsiegel so angelegt, dass in ihrer Abwesenheit keine lebende Seele Zutritt zur Zitadelle erhält. Man benötigt das richtige Passwort.« Er tippte sich an die Stirn. »Und das besitzt derzeit alleine ihr ehemaliger Adept.«

»Hoffentlich.« Kyrell blieb skeptisch.

»Sollten wir scheitern, können wir immer noch Kyrell dabei helfen, die Elfen zur Rückkehr zu bewegen«, fügte Geron an. »Mit dieser Macht im Rücken wäre es viel leichter, dem Drachenkönig die Stirn zu bieten.«

»Das ist allenfalls eine Option.« Die Halbelfe strich sich das blonde Haar hinter die leicht spitzen Ohren. »Ich sagte euch doch, dass die Elfen untereinander zerstritten sind. Diese Yarvala, der ich drüben bei den Elfenpfaden begegnet bin, ist nach eigener Aussage relativ jung für eine Elfe. Und nach allem, was ich von ihr erfahren habe, ist es vor allem ihre Generation, die Interesse an der alten Welt zeigt. Die Alten fürchten Yolsulgur. Und das wird so bleiben, solange er über die Drachenkrone gebietet.«

»Trotzdem bleibt Hoffnung.« Geron wirkte erstaunlich nachdenklich. »Alruna meinte mal, dass die Magie wie ein lebendes Gewebe sei, das oft seinem eigenen Willen folgt. Ich denke daher nicht, dass deine Begegnung bloß Zufall war.«

»Du glaubst einer Drachin?«, kam es von Tandurin.

»Jetzt, da wir wissen, dass sich die Magie in Wahrheit aus der Lebenskraft von uns allen speist, ergibt das doch sogar einen seltsamen Sinn.« Geron sah sie der Reihe nach an. »Seit mehr als einem halben Jahrtausend rätselt die Welt, was aus den Elfen wurde. Nicht einmal die Zauberer wissen, wo sie geblieben sind. Und jetzt erfahren wir, dass sie seit ihrem Auszug in einem geheimnisvollen Reich leben, das den Elfenpfaden in seiner Natur offenbar gar nicht so unähnlich ist. Vielleicht sollten wir versuchen, diese Yarvala aufzuspüren? Immerhin hat sie Kyrell schon einmal geholfen.«

»Ja, hat sie.« Kyrell kramte das goldene Blatt des Ahrvarien unter ihrer Kleidung hervor. Sie trug es eingeschlagen in einem Tuch bei sich und Boltan musterte das Artefakt neugierig. »Aber ich kenne schlicht keinen weiteren Zugang zu den Elfenpfaden, außer den im Norden, am Drachenthron. Und noch einmal stürze ich mich beim Katarakt von Kesselfurt garantiert nicht in die Tiefe.« Sie atmete angesichts der unangenehmen Erinnerung tief ein. »Außerdem habe ich Angst davor, das Goldblatt auf meiner Haut zu tragen. Yavala hat mich ausdrücklich davor gewarnt. Denn wenn der Drachenkönig seine Krone trägt, könnte er mich so aufspüren und mich schlagartig meiner Lebenskraft berauben. Die beiden letzten Male, die ich uns auf die Elfenpfade geführt habe, waren schon riskant.« Betrübt sah sie auf. »Also lasst uns zunächst weiter Ambras Fingerzeig folgen. Denn was auch immer es mit dieser Bibliothek der Toten auf sich hat, in einer Sache bin ich mir sehr sicher: Ambra hätte Boltan den Hinweis nicht gegeben, wenn er nicht wirklich wichtig wäre.«

Sie sahen einander an, schließlich gab Tandurin das Zeichen zum Aufbruch. »Gut, packen wir zusammen und dann weiter.«

Boltan humpelte an der Seite seiner Gefährten zurück zur Lichtung, wo sie rasch das Lager abbauten und ihre Habseligkeiten aufsammelten. Überrascht bemerkte er, dass ihm die anderen einen Teil der gebratenen Pilze übrig gelassen hatten, und schlang sie herunter. Seine einstige Leibesfülle war den Anstrengungen der letzten Wochen zum Opfer gefallen. Dennoch würde die unwegsame Wegstrecke, die vor ihnen lag, mühsam werden, denn das verdammten Holzbein verursachte schmerzende Druckstellen an seinem Beinstumpf, die auch durch das Melkfett nicht besser wurden, mit dem er ihn regelmäßig einrieb. Erstmals seit langer Zeit dachte er an Dania. Er vermisste die Verräterin nicht, aber ihre Heilkünste kämen ihm jetzt sehr gelegen.

Schicksalergeben streifte er sich das Zuggeschirr des Holzgerüsts über, auf dem der Flickenteppich lag, als Geron zu ihm kam und es ihm abnahm.

»Komm, gib mir«, meinte er freundschaftlich, während er den Teppich skeptisch betrachtete. »Wir haben ihn bis hierher geschleppt, da lassen wir ihn jetzt nicht einfach liegen.«

»Danke. Er ist auch … zu wertvoll.«

»Du bist dir sicher mit dem Menschenblut?«

Boltan nickte.

Geron atmete tief ein und zog das Gestell hinter Kyrell her, die Tandurin zu einem Wildpfad nacheilte. Boltan bildete den Abschluss – und sein Blick fiel auf den eingewickelten Zauberstab, den Tandurin auf dem Rücken festgeschnallt hatte, neben dem Horn aus Drachenbein. Das armlange magische Instrument hatte sich bisher als ebenso nutzlos wie der Teppich erwiesen. Denn um damit einen Gipfelalk zu rufen, musste sich einer der Riesenvögel in Hörweite befinden. Dummerweise lebten die Vögel weit entfernt in den Blauen Zinnen. Und viele gab es wohl auch nicht mehr.

Der Zauberstab hingegen … der *war* nützlich …

Boltans brennender Blick lag unentwegt darauf, während sie Stunde um Stunde, unterbrochen von kleineren Pausen, durch die bewaldete Bergwelt nördlich des Flusses gen Westen marschierten.

Die Sonne ging bereits hinter den Bergkämmen unter, als sie einen regendurchweichten Karrenpfad erreichten, der sich alsbald gabelte. Linkerhand führte er zwischen den Bäumen zu einem Flusstal hinab, rechterhand ging es weiter hinauf in die Bergwelt. Tandurin blieb stehen, trat unter einen Baum und langte nach einem geflochtenen Band aus verknoteten bunten Fäden, das dort im Wind hin und her pendelte. Es ähnelte dem bunten Schmuck in seinem Haar.

»Was ist?«, fragte Kyrell.

Tandurin musterte das Band. »Mein Volk ist hier entlanggekommen. Vor sechs Tagen.«

»Das schließt du aus diesem Ding?«, wollte Geron wissen.

»Ja, das … und noch einiges mehr.« Er sah auf. »Der Hinweis wurde von niemand Geringerem zurückgelassen als der Babajuschka. Der Greisenmaid.«

Kyrell eilte zu ihm, um das bunte Band ebenfalls in Augenschein zu nehmen. Auch Boltan humpelte an ihre Seite, während Geron beim Teppich zurückblieb und die Umgebung im Auge behielt. Boltan hatte die seltsame Seherin aus Tandurins Volk zwar nie kennengelernt, aber ihre rätselhafte Prophezeiung beschäftigte auch ihn.

»Wusste sie etwa, dass wir hier vorbeikommen würden?«, fragte er erstaunt.

»Keine Ahnung«, antwortete Tandurin. »Auf diese Weise verständigen sich die einzelnen Sippen ganz allgemein miteinander. Immerhin ahne ich jetzt, wo sie ist.« Er ließ das Band an dem Baum und trat zurück auf den Weg. »Darum können wir uns später kümmern. Zu Escalias Festung geht es dort hinauf. Und jetzt ist es wirklich nicht mehr weit.«

Zum allgemeinen Leidwesen schlug er den Weg rechterhand ein und nicht nur Boltan bereitete der zunehmend steiler werdenden Waldpfad Mühe. Kyrell unterstützte Geron dabei, den Flickenteppich hinter ihnen herzuziehen.

Im abendlichen Dämmerlicht, und vor der Kulisse eines mächtigen dunklen Bergrückens mit schroffen Graten und Steilwänden, kamen die spitz zulaufenden Dachfirste eines kleinen Bergdorfes in Sicht.

»Das da vorn ist Tannbach.« Tandurin lächelte. »Das Dorf gehört zu Escalias Ländereien und versorgt die Festung, wenn Escalia hier ist.«

Sie beschleunigten ihre Schritte, doch kaum, dass sie den abgelegenen Flecken erreichten, hielten sie inne.

In Tannbach war es seltsam still – und menschenleer.

Das kleine Bergdorf bestand aus einem Dutzend Bauernkaten, zwischen denen verlassene Karren standen. Boltan entdeckte am Dorfrand eine Pferdekoppel, deren Zäune aussahen, als seien sie von innen durchbrochen worden. Und selbst er als Städter konnte im durchweichten Untergrund die Spuren von Rindern ausmachen, die von einer offen stehenden Scheune kommend in Richtung des nahen Waldes führten. Allein einige herrenlose Hühner liefen zwischen den Häusern herum, die Reißaus nahmen, als sich die Truppe näherte.

Unmittelbar vor ihnen auf dem Weg lag der zerrissene Kadaver eines Hundes in einer breiten Blutlache. Sie schimmerte feucht.

Tandurin sah sich alarmiert um und formte seine Hände zu einem Trichter. »Hallo? Ist hier jemand?«

Sie liefen vorsichtig weiter bis zur Dorfmitte, wo ein von Steinen gesäumter rauschender Bach sprudelte. Hölzerne Stege ermöglichten es, ihn trockenen Fußes zu überqueren.

Tandurin wiederholte seinen Ruf, und diesmal ertönte rechts von ihnen das kratzende Schaben einer Tür. Sie gehörte zu dem einzigen Steingebäude im Ort, das mit seinen zwei Stockwerken und den überkreuzten Rinderköpfen unter dem Dachfirst zugleich das höchste Gebäude Tannbachs war. Ein Versammlungshaus. Die Fenster waren allesamt verrammelt. Zögernd traten drei Männer ins Freie, von denen einer einen schweren von Metallbändern umfassten Prügel in Händen hielt. Seine Begleiter hielten abwehrbereit Sensen umklammert. Hinter ihnen drängten sich zahlreiche weitere Menschen.

»Gebt Euch zu erkennen!«, rief der Kerl mit dem Prügel, ein grobknochiger Mann mit Backenbart, den Boltan auf etwa vierzig Jahre schätzte.

»Das ist Laron, der Dorfschulze«, erläuterte Tandurin. Um seine Stellung zu unterstreichen, beschwor er ein Zauberlicht über seiner Handfläche herauf. »Ich bin es, der Adept von Magistra Escalia Rotdrud.«

»Die Zauberin ist zurück!«, rief der Schulze erleichtert.

Sofort öffneten sich einige Fensterläden, hinter denen sich mehrere blasse Gesichter zeigten.

»Sagt schon, was ist hier los?« Tandurin marschierte geradewegs auf den Mann zu.

»Gut, dass Ihr endlich wieder hier seid. Ich muss sofort mit der Magistra sprechen«, klagte der Dorfschulze. »Der Sturm vorhin, er …« Ihm brach die Stimme und sie sahen, wie seine Lippen vor Furcht bebten.

»Magistra Rotdrud wurde leider aufgehalten«, erwiderte Tandurin. »Vorerst müsst ihr mit mir vorlieb nehmen. Also, sagt schon: Warum versteckt ihr euch hier?«

»Ihr … Ihr müsst Euch das schon selbst ansehen.« Der Mann griff verstört nach Tandurins Arm und die beiden Bauern hinter ihm erweckten den Eindruck, als trauten sie dem Frieden nicht. »Ihr werdet es mir sonst nicht glauben, junger Herr.«

Er zog ihn mit sich, über einen Bachsteg hinweg, zu einer Gasse neben der Dorfschmiede – und blieb dann unvermittelt stehen, als sei ihm schlagartig bewusst geworden, wie weit er sich vorgewagt hatte. »Ich schwöre es Euch. Hier … hier kamen sie raus. Und dann sind sie einmal quer durchs Dorf …«

Tandurin spähte misstrauisch zwischen die Gebäude, und wartete, bis Boltan, Geron und Kyrell zu ihm aufgeschlossen hatten. »Was soll das? Da hinten ist das Dorf zuende. Da befindet sich bloß der Friedhof.«

»Aber davon spreche ich doch, Herr!« Der Schulze erweckte den Eindruck, als verstünde er die Welt nicht mehr. »Die Toten. Sie haben sich erhoben und sind hinauf zur Zitadelle marschiert.«

Kyrells sah entsetzt auf das alte und mit Gedenksteinen übersäte Gräberfeld. Es lag am Rande des Bergdorfes und war von einer niedrigen Steinmauer umfriedet, in der zum Tal hin ein mannshoher und überdachter Ahnenschrein eingelassen war. Vor dem Schrein lagen verblühte Kränze und wie es in den Jungen Königreichen Brauch war, war er mit den Porträttafeln und Holzfiguren zahlreicher Verstorbener geschmückt.

Der eigentliche Friedhof jedoch war geschändet. Das Erdreich war aufgerissen und zerwühlt, viele Gedenksteine standen schief, manche waren sogar in trichterförmige Mulden gestürzt, in die gelegentlich feuchtes Erdreich nachrutschte. Da die Sonne mittlerweile hinter den Bergen verschwunden war, lag der Totenacker in einem düsteren roten Dämmerlicht vor ihnen. Was das Licht offenbarte reichte aus, um Kyrell eine Gänsehaut zu bescheren. Denn die Wühlspuren bei den vielen Mulden ließen keinen Zweifel daran, dass sich dort etwas aus der Tiefe nach oben geraben hatte. Zudem entdeckte sie im Erdreich zahllose unvollständige Fußspuren, die geradewegs in den Ort führten.

»Ich wusste, dass mit dem Unwetter heute Nachmittag etwas nicht stimmte«, meinte sie. »Erinnert ihr euch an das gespenstische Brüllen im Sturm?«

Boltan neben ihr nickte sorgenvoll. »Irgendeine Form von Totenbeschwörung. Anders ist das hier nicht zu erklären.«

»Der untote Drachenkönig?«

Walmars einstiger Adept wog nachdenklich sein Haupt, und Kyrell wurde wieder bewusst, wie wenig von seinem derzeitigen Erscheinungsbild noch an den dicken und etwas ungelenken Bürgerspross erinnerte, den sie vor einigen Wochen kennengelernt hatte. Boltans dunkle und leicht zerstrubbelten Haare, die damals zu einem unvorteilhaften Topfschnitt geschnitten waren, reichten ihm bis weit über die Ohrspitzen, in seinem rundlichen Gesicht wucherte Flaum und zusammen mit dem abgetragenen Kaufmannsmantel und dem Holzbein unter der verschmutzten Pumphose erinnerte er sie inzwischen mehr an einen abgerissenen Seemann als an einen gelehrten Adepten. Am meisten rührte sie der Blick in seine dunklen Augen. Dort lag ein stiller Schmerz, der vermutlich weniger mit dem Gräberfeld zu tun hatte, als mit all dem Unglück, dem er in den letzten Wochen ausgesetzt gewesen war.

»Er … oder Rasgath Tiefwasser«, stellte Boltan fest. »Erinnert ihr euch an die Gaalleichen, die Ambras Lehrmeister am Drachenthron erhoben hat?«

»Wer könnte das vergessen?«, sagte Geron. Ebenso wie Tandurin schritt er die Grabreihen ab und hielt nach weiteren Hinweisen Ausschau. »Aber warum sollte er das hier getan haben?«

Boltan sah zu dem schroffen Bergzug auf, der die Ortschaft im Norden überragte, und Kyrell spähte ebenfalls in die Richtung. Jetzt, da die Häuser nicht mehr den Blick aufs Umland verstellten, war dort die düstere Silhouette von Magistra Rotdruds Magierzitadelle zu erkennen. Die schlanke, aufstrebende Festung jenseits der Baumwipfel war vielleicht noch fünf oder sechs Meilen entfernt und schmiegte sich direkt an den Bergrücken. Im Abendlicht waren nur wenige Einzelheiten auszumachen, doch mit ihren fünf himmelwärts strebenden und von spitzen Turmdächern gekrönten schlanken Rundtürmen erinnerte das Bauwerk Kyrell an die verwunschenen Zauberschlösser aus den Märchen ihrer Kindheit. Doch die Zitadelle dort oben war sehr real. Ebenso wie das feine, silbrig glitzernde Band, das der Felswand weiter oben entsprang und auf die Festung herabstürzte.

Ein Wasserfall.

»Wie war das noch mal«, brummte Boltan unheilvoll. »Escalia Rotdruds magische Sicherungen sind so beschaffen, dass da oben *keine lebende Seele* Zugang erhält …?«

Tandurin sah ihn konsterniert an. »Scheiße! Vielleicht ist das der Grund.« Auch er sah zu der Zitadelle auf. »Ich weiß noch, wie mir Escalia vor unserem letzten Raubzug hochmütig erklärte, dass jeder Schutzzauber nur so gut sei wie sein Erschaffer. Die raffgierige Hexe hätte sich an ihre eigene Nase fassen sollen.«

Kyrell wandte sich dem Schulzen zu, der neben der Schmiede wartete und sie gespannt beobachtete. »Wie viele Wege führen dort rauf?«

»Nur einer, Herrin.« Der Mann schluckte. »Und den haben auch die Toten genommen. Und … sie haben Werkzeuge mitgenommen. Aus der großen Scheune.«

»Werkzeuge?« Boltan machte verwundert einen Schritt auf ihn zu.

»Ja. Sägen und Äxte.«

»Na gut.« Geron seufzte. »Dann sollten wir keine Zeit verlieren. Ich zähle hier zehn aufgebrochene Gräber. Das nur als Warnung, womit wir es dort oben eventuell zu tun bekommen.«

Kyrell und ihre Gefährten kehrten ins Dorf zurück, nahmen ihr Gepäck auf und ihr Blick fiel auf das Gestell mit dem Teppich. »Was machen wir damit?«

Tandurin fasste das hohe Steinhaus jenseits des Bachlaufs ins Auge, der munter über den Dorfplatz sprudelte. In der Zwischenzeit hatten sich weitere Menschen ins Freie gewagt. Stämmige Bergbauern mit ihren Kindern, die sich ängstlich an die Rockschöße ihrer Mütter klammerten. »Laron, Ihr verwahrt das Ding hier und passt bis zu unserer Rückkehr gut darauf auf.«

»Wie Ihr wünscht, junger Herr.« Der Dorfschulze winkte zwei der Bauern heran, während Tandurin Kyrell und den anderen zunickte und sie forschen Schrittes aus dem Dorf hinaus zu einem allmählich steiler werdenden Karrenpfad führte, über den es hinauf zur Zitadelle der Magierin ging.

Kaum dass die Häuser der Ortschaft hinter den Bäumen verschwunden waren, warteten sie, um es Boltan zu ermöglichen aufzuschließen. Ihm war anzusehen, dass ihm sein Holzbein zunehmend Schmerzen verursachte.

»Also, Vorschläge?«, fragte Tandurin. »Wer auch immer die Toten aus der Erde geholt hat, wird sich vermutlich ebenfalls da oben herumtreiben.«

»Ich wüsste da was …« Kyrell atmete tief ein.

Geron neben ihr lächelte grimmig. »Lass mich raten: eine deiner bewährten Spähaktionen?«

»Na ja, es muss ja diesmal kein Gipfelalk sein.« Kyrell legte ihren Rucksack ab. »Falken und Adler habe ich hier zwar noch keine gesehen, aber ich habe auf den Wiesen hoch zum Dorf einige Bergpieper entdeckt. Wenn die hier in der Nähe brüten, könnte ich meinen Geist mit einem dieser Vögel verschmelzen.«

»Sei vorsichtig«, mahnte Tandurin, der sich einige seiner bunten Haarsträhnen aus dem Gesicht wischte. »Die Festung ist auch gegen Eindringlinge aus der Luft geschützt. Und zwar unabhängig von den übrigen Schutzsiegeln. An den Turmwänden befinden sich geflügelte Gargylen.«

»Magisch belebte Wasserspeier?« Boltan riss die Augen auf. »Diese beseelten Steingolems kamen angeblich zuletzt im Zweiten Drachenkrieg zum Einsatz.«

»Da weißt du mal wieder mehr als ich.« Tandurin zuckte mit den Schultern. »Escalia hat jedenfalls welche. Wobei ich nicht glaube, dass die wirklich aus Stein sind. Ich tippe auf Schimären, die mit irgendeiner Form von Elementarmagie erschaffen wurden. Aber ich habe sie noch nie im Einsatz erlebt. Sie sollen schwer zu verletzen sein. Ein Vogel … könnte ihnen aber vielleicht entgehen.«

»Völlig egal, ob Mischwesen oder beseelte Steinkreatur, pass in jedem Fall auf dich auf«, meinte Geron besorgt.

Kyrell lächelte ermutigend. »Werde ich.«

Sie setzte sich unter den Blicken ihrer Kameraden auf eine dicke Wurzel, wartete bis Ruhe eingekehrt war, und schloss ihre Augen. Sie flüsterte den Zauber, streckte ihren Geist bis zur Waldgrenze, tastete die Umgebung ab und fand überraschend schnell ein Nest, in dem einer der hochbeinigen Bergvögel brütete. Im nächsten Moment kippte ihr Geist vornüber …

… und aufgeschreckt schlug sie mit den Flügeln. Es dauerte nicht lange, bis sie sich an ihre kaum ellengroße Tiergestalt gewöhnt hatte. Sofort sprang sie aus dem Nest des Bodenbrüters in die Höhe und stieg unter aufgeregtem Geflatter zum roten Abendhimmel auf. Wind fing sich in ihrem graubraunem Gefieder und sie hielt geradewegs auf die schlanke Zitadelle zu. Leider war die Sonne inzwischen so tief hinter dem Bergkamm versunken, dass die Festung mit ihren himmelwärts strebenden Türmen tief im Schatten lag. Allein der schmale Wasserfall, der von dem Berg lotrecht auf die Festung herabstürzte, schimmerte noch hellsilbern. Offenbar war er die Quelle des Bachlaufs unten im Dorf, denn unter einer Mauer schäumte ein beständiger Strom hervor, der rasch seinen Weg in Richtung Tannbach fand. Kyrell flog aufgeregt weiter und ihre scharfen Vogelaugen erfassten die hohen Torflügel der Zitadelle. Sie standen offen. Unmittelbar vor dem Tor lag ein großer, grob entasteter Baumstamm, der wie ein Rammbock wirkte. Kein gutes Zeichen.

Sie beschrieb in der Luft einen leichten Bogen, flog hinüber zum Fenster einer der von Efeu bewachsenen schlanken Spitztürme, als sie auf einem steinernen Sims an der Mauer erstmals eine Gargyle erblickte. Die geflügelte Kreatur besaß einen Hundekopf mit tückischen Augen und boshaft aus dem Maul heraushängender Zunge, dreifingrige Klauen und einen grauschwarzen, scheinbar steinernen Leib, der an den eines Ziegenbocks erinnerte. Lauernd und reglos starrte das Wesen in die Tiefe.

Besorgt darüber, dass sich das unheimliche Wesen vom Mauerwerk lösen und sie abfangen könnte, drehte sie ab und segelte über das Torhaus und die Dächer der Nebengebäude hinweg, tiefer hinein in die Feste. Deren rückwärtiger Teil war direkt an den Fels gebaut, und drei der fünf Türme waren auf halber Höhe mit schmalen Holzstegen verbunden, die Kyrell an die luftigen Brückenkonstruktionen Kesselfurts erinnerten. Weiter unten zwischen den Türmen, aber auch an den Außenmauern, erhoben sich die Haupt- und Nebengebäude mit roten Schindeldächern. Auch deren Fassaden waren von wildem Efeu überwuchert. Ein kurzer Rechtsschwenk, und Kyrell flatterte über einen von zwei Innenhöfen hinweg, der von dem Rauschen des herabfallenden Wassers erfüllt war.

Das beeindruckende Gefälle prasselte dort in ein großes, mit verwirrenden Mosaiken geschmücktes Becken, das den kompletten hinteren Bereich des Innenhofs einnahm. Der übrige Teil war zu einem Kräutergarten umfunktioniert worden. Wo genau das Wasser des Beckens abfloss, konnte sie nicht erkennen, dafür sah sie, dass der erste Innenhof von dem zweiten lediglich durch einen überdachten Torbogen getrennt war. Kyrell setzte flügelschlagend auf dem Dachfirst eines der Nebengebäude auf – und entdeckte zwei weitere Wasserspeier. Sie ragten unter der Traufe eines Turmdaches sowie unter einem Gebäudegiebel hervor.

Wie viele von diesen Kreaturen mochte es hier geben?

Ein Lichtschein drang an ihre Vogelaugen. Einmal von oben hinter einem Turmfenster, einmal von schräg unter ihr, vom zweiten Innenhof, über den man zum offen stehenden Tor der Zitadelle gelangte.

Sie hüpfte auf ihren Vogelbeinen den Dachsims entlang – und sah schockiert in die Tiefe. In eisernen Mauerhalterungen unter ihr steckten Fackeln, deren Licht sechs grässliche, skelettierte Gestalten in fleckigen Leichenhemden enthüllte. Leicht schwankend standen sie da, hielten Äxte und Hämmer in den Resten ihrer Hände. Die Tür eines Nebengebäudes wurde aufgezogen, und die Toten aus dem Ort wandten ihre grinsenden Knochenschädel dem Zugang zu.

Nicht minder entsetzt erblickte Kyrell jetzt zwei Gaale, die aus dem Gebäude traten. Die humanoiden Echsenwesen waren mit Lederpanzern gerüstet und sahen offenbar keine Veranlassung, ihre Reptilienköpfe zu verhüllen. Bewaffnet waren sie mit Bögen und gezackten Schwertern. Misstrauisch fixierten sie die Untoten mit tückischen gelben Augen, dann setzten sie eine schwere Kiste auf dem Innenhof ab. Einer von ihnen fauchte einen Befehl und schon wankten drei der lebenden Leichen zu ihnen hinüber, um ihnen die Last abzunehmen und zu einer Ecke des Hofs zu tragen, wo bereits ein halbes Dutzend weiterer Kisten standen.

Nur mit Mühe unterdrückte Kyrell ein Krächzen.

Sie hatte genug gesehen. Statt zurückzufliegen, löste sie ihren Geist kurzerhand aus dem Vogel …

… und kam mit einem heftigen Atemzug in ihrem eigenen Körper zu sich.

»Und?«, wollte Geron aufgeregt wissen.

»Gaale!«, ächzte sie und berichtete, was sie auf der Zitadelle gesehen hatte.

»Also sind die Drachen für all das hier verantwortlich.« Boltan stöhnte.

»Ja, und alles deutet darauf hin, dass sie die Zitadelle gerade leer räumen«, zürnte Tandurin. »Sie müssen die Toten dazu gebracht haben, Escalias Schutzsiegel zu zerstören. Zumindest jene unten im Burghof … Und das heißt, dass sich da jemand gut auskannte.«

»Yolsulgur?«, fragte Kyrell.

»Wohl eher Alruna – auch wenn das auf das gleiche hinausläuft«, sprach ihr adliger Gefährte. »Erinnerst du dich daran, wie wir in Waldaleth über die Absichten der Zauberer spekulierten?«

»Du meinst die Theorie, dass sie schon lange einen Krieg gegeneinander planten?«

Geron nickte. »Dazu kam es zwar nicht, weil sie vermutlich hofften, gemeinsam ein Mittel gegen den Sphärenriss am Drachenthron zu finden. Aber die haben sich in den letzten Jahrhunderten garantiert alle gegenseitig ausspioniert.«

»Also müssen wir dort oben mit der Drachin rechnen«, merkte Boltan unheilvoll an.

»Ich fürchte, ja«, antwortete Geron. »Nur müssen wir ebenfalls rauf auf die Feste, wenn wir Ambras letzten Hinweis verstehen wollen.«

Kyrell blickte von einem zum anderen. »Was gibt uns eigentlich die Gewissheit, dass wir Alruna zuvorkommen können? Sie und die Gaale sind uns viele Stunden voraus.«

»Nicht unbedingt …« Tandurin kratzte sich nachdenklich das Kinn. »Der seltsame Sturm liegt jetzt etwa sechs Stunden zurück. Bis sich die Toten aus der Erde gewühlt und das Portal der Zitadelle aufgerammt hatten, wird einige Zeit vergangen sein. Das gleiche gilt für die Schutzsiegel, die sie erst finden und zerstören mussten, um Alruna und den Drachendienern Zutritt zur Zitadelle zu verschaffen. Die können noch nicht so viel länger hier sein als wir.«

»Wir müssen uns wohl trotzdem auf Kämpfe einstellen«, mahnte Geron.

»Keine Sorge, ich kenne in der Zitadelle Wege, von denen nicht einmal Escalia wusste, dass ich sie entdeckt habe«, erklärte Tandurin selbstbewusst. »Unser Vorteil ist, dass niemand von unserer Anwesenheit weiß. Wir müssen lediglich ungesehen an den Untoten vorbei. Den Rest überlasst getrost mir.«

»Du könntest uns mittels einer deiner Illusionen abschirmen«, schlug Kyrell vor.

»Ich weiß nicht, ob das funktioniert.« Zweifelnd wog er den Kopf. »Diese Art der Magie narrt Geist und Verstand. Keine Ahnung, ob das auch für wandelnde Tote gilt.«

»Dann eben anders.« Boltan erläuterte ihnen seinen Plan.

Wenig später machten sie sich auf den Weg nach oben.

Die Bäume lichteten sich allmählich und die beeindruckende Zitadelle zeichnete sich düster vor ihnen im letzten Licht des Tages ab. Majestätisch ragten ihre schlanken Türme vor dem roten Abendhimmel auf. Diesmal war es Tandurin, der die umgebenden Schatten zu einem Schild zusammenballte, den er über ihnen aufspannte. Als versierter Illusionist war es ihm leichtgefallen, Boltans entsprechende Formel zu erlernen. Im Schutz der magischen Dunkelheit huschten sie an der Ramme und einem zerstörten Portalflügel vorbei ins Torhaus, wo sie sich hastig gegen die Wände drückten.

Keine zehn Schritte vor ihnen entfernt, auf dem jenseitigen Innenhof, zeichneten sich die Untoten im Dämmerlicht ab. Ihr Anblick war gespenstisch: wandelnde Gerippe mit grinsenden Skelettköpfen, in deren Augenhöhlen ein stecknadelkopfgroßes fahlweißes Licht gloste. Ihre bleichen Knochen wurden notdürftig von verwester Haut und vermoderten Sehnen zusammengehalten. Und nur zwei der lebenden Toten schienen in jüngerer Zeit bestattet worden zu sein, wovon das aufgeblähte, schwarze Fleisch unter ihren Leichenhemden kündete. Auch darin klafften große Löcher, zwischen denen Rippenbögen und Beckenknochen schimmerten. Nur ab und an ertönte auf dem Kopfsteinpflaster ein leises Knirschen, wenn ihre skelettierten Füße die Position wechselten. Und von allen ging ein süßlicher Verwesungsgeruch aus, der Kyrell mit der Übelkeit kämpfen ließ. Vier von ihnen hielten Äxte, Spitzhacken und schwere Hämmer umklammert, doch sie alle verfügten über Klauen mit überlangen Fingernägeln. Sie hatten jedoch zehn aufgebrochene Gräber gezählt.

Wo waren die übrigen vier Toten?

Geron hielt Ceredril und sein Schwert aus Waldalether Stahl in Händen und Kyrell sah im Halbdunkel, wie sich Boltan zum Zaubern bereit machte. Seine Finger woben ein Muster, und schon kippte auf dem Hof vor ihnen eine Truhe vom Stapel. Mit ihr polterten Bücher, Goldschmuck sowie Gegenstände aus geschnitztem Drachengebein aufs Hofpflaster, bei denen es sich vermutlich um wertvolle Zauberutensilien handelte. Ruckartig wandten die lebenden Leichen ihre Köpfe in Richtung der Geräuschquelle. Es dauerte einige Momente, bis sie reagierten und in Richtung der Truhen wankten.

Tandurin deutete stumm hinüber zum Durchgang, über den es auf den benachbarten Innenhof mit dem Wasserfall ging, und von dem ein beständiges Rauschen, Plätschern und Gurgeln herüberschallte. Sie hatten den Torbogen gerade erreicht, als Boltan mit seinem Holzbein auf einem Pflasterstein ausglitt und ein laut hallendes Knirschen ertönte, dass sich unerwartet scharf vor dem Prasseln des Wassers abzeichnete.

Ein Untoter drehte seinen bleichen Schädel in ihre Richtung und in das fahlweiße Licht der Augenhöhlen schlich sich … Erkennen.

Sofort hob Boltan seine Hände.

Die gleiche geisterhafte Kraft, die kurz zuvor die Kiste umgestoßen hatte, ergriff jetzt den lebenden Leichnam, riss ihn von den Beinen und katapultierte ihn wie ein Geschoss zum Abendhimmel empor, wo er rasch kleiner wurde und weit jenseits der Wehren aus ihrem Blickfeld verschwand.

Kyrell schaute Boltan ungläubig an, dann schlüpfte sie durch den Torbogen und drückten sich dort ebenso wie die anderen in den Schatten einer Mauer. Erst einige Herzschläge später wagte sie einen Blick zurück, doch die übrigen Untoten hatten offenbar nichts von dem Geschehen hinter ihnen mitbekommen.

»Das war verdammt knapp. Aber gut gelöst!« Geron nickte Boltan anerkennend zu.

Der lächelte unglücklich.

Kyrell betrachtete die Kräuterbeete vor ihnen. Trotz des kühlen Sprühnebels, der ihnen vom großen Wasserbecken her entgegenwehte, roch die Luft ungewöhnlich stark nach Hexenkraut, Bitterklee, Geisterwurz, Sumpfbeere und anderen Zauberkräutern. Das Wasserbecken war mindestens sieben Schritte tief und zehn Schritte breit. Das silbrig glitzernde Gefälle, das von der Bergspitze kommend lotrecht in das Becken prasselte, wühlte dort zwar das Wasser auf, doch beruhigte es sich zum Rand hin ungewöhnlich rasch, sodass nicht ein Tropfen über den Rand schwappte. Am Beckenrand war die Wasseroberfläche derart still und glatt, dass sich dort sogar einige Sterne des Nachthimmels spiegelten. Nur waren über ihnen kaum Sterne zu erkennen.

Interessiert hob Kyrell eine Augenbraue.

Tandurin neben ihr spähte argwöhnisch zu einem der beiden von Efeu umrankten Türme hinauf. Sie grenzten unmittelbar an den Innenhof und zeichneten sich dunkel und schlank vor dem Abendhimmel ab.

»Was ist?«, fragte Kyrell über den Lärm des Wasserfalls hinweg.

»Eine der Gargylen da oben hat sich gerade bewegt«, antwortete er. »Genau in dem Moment, als Boltan den Toten in den Himmel geschleudert hat.«

»Ist das gut oder schlecht?«, wollte Walmars einstiger Adept wissen.

»Kann ich nicht einschätzen. Es zeigt mir nur, dass die Wasserspeier noch aktiv sind. Ganz im Gegensatz zu all den Fallen und Sicherungen, mit denen Escalia die Zitadelle sonst vor ungebetenen Eindringlingen geschützt hat. Die wurden offenbar außer Kraft gesetzt, die Gaale wären sonst nie so weit gekommen.« Er deutete zu einem Turm, an dessen Mauerwerk, etwa zwei Schritte über dem Boden, eine fassdeckelgroße Einfriedung zu erkennen war. Sie ähnelte auf den ersten Blick einem zugemauerte Windauge, nur dass sich darin die Reste fein gewobener goldener Linien abzeichneten. Einstige Zauberzeichen. Sie waren von einer rohen Kraft aus dem Gestein gesprengt worden.

»Hilft uns das?«, fragte Kyrell nach.

»Nein.« Ihr Begleiter schüttelte den Kopf. »Die Gargylen behalten lediglich den Himmel im Auge. Hier unten müssen wir allein klarkommen.«

»Na gut. Wohin jetzt?« Geron strich sich das halblange Haar hinter die Ohren, musterte kurz den rauschenden Wasserfall und sah sich dann zu den Türmen und den angrenzenden Hofgebäuden um.

»Erst mal rüber in den Labortrakt da hinten.« Tandurin wies zu einem von Efeu umrankten Fachwerkbau samt angrenzendem Gargylenturm an der Festungsmauer gegenüber. »Da ich nicht weiß, wo die Gaale sind, müssen wir etwas improvisieren. Unser Ziel ist der Bücherturm hinter uns.« Er drehte sich um und deutete über die Hofmauer in ihrem Rücken schräg nach oben, zum wuchtigsten Turm der Feste. Der mächtige Bau grenzte an den Nachbarhof, den sie gerade durchquert hatten. Und dort lauerten die Untoten. »Um unentdeckt zu bleiben, werden wir uns unserem Ziel von oben nähern.«

Kyrell folgte seinem Blick zu den geschwungenen Brückenkonstruktionen in fünfzehn bis zwanzig Schritt Höhe, die drei der Türme verbanden.

»Also die ganze Zeit über treppauf, treppab?« Boltan berührte stöhnend sein Holzbein. »Vielleicht räumen wir doch lieber die Untoten aus dem Weg?«

»Damit den Gaalen sofort auffällt, dass hier etwas nicht

stimmt?« Geron schüttelte den Kopf. »Du schaffst das schon. Im Zweifel helfen wir dir.«

Sie folgten Tandurin am Wasserfall vorbei durch den Kräutergarten, und erstaunt sah Kyrell, dass alle Pflanzen dort prachtvoll in Blüte standen.

In dem mit Efeu überwucherten zweistöckigen Fachwerkgebäude betraten sie einen dunklen Raum, dessen Decke übersät war mit Kräutern, die dort büschelweise zum Trocknen aufgehängt worden waren. Ihr würziger Geruch umschmeichelte Kyrells Sinne wie zuvor im Hofgarten. Vorbei an Körben und riesigen bauchigen Flaschen ging es weiter in eine Kammer mit Regalen, in denen weitere unzählige Flaschen und Kisten standen, und von dort aus in eine Art Scheune mit Tor zum Innenhof. Hier schälte Tandurins Zauberlicht kein Fuhrwerk, sondern ein halbes Dutzend bedrohlich aufgerichteter Ritterrüstungen mit heruntergeklappten Visieren und aufgepflanzten Schwertern aus dem Dunkeln.

Ständer waren nicht zu erkennen.

»Ich dachte, das hier sei der Labortrakt?«, flüsterte Boltan.

»Ist es auch.« Tandurin lauschte achtsam. »Sieh dir die Rüstungen genauer an.«

Kyrell entdeckte die Zauberzeichen, die in das Metall der Panzer eingeschlagen waren. »Sind das Wächter?«, fragte sie überrascht.

Er nickte. »Hätten die magischen Siegel angeschlagen, wäre den Gaalen eine ganze Armee an Gepanzerten entgegengetreten. Escalia hat mindestens fünfzig oder sechzig der Eisenmänner über die ganze Zitadelle verteilt. Im Augenblick sind sie leider alle nutzlos …« Er räusperte sich und rief deutlich vernehmbar: »Alraunensaft!«

»Sag bloß, das war das geheimnisvolle magische Passwort, von dem du sprachst?«, fragte Geron amüsiert.

»Sicher ist sicher«, murrte Tandurin.

Geron hob sein Schwert und deutete mit ihm auf die Waffen. »Vielleicht solltet ihr euch ebenfalls bewaffnen?«

Kyrell winkte ab und auch Boltan schüttelte den Kopf.

»Ich bin ein Zauberer«, erklärte er selbstbewusst.

Tandurin hingegen steckte eine der Klingen in den Gürtel, bevor er sie hinüber zu einem Mauerdurchbruch samt Wendeltreppe führte. Über diese gelangten sie weiter hinauf bis vor ein Holzportal. Es war abgeschlossen.

»Mist!« Tandurin rüttelte vergeblich am Knauf, dann nestelte er in einer seiner Taschen und kramte ein Dietrichbesteck hervor. »Magistra Rotdrud verstand sich auf einen wirklich guten Öffnungszauber«, murmelte er gereizt, während er sich mit dem Besteck am Schloss zu schaffen machte. »Leider hat sie ihn mir nie beigebracht. Hat mich aber trotzdem nicht daran gehindert, mich überall umzusehen.«

Das Schloss klackte und er schob die Tür zufrieden auf. Vor ihnen lag ein düsteres Turmzimmer, das einer gut ausgestatteten Glasbläserwerkstatt samt Ofen, Werkzeugen und Fertigungsformen Platz bot. Magistra Rotdrud schien hier Perlen, bunten Glasschmuck und kunstvolle Laborgeräte hergestellt zu haben. Kyrell unterdrückte den Impuls, sich nach nützlichen Objekten umzuschauen, da Tandurin den Raum bereits durchquerte und sich einer weiteren Wendeltreppe zuwandte, die sie durch drei Etagen mit Lagerräumen und Zauberwerkstätten führte. Darunter lag eine Turmkammer, deren viele Feilen, Bohrer, Sägen und Werkbänke der Verarbeitung von Drachengebein diente. Hinzu kam ein Lager, in dem ganze Quader des kostbaren Materials ruhten. Dort lehnten mächtige geschwungene Rippenbögen an den Wänden, die – obwohl sie bereits zersägt waren – bis unter die Decke reichten. Außerdem stapelten sich hier Dutzende karrenlanger Drachenkrallen aus brettdickem Horn.

Schließlich gelangten sie in ein beeindruckend gut ausgestattetes Alchimistenlabor. Auf Tischen und Werkbänken verteilt standen teure Retorten, Rundkolben, Mörser und andere Gefäße unterschiedlicher Formen und Größen. In den Regalen ruhten Hunderte braune Flaschen mit Glasstöpseln, beschriftete Keramikgefäße und Dosen. Außerdem gab es gleich zwei Feuerstellen mit großen Eisenkesseln, die an Ketten von der Decke hingen.

»Meine Güte«, flüsterte Kyrell. »Gegen all das hier mutet die

Alchimistenwerkstatt von Mutter Valeska wie eine Dorfküche an.«

»Glaube ja nicht, dass ich hier viel mehr getan hätte, als den Dreck hinter der Hexe aufzuräumen«, erwiderte Tandurin bitter, der sich an einer Tür in der Außenwand zu schaffen machte.

Geron schnaubte verstehend. Kyrell spähte durch die schießschartenartigen Fenster auf die beiden Innenhöfe. Draußen war es inzwischen so dunkel, dass außer dem Fackellicht im ersten Innenhof kaum noch etwas auszumachen war. Gelegentlich zeichneten sich dort unten Bewegungen ab.

Boltan hingegen blätterte in einem alten Buch, das er mit einem winzigen Licht beleuchtete – und dann rasch in seinem Rucksack verstaute. Verlegen sah er zu Tandurin. »Ich hoffe, du hast nichts dagegen.«

Der zuckte gleichgültig mit den Schultern, öffnete die Tür an der Turmwand, und ihnen wehte eine feuchtkühle Nachtluft entgegen.

Kyrell, Boltan und Geron folgten ihm hinaus auf einen von Geländern umfassten Holzsteg, der weit über den Mauern und Giebeln des Kräuterhofs geradewegs auf einen weiteren Spitzturm zuführte. Dieser war etwas mittiger gelegen und schraubte sich unmittelbar neben dem großen Hauptgebäude der Zitadelle in die Höhe. Kyrell glaubte hinter einem Fenster Laternenschein auszumachen, doch das Licht verschwand sofort wieder.

Sie eilten die Brückenkonstruktion in geduckter Haltung entlang, als eine treibende Wolke am Abendhimmel den aufgehenden Mond enthüllte. Sein Licht ließ im Dunst des nahen Wasserfalls einen wundersamen fahlweißen Mondregenbogen entstehen, der schräg unter ihnen den halben Innenhof überspannte.

Fasziniert sah Kyrell auf ihn herab.

»Du hast es auch bemerkt, oder?«, sprach Boltan hinter ihr. »An diesem Wassersturz ist etwas Magisches.«

»Unbedingt«, pflichtete sie ihm bei. »Gut möglich, dass er sogar den Wuchs der Pflanzen und Kräuter da unten beeinflusst. Ist dir aufgefallen, dass sie alle blühen? Alle zur gleichen Zeit.«

Tandurin zog die gegenüberliegende Turmtür auf und winkte

sie hektisch herbei. Auch Geron hatte eine winzige Lichtkugel über seiner Hand heraufbeschworen, und in dem trüben Schein, den die Zauberlichter spendeten, schlichen sie die innen liegende Turmtreppe wieder nach unten. Sie kamen an verstaubten Etagen mit Schreibpulten vorbei und warfen sehnsüchtig einen Blick auf ein doppelt vergittertes Turmzimmer, in dem auf Podesten wundersame Objekte thronten. Darunter eine bauchige Flasche mit prismatischem Schliff, ein Wappenschild, das grünlich leuchtete, ein goldener Trinkkelch und die marmorne Statue eines Wesens mit zotteligen Haaren.

»Was ist das hier?«, wollte Boltan wissen.

»Irgendwelche Zaubergegenstände«, antwortete Tandurin. »Nur sind die Gittertüren mit normalen Mitteln nicht aufzukriegen. Hab's bereits vor einiger Zeit versucht. Aber vielleicht kehren wir nachher noch einmal hierhier zurück.«

»Ich hasse den Gedanken, all diese Schätze Alruna zu überlassen«, zischte Geron.

Wieder gelangten sie zu einer Tür an der Außenwand. Sie stand halb offen.

»Ab jetzt besondere Vorsicht!«, wisperte Tandurin. »Ich muss zunächst zu Escalias Privatgemächern, da wir im Bücherturm sonst kaum etwas Nützliches finden werden. Überlegt euch schon mal, wie ihr etwaige Gaale möglichst lautlos zur Strecke bringt. Denn spätestens hier müssen wir mit Besuchern rechnen.«

Sie schlichen vom Turm aus in einen breiten Gang mit mannshohen Nischen, in denen weitere Ritterrüstungen mit aufgepflanzten Schwertern standen, kamen an geräumigen Zimmern mit kostbaren Möbeln aus Nakri-Nussbaumholz vorbei und eilten leise durch einen großzügig bemessenen Speisesaal mit prachtvollen Gemälden, die Drachen sowie malerische Szenen aus dem Königreich Albenhain und dem nahem Trollwasser zeigten. Tandurin führte sie zu einer Treppe nach oben, als sie aus einem langen Korridor erstmals Geräusche vernahmen.

Alarmiert drückten sie sich in die Schatten und einige quälend lange Augenblicke später schleppte sich an ihnen eine Gruppe von vier Untoten vorbei, die zwei offene Truhen hinter sich herschleiften. Ihr Inhalt war im Zwielicht schlecht zu erkennen, doch schienen dort wahllos Bücher, drachenbeinerne Statuetten, Gefäße, Schmuck und Waffen zusammengeworfen worden zu sein.

Kaum waren die unheimlichen Kreaturen um eine Biegung verschwunden, führte Tandurin sie in jene Richtung, aus der diese gekommen waren. Abermals ging es eine Treppe nach oben und diesmal erreichten sie ein Stockwerk mit erlesener Ausstattung. An den Wänden hingen kostbare Gemälde, durch eine Tür war schemenhaft ein Zimmer mit prächtigem Lüster unter der Decke zu sehen, und es gab hier sogar Ruhezonen mit Schaukelstühlen, wertvollen Kommoden und anderen kunstvoll verzierten Möbeln. Tandurin stoppte jäh, und da Boltan mit seinem Holzbein über den Boden schrammte, legte er ernergisch einen Finger an die Lippen.

Vor ihnen lag ein langer Gang, in den durch eine geöffnete Tür Licht fiel.

Eine Laterne?

Es war still dort.

Sie wechselten besorgte Blicke, dann eilte Tandurin auf die Tür zu, spähte vorsichtig um die Ecke, zuckte kurz zurück, spähte noch einmal und winkte sie dann zu sich.

Aufs Äußerste gespannt betraten sie ein großes Kaminzimmer mit Erker, Wandtäfelung und hoher Balkendecke, das mit seinen zwei Pulten, den Bücherregalen und den vielen drachenbeinernen Gefäßen an ein Studienzimmer erinnerte. Es gab sogar eine abgesperrte Vitrine mit Zauberstäben unterschiedlicher Größe und Beschaffenheit. Beutestücke?

Das Zimmer war durchwühlt worden. Viele Einrichtungsgegenstände, darunter ein ausgelaufenes Tintenfass, Bücher und Pergamentrollen, lagen wahllos herum. Nahe dem Kamin stand auf einem Stuhl eine herrenlose, brennende Laterne, doch sie alle hatten nur Augen für die beiden Leichen, die mit verrenkten Gliedmaßen am Boden lagen.

Tote Gaale!

Eine der humanoiden Echsen wies an Brust und Kopf schwerste Verbrennungen auf. Der Gaalkadaver lag vor einem Pult und im

Raum roch es unangenehm nach schwelendem Fleisch. Der andere Echsendiener lag mit durchtrennter Kehle unweit der Tür, den Kopf in einer großen Blutlache.

»Was mag hier passiert sein?«, wisperte Geron, der sein Schwert abwehrbereit erhoben hielt.

Tandurin huschte zu einem Perlenvorhang, der das Kaminzimmer von einem weiteren Gemach trennte, und durch den schemenhaft Vorhänge und hohe Schränke zu erahnen waren. Er lauschte und wandte sich ihnen wieder zu.

»Der da« – er deutete zu dem verbrannten Gaal neben dem Pult – »hat offenbar eine magische Falle ausgelöst. Denn glaubt ja nicht, dass die Magistra sich allein auf die Sicherungen da draußen verließ. Ich an eurer Stelle würde den Perlenvorhang hier nicht berühren. Durch ihn geht es in die Privatgemächer von Escalia Rotdrud, und die sind vermutlich allesamt mit tödlichen Fallen versehen.« Er beäugte den Gaal mit der durchschnittenen Kehle. »Allerdings frage ich mich, wer den da zur Strecke gebracht hat. Nach einer magischen Falle sieht das nicht aus.«

Beunruhigt sahen sie sich um, doch sie waren allein im Raum.

»Wo genau sind wir hier eigentlich?«, flüsterte Kyrell.

»In einem von Escalias Studien- und Beschwörungszimmern«, antwortete Tandurin missmutig. »Hier habe ich viel Zeit mit langweiligen Abschriften verbracht. Das hier war das einzige ihrer Gemächer, das ich betreten durfte. Und jetzt wünscht mir Glück, denn wenn ich hier nicht finde, was ich suche, dann haben wir ein Problem.«

Er trat an den hohen, etwas in den Raum hineinragenden Kamin heran, tastete den mit steinernen Fratzen geschmückten Sims ab und kurz darauf ertönte ein Schaben. Einer der Ziegel klappte wie ein Türchen auf und Tandurin griff hinein.

Zufrieden präsentierte er ihnen eine rote, halb heruntergebrannte Wachskerze, auf der eine schwarze Zauberglyphe prangte.

»Was hast du da?«, fragte Kyrell neugierig.

»Eine Suchkerze.« Tandurin zwinkerte ihr zufrieden zu. »Du entzündest sie, nennst das Objekt, das du suchst, und sollte es sich irgendwo in der Nähe befinden, führt dich der Rauch dorthin.«

»Faszinierend!« Boltan nahm ihm die Kerze ab, betrachtete sie und sah sich um. »Sicher, dass es hier nicht noch weitere nützliche Dinge wie das hier gibt?«

»Die Frage ist, ob wir genug Zeit für so etwas haben. Andererseits« – Tandurin seufzte ergeben – »warum nicht. Aber seid vorsichtig.«

Hektisch begannen sie Bücher beiseite zu schieben und Schubladen aufzuziehen.

»Sieh an: Schwurtinte!« Boltan hielt ein gläsernes Tintenfässchen in der Hand, das er einsteckte. »Offenbar gibt es keinen Zauberer, der sich nicht auf das Zeug verlässt.«

Tandurin rüttelte erfolglos an einer Schublade, während Geron eine hübsche Sanduhr untersuchte, an der jedoch nichts Ungewöhnliches dran zu sein schien. Kyrell öffnete einen Kasten auf einer Kommode und entdeckte darin zwei immergrüne Mistelzweige.

»Tandurin, sieh mal!«, rief sie. »Die sehen genauso aus wie der Zweig, mit dem du damals das Tor am Drachenthron aufbekommen hast.«

»Sehr gut.« Tandurin klang zufrieden. »Auch diese dürften entsprechend präpariert sein. Nimm sie mit, denn damit bekommen wir sogar magisch verriegelte Schlösser auf.« Er wandte sich den anderen zu. »Und jetzt weiter. Wir müssen endlich zum Turm.«

Widerwillig folgten ihm Geron und Boltan. Als Kyrell gerade den Raum verlassen wollte, sah sie unter dem Oberkörper des verbrannten Gaals etwas Metallisches aufblitzen. Rasch eilte sie zu dem verunstalteten Echsenkörper und zog mit spitzen Fingern ein filigranes Schmuckstück hervor: eine Halskette aus Rotgold, die ein von Efeu umranktes Einhorn zeigte. Elfenschmuck.

Kyrell wollte die Kette gerade einstecken, als sie erschrocken innehielt. Der tote Gaal am Eingang war plötzlich fort.

Ungläubig starrte sie auf die leere Stelle.

Nicht einmal mehr Blut war dort zu sehen.

Die Mistelzweige hilflos vor sich haltend und sich verwirrt umsehend, lief sie zur Raumtür. Doch der Gaal blieb verschwunden.

»Wartet! Hier stimmt etwas nicht!« Kyrell eilte hinaus auf den Gang, um ihren Gefährten linkerhand zum Bibliotheksturm nachzueilen – und fand sich unvermittelt in einem toten Gangstück wieder. Vor ihr erhob sich eine massive Wand.

Wie konnte das sein?

»Geron, wo …?«

Jäh brach aus der Wand eine Hand hervor, die ihr die Mistelzweige entriss. Kyrell schrie erschrocken auf, stolperte zurück, und bemerkte erst jetzt den Schatten über ihr an der Gangdecke, der sie mit einem harten Schlag gegen den Kopf niederstreckte.

Kyrell spürte den Aufschlag am Boden kaum. Stattdessen dröhnte ihr Kopf und sie kämpfte verzweifelt gegen die Bewusstlosigkeit an. Als sie sich endlich wieder auf die Füße gekämpft hatte, blutete ihre Lippe und auch das Schmuckstück, das sie im Kaminzimmer gefunden hatte, war fort. Stattdessen vernahm sie bedrohliche Laute. Im Gang hinter ihr.

Ein Schaben, Schleifen und Röcheln.

Entgeistert fuhr sie herum und starrte entsetzt auf die vier Untoten von vorhin, die aus dem Dunkeln auf sie zuschlurften. Ihre halbskelettierten Fratzen waren ihr zugewandt, und ein Gaal mit Lederpanzer und Bogen schob sich zwischen sie.

»Eine Elfe!«, zischelte der Drachendiener triumphierend. »Schnappt sie euch!«

»Jetzt ist es nicht mehr weit.« Tandurin stützte Boltan, während sie beide im Halbdunkeln eine Treppe hinaufmarschierten.

»Vielleicht hätte ich mich vorhin im Labor nach einem schmerzstillenden Saft umsehen sollen.« Sein Begleiter ächzte. »Mein Beinstumpf ist schon ganz wund. Vielleicht … könnte ich doch einmal Cyrnachons Stab –«

»Nein!«, schnitt Tandurin ihm brüsk das Wort ab. »Merkst du nicht, dass deine Gedanken ständig um dieses Mistding kreisen?«

Boltan sah ihn wie ein geprügelter Hund an und Tandurin machte sich Sorgen um ihn. Wenn das alles hier hinter ihnen lag, mussten sie unbedingt eine Möglichkeit finden, den verflixten Zauberstab zu entsorgen.

»Mit etwas Glück finden wir im Turm einige Bücher zur Heilkunst«, sagte Geron versöhnlich. Der Prinz marschierte mit dem Schwert in der Hand voran, und Tandurin sah sich kurz zu Kyrell um, die ihnen in einiger Entfernung folgte. Endlich erreichten sie den Zugang zum Bücherturm, eine Tür mit dicken Eisenbändern.

»So, und ab jetzt ...« Tandurin legte einen Finger auf die Lippen.

Er langte bereits nach seinem Einbruchswerkzeug, doch das Türblatt ließ sich problemlos aufziehen. Argwöhnisch hielt er inne.

»Was?«, wisperte Geron.

»Eigentlich hätte die Tür verschlossen sein müssen«, antwortete er leise.

Er reduzierte das Zauberlicht weiter, betrat die Bibliothek als Erster und sah sich um. Vor ihnen lag ein ebenso hohes wie breites rundes Turmzimmer, das bis zur Decke mit sternförmig angeordneten Regalen ausgestattet war. Die Bretter bogen sich unter der Last Hunderter dicker Folianten und Pergamente, und wie bei Tandurins zurückliegenden Besuchen hier, roch die Luft nach Staub und altem Leder.

Er lauschte, doch nichts deutete auf die Anwesenheit weiterer Eindringlinge hin.

Misstrauisch berührte sein adliger Gefährte den Knauf Ceredrils, doch seiner Reaktion nach schien die Elfenklinge, die auf die Anwesenheit von Drachen reagierte, nicht anzuschlagen.

Das musste nichts bedeuten. Die Zitadelle war groß und der Turm hoch. Wenn es einen Ort gab, der das Interesse von Gerons einstiger Lehrmeisterin wecken würde, dann war das gewiss dieser hier. Tandurin war davon überzeugt, dass die Gaale von der Drachin hergeführt worden waren, denn allein sie wusste die wertvollen von den weniger wertvollen Objekten hier zu unterscheiden.

»Über wie viele Stockwerke verfügt die Bibliothek?«, wisperte Boltan.

»Sechs«, flüsterte Tandurin, schlich zur Mitte der Turmkammer und stellte dort die magische Suchkerze auf den Boden. »In den Stockwerken über uns war ich jedoch noch nie.« Er bedeutete Geron, die Kerze zu entzünden. »Danach bist du dran, Boltan. Immerhin hast du zuletzt mit Ambra gesprochen.«

Der Prinz beugte sich über den Docht, und im nächsten Moment knisterte vor ihnen eine unruhige Flamme, über der eine dünne Rauchfahne aufstieg.

Kyrell hinter ihnen beäugte die flackernde Kerze ebenfalls interessiert.

Boltan bückte sich schwerfällig, berührte die Kerze und atmete tief ein. »Wir suchen eine Quelle, die uns Aufschluss über die sogenannte Bibliothek der Toten gibt.«

Jäh knisterte und sprühte die Kerzenflamme und sogleich stieg dicker, schwarzer Qualm auf, der rasch nach rechts zwischen zwei Regalreihen waberte.

Tandurin fragte sich, wofür sich diese Kerze noch alles missbrauchen ließ. Escalia Rotdrud hatte sie nur sehr selten herausgerückt, und er würde sie unbedingt mitnehmen. Zügig folgte er der Rauchfahne, die sich wie ein dunkler Finger an den vielen Einbänden vorbei auf ein Regal an der Außenwand zuschraubte, dort wallend auftraf und das komplette Regal umwölkte.

»Na klasse«, flüsterte Geron ungehalten. »Sollen wir jetzt all diese Bücher lesen?«

»Warte …« Einer Eingebung folgend packte Tandurin das Regal und zog vorsichtig an den Streben. Wie er es sich gedacht hatte, ließ es sich fast lautlos nach vorn klappen. Die Rauchfahne zerfaserte, dann kroch sie über der Putz der Wand. Tandurin blies den Qualm beiseite und entdeckte gerade Fugen, die auf eine gut getarnte Tür hindeuteten. Nur sah er nirgendwo einen Mechanismus, um sie zu öffnen. »Kyrell, ich brauche einen der Mistelzweige.«

Zögernd reichte die Halbelfe ihm den kleinen Ast und er berührte damit den getarnten Zugang. Der Zweig löste sich in Rauch auf, der sich mit dem Qualm der Kerze vermengte, und mit einem kratzenden Schaben sprang die Geheimtür einen Spalt weit auf.

»Wusste ich es doch!« Tandurin zog die Tür auf und blickte auf

Stufen, die nach unten führten. Abermals schritt er voran. Die Stufen endeten an einem offenen Durchbruch, und überrascht begriff er, dass sie über die geheime Treppe wieder aus dem Turm hinaus und ein Stockwerk weiter unten in das angrenzende Hauptgebäude zurückgeführt wurden.

Verblüfft weiteten sich seine Augen. Sie waren so in einen getäfelten Saal gelangt mit hohen, zum ersten Innenhof gelegenen Fenstern, deren Butzenscheiben auf der Außenseite über und über mit Efeu bewachsen waren. Sie mussten sich hier im zweiten Obergeschoss des Gebäudes befinden, und es ärgerte Tandurin, dass er den verborgenen Raum all die Jahre über nie bemerkt hatte.

Vielleicht war dafür ein Tarnzauber verantwortlich?

Das eigentliche Augenmerk des Saales lag auf den gut zwei Dutzend Kristallvitrinen vor ihnen. Sie alle präsentierten kostbare Bücher und Pergamente. Einige der bibliophilen Schätze waren in schweres Drachenleder gebunden, andere mit Schlössern versehen, und auf dem Einband eines Buches funkelte ein daumennagelgroßer geschliffener Rubin, dessen reiner Materialwert sie vermutlich zu reichen Leuten gemacht hätte.

Aufgeregt stolperte Boltan an ihm vorbei und sah sich um.

»Meine Güte!« Er hielt vor einer Vitrine inne, in der ein in rotes Leder gebundener schwerer Quartband mit Eisenbändern lag. »Das hier ist der *Almanach der thaumaturgischen Wandlungen*. Der stammt von Juniper dem Schatten, und Walmar berichtete mir mal, dass es nur drei Exemplare gab, die allesamt als verloren gelten. Und da hinten …« Er humpelte begeistert zu einer benachbarten Vitrine. »Das hier ist ein seltenes Buch elfischer Fertigung. Seht ihr den leichten Grünstich der Seiten? Das dürfte Juwendelpapier sein, das die Stimme seines Besitzers speichert.«

»Pass besser auf, denn all diese Vitrinen sind mit gefährlichen Schutzsigillen gesichert.« Tandurin deutete auf verschlungene Ätzungen im Kristallglas.

An Gerons Seite folgte er weiter dem schwarzen Rauch, der jetzt am Boden zwischen den Vitrinen entlangkroch und geradewegs auf eine Vitrine weiter hinten im Saal zuwölkte.

Boltan mühte sich zu ihnen hinüber und gemeinsam sahen sie auf einen abgegriffen wirkenden, unbeschrifteten Schinken mit welligem schwarzen Ledereinband.

»Wirkt auf den ersten Blick nicht sehr spektakulär«, meinte Geron.

»Was nichts zu bedeuten hat. Denn auch dieser Band ist gut gesichert.« Tandurin deutete auf das ins Glas geätzte Schutzzeichen, das seiner Einschätzung nach einen ziemlich explosiven Zauber freisetzte, sollten sie die Vitrine unerlaubt öffnen.

Er murmelte das magische Passwort. Nichts geschah.

»So viele kostbare Zauberbücher, und wir besitzen nur noch einen dieser Mistelzweige.« Tandurin seufzte.

Er sah zu Kyrell, die vor einer Vitrine nahe dem Eingang stand, und interessiert eine dicke Schriftrolle unter dem Kristallglas beäugte. War das Drachenleder?

»Kyrell, wir …«

»Warte – vielleicht können wir uns den Zweig sparen und die Sicherung austricksen.« Aufgeregt leckte sich Boltan über die Lippen. Er streckte seine Finger über der Kristallfläche aus und starrte die ledergebundene Schrift beschwörend an. Der Einband des Buches hob sich ganz allmählich. Boltan ächzte, als müsse er einen ungeheuerlichen Widerstand überwinden, als sich vor ihnen auf der Kristallglasscheibe – einem Spiegelbild nicht unähnlich – ein geisterhaftes Gesicht abzeichnete.

Das Gesicht eines ernst dreinblickenden, kahlköpfigen jungen Mädchens.

Ungläubig riss Tandurin die Augen auf.

Die Erscheinung währte nur einen kurzen Moment, doch die überraschten Laute seiner Gefährten zeigten ihm, dass auch sie das Phänomen bemerkt hatten.

»Meine Güte!«, keuchte Boltan. »Habt ihr sie auch gesehen?«

»Ja.« Geron nickte aufgewühlt. »Das war ganz ohne Zweifel Ambra!«

»Dann sind wir auf der richtigen Spur!« Boltan verdoppelte seine Zauberanstrengungen und diesmal schaffte er es offenbar ganz leicht, das Buch in der Vitrine mit seinen Zauberkräften aufzuschlagen. Der wellige Band unter dem Glas blätterte auf und sie alle stierten auf eng beschriebene Seiten in einer krakeligen Schrift, die Tandurin kaum zu entziffern vermochte.

Anders als Boltan.

»Da!« Walmars einstiger Adept beugte sich aufgeregt vor. »Der Begriff wird hier tatsächlich erwähnt … die Bibliothek der Toten!« Er drückte einen Finger auf die Scheibe. »Das Buch beschäftigt sich offenbar mit nichts Geringerem als … dem Jenseits.«

»Du meinst Nekromantie?«, fragte Tandurin misstrauisch.

»Nein, das hier ist offenbar eher … eine Art philosophische Abhandlung. Erkenntnisse, die sich irgendwie auf das Wissen der Elfen beziehen.« Boltans Gesichtszüge nahmen einen staunenden Ausdruck an. »Unglaublich. Hier wird behauptet, dass die Elfen einst versucht hätten, das Geheimnis des Lebens zu ergründen. Und zwar lange bevor sie in den Jungen Königreichen erschienen. Das soll sogar der Grund gewesen sein, warum sie überhaupt zu uns kamen …«

»Sicher?« Geron runzelte die Stirn. »Bei uns ist überliefert, dass die Elfen vor einem Unglück geflohen sind, das ihre einstige Heimat verheert hat.«

»Sag uns lieber«, unterbrach Tandurin die beiden ungeduldig, »was es mit dieser ominösen Bibliothek der Toten auf sich hat.«

»Sie enthält offenbar … Erinnerungen«, meinte Boltan stirnrunzelnd. »Offenbar legt dort ein jeder von uns nach seinem Tod seine Lebensgeschichte und Erfahrungen ab.«

»Klingt ziemlich endgültig«, meinte Geron. »Wie gelangt man zu ihr?«

»Offenbar, indem man stirbt.«

»Schon klar. Aber das kann es doch hoffentlich nicht gewesen sein. Da muss noch mehr stehen, sonst hätte dich Ambra nicht darauf aufmerksam gemacht. Etwa, wie man sonst Zutritt zu ihr erhält? Oder wonach wir dort überhaupt suchen sollen.«

»Na ja, das geht hier noch weiter …« Boltan bemühte sich krampfhaft, die Seiten mittels seiner Magie weiter umzuschlagen, doch sie zitterten nur, und Tandurin spürte, wie sich das Kristallglas der Vitrine allmählich erwärmte.

»Warte! Hör auf.« Er fasste Boltan alarmiert an der Schulter. »Ich glaube, die Schutzsigille reagiert auf dich. Wenn du weitermachst, werden wir gleich eine böse Überraschung erleben. Kyrell, wir brauchen den Mistelzweig!« Er wandte sich der Halbelfe zu, die noch vor der Vitrine mit dem eingerollten Drachenleder stand ... und in deren Hand es rauchte.

Es dauerte kurz, bis er begriff, was das bedeutete. Entgeistert schaute er sie an. »Was hast du bitte getan? Wir hatten nur noch diesen einen Zweig.«

»Tut mir leid«, rief sie unglücklich. »Ich bin mit ihm aus Versehen gegen die Vitrine gekommen.«

Auch Boltan und Geron sahen entsetzt auf.

»Wartet.« Sie klappte den Deckel der Kristallvitrine auf und nahm die drachenlederne Rolle an sich. »Wenn es schon so ist, dann lasst sie mich kurz in Sicherheit bringen. Für die andere Vitrine finden wir bestimmt auch noch eine Lösung.«

Sie eilte in Richtung Ausgang.

Die Stimme und ihr seltsam wiegender Gang ...

»Das ist nicht Kyrell!«, fauchte Geron, noch bevor Tandurin es aussprechen konnte.

Mit dem Schwert in der Hand stürmte der Prinz hinter ihr her. Tandurin ahnte, auf welche Weise sie genarrt worden waren: Illusionszauberei!

Wütend stieß eine Faust vor – und gleich einer flirrenden Hitzewand jagte auf breiter Front eine Energiewelle durch den Saal, die jeden Täuschungszauber brach. Die Welle überrollte Kyrell auf halben Weg zum Ausgang und schlagartig veränderte sich ihre Gestalt. Die blonden Haare wurden schwarz, ihre schlanke Gestalt kleiner, und statt der praktischen Reisekleidung steckte die Flüchtende nun in einer schwarzen Lederkombination mit tiefem Ausschnitt, über der sie einen prall gefüllten Rucksack trug.

Dania!

Oder war das etwa ihre Zwillingsschwester Vala?

Die verräterische Hure stieß einen Fluch aus und rannte los.

Doch Tandurins Zauber hatte unterhalb der Saaldecke noch eine weitere unangenehme Überraschung offenbart. Dort löste sich ein trügerisches Schattenfeld auf, mittels dem sich die andere Schwester vor Entdeckung geschützt hatte. Sie schwebte dort oben in der Luft und stürzte sich sogleich auf Geron.

»Geron, über dir!« Tandurins Warnung kam zu spät. Mitten im Lauf wurde der Waldalether von einem harten Tritt zur Seite und gegen eine der Vitrinen geschleudert. Die Schwester mit der drachenledernen Rolle unter dem Arm hatte fast den Ausgang erreicht, doch auf Illusionen verstand sich Tandurin ebenfalls. Er ließ im Aufgang jäh eine prasselnde Flammenwand entstehen, die derart echt wirkte, dass die Flüchtende erschreckt innehielt und sich panisch umwandte.

Ihre Zwillingsschwester stieg mit hasserfülltem Gesicht wieder zur Decke auf und feuerte überraschend einen sprühenden Kugelblitz auf ihn und Boltan ab.

Gedankenschnell riss Tandurin seinen überrumpelten Freund mit sich zu Boden, schon schlug das Geschoss im Kristallglas ein. Es knallte, die Schutzsigille reagierte, indem sie rot aufglühte, und mit donnerndem Hall explodierte die komplette Vitrine. Scharfe Kristallsplitter zischten über sie hinweg und Tandurin ahnte, dass von dem kostbaren Buch nur noch Asche übrig geblieben war.

Zornig antwortete er mit einer Salve scharfkantiger Steinschrapnelle, die quer durch den Saal zur Raumdecke emporjagten. Seine Gegnerin wich erschrocken aus und schützte sich mit einem geistesgegenwärtig heraufbeschworenem Handschild, der komplett aus Eis bestand.

Es knirschte und knackste, als Stein auf Eis prasselte.

Und Tandurin begriff endlich, wie die Hexe es überhaupt schaffte, sich in der Luft zu halten. An ihrer rechten Hand steckte ein ihm nur zu gut bekannter Ring aus Drachenbein.

Das war seiner!

Er hatte den Schwebering damals in Helgrinshall gefunden.

»Verdammtes Miststück, gib mir den Ring zurück!«

Die Schwester lachte spöttisch und ein weiterer Kugelblitz jagte im Zickzack auf sie herab, den Boltan mit einer fast beiläufigen Handbewegung ablenkte. Ein lauter Knall ertönte, als das sprühende Geschoss in eine Wand einschlug. Putz rieselte zu Boden.

»Wie wäre es«, herrschte Tandurin seinen Gefährten an, »wenn du ihr endlich zeigst, was ein richtiger Zauberer drauf hat?«

»Na gut, dann gib mir Cyrnachons Stab.« Verlangend streckte Boltan die Hand aus, doch Tandurin schlug sie beiseite.

»Vergiss es. Du bist auch so gut genug!«

»Und wenn die beiden irgendwie auf unserer Seite stehen?«, klagte Boltan unentschlossen.

»Mann, das Drecksstück da oben versucht gerade, uns umzubringen!«

Boltan wehrte zwei weitere Kugelblitze ab und griff ungestüm in die Luft. Tandurin freute sich bereits auf einen qualvollen Schmerzensschrei – stattdessen schlug ihm Wutgebrüll entgegen. Boltan hatte der überraschten Schwester mit seinen geisterhaften Kräften kurzerhand den Ring vom Finger gerissen. Sie griff zwar noch nach dem Artefakt – stürzte jedoch ab und schlug schwer auf dem Saalboden auf.

Tandurin sprang auf und sah, dass auch Geron kämpfte. Wütend versuchte er die Schwester mit der Lederrolle niederzuringen, doch ihrer beider Unterarme steckten in einem festen Block Eis, den seine Gegnerin heraufbeschworen hatte. Jäh glühte es im Innern des Eisblocks auf und der komplette Block flog unter viel Dampf und pfeifenden Geräuschen auseinander.

Eis und Feuer.

Die beiden stolperten unter Schmerzenslauten auseinander. Geron hob rasch sein Schwert vom Boden auf, und plötzlich stand er statt einer jungen Frau einem grotesken, fast zwei Schritt hohem Wesen gegenüber, das wie ein humanoider Dornenbusch aussah, der ihn mit Dutzenden peitschender Ranken in Schach hielt.

Lächerlich. Bloß eine weitere Illusion. Noch dazu eine schlechte.

Tandurin zerstrümmerte das Trugbild. Die aufgeflogenen Zwillingsschwestern rückten abwehrbereit zusammen, doch bevor es zu weiteren Kämpfen kam, trat Boltan vor. »Hört auf und lasst uns reden!«

»Wir wollten nicht kämpfen. Ihr habt uns dazu gezwungen«, kam es trotzig vom ehemaligen Dornenbusch zurück.

Tandurin war sich jetzt sicher, dass es sich bei ihr um Dania handelte. Ihre mit Schrammen bedeckte Schwester Vala musterte ihn und Boltan aufgebracht. Ihr stand die Mordlust ins Gesicht geschrieben.

»Schon klar … *gezwungen*«, ätzte Tandurin, während er sich insgeheim nach dem Zauberring umsah, der irgendwo im Saal liegen musste. »Beim Drachenthron hat man euch Hexen vermutlich auch dazu *gezwungen*, unserer Hinrichtung beizuwohnen?«

»Ich habe nie einen Hehl daraus gemacht, dass ich meine Schwester retten würde«, erwiderte Dania kalt.

»Stimmt!«, fuhr er sie wütend an. »Nur war uns da nicht klar, dass du dafür sogar über unsere Leichen gehen würdest.«

»Was hast du? Du lebst doch noch.« Vala grinste gehässig. »Aber was nicht ist, kann ja noch werden …«

»Ach ja?« Tandurin entdeckte endlich den Ring, der bis zu einer nahen Vitrine gerollt war, und sammelte ihn rasch auf. »Nur wirst du dafür künftig schön hübsch zu Fuß ankriechen müssen.«

Hasserfüllt starrte sie ihn an.

»Wo ist Kyrell?«, fuhr Geron die beiden an.

»Lasst uns ziehen, und wir sagen es euch«, erklärte Dania kühl.

»Wenn ihr ihr irgendetwas angetan habt, dann –«

»Meine Güte!«, zischte Dania. »Sie lebt. Sie macht derzeit lediglich ein Schläfchen …«

»Bitte was?«

Boltan trat vor. »Was macht ihr hier überhaupt?«

»Das gleiche könnten wir euch fragen.« Dania spähte zu den zugewachsenen Fenstern, so als suche sie nach einer Fluchtmöglichkeit.

»Vielleicht klärt ihr uns erst einmal darüber auf, auf wessen Seite ihr eigentlich steht«, zürnte Tandurin.

»Auf unserer natürlich«, spottete Vala.

»Walmar hat uns geschickt«, antwortete Dania beschwichtigend.

»Walmar?« Boltan sah die beiden erstaunt an. »Dann hat er euch unter seine Fittiche genommen?«

Vala spuckte abfällig zu Boden, doch Dania blieb sichtlich beherrscht. »Er braucht uns. Er organisiert den Widerstand der Jungen Königreiche gegen Yolsulgur.«

»Wo? Von Siebenbrücken aus?«

»Ihr wisst das nicht?« Sie musterte ihn überrascht. »Nein, die Truppen sammeln sich in Gaalstrutz.«

»Was ist mit den anderen Zauberern?«

Dania zuckte mit den Achseln. »Tiefwasser wurde vor Kurzem vermutlich vom Drachenkönig umgebracht. Diese Mutter Valeska hingegen … niemand weiß, was aus ihr wurde.«

»Und Yolsulgur?«, fragte Boltan aufgeregt. »Entschuldige, aber wir haben in den letzten Wochen kaum etwas mitbekommen.«

Entschuldige? Tandurin warf seinem Gefährten einen ungläubigen Blick zu.

»Der Drachenkönig hat zwischenzeitlich die Einwohner einiger Städte im Westen zum Drachenthron verschleppt«, berichtete Dania. »Und es sieht ganz so aus, als ob seine Armeen bereits die Nordgrenze Kronbergs erreicht hätten.« Sie sah Geron an. »Allein aus deinem stolzen Königreich ist keine Hilfe zu erwarten. Gerüchten zufolge liegt es im Krieg mit dem Königreich Schwalbensee.«

Gerons Mienenspiel war anzusehen, dass ihm diese Nachricht gar nicht behagte.

Dania musterte sie. »Wo ist eigentlich Ambra?«

Betreten sahen sie sich an, denn dass die Jüngste gestorben war, konnte Dania nicht wissen.

»Sie ist tot«, knurrte Tandurin.

»Tot?« Diesmal blitzte in Danias Blick so etwas wie ehrliches Bedauern.

»Ihr müsst es doch mitbekommen haben, als ihr den Fettsack Goltar ausgelutscht habt«, schimpfte Geron. »Ohne ihr Opfer wärt vermutlich auch ihr tot.«

»Wieso redest du überhaupt mit diesen Idioten?«, zischte Vala ihrer Schwester zu.

Die winkte ab, was Vala nur nur noch mehr zu reizen schien. Tandurin ließ sie nicht aus den Augen. Dania mochte ein selbstsüchtiges Miststück sein. Ihre Schwester hingegen hielt er für eine tückische Schlange, der wirklich alles zuzutrauen war.

»Also, was habt ihr hier verloren?«, wollte Boltan wissen.

»Walmar hat uns ausgesandt, ihm das hier zu besorgen.« Dania hob die große Rolle aus Drachenleder an. »Nur hat sich unsere Suche etwas schwieriger gestaltet als erwartet. Es wäre also besser, wenn ihr uns ziehen lasst.«

Tandurin warf einen abfälligen Blick auf ihre Rucksäcke, in denen offenbar weitere Beutestücke steckten.

»Und was ist das?« Boltan deutete auf die Rolle.

Dania zuckte mit den Schultern. »Irgendein Text mit eingebrannten Drachenrunen. Mehr wissen wir nicht. Aber der Inhalt soll Walmar dabei helfen, den Drachenkönig zu bekämpfen.«

Boltan sah sich aufgeregt zu Geron um. »Du könntest uns die Runen doch wie damals in Helgrinshall übersetzen!«

»Ich?« In Gerons Blick blitzte Ärger. »Gar nichts werde ich. Jedenfalls nicht, bevor ich nicht weiß, wo verdammt noch einmal Kyrell ist!«

Vala grinste breit. »Die Schlampe liegt noch immer hinten bei den Gemächern der Zauberin.«

»Elendes Miststück! Wenn ihr auch nur …« Geron zog Ceredril aus der Scheide – und hielt jäh inne. »Aufpassen! Ceredril spürt die Anwesenheit eines Drachen irgendwo in der Nähe.«

»Nicht irgendwo …« Die Illusion der prasselnden Feuerwand im Aufgang zur Treppe fiel schlagartig in sich zusammen und an der Seite eines hühnenhaften Gaals mit gelbem Blick und Schuppenkamm auf dem grünen Echsenschädel marschierte Alruna von Greifenfels in den Saal.

So wie früher wurde ihr hochmütiges Gesicht von einer kunstvoll zu den Seiten hochgezogenen Gelehrtenhaube gekrönt, doch heute trug sie eine Robe aus blutrotem Stoff. Die Drachin in ihrer Menschengestalt lächelte böse, als sie den Saal mit den Vitrinen überblickte. »Sieh an, hier befinden sich also Escalias kostbarste Schätze.«

Tandurin griff entsetzt über die Schulter, doch Boltan stand viel zu weit von ihm entfernt, als dass er ihm Cyrnachons Stab hätte aushändigen können. Dania, Vala und Geron hingegen wichen erschrocken vor ihr und dem Gaal zurück, und der herrschsüchtige Blick der Drachin erfasste nun auch sie.

»Und als kleine Draufgabe finde ich hier all unsere widerspenstigen Adepten, die meinen Plan damals fast zunichte gemacht hätten. Aber eben nur fast … Ich will mich daher großzügig zeigen, denn ohne euren Streit hätte ich vielleicht nicht hergefunden. Ich stelle euch vor die Wahl.«

Majestätisch schritt sie tiefer in den Raum. »Kniet nieder vor der Macht des Drachenkönigs«, sie hob ihren schlanken Zauberstab und in ihren Augen waberten rote Flammen, »oder sterbt durch das Feuer …«

Die vibrierende Elfenklinge fest umklammernd, wich Geron vor der menschengestaltigen Drachin und dem Gaal zurück. Unverhofft fand er sich so Seite an Seite mit Dania und ihrer unberechenbaren Schwester wieder. Beide erweckten nicht den Eindruck, der Aufforderung Folge leisten zu wollen.

»Zusammen!«, brüllte er und beschwor eine wabernde Flammenlohe herauf, die er Alrunas Leibwächter entgegenschleuderte, dann stürmte er mit Schwert und Ceredril in den Händen auf seine einstige Lehrmeisterin zu.

Im Gegensatz zu dem Gaal, der erfolglos zur Seite sprang und unvermittelt in Flammen stand, trat die menschengestaltige Drachin seinem Angriff kühl mit ihrem Zauberstab entgegen. Meisterhaft wich sie seiner Finte mit dem Schwert aus, wirbelte den Stab rasend schnell herum, als er zum Stich mit Ceredril ansetzte, und prellte ihm erst die Elfenklinge aus der Hand, bevor sie ihm den Stab hart über den Kopf zog.

»Fünfhundert Jahre Erfahrung, Prinzlein«, fauchte sie, als er auf dem Boden aufschlug und bunte Sterne vor seinen Augen sah. »Ich muss nicht einmal Zauberei auf dich verschwenden.«

Geron stöhnte schmerzerfüllt, während der Gaal wüst kreischend auf die Flammen an seinem Körper einschlug. Dann räumte die Drachin unter seinen Begleitern auf. Vala beschwor einen sprühenden Kugelblitz, der sogleich wieder erlosch, als ein Wirbel aus Strängen auf sie zujagte, sie netzartig umhüllte und zu Fall brachte. Bevor Dania etwas tun konnte, schleuderte sie eine geisterhafte Macht einmal quer durch den Raum gegen die Wand, wo sie bewusstlos unter einem Fenster liegen blieb. Alruna wandte sich zum hinteren Saalende um – als ihr Kopf unvermittelt von einem Schattenfeld umhüllt wurde, das ihr die Sicht raubte.

Sie fauchte gereizt und beschwor einen flirrenden Schutzschild herauf. Keinen Moment zu spät, denn Dutzende scharfkantige Felsschrapnelle prasselten sogleich auf sie ein, ein Angriff, den Boltan mit einer grellgelben fauchenden Lichtlanze unterstützte. Doch der Schild hielt und auch das illusionäre Schattenfeld um ihren Kopf verschwand ebenso plötzlich, wie es gekommen war.

Tandurin änderte offenbar seine Taktik, denn er lenkte seine magischen Geschosse jetzt gegen eine nahe Vitrine. Kristall klirrte und knackste, die dortige Schutzsigille leuchtete rot auf, und die Vitrine explodierte unter Donnerhall.

Geron, der verzweifelt nach Ceredril Ausschau hielt, ging sofort auf Tauchstation.

Die Wucht der Detonation schleuderte die Drachin in Menschengestalt ein Stück weit zurück. Ihr Schutzschild fiel, und sie ging brutal zum Gegenangriff über. Rasselnd atmete sie ein, und auf Geron wirkte es, als würde sich Alruna den Kiefer ausrenken. Dann fauchte ein scharfer Strahl glühend heißen Drachenfeuers aus ihrem Schlund, der den kompletten hinteren Teil des Raums in Flammen setzte. Vala rollte kreischend zur Seite, während sich Boltan wie damals in Kesselfurt geistesgegenwärtig mit einer bläulichen Energieglocke umhüllte. Die Luft im Saal stank nach Rauch und Schwefel.

Wenige Schritte entfernt entdeckte Geron endlich die Elfenklinge. Verzweifelt robbte er auf Ceredril zu und packte sie.

Da brach Tandurin unversehrt und mit erhobenem Schwert aus der Flammenwand hervor. Natürlich, er besaß dieses magische Amulett, das ihn schon einmal vor Feuer geschützt hatte.

Laut brüllend und beständig weitere Geschosse auf ihre überraschte Gegnerin abfeuernd, stürmte er mit gezückter Klinge auf sie zu. Doch er hatte keine Chance. Alruna knurrte und mit einer fast beiläufigen Handbewegung warf sie ihn zurück ins Feuer. Gleichzeitig sanken um Boltan herum in einem weiten Kreis alle Flammen nieder. Sofort traktierte ihr versehrter Gefährte die Drachin mit einem wütenden Geschosshagel aus Kugelblitzen und grellen Lichtlanzen. Boltan kämpfte zwar ohne Cyrnachons Zauberstab, doch er wirkte seltsam entschlossen und tatsächlich gelang es ihm, Alruna leicht in die Defensive zu zwingen – bis er von einem Pfeil hart in die Schulter getroffen wurde. Mit einem Schmerzensschrei schlug er gegen eine Vitrine, ging wimmernd zu Boden und sein Angriff endete.

Geron sah zu seinem Entsetzen, dass der schwer verletzte Gaal wieder auf die Beine gekommen war. Soeben legte er einen weiteren Pfeil auf den Bogen, um Boltan den Rest zu geben – doch bevor er abermals zum Schuss kam, sprang Geron auf und riss ihn um. Dann stach er mit Ceredril zu. Die Elfenklinge drang in den Brustkorb des Echsenwesens ein, als schnitte sie durch Butter.

Der Drachendiener röchelte – und sein Blick brach.

Bevor er die Waffe aus dem Körper ziehen konnte, fiel ein Schatten auf ihn. Seine einstige Lehrmeisterin packte ihn an der Kehle und riss ihn mit ungeheurer Kraft in die Höhe.

»Dachtest du wirklich, eine Chance zu haben?« Sie lachte.

Geron gurgelte, sein Nacken verspannte sich und hilflos schlug er auf seine Gegnerin ein, während der halbe Saal brannte. Irgendwo am Saalende explodierte eine weitere Vitrine. Doch der Griff der Menschendrachin um seinen Hals lockerte sich nicht.

»Ich werde dir dein armseliges Leben aus dem Leib quetschen, Königssohn.«

Weiter hinten, inmitten des vielen Rauchs, schleppte sich Boltan mit schmerzverzerrtem Gesicht über den Boden und reckte seinen gesunden Arm in Richtung des Gaals.

»Zuvor jedoch« – Alrunas brennender Blick näherte sich seinem Gesicht – »will ich, dass du weißt, dass ich mich auch deiner Schwester entledigen werde, sobald die Zeit dafür gekommen ist.

Damit wird deine Linie endgültig erlöschen, Geron von Waldaleth. Und jetzt – stirb!«

»Nie…mals!«, würgte Geron hervor, da Ceredril durch die Luft auf ihn zuwirbelte. Geschickt fing er die Waffe auf und rammte sie mit aller Kraft der Drachin in die Seite.

Die Klinge vibrierte zornig, heißes Blut spritzte über seine Hand und seine einstige Lehrmeisterin brüllte vor Schmerz. Sofort ließ sie ihren Stab fallen, packte seinen Waffenarm und verhinderte so, dass er abermals zustechen konnte. Der Griff um seinen Hals lockerte sich nicht, doch bewirkte die Magie der Klinge mehr als er geahnt hatte. Denn Alruna taumelte unvermittelt, und statt auf die wabernden Flammen in ihren Augen starrte er auf ein Paar geschlitzter, angestrengt wirkender Echsenpupillen. Auch ihr Körper pulsierte und wurde … größer. Das Reißen von Stoff war zu hören.

Verzweifelt versuchte er sich aus der Umklammerung zu befreien, denn er begriff, dass Ceredrils Magie Alruna dazu zwang, sich in ihre wahre Gestalt zurückzuverwandeln: in die eines Drachen!

Ihr Gesicht überzog sich bereits mit roten Schuppen, als neben ihnen das große Saalfenster splitterte. Geron verdrehte die Augen und entdeckte so Dania, die wieder zu sich gekommen war. Geschützt von dem dichten Qualm stand sie neben einer Vitrine und bewegte hektisch ihre Hände. Mit der Bewegung peitschten unzählige Efeuranken in den Saal, die gleich den Tentakeln eines riesigen Kalmars nach Alrunas Leib griffen und ihn geschwind umwickelten.

Ein bedrohliches Rasseln drang aus Alrunas Kehle. Geron spürte einen heftigen Ruck und gemeinsam mit seiner Gegnerin wurde er von dem Rankengefecht zum Fenster katapultiert. Glas- und Holzsplitter schrammten über seinen Rücken, irgendwo brachen Mauerziegel – dann löste sich der Griff der Drachin und beide segelten sie nach draußen in die Nacht.

Geron schrie verzweifelt auf, prallte schmerzhaft auf ein Vordach, überschlug sich zweimal, fiel weiter auf den von Fackeln beleuchteten Innenhof und landete hart auf einem bestialisch nach Verwesung stinkendem Körper, den er mit sich zu Boden riss.

Dumpf stöhnte er auf, denn sein Körper schmerzte, als sei er von einem Bierfass überrollt worden. Hektisch überprüfte er, ob er sich etwas gebrochen hatte – als er ein seltsames Gurgeln vernahm.

Aufgeschreckt drehte er den Kopf und starrte auf die halbskelettierte Fratze eines Untoten, der nur einen Schritt neben ihm lag. Ohne nachzudenken rammte er der untoten Kreatur die Elfenklinge in den Schädel. Es knirschte und das mordlüsterne weiße Glosen in den Augenhöhlen erlosch. Längst waren auch die übrigen Leichen auf dem Hof auf ihn aufmerksam geworden. Und es waren viel mehr als vorhin. Doch wo war Alruna?

Hektisch sah er sich auf dem Burghof um und entdeckte nicht weit entfernt ein vertrautes Gesicht.

Kyrell war geknebelt und sah ebenso ungläubig wie hoffnungslos zu ihm auf. Zwei Gaale hatten sie neben den Truhen auf das Kopfsteinpflaster gezwungen und waren soeben dabei, ihr die Arme mit Stricken auf den Rücken zu binden. Auch die Drachendiener sahen ihn überrascht an.

Einer von ihnen zückte seinen Bogen und legte einen Pfeil auf, doch Geron schleuderte der Kreatur eine rußende Feuerlohe entgegen. Schon stand die Lederrüstung lichterloh in Flammen. Der Pfeil zischte in die Nacht, der Gaal kreischte auf und gleich einer lebenden Fackel rannte er ziellos und wild um sich schlagend über den Hof.

Geron steckte auch den zweiten Gaal in Brand und sah sich nun der Übermacht an Untoten gegenüber. Gleich sieben grässliche Gestalten schwankten mit erhobenen Waffen und weit aufgeklappten Kiefern auf ihn zu. Geron ignorierte seine Schmerzen, rammte die erste mit der Schulter zur Seite, steckte die zweite mittels seiner Magie in Brand, packte ein am Boden liegendes Sichelschwert und köpfte einen dritten Gegner mit einem ungestümen Rundschlag. Dann war er bei Kyrell, schnitt ihr mit Ceredril die Fesseln durch und riss ihr den Knebel herunter.

»Geron, pass auf!« Kyrells panischer Blick galt nicht den Untoten, sondern dem nahen Pferdestall, in dessen Dach ein großes Loch klaffte. Von dort rollte lärmendes Drachengebrüll über den Hof und unter gewaltigem Getöse brach der komplette Dachstuhl auseinander. Eine Lawine aus Schindeln, Steinen und geborstenen Balken ergoss sich auf den Burghof und begrub gleich mehrere der wandelnden Leichen unter sich.

Der Weg aus der Zitadelle war nun versperrt, denn Alruna hatte sich endgültig verwandelt.

Sofort zog er Kyrell in Richtung des benachbarten Innenhofs mit dem Wasserfall, während die komplette Frontwand des Stalls barst und ihre Sicht mit Steinstaub vernebelte. Geron hustete krampfthaft. Und abermals rollte majestätisches Gebrüll von den Mauern.

Dann stampfte ein gewaltiger Lindwurm mit gezacktem Rückenkamm aus dem Staubnebel. Alruna – die Drachin Sraszzz – war zu ihrer wahren Größe angewachsen. Vom Kopf bis zum Schwanz war sie fast so lang wie ein Flusskahn, und unter dem rotgeschuppten Leib, der sich bedrohlich vor dem Nachthimmel abhob, zeichneten sich gewaltige Muskelstränge ab. Ihre riesigen Drachenschwingen klappten auf und schüttelten Trümmerteile ab, während ihr pfeilförmiger Schwanz beiläufig einen weiteren Untoten gegen eine Mauer prellte. Der mächtige Echsenschädel über dem gebogenen Hals, mit den tückischen gelben Augen und dem von Reißzähnen bewehrten Schlund, fuhr zornig zu Geron und Kyrell herum. »ICH SEHE EUCH!«

»Lauf!«, brüllte Geron.

Sie sprangen über einen brennenden Gaal hinweg, wichen dem Axthieb einer herumirrenden Knochengestalt aus und erreichten soeben den Durchschlupf in den Nachbarhof, als es hinter ihnen grell aufflackerte. Eine brüllende Flammenwalze stob durch den Torzugang und verwandelte den Kräutergarten auf breiter Fläche in ein Meer aus Flammen.

Kyrell schrie auf, da die Hofmauer, hinter die sie sich geworfen hatten, knackte und schlagartig heiß wurde. Sogar das gegenüberliegende Gebäude, durch das sie sich vorhin Zutritt zur Zitadelle verschafft hatten, fing Feuer.

»Wohin?«, schrie Geron. »In ihrer Drachengestalt sind wir Alruna schutzlos ausgeliefert.«

»Schnell, komm mit!« Kyrell zog ihn mit sich zum Becken mit dem rauschenden Wasserfall. Keinen Augenblick zu spät, denn unter dumpfen Getöse brach der majestätische Drachenleib nun durch die komplette Hofmauer. Herumfliegende Ziegel und schwere Quader stürzten auf Beete und Becken herab und dicht neben Geron schlug ein schwerer Steinbrocken ins Wasser.

Sie kämpften sich durch das Becken, bis sie unmittelbar unter dem Gefälle standen. Schwere Wassermassen prasselten auf ihre Körper und durchnässten sie bis auf die Haut.

»Das Wasser wird uns nicht schützen!«, rief Geron panisch. »Sie wird uns hier drin schlicht kochen!«

Kyrell nahm seine Hand und plötzlich spürte er das goldene Blatt des Ahrvarien darin.

»Feuer und Wasser!«, rief sie verzweifelt gegen das Rauschen und Prasseln um sie herum an. »Wo sich die Elemente vermischen, öffnen sich die Tore. So sagte es Yarvala.«

»Bist du wahnsinnig?« Geron riss entsetzt die Augen auf. »Und wenn das nicht funktioniert?«

Die Drachin baute sich vor dem Wasserfall auf, spreizte bedrohlich ihre Schwingen, und ihre kalten Echsenaugen über dem von Reißzähnen bewehrten Maul richteten sich auf sie. »EUER WEG ENDET HIER!«

Unter lautem Fauchen stob eine weitere Feuerwalze auf sie zu.

Um sie herum zischte und prasselte es. Heißer Wasserdampf strich schmerzhaft über Gerons Haut und er hörte sich und Kyrell schreien.

Dann versank die Welt um sie herum in Düsternis.

Boltan keuchte erschrocken auf, als die Efeuranken durch das Fenster weit in den Saal hineingriffen, sich geschwind um die Drachenzauberin wickelten und sie samt Geron hinaus in die Nacht rissen.

Er vernahm noch die Schreie des Waldalethers, dann wurde es still. Bis auf das lärmende Knistern und Prasseln des Feuers um ihn herum, in das sich die besorgten Rufe Danias mischten. Inmitten des dichten Rauchs stolperte die Kesselfurterin an den gläsernen Vitrinen vorbei auf ihre am Boden liegende Schwester zu.

Boltans Schulter pochte. Dort, wo ihn der verdammte Gaalpfeil erwischt hatte.

Noch immer ragte der Schaft aus der Wunde.

Schwerfällig richtete er sich auf und lehnte sich gegen eine Vitrine. Dann packte er den Pfeil, presste verzweifelt die Lippen aufeinander und riss sich das Geschoss aus dem Fleisch. Laut heulte er auf und warf den Pfeil zu Boden.

Ihm war so heiß.

Er machte Dania keinen Vorwurf, sie hatte getan, was notwendig war. Und er konnte nur hoffen, dass Geron da draußen irgendwie zurecht kam. Doch Tandurin lag bewusstlos zwischen den Vitrinen, und hinter ihm stob die Flammenwand bis unter die Decke. Das Feuer vermochte Tandurin dank seines Amuletts nichts anhaben, aber der viele Rauch würde seine Atemwege vergiften.

Angestrengt ergriff Boltan ihn mit seinen Zauberkräften und schleifte ihn einmal quer durch den Saal hinüber zum Treppenaufgang. Besorgt humpelte er zu ihm und trat mit dem Holzbein gegen seine Seite.

»Tandurin!« Gequält hielt er sich die Wunde. »Los, wach auf!«

Hinten im Saal detonierte eine weitere Vitrine. Sie war zu weit entfernt, um ihnen gefährlich zu werden, aber nach und nach würden auch die übrigen Schutzsigillen reagieren.

Dania hatte ihre Schwester aus dem Netz befreit, sammelte die geheimnisvolle drachenlederne Rolle auf und gemeinsam stolperten sie zu ihnen.

»Dania, du musst Tandurin wecken!« Boltan hustete krampfhaft und spürte wieder dieses unangenehme Pochen in seiner Schulterwunde. Er fühlte sich so matt und einen Moment lang musste er sich am Türrahmen festhalten.

Dania wollte sich bereits bücken, als sie von ihre Schwester grob zurückgehalten wurde.

»Wir helfen keinen Männern!« Vala zog kalt lächelnd einen

Dolch. »Sieh sie dir doch an. Sie sind hilflos. Wir machen sie kalt, ich schnappe mir meinen Ring, und dann hauen wir ab.«

Boltans Blick klarte sich vor lauter Wut, dann packte er Vala jäh mit seiner Zaubermacht, drückte ihr die Kehle zu und riss sie hart bis unter die Saaldecke, wo sie hilflos gurgelte und strampelte.

»Wenn ihr glaubt, vor euch stünde bloß ein verletzter Krüppel, dann irrt ihr.« Er keuchte und sah Dania böse an. »Und jetzt hilf ihm oder ich schleudere deine Schwester da rüber in die Flammen!«

Dania verengte die Augen. »Schon gut. Ich helfe euch. Vala … hat es nicht so gemeint.«

Eine weitere Hitzewelle rollte durch Boltans Körper und er musste alle Kraft aufwenden, um Vala unter der Decke zu halten.

Dania strich über Tandurins Stirn.

Der kam japsend zu sich, packte ihre Hand und sah sie aus großen Augen an. Rasch ließ er sie wieder los, mühte sich auf die Beine und sah sich alarmiert zum brennenden Saal um, in dem es immer lauter prasselte und knackste. Bläuliche Flammenwellen fraßen sich inzwischen über die Decke auf sie zu. »Scheiße, was ist passiert?«

Boltan ließ Vala fallen.

Verängstigt kreischend schlug die junge Frau auf dem Saalboden auf. Ihr Rucksack platzte und über den Boden kollerten zahllose goldene, silberne und drachenbeinerne Wertgegenstände, die sie offenbar in der Zitadelle zusammengerafft hatte.

Er hatte kein Mitleid mit ihr.

Dania half ihrer Schwester hoch, die sich wütend zu ihren verstreuten Beutestücken umsah – als vom Hof her röhrendes Drachengebrüll zu hören war.

Jäh erfüllte flackerndes Licht die Dunkelheit vor dem Gebäude: Drachenfeuer!

Aufgeschreckt kämpften sich sich zum zersplitterten Saalfenster, um von dort aus einen vorsichtigen Blick nach draußen zu werfen.

Boltan stöhnte, denn Alruna verwandelte in ihrer Drachengestalt den unter ihnen liegenden Innenhof in ein Trümmerfeld.

Soeben brach ihr rotgeschuppter Echsenleib durch die benachbarte Hofmauer und gewährte ihnen so den Blick auf den lichterloh brennenden Kräutergarten. Bedrohlich breitete sie dort ihre Schwingen aus und ihr von Reißzähnen bewehrter Echsenschädel wandte sich zum Wasserfall. »EUER WEG ENDET HIER!«

Brüllend spie sie Drachenfeuer und die Szenerie versank in einem monströsen Glutball aus Dampf, Rauch und glühendem Feuer.

»Neiiiiin!« Boltan schrie verzweifelt auf und Tränen liefen über seine Wangen.

Er ahnte, wen die Drachin dort aufgespürt hatte. Und weder Geron noch Kyrell besaßen die Mittel, um sich vor einem solchen Angriff zu schützen.

War ihnen Ambra deswegen erschienen?

Um sie zu warnen?

Boltan wurde schwindelig. Sein Bein knickte um und allein Tadurin verhinderte, dass er der Länge nach zu Boden fiel.

»Boltan!« Sein Gefährte beugte sich fürsorglich über ihn. »Alles klar?«

»Meine … Schulterwunde«, ächzte er.

»Dania, schnell!« Tandurin fasste ihn unter den Achseln und schleppte ihn mit sich zum Treppenaufgang. Die Zwillingsschwestern folgten ihnen widerstrebend, dann kniete sich Dania neben ihn und riss den Stoff über seiner Schulterwunde auf.

Boltan sah sie an und einen Augenblick lang war es so wie damals, als sie vom Drachenthron geflohen waren. Kurz bevor er sein Bein verloren hatte …

Vala verzog abfällig die Lippen, während sie ihrer Schwester zusah.

»Sieht nicht gut aus«, erklärte Dania. »Ich glaube, Boltan wurde vergiftet.«

»Was?!« Schockiert sah Tandurin sie an.

»Irgendein verdammtes Gaalgift. Dagegen besitze ich keinen Zauber.« Sie schüttelte bedauernd den Kopf. »Ich kann ihn lediglich etwas kräftigen. Aber das wird nicht lange halten. Käme ich an etwas Sonnenkraut heran, könnte ich die Wirkung des Giftes vielleicht hinauszögern. Nur müsste das schnell passieren, und der Kräutergarten brennt leider.«

»Der Stab!« Boltan deutete schwach auf Cyrnachons Zauberstab, den Tandurin noch immer auf dem Rücken trug. »Ich könnte –«

»Vergiss es!«, herrschte sein Gefährte ihn an. »Du weißt doch längst, dass der Kerl kein Heilmagier war. Und in diesem Zustand überlasse ich dir das Ding schon gar nicht.« Aufgewühlt sah Tandurin Dania an. »Escalia besitzt einige Zauberbücher zur Heilkunde. Was, wenn ich dir die besorge?«

»Wie willst du das so schnell schaffen?«

»Überlass das mir. Hilf ihm und im Gegenzug bringe ich uns hier raus. Wir müssen jetzt an einem Strang ziehen.«

»Wir besitzen Sturmringe!«, höhnte Vala. »Wir brauchen dich nicht.«

»Doch«, widersprach Dania ihrer Schwester. »Um sie zu aktivieren, müssen wir unter freiem Himmel einen Beschwörungskreis ziehen. Dafür benötigen wir Zeit. Die wird uns die Drachin nicht geben, wenn wir hier nicht ungesehen wegkommen.«

Vala schnaubte ungehalten und stierte ihn und Tandurin aus rot unterlaufenen Augen an. Boltan fühlte, dass sie sich eine Todfeindin geschaffen hatten. Ihm war so elend zumute.

Abermals brandete draußen Drachengebrüll auf.

»Also gut«, sagte Dania. »Wie kommen wir hier weg?«

Tandurin wischte sich hektisch seine bunten Haare aus der Stirn. »Es gibt hier zwar einen Geheimgang, der vom Turm aus gut eine Meile den Berghang hinunterführt, aber womöglich schafft Boltan das nicht. Sonnenkraut wächst jedoch auch am Waldrand vor der Zitadelle. Wenn du mir versprichst, dass ihr Boltan bis dorthin schafft und du ihn versorgst, dann lenke ich Alruna ab, sodass ihr den Weg über den Innenhof nehmen könnt.« Er erläuterte ihnen kurz seinen Plan und die Zwillingsschwestern sahen ihn überrascht an.

»Das funktioniert?«, fragte Dania.

»Keine Ahnung.« Er berührte Boltan am Arm. »Ich muss es versuchen, denn ich werde nicht zulassen, dass heute noch jemand von uns stirbt. Aber ich warne euch: Solltet ihr die Vereinbarung brechen, dann sorge ich dafür, dass ihr beide ebenfalls draufgeht!«

Abermals erschallte vor dem Gebäude Drachengebrüll, dem mächtige Stampflaute folgten. Die Drachin kehrte zum Hauptgebäude zurück.

»Worauf wartet ihr – los!« Tandurin hetzte geduckt hinüber zum Saalfenster.

Dania berührte Boltans Wunde und er spürte eine angenehme Kühle. Das schmerzhafte Pochen klang etwas ab, und sie und ihre Schwester zogen ihn unsanft auf die Beine.

Boltan schwindelte, als die beiden ihm die Treppenstufen hinaufhalfen.

Plötzlich war die grollende Stimme der Drachin zu hören: »NUN ZU EUCH!«

Auch die übrigen Scheiben zerplatzten und der komplette Saal hinter ihnen versank in Feuer. Sie hörten, wie weitere Vitrinen explodierten, dann fegte eine gewaltige Hitzewelle über den Treppenaufgang zu ihnen nach oben. Gerade noch rechtzeitig erreichten sie den Büchersaal der Bibliothek.

»Warum lassen wir den verdammten Krüppel nicht einfach zurück?«, giftete Vala. »Der stirbt doch eh.«

»Ich habe Tandurin mein Wort gegeben.«

»Scheiß auf dein Wort. Ohne ihn sind wir schneller.«

»Nein. Es bleibt dabei. Wir werden ihn wenigstens nach draußen schaffen.«

Vala spuckte abfällig auf den Boden, fügte sich aber. Dann ging es über eine weitere Treppe hinunter in tieferliegende und ebenfalls mit Büchern, Schriften und Landkarten angefüllte Stockwerke, bis sie endlich vor jenem Portal standen, von dem Tandurin behauptet hatte, dass sie es von hier aus zum Torhaus der Zitadelle schaffen würden.

Vergeblich rüttelte Vala an der Klinke, beschwor schließlich einen Kugelblitz herauf und sprengte mit ihm das Schloss. Die Turmtür flog auf, und sie blickten auf den ihnen bekannten, kopfsteingepflasterten Innenhof mit dem Zugang zur Zitadelle, der mit zahllosen Gebäudetrümmern übersät war. Allerorten brannte es, und vom Nachthimmel her schallte wütendes Drachengebrüll an ihre Ohren, in das sich angriffslustige Kreischlaute mengten.

Wie von Raubvögeln.

Die Schwestern zerrten Boltan unsanft durch den Schutt auf das Torhaus zu, und er hob mühsam den Kopf, um der Quelle der Geräusche auf die Spur zu kommen.

Boltan lachte heiser.

Tandurins Plan war aufgegangen.

Er sah seinen Gefährten in der Dunkelheit zwar nicht, doch war er sich sicher, dass er sich irgendwo weit über ihnen hinter einem der Türme oder Giebel versteckt hielt. Tandurins Idee hatte darin bestanden, die Drachin mithilfe des Schweberings dazu zu verleiten, ihm an den Himmel über der Zitadelle zu folgen.

Dort, unmittelbar vor dem Mond, entdeckten er sie nun auch.

Die gewaltige Drachin schlug unweit einem der Spitztürme wild mit den Schwingen, schnappte gereizt um sich und spie immer wieder Drachenfeuer. Sie erwehrte sich fünf oder sechs Gargylen, die durch ihren Aufstieg aktiviert worden waren. Flink umkreisten die Schimären die Drachin und stießen immerzu wütend auf sie herab.

Boltan ließ sich über einen weiteren Schutthügel zerren, durch das Torhaus und hinaus auf den Karrenpfad zum nahen Wald. Der Mond beleuchtete ihren Weg, und als Boltan stöhnend den Kopf wandte, entdeckte er am Nachthimmel über der Zitadelle eine brennende Gargyle, die meteorgleich auf die Festung herabstürzte. Bald würde die Magierfestung ein Raub des Feuers sein. Schon jetzt schlugen an mehreren Stellen der Festung grelle Flammen zum Himmel empor und dichter, träger Rauch umhüllte die schlanken Türme. Es war ihm seltsam egal.

Angestrengt zogen die Zwillingsschwestern ihn zwischen die Bäume – als sie hinter sich ein angriffslustiges Fauchen hörten. Unsanft ließen die Frauen ihn fallen, denn aus der Dunkelheit stürmte ein Gaal auf sie zu, der ihre Flucht offenbar bemerkt hatte. Dania duckte sich unter dem Schlag seines Sichelschwertes hinweg, bevor Vala ihn mit einem Kugelblitz von den Beinen fegte, mit einem Aufschrei auf seine Brust sprang und ihm ihr Messer in den Leib rammte.

Das Echsenwesen röchelte, und Vala lachte gehässig.

Boltan lag einfach nur da, stöhnte und spürte wieder die schmerzhaft pochende Schulterwunde.

»War es das jetzt?« Vala wischte das Messer an der Rüstung des Drachendieners ab und kehrte zu ihnen zurück.

»Ja, fast.« Dania deutete hinüber zum Weg. »Zieh schon mal den Kreis. Ich komme gleich.« In der Ferne war wieder Drachengebrüll zu hören.

Dania blieb eine Weile fort, während Boltan mit trüben Blick dabei zusah, wie Vala nicht weit von ihm entfernt mit einem Stock Kreise und Linien in den Untergrund ritzte.

Mit einem Pflanzenbüschel kehrte Dania zurück. Sie rupfte die geschlossenen Blüten ab, zerrieb sie zwischen den Händen, drückte sie auf seine Wunde, umwickelte sie anschließend mit einem Verband und wisperte einen Zauber.

Sofort milderte sich der Schmerz und auch Boltans Gedanken klarten auf.

»Lass den Krüppel!«, tönte Vala. »Ich bin fertig.«

»Mehr kann ich eh nicht für dich tun«, meinte Dania mit unbewegter Mine. »Wir müssen Walmar die Rolle bringen.«

Boltan sah sie fragen an. »Aber wolltest du nicht –«

»Nein, wollte ich nicht«, unterbrach Dania ihn schroff. »Ich helfe dir nur, weil ich nicht will, dass du nach der Scheiße, die wir beide hinter uns haben, ausgerechnet hier vor meinen Augen verreckst. Und das wirst du, wenn ihr keinen vernünftigen Heiler findet. Sag Tandurin, dass jeder für sich allein kämpft. Wir sind weg.«

Sie erhob sich und lief zwischen den Bäumen hindurch zu ihrer Schwester. Beide steckten Ringe an ihre Finger, die sie an Bändern um den Hals getragen hatten, und ermattet sah Boltan mit an, wie sich über ihm am Nachthimmel schwarze Wolken zusammenballten. Mit ihnen kam Wind auf, der sich innerhalb weniger Herzschläge zu einem Sturm steigerte – bis jäh eine schlanke schwarze Windhose auf die Schwestern herabfuhr. Der heulende und wild rotierende Wolkenschlauch riss sie mit sich in die Höhe und drehte sogleich gen Osten ab. Die Windhose verschwand, der Sturm verebbte und der Nachthimmel klarte wieder auf. Dann war der Spuk vorbei.

Ächzend wollte sich Boltan erheben, doch er sank erschöpft zurück.

Er war so müde. Und in seiner Schulter rumorte es, als versuchte dort ein wildes Biest aus seinem Kerker zu entkommen.

Da entdeckte er Ambra zwischen den Bäumen und stöhnte entgeistert.

Tiefwassers kahlköpfige Adeptin kam auf ihn zu, legte den Kopf schräg und blickte ernst auf ihn herab.

»Ambra, ich … es tut mir leid.« Boltan liefen Tränen über das Gesicht. »Deine Warnung. Ich hab sie nicht verstanden. Und jetzt … jetzt ist es zu spät.«

»Hab keine Angst«, flüsterte sie und strich ihm mitfühlend über die Wange. »Erinnere dich daran, was ich dir bei unserem Abschied gesagt habe. Bald ist es so weit …«

In ihren Blick schlich sich unvermittelt Sorge, dann hob sie die Rechte … und schlug ihm schmerzhaft ins Gesicht.

Boltan riss keuchend die Augen auf und sah über sich nicht Ambra, sondern das verschattete Antlitz Tandurins.

»Nicht wieder wegdämmern. Bleib wach!« Sein Gefährte zog ihn grob hoch und lehnte ihn gegen einen Baumstamm, sodass er den flackernden Feuerschein über der Zitadelle ausmachen konnte. »Wo sind Dania und ihre Schwester?«

»Sie sind weg«, stöhnte er.

»Diese verdammten Weibsstücke! Wir hatten etwas anderes vereinbart.« Zornig schlug er mit der flachen Hand auf einen Stapel Bücher, die neben ihm im Gras lagen.

»Werde ich sterben?«, fragte Boltan ängstlich.

»Nein, das lasse ich nicht zu.« Tandurin wandte sich aufgewühlt zu dem Karrenpfad um, sprang auf und berührte seinen Ring. »Warte hier. Und bleib verdammt noch mal bei Bewusstsein!«

Ansatzlos stieg er zum Himmel auf und verschwand.

»Wo … sollte ich auch hin?« Boltan blickte ihm aus trüben Augen nach, vernahm in der Ferne abermals das Gebrüll der Drachin und versuchte das dumpfe Klopfen und Hämmern in seiner Schulter zu ignorieren.

Seine Lider waren so schwer …

Als er wieder hochschreckte, schleifte ihn Tandurin mit sich zum Karrenpfad.

»Wo warst du?«, fragte Boltan kraftlos. Schweiß troff ihm von der Stirn und sein Körper zitterte leicht. Seine Schulter fühlte sich taub an.

»Den Teppich holen«, antwortete sein Begleiter angestrengt.

Boltan sah erstaunt, dass Tandurin den löchrigen Flickenteppich im Schatten der Bäume ausgebreitet hatte – und dass ein Körper darauflag.

Der tote Gaal.

Blut sprudelte aus einem tiefen Schnitt in der Kehle des Drachendieners und tränkte den Stoff. Boltan konnte sich nicht daran erinnern, dass Vala ihn auf diese Weise umgebracht hatte.

Tandurin zog ihn auf den Teppich und wälzte die Leiche des Drachendieners ins Gras. Die Fasern unter ihnen vibrierten kraftvoll.

»Wir fliegen …?«

»Ja, werden wir.« Tandurin hockte sich im Schneidersitz neben Boltan und hielt ihn an der Schulter fest, als der Teppich leichte Wellen warf und sanft zu den Bäumen aufstieg. »Ich werde dich retten, Boltan. Ich verspreche es dir. Nur halte durch!«

Die Spur der Blätter

»Sieh dir das an!«, rief Kyrell erstaunt. Sie tauchte die Hand in den munter plätschernden Bach und sah dabei zu, wie die Brandblasen an ihren Fingern zunehmend kleiner wurden und schließlich ganz verschwanden. Auch die übrigen Rötungen lösten sich auf, während das Wasser über ihre Haut sprudelte.

»Das Wasser heilt?« Geron, dem das Drachenfeuer viel schwerere Verletzungen zugefügt hatte, beugte sich erstaunt neben sie, schöpfte etwas Wasser in die Hände und warf es sich kurzerhand in sein mit Verbrennungen übersätes Gesicht. Er stieß einen erleichterten Seufzer aus. »Meine Güte, es hilft wirklich.«

Kyrell, die lediglich an den Unterarmen Schmerzen verspürte, ließ sich gänzlich vornüberkippen, sodass der Strom auch ihre übrigen Verletzungen fortspülen konnte. Geron hingegen zog sich kurzerhand das mit Brandlöchern durchsetzte Hemd aus und wusch sich nun all jene Stellen, an den ihn das Drachenfeuer erwischt hatte. Auch diese Wunden heilten innerhalb von Augenblicken.

»Oh … ich fühle mich wie ein neuer Mensch!«

»Wird eh Zeit, dass du dich mal wäscht!«, spottete Kyrell. »Du riechst jetzt auch besser.«

»Das sagt die Richtige!« Geron grinste und spritzte ihr etwas Wasser ins Gesicht.

Kyrell zahlte es ihm mit gleicher Münze heim.

Sofort entbrannte eine Wasserschlacht, bis sie lachend und durchnässt im Bach lagen.

Wo genau sie sich auf den Elfenpfaden befanden, wusste Kyrell nicht. Die Umgebung erinnerte sie an ihren ersten Aufenthalt in der verzauberten Region. Die Schatten der Bäume waren teils seltsam lang, teils verkürzt wie zur Mittagszeit. Außerdem erzeugte das beständige Glucksen und Plätschern des Baches, in dem sie lagen, einen kaum wahrnehmbaren Hall, als würde das Gewässer durch eine große Kaverne statt durch offenes Land fließen. Auch das milde, rötliche Licht, in dem Insekten und Schmetterlinge über die Lichtung tanzten, war seltsam. Schräg fiel es durch die Bäume, fast so, als würde sich irgendwo jenseits des Gehölzes eine untergehende Abendsonne verbergen. Nur gab es hier keine Sonne. Ebenso wenig, wie es hier unterscheidbare Tageszeiten gab.

Sie wusste nicht einmal, wie lange sie schon unterwegs waren.

Seit sie in diese seltsame Zwischenwelt geschleudert worden waren, mochte vielleicht ein Tag vergangen sein. Vielleicht auch mehr. Denn alles, was ihnen hier eine gewisse Orientierung bot, waren Hunger und körperliche Erschöpfung – und selbst diese Empfindungen trogen ihr Zeitgefühl.

Mit dem Wasser, das angenehm über Kyrells Körper sprudelte, fiel allmählich der zurückliegende Schrecken von ihr ab. Selbst ihre Sorge um Boltan und Tandurin trat etwas in den Hintergrund und die Hoffnung wuchs, dass es auch ihnen gelungen war, unversehrt aus der Zitadelle zu entkommen. Das gleiche wünschte sie auch Dania und ihrer Schwester, obwohl der Verrat der beiden am Drachenthron noch lange nicht vergessen war.

Doch all das lag nicht mehr in ihrer Hand.

Jetzt tat es gut, sich dem Moment hinzugeben.

Der Heiterkeit, der Ruhe und auch … der Nähe zu Geron.

Seltsam, dass das Schicksal sie beide schon wieder zusammengeführt hatte.

Geron war überhaupt immer an ihrer Seite, wenn sie ihn brauchte.

Das nahm ihr zwar einige Ängste, nur verwirrte sie das auch.

Ebenso, wie ihre aufkeimenden Gefühle zu ihm …

Kyrell spürte, dass sich im Wasser ihre Hände berührten.

Auch Geron schien sich dessen bewusst zu werden – und zu ihrem Leidwesen zog er seine Hand zurück, räusperte sich und stand wieder auf. Tropfnass stapfte er auf die Lichtung, atmete tief ein und drückte sein schulterlanges Haar aus.

Kyrell betrachtete verstohlen seinen nackten Oberköper.

»Was das auch immer für Kräfte sind, die in diesem Bach wirken«, meinte er verlegen, »sie machen … müde. Findest du nicht?«

Ihre Blicke trafen sich und Kyrell fühlte sich irgendwie ertappt. Rasch erhob auch sie sich und trat ans Ufer.

»Immerhin, man friert hier nicht so wie in der normalen Welt.« Er streifte sich seine Sachen über.

»Nein, tut man nicht«, sagte Kyrell mit rauer Stimme, während sie sich das Wasser aus den Haaren presste. Zugleich ärgerte sie sich über ihre nichtssagende Reaktion, denn ihr brannten ganz andere Fragen auf der Zunge. Und die kreisten eher um sie und ihn. Doch sie fand dafür nicht den Mut.

Abermals kreuzten sich ihre Blicke und diesmal war ihr, als wolle Geron etwas sagen – als er plötzlich an ihr vorbeisah und die Augen verengte. »Was ist das denn?«

Er marschierte zum Rand der Lichtung und griff vorsichtig zwischen die dornigen Zweige einer wild wuchernden Brombeerhecke, die – obwohl sie sie bereits abgeerntet hatten – jetzt wieder voll mit Früchten war. Doch die Brombeeren waren es nicht, die seinen Argwohn erregt hatten. Als er sich zu ihr umdrehte, hielt er einen abgerissenen, orangefarbenen Stoffflicken in der Hand.

Kyrell nahm ihm den Flicken erstaunt ab, rieb ihn zwischen den Fingern, roch vorsichtig daran – und sah sich alarmiert um. »Ich glaube, ich weiß, von wem der stammt: Mutter Valeska!«

»Was, diese verdammte Hexe war hier?« Geron wirkte zunehmend beunruhigt

»Na ja.« Kyrell schluckte, da sie mit allem gerechnet hatte, aber nicht mit einem solchen Fund. »Auch sie besitzt ein Goldblatt des Ahrvarien.«

»Das hatte ich völlig vergessen.« Geron behielt die Umgebung im Auge. »In diesem Fall frage ich mich, ob sie hier vor oder nach den Ereignissen am Drachenthron war?«

»Keine Ahnung. Wenn wir Dania glauben dürfen, wissen selbst die Magier nicht, ob sie das Zusammentreffen mit Yolsulgur überlebt hat.«

»Trotzdem …« Geron nahm den Boden vor der Brombeerhecke genauer in Augenschein. »Du kennst meine Meinung: Nichts, was auf diesen verzauberten Pfaden geschieht, passiert grundlos. Und dieser Fund bestärkt mich darin nur.« Er bückte sich. »Siehst du? Hier: ein Fußabdruck. Und da hinten ist noch einer. Ich glaube, dort hinten, zwischen den Bäumen, führt ein Weg von hier weg.«

»Du schlägst vor, ihr zu folgen?«

»Nun, viele Optionen haben wir ja nicht.« Geron rieb sich nachdenklich über seinen Bart. »Darauf zu vertrauen, dass dich diese Elfe irgendwann wiederfindet, bringt wohl nichts. Wir können also weiter planlos auf den Elfenpfaden herumirren, bis wir einen Weg zurück in die richtige Welt finden – oder wir folgen Valeskas Spuren und finden heraus, wohin sie unterwegs war.«

»Gut, warum nicht.« Kyrell seufzte. »Zumindest fand sie sich deutlich besser in dieser Welt zurecht, als ich es tue. Und doch frage ich mich« – sie kramte nach dem eingewickelten Goldblatt unter ihrer durchfeuchteten Kleidung – »warum ich mein Blatt bislang so gefahrlos nutzen konnte? Nach allem, was wir wissen, müsste mich der Drachenkönig jederzeit aufspüren können, sobald ich es einsetze. Und das gilt auch für Mutter Valeska.«

Geron zuckte mit den Schultern. »Finden wir es heraus. Dass es vielleicht nicht so ist, ist ja nicht die schlechteste Nachricht.«

Sie nahmen ihre Sachen auf, und Geron wollte bereits ins Unterholz eilen, als Kyrell ihn zurückhielt. »Warte!«

Sie entstöpselte ihren Wasserschlauch, ließ den restlichen Trinkvorrat auslaufen und füllte das lederne Behältnis mit dem klaren Wasser des Baches.

»Wer weiß« – sie sah unsicher auf – »vielleicht entfaltet das wundersame Wasser auch andernorts eine Wirkung?«

Geron nickte anerkennend. Dann marschierten sie los, während er den Waldboden weiter nach Spuren absuchte.

Der schmale Waldpfad verbreiterte sich, gabelte sich, und sie folgten Valeskas Spuren durch eine bizarre, von kugelrunden Hügeln erfüllte Ebene, auf denen niedrige Pflanzen mit weißen Blüten wuchsen. Der Horizont, der jenseits der Hügel zu erkennen war, wirkte vor den hellen Flecken des Bewuchses umso düsterer; als würde dort ein schweres Unwetter niedergehen.

Kündigte sich da eine weitere der verheerten Regionen an?

Erleichtert atmete Kyrell auf, als sie die merkwürdige Ebene hinter sich ließen und auf einen bewaldeten Hang mit hohen Tannen zumarschierten, die immerzu von einem leichten Rascheln erfüllt waren. Kyrell hielt nach Tieren im Geäst Ausschau, bis sie den Ursprung der Geräusche bemerkte: Die Zweige der Bäume selbst erzitterten immerzu. Dabei schüttelten sie Schleier grüner Nadeln ab, die Kyrell wie Insektenschwärme umschwirrten. Sie war froh, als sie die Tannen hinter sich ließen und eine ebenso hohe wie schroffe Felsenformation vor ihnen auftauchte, dessen Gestein über und über mit saftig grünem Moos bedeckt war.

Geron führte sie an einem der Felsriesen vorbei und plötzlich standen sie vor dem dunklen Zugang zu einer Höhle. Er ähnelte von der Form her einem übergroßen Schlüsselloch, und unentwegt drang ein leises Säuseln aus der Düsternis an ihre Ohren. Ein warmer Wind hob ihre Haare an.

Kyrell beschwor ein Zauberlicht herauf und betrat die Höhle als Erste. Ihre Schritte hallten und kopfgroße Felsen versperrten im Innern den Weg. Je tiefer sie in die Kaverne vordrangen, desto mehr verjüngte sie sich. Licht war bald nicht mehr vonnöten, denn der Felstunnel wurde zunehmend von einem dämmrigen grünen Zwielicht ausgefüllt, dessen Ursprung Kyrell ein Rätsel blieb. Das unentwegte Flüstern, Säuseln und Brausen um sie herum steigerte sich derweil zu einem lauten Heulen und Tosen – doch nicht der leiseste Windhauch war spürbar.

Irgendwann wurde vor ihr neuerlicher Lichtschein sichtbar. Kyrell und Geron mühten sich an einigen Felsen vorbei, ein warmer Wind blies ihr entgegen und kurz darauf fand sie sich an einem felsigen Hang mit vereinzelten Bäumen und Farnen wieder.

Erleichtert sah sie auf, denn die strahlende Sonne am Himmel stellte klar, dass sie wieder in der Wirklichkeit angelangt waren. Hinter ihnen befand sich nur ein verkrautetes dunkles Loch, das kaum groß genug war, sich kriechend hindurchzuzwängen.

»Ehrlich, an diese Elfenpfade werde ich mich nie gewöhnen«, murrte Geron. »Bleibt die Frage, wo wir jetzt sind.«

Von ihrem erhöhten Standpunkt aus konnten sie auf eine freundliche und seltsam vertraut wirkende Auenlandschaft mit Hügeln, Wäldern und Feldern blicken, auf denen Getreide und Flachs angebaut wurde. Diese Idylle wurde von dunklen Rauchschwaden am nördlichen Horizont gestört, die nichts Gutes verhießen. Und doch ...

Kyrell schirmte die Augen ab, sah sich ahnungsvoll um und entdeckte weiter im Osten, auf einem der Hügel, ein prächtiges weißes Schloss mit zwei schlanken Rundtürmen. Das hochherrschaftliche Anwesen war von einem großen Schlossgarten umgeben und lag in unmittelbarer Nähe zu einem kleinen Dorf.

»Geron, ich weiß, wo wir sind!« Fassungslos berührte sie ihn am Arm. »Das da hinten ist Schloss Erlengrund. Das Gut dient dem Grafen von Adlerstedt schon seit Jahren als Jagdschloss. Meine Familie lebt dort.«

»Ernsthaft?« Geron spähte ebenfalls in Richtung Schloss und schnaubte ungläubig. »Jetzt sag mir nicht, dass du das für einen Zufall hältst.«

»Nein, vermutlich nicht – nur frage ich mich, was Mutter Valeska hier wollte.«

Rasch machten sie sich an den Abstieg. Währenddessen stieg an einer weiteren Stelle im Norden Rauch auf, etwas westlich jenes Ortes, an dem es bereits brannte.

»Was befindet sich da hinten?« Geron suchte argwöhnisch den Himmel ab und Kyrell ahnte, wonach er Ausschau hielt.

»Etwa zwanzig Meilen von hier entfernt beginnen die Ausläufer des Grauwaldes.« Kyrell wischte sich ihr langes Haar aus dem Gesicht, während sie besorgt die Rauchschwaden musterte. »Der

Wald markiert grob die nördliche Grenze des Königreichs. Was den Grafen nicht davon abhält, dort ebenfalls Jagden abzuhalten. Meines Wissens nach leben dort nur einige Köhler.«

Sie ließ ihren Blick über die Ebene schweifen und entdeckte nun am südlichen Horizont Bewegungen. Doch vermochte sie nicht zu sagen, was da in der Ferne genau vor sich ging.

»Geron, pass auf mich auf.« Sie setzte sich kurzerhand auf einen Stein, suchte den Himmel ab und schloss die Augen. Dann kippte ihr Geist aus ihrem Körper …

… und sie flatterte im Körper einer Feldlerche über eines der grünbraunen Flachsfelder hinweg, segelte zwischen einigen Bäumen hindurch und sah nun, was im Süden vor sich ging. Dort bewegte sich eine Kolonne aus Karren, Planwagen und Menschen in Richtung Süden. Es handelte sich durchweg um einfache Bauern. Die Karren waren mit hastig zusammengeworfenen Möbeln und Nahrungsmitteln beladen. Eltern hielten ihre Kinder an den Händen, und manche von ihnen zogen Rinder und Schafe hinter sich her. Allesamt wirkten sie ängstlich und aufgebracht. Ein Flüchtlingstreck.

Kyrell stieg weiter empor, um einen besseren Überblick zu gewinnen. Leider verhinderte der viele Rauch im Norden einen genaueren Blick auf das, was dort vor sich ging. Ein Drache war nirgendwo zu erkennen. Stattdessen entdeckte sie mit ihren scharfen Vogelaugen große Gruppen bewaffneter Gestalten, die über Felder und Wiesen gen Süden und damit auch auf das Schloss vorrückten: Gaale.

Kyrell vergaß vor Schreck fast mit den Flügeln zu schlagen.

Rasch stieß sie herab, diesmal war das Dorf in Schlossnähe ihr Ziel. Noch immer beluden dort Menschen hektisch Karren und Ackergäule mit ihrem Hab und Gut. Sie sauste über den nahen Schlossgarten hinweg, hinüber zu dem Vorwerk der prachtvollen Schlossanlage, in dem die Falknerei ihrer Eltern untergebracht war. Auch dort hielten sich Menschen auf. Und erstmals erblickte sie ein ihr bekanntes Gesicht.

Vor Freude und Sorge gleichermaßen stieß sie einen spitzen

Vogelschrei aus. Ihr Vater hatte sich in den vergangenen vier Jahren, seit sie fort war, kaum verändert. Wie immer trug der bärtige Mittfünfziger ein weißes Hemd unter der vornehmen Lederweste, außerdem seinen markanten breitkrempigen Hut mit der langen Feder. Soeben leitete er einige Bedienstete an, einen großen Holzkäfig auf einen von zwei bereitstehenden Pferdekarren zu hieven, in dem zwei schwarzgraue Sperber hockten. Natürlich, er würde die Falknerei niemals ohne seine geliebten Vögel verlassen.

Kyrell hatte genug gesehen. Sie musste so schnell wie möglich zu ihm. Und sie wusste auch, wie. Sie jagte zurück zu den Feldern im Westen, suchte dort ihr neues Ziel, zog ihren Geist aus dem Vogelkörper …

… und spürte mit jeder Faser die bebende Kraft des Pferdes, das sie übernommen hatte. Der braune Wallach gallopierte aus dem Norden kommend herrenlos in Richtung Schloss, und sie spürte den Druck des Sattels auf ihrem Rücken und die Gebissstange des Zaumzeugs in ihrem Maul. Ihr Geist schnappte schwache Erinnerungen des Rosses auf, die von einem heftigen Kampf kündeten, den der einstige Besitzer des Tieres ausgefochten hatte. Doch wie immer verblassten die Eindrücke ebenso schnell, wie sie aufgestiegen waren. Sie erhöhte das Tempo und preschte in Pferdegestalt auf den westlich gelegenen Höhenzug zu, auf dem sie sich und Geron wähnte. Sie stoppte erst, als sie an dem bewaldeten Hang ihren verwundert dreinblickenden Gefährten erreichte, der dort getreu über sie wachte.

Kyrell trabte auf ihn zu und wartete ab, bis Geron das Zaumzeug ergriff, dann löste sie sich abermals aus dem Tierleib …

… und erwachte mit einem tiefen Atemzug in ihrem eigenen Körper.

»Gaale!«, ächzte sie, während Geron das verwirrte Pferd zu beruhigen versuchte. »Sie kommen aus dem Grauwald. Dania hat also die Wahrheit gesagt. Und sie rücken schneller näher, als die Menschen hier vermutlich ahnen. Unter ihnen meine Familie. Wir müssen sie warnen.«

»Verstehe.« Geron tätschelte den Wallach beruhigend. »Dir ist klar, dass das hier das Reittier eines Ritters ist? Wo ist der Kerl?«

»Vermutlich tot.« Kyrell löste kurzerhand den Sattel und warf ihn zu Boden. Dann sprang sie auf das Pferd auf, reichte Geron die Hand, sodass er hinter ihr Platz nehmen konnte, und drückte dem Pferd ihre Stiefel in die Flanken.

Sie preschten über die Felder auf das Jagdschloss zu, und bald tauchten die ersten Häuser der Ortschaft vor ihnen auf. Während sie durch das Dorf ritten, warnten sie jeden, den sie sahen, dann gallopierten sie am Dorfbrunnen vorbei aus dem Ort hinaus und über einen Weg am Schlossgarten hinüber zur Falknerei. Kyrell atmete erleichtert auf, als der vertraute Nebenhof der Schlossanlage endlich in Sicht kam.

»Verschweig ihnen besser, wer ich bin«, bat Geron. »Wir lenken vermutlich schon genug Aufmerksamkeit auf uns.«

Sie erreichten das elterliche Haupthaus mit den angrenzenden Ställen und der Scheune, wo einige neue, allerdings leere Volieren standen. Das Fuhrwerk mit den Sperberkäfigen hatte das Gelände samt den Bediensteten bereits verlassen, nicht so Kyrells Vater. Der war damit beschäftigt, das verbliebene Gespann zu beladen. Er hielt einen stattlichen braungemaserten Gerfalken mit Lederkappe auf dem Arm, den er soeben auf einem Gestell absetzte.

Ungläubig sah er zu ihnen herüber, als er sie erkannte. »Kyrell? Meine Güte, was machst du hier?«

»Vater, ihr müsst sofort weg!«, rief sie grußlos.

Sie sprang ab, lief ihm entgegen und lag ihm kurz darauf in den Armen. »Ihr habt höchstens noch eine Stunde, eher weniger, bis die Gaale hier sind!«

»Was?« Bestürzt nahm er seinen breitkrempigen Hut ab und warf Geron einen irritierten Blick zu. »Wenn sie schon so nah wären, hätten man uns doch gewarnt. Der hiesige Marschall hat während der Evakuierung des Schlosses Ritter an der Grenze stationiert, die uns –«

»Die Posten sind vermutlich alle tot«, unterbrach sie ihn. »Die Gaale sind längst auf den Weg hierher. Ihr müsst verschwinden!«

Ihr Vater nickte und wandte sich zum Hauptgebäude um. »Javella! Schnell, komm raus. Unsere Tochter ist zurück!«

Im Eingang tauchte Kyrells Mutter auf. Mit ihren blonden, auf dem Rücken zusammengebundenen Haaren, der schlanken Figur, ihren leicht spitz zulaufenden Ohren und den blauen Augen, mit denen sie die Ankommenden verblüfft ansah, wirkte sie wie ein älteres Ebenbild Kyrells.

»Kyrell!« Sie schlug sich überrascht die Hand vor den Mund, schürzte ihren Rock und rannte zu ihr. Im nächsten Moment lagen auch sie sich in den Armen. Die Augen ihrer Mutter schimmerten feucht. »Ich hab jeden Tag an dich gedacht. Ich wusste, dass du irgendwann heimkehren würdest.«

»Ich kann nicht lange bleiben«, erwiderte Kyrell unglücklich. »Aber ihr müsst fort. Und das schnell!«

Ihre Mutter umfasste ihre Wangen und musterte sie. »Geht es dir denn wieder gut? Wir dachten, du liegst im Sterben.«

»Ich läge was?« Kyrell löste sich von ihr.

»Deine Lehrmeisterin war vor drei Tagen hier und hat uns berichtet, dass du unter einer geheimnisvollen Krankheit leidest.«

»Valeska war hier?« Geron näherte sich ihnen mit scheelem Blick, die Zügel des Wallachs in Händen.

Interessiert musterte Lavella ihn. »Seid Ihr ebenfalls ein Adept?«

»Entschuldigt bitte mein Benehmen.« Er strich sich das halblange Haar hinter die Ohren und verbeugte sich höflich. »Ja, auch ich verfüge über das Talent. Ich bin … ein guter Freund Eurer Tochter.«

»Sagt«, hakte Kyrell nach, »was genau hat Valeska euch aufgetischt?«

»Das was deine Mutter sagt«, antwortete ihr Vater. »Sie behauptete, dass dich dein Blut krank gemacht hätte und dass sie dir nur dann helfen könne, wenn sie mehr über deine elfische Vergangenheit herausfände.«

»Meine elfische Vergangenheit?«

»Sie meinte damit offenbar unseren gemeinsamen elfischen

Urahnen«, ergänzte ihre Mutter. »Sie fragte uns, was wir über ihn wissen.«

Befremdet wechselten Kyrell und Geron Blicke.

»Sie hat euch belogen«, sagte Kyrell wütend. »Ich war nie krank. Ganz im Gegenteil. Sie und ich, wir haben uns schon vor einer Weile getrennt. Sie ist ein intrigantes Miststück, das mich am Ende sogar …« Sie hielt inne, da ihr Geron behutsam die Hand auf den Arm legte. »Was auch immer sie hier wollte«, fuhr sie fort. »Mutter Valeska treibt ein falsches Spiel.«

»Ich habe der elenden Vettel schon damals nicht über den Weg getraut«, knurrte ihr Vater. »Wir hätten dich ihr nie überlassen dürfen.«

»Würdet Ihr uns sagen, was Ihr ihr erzählt habt?«, wollte Geron wissen.

Ihre Eltern warfen sich Blicke zu.

»Bitte, Mutter, das ist wichtig!«, sprach Kyrell.

»Das war nicht viel.« Ihre Mutter zuckte hilflos mit den Schultern. »Das alles ist doch schon ewig lange her. Weit über ein halbes Jahrtausend, wenn die überlieferte Familiengeschichte stimmt. Am Ende des Zweiten Drachenkrieges. Und viel wissen wir heute wirklich nicht mehr. Nur, dass unsere Ahnin namentlich Lyssandra hieß und damals angeblich als Heilerin arbeitete, als sie auf die Liebe ihres Lebens stieß. Das soll drüben in Adlerstedt passiert sein, während der damaligen Kriegswirren. Angeblich hat sie ihm das Leben gerettet, nachdem er von einem Drachen schwer verwundet worden war. Nur ist der Name ihres elfischen Geliebten im Laufe der Zeit leider in Vergessenheit geraten.«

»Sein Name war Galahain«, verriet Kyrell.

»Tatsächlich?« Ihre Mutter fuhr sich über eine Augenbraue. »Nun, er war offenbar ein unsteter Zeitgenosse. Nachdem Lyssandra schwanger wurde, sollen sie hierhergezogen sein, um ihre Tochter aufzuziehen. Ich gebe zu, ich habe mich bei Valeskas Interesse selbst gefragt, wie das dabei helfen soll, dir eine entsprechende Medizin zuzubereiten. Allerdings bin ich keine Zauberin.«

»Habe ich das richtig verstanden, dass die beiden damals hier an diesem Ort gelebt haben?«, fragte Geron verwundert. »Bedeutet das, dass alle ihre Nachfahren diesen Ort seit sechshundert Jahren nicht verlassen haben? Das finde ich … erstaunlich.«

»Vielleicht lag auf der einstigen Verbindung ja tatsächlich ein geheimnisvoller Zauber und unsereins ist deswegen so heimatverbunden?« Ihre Mutter zuckte unschlüssig mit den Schultern. »Dieser … Galahain soll jedenfalls noch lange nach Auszug der Elfen hier gelebt haben. Sogar dann noch, als Lyssandra längst verstorben war. Er blieb, bis auch seine Enkelin heiratete. Und du kannst dir vermutlich denken, was er ihr zu ihrer Hochzeit schenkte. Ich habe es dir ja mitgegeben, als du damals mit dieser Mutter Valeska fortzogst …« Ihre Mutter warf Geron einen skeptischen Blick zu.

»Geron weiß von dem goldenen Ahornblatt«, sagte Kyrell. »Wir haben inzwischen auch herausgefunden, was es damit auf sich hat.«

»Ich hoffe, du erzählst es mir irgendwann.« Ihre Mutter seufzte. »Danach verschwand er. Für immer. Und niemand weiß, was aus ihm wurde. Deine Lehrmeisterin hat sich deswegen auch eine Weile mit deiner Großmutter unterhalten.«

»Mit Großmutter? Dann … geht es ihr noch immer gut?«

»Ja, und sie wird immer älter.« Ihre Mutter lächelte, doch ihr Lächeln zerfaserte. »Allerdings scheint sie das Gespräch etwas mitgenommen zu haben, denn seit ein paar Tagen will ihr Geist nicht mehr so recht. Seit neuestem vergisst sie ständig Dinge und manchmal wirkt sie wie weggetreten.«

»Ich muss sie sehen. Sofort!«, meinte Kyrell beunruhigt. »Und danach verschwindet ihr hier. Versprecht es mir.«

»Wir sind eh so gut wie fertig«, brummte ihr Vater.

Gemeinsam eilten sie zum Wohnhaus, und Lavella führte sie in das getäfelte, mit Geweihen und ausgestopften Beizvögeln geschmückte Kaminzimmer ihres Zuhauses. Gleich drei gepackte Bündel standen neben der Tür. Kyrells Großmutter saß leicht zusammengesunken in einem Schaukelstuhl. Trotz der 106 Jahre, die sie mittlerweile lebte, war sie von auffallend aufrechter Statur. Ihr Gesicht war faltig, doch ebenso wie ihre übrige Haut ohne Altersflecken. Und wie immer war ihr langes weißes Haar gekämmt und schimmerte seidig. Was Kyrell jedoch an ihr vermisste, war der wache, rege Blick ihrer blassblauen Augen, den sie schon als Kind ebenso geliebt wie gefürchtet hatte. Denn diesem Blick entging für gewöhnlich nichts. Im Augenblick starrte die alte Frau lediglich vor sich hin, während sich ihre dünnen Lippen leicht bewegten.

»Mutter?« Lavella hockte sich neben den Schaukelstuhl. »Sieh nur, Kyrell ist wieder da.«

Erstmals zeigte ihre Großmutter eine Reaktion, denn sie hob müde den Kopf, als nun Kyrell vor sie trat.

»Kleines, es ist gut, dass …«, erhob sie ihre dünne Stimme. Sie wollte offenbar noch etwas sagen, stattdessen runzelte sie die Stirn, als habe sie im selben Moment vergessen, was ihr durch den Kopf ging.

Irritiert blickte sie an ihnen vorbei und betrachtete Geron. »Wer seid Ihr?«

Abermals verneigte sich Geron höflich. »Mein Name ist Geron von Waldaleth. Ich bin der Sohn König Almerdins von Waldaleth. Und ich bin erfreut zu sehen, wie ausgesprochen hübsch die Frauen Eurer Familie selbst im hohen Alter sind.«

»Wer bitte seid Ihr?«, ächzte Kyrells Vater fast erschrocken

»Ich sagte Euch doch schon, ein Freund Eurer …«

Kyrell sah Geron an, dass ihm erst jetzt bewusst wurde, was er zuvor ausgeplaudert hatte, denn er wirkte überaus verlegen. »Das … ähm. Ich bitte Euch, das für Euch zu behalten. Und das andere …«

Er lief rot an, während sich ihr Vater hastig vor ihm verbeugte. »Selbstverständlich, Königliche Hoheit! Wenn das Euer Wunsch ist, bleiben unsere Lippen versiegelt.«

Kyrell und ihre Mutter wechselten knappe Blicke und die Lippen ihrer Mutter zuckten amüsiert.

»Die elfische Gabe überspringt in meiner Familie hin und wieder eine Generation«, klärte ihn Kyrell auf. »Zumindest tat sie das bei meiner Mutter. Doch ebenso wie ich über die Gabe verfüge, tut es auch meine Großmutter. Sie besitzt die Fähigkeit, andere dazu zu bringen, stets bei der Wahrheit zu bleiben.«

»Oh, das ist sicher … sehr nützlich«, sagte Geron diplomatisch.

Kyrell atmete tief ein. »Ich sage es mal so: Meine Mutter und ich hatten nicht die leichteste Kindheit.«

»Ganz zu schweigen von dem Leben mit ihr als Schwiegermutter«, raunte ihr Vater. Ihre Mutter warf ihm einen strengen Blick zu, und er räusperte sich.

Kyrell beschlich ein böser Verdacht. »Großmutter ist in diesem Zustand, seit Mutter Valeska hier war?«

Ihre Eltern nickten.

Geron begriff sofort. »Du glaubst, dass sie deine Großmutter verzaubert hat?«

»Wäre doch möglich.« Kyrell umschloss sanft die dürren Hände der alten Frau, die wirkte, als stünde sie kurz davor einzuschlafen. »Vielleicht hat sie Valeska während des Gesprächs irgendetwas entlocken können? Zumindest habe ich Valeska gegenüber Großmutters Fähigkeiten nie zur Sprache gebracht. Sie könnte davon also ebenso überrascht worden sein wie du.«

»In Ordnung, aber was können wir dagegen tun?«

»Ganz einfach, ich werde versuchen, den Zauber zu brechen. Mittels eines der magischen Lieder, die mir Yarvala zu diesem Zweck beigebracht hat.«

Geron sah sie überrascht an. »Wie viele dieser Elfenlieder kennst du denn noch? Erst die Sache mit dem Eichenknecht am Drachenthron, dann das mit Boltan. Und jetzt …«

»Ich habe euch doch erzählt, dass die Zeit damals auf den Elfenpfaden länger währte als jene, die bei euch verstrichen ist. Und jetzt … muss ich mich konzentrieren.« Kyrell bemerkte, dass ihre Eltern sie fragend musterten, doch jetzt war keine Zeit für Erklärungen. Stattdessen begann sie zu singen.

Die uralte Elfenmelodie entstieg sanft ihrer Kehle und erfüllte den Raum mit einer lockenden Heiterkeit, die ihre Großmutter sofort aus dem Dämmer riss. Erstaunt sah sie sie aus ihren blassblauen Augen an, runzelte dann auf ihre nachdrückliche Weise die Stirn und richtete sich auf, fast so, als spüre sie, dass Kyrell sich mithilfe des Zauberliedes ganz allmählich in ihren Verstand vortastete. Unwirsch schüttelte sie den Kopf und versuchte, Kyrell die Hände zu entziehen. Doch Kyrell umschloss ihre Finger fester und steigerte die Lautstärke ihres Gesangs.

Das Lied wurde eindringlicher. Fordernder.

Ihre Großmutter ächzte, sah sie zunehmend gereizt an und keuchte angestrengt auf.

»Lass mich«, fauchte sie wütend. »Hör auf!«

Kyrell sah aus den Augenwinkeln, dass Geron in weiser Voraussicht ihre Mutter festhielt. Dann, endlich, spürte sie das Gespinst, das über dem Geist ihrer Großmutter lag. Ihre Melodie strich tastend darüber hinweg und es fühlte sich an wie klebrige Spinnfäden.

Kyrell verdoppelte ihre Anstrengungen, sang noch eindringlicher, ließ die Klänge des Zauberliedes wie den Schnabel eines Raubvogels auf das Geflecht herabfahren – und fühlte, wie das Gespinst zerriss.

Ihre Großmutter stöhnte auf und kippte vornüber.

Besorgt fing Kyrell sie auf. »Alles gut, Ömchen. Alles gut. Ich bin bei dir.«

»Kyrell, was hast du getan?« Ihre Mutter löste sich aus Gerons Griff und eilte zu ihnen.

»Sie war tatsächlich verzaubert«, erklärte Kyrell. »Aber ich habe sie von dem Zauber befreit.«

Ihre Großmutter atmete tief durch und richtete sich in ihrem Stuhl auf. Sie blinzelte, und diesmal war ihr Blick klar und wach, als sie die Anwesenden der Reihe nach ansah.

»Alles gut?«, wollte ihre Mutter wissen. »Erinnerst du dich, was geschehen ist?«

»Oh ja«, antwortete die alte Frau mit brüchiger Stimme und Wut blitzte in ihrem Blick. »Ich erinnere mich. An alles. Ich wusste gleich, dass dieser stinkenden Schlange nicht zu trauen ist. Aber da war es zu spät. Sie hat meinen Geist … wie unter einen Schleier gehüllt. Aber das ist jetzt vorbei.« Dankbar richtete sie ihren Blick auf Kyrell. »Gut, dass du zurück bist, Kleines. Dass du krank warst, habe ich nie geglaubt. Denn die Frauen in unserer Familie erkranken nie.«

»Ömchen, du musst mir erzählen, was Valeska von dir wollte.«

»Sie hat mich über unser Abstammung ausgequetscht«, schimpfte ihre Großmutter. »Nach unserem Urahn, dem wir unser dünnes Elfenblut verdanken.«

Kyrell spähte besorgt zum Fenster, da ihr schmerzlich bewusst wurde, dass sie hier viel zu viel Zeit verbrachten, und hörte sich noch einmal all das an, was sie bereits erfahren hatten.

»Aufgemerkt hat diese Hexe jedoch vor allem«, fuhr ihre Großmutter fort, »als ich ihr erzählte, dass er sich hier als Baumeister verdingt hat.«

»Als Baumeister?«, hakte Geron interessiert nach.

»Ja, es heißt, er habe das Jagdschloss drüben im Auftrag des damaligen Grafen erbaut.«

»Das wusste ich gar nicht«, meinte Kyrells Mutter erstaunt.

»Doch, ich habe es dir ganz bestimmt einmal erzählt«, widersprach ihre Großmutter. »Du hast vermutlich bloß nicht aufgepasst. Und wenn nicht … dann wisst ihr es eben jetzt. Es ist sogar überliefert, dass er die drei schönsten Räume im Schloss eigenhändig ausgeschmückt hat: den Ballsaal, wo nach den gräflichen Jagden die Feiern stattfinden, den Musiksaal und vor allem das kostbare Spiegelkabinett.«

»Erinnerst du dich«, wollte Kyrell wissen, »wann in dem Gespräch Valeska dich verzaubert hat?«

»Ja, ich glaube schon«, murrte ihre Großmutter. »Mir kam die Fragerei nämlich ziemlich komisch vor, und so habe ich sie irgendwann gefragt, warum sie wirklich hier ist.«

»Und?«

Ihre Großmutter schnaubte ungehalten. »Sie sagte, dass sie dem König des Nordens diene. Danach … wurde die Unterhaltung etwas unangenehmer.«

»Es gibt derzeit nur einen König im Norden«, knurrte Geron. »Was dann wohl bedeutet, dass Valeska ihre Fahne nach dem Wind gehängt hat und jetzt dem Drachenkönig Yolsulgur dient. Unglaublich.«

»Es passt zu ihr. Sie hat sich immer nur für sich selbst interessiert.« Kyrell atmete tief ein und erhob sich. »Gut, zerbrechen wir uns darüber später den Kopf. Ihr müsst jetzt endlich von hier verschwinden. Geron, hilfst du bitte meinem Vater, meine Großmutter nach draußen zu bringen?«

»Natürlich.«

Zusammen hoben die Männer ihre Großmutter aus dem Schaukelstuhl und halfen ihr hinaus zum Pferdegespann. Kyrell und Lavella nahmen rasch die verbliebenen Bündel auf und wollten ebenfalls das Haus verlassen, als ihre Mutter sie zurückhielt. »Du kommst wirklich nicht mit?«

»Nein.« Kyrell sah sie traurig an. »Es gibt nicht mehr viele Zauberer in der Welt. Und inzwischen ist so viel geschehen, dass ...« Sie winkte ab. »Es geht einfach nicht. Wenn Geron und ich nicht dabei helfen, gegen den Drachenkönig vorzugehen, dann sind die Jungen Königreiche vermutlich verloren. Denn wer außer uns soll sich ihm sonst entgegenstellen?«

»Und was ist das mit euch beiden? Mit dir und diesem Geron?« Ihre Mutter sah sie gespannt an. »Seid ihr so etwas wie Schicksalsgefährten – oder ist da mehr?«

»Wie kommst du darauf?«

Ihre Mutter lächelte fein.

»Ich weiß es nicht«, wiegelte Kyrell ab.

»Immerhin ist er der erste Mann, den du hierher mitgebracht hast. Und ich sehe, wie er dich anschaut. Ich glaube kaum, dass du ihm gleichgültig bist.«

»Du weißt doch selbst, dass uns fast alle Männer anziehend finden.« Kyrell klang niedergeschlagen. »Dafür sorgt das elfische Blut in unseren Adern. Warum also sollte es bei ihm anders sein? Außerdem ... ist er der Thronfolger Waldaleths. Er wird zwar derzeit wegen eines Verbrechens gesucht, das er nicht begangen hat, doch er wird keine Ruhe geben, bis wir seine Unschuld bewiesen haben. Und wenn wir das schaffen, und ... wir das alles hier irgendwie heil überstehen, dann wird er sich nach einer Frau seines Standes umsehen müssen. Er braucht dann eine Königin an seiner Seite – und ich bin keine Königin. Ich bin die Tochter eines Falkners. So was wie er und ich ... das wäre vermutlich zum Scheitern verurteilt.«

»Ach, Kyrell.« Ihre Mutter umfasste liebevoll ihr Gesicht. »Und du willst eine Zauberin sein? Weißt du denn nicht, dass unter all der Magie, die es in dieser Welt gibt, die Liebe die stärkste Kraft ist? Keine andere Macht lässt dich mehr verzweifeln. Aber es gibt auch keine andere, die dich mehr beflügelt und dich alle Grenzen und Hindernisse einreißen lässt. Man liebt nicht, weil die Liebe so einfach ist, man liebt trotz aller Hindernisse, die sich ihr in den Weg stellen. Du musst einfach nur auf dein Herz hören.«

»Und wie weiß ich, wann ich darauf hören soll?«

»Na ja, vielleicht hörst du dir einfach selbst zu. Denn wann immer du von ihm sprichst, sagst du ›wir‹ …« Ihre Mutter küsste sie auf die Wange und marschierte nach draußen.

Kyrell folgte ihr verunsichert.

Ihr Vater saß neben ihrer Großmutter auf dem Kutschbock und machte dort bereitwillig Platz für seine Frau. Sie alle sahen zu Kyrell und sie hob traurig die Hand zum Abschied.

Sie konnte und wollte nichts sagen, denn das hätte ihr das Herz zerrissen. Ihre Familie schien das zu spüren, denn keiner bedrängte sie.

»Passt bitte auf sie auf!« Ihr Vater warf Geron einen beschwörenden Blick zu.

Der sah feierlich zu ihr und nickte. »Ich verspreche es Euch. Mit meinem Leben!«

Kyrell liefen nun doch die Tränen. Denn sie wusste, dass er es ernst meinte.

»Hab keine Angst!«, rief Geron aufmunternd, während sie auf dem Wallach rücksichtslos über bunte Blumenbeete hinweg und an sorgfältig beschnittenen Hecken und alten Schwarzerlen vorbei auf Schloss Erlengrund zuritten. »Wir haben deine Eltern rechtzeitig gewarnt. Außerdem habe ich deinem Vater klargemacht, dass sie Gaalstrutz meiden sollen. Er hat mir versprochen, nicht eher Halt zu machen, bis sie Siebenbrücken erreicht haben. Deine Familie ist nicht unvermögend. Wenn es hart auf hart kommt, können sie von dort mit dem Schiff weg.«

Kyrell, die diesmal hinter ihm saß, klammerte sich schweigend an ihn, und Geron ahnte, was in ihr vorging. Leider blieb ihnen keine andere Wahl. Der einzige Lichtblick war, dass die Gaale das gräfliche Anwesen noch nicht erreicht hatten. Und das galt es zu nutzen.

Das näherrückende Jagdschloss thronte auf einem kleinen Hügel über dem Schlossgarten. Im Wesentlichen bestand es aus einem dreistöckigen Haupthaus samt angrenzenden Flügelbauten, auf deren grünen Kupferdächern die Dacherker einen Kranz aus Turmfiguren bildeten. Flankiert wurde der Prachtbau von zwei hohen, himmelwärts strebenden Türmen mit Zinnenkranz. Das komplette Bauwerk war mit weißen Natursteinen verklinkert, sodass das anmutige Schloss den strahlenden Residenzen von Gerons Heimat ähnelte.

Dass einst ein Elf an diesem Bau mitgewirkt hatte, war für ihn als Waldalether kaum zu übersehen. Davon zeugten die eleganten Bogenfenster, deren Scheiben im Sonnenlicht blitzten, und die prächtige Schlossfassade, die mit verschnörkelten Bauornamenten verziert war, die eindeutig elfischen Ursprungs waren. Blumen, Ranken und abstrakte Muster, die bei genauerem Hinsehen Tierformen bildeten.

Auch der Schlossgartens schien ursprünglich nach elfischen Vorstellungen angelegt worden zu sein, was Geron an gewissen Symmetrien in der Gestaltung des Geländes erkannte. Die hübsche Anlage war zwar bei Weitem nicht mit dem königlichen Park Waldaleths zu vergleichen, doch auch hier hatte eine geschickte Hand blühende Rosengärten, gepflegte Rasenflächen und Seerosenteiche vor dem Hintergrund eines kleinen Erlenwaldes zu einem harmonischen Ganzen komponiert.

Als sie den von Ställen umrahmten Empfangshof des Jagdschlosses erreichten, war abgesehen vom Schnauben ihres Pferdes und dem Zwitschern der Vögel im nahem Schlossgarten nirgendwo ein Geräusch zu hören. Das stolze Anwesen machte einen verwaisten Eindruck. Wie Kyrells Vater angedeutet hatte, hatten die hiesigen Bediensteten offenbar längst die Flucht vor der nahenden Bedrohung ergriffen.

»Wer sagt uns eigentlich, dass Mutter Valeska nicht immer noch hier ist?«, fragte Kyrell argwöhnisch, als sie absaßen. Geron sah zu den Fenstern zweier schlanker Treppentürme auf, die sich unaufdringlich an die Fassade schmiegten.

»Niemand«, antwortete er. »Wenn es aber schon drei Tage her ist, seit sie deine Familie aufgesucht hat, dann steht eher zu befürchten, dass sie uns weit voraus ist. Als Zauberin dürfte sie bei ihrer Suche hier sogar die Unterstützung der Bediensteten genossen haben.«

»Ja, aber … was genau hat sie hier gesucht?« Kyrell sah ihn aus ihren tiefblauen Augen an.

»Ich weiß es nicht.« Geron führte den Wallach in einen der leeren Ställe, um ihre Anwesenheit nicht zu offensichtlich zu machen. »Aber ich habe einen Verdacht. Was, wenn es dem Drachenkönig darum geht, zu verhindern, dass die Elfen am Ende doch noch in den kommenden Krieg eingreifen?«

»Wie kommst du darauf?«

»Nun, ich halte es für denkbar, dass Yolsulgur nach unserer Flucht vom Drachenthron schlicht die richtigen Schlüsse gezogen hat. Du hast damals schließlich geschafft, was keiner der Magier zuvor fertiggebracht hat: Du hast den letzten der dort verbliebenen Eichenknechte geweckt und es uns so überhaupt erst ermöglicht zu entkommen. Außerdem ist es uns zweimal gelungen, auf dem gleichen Weg zu fliehen, über den auch Valeska zum Drachenthron gelangte: über die Elfenpfade! Sie dürfte daher ebenfalls längst wissen, dass auch du über ein Blatt des Ahrvarien verfügst. Und wenn sich der Drachenkönig tatsächlich Valeska geschnappt hat, dann weiß er inzwischen alles, was auch sie weiß.«

Sie versorgten den Wallach schnell mit Wasser und Heu und eilten dann zum Eingang des Schlosses.

»In diesem Fall«, fuhr er fort, »ahnt er möglicherweise, dass es dir gelungen ist, mit den Elfen Kontakt aufzunehmen. Er könnte Valeska sogar ganz gezielt auf dich angesetzt haben.«

»Auf mich?« Kyrell sah ihn aufgeschreckt an.

»Nur eine Theorie, vielleicht sind seine Absichten auch gänzlich andere«, wandte Geron ein. »Trotzdem ist eines gewiss: Dieser Galahain scheint nicht nur deiner Urgroßmutter zuliebe in der wirklichen Welt zurückgeblieben zu sein. Denn diese Elfe hat dir doch berichtet, dass dein Urahne aus dem Alten Volk einst dem Elfenkönig Erlcoron dabei half, das wundersame Reich überhaupt erst zu erschaffen, in dem die Elfen heute leben.«

»Ja, so sagte es Yarvala.«

»Und«, fuhr Geron fort, »hat sie dir nicht auch erzählt, dass er die Entscheidung des Elfenkönigs, die magische Enklave nach dem Einzug der Elfen zu versiegeln, nicht billigte?«

Kyrell wirkte nachdenklich.

Geron tippte auf seine Brust. »Ich weiß selbst nur zu gut, wie es ist, nie wieder in seine Heimat zurückkehren zu können. Es wäre daher doch möglich, dass er seinen Nachfahren … dass er *dir* vielleicht etwas mehr hinterlassen hat, als nur das goldene Blatt des Ahrvarien. Nämlich eine Möglichkeit, die Elfen zu rufen, wenn es hart auf hart kommt.«

»Vielleicht.« Kyrell wischte sich entschlossen eine Strähne ihres hellen Haares aus der Stirn. »Sehen wir uns hier erst mal um, solange wir es noch können. Das Schloss ist riesig, aber meine Großmutter berichtete von einigen Räumen, die Galahain damals angeblich eigenhändig ausgestaltet hat. Speziell dieses Spiegelkabinett könnte interessant sein – und das wird sie Valeska gegenüber ebenfalls erwähnt haben.«

Gemeinsam traten sie vor das verschlossene zweiflügelige Eingangsportal des Schlosses. Unglücklicherweise war es mit einem ebenso kunstvollem wie schwerem metallenen Schloss versperrt.

»Mist«, fluchte Geron, während er erfolglos am Knauf rüttelte, »jetzt hätte ich gern Boltans Fähigkeiten. Die Tür schlicht abzufackeln, wird viel zu lange dauern.«

»Dann eben anders.« Kyrell lief zurück, nahm einen Stein aus einem Blumenbeet und schleuderte ihn gegen eines der hohen Bogenfenster im Erdgeschoss. Es klirrte, als die teuren Scheiben barsten.

Geron schürzte die Lippen. Kyrell hatte recht, das hier war keine Wehranlage, sondern ein Lustschloss. Und im Augenblick interessierte es niemanden, was hier geschah.

Gemeinsam traten sie unter das zerschlagene Fenster, und Kyrell lieh sich Ceredril, bevor er ihr mittels einer Räuberleiter dabei half, zum Fenstersims zu gelangen. Er hörte es über sich knacken, bersten und klirren, dann hatte sie das Fenster so weit freigeräumt, dass es als Einstieg taugte. Sie reichte ihm von oben die Hand und half ihm dabei, ebenfalls ins Innere zu gelangen.

Sie fanden sich in einem kunstvoll getäfelten und mit eleganten Möbeln ausgestattetem Gesellschaftszimmer mit Balkendecke wieder.

Auch hier war es totenstill.

Kyrell orientierte sich kurz und führte ihn durch eine Tür in die helle und mit Jagdgemälden geschmückte Eingangshalle samt einer großen Haupttreppe zu den Obergeschossen. Anerkennend hob Geron eine Augenbraue, denn es handelte sich um ein Meisterwerk der elfischen Steinmetzkunst, mit aufwendig geschwungenen Stufen, die sich um ein offenes Auge in der Mitte nach oben wanden.

Er folgte seiner Begleiterin durch weitere Flure und Räume des Schlosses – wo er an einer Wand zwei überkreuzte Schwerter entdeckte. Geron hielt kurz inne, nahm eine der Klingen zur Hand und prüfte die Schneide. Die Waffe schien hier schon länger zu hängen, doch sie machte einen passablen Eindruck.

»Langsam wird das etwas lästig«, sagte er, während er die Waffe in den Gürtel steckte. »Ich finde zwar ständig Waffen, aber ich verliere sie auch immer wieder.«

»Vielleicht solltest du dich etwas mehr auf deine Kräfte als Zauberer besinnen?« Kyrell lauschte an einer prächtig verzierten Flügeltür, öffnete sie und führte ihn in einen imposanten Raum mit gerundeten Ecken.

Die Wände des Zimmers waren mit gedeckten, blauen Farben bemalt, über die sich verschlungene blattgoldene Blütenornamente zogen. Darüberhinaus bestach der Raum durch eine verschwenderische Vielzahl an Spiegeln: runde Spiegel, rechteckige Spiegel, Spiegel in seltsamen Formen und Figuren. Die vielen Spiegel ließen das Kabinett nicht nur sehr viel größer, sondern auch deutlich heller wirken, als es eigentlich war. Und sie alle waren trotz ihres offensichtlichen Alters blank poliert. Selbst in

Waldaleth hatte Geron noch nie derart viele dieser kostbaren Schaustücke an einem Ort gesehen.

»Donnerwetter!«, sprach er beeindruckt. »Weißt du eigentlich, wie kostbar Spiegel dieser Größe sind? Und dann auch noch so viele … Die Spiegelmacherkunst ist mit dem Auszug der Elfen zu einem gut gehüteten Geheimnis geworden. Auch bei uns in Waldaleth.«

»Na ja«, erwiderte Kyrell. »Auch in Flutburg werden Spiegel gefertigt. Vermutlich nicht in der gleichen Qualität wie bei euch, aber angeblich haben die dortigen Spiegelmacher ihre Kunst ebenfalls von den Elfen erlernt. Und zwischen den Adelshäusern Adlerstedts und Flutburgs bestehen bis heute enge Bande.«

Geron schritt den Raum aufmerksam ab, betrachtete etwas missmutig sein durch die Wochen der Flucht derangiertes Selbst, und entdeckte an den blau bemalten Wänden zwischen den Spiegeln eingeritzte Zauberzeichen.

Zudem waren gleich drei der Spiegel im hinteren Teil des Kabinetts zersprungen. Scherben lagen dort auf dem Boden.

»Das wirkt, als habe sich hier jemand zu schaffen gemacht.« Erfolglos versuchte er einen der beschädigten Spiegel von der Wand abzuheben.

»Ganz eindeutig Valeska«, murmelte Kyrell, die sich mehr für die Zauberzeichen an den Wänden interessierte. »Offenbar hat sie den Raum mittels ihrer Magie nach möglichen Hinterlassenschaften abgesucht.«

»Nicht nur mit ihrer Magie«, knurrte Geron. »Das hier sieht eher nach roher Gewalt aus. Bleibt die Frage, ob sie fündig geworden ist.«

Während ihnen die Zeit zwischen den Fingern zerrann, sahen sie sich weiter im Kabinett um, inspizierten die bronzenen Rahmen der Spiegel, und Geron versuchte sich sogar an jenem Zauber, mittels dem er damals in Waldaleth die geheime Tür im Brunnenhaus entdeckt hatte.

Leider ergebnislos.

»Wenn hier etwas versteckt war, dann hat Valeska es vermutlich längst gefunden.« Prüfend tastete Kyrell eine Wand ab, als

Geron das unangenehme Gefühl beschlich, beobachtet zu werden.

Jäh schreckte er zu einem der Spiegel herum, denn für einen winzigen Augenblick hatte er den Eindruck, dass Kyrells Spiegelbild dort verzögert auf ihre Bewegungen reagiert hatte. Er musterte den Spiegel scharf, doch Kyrells Gegenstück verhielt sich so, wie sich ein Spiegelbild verhalten sollte.

»Kyrell, hier stimmt etwas nicht.« Beunruhigt wanderte sein Blick von Spiegel zu Spiegel.

»Was?«

»Einen Moment dachte ich …« Geron beendete den Satz nicht, denn plötzlich kam er sich albern vor. Verärgert schüttelte er den Kopf. »Ich glaube, hier ist einfach nichts.«

Kyrell strich sich über den Nacken, sah sich resigniert um. »Na gut. Auf Galahain gehen angeblich noch zwei weitere Säle zurück: der Ballsaal und der Musiksaal. Wobei …« Sie legte ihre Stirn in Falten und sah ihn aufgewühlt an. »Aber ja … Vielleicht suchen wir am falschen Ort? Des Rätsels Lösung liegt vielleicht in seinem Namen.«

»Galahain?«

»Ja, überleg doch mal«, sagte Kyrell aufgekratzt, »*Galah* steht im Elfischen für einen Sänger. *Hain* für ein kleines Wäldchen. *Galahain* ist somit ein Sänger im Wald. Lass uns den Musiksaal aufsuchen.«

Geron folgte ihr etwas skeptisch durch einen Korridor und dann eine kleinere Seitentreppe zu den Räumlichkeiten des ersten Obergeschosses hinauf. Abermals ging es durch prachtvoll ausgestattete Zimmer, von denen einige aussahen, als seien sie in großer Hast leer geräumt worden.

Schließlich erreichten sie in einen muschelförmigen Saal mit gewölbten Wänden und hohen schlanken Fenstern, an dessen Stirnende eine große Harfe mit breitem Korpus und vergoldetem Kopf thronte. Gepolsterte Stuhlreihen für dreißig bis vierzig Zuhörer waren auf das edle Musikinstrument ausgerichtet.

Das Erstaunlichste an dem Raum war jedoch die Bemalung. An den Wänden ringsum war überaus kunstvoll ein ganzer Wald aus Erlen dargestellt, deren grün belaubte Äste und Zweige sich samt ihres dichten Blätterwerks bis weit über die Decke zu einem blauen Himmelsrund in der Mitte erstreckten.

Geron sah sich staunend um, denn man gewann hier den Eindruck, auf einer sommerlichen Waldlichtung zu stehen.

»Interessant«, murmelte Geron. »Vielleicht ist an deiner Theorie ja tatsächlich etwas dran.«

Sie schritten zügig die Wände mit den Baum- und Blättermalereien ab, doch Geron konnte nichts Ungewöhnliches an ihnen finden. »Ich befürchte –«

»Geron, sieh dir mal das handförmige Blatt da oben an!« Kyrell deutete aufgeregt auf ein aufgemaltes Blatt an der Wand unter der Decke. »Das da oben ist gar kein Erlenblatt, das ist das Blatt eines Ahornbaums!«

Stirnrunzelnd folgte Geron ihrem Blick und gab einen staunenden Laut von sich. »Du hast recht. Das passt nicht. Und es ist nicht das einzige. Sieh nur.« Er deutete auf verschiedene Stellen an der Decke. »In dem Blätterwald um uns herum verstecken sich noch weitere Ahornblätter. Das müssen … Dutzende sein. Man sieht sie nur, wenn man genau darauf achtet.«

»Auch der Ahrvarien am Drachenthron wurde einem Ahornbaum nachempfunden. Dazu der Musiksaal hier und Galahains Namensbedeutung. Vielleicht …?« Kyrell kramte das goldene Blatt des Ahrvarien unter ihrer Kleidung hervor. »Vielleicht hat dann sogar dieses alte Lied einen Sinn?«

»Welches Lied? Noch eines von dieser Elfe?«

»Ganz im Gegenteil. Ich spreche von einem alten elfischen Wiegenlied, dass seit Generationen in unserer Familie überdauert und mit dem mich Mutter und Großmutter einst in den Schlaf gesungen haben.« Sie sah ihn aufgeregt an. »Vielleicht kennt ihr es in Waldaleth ebenfalls? Das Lied vom Ahornsamen.«

Geron schüttelte den Kopf.

»Es geht darin um ein einen geflügelten Ahornsamen, der vom Wind in die Ferne getragen wird. Er ist einsam und unglücklich und wünscht sich zurück zu seinem Mutterbaum. Erst als er Wurzeln schlägt und selbst zu einem hohen Ahornbaum heranwächst, erkennt er, dass seine Mutter nie weit von ihm entfernt war und er zusammen mit ihr und vielen seiner Geschwister Teil eines großen Waldes ist.« Kyrell schloss die Augen und begann einen heimeligen Gesang anzustimmen, dessen ruhige Melodienfolge harmonisch von den Wänden hallte.

Geron musste unwillkürlich lächeln, da er nun doch meinte, die Melodie in seiner Kindheit schon einmal gehört zu haben. Hatte ihm etwa seine Mutter das Lied vorgesungen?

Er wollte schon summend einstimmen, als er unvermittelt ein Rauschen wie von Blättern zu hören glaubte. Überrascht riss er die Augen auf, denn das Blatt in Kyrells Händen begann golden zu schimmern und in den aufgemalten Blätterwald an Wänden und Decke kam Bewegung; fast so, als würden die Äste und Zweige rings um sie herum von einer lauen Sommerbrise bewegt werden.

Kyrell sang konzentriert weiter, sah sich ebenfalls verdutzt zu dem wundersamen Geschehen um. Da verblassten die runden Erlenblätter an Wänden und Decke jäh und allein die vielen Ahornblätter waren zu sehen, die inmitten der Baumkronen verborgen gewesen waren. Es waren Hunderte. Golden leuchteten sie auf, und mit ihnen eine Vielzahl an verzweigten Ästen. Gemeinsam bildeten sie ein dichtes Netz aus goldenen Flecken und Fäden, das eine unsichtbare Hand an die Wände und Decke des Saals geworfen hatte. Allein das blaue Himmelsrund unmittelbar über ihnen an der Saaldecke, dort, wo zuvor die Baumkronen aufeinandergetroffen waren, blieb bestehen, schien noch blauer und zugleich … silberner zu schimmern. Wie Wasser, auf dem sich das Licht des Mondes brach.

Kyrell sah wie gebannt zur Decke empor und ließ das Lied ausklingen.

Sofort verblasste die magische Illusion und machte wieder dem grünen Erlenwald um sie herum Platz.

»Ich weiß, was das zu bedeuten hat«, hauchte sie ergriffen.

»Was?«

»Ja, das würde mich ebenfalls interessieren«, schnarrte eine gereizte Stimme hinter ihnen.

Geron fuhr herum, entdeckte Mutter Valeska, die mit kampflustig erhobenem Zauberstecken hinter ihnen im Saaleingang stand, und wurde – noch bevor er etwas unternehmen konnte – von einer unsichtbaren Macht gepackt und an die Saaldecke geschleudert. Dumpf krachte er gegen den Stuck und musste von dort aus hilflos mit ansehen, wie sich die Hexe höhnisch grinsend und in leicht gebückter Haltung in den Saal schob.

»Endlich sehen wir uns wieder, Täubchen.« Die Alte mit ihrer Knollennase grinste, als sie auf Kyrell zuschlurfte. Wie immer trug sie ihren alten Flickenmantel und jetzt glaubte Geron auch den leichten Uringeruch wahrzunehmen, der die missgünstige Zauberin stets umwehte.

»Ich wusste, dass du hier über kurz oder lang aufschlagen würdest«, fuhr sie fort. »Zumindest, seit ich weiß, dass an dir und deiner Familie offenbar mehr dran ist, als die meisten wissen. Bedauerlicherweise habe auch ich mich in all den Jahren von deiner puppenhaften Unschuldsmiene täuschen lassen. Aber wie hieß es in früheren Zeiten so schön: Traue nie einem Elf!«

Gierig fixierte sie das goldene Blatt, das Kyrell hastig wegsteckte, während sie vor ihrer einstigen Lehrmeisterin zurückwich.

»Und sogar ein Blatt des Ahrvarien hast du in all der Zeit vor mir versteckt gehalten.« Valeska grunzte enttäuscht. »Nie hätte ich gedacht, dass ein Mädchen wie du derart undankbar sein könnte.«

Geron versuchte sich verzweifelt aus dem unsichtbaren Griff zu befreien, der ihn unter der Decke hielt, doch es war hoffnungslos. Er war nicht einmal zu einer Zaubergeste fähig, mit der er Kyrell hätte beistehen können.

»Was wollt Ihr?«, fragte Kyrell böse.

»Ich will wissen, was du herausgefunden hast!«, antwortete die Alte lauernd. »Denn alte elfische Geheimnisse gehören nun einmal nicht in die Hände unkundiger Adepten. Das solltest du doch eigentlich wissen.« Ihr Blick wanderte hoch zu Geron, und ihr Mienenspiel wurde plötzlich weich, fast mitfühlend. »Das hier tut mir doch alles mehr weh als euch. Gerade jetzt, da der Drachenkönig zurück ist … Schließlich haben sich die Umstände, unter denen wir einander kennengelernt haben, grundlegend geändert. Wir alle stehen jetzt auf einer Seite, versteht ihr? Wir sollten einander helfen und beistehen. Selbstverständlich lasse ich euch danach gern ziehen.«

Kyrell verzog spöttisch ihr Gesicht. »Ihr lügt. So wie immer. Wir wissen längst, dass Ihr dem Drachenkönig dient.«

»Ach ja?« Zorn blitzte in den Augen ihrer einstigen Lehrmeisterin auf. »Ich kann natürlich auch auf sehr viel unangenehmere Weise aus euch herausquetschen, was ich wissen will!« Sie formte mit herrischem Blick die Rechte zur Kralle – als Kyrell einlenkte.

»Wartet, ich sage es Euch. Denn wie Ihr vielleicht schon vermutet habt, bin ich auf den Elfenpfaden dem Alten Volk begegnet.«

Geron sah entgeistert auf sie herab.

»Ich wusste es!« Aufgeregt leckte sich die Alte über die spröden Lippen. »Sag schon, was wurde aus ihnen? Wo sind sie jetzt?«

»Sie haben mir einige alte Zauberlieder beigebracht.«

»Und? Weiter!«

»Unter anderem das hier.« Ansatzlos begann Kyrell zu schreien – und auch Geron schrie erschrocken auf. Denn der sirenengleiche Schrei, den seine Gefährtin ausstieß, und der laut von den Wänden des Musiksaals dröhnte, war so schrill und schmerzhaft, dass ihm die Ohren gellten.

Schlimmer als ihm erging es Valeska, die dem ohrenbetäubenden Lärm direkt ausgesetzt war. Die Alte versuchte panisch einen Gegenzauber zu wirken, taumelte dabei jedoch benommen zurück, warf zwei Stühle um und fiel schwer zu Boden, wo sie mit blutenden Ohren liegen blieb.

Ansatzlos stürzte Geron in die Tiefe, krachte unglücklich auf einige Stühle, die unter seinem Aufprall zu Bruch gingen, und spürte einen scharfen Schmerz, als sich ein Holzsplitter qualvoll in seine Seite bohrte.

Kyrells markerschütterndes Geschrei verebbte.

Unter Mühen zog er sich hoch und wurde so Zeuge, wie seine Gefährtin auf die benommene Zauberin einprügelte. Blutig schrammten ihre Fingernägel über das warzige Gesicht der Alten, als auch sie von einer unsichtbaren Kraft bis zur Harfe gestoßen wurde, die beim Aufprall unangenehme disharmonische Töne von sich gab. Geron schleudert eine seiner Zauberlohen durch den Raum und ließ den Flickenumhang der Hexe in Flammen aufgehen.

Die kam kreischend auf die Beine, versuchte verzweifelt den lichterloh brennenden Umhang abzustreifen und wehrte sich mit zwei schlecht gezielten Kugelblitzen – die im Zickzack an ihm vorbeizuckten und hinter ihm explodierten –, bis sie abermals zu Boden gerissen wurde. Diesmal von dem Hocker neben der Harfe, den ihr Kyrell ins Kreuz geschleudert hatte.

Geron warf eine weitere rußende Lohe in Richtung ihrer Gegnerin, riss endlich das Schwert aus dem Gürtel und stolperte unter Schmerzen auf die Zauberin zu, als plötzlich überall um ihn herum die Stühle in die Luft aufstiegen. Unter knirschenden und reißenden Lauten brachen die Möbelstücke auseinander, und die Trümmer formten sich vor Valeska zu einem Wirbel, der eine menschenähnliche Form annahm.

Was, bei allen Schicksalsmächten, war das schon wieder für ein Trick?

Geron rammte eine auf ihn zujagende Lehne mit dem Schwert beiseite, ergriff Kyrell bei der Hand, die ebenfalls vor dem Wirbel aus Holz- und Stoffteilen zurückwich, und stolperte gemeinsam mit ihr aus dem Saal. Valeska gelang es hinter dem bizarren Trümmerwirbel endlich, das brennende Kleidungsstück abzuwerfen.

»Schnell, weg hier, bevor sie sich erholt!«, rief Geron viel zu laut, denn in seinen Ohren klingelte es. Er spürte den scharfen Schmerz an seiner Seite und sah, dass sein Hemd blutdurchtränkt war.

Kyrell zog ihn mit sich zu einer Treppe, die ins Erdgeschoss führte, und sie hasteten durch die Räume und Säle zurück in die Eingangshalle, deren Türflügel offen standen.

Offenbar hatte Valeska die ganze Zeit über draußen im Schlossgarten auf sie gelauert. Jetzt war er auch davon überzeugt, dass er sich nicht geirrt und die Zauberin sie bereits im Spiegelkabinett auf magische Weise beobachtet hatte, um dem Geheimnis Galahains auf die Spur zu kommen.

Unter Schmerzen lief er an Kyrells Seite auf den Stall zu, und eben saßen sie auf dem Wallach auf, als aus einem Fenster des Obergeschosses ein zorniger, magisch verstärkter Ruf ertönte: »Haltet sie auf!«

Geron ächzte, denn durch die offene Stalltür sah er, wie hinter Hecken und Bäumen vier oder fünf Gaale hervortraten, die angriffslustig mit gezückten Sicherschwertern auf sie zustürmten.

»Wenn wir draußen sind, halt mich!« Kyrell, schlug dem Pferd die Hacken ihrer Stiefel in die Seite, und mit einem Satz preschte es durch die Stalltür auf die Angreifer zu. Ein Pfeil zischte dicht an ihren Köpfen vorbei, und Geron gelang es, einen der Drachendiener mit einer gut gezielten Flammenlohe außer Gefecht zu setzen. Unmittelbar vor ihnen sprang ihnen ein weiterer Drachendiener in den Weg, doch Kyrell ritt ihn rücksichtslos nieder und sprengte den Kreis ihrer Häscher.

Hinter ihnen lehnte Valeska aus einem der Schlossfenster, schrie immerzu etwas und vollführte magische Gesten. In diesem Moment brach ein irrwitziges Wesen aus dem Schlosseingang hervor.

Geron traute seinen Augen kaum, denn dort stapfte ein gut zweieinhalb Schritt hoher Riese mit profillosem Kugelkopf ins Freie, dessen kompletter Leib bis hin zu den Gliedmaßen aus Stuhlbeinen, Lehnen, Sitzstoff und Lumpen bestand, die als Füllmaterial der Polster gedient hatten. Die groteske Zauberkreatur knirschte röhrend, dann stampfte sie mit raumgreifenden Schritten hinter ihnen her.

Geron hielt Kyrell trotz seiner Schmerzen fest, denn sie hatte ihren Geist längst mit jenem ihres Reittiers verschmolzen. Der Wallach galoppierte in gewaltigen Sätzen durch den Schlossgarten davon, als rechts von ihnen plötzlich ein seltsames Rankengewirr mit trichterförmigen Blüten aus dem Boden brach, das sie zunächst erfolglos zu stoppen versuchte und ihnen dann einen Hagel klebriger Kletten hinterherspuckte.

Geron riss seinen Kopf aus der Flugbahn, weil er nicht wusste, ob die pflanzlichen Geschosse giftig waren, dann spürte er, wie unzählige Kletten auf sie einprasselten. Keine von ihnen traf auf eine frei liegende Hautstelle. Der Wallach gewann weiter an Geschwindigkeit und die aus Stuhlbeinen, Lehnen und Lumpen zusammengesetzte Zauberkreatur fiel hinter ihnen zurück, bis sie gänzlich hinter einigen Erlen verschwand.

Vor ihnen lag nun ein offenes Feld. Kyrell kam wieder zu Bewusstsein und lenkte den Wallach wie eine gewöhnliche Reiterin.

»Halte aus!«, rief sie Geron zu.

»Ich halte schon noch durch«, presste er hervor, obwohl seine rechte Seite inzwischen wie Feuer brannte. Erst jetzt begriff er, welche Richtung sie eingeschlagen hatte. Sie ritten nach Osten.

»Wohin willst du?«, rief er gegen das Hufgetrappel an. »Nach Adlerstedt? Das ist vermutlich keine gute Idee. Dein Vater sagte, dass es Gerüchte gäbe, dass die Stadt belagert wird.«

»Nein, nicht nach Adlerstedt – wir reiten in den Grauwald.« Kyrell wandte ihm ihr Profil zu und ihre Haare wehten ihm ins Gesicht. »Erinnerst du dich an das verwirrende Netz goldener Linien, das wir im Musiksaal gesehen haben?«

»Ja.«

»Ich glaube, das war eine Karte der Elfenpfade«, rief sie. »Ganz sicher bin ich mir nicht, aber das große Gewässer in der Mitte habe ich wegen seiner halbmondförmigen Form ziemlich sicher erkannt. Da war ich in meiner Kindheit schon einmal mit meinem Vater.«

Geron dachte an das blausilbern schimmernde Himmelsrund an der Saaldecke zurück, das von den aufgemalten Baumkronen umrahmt worden war. »Was ist das für ein Gewässer?«

»Ein großer See. Er liegt tief im Grauwald verborgen, und die meisten Jäger meiden ihn, weil es dort angeblich nicht geheuer ist. Man nennt ihn den *Mondspiegel* – und wenn du mit deinen Vermutungen recht hast, dann finden wir die Elfen vielleicht dort.«

Missionen

Der Flugwind rauschte in Tandurins Ohren und hin und wieder hörte er den ausgefransten Teppichsaum knattern. Fröstelnd krallte er sich in eines der Löcher im schwankenden Untergrund und fixierte Boltans Körper mit den Beinen.

Sie waren nun schon seit drei oder vier Stunden in der Luft und die kalten Höhenwinde ließen den Flug allmählich zur Qual werden. Und doch konnte er der Kälte hier oben etwas Positives abgewinnen, denn die Stirn seines vergifteten Gefährten glühte regelrecht, was auf ein schweres Fieber hindeutete. Und einen feuchten Wickel zur Kühlung hatte er nicht bei der Hand. Boltan war seit über einer Stunde kaum noch ansprechbar. Leider reichte die Geschwindigkeit des fliegenden Teppichs bei Weitem nicht an jene eines Gipfelalks heran.

Tandurin änderte ein wenig seine unbequeme Sitzposition – da sah er, dass sich in der Dunkelheit vor ihnen Lichtpunkte abzeichneten. Sie flackerten vor einem schwarzen Massiv, das den westlichen Horizont in ganzer Breite ausfüllte.

Sofort ließ er den fliegenden Teppich etwas absinken. Das da hinten waren ohne Zweifel die Ausläufer des Wolkenkamm-Gebirges. Die schroff gezackten Höhen und Bergkuppen zeichneten sich scharf vor dem mit Sternen übersäten Nachthimmel ab, und da er in den letzten Stunden beständig dem glitzernden Flusslauf der Trondel gefolgt war, mussten die Lichter zu Albenhain gehören, der Hauptstadt des gleichnamigen Königreichs.

Er hatte sein Ziel also fast erreicht.

Tandurin hielt Boltan an der Schulter fest, korrigierte den Kurs leicht und die flackernden Lichtquellen am Horizont rückten näher und wurden heller. In ihrem Licht zeichnete sich bald die wuchtige Silhouette der Königsmetropole ab.

In Sicht kam der ebenso massive wie hohe Mauerring, der die enge und verschachtelte Innenstadt samt der Königsburg umgab. Auch die berühmten sieben Türme Albenhains, die wuchtig und etwas überdimensioniert über dem Stadtgebiet aufragten, schälten sich aus der Dunkelheit.

Tandurin wusste aus eigener Anschauung, dass die alten Stadtwehren aus monströsen Steinquadern bestanden, von denen es hieß, dass sie in den alten Zeiten sogar den Drachen getrotzt hatten. Über ihre Errichtung kursierten eigentümliche Legenden, etwa, dass die Elfen sie zum Schutz der hiesigen Menschen in nur einer Nacht erbaut hätten.

Nur war an den Mauern und Türmen nichts Elfisches.

Sie waren einfach nur monströs.

Alles, was auf das Wirken der Elfen hindeutete, war, dass die mannshohen, unregelmäßig geformten Quader passgenau und ohne Mörtel zusammengefügt worden waren. Und für eine solche Bauweise gab es tatsächlich keine überzeugende Erklärung.

Albenhain hatte – anders als es der Stadtname verhieß – überhaupt nur wenig Anmutiges. Zwar rühmte sich die alte Stadt des Umstandes, dass es hier vor etwas über 1000 Jahren zur ersten Begegnung zwischen Menschen und Elfen gekommen war, doch anders als das prachtvolle und an kunstfertigen Bauwerken reiche Waldaleth im Norden, das sich als Gestalt gewordener Traum von Elfen und Menschen wähnte, deutete darauf lediglich der Name der Stadt hin.

Was die beiden Städte verband, war, dass Tandurins Leuten auch hier eine vergleichsweise geringe Abneigung seitens der Bevölkerung entgegenschlug. Albenhain gehörte daher zu den beliebtesten Winterquartieren des Fahrenden Volkes, und Tandurin kannte sich demzufolge ganz gut in der Stadt aus. Umso eigentümlicher erschien es ihm, wie viele Lichter er dort unten entdeckte: Lagerfeuer und Fackeln.

Albenhain war weit über den eng umgrenzten Bereich der hohen Stadtwälle hinausgewachsen. Mehr als zwei Drittel der Stadtfläche lagen jenseits des Mauerrings – so wie das vornehme Villenviertel, das Tandurin nun ansteuerte. Es thronte auf einem natürlichen Hügel südlich der Stadt, war von einer eigenen Mauer umgeben, und die reichen Bürger hatten ihre dortigen Domizile mit Blick auf das Trollwasser errichtet, jenem großen See, an den sich die Stadt schmiegte. Da der See im Frühjahr, nach der Winterschmelze, regelmäßig über die Ufer trat und die Flächen rings des Villenhügels überschwemmte, erstreckten sich an den Flanken des Villenhügels ausgedehnte Wiesen, die nicht bebaut werden konnten. Der König Albenhains überließ das Gebiet daher im Winter bereitwillig dem Fahrenden Volk als Stellplatz für ihre Wagen und Karren.

Obwohl es noch einige Monate bis zum Wintereinbruch hin waren, konnte Tandurin dort unten eine Menge Fuhrwerke ausmachen. Und das deutete darauf hin, dass die Botschaft der Greisenmaid, über die er gestolpert war, auch von anderen seines Volkes entdeckt worden war. Es schienen sich dort unten überhaupt viel mehr Sippen versammelt zu haben als selbst während der kalten Jahreszeit üblich war.

Sehr viel mehr.

Tandurin riss ungläubig die Augen auf, als er erfasste, dass sich das Meer der Wagendächer über ein Gebiet spannte, das mindestens so groß war wie zwei ganze Stadtteile Albenhains. Dort unten hatte sich offenbar sein komplettes Volk versammelt!

Der Teppich glitt lautlos über das Meer an Wohnwagen und Tandurin suchte zwischen ihnen nach einem geeigneten Landeplatz. Er fragte sich, ob er hier auch seinen Onkel Darion finden würde.

Nahe einer Pferdekoppel rauschte er endgültig in die Tiefe und landete unweit zweier Frauen, die ein Lagerfeuer bewachten.

Überrascht schrien die beiden bei seinem Erscheinen auf und griffen zu bereitliegenden Speeren. Schräg gegenüber wurde eine Wagentür aufgerissen, und zwei weitere Frauen stolperten alarmiert ins Freie. Sie wirkten etwas verschlafen, doch auch sie hielten Waffen in den Händen: schwere Dolche.

»Gemach!«, versuchte Tandurin sie im Zungenschlag der Fahrenden zu beruhigen. Er erhob sich mit knackenden Gliedern, rückte Cyrnachons Zauberstab und das magische Horn an seinem Gepäck auf dem Rücken zurecht, und präsentierte friedlich seine leeren Handflächen.

»Wer seid Ihr?!«, fuhr ihn die älteste der Frauen an. Ebenso wie ihre Mitstreiterinnen fixierte sie ihn, Boltan und den wundersamen Teppich misstrauisch.

»Ich bin einer von euch.« Er deutete auf seine geflochtenen und mit bunten Bändern versehenen Zöpfe, von denen die Frauen sogar auf seine Sippe schließen konnten. »Mein Name ist Tandurin aus der Sippe der Kaschidas und ich bin ein Zauberer! Mein Kamerad hinter mir wurde vergiftet und ich benötige dringend Hilfe von einer Heilerin. Jemand von euch muss mich zur Babajuschka bringen.«

Die Frauen zögerten. Da klappte eine weitere Wagentür auf und eine auffallend hübsche junge Frau Anfang zwanzig trat ins Licht des Feuers. Sie war einen Kopf kleiner als Tandurin, besaß ein schmales Gesicht mit weichen Grübchen, und ihre langen roten Haare reichten ihr bis zu den Hüften. Erst als sie ins Licht des Feuers trat, entdeckte er ihre trüben Augen. Sie war blind.

»Gehört er wirklich zur Kaschida-Sippe?«, wollte sie wissen, wobei sie ihn rätselhafterweise direkt anblickte.

»Ja, sieht so aus«, murrte die Ältere. »Aber seine Haartracht ist sehr nachlässig geknüpft.«

»Er ist wirklich der, für den er sich ausgibt«, sagte die junge Frau. »Die Babajuschka hat mir sein Kommen angekündigt.«

Die Frauen senkten ihre Waffen und Tandurin sah die Blinde verwirrt an. Die Greisenmaid hatte ihn ihr gegenüber erwähnt? Wer war sie? Und warum ließ sich hier kein Mann blicken?

»Bitte!« Seine Stimme nahm einen flehenden Tonfall an. »Du musst mir helfen. Sonst stirbt mein Freund.«

Boltan hinter ihm auf dem Flickenteppich stöhnte schwer und seine Augenlider flatterten.

»Ich werde dir helfen, so gut ich kann.« Die blinde Frau wandte den Kopf und blickte scheinbar in die Nacht. »Die Babajuschka hat ihren Wagen nahe dem See aufgestellt. Bei den anderen weisen Frauen. Leider ist das ein Stück weg von hier.«

»Gut, dann lass uns gemeinsam dorthin fliegen.« Tandurin winkte sie zum Teppich, als ihm wieder einfiel, dass sie blind war. »Entschuldige, ich meine natürlich … jemand muss mich so schnell wie möglich dorthin bringen. Es geht wirklich um Leben und Tod.«

»Fliegen?« Die junge Frau schritt ebenso zielstrebig wie selbstbewusst zum Teppich. Die übrigen Frauen machten ihr respektvoll Platz.

»Gut, dann … lass uns sofort aufbrechen.« Tandurin half der jungen Frau, auf dem Teppich Platz zu nehmen. Sie fasste ihr langes Haar im Nacken, legte es sich über eine Schulter und wandte sich dann Boltan zu. Mit dem Handrücken berührte sie seine glühende Wange. »Es steht wirklich nicht gut um ihn.«

»Ich weiß«, zischte Tandurin angespannt. »Er wurde von einem vergifteten Gaalpfeil getroffen.«

Schon stieg er mit dem Teppich auf und seine seltsame Begleiterin stieß einen überraschten Laut aus, als sie den Aufstieg spürte. Tandurin schürzte kurz die Lippen, denn irgendwie rührte ihn diese Unbefangenheit.

Rasch fing sich die junge Frau und deutete über die vielen Wagendächer hinweg. »Flieg in diese Richtung.«

War sie wirklich blind?

»Entschuldige, aber wer bist du eigentlich?«

»Mein Name ist Catalea.«

Sie rauschten über dem Dächermeer der Wagen in Richtung See und nur einmal korrigierte sie seine Richtung.

»Wann hat die Babajuschka dir von mir berichtet?«

»Heute Morgen. Sie bildet mich seit einem Jahr aus.«

»Sie bildet dich …?« Ungläubig sah Tandurin sie an. »*Du* bist die nächste Babajuschka?«

»Nicht nur ihr Zauberer sucht Adepten. Wir sind übrigens da.« Sie wies in die Tiefe zu einem von Wohnwagen und Zelten umgebenen Platz samt Lagerfeuer, an dem ein halbes Dutzend Frauen saßen. Tandurin erkannte an den bunten Stolen um ihre Schultern, dass es sich bei ihnen durchweg um Sippenführerinnen handelte. Und tatsächlich entdeckte er dort den ihm vertrauten Kastenwagen der Babajuschka mit dem halbrunden Dach. Wie bei seiner letzten Begegnung mit ihr waren die Fenster des Fuhrwerks mit Blumenkästen geschmückt, außerdem war vor den Eingang ein wohnlich eingerichtetes Vorzelt mit Sitzkissen aufgebaut worden, das von brennenden Laternen beleuchtet wurde.

Er ließ den Greifenteppich unmittelbar neben dem Lagerfeuer zu Boden schweben – was bei den Anwesenden abermals zu erschrockenen Reaktionen führte. Alarmiert kamen die Frauen auf die Beine und diesmal sprangen auch zwei Männer aus dem Dunkel, die gespannte Armbrüste auf ihn richteten. »Halt!«

»Schon gut!«, beschwichtigte Catalea, und ließ sich von Tandurin aufhelfen. »Er gehört zu mir.«

Boltan stöhnte leise. Sein Gesicht war inzwischen gelb angelaufen.

»Sinteza, Jomena!« Catalea winkte blind zwei der Frauen heran, die weiter vorn im Kreis der Versammelten standen. Die eine bändigte ihre schwarze Lockenmähne mittels eines braunen Kopftuchs, bei der anderen handelte es sich um eine ältere Frau mit regem Blick und grauer Haartracht. »Holt rasch eure Medizin. Beeilt euch, denn dieser Mann wurde von einem vergifteten Gaalpfeil getroffen.« Sie deutete auf Boltan.

»Was für ein Gift?«, wollte die mit der Lockenmähne wissen. Sie kniete sich neben den verwundeten Adepten, schnitt seine Kleidung über der Schuler auf und untersuchte die Verletzung. Sie eiterte stark und ähnelte eher einem schwärenden Fleischkrater als einer normalen Schusswunde.

Boltan stöhnte herzzerreißend.

»Keine Ahnung.« Tandurin schüttelte verbittert den Kopf. »Mein Freund wurde bereits vor einigen Stunden mit Sonnenkraut behandelt. Nur weiß ich nicht, wie lange die Wirkung anhält.«

Die andere Heilerin war in die Dunkelheit gerannt, aus der

nun weitere Bewaffnete auf den Platz drängten. Auch von ihnen waren die meisten Frauen.

»Schon vor einigen Stunden?«, wiederholte die Lockenträgerin ernst. »Das klingt gar nicht gut … und ich glaube kaum, dass wir es ohne die Babajuschka schaffen. Ihr müsst sie holen.«

»Ist sie denn nicht hier?« Tandurin wandte sich zunehmend verzweifelt ihrem Wohnwagen zu. Doch selbst von Jovar, dem Gatten der Greisenmaid, war nichts zu sehen.

»Nein«, antwortete eine der anderen Frauen. »König Huskar wollte sie sehen. Aber das ist schon Stunden her und eigentlich wollte sie längst zurück sein.«

»Der König Albenhains?«, sagte Tandurin bestürzt. »Und das heute? Das darf doch nicht wahr sein.«

Er vernahm hastige Schritte, als die ältere Heilerin mit einem Korb zurückkehrte. Auch sie ließ sich neben Boltan nieder, kramte einige Salben hervor und betrachtete die Wunde. Niedergeschlagen schüttelte sie den Kopf. »Ich befürchte, du kommst zu spät. Dein Begleiter liegt im Sterben.«

»Nein! Das darf einfach nicht sein. Ich habe heute schon zwei Freunde verloren …« Tandurin eilte zu ihnen und berührte Boltans glühende Stirn. Sein Gesicht war gelb und als er ein Lid anhob, sah er, dass sein Auge tief gerötet war.

»Wartet!«, sagte hinter ihm Catalea. Sie schloss die Augen, konzentrierte sich und wirkte überrascht. »Die Babajuschka ist nicht mehr auf dem Schloss, sie ist … hier.« Sie stolperte zwischen den vielen Frauen hindurch in Richtung See.

Tandurin eilte hinter ihr her und holte sie zwischen den Wagen ein. »Wo?«

»Warte …« Sie nahm seinen Arm, während sie ihre rechte Hand hob, weiterlief und dabei so wirkte, als versuche sie etwas Unsichtbares zu greifen. »Sie ist ganz nah.«

»Seid ihr auf magische Weise verbunden?«

»Nein, ich spüre die Karten Nalanis.«

Tandurin wusste, dass sie von dem geheimnisvollen Kartenspiel sprach, aus dem die Babajuschka ihrer aller Schicksal zu lesen vermochte. Und er wusste auch, wer diese Nalani war: eine blinde und vermutlich auch etwas verrückte Elfenseherin, die seinem Volk die Orakelkarten am Ende des Zweiten Drachenkrieges überlassen hatte. Es verwunderte ihn nicht, dass jene Frauen, die als Hüterinnen dieses Orakels bestimmt waren, eine besondere Beziehung zu den Karten aufbauten.

Sie ließen die Wagengrenze hinter sich und gelangten an die von Schilf bewachsene Uferregion. Tandurin sah das Trollwasser erstmals aus unmittelbarer Nähe. Ein jenseitiges Ufer war nicht zu erkennen, stattdessen spannte sich der gewaltige See wie ein Spiegel bis zum südlichen Horizont. Auf der leicht gekräuselten Wasseroberfläche glitzerten Hunderte Sterne, die nahtlos mit ihren Gegenstücken am Firmament verschmolzen. Und einen kurzen Moment lang gewann er den Eindruck, einen Blick in die Ewigkeit zu werfen.

Nicht der leiseste Windhauch wehte ihnen entgegen, es roch leicht nach Schlamm, Wasser und modernden Pflanzen. Dank des Mondlichts entdeckte Tandurin nun auch die Babajuschka.

Die frühzeitig gealterte Seherin saß allein und mit ausgebreiteten Händen auf einer schmalen Wiesenfläche, die als kleine Landzunge auf den See hinausreichte. Ihre dünn gewordenen, rotgrauen Haare hatte sie mittels eines Kopftuches zusammengebunden, und wie immer unterschieden sich ihre Kleider kaum von denen der anderen Frauen seines Volkes. Nur, dass sie heute ihre zeremonielle Stola samt der kostbaren Perlenbestickung angelegt hatte.

Sie befand sich offenkundig in magischer Trance, denn einem flatternden Schmetterlingsschwarm gleich wirbelten vor ihr die vielen Karten des geheimnisvollen Orakelsatzes durch die Luft. Tandurin glaubte sogar ein leises Rascheln zu hören. Hin und wieder schnellte eine ihrer Hände nach oben, ergriff eine Karte und ließ sie dann wieder fliegen.

Catalea schien ebenfalls zu spüren, was dort drüben vor sich ging, denn sie verlangsamte ihre Schritte.

Da schallte die gebrechliche Stimme der Greisenmaid zu ihnen herüber. Tandurin wusste sofort, dass die Worte ihm galten.

»Zweimal, nicht einmal, die Nacht bringt den Schrecken.
Zweimal, nicht einmal, wirst den Tod du entdecken.
Zweimal, nicht einmal, wirst du Fehler begehen.
zweimal, nicht einmal, den Weg nicht sehen.
Zweimal, nicht einmal, begib dich zum Thron.
Einmal, nicht zweimal, wartet Hilfe als Lohn.
Dreimal, nicht zweimal, droh'n dir Feuer und Schmerz.
Einmal, von dreimal, hör auf dein Herz.
Zweimal, nicht einmal, ist der Schlüssel der Tod.
Zweimal, nicht einmal, hilft er euch aus der Not.«

Die Babajuschka wandte ruckartig den Kopf und nur das Weiß ihrer verdrehten Augäpfel war zu sehen. Ihr marmorner Blick ruhte diesmal auf ihrer Schülerin.

»Zweimal, nicht einmal, eine Blinde wird sehen,
zweimal, nicht einmal, das Schicksal verstehen.
Zweimal, nicht einmal, nimm das Erbe als Preis,
Zweimal, nicht einmal, dann schließt sich der Kreis.
Einmal, nicht keinmal, naht das Ende der Flucht,
Einmal, nicht keinmal, in der Heimat, die ihr sucht.«

Die Babajuschka blinzelte, als müsse sie eine tiefe Benommenheit abschütteln, während der flatternde Kartenschwarm vor ihrer Brust plötzlich auffächerte und all die bunten Karten sich zu zwei gleich hohen Stapeln auf ihren Handflächen sammelten, die sie fast beiläufig zusammenmischte.

»Tandurin?«, sprach sie freundlich und zugleich ein wenig traurig. Nichts ließ erkennen, ob sich die Seherin an ihre geheimnisvolle Weissagung erinnerte. »Ich wusste, dass du uns finden würdest; nur habe ich nicht so bald mit dir gerechnet.«

Tandurin atmete tief durch und beschloss, später über die Prophezeiung nachzudenken. »Babajuschka, ich bin nicht meinetwegen hier, ich brauche Eure Hilfe, um das Leben eines Freundes zu retten.«

»Verstehe, dann ist es also so weit.« Die Greisenmaid mühte

sich auf die Beine, und Tandurin ließ Catalea widerwillig los, um ihr beim Aufstehen zu helfen. »Boltan wurde von einem vergifteten Gaalpfeil getroffen. Er ist einer von uns sechs. Und es steht schlimm um ihn.«

»Das war zu erwarten. Alles kommt, wie es kommen soll … Gib mir nur einen Augenblick.« Ungeduldig blickte er ihr ins faltige Antlitz, als die Babajuschka den Blick ihrer blassgrünen Augen wehmütig über den See schweifen ließ und dann nickte. »Ich bin so weit.«

Catalea hielt den Kopf leicht schräg, als versuche sie, in sich zu gehen und irgendetwas zu ergründen. Doch sie schien unschlüssig zu sein.

Die Babajuschka drückte ihr die Karten der Elfenseherin in die Hand. »Verwahre sie gut, meine Liebe. Und jetzt bringt mich zu der armen Seele.«

Gemeinsam führten sie die junge Greisin zwischen den Wagen hindurch und Tandurin musste an sich halten, um sie sich nicht einfach über die Schulter zu werfen.

Endlich erreichten sie den kleinen Platz mit den übrigen Frauen und er sah, dass der Teppich mit Boltan von zwei weiteren Heilerinnen besetzt wurde. Die Frauen wirkten aufgeregt, und eine von ihnen versuchte Boltan soeben etwas einzuflößen. Doch sein Freund zitterte und keuchte, warf den Kopf ungestüm zur Seite und der Sud rann ihm aus dem Mundwinkel, ohne dass etwas davon in seine Kehle gelangt war.

»Babajuschka!« Die Lockenköpfige sah verzweifelt auf, als sie sich näherten. »Er stirbt!«

»Ich weiß.«

Sie wusste es? Beklommen schaute Tandurin sie an, während Boltan verkrampfte, die Augen aufriss und sie in tiefer Verzweiflung ansah. Die Heilerinnen machten schnell Platz, und die Babajuschka hockte sich neben ihn, legte ihm ihre Hände auf die Brust. »Ksch … Hab keine Angst. Ich bin bei dir, wenn du übertrittst.«

Wenn er *übertrat*? Tandurin sah entsetzt in die Runde, während die Babajuschka ihre Augen schloss und summte.

»Bitte, Ihr müsst alles für ihn tun, was in Eurer Macht steht!«, rief er. »Nicht Boltan. Er … war immer der Beste von uns. Wenn wir ihn verlieren, dann haben wir gegen den Drachenkönig keine Chance.«

Die Babajuschka summte ungerührt weiter.

Boltan röchelte und über seine aufgequollenen Gesichtszüge huschte ein flehender Ausdruck, als er Tandurin ansah. Zitternd streckte er ihm den intakten Arm entgegen. Er wollte etwas sagen, doch stattdessen trat ihm Schaum vor den Mund und seine Lungen pfiffen bei jedem Atemzug. Er kämpfte gegen das Unvermeidliche an.

Boltan zuckte noch einmal, dann wurde er unvermittelt still und sank schlaff zurück.

»Neiiin!« Tandurin zerrte Cyrnachons Zauberstab vom Rücken, stieß brüsk eine Heilerin zur Seite und drückte seinem Gefährten den Stab in die schlaffe Hand. »Ich kann das nicht zulassen. Ich darf das nicht! Los, Boltan … bitte! Such einen Zauber, der dich rettet. Es ist mir egal!«

»Nicht!« Die Babajuschka riss entsetzt die Augen auf – als Boltan wieder einen rasselnden Atemzug tat.

»Boltan!«, keuchte Tandurin erleichtert, als wie damals in Kesselfurt ein geisterhaftes, blaues Feuer über das Holz des Zauberstabes waberte, das geschwind auf Boltan übergriff und ihn bis zum Kopf umhüllte. Zugleich stahl sich ein verdorbener, fast triumphierender Ausdruck in sein Antlitz.

Tandurin begriff, dass etwas fürchterlich schieflief.

»Helft mir!« Verzweifelt versuchte er Boltan den Stab zu entreißen, doch dessen Hand hielt ihn mit einer Kraft gepackt, als gelte es, einen kostbaren Schatz zu verteidigen. Boltan röchelte, und diesmal klang es wie raues Gelächter.

»Verdammt, helft mir doch!«, brüllte Tandurin verzweifelt.

Von allen Seiten rannten Frauen auf ihn zu, die versuchten, Boltans weiße Fingerknöchel aufzubiegen. Erfolglos.

Die Babajuschka hockte hinter ihm und summte wieder ihre Melodie. Und wie damals bei Ambra am Drachenthron strahlte ihre Leibesmitte hell auf und das gleißende Licht mischte sich mit dem blauen Feuer.

»Boltan, lass los!« Tandurin ächzte angestrengt. Zusammen mit den Frauen zerrte er weiter an dem Stab, als er sah, wie sich die Schulterwunde unter dem blauen Feuer schloss und das Feuer versiegte.

Boltan öffnete die Augen, und Tandurin erkannte ihn nicht wieder.

»Ich heiße nicht Boltan«, zischte Boltan mit veränderter Stimme. »Mein Name lautet Cyrnachon!«

Seine freie Hand stieß vor, und Tandurin, die Babajuschka und die Heilerinnen wurden angehoben und quer über den Platz geschleudert. Tandurin schrie auf, versuchte sich mit den Armen zu schützen, und krachte gegen einen Wagen, wo er sich schwer den Kopf anschlug. Benommen blieb er neben einem der mächtigen Räder liegen. Blut troff ihm ins Auge und er kämpfte mit der Bewusstlosigkeit.

Am Rande bekam er mit, wie eine Wache zornig einen Bolzen auf Boltan abschoss. Das Geschoss prallte gegen ein unsichtbares Hindernis. Im nächsten Augenblick raste ein Flammenball auf den Schützen zu, der ihn und zwei Frauen in seiner Nähe von den Füßen riss und tötete. Bevor der zweite Armbrustschütze reagieren konnte, wurde er von einem Geschosshagel aus Steinsplittern zerfetzt.

An einigen Stellen brannte es und die meisten Frauen flohen schreiend, als sich Boltan – oder Cyrnachon? – erhob, verärgert auf sein Holzbein herabblickte, und dann die Babajuschka fixierte, die einige Schritte von ihm entfernt auf dem Boden lag. Aus ihrer Leibesmitte quoll noch immer ein strahlend helles Licht, das ihn und sie wie eine gleißende Schnur verband.

»Lass das, elende Dilettantin!«, knurrte er.

Stöhnend blickte die Babajuschka zu ihm auf, und trotz ihrer Schmerzen lächelte sie böse. »Du kannst nichts dagegen unternehmen.«

»Ach ja?«

Ein Feuerball raste auf sie zu und explodierte. Der Leib der Seherin wirbelte durch die Luft, bevor sie mit schwelender Kleidung und verrenkten Gliedmaßen auf dem Boden aufschlug.

Ihre Augen brachen und der Lichtstrom verebbte.

Von allen Seiten ertönte Kampfgeschrei und ein halbes Dutzend weiterer Männer und Frauen rannte mit Säbeln und Speeren auf die Lichtung. Cyrnachon lachte rau, schleuderte seine Magie und richtete mit Feuerbällen, Lichtlanzen und heraufbeschworenen Schrapnellen ein Blutbad unter den Neuankömmlingen an.

Tandurin stöhnte hilflos und unternahm abermals einen Versuch, wieder auf die Beine zu kommen – doch sofort packten ihn kräftige Hände, die ihn zurück auf den Boden drückten und mit aller Kraft unter den Wagen zerrten.

»Wage es nicht, dich ebenfalls umbringen zu lassen!«, vernahm er hinter sich Cataleas angespanntes Flüstern.

»Lass mich!« Aufgebracht wehrte er ihre Hände ab und kroch vorwärts. »Ich werde hier nicht feige –« Zu spät bemerkte er die Radachse des Wagens.

Abermals schlug er sich den Kopf an, und es wurde schwarz um ihn.

»Was ist? Will mir hier keiner mehr etwas ausgeben?«, hörte Dania ihre Schwester grölen. Angetrunken setzte sich Vala den ledernen Würfelbecher an die Lippen, stutzte, lachte schrill und griff dann nach ihrem Weinkrug, um den Rest des Inhalts hinunterzukippen.

Dania, die etwas abseits am Tresen der alten Hafenkaschemme stand und sich dort lustlos an ihrem eigenen Weinkrug festhielt, verdrehte innerlich die Augen, als das halbe Dutzend Offiziere, das ihre Schwester umlagerte, anzüglich in ihr Gelächter einstimmte. Seit sie beide hier waren, starrten die Männer ihr unverhohlen in den Ausschnitt, wenn nicht gerade einer von Valas glücklichen Würfelwürfen die Aufmerksamkeit der Umstehenden fesselte.

Trotz ihrer Trunkenheit hatte ihre Schwester einen Berg an Münzen vor sich, und keinem der Leute, die sich mit ihr bei *Thron & Turm* maßen, dem vermutlich bekanntesten Glücksspiel in den Jungen Königreichen, schien aufzufallen, dass an den vielen wundersam passenden Augenwürfen etwas nicht stimmte.

Denn natürlich sorgten Valas magische Trugbilder dafür, dass sie kaum verlor. Doch der Blick ihrer Schwester war inzwischen so glasig, dass sich Dania fragte, wie sie überhaupt noch zu Zaubereien fähig war.

Immerhin hatte sie es bis jetzt verstanden, ihre Mitspieler zu ständig weiteren Einsätzen zu animieren. Und gerade geschah es zum ersten Mal an diesem Abend, dass einer ihrer drei Mitspieler aufstand, seine Sachen packte und die Hafenkaschemme kommentarlos verließ.

Der unwürdige Abgang erfüllte den Schankraum mit Gejohle und einer der Offiziere wurde nun zudringlich und versuchte Vala zu küssen.

»Schnute weg!«, lallte sie und schob ihn brüsk beiseite, was zu Pfiffen führte. Sie genoss es sichtlich, im Mittelpunkt zu stehen.

»Was ist jetzt mit Wein?« Vala griff sich vulgär an die Brüste. »Oder scheißt ihr euch gerade ein, weil euch ein Weib ausnimmt?«

Abermals johlendes Gelächter.

Danias Hoffnung, dass Vala allmählich genug von dem Possenspiel hatte, verflüchtigte sich. Und nun fühlte sich auch einer der Männer am Tresen ermutigt, sein Glück zu probieren – bei ihr. Danias eisiger Blick überzeugte ihn schnell davon, sich lieber einer der Huren in dem engen Schankraum zuzuwenden. Denn obwohl es Mitternacht durch war, wurde auch an drei anderen Tischen gesoffen, geprahlt und gespielt. Die einfachen Soldaten vor den Toren der Stadt hatten zwar keinen Freigang, aber die niederrangigen Offiziere hier in Gaalstrutz nahmen sich wie ihre Kommandeure das Recht heraus, ihre sogenannten Besprechungen an einen angenehmeren Ort in der Stadt zu verlegen. Furcht vor dem Kommenden war ihnen kaum anzumerken, aber das mochte daran liegen, dass keiner von ihnen je einem Gaal begegnet war, geschweige denn einem Drachen. Dania fragte sich, wie viele der Kerle hier in ein paar Tagen noch am Leben sein würden. Und nicht nur sie würde es erwischen, sollte es dem Drachenkönig gelingen, die Stadt einzunehmen. In Gefahr waren auch die vielen Huren in und außerhalb der Stadt, die aus allen Landesteilen mit dem Trossvolk zum Feldlager geströmt waren und von denen sich mehr als ein halbes Dutzend hier in der Kaschemme herumtrieben. Gerade ihnen fühlte sich Dania verbunden.

Die Frauen verdienten derzeit sicher gutes Geld an den vielen Männern.

Sofort ärgerte Dania der Gedanke.

Sie war verdammt noch mal keine Hure mehr. Sie war jetzt eine Magierin.

Es war einige Stunden her, seit sie der magisch heraufbeschworene Wirbelwind vor den Stadtmauern abgesetzt und sie Rapport bei Walmar dem Weisen erstattet hatten. Die Begegnung mit der Drachin auf Escalia Rotdruds Zitadelle hatte er sich haarklein schildern lassen, während er an der Begegnung mit den einstigen Adepten nur beiläufiges Interesse gezeigt hatte. Er schien ihnen keinen großen Wert beizumessen und war überrascht gewesen, dass sie überhaupt noch lebten.

Dania hatte an der unverhofften Begegnung mit Boltan, Tandurin, Geron und Kyrell jedoch noch immer zu knabbern.

Was trieb diese Irren an, sich völlig ohne Not mit dem Drachenkönig anzulegen? Ambras Tod war doch ein mahnendes Beispiel dafür, was jenen blühte, die sich auf den Irrsinn einließen. Und doch waren die Vier nicht nur zur Mehrung ihrer magischen Künste in der Zitadelle gewesen. Krochen sie jetzt etwa alle vor diesem Prinzlein? Oder hatte Boltan sie mit seiner Todessehnsucht angesteckt?

Boltan. Bei dem Gedanken an ihn wurde Dania wütend.

Der naive Kerl hatte ja schon früher nicht nur ständig den Helden, sondern ausgerechnet ihr gegenüber auch noch den mustergültigen Tugendwart spielen müssen. Ihm reichte es offenbar nicht, bereits ein Bein verloren zu haben. Nein, jetzt musste er auch noch die anderen mit ins Verderben reißen.

Die anderen. Aber eben nicht sie und Vala.

Sie und ihre Schwester schienen überhaupt die Einzigen zu sein, die noch klar dachten. Warum machte sie sich also Gedanken um ihn? So wie es um Boltan derzeit stand, würde er eh der Nächste sein, der ins Gras biss.

Walmars Sinnen und Trachten kreiste nur um die geheimnisvolle lederne Rolle mit den Drachenrunen, mit deren Untersuchung er sofort begonnen hatte, und weswegen er Dania und ihrer Schwester bis zum Morgengrauen freigegeben hatte. Allerdings hätte sie, wenn sie ehrlich war, die Zeit lieber anders genutzt, als Vala in diese Spelunke zu folgen.

Unglücklicherweise war ihre Schwester noch immer so aufgebracht über den Verlust all ihrer arkanen Schätze aus der Zitadelle, dass sie sich irgendwo abreagieren musste. Und das geschah besser hier als in ihrer vornehmen Unterkunft.

»Wirt, einen Kümmelschnaps für unser Täubchen!«, rief ein drahtiger blonder Kerl mit flinken Augen, der mit zwei Freunden am Nachbartisch saß und Vala und die anderen Spieler schon länger beäugte. »Offenbar ist hier nicht jeder Manns genug, mal verlieren zu können.«

»Das ist doch ein Wort!«, rief Vala mit schwerer Zunge. »Komm her, mein Hübscher. Zeig, ob du es besser kannst.«

Der Blonde orderte noch drei Schnäpse, von denen sich Vala gleich einen in den Hals kippte, setzte sich auf den frei gewordenen Platz und überprüfte routiniert die Würfel.

»Daran liegt es nicht«, knurrte einer der Mitspieler. »Wir haben sie jetzt schon dreimal ausgetauscht.«

Sein Kollege ihm gegenüber atmete tief ein, überlegte – und erhob sich. »Tut mir leid, ich denke, ich sollte ebenfalls aufhören.«

Pfiffe ertönten im Schankraum.

»Noch jemand ohne Schwanz in der Hose?«, verhöhnte Vala ihn. »Na gut, dann eben zu dritt.«

Sie ließ ihren Würfelbecher klappern und knallte ihn auf den Tisch. Ihr verbliebener Mitspieler und der Blonde taten es ihr nach und sie alle kontrollierten argwöhnisch ihre Würfe.

»Einsatz?« Vala blickte provozierend in die Runde und zählte umständlich zehn Münzen von ihrem silbernen Münzberg ab, die sie fahrig zu einem Turm aufschichtete und vorschob. Ein ungläubiges Raunen lief durch die Reihe der Zuschauer.

Der verbliebene Mitspieler biss sich grübelnd auf die Lippe und setzte alles, was er noch hatte.

Der Blonde hingegen kramte lässig zehn Münzen aus einem

Beutel am Gürtel und türmte sie vor sich zu einem Stapel auf. »Ich gehe mit und lasse Euch den Vortritt, schöne Frau!« Charmant zwinkerte er Vala zu.

Dania sah, wie ihre Schwester zögerte, denn meist wartete sie ab, bis sie auf die übrigen Ergebnisse reagieren konnte. Schließlich grinste sie schief und präsentierte eine *Leibgarde*, bestehend aus drei Vieren und zwei Fünfen – die vierthöchste Würfelkombination bei Thron & Turm.

Zum Glück sah nur Dania, dass die Illusion, die sie über die Würfel legte, ein klein wenig zeitverschoben auftauchte.

So betrunken, wie Vala war, sollte sie endlich aufhören.

Der verbliebene Mitspieler schimpfte irgendetwas, denn er brachte mit drei Vierern gerade mal eine nicht allzu hohe *Burgwache* zustande. Vala lachte und wollte die Münzen schon einsammeln, als der Blonde ebenfalls eine Leibgarde präsentierte – bestehend aus drei Fünfen und zwei Sechsen. Und die stach die ihre.

»Tut mir leid, das geht offenbar an mich.« Er zwinkerte und sammelte unter Valas verkniffenen Blicken die Münzen ein.

»Seht, seht!«, kam es lachend aus der Reihe der Umstehenden, in die sich jetzt auch die beiden Begleiter des Blonden schoben. »Jede Glückssträhne hat mal ein Ende.«

Der letzte der verbliebenen Mitspieler stand auf. »Ich habe nichts mehr, was ich setzen könnte.«

Die Umstehenden maulten, aber immerhin reichte ihm einer der Offiziere ein Bier.

Zurück blieben Vala und ihr neuer Herausforderer.

»Noch mal!« Vala beäugte den Blonden missmutig, kippte sich einen weiteren Schnaps in den Schlund und stierte ihn herausfordernd an.

Er nickte.

Die Würfelbecher klapperten und ein Rumsen ertönte, als die Becher auf dem Tisch landeten. Vala und er beäugten verstohlen die Ergebnisse, und diesmal zählte Danias Schwester umständlich zwanzig Münzen aus ihrem Haufen ab.

Die Männer um den Tisch raunten ungläubig und zwei weitere

Trinker aus der Schankstube mischten sich unter die Zuschauer. Es war offenbar eine Weile her, dass hier um derart hohe Einsätze gespielt wurde. Auch Dania löste sich vom Tresen, denn Vala überreizte.

Der Blonde lehnte sich nachdenklich zurück und dachte nach.

»Na, benässt du dich gerade?«, lallte Vala.

Der Blonde blies die Backen auf, ging mit – und erhöhte um weitere zehn Münzen.

Vala schnaubte missmutig, schob ihrerseits zehn weitere Münzen in die Tischmitte und deckte auf. Diesmal präsentierte sie mit vier Fünfen und einer Sechs eine *Thronwache*, die dritthöchste Augenkombination. Abermals flackerte der Punktestand kaum wahrnehmbar.

Der Blonde sah ihre Würfel überrascht an, schürzte anerkennend die Lippen, hob seinen Würfelbecher und Dania beäugte fassungslos das Ergebnis: ein *Hofstaat*, bestehend aus den Augen Zwei bis Sechs.

Das zweithöchste Ergebnis.

Vala kniff die Augen zusammen, kippte den letzten Schnaps und sah regungslos mit an, wie der Blonde den Münzberg in der Mitte des Tisches abermals an sich zog.

Die Männer ringsum schüttelten die Köpfe und lachten.

»Noch mal!«, zischte Vala mit glasigem Blick.

»Seid Ihr Euch sicher, hübsche Dame?« Der Blonde tat besorgt, dabei war sich Dania inzwischen sicher, dass der Kerl ebenso falschspielte wie ihre Schwester. »Ihr seid betrunken. Und vielleicht ist es besser, wenn Ihr –«

»Kein Mann sagt mir, was ich zu tun und zu lassen habe«, keifte Vala mit glasigem Blick. »So ein Pferdeficker wie du schon gar nicht. Alles oder nichts! Und damit meine ich wirklich alles!« Lauernd stierte sie ihn an und der Blonde atmete tief ein.

»Na gut, lassen wir das Glück entscheiden.«

Beide schoben sie unter dem Raunen der Zuschauer alle Münzen, die sie hatten, in die Tischmitte, kippten zusätzlich ihre Börsen aus und sahen sich über das Vermögen in der Tischmitte hinweg an.

Es wurden totenstill in der Schankstube und nicht nur die übrigen Gäste und Huren drängten zu ihnen an den Tisch, auch der Wirt und die drei Schankmaiden reckten die Köpfe.

Abermals klapperten die Würfelbecher und landeten mit einem Knall auf der Tischfläche.

»Zeig mir, was du hast!«, zischte Vala.

Der Blonde rieb sich über das Kinn und ohne das Ergebnis vorher betrachtet zu haben, enthüllte er die fünf Würfel. Fünf Sechsen.

Ein *Drache*!

Das höchste Ergebnis von allen.

Vala hob den Würfelbecher und auch sie präsentierte einen Drachen.

Gleichstand!

Staunende Unruhe breitete sich im Schankraum aus, denn ein solches Duell hatte hier offenbar noch keiner erlebt. Dania bezweifelte, dass es ein solches Würfelduell überhaupt schon einmal gegeben hatte. Spätestens jetzt war klar, dass Vala an einen professionellen Falschspieler geraten war, der drauf und dran war, sie mit seinen eigenen Tricks in die Knie zu zwingen.

Beide sammelten die Würfel wieder auf, nur dass Vala vor Trunkenheit schwankte und dabei einen der Würfel zu Boden fallen ließ. Gereizt fischte sie nach ihm, die beiden maßen sich abermals mit Blicken, und sie wiederholten das Würfelduell.

Vala schien jetzt jedwede arkane Konzentration zu verlieren. Sie brabbelte vor sich hin, doch alles, was sie zu präsentieren vermochte, war eine mittelhohe Wache.

Vor ihrem Gegner hingegen lag eine Leibgarde; ein Ergebnis, gerade so hoch, dass es glaubwürdig war.

»Das gibt es doch nicht. Was für ein Glück!« Der Blonde lachte scheinbar ungläubig und sammelte mit beiden Armen den gewaltigen Haufen Münzen auf dem Tisch ein. »Wirt, eine Lokalrunde von dem besten Wein, den Ihr habt!«

Die Männer ringsum feierten ihn unter lautem Gejohle, und bekamen so kaum mit, wie Vala hasserfüllt von ihrem Platz aufsprang, torkelnd irgendeinen Zauber zu wirken versuchte und dabei sturzbetrunken umkippte. Einer der Offiziere half ihr unter dröhnendem Gelächter auf, wobei seine Hand wie zufällig in ihrem Ausschnitt verschwand – bis er den Griff Danias spürte.

»Fass meine Schwester noch einmal an, und du weißt, was es heißt, sich mit den Adeptinnen Walmars des Weisen anzulegen.« Sie überzog den Arm des Mannes mit einer klirrend kalten Eisschicht.

Der Offizier sprang entsetzt zurück und versuchte den Eispanzer über seinem Unterarm mit Schlägen gegen eine Stuhllehne aufzusprengen. Auch davon bekamen nur wenige etwas mit, denn längst waren die Zuschauer dem Falschspieler und seinen beiden Freunden zum Tresen gefolgt, wo er eine Lokalrunde springen ließ.

Höhnisch blickte der Blonde in Valas und Danias Richtung.

»Dieser verdammte Wichser hat falschgespielt!«, lärmte Vala, die kaum hochkam. Der Hass in ihrem glasigen Blick brannte derart grell, dass es Dania nicht gewundert hätte, wenn sie damit die ganze Spelunke in Brand gesteckt hätte.

»Wo ist dieser Pferdeficker?«, lallte sie. »Ich werde dafür sorgen, dass er seine Würfel frisst und ihm dann ein Stuhlbein in den Arsch rammen.«

»Du wirst gar nichts tun!«, zischte Dania und zog sie hoch. »Wir verschwinden jetzt!«

Vala trat zornig einen Stuhl um, und unter dem schadenfrohen Gelächter der Männer zog Dania sie zum Ausgang der Kaschemme, hinaus in die nach Pisse und Erbrochenem stinkende Gasse.

Dort war es bis auf das Licht des Mondes dunkel, und doch konnte Dania weiter hinten, im verschatteten Eingang eines schiefwinkligen Hauses, eine Prostituierte und ihren Freier ausmachen, der sich gerade von ihr bedienen ließ. Eine Saatkrähe auf dem Dach über den beiden schreckte auf und flatterte zu einer gegenüberliegenden Abflussrinne. Das trunkene Gegröle in der Spelunke schallte zu ihnen auf den Straßenzug.

Vala lallte zusammenhanglose Flüche, lehnte sich unvermittelt gegen eine Mauer und erbrach sich dort. Dania wartete ab, bis sich ihre Schwester ausgekotzt hatte, und zerrte sie weiter die Gasse in Richtung Hafen hinunter, wo das Wirtshaus lag, das ihnen und Walmar dem Weisen als Quartier diente. Vala war so angeschlagen, dass sie immer wieder drohte, in den Dreck der Gasse zu stürzen. Dania blieb daher irgendwann gereizt stehen und probierte sich an einem Heilzauber.

Mit unerwartetem Erfolg.

Vala stöhnte auf und einen Atemzug lang umgab sie eine scharf stinkende Dunstglocke, so als würde sie all den Alkohol in ihrem Blut auf einmal ausschwitzen. Von einem Moment zum anderen ernüchtert starrte sie ihre Schwester an, dann spuckte sie wütend aus. »Der Kerl hat betrogen! Mich!«

»Was beschwerst du dich? Du hast sie alle zuvor selbst betrogen«, erwiderte Dania missmutig. »Nur war der Blondschopf eben so clever zu warten, bis du dich hast volllaufen lassen. Selbst schuld.«

»Verdammte Scheiße, auf wessen Seite stehst du eigentlich?«, redete sich Vala in Rage. »Der ganze beschissene Flug zu der Zitadelle der Zauberin war umsonst. Wofür der ganze Aufwand, wenn wir jetzt schon wieder mit leeren Händen dastehen? Wir haben nichts. Keine neuen Zauber. Keine Artefakte. Gar nichts. Nicht einmal mehr Silber.« Zornig trat sie eine Tonne mit stinkenden Abfällen um, die sich einmal quer über der Gasse verteilten. »Sogar der verfickte Zauberring ist weg. Wenn ich deinen fahrenden Freund erwische, dann drehe ich ihm die Gurgel um.«

»Vala, beruhige dich.« Dania umschloss ihr Gesicht liebevoll mit den Händen. »Tandurin ist nicht mein Freund. Wir –«

»Tandurin ist nicht mein Freund«, äffte Vala sie nach und stieß wütend ihre Hand zurück. »Ich kann diese Scheiße nicht mehr hören. Er und diese anderen beschissenen Hilfszauberer sind schuld an allem Missgeschick. Jetzt sind wir immer noch auf diesen eingebildeten Zauberer angewiesen. Und ich hasse es, mich schon wieder von so einem Hurenbock herumstoßen zu lassen. Wenn es nach mir ginge, dann …«

Weit hinter ihnen öffnete sich die Tür der Spelunke und Dania sah, wie der Blonde und seine beiden Kumpane die Kaschemme verließen.

»Warte, da ist der Pisser!« Hasserfüllt stürmte Vala die Gasse zurück.

»Vala, nicht!« Alarmiert rannte Dania hinter ihr her, doch es war zu spät.

Ein sprühender Kugelblitz löste sich aus den Fingern ihrer Zwillingsschwester, raste auf die drei Überrumpelten zu und fegte sie mit Donnerhall von den Beinen. Einer von ihnen landete mit schwelender Kleidung und gebrochenem Genick an der Hauswand, und die Krähe, die Dania zuvor schon erblickt hatte, stieg aufgeschreckt zum Nachthimmel auf. Schon war Vala über dem Zweiten, ließ einen spitzen glitzernden Eiszapfen über ihrer rechten Hand wachsen und rammte ihn dem am Boden Liegenden zweimal in die Kehle. Schließlich stand sie über dem blutenden Blondschopf und packte den Falschspieler am Kragen.

Der ächzte panisch: »Bitte, lass mich am –«

Doch Vala ließ ihrem Hass freien Lauf. »Verreck, du Bastard!«

Sie packte seinen Kiefer, zwang die Zähne auseinander und jagte ihm einen Kugelblitz in den Schlund. Dann stieß sie ihn zurück. Der Kopf des Blonden explodierte und ein Teil seines Schopfes flog gegen eine Hausmauer.

Dania starrte entsetzt auf den kopflosen Torso und spürte, wie ihr Magen rebellierte.

Vala hingegen wischte sich abfällig Gehirnmasse und Knochenstücke vom Lederkleid.

»Das hast du jetzt davon!«, keuchte sie. »Das hast du jetzt davon!«

Der Eingang der Spelunke öffnete sich, da der Lärm natürlich nicht ungehört geblieben war, und so wirbelte Vala herum und schoss einen weiteren Kugelblitz ab. Abermals folgte eine dumpfe Explosion, gefolgt von Schmerzensschreien. Sie wollte soeben einen vierten Kugelblitz heraufbeschwören, als ihr Dania endlich in den Arm fiel.

»Es reicht, verdammt noch mal!«

Vala kam zur Besinnung, entriss dem Leichnam des Blonden zwei prall gefüllte Geldkatzen und stürmte davon.

Unweit der Stadtwaage, nahe dem Hafenbecken, ließen sich die Schwestern gegen eine Hauswand fallen und Vala spähte zurück.

»Scheiße, war das gut!« Sie lachte hell und wog die beiden schweren, mit Silber gefüllten Geldbeutel siegestrunken in ihren Händen.

»Bist du komplett wahnsinnig geworden?«, fuhr Dania sie an. »Was sollte das eben?«

»Was hast du?« Vala leckte sich über die Lippen. »Das waren nur ein paar beschissene Schwanzlutscher. Auf unsere Schwestern in der Spelunke hätte ich schon Acht gegeben.«

»Indem du einen Kugelblitz mitten in die Menge jagst? Das waren Unschuldige.«

»Unschuldige?« Ungläubig starrte Vala sie an. »Kein Mann ist unschuldig. Kein einziger in den ganzen beschissenen Jungen Königreichen. Das solltest du am besten wissen. Jetzt wissen sie, wie es ist, wenn man ihnen ungewollt was reinschiebt.« Sie lachte dreckig. »Hast du den Gesichtsausdruck des Wichsers gesehen, kurz bevor ich ihm den Kopf von den Schultern geblasen habe? Scheiße … scheiße war das gut.« Abermals betrachtete sie ihre Beute, dann boxte sie Dania versöhnlich gegen die Schulter. »Künftig wirst du einfach ein bisschen mehr auf mich hören. Und jetzt komm, ich will noch etwas trinken. Das habe ich mir verdient. Du wirst schon sehen, wir machen noch unser Vermögen. Und dann brechen andere Zeiten an.«

Gut gelaunt eilte sie über den vom Mondlicht beschienenen Platz auf die *Brückenstube* zu, dem vornehmen dreistöckigen Gasthaus, in dem ihre Zimmer lagen. Auch jetzt waren vor dem Eingang zwei markgräfliche Wachen in Rüstungen und graublauen Wappenröcken postiert.

Dania folgte ihr schweigend.

Sie schwieg auch dann noch, als die Wächter sie durchließen und sie in den großen, weitgehend leeren Schankraum trat. Laternen standen auf den Tischen, zwei weitere Soldaten wachten vor der Treppe hoch zu ihren Zimmern und am Tresen dämmerte der Wirt des Etablissements, der hochschreckte, als sie durch die Tür traten.

»Ehrwürdige Adeptinnen!« Er räusperte sich. »Euer Meister, der allwissende arkane Berater Seiner königlichen Majestät Wenzislaus III. von Kronberg, Erster vom Orden der Stäbe und Einiger des vereinten Heeres von –«

»Meine Güte, geht es noch umständlicher?«, blaffte ihn Vala an, was selbst den hier unten aufgestellten Wachen ein Stirnrunzeln entlockte. »Was will Walmar?«

»Äh, er wünscht, dass Ihr ihn sofort in seinem Studierzimmer aufsucht, sobald Ihr hier wieder eintrefft.« Er bemerkte ihre fragenden Blicke und ergänzte hastig. »Also, drüben im Kaminzimmer.«

»Er arbeitet noch?«, fragte Dania interessiert.

»Unentwegt, Teuerste. Unentwegt.«

Dania und Vala wechselten knappe Blicke, dann marschierte Vala zum Tresen und stellte dort ihre schweren Geldkatzen ab. »Hübsch darauf aufpassen, Wirt. Fehlt da auch nur eine Münze, verliert Ihr Euren Kopf.«

Der Mann sah sie beklommen an, und Dania und Vala marschierten gemeinsam zur rückwärtig gelegenen Tür des Kaminzimmers.

»Reiß dich wenigstens jetzt zusammen«, zischte Dania. »Walmar bleibt weiterhin unsere einzige Quelle für arkanes Wissen.«

»Reg dich nicht auf«, erwiderte ihre Schwester gönnerhaft. »Ich will selbst noch viel mehr davon.«

Dania klopfte und versuchte die Tür zu öffnen, doch sie war verriegelt.

Plötzlich schnappte das Schloss, die Klinke drehte sich selbsttätig und die Tür öffnete sich ohne Zutun eines Dritten.

In dem altbekannten Zimmer empfing sie wärmendes Kaminfeuer. Die Fenster waren verhängt, auf dem langen Tisch mit den hohen Lehnstühlen lagen zahllose neue Zauberbücher, dazwischen befanden sich Flaschen, Mörser und andere alchimistische Gerätschaften. Die Tür schloss sich hinter ihnen von allein.

Walmar der Weise wandte ihnen den Rücken zu. Bekleidet mit seinem blauen Magiergewand, den knorrigen Zauberstab in der Rechten haltend, stand er vor einer großen Staffelei, über der die entrollte Lederrolle aus der Zitadelle Magistra Escalia Rotdruds hing. Dicht an dicht prangten darauf die eigentümlichen Drachenrunen. Sie hatten nichts mit den Schriftzeichen gemein, die Dania kannte, sondern ähnelten tiefen Ritzungen, wie sie eine monströse Kraft mit scharfen Klauen im Gestein hinterlassen würde.

Der grauhaarige Zauberer strich sich grübelnd über den bis auf die Brust reichenden Bart, während er die Runen betrachtete, und schwieg.

»Es ist schon weit nach Mitternacht«, begann Vala in einem ungnädigen Tonfall. »Wieso –?«

Sie kam nicht weiter, da sie von einer gewaltigen Kraft gepackt und gegen eine Wand geschleudert wurde. Töpfe und Flaschen krachten zu Boden, zwischen deren Scherben sie aufschlug. Dania wollte zu ihrer Schwester laufen, doch wie schon einige Tage zuvor erfasste sie eine unangenehme Lähmung, die es ihr unmöglich machte, sich zu bewegen.

Walmar der Weise wandte sich ruhig um und trat, gestützt auf seinen knorrigen Zauberstab, an Vala heran, die kläglich stöhnte und mühsam versuchte, hochzukommen.

»Schmerz, so sagt man«, sprach er in einem kühlen Tonfall, »ist ein guter Lehrmeister. Allzumal für jene, die sich an einer Ausbildung erfreuen, für die sie nicht die charakterliche Reife besitzen.«

Er stützte sich mit beiden Händen auf den Zauberstab, während Vala ungehalten zu ihm aufsah.

»Ist das Blut da auf deinem Hurengewand?« Er deutete lapidar mit einem Finger auf eine Stelle knapp unterhalb ihres Ausschnitts. »Ja, ich denke schon«, beantwortete er die Frage selbst. »Ich glaube sogar, das ist etwas verspritztes Hirn.«

Dania schluckte. Hatte er sie etwa die ganze Zeit über beobachtet? Wie? Etwa mittels dieser Krähe?

»Mich dünkt daher, dass du einer Lektion bedarfst.« Er hob

eine buschige Augenbraue und lächelte kalt. »Und in deinem Fall hilft offenbar nur eines: mehr Schmerz.«

Er vollführte eine knappe Geste mit den Fingern und ein scharfes Reißen ertönte im Kaminzimmer, als Valas Ledergewand an zwei Stellen aufriss, so als habe Walmar sie mit einem Messer attackiert.

Blut quoll hervor, Vala schrie gellend auf und krümmte sich.

Walmar berührte nachdenklich seine Lippen, ohne sie aus den Augen zu lassen.

Dann beschrieb er mit der Hand einen Halbkreis. Der Blutstrom verebbte und Vala ächzte vor Erleichterung.

»Ist es nicht schön, wenn der Schmerz nachlässt?« Abermals schlitzte eine unsichtbare Macht Valas Lederkleid und Walmar fügte ihr eine weitere tiefe Wunde zu. Danias Schwester schrie gepeinigt auf. Und abermals heilte Walmar sie.

»Ich kann ewig so weitermachen«, sprach er gefährlich leise. »Ich kann dich so lange verletzen und wieder heilen, bis du Miststück vollkommen wahnsinnig bist. Bis du lernst, dass dies kein Ort ist, um meine Anstrengungen zu hintertreiben.« Er beugte sich etwas vor und diesmal troff seine Stimme vor kaum unterdrückter Wut. »Es ist mir egal, was ihr andernorts treibt. Aber erwische ich dich noch einmal dabei, wie du hier Soldaten tötest, die wir sehr bald bitter benötigen, dann werde ich dich wie einen Hund an die Leine nehmen, dich auf den Marktplatz führen und dich in aller Öffentlichkeit aus einem Napf fressen lassen. Haben wir beide uns verstanden?«

Vala sah gedemütigt zu ihm auf und nickte.

»Gut. Dann schließen wir diese Lektion damit ab, dass du den Mund hältst und wie eine brave Adeptin zuhörst, während deine Schwester und ich uns der Arbeit zuwenden.« Der Zauberer warf Dania einen eisigen Blick zu – löste ihre Starre und traktierte damit Vala, die nun stocksteif und mit Mordlust in den Augen dasaß. Er kehrte vor die Staffelei mit dem aufgerollten Leder zurück. »Denn ich habe euch kommen lassen, um abermals einige Probleme zu lösen.«

»Welche?«, fragte Dania heiser.

»Zum einen: Ich kann diese Runen nicht entziffern.«

Dania warf Vala einen raschen Blick zu, dann trat sie an die Seite des Zauberers und betrachtete die Runen.

»Was heißt das: Ihr könnt sie nicht entziffern?«, fragte sie verwundert.

»Das sind Drachenrunen«, knurrte der Zauberer. »Niemand konnte das bislang. Das heißt … fast niemand. Deswegen hat Rasgath Tiefwasser vor etwa zweihundert Jahren ein magisches Verfahren zur Schriftübersetzung entwickelt, das zumindest bei der Elfenschrift, beim Harashinia und auch bei einigen Schriften von jenseits des Schlangenmeeres solide Ergebnisse gezeitigt hat. Nur fehlen mir in diesem Fall die entsprechenden Ingredienzien.«

»Das verstehe ich nicht.« Dania warf dem Magier einen scheelen Seitenblick zu. »Boltan deutete bei unserer Begegnung in der Zitadelle an, dass Geron über einen Zauber verfügt, der es ihm schon einmal gestattet habe, Drachenrunen zu übersetzen. Den werdet Ihr doch sicher ebenfalls kennen?«

»Der Thronfolger Waldaleths?« Walmar fuhr zu ihr herum. »Wo soll er das getan haben?«

Dania trat eingeschüchtert einen Schritt zurück. »Er nannte den Ort … Hellerhall oder … Hegrahall.«

»Helgrinshall? Der einstige Sitz unseres Ordens?«

»Ja, ich glaube, das war der Name.«

»Unmöglich. Es sei denn …« Walmar überlegte. »Es sei denn, Alruna hat ihm in den zurückliegenden Jahren einige magische Geheimnisse der Drachen beigebracht, die ihr in der Zeit, da er bei ihr weilte, nützlich erschienen – und von denen sie vermutlich dachte, dass sie nicht an unsere Ohren gelangen würden.«

»Ihr sagtet eben ›fast niemand‹. Gibt es also doch jemanden, der Drachenrunen übersetzen kann?« Neugierig trat sie wieder vor die geheimnisvolle Lederrolle. »Was ist das hier überhaupt? Wieso wolltet Ihr, dass wir unsere Leben riskieren, um Euch diese Rolle zu beschaffen?«

Walmar betrachtete sie zufrieden. »Du stellst die richtigen Fragen, anders als deine Schwester.« Er strich fast zärtlich über die eingebrannten Runen. »Du erinnerst dich, was ich euch über die

Magie erzählte? Ein jeder Zauberkundiger speist die Zauber, die er wirkt, mittels seiner eigenen Lebenskraft. Man brennt also zunehmend aus, je häufiger man auf seine arkanen Kräfte zurückgreift. Deine Schwester war das beste Beispiel für diesen Raubbau …« Er blickte kurz zur Raumecke mit Vala, an deren steifer Sitzposition sich nichts verändert hatte, bevor er sich wieder den Drachenrunen zuwandte. »Diese Lederrolle birgt das drachische Geheimnis, um Magie zu wirken, *ohne* sich auszubrennen. Bringen wir es in Erfahrung, dann wird uns das im Kampf gegen den Drachenkönig von großem Nutzen sein. Denn dann können auch wir sehr viel machtvollere Zauber gegen ihn wirken. Und auch sehr viel mehr davon, schließlich stehen wir fast allein gegen ihn.«

Dania sah ihn staunend an. »Sagtet Ihr uns nicht, das sei unmöglich?«

Walmar der Weise lächelte hintergründig. »Letztlich ist das eine Sache des Willens«, erklärte er. »Und diesen Willen müssen wir aufbringen, um der nahenden Herausforderung gewachsen zu sein.« Sein Lächeln schmolz und seine Miene verhärtete sich. »Bedauerlicherweise hat es bislang nur einer der Unseren fertiggebracht, sich dieses Wissen anzueignen. Damals, nach dem Dritten Drachenkrieg. Als Yolsulgur den Sphärenriss ins Totenreich öffnete, und uns sechs dazu zwang, den Orden von allen Magiern zu säubern, die nicht begriffen, wie wichtig es war, notwendige neue Wege zu beschreiten.«

»Ihr meint damit, Adepten auszubilden und sie umzubringen«, merkte Dania spitz an.

»Wie ich schon sagte: notwendige neue Wege.« Walmar warf ihr einen missmutigen Blick zu. »Einem unserer übrigen Kollegen gelang es damals, seinem verdienten Schicksal zu entgehen. Mehr noch: Er leistete erbitterten Widerstand. Dafür zog er sich an keinen geringeren Ort zurück, als jenem, an dem du aufgewachsen bist.«

»Etwa Kesselfurt?«, fragte Dania erstaunt.

Der Magier nickte.

»Richtig«, sprach sie nachdenklich, »ich hörte davon, dass die

Kesselfurter Brücken über den Großen Fluss vor über vierhundert Jahren mit Zaubermacht errichtet worden seien.«

»Nicht nur die Brücken. Die komplette Stadt, die heute auf dem Felsbuckel am Katarakt thront, verdankt diesem Magier seine Existenz.« Walmar machte ein geringschätziges Geräusch, und Dania erinnerte sich an das Grab auf der Festung Kesselfurts über dem Katarakt.

»Der Zauberer, von dem ich spreche, hörte auf den Namen Cyrnachon, und er war ein Mann aus dem Fahrenden Volk.«

Dania hob interessiert eine Augenbraue, denn jetzt war sie sich sicher. Der Name hatte auf dem Grabbau gestanden.

»Er hat Kesselfurt gewissermaßen zu seiner Bastion ausgebaut«, dozierte der Zauberer. »Das war für sich genommen schon eine durchaus beeindruckende Leistung. Zudem gelang es ihm, siebzehn lange Jahre gegen die vereinte Macht von uns Sechsen standzuhalten.«

»Dann war er mächtiger als ihr anderen?«, fragte Dania zögernd.

»Nein«, knurrte der Zauberer. »Er konnte mit seiner Zauberei lediglich verschwenderischer umgehen. Und das hat er dem Geheimnis hier auf dieser Lederrolle zu verdanken.« Walmar fuhr mit den Fingern eine Rune nach.

»Woher kannte er das Geheimnis der Drachen?«, fragte Dania ehrfürchtig.

»Die Drachen hielten ihn vier Jahre lang gefangen«, brummte der Zauberer. »Er entkam, doch zuvor lernte er von ihnen. Darunter die Drachenrunen.« Er tippte wieder gegen die Lederrolle. »Und mit sich nahm er damals auch das hier: die Aufzeichnungen eines zauberkundigen Schamanen der Gaale. Escalia raffte die Rolle mit den Runen heimlich an sich, als Cyrnachon schließlich eines natürlichen Todes starb. Doch hat auch sie es offenkundig nicht geschafft, die Runen zu entziffern. Andernfalls hätten wir dies mitbekommen.«

»Moment. Die Gaale … verfügen ebenfalls über Zauberer?«, ächzte Dania.

»Natürlich tun sie das.« Walmar wandte sich ihr zu und hob

eine Braue. »Alle vernunftbegabten Wesen bringen Zauberkundige hervor. Allerdings gab es auch in der Blütezeit der Gaale höchstens eine Handvoll von ihnen. Ihre Macht ist nicht sehr ausgeprägt. Jener Echsengestaltige, der sein Wissen hier festhielt, diente dem Drachenkönig jedoch in hoher Position. Und das Geheimnis, das er hier niederschrieb, könnte den Krieg vielleicht zu unseren Gunsten wenden.«

Dania musterte die alte Runenschrift. »Und Ihr teilt das Wissen mit meiner Schwester und mir, wenn Ihr es enthüllt?«

»Sicher, warum nicht?« Walmar lächelte wölfisch. »Wie ich schon sagte: Nicht nur die Zaubertechnik ist entscheidend, sondern der unbedingte Wille.«

Dania verengte misstrauisch die Augen. »Gut«, sprach sie gedehnt, »was sollen wir dafür tun?«

Walmar schritt zum Tisch und nahm einen Schluck Wein aus einem Pokal, der zwischen den Büchern und alchimistischen Gerätschaften stand. Dann winkte er sie heran. Dania trat zu ihm und er schob einige Utensilien auf dem Tisch beiseite, sodass sich ihr eine fleckige militärische Karte offenbarte, die ganz zuunterst lag.

»Das hier ist sind die nördlich von Gaalstrutz gelegenen Knochenauen. Das einstige Schlachtfeld, von dem ich euch berichtete, und auf dem es dem vereinten Heer vor über vierhundert Jahren gelang, die Gaale zu schlagen und den Kampf endlich wieder in den Norden zu tragen.« Er wies auf eine hügelige und von wenigen kleinen Wäldchen bedeckte Ebene etwa zwanzig Meilen vor Gaalstrutz, die an das westliche Ufer des Großen Flusses grenzte. »Unsere Kundschafter berichten, dass die Gaale gestern aus dem Grauwald hervorgebrochen sind und jetzt Richtung Süden ziehen. Adlerstedt wird bereits belagert, allerdings scheint es eher Yolsulgurs Absicht zu sein, die dortigen Truppen festzusetzen. Sogar ein echter Drache wurde dort gesichtet. Das Hauptheer der Gaale hingegen marschiert weiter auf Gaalstrutz zu. Und das in hoher Geschwindigkeit. In vier, spätestens fünf Tagen sind sie hier. Offenbar in dem Bestreben, das hiesige Feldlager zu sprengen, bevor die übrigen Truppenkontingente eingetroffen sind.«

»Und wie viele Gaale kommen?«, wollte Dania beklommen wissen.

»Mehr, als wir dachten, weniger, als wir befürchteten«, brummte Walmar der Weise. »Ihre Kopfzahl liegt pessimistisch gerechnet bei etwa fünftausend. Eher dürften es viertausend oder viertausendfünfhundert sein.«

»Und wie viele Soldaten haben sich hier inzwischen versammelt?«

»Inklusive der Drachenfurter etwa achttausendfünfhundert Mann. Außerdem hat Kronberg die Entsendung weiterer fünfhundert Mann Reiterei versprochen, die dort zum Schutz der Hauptstadt zurückgehalten wurden.« Er schnaubte. »Uns wurden zwar von allen Seiten weitere Soldaten versprochen, nur werden sie zu spät eintreffen. Unser frischgebackener Erzmarschall Drazahr hat daher vorgeschlagen, den Gaalen wie in den alten Zeiten bis auf Höhe der Knochenauen entgegenzuziehen. Das geschichtsträchtige Schlachtfeld wird nicht nur die Moral unserer Truppen stärken, wir werden uns dort auch auf die Gaale vorbereiten können. Sie sind in Unterzahl und sie werden von ihrem Gewaltmarsch erschöpft sein. Jedoch bereitet mir ihre Eile Sorgen …«

»Wieso?«

»Weil ich spüre, dass der Drachenkönig etwas plant. Ebenso wie wir wird er wissen, dass seine Armee gegen ein fast doppelt so großes Heer kaum eine Chance hat.« Walmar der Weise knetete nachdenklich das Kinn unter seinem langen Bart. »Er wird also tückische Zauberei vorbereitet haben. Außerdem könnte er alle ihm unterstehenden Drachen zusammenziehen, um so seine Luftüberlegenheit auszunutzen. Allerdings werden wir bis zum Aufeinandertreffen der Heere die Zahl unserer Torsionsgeschütze verdreifacht haben und auch ich werde natürlich vor Ort sein. Und dennoch … frage ich mich, was Yolsulgur treibt.«

»Vielleicht wird er persönlich erscheinen?«, meinte Dania. »Ihr habt selbst miterlebt, wie schwer der untote Drachenkönig zu verletzen ist.«

»Sicher. Aber am Drachenthron waren wir unvorbereitet. Der

Drachenkönig sollte wissen, dass ich gute vierhundert Jahre Zeit hatte, um mich auf eine Schlacht wie diese vorzubereiten. Unserem arkanen Arsenal stehen daher Mittel zur Verfügung, wie sie üblicherweise nur eine ganze Truppe an Magiern aufzubieten vermag.« Er schüttelte den Kopf. »Nein, er heckt irgendeine Bosheit aus, mit der wir nicht rechnen und auf die ich mich kurzfristig einstellen muss. Und da kommen du und deine Schwester ins Spiel.«

Dania atmete tief ein, denn genau das hatte sie befürchtet. War es jetzt schon an der Zeit, ihren und Valas Plan, sich von Walmar zu lösen, in die Tat umzusetzen? »Sagt schon, was wünscht Ihr, was wir tun sollen?«

»Eine Nacht-und-Nebel-Aktion!« Der Zauberer baute seinen Stab vor sich auf und sah sie ernst an. »Ihr beide seid die besten Illusionsmagier, die die Jungen Königreiche seit Langem hervorgebracht haben. Ihr werdet eure Fähigkeit daher dazu verwenden, um euch unerkannt unter die Gaale zu mischen. Und dort werdet ihr Folgendes tun …«

Tandurins Kopf schmerzte, als er zu sich kam.

Er öffnete die Augen, erblickte über sich eine Balkendecke, und begriff, dass er in einem weichen Bett lag. Sein Kopf war von Verbänden umwickelt und als er die schmerzende Stelle betastete, fühlte er eine große Beule.

Allmählich kehrten die Erinnerungen zurück und niedergeschlagen ließ er sich zurücksinken.

Die Babajuschka war tot. Geron und Kyrell waren tot.

Und Boltan … ebenfalls?

In jedem Fall war dieser elende Magier Cyrnachon zurück, der damals, nach dem Ende des Dritten Drachenkrieges, über Kesselfurt geherrscht hatte. Dass der Zauberer einst ein Mann seines Volkes gewesen war, spielte im Augenblick keine Rolle. Tandurin war Zeuge geworden, wie der Mistkerl sich Boltans Körper bemächtigt hatte.

Nicht für einen Moment hatte er in den letzten Wochen geglaubt, dass es nur seine Erinnerungen waren, die Cyrnachon einst in seinem Stab abgelegt hatte. Doch er hatte sich von Boltans Wissensdurst einlullen lassen. Und ehrlicherweise auch von der Macht, die an den Stab geknüpft war …

Tandurin stöhnte gequält – woraufhin er eine Stimme vernahm.

»Ehrwürdiger Zauberer, Ihr seid wieder wach?«

Überrascht drehte er den Kopf und die Verletzung pochte unter den Verbänden.

Durch ein Fenster fiel das Licht der Nachmittagssonne auf weiß gekalkte Wände. Offenbar befand er sich im Gemach eines Adligen, denn der Raum war mit einer teuer wirkenden Kommode, einer Truhe samt Schloss, einem Tisch mit Stühlen und sogar Keramikvasen mit frisch geschnittenen Blumen eingerichtet. Über einem Hocker nahe dem Fenster lag zusammengefaltet seine offenbar gewaschene und geflickte Kleidung.

In der offenen Tür stand eine junge Bedienstete in schlichtem weißen Leinenkleid samt blauem Überwurf. Sie sah gespannt zu ihm herüber und er zwang sich zu einem verkrampften Lächeln.

»Ja, ich bin wach – nur fühle ich mich, als habe mir ein Pferd gegen den Kopf getreten.«

»Dann werde ich sofort nach Eurer Begleitung schicken.« Sie raffte den Rocksaum und eilte nach draußen.

Seine Begleitung? Statt dem Drang zu folgen, sich wieder in die weichen Kissen fallen zu lassen, setzte er sich aufrecht und hatte sofort das Gefühl, als würden Wichtel in seinem Kopf mit Hämmern gegen die Schädeldecke schlagen. Allmählich wurden die schmerzfreien Intervalle länger. Er schenkte sich etwas Wasser aus einem bereitstehenden Krug in einen Becher, trank und vernahm vor dem Zimmer Schritte.

»Passt auf, dort ist die Tür.« Die Bedienstete kam herein, und mit sich führte sie Catalea.

Tandurin ließ den Krug auf halber Höhe sinken, denn die blinde junge Frau war bei Tageslicht noch viel hübscher, als er sie in Erinnerung hatte. In ihre langen roten Haare hatte sie bunte Bänder nach Art des Fahrenden Volkes geflochten. Und mit der weinroten Weste und dem bunten Rock ähnelte sie zwar vielen anderen Frauen aus seinem Volk, allerdings trug sie nun die prachtvolle und für offizielle Anlässe bestimmte Perlenstola der Babajuschka.

Sofort übermannte ihn das schlechte Gewissen.

»Geht es dir gut?«, fragte sie ihn in der Sprache seines Volkes.

Ohne auf die Hilfe der Bediensteten zurückzugreifen, zog sich die junge Seherin einen Stuhl heran und setzte sich zu ihm. Ihre marmornen Augen ruhten auf ihm und er las ernste Sorge in ihrem Gesicht.

»Ja, geht schon wieder. Habt dank, dass … Ihr Euch um mich sorgt, Babajuschka.« Er räusperte sich. »Nur habe ich Euer Mitgefühl nicht verdient. *Ich* sollte da draußen tot liegen und nicht …« Tandurin schluckte. »Wie lange war ich bewusstlos?«

»Du bist seit vorletzter Nacht hier. Wir haben dich hergeschafft, kaum dass sich dein … Freund mit dem fliegenden Teppich gen Osten abgesetzt hat.«

»Das war nicht mein Freund«, fluchte er. »Boltan wurde von dem Geist eines anderen übernommen.« Er warf der Bediensteten einen zögerlichen Blick zu, doch die erweckte nicht den Anschein, etwas zu verstehen. So erklärte er der jungen Babajuschka, was es mit dem Zauberstab und dem Kesselfurter Zauberer Cyrnachon auf sich hatte.

»Und ich weiß wirklich nicht«, schloss er verbittert, »wie ich das Leid, das ich unserem Volk zugefügt habe, wiedergutmachen kann. Ich habe durch meine Dummheit schwerste Schuld auf mich geladen.«

»Keiner von uns ist ohne Fehler.« Catalea berührte seine Hand. Selbst diese Geste hatte etwas Anmutiges. »Du hast in bester Absicht gehandelt. Nicht einmal eine Babajuschka kennt alle Winkelzüge des Schicksals im Voraus.«

»Wie viele sind vorletzte Nacht gestorben, Ehrwürdige?«, fragte er.

»Lass das bitte mit der Ehrwürdigen«, sagte sie. »Es reicht, dass mich alle anderen nun so nennen. Für dich bin ich weiterhin Catalea.« Ihre Gesichtszüge wirkten streng. »Doch um deine Frage zu beantworten, es sind mittlerweile zwölf. Sinteza ist ihren schweren Verletzungen heute morgen erlegen.«

»Zwölf also …« Tandurin ließ sein Haupt sinken und beide schwiegen sie.

»Und wo sind wir hier?«, fragte er schließlich.

»Auf der Burg von König Huskar.«

»In Albenhain?« Obwohl man ihn in ein langes Nachtgewand gesteckt hatte, das ihm zumindest vor der Bediensteten etwas peinlich war, mühte er sich auf die Füße und trat mit leichten Kopfschmerzen an das Fenster.

Sie befanden sich wirklich auf der Königsburg. Unter sich erblickte er einen engen Burghof, an den sich Stallungen und Nebengebäude drängten. Und als er an dem kolossalen Bergfried mit den ebenso seltsamen wie gigantischen Steinquadern vorbeispähte, der zugleich der höchste der sieben Albenhainer Stadttürme war, vermochte er einen Blick auf das rote Dächermeer der Innenstadt zu erhaschen. Die Aussicht auf die Uferwiesen mit den Wagen seines Volkes blieb ihm jedoch verwehrt, denn der Blick auf die Vorstadt wurde von der überdimensionierten ringförmigen Stadtmauer versperrt, die erst sechs bis sieben Schritt über den höchsten Hausgiebeln der Innenstadt endete.

»Und doch werde ich vor Jovar persönlich Rechenschaft ablegen müssen«, sprach er bekümmert. »Das bin ich dem Gatten der alten Babajuschka schuldig. Ich weiß, wie sehr er sie geliebt hat.«

»Jovar ist nicht hier«, warf Catalea ein, die reglos dasaß und auf seine Bewegungen lauschte. »Wie die meisten Männer unseres Volkes. Das sollte dir eigentlich aufgefallen sein.«

Er musterte sie. »Wo sind sie?«

»Ebenso wie wir alle sind sie dem Ruf der Babajuschka gefolgt. Während die Frauen, Alten und Schwachen in Albenhain um Schutz ersucht haben, haben sich die kampffähigen Männer in den Norden aufgemacht.«

»In den Norden?« Verwirrt schüttelte Tandurin den Kopf – und sofort schmerzte dieser wieder. »Im Norden herrscht Krieg. Angeblich gehen sich dort Waldaleth und Schwalbensee an die Gurgel.«

»Nein.« Catalea hob abwehrend eine Hand. »Die Babajuschka

hat sie *ganz* in den Norden entsandt. Schon vor drei Wochen. Nach Eresor.«

»Nach … *Eresor?*«, fragte Tandurin erstaunt. »Eresor gibt es nicht mehr. Das ist doch eines der drei verheerten Königreiche. Die Drachen haben es schon vor langer Zeit zerstört und bis heute, so heißt es, lastet auf den Ruinen der Fluch Yolsulgurs.«

»Ja, aber das gilt nur, bis der Drachenkönig besiegt ist«, erklärte Catalea mit ruhiger Stimme. »Die Babajuschka hat geweissagt, dass Eresor im anstehenden Krieg eine wichtige Rolle spielen wird. Außerdem solltest du dich daran erinnern, dass unsere einstige Heimat, die Aschetäler in den Fackelbergen, früher ein Teil des entvölkerten Königreichs waren.«

Schweigend sah Tandurin die neue Babajuschka an. »Wie viele?«

»Gut eintausendfünfhundert Mann. Alle Männer, die eine Waffe tragen können.«

Tief atmete er ein. Sein halbes Volk war ausgezogen, um einen aussichtslosen Kampf zu führen. »Die Drachen werden sie auslöschen«, sprach er mit belegter Stimme. »Und wenn sie es nicht tun, dann die Gaale.«

»Vielleicht – vielleicht aber auch nicht.« Catalea richtete ihre glanzlosen Augen auf ihn. »Denn die Babajuschka weissagte auch, dass sie Hilfe erhalten würden. Stein und Luft würden ihnen beistehen, um Wasser und Feuer zu bezwingen.«

»Du weißt vermutlich nicht, was sie damit gemeint hat?«

»Niemand weiß das, aber ich habe den Verdacht, dass *du* daran nicht unbeteiligt sein wirst.«

»Ich?« Tandurin setzte sich wieder auf das Bett und blickte sie bekümmert an. »Ich verfüge über keine Zaubermacht, die über diese Elemente gebietet. Geron vielleicht oder … Boltan.« Er schluckte. »Ich kann mich eh nicht lange hier aufhalten. Ich muss Boltan finden und mir irgendeinen Zauber einfallen lassen, um Cyrnachons Geist aus ihm rauszutreiben, damit …«

»Dein Freund ist tot, Tandurin.« In der Stimme der neuen Babajuschka schwang Trauer. »Du solltest es wissen, denn du warst bei ihm, als er starb.«

Sie wiederholte die Prophezeiung der alten Babajuschka:

»Zweimal, nicht einmal, die Nacht bringt den Schrecken.
Zweimal, nicht einmal, wirst den Tod du entdecken.«

»Ja, aber … Vielleicht ist er nur von Cyrnachons Geist besessen, verstehst du?« Tandurin umschloss verzweifelt Cataleas Hände. »Es gibt solche Flüche. Meine Lehrmeisterin hat einst davon gesprochen. Und wenn dem so ist, dann gibt es für ihn vielleicht noch Rett-«

Sie schüttelte den Kopf. »Er hat losgelassen, als es mit ihm zu Ende ging. Ich hatte selbst diese Hoffnung und habe deswegen die Karten befragt. Die Antwort ist eindeutig. Seine Seele weilt nicht mehr bei uns. Sie durchwandert jetzt das Totenreich.«

»Aber irgendetwas hat die alte Babajuschka am Ende doch getan«, meinte er verzweifelt. »Du konntest es vermutlich nicht sehen, aber da brach ein Licht aus ihr hervor, wie ich es ähnlich schon einmal bei einer Freundin gesehen habe. Ihr Lehrmeister nannte es das Lebensfeuer. Es entstammt offenbar dem Urgrund der Seele und man kann es kaum kontrollieren, aber … ich bin mir sicher, dass es eine wichtige Bedeutung hat.«

»Davon weiß ich nichts«, sagte Catalea betrübt. »Doch hat es deinem Freund offenbar nicht geholfen. So leid mir das auch für dich und ihn tut.«

Tandurins Augen wurden feucht, denn ihn überrollte die Erkenntnis, dass ihm dieser neunmalkluge Kaufmannssohn in der kurzen Zeit, die er ihn kannte, ans Herz gewachsen war.

Wütend ballte er eine Hand zur Faust. »Na gut, dann muss ich jetzt wenigstens keine Rücksicht mehr auf seine Unversehrtheit nehmen. Ich werde Cyrnachon aufspüren und diesen Dreckskerl kaltmachen. Ich lasse nicht zu, dass er in Boltans Gestalt weiteres Unheil anrichtet.«

»Nein, denn auch du wirst lernen, loszulassen.« Die neue Babajuschka erhob sich würdevoll und wiederholte einen weiteren Teil der neuen Prophezeiung:

»Zweimal, nicht einmal, begib dich zum Thron.
Einmal, nicht zweimal, wartet Hilfe als Lohn.«

Sie räusperte sich. »Ich bin mir sicher, dass mit einem der beiden Throne der Drachenthron bei Sil'Bariath gemeint ist. Denn so wie jedem von euch Sechsen, ist es auch dir bestimmt, dort am Ende eures Weges die Waagschale zwischen Licht und Dunkel zum Guten zu beeinflussen – nur wird dir dort keine Hilfe zuteil. Die erwartet dich bei einem anderen Thron.«

»Von uns Sechsen?« Tandurin sah sie ungläubig an. »Ambra starb unmittelbar nach Rückkehr des Drachenkönigs. Geron und Kyrell sind vorgestern im Drachenfeuer verbrannt, und Boltan …« Er brach ab. »Ich stehe völlig allein da. Denn die Sechste von uns folgt bloß ihren eigenen Interessen.«

»Das alles magst du glauben, doch die Karten irren nicht«, widersprach die Seherin.

Tandurin sah sie aufgewühlt an. »Gut, ich gestehe, ich habe Geron und Kyrell nicht sterben sehen, die beiden könnten also … vielleicht doch entkommen sein. Aber Ambra *ist* tot. Und Boltan jetzt auch, sagst du. Und was Dania betrifft …« Er schüttelte den Kopf.

»Ob euch am Ende gelingen wird, worauf wir alle hoffen, das bleibt ungewiss. Denn es gibt dunkle Kräfte in dieser Welt. Sie sind ebenso stark, wie jene, die euch leiten. Und Yolsulgur ist ihr Werkzeug. Am Ende entscheidet allein euer Wille. Du darfst daher die Hoffnung nicht verlieren.«

Tandurin fand das alles sehr vage. »Und was hat es mit dem zweiten Thron auf sich?«

»Ich glaube, dass damit der Thron Albenhains gemeint ist.« Catalea lächelte erstmals. »König Huskar ist unserem Volk zugetan. Seine Familie hat schon immer ein Herz für die Fahrenden gehabt. Es war vermutlich kein Zufall, dass Lathinka … dass meine Vorgängerin vorgestern noch bei ihm war. Tatsächlich will er dich sehen, sobald es dir besser geht. Das ist auch der Grund, warum du hier gepflegt wurdest.«

»Er will mich sehen?« Tandurin richtete sich gespannt auf.

»Ja, und euer Treffen gestattet keinen Aufschub.«

»Aber …« Verbittert drehte er sich dem Fenster zu. »Jemand muss sich um Boltan kümmern. Er ist eine Gefahr.«

»Du kannst nicht wissen, was das Schicksal für euch bereithält.« Die Seherin berührte sanft seinen Arm und rezitierte abermals einen Teil der Prophezeiung:

»Zweimal, nicht einmal, wirst du Fehler begehen.
zweimal, nicht einmal, den Weg nicht sehen.«

Sie atmete tief ein. »Lass nicht zu, dass du jetzt bereits den zweiten Fehler begehst.«

Tandurin stellte verblüfft fest, dass tatsächlich ein Teil der Prophezeiung schon eingetreten war. Nämlich als er Boltan den verfluchten Zauberstab in die Hand gedrückt hatte. Es wurde Zeit, dass er sich näher mit der Prophezeiung befasste.

»Na gut.« Er seufzte und erhob sich. »In diesem Fall sollte ich mich wohl endlich anziehen.«

Die Seherin schickte die Bedienstete hinaus, und Tandurin trat zum Hocker, sah sich noch einmal zu Catalea um, die abwartend hinter ihm stand, streifte sich das Nachthemd ab und stieg nackt in seine frisch gewaschene Kleidung. Stirnrunzelnd stellte er fest, dass auch ihn jemand gewaschen hatte.

»Gut.« Er schloss den Gürtel, richtete sein Hemd und berührte missmutig den Verband an seinem Kopf. »Ich hoffe, ich kann mich in diesem Aufzug vor dem König blicken lassen.«

»Du vergisst, dass auch du nicht irgendjemand bist«, erklärte Catalea feierlich. »Du bist ein Zauberer.«

Sie reichte ihm ihren Arm und zielstrebig führte sie ihn aus dem Zimmer und über steile Treppen und verschattete Korridore hinweg in die weiter unten liegenden Bereiche der verwinkelten Burg. Überall war es auffallend kühl, Fackeln beleuchteten den Weg und ihre Schritte hallten von Wänden wider, deren gewaltige, unregelmäßig geformte Felsquader eine seltsame Kraft passgenau zusammengefügt hatte. Einmal fuhr Tandurin herum, da er hinter sich ein seltsames Knirschen zu hören glaubte. Doch da war nichts – nur der Eindruck, als hätten sich die Fugen zwischen den Gesteinsblöcken verschoben.

Kopfschüttelnd schritt er an der Seite seiner blinden Begleiterin weiter und stellte fest, dass der wuchtige Königssitz Albenhains genauso dunkel und ungastlich war, wie er sich ihn immer vorgestellt hatte.

Hin und wieder kreuzten Bedienstete ihren Weg, und zu Tandurins Erstaunen verneigten sie sich alle vor Catalea.

Schließlich erreichten sie einen breiten Flur mit einer hohen Doppelflügeltür am Ende, vor der behelmte Wachen in den schwarz-blauen Wappenröcken des Königreichs mit überkreuzten Hellebarden postiert waren. Sie schienen Catalea und Tandurin zu erwarten, denn kaum erfasste sie ihr Blick, hoben sie die Waffen und öffneten die Türflügel.

Sie traten in einen Gelehrtensaal mit Lesepulten unter hohen Fenstern, dessen Wände bis unter die Decke mit Bücherregalen ausgestattet waren. Dicht an dicht drängten sich dort die beschrifteten Buchrücken schwerer Wälzer und ließen nur Platz für einige große Wandgemälde, auf denen Krönungs- und Schlachtenszenen zu sehen waren. Edle Kabinettmöbel mit Schildpattfurnier, eine schwere Pendeluhr mit gedrechselten Schmucksäulen an Korpus und Uhrkasten, ein vergoldetes Astrolabium und goldene Kandelaber mit brennenden Kerzen vollendeten das elegante Interieur.

Am erstaunlichsten jedoch war das bunte, aus Abertausenden geschliffenen Steinen bestehende Bodenmosaik, das den kompletten Saalboden ausfüllte. Umrahmt von Lindwurmhöhen, Wolkenkammgebirge, Fackelbergen und Blauen Zinnen zeigte es bis hinunter zur Wogensee die Länder der Jungen Königreiche in einer Detailgenauigkeit und Farbenpracht, wie es Tandurin selbst auf den Landkarten seiner einstigen Lehrmeisterin nie gesehen hatte.

Zwei Diener standen weiter hinten rufbereit in den Ecken und nickten ihnen kurz zu. Catalea hielt inmitten des Saals inne, und gemeinsam mit ihr wartete Tandurin darauf, dass etwas geschah, während sich hinter ihnen die Saaltüren schlossen. Einige Minuten blieb es still, bis sich rechterhand eine Tür öffnete und begleitet von zwei Ehrenwachen in blinkendem Kürass ein bullig wirkender Mann mit grauschwarzem Backenbart, buschigen Augenbrauen und mürrisch dreinblickenden braunen Augen den Saal betrat.

Tandurin hätte auch ohne den samtblauen und mit Goldfäden bestickten Königsmantel, dessen prachtvolle Schleppe sich ihr Gegenüber unwirsch über den linken Arm gelegt hatte, gewusst, dass König Huskar vor ihnen stand.

»Majestät!« Ebenso wie Catalea verneigte er sich tief, doch König Huskar winkte ungeduldig ab.

»Schon gut. Das reicht an Formalitäten«, knurrte er mit tiefer Bassstimme. Er nickte Catalea kurz zu, dann trat er vor Tandurin und betrachtete ihn aufmerksam von oben bis unten. »Ihr also seid der Zauberer, den mir die Ehrwürdige angekündigt hat?«

»Hat sie das?« Tandurin hob gespannt eine Augenbraue. Er war fast einen Kopf größer als der König.

»Allerdings, nur dachte ich, dass Ihr älter wärt.«

Tandurin räusperte sich. »Ich weiß natürlich nicht, was Euch die Babajuschka erzählt hat, aber ja, ein Zauberer bin ich.«

»Zeigt mal was.«

»Wie bitte?«

»Na ja« König Huskar nestelte ungehalten an seinem schweren Samtmantel. »Ihr sollt mir mal was zeigen. Irgendeinen magischen Trick, oder so. Man trifft einen Zauberer ja nicht alle Tage und ich muss doch wissen, ob es stimmt, was mir zugetragen wurde.«

Überrumpelt blickte Tandurin zu Catalea, die würdevoll und mit maskenhaftem Gesichtsausdruck neben ihm stand. Doch er sah auch die unauffällige Zeichenfolge, die sie ihm mit den Fingern der linken Hand gab. Femzinken.

Zuletzt hatte er sich mit Ambra mittels des einhändigen und eher in der Unterwelt gebräuchlichen Fingeralphabets ausgetauscht.

Catalea zeigte: *Zeig ihm, was er will.*

Tandurin lächelte höflich und beschwor eine Lichtkugel über seiner Hand herauf.

»Fantastisch! Ihr habt es wirklich drauf.« König Huskar starrte die Lichtkugel verzückt an und nestelte wieder an seinem schweren Mantel. »Ihr seid übrigens seit weit über zweihundert Jahren der erste Angehörige vom Orden der Stäbe, dem gestattet wird, unsere Hallen zu betreten.«

»Nun ja«, antwortete Tandurin diplomatisch. »Es gibt auch nicht mehr viele Zauberer.«

»Ja, weiß ich. Und man kann ihnen üblicherweise nicht trauen.« Der Albenhainer Herrscher schnaubte. »Ihr scheint jedenfalls eine Ausnahme zu sein, so hat es mir die Babajuschka versprochen. Die Gute wird mir überhaupt fehlen. Hätte ich geahnt, dass ich sie vorgestern zum letzten Mal sehe, dann … Irgendwie hat sie mich immer an meine alte Amme erinnert. Ein ebenso liebenswürdiges wie kluges Frauenzimmer.« Er betrachtete etwas skeptisch Catalea. »Ich hoffe, sie hat ihre Nachfolgerin gut eingearbeitet.«

Catalea lächelte unverbindlich.

»Habt Dank für Eure mitfühlenden Worte«, warf Tandurin ein. »Darf ich erfahren, in welcher Verbindung ihr zueinander standet?«

Listig zwinkerte ihm sein Gegenüber zu. »Sie hat mir mit ihren Weissagungen manches Mal beim Regierungsgeschäft geholfen. Sie … Wartet mal« – verärgert griff er sich an den Hals – »ich ertrage dieses Ding nicht länger.«

Ungnädig öffnete er die goldene Halsspange des schweren samtblauen Königsmantels und winkte die Diener am Saalende heran, die das kostbare Gewand ohne eine Miene zu verziehen an sich nahmen, zusammenfalteten und gemeinsam nach draußen trugen.

»So, schon besser!« Erleichtert grinste der König Albenhains. »Ich hasse dieses Ding. Und da Ihr so wirkt, als kämt Ihr direkt von der Straße, lassen wir dieses ganze zeremonielle Gehabe einfach mal. Wollt Ihr etwas trinken?«

Tandurin, den das unprätentiöse Auftreten des Königs amüsierte, warf der Seherin einen raschen Blick zu und schüttelte den Kopf, der noch leicht schmerzte. »Habt Dank, aber ich bewahre mir besser einen klaren Verstand.«

Auch Catalea winkte ab.

»Klingt vernünftig. Aber ich brauche einen Schluck.« König Huskar trat an ein edles Kabinettkästchen heran, klappte es auf und entnahm ihm einen Kristallpokal, in den er sich etwas Wein aus einer Karaffe einschenkte, die ebenfalls darin verstaut war.

Tandurin nahm den Faden wieder auf. »Die Babajuschka hat Euch also gelegentlich geweissagt?«

»Ja, hat sie«, antwortete der Monarch. »Unsere Nachbarn im Norden leisten sich ja ebenfalls arkane Ratgeber. Ebenso die Stadtstaaten im Süden. Nur ist meiner Familie das Ränkespiel der Magier schon immer zuwider gewesen. Kennt ihr diese Magistra Escalia Rotdrud? Sie lebt etwas weiter im Osten.«

Tandurin atmete tief ein. »Oh ja, sie ist mir bekannt. Ein Drache hat sie vor einigen Wochen zerrissen.«

»Ach?« König Huskar lachte auf. »Diese Hexe hat vor zwei Jahrhunderten versucht, hier in Albenhain einem illegitimen Seitenzweig unserer Familie auf den Thron zu verhelfen. Ein Unterfangen, das meine Ahnen damals nur mithilfe der damaligen Babajuschka vereiteln konnten. Seitdem haben wir keinen Zauberer mehr über die Schwelle dieser Burg gelassen.«

»Was bei einem Zauberer nicht ganz einfach sein dürfte«, meinte Tandurin gedehnt.

König Huskar lachte dröhnend und nahm einen Schluck. »Glaubt Ihr? Na, da seid Euch mal nicht so sicher. Offenbar wisst Ihr nicht, in welchem Gemäuer Ihr steht.« Er deutete mit dem Weinpokal auf sie beide. »Ohne eine spezielle Einladung kann ein Zauberkundiger diese Burg nicht betreten. Das gilt für Drachen, Elfen … und eben auch Magier.« Verschwörerisch sah er sie an. »Wagt er oder sie es doch, entwickelt unser beschauliches, wenn auch etwas zu kühles Heim ein wundersames Eigenleben. Der oder die Eindringlinge würden von den Mauern ringsum zerquetscht werden.«

»Zerquetscht?« Argwöhnisch sah Tandurin zu den Steinwänden rings um die Gemälde. Auch sie bestanden aus diesen monströsen, seltsam zusammengefügten Felsquadern, und er erinnerte sich an die seltsame Begebenheit auf dem Weg hierher. »Dann ist es wahr? Auf dem Gemäuer liegt ein Elfenzauber?«

»Elfen? Nein.« König Huskar kippte sich den restlichen Wein in den Hals. »Eine andere Macht. Vielleicht sogar älter als die Elfen. Mindestens aber so alt wie die Drachen. Aber Ihr müsst keine Angst haben, denn *Ihr* seid hier ausdrücklich auf meinen Wunsch.«

Gespannt trat Tandurin einen Schritt vor, denn allmählich wurde die Unterhaltung interessant. »Wovon sprecht Ihr?«

»Kommt her, ich möchte Euch etwas zeigen.« König Huskar trat zu einem Pult, auf dem ein altes Buch mit abgegriffenen gelbstichigen Seiten lag.

Tandurin führte Catalea neben den König.

Der Band enthielt alte Bildtafeln, die stilisierte Menschen und Elfen auf einer Waldlichtung zeigten. König Huskar blätterte die Seiten ehrfurchtsvoll um und enthüllte weitere künstlerische Abbildungen, auf denen abermals Menschen und Elfen dargestellt waren, diesmal im gemeinsamen Kampf gegen Drachen.

»Dies ist die geheime Chronik Albenhains«, erklärte der Monarch feierlich. »Eure alte Babajuschka wollte, dass ich sie Euch zeige, wenn Ihr hier eintrefft. Denn diese Chronik birgt die Wahrheit über die Gründung Albenhains.«

»Welche Wahrheit?«

»Nun, nicht die Elfen haben die Mauern unserer Stadt hochgezogen, sondern die Riesen aus den Bergen. Die Trolle!«

Er klappte abermals einige Seiten um, und diesmal sah Tandurin auf den Motivtafeln nicht nur Menschen und Elfen, sondern zottelige Wesen mit langen Haaren, die mindestens doppelt so groß wie Elfen und Menschen waren. Einige dieser Kreaturen hielten kolossale Felsen in den Armen. Ob als Waffen oder um damit etwas zu bauen, wurde nicht ganz deutlich.

»Trolle?« Tandurin ächzte und beschrieb Catalea, was die Bilder in der alten Chronik offenbarten. »Ich dachte, das seien lediglich Geschöpfe der Legenden. Oder doch zumindest … dass sie ausgestorben sind.«

»Und Ihr wollt ein Zauberer sein?« König Huskar schüttelte fast mitleidig den Kopf. »Früher waren sie zahlreicher als heute, doch auch sie wurden einst von den Drachen gejagt. Als unsere

Vorfahren an diesem Ort erstmals auf die Elfen stießen, war das Alte Volk eigentlich auf der Suche nach den Trollen. Denn auf deren Hinterlassenschaften waren sie zuvor überall in den Landen gestoßen; die wenigen Menschen, die die häufigen Überfälle der Drachen überlebt hatten, waren damals ja kaum von Bedeutung. Die Trolle hatten sich damals schon tief in die Berge zurückgezogen, und doch gelang es den Elfen, sie aufzuspüren. Und zwar ebenfalls hier. Die Elfen waren es auch, die die Trolle dazu brachten, in Albenhain eine mächtige Zuflucht für die Menschen des Südens zu errichten, während sie selbst den Kampf gegen den Drachenkönig aufnahmen.« Er atmete tief ein. »Die Mauern unserer Stadt, die Burg, überhaupt all die mächtigen steinernen Hinterlassenschaften, die Ihr in Albenhain findet, wurden einst von den Trollen errichtet. Ob jedoch tatsächlich in einer Nacht …?« König Huskar zuckte mit den Schultern. »Wer weiß das schon zu sagen? Das alles ist ja fast ein Jahrtausend her.«

»Und *warum* halfen sie den Menschen?«, fragte Tandurin erstaunt.

»Keine Ahnung.« Der Monarch kratzte sich nachdenklich im Nacken. »Aber es heißt, dass damals eine Elfe Freundschaft mit den Bergriesen schloss und sie dazu überredete. Und bis zum Ende des Zweiten Drachenkrieges vor sechshundert Jahren ließen sie sich auch immer noch vereinzelt in den Ländern der Menschen und Elfen blicken. Meist waren das jüngere Exemplare, darunter der ein oder andere vorwitzige Brückentroll, der dann vertrieben werden musste, aber das war es auch schon.« Der König blätterte noch einmal um. »Die Trolle lieben einfach alles, was groß ist und aus Steinen besteht. Doch man hat schon lange keinen mehr von ihnen gesehen.«

Plötzlich fiel Tandurin ein, was ihm Geron damals nach der Flucht aus Kesselfurt berichtet hatte. »Doch«, sprach er nachdenklich, »ich hörte davon, dass jüngst ein Troll bei Waldaleth aus den Bergen gestiegen sei. Und meine Quelle ist sehr glaubwürdig.«

»Bei Waldaleth?« König Huskar sah interessiert auf. »Dann scheinen sie sich also wieder zu regen. Ob das nun ein gutes Zeichen ist, ist eine andere Frage.«

»Warum ist dieser Gründungsmythos Albenhains nicht bekannter?«, meldete sich Catalea zu Wort.

»Weil der damalige König Albenhains den Trollen versprechen musste, Stillschweigen über ihre Tat zu bewahren.«

»Und das haltet Ihr seit über neunhundert Jahren?«

»Oh ja.« König Huskar lachte freudlos. »Sie haben offenbar kein Interesse daran, dass das Wissen um ihre Existenz allgemein bekannt wird. Ihr Gedächtnis ist offenbar wie aus Stein gemeißelt. Und da sie uns kurzlebigen Menschen nicht wirklich trauen, sorgen sie auch heute noch dafür, dass wir uns an unser gegebenes Wort halten.« Er deutete auf die Wände ringsum. »Die Macht über diese Mauern gewähren die Trolle meiner Familie nämlich nur für jeweils eine Generation. Jeder angehende König muss bei seiner Krönung in die Berge pilgern und den Eid dort neu leisten. Mit Blut auf Stein. Und nach einer … Prüfung. Nur besteht die nicht jeder. Zumindest meine beiden älteren Brüder nicht – ich bin daher etwas überraschend zu meinem Amt gekommen.«

»Dann seid Ihr den Trollen begegnet?«, hakte Catalea nach.

»Oh ja.«

»Und was war das für eine Prüfung?«, fragte Tandurin neugierig.

König Huskar schürzte spöttisch die Lippen. »Das verrate ich Euch nicht. Auch darüber muss ich Stillschweigen bewahren.«

»Das heißt, Ihr wisst, wo sich die Trolle versteckt halten?«, fragte Catalea.

»Das, junge Babajuschka, junger Zauberer« – König Huskar sah sie beide überaus ernst an – »ist der Grund, warum unsere gemeinsame Freundin wünschte, dass wir uns treffen. Denn jetzt, da der Drachenkönig zurück ist, ist es offenbar an der Zeit, das größte Geheimnis meines Reichs zu teilen. Mit Euch. Und ich hoffe, dass ihr beide euch trotz eures Alters der Verantwortung gewachsen zeigt.«

Er blätterte durch die illustrierten Seiten bis zu einer Stelle, die offenbar schon häufiger aufgeschlagen worden war, denn die Seiten dort blieben aufgeklappt liegen.

»Was seht Ihr Euch da an?«, fragte Catalea, deren trüber Blick irgendwo zwischen sie fiel.

»Eine Karte, die sich über zwei Seiten erstreckt«, erklärte Tandurin ehrfürchtig. Er betrachtete die eingezeichneten Höhenlinien, Wege und anderen Markierungen. »Offenbar vom Wolkenkammgebirge.«

»Richtig«, sagte König Huskar. »Ich lasse euch jetzt allein, damit ihr sie euch einprägen könnt. Denn die Chronik bleibt natürlich hier. Morgen stelle ich euch Packesel und Ausrüstung zur Verfügung, die euch die Reise ins Gebirge erleichtern werden. Ihr werdet drei oder vier Tage unterwegs sein, bis ihr an euer Ziel gelangt. Mehr kann ich nicht für euch tun.«

»Wir beide?« Tandurin sah erstaunt von ihm zu seiner Begleiterin.

»Eure Babajuschka war da ziemlich eindeutig«, sagte König Huskar. »Und eines rate ich euch: Handelt weise, wenn ihr euer Ziel erreicht habt. Handelt weise.«

Er warf ihnen noch einen eindringlichen Blick zu, winkte seine beiden Leibwächter heran und verließ den Saal grußlos.

Tandurin besah sich die alte Karte. »Also wollte die alte Babajuschka, dass wir beide die Trolle aufspüren? Warum?«

Catalea legte nachdenklich ihre Hände auf die Seiten des Buches, während sich ihr Blick im Nichts verlor.

»Ich ahne den Grund«, sprach sie ehrfurchtsvoll. »Denn es gab tatsächlich einst eine Elfe, von der es hieß, dass sie eine eigentümliche Freundschaft mit den Bergriesen pflegte: Nalani, die Schöpferin der Orakelkarten. Angeblich half sie auch diesen Wesen mit ihren Weissagungen. Als sie starb, sollen es die Trolle gewesen sein, die ihren toten Leib bargen und zu einem geheimen Ort trugen. Wenn wir also die Trolle finden, dann finden wir vielleicht auch die blinde Elfenseherin. Oder doch zumindest ihr Grab.«

Jenseits aller Grenzen

Die Waldluft roch aromatisch nach Erdreich und wuchernden Pflanzen. Beständig war das helle Zwitschern von Stieglitzen und Buchfinken zu hören, Käfer summten in der Luft und Fliegen tanzten in den Strahlen der Sonne, die schräg durch die ausladenden Baumwipfel in die Tiefe stachen.

Kyrell wischte müde einen Zweig beiseite und folgte weiter dem schmalen Wildpfad, der sie und Geron stetig nach Nordosten führte. Unter ihren Füßen knackste es gelegentlich und wenn sie zu den vielen Eichen, Buchen und Linden aufsah, erblickte sie dazwischen immer wieder Baumtitanen mit einer Höhe von weit über zwanzig Schritten. Dort jedoch, wo der verkrautete Waldboden nicht von Unterholz und ausladendem Wurzelwerk erfüllt war, tanzten Lichtreflexe über den Untergrund, deren Spiel sie vergessen ließ, dass der Grauwald eigentlich als gefährlich galt.

Von den namenlosen Schrecken, die hier angeblich hausten, hatten sie in den vier Tagen, die sie bereits durch den Urwald marschierten, nichts bemerkt. Die Legenden mahnten vor unheimlichen Waldriesen, Bären und anderem Unheil, das jene erwartete, die sich in dem dichten Forst verirrten. Sogar von Einhörnern war die Rede, die hier einst gelebt hatten. Doch bislang waren sie lediglich auf vereinzelte Auerochsen und Rehe gestoßen – und eine Rotte Wildschweine, vor der sie gestern hatten auf einen Baum flüchten müssen, und vor der leider auch ihr treues Pferd Reißaus genommen hatte.

Seitdem waren sie zu Fuß unterwegs. Und das war doppelt ärgerlich, denn bereits am ersten Abend hatten sie ihre restlichen Vorräte verbraucht. Was sie seitdem an Pilzen, Beeren, Lindenknospen und Bärlauch gefunden hatten, reichte gerade mal aus, um sie nicht vor Hunger umfallen zu lassen.

Immerhin war sich Kyrell sicher, dass die eingeschlagene Richtung stimmte. Ein- bis zweimal pro Tag schlüpfte sie mit ihrem Geist in Vögel, um vom Himmel aus nach dem Mondspiegel Ausschau zu halten. Der gewaltige See lag wie ein riesiges Auge im Grauwald, und die Seeoberfläche erstreckte sich über ein weitaus größeres Gebiet, als sie in Erinnerung hatte. Ihrer Einschätzung nach hätte er längst vor ihnen auftauchen müssen, doch bisher war nichts von dem Gewässer zu erahnen.

»Was meinst du, ist es noch weit?«, fragte Geron hinter ihr.

Kyrell wandte sich schlapp zu ihm um. »Du kannst noch so oft fragen, meine Antwort bleibt die gleiche: Ich weiß es nicht.«

»Ja, aber so bleibt es unterhaltsamer.« Geron grinste schief und munterte sie damit etwas auf.

»Ich weiß nur, dass ich Hunger habe«, erklärte sie. »Und Durst.« Kyrell ließ sich kurzerhand auf einem umgestürzten Baumriesen nieder, dessen moosbewachsener Stamm quer zwischen den Bäumen lag.

Geron reichte ihr seinen Wasserschlauch, da der ihre mit dem Rest des wundersamen Wassers aus den Elfenpfaden gefüllt war. Bei der Behandlung der Wunde, die sich Geron im Musiksaal zugezogen hatte, hatte sich gezeigt, dass die Flüssigkeit auch außerhalb der Elfenpfade Heilkraft entfaltete. Das übrige Wasser hüteten sie daher wie einen Goldschatz.

Bislang mangelte es ihnen auch nicht an Trinkwasser, denn immer wieder stießen sie unterwegs auf kleinere Bäche, die klares Wasser führten.

Kyrell löschte ihren Durst und gab Geron den Schlauch zurück. »Ich würde jetzt Einiges für ein gebratenes Kaninchen geben.«

»Tja.« Geron legte sein Gepäck ab und setzte sich ebenfalls. »Die Jagd wäre dank deiner Fähigkeiten kein Problem, nur sollten wir weiterhin Feuer vermeiden, solange wir befürchten müssen, dass uns Valeska folgt – und davon gehe ich noch immer aus. Die Hartnäckigkeit, mit der dir diese Hexe nachstellt, ist eh besorgniserregend. Das im Schloss war eine Falle. Sie muss gewusst haben, dass du dort aufschlägst.«

»Dass es mich irgendwann nach Hause zurückziehen würde, war leicht zu erraten.« Kyrell zupfte eine weitere der Kletten von Gerons Kleidung, mit denen Valeskas merkwürdiges Zaubergewächs sie bei ihrer Flucht vom Schlossgelände beschossen hatte. Das Ding war so klebrig, dass sie Schwierigkeiten hatte, es am Stamm abzustreifen. Hätte sie die hervorschnellenden Ranken nicht im Galopp zerrissen, wäre es Valeska mittels des Gestrüpps vermutlich sogar gelungen, sie einzufangen.

»Worüber ich mich eigentlich ärgere«, fuhr sie fort, »ist, dass ich meine Familie durch meine Leichtfertigkeit in Gefahr gebracht habe. Wir haben doch die ganze Zeit geahnt, dass uns die Zauberer nachstellen.«

»Sicher. Nicht jedoch, dass sich eine von ihnen ausgerechnet mit dem Drachenkönig verbünden würde«, meinte ihr Gefährte.

»Wirklich nicht?« Kyrell sah ihn missmutig an. »Ich wette, auch die übrigen Zauberer hätten sich mit ihm eingelassen, um ihr armseliges Leben zu retten. Und ich hätte selbst viel früher die richtigen Schlüsse hinsichtlich meiner Abstammung ziehen müssen. Ehrlich gesagt frage ich mich inzwischen, ob ich nicht vielleicht sogar die einzige Halbelfe weit und breit bin.«

Geron wog sein Haupt. »In Waldaleth sind Minnelieder verbreitet, die von Liebesverbindungen zwischen Elfen und Menschen künden, die ebenfalls nicht folgenlos geblieben sind. Auch die eine oder andere Sage deutet das an. Zwar scheint das Alte Volk die Kinder aus diesen Verbindungen mit sich genommen zu haben, als sie damals verschwanden, aber du bist ganz sicher nicht die Einzige mit elfischem Blut in ihren Adern.«

»Ja, aber in den Jungen Königreichen vermutlich schon. Diese Besonderheit hätte mir doch eigentlich auffallen müssen«, schimpfte Kyrell.

»Wie denn?«, fragte Geron. »Bevor du mit Valeska mitgingst, wusstest du nichts von der möglichen Bedeutung deiner Abstammung. Und es gibt nur wenige, die so weit gereist sind, dass ihnen das auffallen könnte.« Geron legte seine Hand auf ihren Arm. »Also, mach dir keine Vorwürfe. Verrate mir lieber, ob dir diese Yarvala noch weitere Elfenlieder beigebracht hat.« Er grinste. »Dieser schreckliche Schrei, mit dem du Valeska zugesetzt hast, entspricht zwar nicht ganz dem Verständnis, das ich von guter Sangeskunst habe, aber er war ziemlich nützlich.«

Kyrell musste ebenfalls grinsen. »Nein, mehr magische Elfengesänge kenne ich nicht. Dass mich Yarvala überhaupt das eine oder andere lehrte, lag daran, dass ich ihr von dem erstarrten Eichenknecht am Drachenthron berichtet hatte. Sie war sich sicher, dass er uns noch hilfreich sein könnte – und so kam es dann ja auch. Außerdem war sie allgemein etwas schockiert darüber, wie wenig ich mit meiner magischen Begabung anzufangen wusste.«

»Ich gestehe, ich würde diese Elfe wirklich gern mal kennenlernen – für den Fall, dass sie auch gewöhnliche Menschen unterrichtet.« Er seufzte. »Falls nicht, na ja, ich wäre vermutlich eh ein schlechter Schüler. Diese Elfenlieder, die du zum Besten gegeben hast, klingen alle recht kompliziert. Du musst lange gebraucht haben, um sie zu lernen.«

»Nein, eigentlich nicht.« Kyrell dachte nach. »Ich schätze, ich konnte die Gesänge vor allem deswegen so rasch verinnerlichen, weil sie im Kern stets die gleiche Grundmelodie haben. Und diese Tonfolge ist recht einfach. Ich glaube, sie dient dazu, deine Lebenskraft zu aktivieren, die dann durch die anderen Liedkomponenten neue Kräfte entwickelt.«

»So ähnlich wie bei allen üblichen Zauberformeln?«

»Ja, abgesehen vielleicht von diesem Schrei. Den hat mir Yarvala beigebracht, damit ich mich im Notfall effektiv wehren kann.« Sie schnaubte kämpferisch. »Der funktioniert auch etwas anders. Da muss man sich eher auf seine Körpermitte konzentrieren. Und er verletzt leider auch alle anderen in unmittelbarer Nähe. Ich habe daher selbst am Drachenthron darauf verzichtet ihn einzusetzen.«

»Egal. Bring ihn mir bei, wenn irgendwann Zeit dafür ist. Ich würde ihn gern mal bei einer ganzen Gruppe von Gaalen ausprobieren!«

»*Das* kann ich mir vorstellen.« Kyrell lachte, sah ihn verlegen an und erhob sich wieder. »Komm, es kann eigentlich nicht mehr weit sein. Wenn wir nicht in spätestens einer halben Stunde auf den See stoßen, versuche ich noch einmal, den Weg zu erkunden.«

Sie nahmen ihr Gepäck wieder auf und setzten ihren Weg fort.

Tatsächlich dauerte es nur eine Viertelstunde, bis der Trampelpfad plötzlich bergab führte und sie vor sich zwischen den Bäumen ein blaues Schimmern wahrnahmen, auf dem sich funkelnde Lichtreflexe spiegelten.

Die Luft roch jetzt auch anders.

Nach Wasser und leicht nach Schlick.

»Geron, siehst du das? Ich glaube, wir haben den Mondspiegel endlich erreicht.« Kyrell beschleunigte ihre Schritte, und allmählich lichteten sich die Bäume und gaben den Blick auf eine mit Schilf und Lampenputzern bewachsene Uferregion frei, hinter der sich gleich einem Meer ein riesiger See aufspannte, dessen jenseitiges Ufer nicht auszumachen war. Wind kräuselte die Wasseroberfläche und in einiger Entfernung konnten sie eine große Insel ausmachen, auf die Kyrell bereits während ihrer Erkundungsflüge aufmerksam geworden war. Sie thronte im Mondspiegel wie die grüne Pupille inmitten eines blauen Auges.

»Meine Güte, der See ist ja wirklich gewaltig«, meine Geron beeindruckt. Eine leichte Brise brachte die Schilfgewächse zum Rauschen und unweit von ihnen nahm eine braungescheckte Rohrdommel Reißaus. »Nur leider erkenne ich hier nichts, was uns bei unserer Suche weiterbringen könnte. Und vermutlich braucht man zu Fuß mehrere Tage, um den See zu umrunden.«

»Und doch bin ich mir sicher, dass uns die Karte im Musiksaal des Schlosses genau an diesen Ort führen sollte«, murmelte Kyrell.

Sie wandte sich unschlüssig nach rechts, und gemeinsam marschierten sie weiter am Ufer entlang, bis sie die breite Uferzone mit dem Röhricht hinter sich gelassen hatten. Bald erreichten sie eine verkrautete Lichtung, die direkt an das Wasser des Mondspiegels grenzte, und auf der eine hohe Weide ihre verrenkt wirkenden Äste dem Himmel entgegenstreckte.

Skeptisch sahen sich Kyrell und Geron um, doch außer Wasser, Bäumen, Farnen und Gras bot auch diese Stelle nichts Außergewöhnliches.

»Ich schätze, wir könnten den ganzen See umrunden und würden doch nichts finden«, meinte Geron missmutig. »Wäre ja auch zu einfach. Vielleicht wollte dein Elfenahne, dass wir auf den See rausschwimmen?«

»Hinüber zur Insel?« Kyrell schirmte ihre Augen vor der Sonne ab und schüttelte unwillig den Kopf. »Ohne ein Boot ist die kaum zu erreichen. Bevor wir darangehen, sollten wir etwas anderes ausprobieren. Denn vielleicht hatte es ja noch weitere Gründe, warum Decke und Wände im Musiksaal mit so vielen Blattabbildungen bedeckt waren.« Sie kramte unter ihrer Kleidung das goldene Blatt des Ahrvarien hervor und wickelte das kostbare Objekt aus dem Stoff, in den sie es eingeschlagen hatte. »Nur habe ich etwas Angst. Was, wenn der Drachenkönig seine Krone trägt, wenn ich es berühre?«

Geron betrachtete das Goldblatt nachdenklich. »Ich gebe zu, nach allem, was wir über die Ahrvarienblätter wissen und die Gefahr, die von ihrer Benutzung ausgeht, ist es mir ein Rätsel, warum wir bislang so ungeschoren davongekommen sind.«

»Wir? Yolsulgur hätte nicht euch, sondern mich meiner Lebenskraft beraubt.«

»Na gut, warum *du* so ungeschoren davongekommen bist«, gestand Geron ein. »Du hast das Blatt in den letzten Wochen schon zwei Mal verwendet, um uns auf die Kurzen Wege zu führen. Nie ist etwas passiert. Vielleicht vermag dir der Drachenkönig nur dann deine Lebenskraft zu entreißen, wenn du – wie einst die Elfen – gezielt versuchst, dich mit anderen Blattträgern zu verbinden? Oder … es stimmt schlicht nicht, was wir über den Gebrauch der Goldblätter zu wissen glauben.«

»Vielleicht hat das ja auch einen ganz anderen Grund.« Kyrell verengte misstrauisch die Augen. »Möglicherweise verzichtet Yolsulgur derzeit darauf, die Drachenkrone einzusetzen, weil auch Mutter Valeska eines der Blätter in seinem Auftrag nutzt.«

Erstaunt sah Geron sie an. »Du hast recht! Immerhin benutzt sie die Elfenpfade ebenfalls. Auch sie wäre davon betroffen.«

»Oder er hat derzeit auch bloß anderes zu tun.« Tief atmete Kyrell ein und setzte ihren Rucksack ab. »Ich versuche mein Glück. Wenn aber irgendetwas Seltsames passiert, dann verlasse ich mich darauf, dass du mir zu Hilfe eilst.«

»Mein Wort drauf!« Geron setzte mit ernstem Gesichtsausdruck sein Gepäck ab, trat vor sie und wirkte wie auf dem Sprung.

Kyrell zog den schützenden Stoff beiseite und hob das goldene Ahornblatt vorsichtig mit den Fingerspitzen an. Es passierte … nichts.

Sie und Geron wechselten kurze Blicke, dann legte Kyrell das Blatt auf die offene Handfläche, schloss die Augen und konzentrierte sich darauf.

Plötzlich lief ein Zucken durch das kühle Metall.

Etwas, was zuvor noch nie passiert war.

Erstaunt öffnete sie die Lider einen Spalt breit, spürte eine leichte Verbindung zwischen sich und dem Ahrvarienblatt und sah erstaunt dabei zu, wie sich das Blatt in ihrer Hand mit der Spitze zum Waldrand drehte.

Wie die Nadel eines Kompasses.

Irritiert blickten sie zur Waldgrenze, auf die die Blattspitze deutete, und Kyrell bemerkte zwischen den Bäumen einen eigentümlichen Schatten. Es handelte sich offenbar um einen verkrauteten Felsen, der schräg aus dem Waldboden ragte. Er war fast komplett von Farnen und Ranken bedeckt und lugte doch eigentümlich aus der waldigen Umgebung hervor. »Warte mal.«

Da sie dem Frieden nicht traute, umwickelte sie das Goldblatt rasch wieder mit dem Stoff, nahm einen Stock vom Boden auf und schlug mit diesem eine Schneise durch das Unterholz, bis sie vor dem seltsamen Stein stand.

Der Koloss reichte ihr bis zur Brust und war der einzige Felsen weit und breit.

Kyrell nahm ein Messer zur Hand, säbelte an dem Bewuchs

herum, und ihr Verdacht bestätigte sich, als sie eine ovale Spitze freilegte. Das Ungetüm war ohne Zweifel künstlicher Natur und steckte offenkundig tief im Waldboden.

Geron trat an ihre Seite und musterte den eigentümlichen Fund ebenfalls. »Was ist das?«

»Keine Ahnung, aber dieses Ding wirkt auf mich so, als stünde es hier nicht zufällig.«

Mit den Händen scharrten sie den feuchten Waldboden auf, und legten so nach und nach eine verwitterte, doch kunstvoll behauene Stele frei, die fast eineinhalb Schritt in der Höhe maß. Auffallend war, dass sie zur Seeseite hin über eine plane Oberfläche verfügte.

Gemeinsam befreiten sie das Gestein von Moos und Erdreich und stellten fest, dass die Seiten mit filigranen elfischen Ornamenten versehen waren. Sorgsam war mittig eine Elfengestalt mit schlankem Wuchs und langen Haaren herausgearbeitet worden. Ob Mann oder Frau, war nicht zu erkennen, doch die Gestalt hielt den Mund geöffnet und ihr Blick war nach oben gerichtet. Dort, am Kopfende der Stele, waren die stilisierten Abbildungen von Mond und Sternen zu erkennen. Zudem hielt die Elfengestalt auf Höhe der Brust einen bekannten Gegenstand in Händen: ein übergroßes Ahornblatt.

»Das ist es!« Geron wischte sich die verschmutzten Hände an der Hose ab und sah sie gespannt an. »Ich wette, das hier ist eine Art Botschaft.«

»Ja, nur verstehe ich sie nicht.« Kyrell studierte die Abbildung eingehend.

»Zumindest eine Sache ist gut herausgearbeitet«, meinte ihr Gefährte. »Nämlich, dass wir auf den Sonnenuntergang warten müssen, wenn wir hier etwas bewirken wollen.« Er deutete zu den Abbildungen am oberen Ende der Stele. »Jedenfalls deute ich die Himmelsgestirne als Zeichen dafür, dass wir auf den Einbruch der Nacht warten müssen.«

Kyrell fuhr mit den Fingern über die Ritzungen und nickte. »Denkbar. Und dann?«

»Keine Ahnung.« Geron sah zur Nachmittagssonne, die bereits rötlich über dem riesigen See leuchtete. »Bis dahin bleibt uns ja noch etwas Zeit.«

Sie kehrten zur Lichtung zurück und richteten unter der ausladenden Weide am Ufer ein Lager ein. Gemeinsam suchten sie nach Beeren und Pilzen, nahmen eine kleine Mahlzeit ein und diskutierten – während die Sonne ihren Himmelslauf beschrieb – was sie tun konnten, sobald es Nacht war. Doch alles, worüber sie sich einig wurden, war, dass das Goldblatt des Ahrvarien dabei eine wichtige Rolle spielen würde.

Irgendwann versank die Sonne endgültig hinter den Baumwipfeln und Dunkelheit legte sich wie ein gewaltiger Mantel über den Grauwald. Der Mond beleuchtete mit seinem Silberlicht das Wasser des Sees, und am Firmament funkelten die ersten Sterne.

»Ich schätze, es ist so weit.« Kyrell erhob sich und blickte hinaus auf den See, der trotz seiner Größe spiegelglatt vor ihnen lag und auf dessen glitzernder Oberfläche sich das helle Rund des Mondes deutlich abzeichnete.

Es war überhaupt seltsam windstill.

»Wenigstens wird der See schon einmal seinem Namen gerecht«, brummte Geron. »Leider wissen wir immer noch nicht, was jetzt zu tun ist.«

Kyrell kramte das Goldblatt hervor, trat einer Eingebung folgend ans Ufer und tauchte es ins Wasser.

Nichts geschah.

»Vielleicht versuchst du es damit, dass du das Blatt gegen den Stein presst«, schlug Geron vor. »Es könnte wie so eine Art … Schlüssel funktionieren.«

»Probieren wir es aus.« Kyrell marschierte zurück zur Stele und tat, was er vorgeschlagen hatte.

Abermals geschah nichts.

»Ich habe ehrlich gesagt keine Ahnung, was wir tun könnten«, sagte Geron. »Es ist Nacht, der Mond und die Sterne stehen am Himmel und du trägst das Blatt des Ahrvarien bei dir. Damit sind alle Bedingungen erfüllt, die ich aus der Abbildung herauslesen kann.«

»Nein, nicht alle«, meinte Kyrell nachdenklich. Sie deutete auf den geöffneten Mund der Elfenabbildung. »Wirkt das auf dich nicht auch so, als würde die Gestalt singen?«

»Singen?« Geron beschwor ein Zauberlicht herauf und leuchtete die Stele aus. »Ja, du hast recht. Kennst du vielleicht noch ein weiteres Zauberlied?«

»Nein.«

»Und diese Yarvala hat dir wirklich nicht mehr verraten?«, fragte Geron leicht verzweifelt.

»Nein, sie war ja genauso überrascht darüber, mich drüben anzutreffen, wie ich sie.« Kyrell rieb sich die Stirn. »Nein, es muss irgendetwas anderes sein. Wobei …« Sie schreckte hoch und betrachtete die Stele noch einmal.

»Was ist?« Geron sah sie an.

»Ich erklärte dir doch vorhin, dass all diesen Elfenliedern grundsätzlich eine gemeinsame Melodiekomponente zu eigen ist. Vielleicht ist es das?«

Aufgeregt kehrte sie zum Wasser zurück und betrachtete den See. Noch immer zeichnete sich dort hell der Mond ab. Sie umfasste das Blatt des Ahrvarien mit beiden Händen, konzentrierte sich und begann zu singen.

Diesmal intonierte sie mit ihrer hellen Singesstimme eine getragene Melodie, die schlicht und klar war, nur wenige Modulationen aufwies und die sie immer und immer wieder wiederholte. Es dauerte nicht lange, und sie spürte, wie ihr Leib auf den Gesang reagierte. Er schien förmlich zu vibrieren. Auch ihr Herzschlag beschleunigte sich. Je länger sie sang, desto deutlicher begann es in ihrer Leibesmitte zu kribbeln.

Sie sang weiter und Geron, der jetzt neben sie trat, schaute sie ehrfürchtig an.

Und plötzlich war da ein schwaches Licht. Auf Höhe ihres Bauchnabels.

Tief in ihrem Körper.

Kyrell riss verblüfft die Augen auf, während sie die getragene Melodie weiter erklingen ließ, denn ein derartiges Schauspiel hatte sie schon einmal gesehen.

Bei einer anderen.

Damals, in Helgrinshall, als Ambra die fürchterlichen Blutgeister vertrieben hatte.

Nur dass es hier zu keinem unkontrollierten Ausbruch des Lichts kam, sondern sie vielmehr das Gefühl hatte, dass etwas langsam aus ihr heraussickerte. Etwas, das ihr einen großen Verlust bescherte und sie traurig stimmte. Ihre Lebenskraft?

Es umschmeichelte das Blatt des Ahrvarien, das nun golden schimmerte. Und mit dem Schimmern regte sich auch draußen auf dem See etwas.

Über dem Wasser bildeten sich Nebelstreifen, die vom Mond silbern angestrahlt wurden. Geron neben ihr stieß einen erstaunten Laut aus, denn immer mehr Schwaden stiegen über dem See auf, breiteten sich über der Wasserfläche aus und türmten sich zu einer mächtigen Nebelbank, die träge auf sie zuwallte. Erste Nebelfetzen krochen ans Ufer, und schon wurde es grau um sie herum. Die Luftt kühlte merklich ab. Der Dunst war irgendwann so dicht, dass er sogar ihren Gesang verschluckte.

Kyrell hörte auf zu singen, das Leuchten in ihrer Leibesmitte erlosch, nicht jedoch der Goldschimmer des Blattes in ihren Händen.

Noch immer war der Nebel von einem seltsamen Eigenleben erfüllt, und fast so, als triebe ein geisterhafter Sturmwind sein Spiel mit ihm, stob der Dunst vor ihnen plötzlich auf und die nebligen Schlieren begannen vor ihren Augen wie ein aufrecht stehendes Sturmauge zu kreisen. Kyrell blieb der Mund offen stehen, denn zunehmend formten die rotierenden Schlieren einen Trichter, der zu einem schlauchförmigen Wolkentunnel anschwoll, der sich silbrig grau über das Wasser legte.

Nur war da jetzt kein Wasser mehr. Der Untergrund selbst schien aus silbrig strahlendem Nebel zu bestehen.

»Ein Tor!« Geron lachte. »Kyrell, ein Tor! Du hast es geschafft. Du hast es geschafft!«

Er umarmte sie aufgewühlt, sammelte rasch ihr Gepäck auf und stand kurz darauf wieder neben ihr.

»Dann versuchen wir es?«, fragte Kyrell, die in den kreisenden Wolkentunnel starrte.

»Wie kannst du das fragen? Deswegen sind wir doch hier.« Geron nahm ihre Hand und führte sie forsch hinaus auf die neblige Fläche, an der sich zuvor der See befunden hatte. Kyrell folgte ihm zögernd, dann bestimmter.

Eine seltsame Euphorie erfüllte sie.

»Geron, was machen wir, wenn wir tatsächlich auf Elfen stoßen?«, fragte sie, während sie durch den Wolkentunnel auf ein herbstlich wirkendes Licht zueilten.

»Wir werden sie darum bitten, uns beim Kampf gegen den Drachenkönig zu unterstützen.« Er lachte. »Wenn sie erst erfahren, wie es heute um ihn bestellt ist, dann werden sie uns sicher dabei helfen, die Jungen Königreiche zu retten.«

Unvermittelt schälten sich bedrohliche Konturen aus dem allgegenwärtigen Grau, die im Nebel wie düstere Riesen wirkten, die nach ihnen zu greifen schienen. Doch aus den Riesenköpfen wurden allmählich mächtige Laubkronen, aus ihren Leibern hohe Stämme und aus den kräftigen Armen ausladende Äste.

Der Nebel wurde faseriger und sie fanden sich in einem lichten, mit rot-grünem Laub bedeckten Eichenwald wieder, dessen Bäume allesamt ein herbstlich buntes Blätterkleid trugen. Es roch würzig nach Laub und Harz und ein diffuses, orangefarbenes Licht drang durch das ausladende Geäst über ihren Köpfen und umschmeichelte ihre Sinne. Eigentümlich wirkten lediglich die mit weißen und lachsfarbenen Blüten übersäten Kletterrosen, die an den Baumstämmen emporrankten.

Von dem klammen Nebel war bald nichts mehr zu bemerken. Es wurde wieder angenehm warm und sie vernahmen das Zwitschern von Vögeln, und von irgendwoher flatterte ein bunter Schmetterling an ihnen vorbei.

Staunend sahen sie sich um, denn alles wirkte heiter und friedlich. Wie ein lauschiger Park im Spätsommer, wozu der Anblick der vielen Rosenblüten um sie herum beitrug.

»Dann haben wir es tatsächlich geschafft?« Kyrell wandte sich um. Hinter ihnen setzte sich der Eichenwald fort.

»Ich schätze schon«, sagte Geron lächelnd. »Jetzt muss es uns nur noch gelingen …«

Er hielt mitten im Satz inne, denn plötzlich klappten vor ihm am Stamm eines kleineren Baums Astlöcher wie große Augen auf, die sie wütend fixierten. Jäh erzitterte der Baum, und Laub rieselte zu Boden, als sich der hölzerne Koloss mit einem Ruck aufrichtete und vor ihnen in die Höhe wuchs.

Kyrell stieß einen erschrockenen Schrei aus, denn jetzt entdeckte sie auch das menschlich wirkende Profil auf der Rinde. In dem Borkengesicht zeichnete sich tiefe Verärgerung ab.

Ein Eichenknecht!

»Pass auf, Geron, das ist ein –«

Mit einem mächtigen Schlag eines Astarms fegte der Wächter des Waldes Geron von den Beinen. Ihr Gefährte schrie auf, wirbelte einmal um die eigene Achse und landete unsanft auf dem Waldboden. Kyrell versuchte wegzulaufen, doch mächtige Astpranken schossen vor und packten sie am Hals. Sie würgte und spuckte und hörte Geron neben sich schmerzerfüllt stöhnen.

Der Eichenknecht ließ ein ebenso lautes wie knarrendes Geräusch erklingen, das weit durch den Wald schallte und Kyrell an das wütende Hämmern eines Spechts erinnerte. Das Geräusch wiederholte sich mehrfach und Kyrell war noch erfolglos damit beschäftigt, die harten Astfinger aufzubiegen, als sie im Wald hinter sich Hufgetrappel vernahm.

Das Schnauben der Rösser wurde lauter, und mit ihm drangen melodisch klingende Stimmfetzen an ihre Ohren. Sie klangen aufgebracht.

Dann, endlich, gaben die Astfinger sie frei und Kyrell stürzte rücklings zu Boden.

Hart schlug sie auf, bunte Sterne blitzten vor ihren Augen und als sie wieder klar sehen konnte, blickte sie auf zwei Pfeilspitzen, die auf ihren Kopf gerichtet waren.

Über ihr hatten sich zwei schlanke Elfen in grünbraunen Jagdgewändern aufgebaut, die sie mit Langbögen in Schach hielten. Trotz des ernsten Mienenspiels, glaubte Kyrell, in ihren asketischen Gesichtern einen Anflug von Verwunderung zu lesen.

Als sie sich furchtsam zu Geron umblickte, entdeckte sie im Hintergrund stolze Eoberi-Rösser. Ihr Gefährte lag eingeklemmt unter dem Wurzelfuß des Eichenknechts, den dieser erst anhob, als zwei weitere Elfen an ihn herantraten.

Geron stöhnte erleichtert auf, und der mächtige Eichenknecht ließ abermals ein lautes Knarren erklingen.

Diesmal klang es nicht alarmiert, sondern zufrieden.

»Sie hier ist elfischen Blutes«, vernahm Kyrell über sich eine Feststellung in elfischer Sprache. Die Bögen senkten sich nicht.

»Der hier nicht«, kam es von drüben zurück.

Einer der dortigen Elfen zückte ein Schwert mit schlanker Schneide und sah fragend zu seinem Begleiter. »Außerdem stinkt er nach Gaal. Ich erinnere mich nur zu gut an den Geruch. Soll ich ihn gleich hier umbringen?«

»Wir sind Freunde!«, rief Kyrell panisch, ebenfalls in elfischer Sprache. »Wir –«

Dicht neben ihrem Kopf schlug ein Pfeil im Waldboden ein.

»Du sprichst erst, wenn du gefragt wirst, Verräterin!«, zischte einer der Schützen. Geschwind legte er einen weiteren Pfeil auf die Sehne und eine seiner spitz zulaufenden Ohrmuscheln zuckte unruhig.

Geron, der natürlich ebenfalls verstand, worüber ihre Häscher redeten, mühte sich umständlich auf die Ellenbogen und wich unbeholfen ein Stück zurück. Auch der zweite seiner Häscher zückte ein Schwert. Sein langes Haar war ebenso hell wie das von Kyrell, und er bewegte sich mit einer aristokratischen Attitüde. Auch wirkte seine Kleidung vornehmer als die der anderen.

Auf ihn schienen die übrigen Elfen zu hören.

Der Angesprochene zuckte gleichgültig mit den Schultern. »Ja, töte ihn. Wir können noch die andere befragen.«

Sein Kamerad mit dem Schwert nickte.

»Bitte, das dürft Ihr nicht tun!«, rief Kyrell entsetzt.

»Wartet!«, keuchte auch Geron. »Interessiert Euch denn nicht, warum –«

Der Elf vor ihm sprang ungerührt vor und stieß die Klinge nach unten.

Doch statt eines Schmerzensschreis klirrte es metallisch. Geron hatte reaktionsschnell Ceredril aus der Scheide gerissen und die Klinge pariert.

Im nächsten Moment glühte das Schwert grell auf. Der überraschte Elf ließ die Waffe mit einem Aufschrei fallen, als plötzlich auch seine Kleider in Flammen standen.

Die Schützen neben Kyrell richteten ihre Bögen sofort auf Geron, der seinen brennenden Gegner mit den Beinen umriss, ihn als Deckung nutzte und ihm Ceredril an den Hals setzte. Schon erstarben die Flammen auf dem Leib des Elfen, der fassungslos zu seinen Kameraden aufsah.

»Wenn ihr mir keine andere Wahl lasst, töte ich ihn!«, zischte Geron wütend und zog den überrumpelten Elf mit sich zu einem Baumstamm. »Aber das muss nicht sein. Denn wir sind hier, um die alte Freundschaft zwischen Menschen und Elfen zu erneuern. Nicht, um Streit heraufzubeschwören. Wir wollen mit eurem König sprechen!«

Der Eichenknecht knarrte zornig und wandte sein borkiges Rindengesicht jenem Elf mit dem aristokratischen Habitus zu.

»Sieh an, ein Zauberer!«, sprach der, ohne die Miene zu verziehen. »Dein Überraschungsmoment ist leider dahin. Weder Mensch noch Gaal ist es gestattet, diesen Ort zu betreten, geschweige denn, in die wahre Welt zurückzukehren, um dort von uns zu künden.« Verärgert hob er die Hand, als wolle er den Bogenschützen hinter ihm das Kommando zum Losschlagen geben – und hielt dann unvermittelt inne.

Die Schützen warfen sich überraschte Blicke zu.

Und jetzt sah es auch Kyrell.

Die bunten Kletterrosen, die hinter Geron am Stamm der Eiche emporrankten, hatten ihre Blütenkelche gesenkt. Es wirkte fast, als neigten sie vor ihm ergeben die Häupter.

Unruhe machte sich unter den Elfen breit und die Schützen ließen die Waffen leicht sinken.

»Siehst du die Klinge?«, wisperte einer der Elfen über Kyrell beim Anblick Ceredrils.

»Wer bist du?«, brach es aus dem Anführer der Schar hervor.

Geron, der nichts von dem Geschehen in seinem Rücken mitbekommen hatte, sah ebenso stolz wie trotzig zu ihm auf. »Ich bin Geron von Waldaleth. Sohn König Almerdins. Und ich wünsche euren König zu sehen!«

Nun warf auch der Elf in Gerons Klammergriff einen knappen Blick über die Schulter, und entdeckte ebenfalls das Schauspiel der Kletterrosen an den Bäumen. Bestürzt wandte er sich an seinen Anführer, der noch immer unschlüssig die Hand erhoben hielt. »Vilsayar, du weißt, dass wir ihm nichts tun dürfen. Er trägt das Königsheil!«

Boltan ergab sich dem Schmerz – und ließ los.

Sogleich erfüllte ihn ein seltsames Prickeln, als würden Tausende Ameisen zugleich einen Tanz auf seinem Körper aufführen. Der Eindruck verging ebenso rasch, wie er aufgekommen war, denn im nächsten Augenblick spürte er, wie er aus seinem Leib herauskippte.

Oder nein, es war vielmehr so, als würde ihm eine unbekannte Kraft einen Stoß versetzen. Einen grausamen Stoß.

Als dränge jemand seinen Körper hohnlachend über eine Klippe, auf dass er nun rasend schnell der Tiefe entgegenstürzte.

Nur … dass er jetzt keinen Körper mehr besaß. Und nicht fiel, sondern aufstieg.

Aus großer Höhe blickte Boltan auf seinen Leib herab, sah dabei zu, wie dieser sich aufbäumte und spürte ihn doch nicht. Stattdessen umfing ihn eine allumfassende Stille.

Aller Schmerz, alle Mühsal, alle Not seines Lebens – sie glitten von ihm ab und waren wie fortgewischt. Ruhe erfüllte ihn und Geborgenheit.

Teilnahmslos sah er dabei zu, wie sich sein sterblicher Körper unter ihm aufrichtete und Feuer und Verderben unter die Frauen und Männer brachte, die auf ihn zu rannten.

Oder liefen sie vor ihm davon?

Es war ihm gleich.

Das war nicht mehr sein Kampf. Auch wenn Boltan in einem Winkel seines Selbst spürte, dass das, was unter ihm geschah, irgendwie nicht richtig war.

Aber es war bedeutungslos.

Auf ihn wartete eine andere Reise.

Federleicht schwebte er über dem Platz mit den vielen Wagen und Fuhrwerken, als er das Licht bemerkte. Es brach aus dem Körper einer Greisin hervor, die zwischen den Wagen lag. Dieses Licht schien nach ihm zu suchen – und ihn auch zu finden.

Plötzlich fühlte er wieder etwas.

Ärger.

Das eigentümliche Leuchten, das von der Alten ausging, umschmeichelte ihn, so wie das Licht auf einer Sommerwiese einen Falter umschmeichelte. Es schmerzte nicht, im Gegenteil, es war warm und weich – und doch drängend. Wie die Schwerkraft, die einen schwebenden Baumsamen davon abhielt, immer weiter davonzutreiben. Und plötzlich schwappten weitere Empfindungen in sein Bewusstsein, die er längst hinter sich gelassen wähnte.

Empörung. Und Wut. Und noch mehr Ärger.

Ärger … über seinen Tod.

Ärger … darüber, verraten worden zu sein.

Ärger … dass sich ein anderer seines Körpers bemächtigt hatte.

Sterbliche Empfindungen.

Unvermittelt stieg die alte Frau unter ihm auf und hielt neben ihm inne. Jetzt war sie wieder jung. Doch sie war es. Federleicht und transparent. Aus dem Licht, das sie umgab, tastete eine Hand nach ihm und streichelte ihm über die Wange.

Besaß er denn noch Wangen?

Ernst sah sie ihn an und nickte ihm zu.

Schließlich wandte sie ihren Blick von ihm ab, spähte zu einem Ort in seinem Rücken – und lächelte befreit. Grußlos glitt sie an ihm vorbei und verschwand aus seinem Blickfeld.

Boltan folgte der Richtung, in die sie entschwunden war, und entdeckte ein strahlendes Licht, das auf ihn wirkte wie das helle Rund am Ende eines Laubengangs. Es war noch viel heller und gleißender, als jenes Licht, das ihn bislang begleitete. Von diesem Licht ging eine Güte und Hoffnung aus, die ihn zutiefst mit Wehmut erfüllte.

Sehnsüchtig stieg Boltan zu dem Licht auf und spürte eine

große Freude, als er begriff, dass er am Ende des Lichttunnels erwartet wurde. Denn dort zeichneten sich zunehmend klarer drei Gestalten ab, die ihm zulächelten.

Ein Mann mit krausem Haar und gütigen, weichen Gesichtszügen. Sein Vater.

Eine mollige Frau mit schulterlangem braunem Haar, breiten Hüften und blauen strahlenden Augen. Seine Mutter.

Und … ein junges Mädchen mit nackter Kopfhaut und tief liegenden Augen, das ihn erwartungsvoll anstarrte. Ambra.

Seine Eltern traten zurück – oder trat Ambra vor? – und jäh endete der Aufstieg. Stattdessen fand sich Boltan plötzlich am Rande eines nächtlich verschatteten Sees wieder, dessen Ufer ihm vertraut erschienen.

Verwirrt sah er sich um und entdeckte hinter sich die vielen Wagen des Fahrenden Volkes. Sogar die schwache Silhouette Albenhains war im Mondlicht zu erkennen.

War das überhaupt Mondlicht?

Das Licht am Firmament erschien ihm wie ein trüber Abglanz jenes strahlenden Lichts, auf das er eben noch zugeflogen war. Und noch immer erfüllte es ihn mit Sehnsucht.

Überhaupt war die Umgebung seltsam. Denn von nirgendwo drangen Laute zu ihm. Keine Rufe. Kein Hundegebell. Kein Babygeschrei. Nichts, außer dem gelegentlichen Plätschern von Wellen, die ans Ufer rollten.

Alles war menschenleer.

Und doch war er nicht allein. Ambra stand neben ihm.

Sie war in ein leichenblasses Gewand gehüllt, auf ihrer kahlen Kopfhaut spiegelte sich unmerklich das seltsame Himmelslicht, und sie lächelte geisterhaft. Zudem waren ihre Augen nicht mehr so rot wie früher.

»Ambra!« Boltan trat vor und ergriff ihre Hand. »Ich freue mich so, dich zu sehen. Das heißt dann wohl, dass ich jetzt ebenfalls tot bin, oder?«

Ambras Lippen kräuselten sich zu einem spöttischen Lächeln. »Sieh dich an, dann hast du die Antwort.«

Boltan kam der Aufforderung nach, und erkannte, dass sein

Körper gänzlich unversehrt war. Er besaß wieder beide Beine. Und er war deutlich molliger. Ein wenig so wie früher. In besseren Tagen.

»Also *bin* ich tot.« Er seufzte schwer und wandte sich zu der gespenstisch stillen Kulisse mit den vielen Wagen und Zuggespannen um. »Allerdings habe ich mir den Tod irgendwie … anders vorgestellt. Wo bin ich hier?«

»Ganz nahe des Ortes, an dem du gestorben bist.«

»Ehrlich gesagt wundere ich mich, dass ich im Fieber überhaupt etwas von Albenhain mitbekommen habe.«

Ambra schwieg.

»Hat es einen Grund, warum wir hier sind?«

»Ich habe damit nichts zu tun, das liegt eher an deiner letzten Erinnerung. Du entscheidest selbst, wo du gern sein möchtest.«

»Tatsächlich?« Erstaunt sah Boltan seine einstige Kameradin an, konzentrierte sich, und wie ein Trugbild verschwamm die Umgebung vor seinen Augen. Stattdessen schoben sich verwinkelte Straßenzüge und bürgerliche Hausfassaden in sein Blickfeld, mit denen ihn angenehme Erinnerungen verbanden.

Schräg vor ihm zeichnete sich der Viktualienmarkt Siebenbrückens ab, von dem aus man bis zum Hafen mit den vielen bauchigen Segelschiffen blicken konnte. Doch auch die Hafenstadt war menschenleer. Und totenstill.

»Ich entscheide also, was ich nach meinem Tod erlebe?«, wollte er wissen.

»Ja – und nein.«

»Nein?«

»War das eine Frage?« Ambra legte auf ihre eigentümliche Weise den Kopf schief, während sie ihn mit Blicken maß.

»Es wird doch wohl einen Grund haben, warum wir uns hier begegnen, oder?«

»Ich habe hier auf dich gewartet, um dir deine Fragen zu beantworten, wenn du eintriffst.«

»Dann … wusstest du, dass ich sterben werde?« Boltan fühlte einen leisen Stich.

Ambra sah unglücklich zu ihm auf. »Als Lebende konnte ich

spüren, wenn die Zeit eines Menschen gekommen war. Und das war bei dir nicht anders – du ziehst das Leid ja förmlich an. Ich wusste nicht, wann genau. Nur, dass es bald sein würde.«

»Warum hast du mich nicht vorgewarnt?«

»Wozu? Es hätte dich bloß gequält.«

»Na toll.« Boltan verzog unwillig die Lippen und spähte hinüber zu den Schiffen im Hafen, ahnend, dass allein sein Geist ihm diese vorgaukelte. »Und was jetzt?«

»Ich warte auf deine Fragen.«

»Was? Warum sagst du mir nicht einfach, was das hier alles zu bedeuten hat?«

»Das ist mir nicht gestattet. Außerdem kenne ich nicht alle Geheimnisse des Lebens. Geschweige denn jene, die das Schicksal für jeden von uns bereithält.«

Boltan sah abermals an sich herab, doch sein Körper wirkte so wie früher. »Irgendwie habe ich den Verdacht, dass das alles hier nicht ganz den üblichen Abläufen nach dem Tod folgt.«

Ambra schwieg und so formulierte Boltan die letzte Bemerkung als Frage. »Passiert das, was wir hier gerade erleben, allen, die gestorben sind?«

»Nein.«

»Warum nicht?«

»Weil wir beide Grenzgänger sind. Dem Leben ebenso verhaftet wie dem Tod.«

»Dem Leben ebenso verhaftet wie dem Tod …?«, wiederholte Boltan stirnrunzelnd. »Also gut, ganz von vorn: Es gibt Etwas, das es dir verbietet, frei mit mir zu reden?«

»Ja.«

»Wer oder was ist das?«

»Das weiß ich nicht.« Ambra schien ehrliches Bedauern zu empfinden. »Dieses Rätsel hat sich auch mir noch nicht erschlossen. Aber diese Macht ist da. Sie umgibt uns, und je länger du dich hier aufhältst, desto deutlicher spürst du die Möglichkeiten und die Begrenzungen, die sie uns auferlegt.«

»Weißt du, warum das so ist?«

Ambra wog ihr Haupt. »Ich schätze, es hat mit unserem Schicksal zu tun. Ich darf dir keine deiner Entscheidungen abnehmen. All dein Handeln muss aus dir selbst erwachsen.«

Boltan runzelte die Stirn. »›Grenzgänger‹ bedeutet, dass es noch eine Chance gibt, ins Leben zurückzukehren?«

»Theoretisch schon …«

»Gut, in meinem Fall wird es vermutlich damit zu tun haben, dass mein Körper noch lebt. Nur, dass Cyrnachon, dieser verdammte Drecksack, ihn mit seiner Seele besetzt hält. Ich hätte auf die anderen hören sollen, statt …« Boltan brach ab. »Aber was ist mit dir? Wir haben dich sogar begraben.«

Ambra blickte zu den Segelschiffen hinüber, als grüble sie darüber nach, ob sie eine Passage für sie bereithielten. »Ich schätze, das liegt an der Art und Weise, wie mich Rasgath Tiefwasser einst als Adeptin gewann. Der Totenbeschwörer ist schon in meiner frühen Kindheit auf mein magisches Talent aufmerksam geworden. Als er dann aber ins Dorf meiner Familie kam, um mich in seine Dienste zu nehmen, war es kurz zuvor überfallen worden. Alle Bewohner wurden erschlagen. Mein Körper war jedoch noch warm, und Tiefwasser war nicht bereit, mich ziehen zu lassen. Und so zwang er meine Seele unter Einsatz seiner dunklen Fähigkeiten zurück unter die Lebenden. Doch richtig lebendig war ich seitdem nicht mehr. Ein Teil von mir war stets mehr hier als in der Welt der Sterblichen. Die Kraft, die er entfesselte, hält mich selbst jetzt umfangen. Tiefwasser ist das vermutlich nicht bewusst, aber meine Seele ist erst dann frei, wenn auch er stirbt.«

»Er lebt also noch? Interessant …« Boltan griff sich nachdenklich ans Kinn und wunderte sich, dass er sein Seelenselbst überhaupt spüren konnte. »Das heißt, auch du könntest ins Leben zurückkehren? Also, wenn es dir gelingt, einen … geeigneten neuen Körper zu finden?«

»Vielleicht.« Ambra sah kämpferisch zu ihm auf.

Boltan grinste. »Du verfolgst einen Plan, oder? Dass du uns in der Zitadelle von Escalia Rotdrud erschienen bist, kam doch nicht von Ungefähr?«

»Oh nein, das kam es nicht.« Ambra Gesichtszüge wirkten seltsam entschlossen. »Solange ich noch einigermaßen Herr meines eigenen Schicksals bin, habe ich unser aller Kampf nicht aufgegeben.«

»Nur darfst du mir nichts darüber berichten.«

Ambra musterte ihn schweigend.

»Das war eine Frage«, brummte er.

»Nein, darf ich nicht. Denn das berührt mehr mein Schicksal als deines.«

Boltan musterte Ambra aufmerksam. »Gut, dann verrate mir, was es mit dieser ominösen Bibliothek der Toten auf sich hat. Die hast du mir doch nicht ohne Grund genannt. Wie gelange ich dorthin?«

»Ich wusste, dass auf dich Verlass ist. Du stellst stets die richtigen Fragen.« Ambra lächelte geisterhaft und reichte ihm ihre Hand. »Komm mit.«

Boltan ergriff sie und die trügerische Stadtkulisse Siebenbrückens zerfaserte wie Rauch. Ambra zog ihn mit sich und beide glitten durch einen Nebel, in dem sich zahllose schemenhafte Gestalten abzeichneten. Tote? Seelen? Sie strebten allesamt jenem fernen Licht entgegen, das selbst hier als trübe Funzel zu erkennen war, und dessen lockende Strahlen Boltan noch immer mit Sehnsucht erfüllten. Zu gern wäre er dorthin aufgebrochen. Doch es war noch nicht an der Zeit.

Das Rascheln von Blättern war zu hören. Oder von Laub?

Der Nebel klarte von einem Moment zum anderen auf und jäh fand er sich mit Ambra auf einem grasbewachsenen Hügel wieder, dessen Kuppe sich über einem gigantischen Wald mit uralten Bäumen erhob. Die Baumwipfel erstreckten sich in jede Richtung bis zum nebligen Horizont, nur um dort scheinbar mit dem grauen Himmelszelt zu verschmelzen. Licht spendete allein das fahle und blasse Leuchten am fernen Horizont. Wie eine trübe Sonne erhob es sich über dem Meer der Baumwipfel, und erhellte die unwirkliche Waldlandschaft gerade genug, dass Einzelheiten zu erkennen waren.

»Wo sind wir hier?«, fragte Boltan verwundert.

»Vor dir siehst du die Bibliothek der Toten. Meist erscheint sie so, wie sich die Elfen diese vorstellten: als Waldesbibliothek. Ich schätze, sie waren die Ersten, die von ihr erfuhren.«

Boltans Augen weiteten sich, denn er sah nun, dass zahllose Blätter an den Bäumen aufgerollt waren. Wie Pergamentrollen. »Und hier legen die Toten ihre Erinnerungen ab?«

Ambra nickte ehrfürchtig. »Nichts, was du im Leben erlebst, geht nach deinem Tod verloren. Mag dir dein Leben auch noch so unbedeutend erscheinen, hier wird bis in alle Ewigkeit alles verzeichnet, was dein Leben einzigartig macht. Im Guten wie im Schlechten.«

»Wirklich aller Verstorbenen?«

»Die Bibliothek der Toten enthält die Lebensberichte aller vernunftbegabter Lebewesen aus aller Welt und zu allen Zeiten.«

Boltan klappte der Mund auf, dann stolperte und rutschte er den Hügel hinunter zur Baumgrenze, um die eigentümlichen Pflanzenriesen in Augenschein zu nehmen. Er eilte zwischen die Bäume, die unterschiedlich groß waren, und sah beeindruckt zu den mächtigen Laubkronen über seinem Haupt auf.

Das hier sollte eine Bibliothek sein?

Einem Verdacht folgend langte er nach einem langen Ast, und zog ihn zu sich nach unten, um sich die eigenartigen Blätter näher anzusehen. Boltan stieß einen leisen Pfiff aus. Jedes der Blätter war dicht an dicht mit einer winzigen gleichförmigen Schrift bedeckt. Auf Elfisch natürlich, was die Entzifferung nicht unbedingt erleichterte.

Boltan versuchte sich dennoch daran und erfuhr so von der dramatischen Geschichte eines Jungdrachen, der zum ersten Mal in seinem Leben allein einem Wildschwein nachsetzte. Er folgte ihm bei der Jagd in eine bewaldete Schlucht nach und wurde dort überraschend Opfer eines Steinschlags, dessen Geröllmassen ihn fast zur Gänze begruben. Weit über zwei Wochen harrte er verängstigt und am Ende halb verhungert unter dem Gestein aus, bis ihn seine Mutter fand und hervorzerrte.

Irritiert fischte Boltan nach einem Zweig weiter oben und fand dort den Lebensbericht eines weiteren Jungdrachen. Das Blatt war eingerollt und der Text darauf deutlich länger. Diesmal handelte er vom Kampf gegen drei Trolle, die dem Drachen schwer zusetzten. Es gelang dem Geschuppten zwar, einen der Bergriesen in Brand zu stecken, doch die übrigen verletzten ihn am Kopf, wodurch eine Narbe im Schuppenkleid zurückblieb, die ihm lebenslang Spott und Häme unter den Seinen einbrachte.

»Was ist das hier für ein Baum?«, fragte er erstaunt Ambra, die ihm ruhig gefolgt war. »Eine Sammlung von Lebensberichten junger Drachen?«

»Nein.« Ambra sah ehrfürchtig zu dem Laubbaum auf. »Die Blätter dieses Baums enthalten die vollständige Lebensgeschichte *eines* Drachen.«

»*Eines* Drachen?« Boltan stierte entgeistert zu dem ausladenden Blätterdach über ihm empor. »Du meinst, hier unten befinden sich lediglich die Erinnerungen aus seiner Jugendzeit?«

»So ist es.« Ambra lächelte wehmütig. »Ich schätze, er hat vor vielen Jahrtausenden gelebt. Wenn du wissen willst, wie er starb, dann musst du das oberste Blatt des Baumes einsehen.«

Boltan sah ergriffen zur Baumspitze auf. »Dann steht hier jeder Baum für einen Drachen?«

»Ja und nein. Die Waldesbibliothek hat sich offenbar ringförmig um den Hügel hinter uns entwickelt.« Ambra beschrieb mit den Händen mehrere umeinanderliegende Kreise. »Die Bäume nahe dem Hügel beherbergen die Lebensberichte der ältesten vernunftbegabten Wesen unserer Welt. Und das waren eben die Drachen. Einige Meilen von uns entfernt beginnen jene der Riesigen und Wunderbaren: Trolle, Steinbeißer, Einhörner und viele andere mehr, von denen die Menschen in den Jungen Königreichen noch nie etwas gesehen haben. Dahinter erst schließt sich der Ring mit den Lebensbäumen der Elfen und anderer alter Wesen an. Ganz außen folgen die Lebensaufzeichnungen der jüngeren Bewohner unserer Welt. Darunter wir Menschen. Das ist nur eine sehr grobe Einordnung. Die Grenzen verwischen ständig und unsere menschlichen Maße haben hier ehrlich gesagt keine Bedeutung.«

»Das müssen dann ja Millionen Lebensbäume sein?«

»Abermillionen, Boltan. Hier stehen so viele Bäume, wie du es dir im Traum nicht ausmalen kannst. Die uns bekannte Welt ist viel größer und älter, als wir uns das gemeinhin vorstellen. Der Wald reicht weit über den sichtbaren Horizont hinaus. Und die Bibliothek der Toten wächst mit jeder sterblichen Seele, die hier ihre Erinnerungen ablegt.«

»Was soll ich hier?«, fragte Boltan fassungslos.

»Das musst du selbst herausfinden. Hier findest du alles, was du wissen musst, um dein Schicksal zu erfüllen.«

Boltan raufte sich das Haar und atmete tief durch. Abermals sah er sich zu den vielen Bäumen um, dann suchte er Ambras Blick. »Warum das alles?«

»Warum was?«

»Warum legen die Verstorbenen hier ihre Erinnerungen ab?«

»Das sagte ich dir bereits: damit diese nicht verloren gehen. Weil alles, wirklich alles im Leben Bedeutung hat.«

»Was geschieht mit den Seelen, nachdem sie ihre Erinnerungen abgelegt haben?«

Ambra sah zu dem fernen, trüben Licht am steingrauen Himmelszelt auf. »Sie kehren in den Kreislauf des Lebens zurück. Rein und unberührt. Sie werden wiedergeboren, sterben, werden abermals wiedergeboren, sterben … und das seit Anbeginn der Zeit.«

Boltan schüttelte überwältigt den Kopf. »Heißt das, dass auch wir beide schon einmal gelebt haben?«

Ambra betrachtete ihn amüsiert. »Natürlich. Und nicht nur einmal. Hunderte Male.«

»Aber warum?«, ächzte er. »Ich meine … worin liegt in alledem der Sinn?«

Seine Begleiterin zuckte ratlos mit den Schultern. »Diese Frage haben sich schon klügere Köpfe vor uns gestellt. Alle erfolglos. Und glaube mir, ich hatte viel Zeit, mich hier umzusehen.«

»Und doch hat uns das Schicksal an diesen geheimnisvollen Ort geführt«, meinte Boltan nachdenklich. »Obwohl wir beide bloß … Grenzgänger sind, wie du sagst. Da wir offensichtlich nicht hier sind, um unsere Erinnerungen abzulegen, muss das also einen anderen Grund haben. Welchen?«

»Ich sagte dir bereits, dass du hier alles findest, um dein Schicksal zu erfüllen.«

»Wir sind also hier, um zu lesen und zu studieren?« Er berührte ergriffen die Rinde des Baums, unter dem er stand.

»Das macht man für gewöhnlich in einer Bibliothek.«

»Und nach was soll ich Ausschau halten?«

Ambra wirkte gleichmütig. »Das liegt ganz bei dir.«

»Und du warst schon hier?«

»Oh ja.«

»Na gut ...« Boltan atmete tief ein. »Wäre das nicht eine ideale Gelegenheit, um herauszufinden, warum wir alle überhaupt existieren?«

»Selbst im Tod ein Zauberer.« Ambra seufzte. »Du kannst es ja gern versuchen, aber wie ich schon sagte, haben –«

»Siehst du«, unterbrach Boltan seine Gefährtin. »Das wäre zum Beispiel eine gute Frage. Warum besitzen nur Einzelne von uns im Leben die Möglichkeit, in die Welt nach eigenem Ermessen einzugreifen? Denn nichts anderes ist doch die Zauberei. Wir erschaffen mit ihr Dinge. Wir verändern sie. Und wir brechen mit ihr sogar die Naturgesetze. Auch wenn wir Zauberkundigen dafür jedes Mal ein Stück unserer Lebens- oder Seelenkraft aufzehren, kommt dir das nicht irgendwie ... regelwidrig vor?«

»Ich gestehe, darüber habe ich mir noch nie Gedanken gemacht.« Ambra hielt inne, als suche sie nach den richtigen Worten. »Allerdings habe ich den Eindruck gewonnen, dass die magische Begabung zur Entwicklung des Lebens dazugehört.«

»Wie meinst du das?«

Ambra deutete zu den Bäumen in ihrer Nähe. »Ehrlich gesagt finden sich hier keinerlei Hinweise darauf, dass die Drachen in frühesten Zeiten zaubern konnten. Die Fähigkeit dazu entwickelte sich offenbar erst im Laufe unzähliger Generationen. Und sie wird dann von Generation zu Generation immer ausgefeilter.«

»Und?«

»Nichts und.«

Boltan dachte über das Gehörte nach. »Na gut, das erklärt schon mal, warum die Drachen heute allesamt zaubern können.

Deren Art ist sehr viel älter als unsere. Ebenso verhält es sich offenbar mit den Elfen, wenn es stimmt, was wir über sie wissen. Und es würde auch erklären, warum sich unter den Menschen bis heute nur so wenige Zauberer finden. Unsere Art ist schlicht zu jung.«

Ambra wirkte ungeduldig.

»Also ich finde das sehr aufschlussreich«, verteidigte sich Boltan, als er ihren Blick bemerkte. »Denn eigentlich sollte auch dir bewusst sein, dass sich daraus etwas Wichtiges ableiten lässt.«

»Was?«

»Na ja, wenn es so ist, wie du sagst«, begann Boltan vorsichtig, »dann werden sich alle intelligenten Lebewesen dieser Kraft irgendwann bewusst. Die Frage wäre jedoch: Warum?«

»Wie schon gesagt: Das ist ein Mysterium, auf das niemand eine Antwort hat.«

»Wirklich nicht?«, wisperte er zunehmend aufgeregt. »Denn das alles geht doch noch sehr viel weiter. Wenn ein Zauberer mithilfe der Magie, also seiner Lebenskraft, die wirkliche Welt formen und beeinflussen kann, heißt das dann im Endeffekt nicht auch, dass überhaupt alles aus dieser Kraft besteht? Der Boden. Der Himmel. Die Berge. Unsere Körper. Und nicht zuletzt … unsere Seelen?«

»Vielleicht.«

»Nein, nicht nur vielleicht. Eigentlich muss es sogar so sein«, sprach er aufgewühlt. »Geron berichtete, dass ihm Alruna mal erzählt habe, dass die Magie wie ein lebendes Gewebe sei, das seinem eigenen Willen folgt. Vielleicht stimmt das ja. In diesem Fall wären unsere Seelen lediglich Splitter dieser schöpferischen Kraft, die sich ihrer selbst bewusst wurden. Und die Bibliothek der Toten« – er deutete auf die Bäume ringsum – »wäre nichts anderes als ein gewaltiges Gedächtnis. Wir wären in Wahrheit alle eins. Und vielleicht … ist das sogar ein Teil der Antwort auf die Frage nach allem.«

»Welche Frage?«

»*Warum* wir überhaupt leben!« Boltan sah Ambra feierlich an. »Dir muss doch klar sein, worauf das alles vielleicht einmal hinausläuft.«

Ambra sah ihn misstrauisch an. »Du wirst es mir sicher gleich erzählen.«

»Das liegt doch auf der Hand: Wenn wir Zauberer über die Jahrtausende immer besser werden, dann sind wir eines Tages vielleicht nicht bloß dazu in der Lage, das Wetter zu verändern oder das Licht zu verbiegen, sondern die Magie derart zu kontrollieren, dass wir selbst ganze Welten erschaffen können. Gewissermaßen … aus uns selbst heraus. Vielleicht ist das der Plan? Und vielleicht ist genau das schon einmal passiert – und zwar mit uns und unserer Welt!«

Ambra betrachtete ihn skeptisch. »War das eine Frage?«

»Ja. Nein. Meine Güte, keine Ahnung.« Boltan winkte ab. »Aber stell dir das doch mal vor.«

Ambra sah ihn ernst an.

»Na, komm«, forderte Boltan sie auf. »Das klingt doch schlüssig. Oder etwa nicht?«

»Du meinst, abgesehen von der Unmöglichkeit, mir so eine Art Meisterzauberer vorzustellen, der uns alle erschaffen hat?« Ambras Lippen zuckten. »Aber gut. Nehmen wir mal an, dem wäre so. Warum ist die Welt dann so, wie sie ist? Denn sie ist doch alles andere als perfekt. Ehrlich gesagt, ist sie sogar das komplette Gegenteil davon. Nicht nur, dass es in ihr zutiefst ungerecht zugeht; wie du selbst festgestellt hast, können einige von uns sogar die Regeln und Gesetze, nach denen sie angeblich erschaffen wurde, nach Gutdünken brechen. Inzwischen sind selbst die Grenzen zwischen Leben und Tod eingerissen worden. Worin wird das münden? Ich sehe darin keinen Plan, ich sehe darin nur Chaos.«

»Die Elfenphilosophen meinen, dass Gut und Böse nicht losgelöst voneinander existieren können«, merkte Boltan vorsichtig an. »Leben bedeutet ja nicht, alles richtig zu machen, es schließt auch die Freiheit ein, falsch und niederträchtig zu handeln – auch wenn ich zugeben muss, dass es derzeit vielleicht schlimmer um die Welt steht als je zuvor. Aber wenn ich die Texte richtig verstanden habe, dann strebt am Ende alles auf einen Ausgleich hin. Die Dinge müssen in der Waage bleiben. In diesem Fall wären wir die Gewichte, die das Pendel dazu bringen könnten, zur anderen Seite auszuschlagen. Vielleicht ist das die Kraft, die das Schicksal antreibt? Jene Kraft, die die Karten der Greisenmaid beeinflusst und die uns selbst jetzt noch leitet?«

»Mir erscheint die Welt eher so, als wäre sie von einem törichten Kind erschaffen worden, statt von einem Verstand, der sehr viel weiser ist als du oder ich.« Ambra deutete auf ihn. »Außerdem hat das Ganze einen Schönheitsfehler: Denn angenommen, deinen Meistermagier und Weltenerschaffer hat es tatsächlich einst gegeben, und auch mal angenommen, er besaß tatsächlich eine fast überirdische Lebenskraft, um ein solches Wunder zu vollbringen. Wo ist er hin? Müsste er sich bei diesem Versuch nicht selbst aufgezehrt haben?«

»Na ja, vielleicht hat er dadurch überhaupt erst Leben und Tod geschaffen?«, meinte Boltan. »Gewissermaßen aus sich selbst heraus. Wir alle wären in diesem Fall er. Oder vielleicht sogar … *wie* er. Denn vielleicht war er ja gar nicht so vollkommen und perfekt. Nur eben sehr begabt …«

Ambra betrachtete ihn still.

»Na gut.« Er seufzte. »Vermutlich bringt uns all das gerade wirklich nicht weiter. Also noch mal: Was soll ich hier?«

»Endlich herausfinden, warum *du* hier bist«, murrte Ambra.

Boltan sah sich abermals um – und grinste. »Vielleicht wäre es hilfreich zu wissen, wer oder was ich in meinen früheren Leben war? Wäre das möglich?«

»Ja, durchaus«, antwortete Ambra gedehnt. Abermals wirkte sie so, als habe sie auf eine andere Frage gehofft.

»Dann hast du das schon einmal probiert?«

»Habe ich. Nur war das nicht sehr erquicklich. Ich hatte den Eindruck, als hätten sich manche Ereignisse wiederholt.«

»Welche?«

Ungehalten sah Ambra zu ihm auf. »Das ist jetzt eine sehr persönliche Frage.«

»Aber es ist eine Frage.« Boltan lächelte verschmitzt.

»Ich sag's mal so: Ich habe festgestellt, dass ich in meinen Vorleben dazu neigte, immer und immer wieder die gleichen Entschlüsse zu treffen. Ich habe stets viel Unglück erlitten. Und ich bin nie alt geworden, weil …«

»Weil was?«

»Weil ich mir stets das Leben genommen habe.«

Betroffen sah Boltan Ambra an. »Das tut mir sehr leid.«

Ambra schnaubte. »Muss es nicht. Ich kann daran jetzt eh nichts mehr ändern.«

»Würdest du das denn?«

Diesmal wirkte Ambra nachdenklich. »Ich … würde wirklich gern einmal ein Leben zu Ende führen.« Sie lächelte wehmütig. »Also überleg es dir gut. Nicht, dass du am Ende bloß feststellst, dass du in *all* deinen Leben betrogen, verstümmelt und vergiftet wurdest.«

Boltan dachte nach, schließlich zuckte er mit den Achseln. »Ist mir egal. Ich will wissen, wer ich war. Hilfst du mir?«

»Wie du willst. Schließe die Augen und konzentriere dich auf dich selbst. Du wirst dann um deine eigenen Lebensbäume einen Schimmer erkennen.«

Boltan atmete tief durch, konzentrierte sich, und obwohl er die Lider geschlossen hielt, sah er die Waldesbibliothek noch immer vor sich. Nur, dass diesmal einige Bäume besonders hervorstachen.

Einige? Boltan riss die Augen auf, sah genauer hin und entdecke Hunderte. Und wann immer er sich auf einen von ihnen konzentrierte, schoss sein Selbst in nur einem Wimpernschlag auf diesen zu. Er war derart beeindruckt von dem Geschehen, dass er sich kaum traute, sie zu berühren.

Instinktiv erfasste er so etwas wie eine Reihenfolge, und schließlich fasste er doch den Mut und trat er unter den letzten seiner Lebensbäume. Er war nicht besonders hoch, was in ihm den Verdacht nährte, dass er in seinem letzten Leben nicht besonders alt geworden war.

Über ihm rauschten die Blätter in einem geisterhaften Wind und wieder stand Ambra in seiner Nähe. Sie befanden sich jetzt tief im Wald.

»Na gut.« Boltan zog sich an dem Baum empor und griff nach

einigen beschrifteten Blättern, die er aufrollte, um die darauf befindlichen Zeilen zu lesen. Und mit jeder Zeile, die er las, erschloss sich ihm bruchstückhaft ein gelebtes Leben. Bilder von Orten, Personen und Situationen stiegen vor seinem inneren Auge auf. Er glaubte Stimmen und Geräusche zu vernehmen, und selbst Gerüche wehten ihm an die Nase. Vertraut und fremd zugleich. Einmal musste er beim Lesen unwillkürlich kichern, dann kamen ihm plötzlich die Tränen. Denn was er erfuhr, schien ihm plötzlich so nah wie sein jetziges Leben. Am Ende griff er nach dem obersten der Blätter und entrollte auch dieses, um herauszufinden, wie er einst gestorben war.

Boltan stöhnte auf, denn er hatte es bereits geahnt.

Unglücklich spähte er zwischen den Zweigen und Blättern hinunter zu Ambra.

»Ich war schon früher ein Zauberer. Also fast ... Ich war einer der Adepten, die die sechs Zauberer am Drachenthron ausgesaugt haben. Wann genau ich gelebt habe, weiß ich nicht, aber ich habe meine Kindheit damals in Toresund verbracht und wurde von Mutter Valeska gefunden. Mann, ist die ein Aas ... Ich schätze, ich war schon damals etwas naiv.«

Mit einem Stoßseufzer kletterte er nach unten. »Und willst du noch was wissen? Aber das darfst du wirklich niemandem verraten.«

»Wem bitte sollte ich denn hier etwas verraten?« Ambra breitete ihre Hände aus und sah sich theatralisch um.

»Ich war auch damals zu dick. Und ich hatte die gleiche Vorliebe für Schmalzgebäck wie in diesem Leben. Kennst du diese Schifferkringel, die es unten überall an der Küste gibt? Mit Zucker und Zimt und viel Butter? Wenn man die –«

»Das ist jetzt nicht dein Ernst, oder?«

Boltan sah missmutig zu dem Blätterwerk auf, schloss abermals die Augen und sprang zu jenem Baum, der von seinem vorletzten Leben kündete. Er war deutlich mächtiger und größer. »Unglaublich, ich bin also nicht immer früh gestorben.«

Sofort erklomm er den Baum, was ihm überraschend leichtfiel. Bei der Hälfte griff er nach einigen Blättern. Er las die Texte darauf, kletterte aufgeregt weiter, griff nach weiteren Blättern und spähte irgendwann ergriffen in die Tiefe. »Ambra, rate wer ich mal war! Da kommst du nie drauf.«

Seine Gefährtin stemmte ungeduldig die Arme in die Hüften. »Sag schon.«

»Ich war *Juniper der Schatten*!«, rief er. »Ich! Kannst du dir das vorstellen?«

»Und wer war das?«, fragte Ambra unbarmherzig.

»Du hast noch nie etwas von *Juniper dem Schatten* gehört?«, fragte Boltan ungläubig. »Das war einer der ersten Menschenmagier überhaupt und ein Begründer des Ordens der Stäbe. Kurz nach dem Zweiten Drachenkrieg. Bei Meister Walmar stehen zahlreiche Abhandlungen aus seiner Feder, darunter die Encyclopedia Draconis. Er gilt als Schöpfer zahlloser Zauberformeln. Das kann doch nicht sein, dass du noch nie von ihm gehört hast? Er ist einer der berühmtesten Magier überhaupt.«

»Tut mir leid.«

»Juniper war gewissermaßen die Weisheit in Person.« Boltan lachte glücklich. »Also … ich war das. Völlig egal, welches Blatt ich hier oben ergreife, alles an ihm ist gelebte Gelehrsamkeit. Irgendwie wusste ich schon immer, dass mehr in mir steckt, als die meisten annehmen. Willst du wissen, was hier steht?« Boltan rollte begeistert ein weiteres Blatt aus … und verstummte.

»Was denn?«

Boltan räusperte sich, ließ den Zweig los und kletterte weiter empor.

»Sag schon«, tönte es von unten.

»Ich hatte ziemliche Verdauungsprobleme«, murrte er leise, während er nun ganz nach oben kletterte und dort nach dem letzten Blatt griff, das ihn über die Todesumstände Junipers aufklären würde.

»Was bitte?«

»Du hast schon richtig verstanden.« Boltan entrollte das oberste Blatt, las die dürren Zeilen und schaute missmutig drein. »Und nur fürs Protokoll: Ich nehme alles zurück, was ich vorhin gesagt habe. Wenn es tatsächlich einen Meistermagier gibt, der für all das hier verantwortlich ist, dann hat der einen ganz miesen Humor. Hier steht, dass ich im Alter von achtundsechzig Jahren an einem Schifferkringel erstickt bin.«

Ambra grinste breit.

Boltan kletterte wieder nach unten, hielt unvermittelt in der Mitte der Baumkrone inne und suchte, einer Eingebung folgend, die dicht an dicht hängenden Blätter ab.

Endlich fand er, worauf er gehofft hatte. Die Beschreibung, wie er als Juniper einst an einer Zauberformel geforscht hatte. Dann war er also tatsächlich einst ein Wegbereiter der Magie gewesen. Der Gedanke versöhnte ihn ein wenig mit Junipers unwürdigem Abgang, denn die Aufzeichnungen handelten davon, wie der Zauberer monatelang an einem effektiven Magiebann geforscht hatte. Sofort war Boltans Interesse geweckt, denn der Bann war in der Lage, die Wirkung anderer Zauber effektiv aufzuheben.

Bald war ihm, als röche er das Pergament der Studierstube, in der Juniper einst über der Formel gebrütet hatte. Die Tinte und den Duft der Kerzen. Er vernahm den Gesang der Vögel außerhalb seines abgeschieden gelegenen Gelehrtenturms, und er sah den bläulichen Schimmer, der sich am Ende seiner Anstrengungen über eine magisch versteinerte Taube legte und diese wieder zum Leben erweckte.

Boltan blinzelte und ließ das Blatt los. Doch die Erinnerung verschwand nicht. Im Gegenteil. Sie war jetzt die seine. Genauso wie der Zauber.

Hätte er es nicht besser gewusst, dann hätte er Stein und Bein darauf geschworen, selbst dort oben im Turm geforscht und geschwitzt zu haben. Und irgendwann hatte er das ja auch.

Er *hatte* sich den Zauber selbst erarbeitet …

»Ambra«, haspelte er, »wenn ich will, dann … sind das jetzt wieder meine Erinnerungen. Meine Erlebnisse. Ich kann, was Juniper einst konnte.«

Ambra sah misstrauisch zu ihm empor.

»War das bei dir auch so?«, wollte er begeistert wissen.

»Ja, ich hab mir so aus Versehen das Schwimmen beigebracht. Nur beachte, wie gefährlich das ist. Denn je mehr Erinnerungen du auf diese Weise zu den deinen machst, desto mehr verwischen die Grenzen deiner Leben. Wenn du das übertreibst, wirst du am Ende vermutlich nicht mehr wissen, wer du heute bist.«

Boltan nickte verunsichert. Dennoch vermochte er nicht zu widerstehen. Er durchsuchte das gewaltige Blättermeer um sich herum nach weiteren Erinnerungen Junipers, die ihm helfen würden, die Zauberei besser zu verstehen. Juniper galt schließlich als Genie auf dem Feld der Zauberei. Nur waren die Blätter an den Ästen völlig ungeordnet und schienen einer kaum begreifbaren Systematik zu folgen. Eher beiläufig fand er so heraus, dass Juniper in seiner Jugend gemeinsam mit drei weiteren menschlichen Zauberern von Elfen unterrichtet worden war, bevor diese aus der Welt verschwanden. Und auch, dass er später sieben Zöglinge unterrichtet hatte, von denen drei im Kampf gegen Drachen gefallen waren. Unter den Erinnerungen befand sich auch viel Profanes. Junipers Begeisterung für Elfenkeramiken, seine unerwiderte Liebe zu einem anderen Magier und seine irrationale Furcht vor Tauben. Boltan gewann den Eindruck, dass Juniper mit der Zeit zunehmend wunderlich geworden war und auch die Gefahr aus den Augen verloren hatte, die die Ausübung der Magie mit sich brachte. Wäre er nicht an einem Stück Schmalzgebäck erstickt, wäre er vermutlich daran zugrunde gegangen, seine letzte Lebenskraft für die Zauberei aufzubrauchen.

Immerhin, am Ende waren es zwei weitere Zauber, die sich Boltan mithilfe Junipers Erinnerungen zu eigen machte. Eine Formel, die es ihm gestattete, lautlos dahinzugleiten. Und eine weitere, deren Macht unvorstellbar war, denn mit ihr konnte man die Zeit manipulieren. Der Zaubernde vermochte in seinem Blickfeld die Zeit anzuhalten, rückwärts laufen zu lassen oder sogar zu beschleunigen. Jedoch zehrte die Formel derart an der Lebenskraft des Zauberers, dass damit lediglich Manipulationen von wenigen Sekunden möglich waren, wollte man nicht schlagartig alt werden.

Boltan kehrte zu Ambra zurück und atmete tief ein, da allmählich sein Verstand rebellierte. »Man verliert sich wirklich in den Erinnerungen, wenn man nicht aufpasst.« Er stöhnte. »Ist solch ein Wissensgewinn auch mittels der Lebensbäume anderer Verstorbener möglich?«

»Nein.« Ambra schüttelte den Kopf. »Da es nicht die abgelegten Erinnerungen deiner eigenen Seele sind, kannst du von den Lebenserfahrungen anderer nicht mehr profitieren als wenn du ein Buch über sie liest. Denkst du noch daran, dass ich dich nicht zu deinem Vergnügen hergeführt habe?«

Verlegen sah sich Boltan zu seinen übrigen Bäumen in der Waldesbibliothek um. Er spürte selbst, dass er allmählich Gefahr lief, sich zu verlieren.

»Die Bibliothek der Toten«, sagte er. »Wie bist du überhaupt auf sie gekommen?«

»Na endlich.« Ambra lächelte zufrieden. »Die Bibliothek wurde in einem Buch erwähnt, das Rasgath Tiefwasser gehörte. Tiefwasser war alles andere als angetan, als er bemerkte, dass ich einen Blick hineingeworfen hatte. Allerdings war meine Neugier zu groß. Denn keine seiner Schriften hat er häufiger und ausgiebiger studiert als diese.«

»Was für ein Buch war das?«

»Ein altes Werk der Elfen, das sich mit dem Tod und dem Leben befasste.« Ambra trat dicht an ihn heran und sah ihn beschwörend an. »Rate mal, wo Tiefwasser das Buch einst gefunden hat.«

»Keine Ahnung.«

»In Yolsulgurs Hort, am Drachenthron. Selbst der Gestank des Drachenkönigs haftete dem alten Pergament noch an.«

Boltan spannte sich an. »Woher weißt du das so genau?«

Ambra zuckte gleichmütig mit den Achseln. »Durch ein Gespräch zwischen Tiefwasser mit deinem Lehrmeister Walmar, das ich damals belauschte. Die beiden haben dem Buch eine große Bedeutung beigemessen.«

»Warum?«

»Weil es der Drachenkönig offenbar auch tat. Und weil die beiden sich irgendwelche Erkenntnisse erhofften, die mir damals jedoch rätselhaft blieben.« Ambra legte den Kopf schief. »Was es damit auf sich hatte, begriff ich erst durch die Geschehnisse am Drachenthron.«

»Durch die Geschehnisse am …?« Boltan riss entgeistert die Augen auf. »Du meinst den Riss zwischen den Sphären? Die Ruptur zwischen der Welt der Lebenden und der Welt der Toten, durch die Yolsulgur damals entkam – und durch die er dann auch wieder in die Welt der Lebenden gelangte?« Boltan sah sich aufgeschreckt zu den übrigen Lebensbäumen um. »Die ganze Zeit über bin ich davon ausgegangen, dass der Drachenkönig am Ende des Dritten Drachenkrieges das Tor zwischen den Sphären bloß deswegen aufstieß, um vor der Übermacht an Feinden zu fliehen. Dabei hätte ich selbst darauf kommen können, dass man einen solchen Zauber nicht mal eben so wirkt. Vermutlich hat es dafür monatelanger Vorbereitungen bedurft. Yolsulgur muss also schon lange an dem Sphärenriss gearbeitet haben, als die Zauberer ihn schließlich stellten.«

Ambra nickte unheilvoll.

»Dann hat Yolsulgur all diesen Aufwand betrieben, um in die Bibliothek der Toten zu gelangen – und zwar ohne dafür sterben zu müssen?« Boltan suchte Ambras Blick. »Was bitte hat er hier gesucht?«

Ambra ergriff seine Hand und ihre Züge versteinerten. »Etwas Entsetzliches, Boltan. So entsetzlich, dass du es dir kaum vorstellen kannst. Und jetzt, da er zurück ist, wird er damit seine Pläne in die Tat umsetzen …«

Der Packesel stieß ein empörtes Blöken aus, das dumpf von den Bergwänden widerhallte. Tandurin zog das Tier vorsichtig weiter mit sich über das Geröllfeld. Als sie endlich wieder festen Untergrund erreichten, beruhigte sich der Esel.

Tandurin atmete erleichtert aus, denn ganz ohne Risiko war die zurückliegende Wegstrecke nicht gewesen. Nicht nur sorgte er sich darum, dass sich das Tier am Ende noch ein Bein brach, sondern auch darum, dass Catalea, die auf dem Esel saß, nicht herunterfiel. Doch die schien von der Gefahr nichts zu spüren.

Die hübsche Seherin mit ihren roten, von bunten Bändern durchwirkten Haaren hielt sich kerzengerade auf dem Reittier und blickte mit ihren marmornen Augen auf die zerklüftete Naturkulisse ringsum, ganz so als könne sie dort etwas sehen, was ihm verborgen blieb.

In der stolzen Bergwelt, durch die sie sich nun schon seit vier Tagen mühten, vermochte er nichts Auffälliges auszumachen. Wohin er auch blickte: schroffe Felswände, steile Rücken und messerscharfe Grate. Und je weiter sie im Gebirge aufstiegen, desto unbedeutender kam er sich im Schatten der mächtigen Zinnen und Türme vor. Manche Berggipfel des Wolkenkammgebirges waren so hoch, dass auf ihren Kuppen Schnee lag. Andere ragten bis in die Wolken auf, womit sie dem Namen des Gebirges alle Ehre machten.

Allein die Flora veränderte sich spürbar. Während das Vorgebirge fast gänzlich von immergrünem Tannenwald bedeckt war, erreichten sie nun Höhenregionen, in denen nur noch gelegentlich verkrüppelte Föhren aus dem Untergrund ragten. Abgesehen davon bedeckten hier oben nur noch Matten aus fleischigen Gräsern und Moosen die Felshänge. Sie dienten vermutlich den scheuen Gebirgsböcken als Nahrung, von denen Tandurin gestern ein ganzes Rudel an einer steilen Bergwand ausgemacht hatte. Er war ein talentierter Kletterer, aber dieser Anblick hatte bei ihm Eindruck hinterlassen. Einen Eindruck, den er zu gern mit Catalea geteilt hätte.

Verstohlen blickte er zu ihr auf. Sie hatte die Augen entspannt geschlossen, während der kühle Bergwind ihr rotes Haar anhob. Die Seherin war nicht nur hübsch, er fand ihre ganze Art faszinierend. Noch immer war sie mit ihrer weinroten Weste und dem bunten Rock bekleidet, über der sie – dem Anlass und den Temperaturen entsprechend – die Perlenstola der Babajuschka angelegt hatte.

Inzwischen hatten sie Zeit gehabt, sich kennenzulernen. Catalea wusste nun fast alles über ihn, insbesondere über seine Zeit bei Escalia Rotdrud und seine gefährlichen Erlebnisse mit den anderen Adepten. Selbst von seinem verkorksten Familienleben hatte Tandurin ihr berichtet.

Catalea hatte ihm im Gegenzug erzählt, dass sie die jüngste von vier Töchtern eines Kesselflickers war. Dass die alte Babajuschka sie vor einem Jahr nahe Silbersteig aufgespürt hatte. Und sogar, dass sie gern sang – und ein überraschend großes Repertoire alter Weisen und Lieder auf Lager hatte.

Je länger er mit ihr unterwegs war, desto schwerer fiel es Tandurin, in ihr vor allem die Babajuschka seines Volkes zu sehen – und nicht vielmehr die junge Frau, die sie eigentlich war. Er fühlte sich ihr verbunden, denn beiden waren sie machtbegabt, nur hielt das Schicksal unterschiedliche Wege für sie bereit. Und Tandurin fragte sich, ob das so bleiben musste, oder ob es nicht möglich war, ihr ebenfalls richtige Zauber beizubringen.

Auch Catalea schien diese Verbindung zu spüren, denn ihre Gespräche wurden mit jedem Tag etwas vertrauter. Gestern hatte sie ihm gestanden, dass sie Angst hatte, ihrer neuen Rolle als Babajuschka nicht gerecht zu werden. Tandurin hatte ihr gut zugesprochen, doch ihm war überraschend klar geworden, wie einsam sie war. Und welche Erwartungen jetzt auf ihr lasteten.

»Eigentlich müssten wir den Zielort auf König Huskars Karte längst erreicht haben«, sprach er, weil er das Bedürfnis verspürte, etwas zu sagen.

Catalea öffnete die Augen und neigte ihr Haupt, als erlausche sie etwas im Flüstern des Bergwindes. »Ja, auch ich habe den Eindruck, als ob wir dem Ort nahe wären.«

»Nur ist hier nichts.«

Der Packesel schnaubte, denn sie erreichten ein von schroffen Felsen umgebenes Plateau, auf dem zahlreiche gewaltige Felsblöcke lagen. Es grenzte unmittelbar an einen steil abfallenden Hang, hinter dem sich ein majestätisches und von hohen Bergen umrahmtes Tal abzeichnete. Wie tief es war, war nicht genau zu erkennen, denn der Talgrund war von Nebel bedeckt.

»Doch, wir sind am richtigen Ort«, sprach die Seherin ernst. »Ich kann es spüren.«

Gewandt sprang sie vom Packesel ab, und Tandurin nahm sie am Arm, damit sie Halt hatte. Sie streckte ihre spitze Nase in den Wind und blickte scheinbar hinaus ins Nebeltal. »Du bist dir sicher, dass hier nichts ist?«

Tandurin ließ sie los, erklomm einen mächtigen Felsblock und sah sich von dort aus um. »Ich sehe hier nichts außer Steinen. Und Felsen. Ach so: und noch mehr Steinen und Felsen.«

Er kramte die Abschrift der Königskarte hervor und verglich sie mit dem Ort, an dem sie standen. Die Karte war nicht allzu detailliert, doch an der Stelle, an der ein Kontakt mit den Trollen möglich sein sollte, war ein Kreis eingezeichnet, mit dem vermutlich das Tal vor ihnen gemeint war. Doch dort war außer Nebel nichts zu erkennen.

»Such weiter!«, kam es von unten.

Tandurin stöhnte leise und kletterte zu der Seherin hinab, um sich auf dem Plateau genauer umzusehen. Die Felsblöcke stammten augenscheinlich von dem steilen Felsgrat in ihrem Rücken. Doch weder die Brocken noch der Felsrücken selbst ließen irgendetwas Besonders erkennen.

Ziellos streifte er über das Plateau, trat an die Abbruchkante des Hangs vor ihnen, um zu sehen, wie steil es dort bergab ging – und stieß sogleich einen überraschten Pfiff aus.

Der Hang fiel hier gar nicht so steil ab, wie es zunächst den Anschein gehabt hatte. Stattdessen besaß er eine Neigung, die einem überaus wundersamen Objekt Halt bot.

»Du hast etwas gefunden?«, fragte Catalea.

Die Zügel des Packesels in der Hand haltend, schritt sie zielsicher zwischen den mächtigen Felsblöcken auf ihn zu.

»Oh ja«, meinte Tandurin beeindruckt.

Sein staunender Blick galt einer gewaltigen Röhre. Ihr oberes Ende war schmal und spitz und klemmte zwischen zwei nebeneinanderstehenden Felsen. Der Rest der Röhre maß um die fünfzehn Schritte in der Länge und verbreiterte sich unten zu den Seiten.

Fast wie eine Schalmei.

»Und was ist es?«, fragte Catalea ungeduldig.

»Ich glaube, das ist ein riesiges Signalhorn. Und es besteht zur Gänze aus Drachenbein.« Tandurin beschrieb ihr die Ausmaße des Objekts.

Dann schritt er die Abbruchkante ab, um herauszufinden, ob es von hier oben aus einen Weg nach unten gab. Tatsächlich fand er einige steile Treppenstufen, die auf das obere Ende des riesigen Horns zuführten.

»Ich glaube, ich weiß, was wir zu tun haben.« Tandurin balancierte auf den schlüpfrigen Stufen nach unten und näherte sich so dem prachtvollen Mundstück des riesigen Blasinstruments.

»Wie gut ist es denn erhalten?«, fragte Catalea skeptisch. »Es ist immerhin Wind und Wetter ausgesetzt.«

Tandurin untersuchte die Außenseiten des gewaltigen Horns. Die Unbilden der rauen Umgebung hier oben im Gebirge hatten ihm seltsamerweise kaum etwas angehabt. Es schien zwar sehr alt zu sein, dennoch wirkte es … gepflegt.

»Wenn das nicht eine Form von Magie ist, die hier wirkt«, rief er nach oben, »dann scheint es so, als kümmere sich jemand regelmäßig um dieses Instrument.«

Die Seherin lächelte, während ihre glanzlosen Augen auf das Tal gerichtet waren. »Worauf wartest du dann?«

Ja, worauf wartete er?

Tandurin umfasste das Mundstück mit beiden Händen, blies die Backen auf und stieß hinein.

Es tat sich … nichts.

Nur ein gepresstes Zischen war zu hören.

Er versuchte es abermals. Erfolglos.

Ebenso drei weitere Male.

Ungehalten gab er auf. »Dieses Mistding gibt keinen Ton von sich. Ich glaube, es ist doch kaputt.«

»Spielst du ein Blasinstrument?«, kam es von oben.

»Ich?« Verärgert schüttelte Tandurin den Kopf. »Nein. Ich bin so musikalisch wie eine Kröte.«

Catalea lächelte. »Hilf mir nach unten.«

»Ernsthaft?« Tandurin kraxelte die schlüpfrigen Felsstufen wieder nach oben, und betrachtete den Weg in die Tiefe skeptisch. Der Weg war für eine Blinde schlicht zu gefährlich. Ein falscher Schritt und Catalea würde sich den Hals brechen. Da hatte er eine Idee.

»Bereit für etwas Zauberei?«

»Ja?«, kam es unsicher zurück.

Lächelnd steckte Tandurin seiner Begleiterin den Schwebering an den Finger und erklärte ihr, was sie zu beachten hatte.

»Aber nicht, dass du mir davonwehst«, meinte er. »Der Wind bläst hier oben nämlich durchaus kräftig.«

Catalea betastete den Ring erstaunt – und hob vor seinen Augen ab.

»Ich fliege!«, brach es ungläubig aus ihr hervor. Dann lachte sie hell. »Es ist doch so, oder? Ich fliege!«

»Ja, tust du.« Tandurin erfreute sich an ihrem Lachen, denn für einen Moment wirkte sie frei und ungezwungen. »Nur musst du jetzt etwas nach rechts.«

Catalea trieb davon.

»Nein, von *dir* aus nach rechts …!«

Tandurin lenkte sie mit Worten zu dem Mundstück des gewaltigen Berghorns und wurde den Verdacht nicht los, dass sie sich absichtlich etwas ungeschickt anstellte, um den luftigen Ausflug noch etwas zu genießen.

Endlich landete sie vor dem drachenbeinernen Instrument, betastete Horn und Mundstück und beugte sich vor. Und im Gegensatz zu ihm gelang es ihr bereits beim dritten Anlauf, dem riesigen Blasinstrument einen Laut hervorzulocken.

Ein elegischer Klang erfüllte die Bergwelt, dessen tiefer, weittragender Ton die Schwere und Mächtigkeit des Gipfelalkhorns mit der Weichheit mancher Holzblasinstrumente verband. Tandurin meinte, sein Körper würde vibrieren, während der Ton durch das Gebirge wogte.

Feierlich richtete sich Catalea vor dem Instrument auf und blickte scheinbar zum Tal hinab, wo sich der Ton mehrfach brach und von den fernen Felswänden als Echo zu ihnen zurückgeworfen wurde.

Erst allmählich verebbte das Signal und es kehrte Stille ein, durchbrochen nur vom Flüstern des Windes.

Catalea schwebte empor und kehrte auf das Plateau zurück. »Erkennst du eine Reaktion?«

Tandurin schirmte die Augen vor der Sonne ab, doch nirgendwo rührte sich etwas. »Nein, leider nicht.«

»Soll ich es noch einmal versuchen?«

»Ganz ehrlich? Wenn die Trolle *das* nicht gehört haben, dann weiß ich auch nicht.« Er seufzte. »Ich schätze, grade können wir nicht mehr machen als abzuwarten.«

Gemeinsam kehrten sie zu ihrem Packesel zurück und Tandurin suchte eine windgeschützte Stelle, um dort etwas von ihrem mitgeführten Feuerholz aufzuschichten und in Brand zu stecken. Es war zwar gerade mal Mittag, aber hier oben war es kühl, außerdem hatte Catalea sicher Hunger.

Und so warteten sie, wärmten sich an den Flammen, brieten Speck und rösteten Brot und aßen, während er Catalea alles über den Schwebering erzählte, den er damals in Helgrinshall gefunden hatte. Noch immer begeisterte sie das Erlebnis.

Allein, von den Trollen war nichts zu sehen.

Schließlich schwiegen sie und seine Begleiterin schloss die Augen, um sich ihr Gesicht von der Sonne bescheinen zu lassen.

Tandurin betrachtete ihr hübsches Antlitz.

Zu gern hätte er sie etwas gefragt. Doch eine derartige Frage war vermutlich nicht statthaft. Insbesondere nicht gegenüber einer Babajuschka. Er stocherte mit einem Stock unschlüssig in den Flammen und beschloss, es besser sein zu lassen – als er ihre Stimme vernahm.

»Was?« Catalea hielt ihre Augen geschlossen, und sie lächelte leicht amüsiert.

Tandurin fühlte sich ertappt. Wie machte sie das nur?

»Nun«, begann er zögernd. »Es gibt da etwas, das mich wirklich interessieren würde. Nur … ist das vermutlich etwas privat.«

»Wenn ich dich danach auch um etwas bitten dürfte, das als etwas privat gilt, dann frag ruhig.«

Erstaunt hob er eine Braue, dann nahm er seinen Mut zusammen. »Warst du schon immer blind?«

Die Frage war heraus, und es war gar nicht so schwer gewesen.

»Ich frage«, fuhr er eilig fort, »weil du dich sehr sicher bewegst. Und manchmal redest du auch nicht so, wie ich es von einer Blinden erwarten würde.«

Catalea blickte ihn mit ihren trüben Augen an.

»Nein, ich war nicht immer blind«, antwortete sie leise. »Bis zu meinem dritten oder vierten Lebensjahr konnte ich sehen. Doch dann trübte sich mein Blick. Irgendwann endgültig. Zum Glück habe ich früh damit umzugehen gelernt. Dabei hilft mir vermutlich auch … meine Begabung. Manchmal spüre ich Gegenstände, die mir im Weg liegen. Oder ich weiß, wo Dinge und Menschen sind, die ich suche. Außerdem höre ich vermutlich besser als die meisten anderen. Und ich weiß immer sicher, welche Karte ich ziehe … Trotzdem gibt es vieles, was ich vermisse.« Sie lächelte wehmütig.

»Was?«

»Ich würde so gern mal wieder eine Blumenwiese sehen, die bunt im Sonnenlicht leuchtet. Oder einen blauen See, auf den der Wind sein Muster zeichnet. Außerdem erinnere ich mich an die strahlend grünen Augen meiner Mutter. Aber ich glaube, den Anblick einer bunten Frühlingswiese vermisse ich am meisten.« Sie seufzte. »Ich versuche sie mir so oft wie möglich vorzustellen, damit ich den herrlichen Anblick nicht vergesse. Es war das Schönste, das ich je sehen durfte. Immer, wenn es mir nicht gut geht, dann liege ich da und versuche all diese Bilder in meinem Kopf aufsteigen zu lassen. Aber es wird schwerer, je älter ich werde.«

Tandurin sah Catalea berührt an und spürte einen Kloß in seiner Kehle.

»Und jetzt bin ich dran«, rief sie wie ausgewechselt und stand auf. »Hoch mit dir.«

Verwundert erhob auch er sich.

»Ich möchte endlich wissen, wie du aussiehst.«

»Wie ich …?« Verblüfft schüttelte er den Kopf. »Wie soll das gehen?«

»Lass mich einfach machen.« Sie trat so dicht an ihn heran, dass er den Duft ihres Haares riechen konnte. Dann hob sie ihre Hände und berührte mit ihren Fingerkuppen sanft sein Gesicht, während ihre marmorweißen Augen auf ihn gerichtet waren. Sie tastete seine Stirn und seinen Haaransatz ab, strich prüfend über seine Brauen und über seine Lider, berührte sanft seine Nase, seine Wangenpartien und seine Lippen. Bis hinunter zum Kinn.

Tandurin durchrieselte es.

»Tut mir leid«, krächzte er hilflos. »Aber ich gelte nicht gerade als gut aussehend.«

Catalea sagte nichts, lächelte still.

Und wirklich alles an ihr wirkte in diesem Moment zart, zerbrechlich und voller Anmut. Bevor er begriff, was er tat, berührte auch er ihre Wange.

Catalea schloss die Augen, schmiegte sich in seine Hand und lächelte.

Tandurin schluckte – und hätte sie am liebsten geküsst.

Er wagte es nicht.

Regungslos stand er da, betrachtete sie atemlos und spürte ihren Atem an seinem Handgelenk.

Plötzlich vernahm er das Klackern eines Kiesels. Der Packesel schnaubte verängstigt.

Tandurin wirbelte herum und ächzte entgeistert.

Unmittelbar hinter ihnen, zwischen den großen Felsblöcken des Plateaus, hatten sich drei gigantische Wesen aufgebaut, die so groß waren, dass eines von ihnen mit seinem Kopf die Sonne verdunkelte. Erst auf den zweiten Blick begriff er, dass ihr kolossaler Eindruck daher rührte, dass sie so nah bei ihm standen. Tatsächlich waren die Trolle etwa doppelt so groß wie er. Sie besaßen steingraue Haut und trugen lange, zottelige Haare, die ihnen bis zur Brust reichten. Ihre Gesichter waren wie grob behauene Felsen mit Knollnasen und breiten Augenwülsten, unter denen nachtschwarze Pupillen ihn argwöhnisch musterten. Alles an ihrem Körperwuchs war ebenso riesenhaft wie stämmig. Davon ab, waren sie mehr oder minder nackt. Sie hatten sich Bärenfelle um ihre Lenden geschürzt und einer von ihnen trug überdies ein zusammengenähtes Fell vor der Brust. Sie alle hielten Waffen in den riesigen Pranken: kerzengerade, entastete, schlanke Baumstämme, bewehrt mit scharfen Steinsplittern. Und die waren jeweils so lang wie die Klinge von Tandurins Schwert, das beim Packesel lag.

Tandurin schob sich schützend vor Catalea und fragte sich, wie diese Wesen so unbemerkt hatten zu ihnen gelangen können.

Der Troll mit dem Fell vor der Brust beugte sich zu ihnen herab und schnüffelte. Tandurin versteifte sich, denn von dem Körper des Bergriesen ging ein ranziger Gestank aus, so als reibe er sich regelmäßig mit Tierfetten ein. Dann richtete sich das Wesen wieder auf und wandte sich in einem tiefen Brummton an die übrigen Trolle.

»Wir sind Freunde!«, rief Tandurin eilig. »Wir sind gekommen, um …«

Der Troll wandte sich ihm mürrisch zu, und schob ihn mit seiner riesigen Pranke grob zur Seite, sodass er Catalea ansehen konnte.

Die trat selbstbewusst vor, sah mit ihren trüben Augen zu dem Wesen auf und hob friedlich ihre Hände. Dann begann sie mit ihrer schönsten Singesstimme zu singen. Hell und klar.

Tandurin hielt sich zwar zum Sprung bereit, doch schienen die Wesen seiner Begleiterin nichts anhaben zu wollen. Die großen Ohren unter den zotteligen Haaren zuckten und sie blickten neugierig auf Catalea herab.

Tandurin runzelte die Stirn, denn das war kein Lied seines Volkes. Catalea sang auf Elfisch. Und soweit er das so rasch übersetzen konnte, handelte das Lied von einer Elfe, die einen Troll von einer schweren Krankheit heilte, auf dass sie Freunde wurden.

Das Lied verklang und die Trolle brummten in tiefen Tönen.

Sie blickten einander an und unterhielten sich in Basslauten, wie sie Tandurin noch nie zuvor gehört hatte. Einer von ihnen deutete auf die Augen der Seherin.

Catalea wandte sich in Tandurins Richtung und wisperte: »Dieses Lied wurde von den Babajuschka seit Generationen weitergegeben. Wir nehmen an, es stammt noch von Nalani.«

»Die blinde Elfenseherin?«

Sie nickte feierlich, während die Trolle vor ihnen brummend diskutierten. »Ich hoffe, sie erkennen es.«

»Zeig ihnen, wer du bist!«, sagte er eindringlich.

Catalea nickte, nahm ihr geheimnisvolles Kartenspiel hervor, schloss die Augen – und als wäre es von einem Eigenleben erfüllt, wirbelten die bunten Motivkarten empor.

Die Trolle verstummten und betrachteten das Schauspiel argwöhnisch. Die Karten wirbelten in die Höhe, während Catalea wie entrückt dastand. Wie ein Schwarm Schmetterlinge umschwirrten die Karten die Köpfe der Trolle, in deren Blicken sich Staunen abzeichnete. Immer wieder lösten sich einzelne Karten aus dem flatternden Treiben und stellten sich in der Luft vor dem Troll mit dem Brustfell auf. Dort verharrten sie einige Augenblicke, dann mischte sich die Karte wieder unter die anderen, um einer weiteren Karte Platz zu machen, die das gleiche Schauspiel vollführte.

Unter flatternden Geräuschen sammelten sich die Karten schließlich wieder in der Hand der Babajuschka zu einem Stapel.

Der Troll mit dem Fell betrachtete Catalea, grunzte und nickte. Dann wandte er sich Tandurin zu. Auch die beiden anderen Trolle traten näher heran und diesmal bebte der Boden leicht unter ihren Schritten.

Tandurin trat ehrfürchtig einen Schritt zurück, denn ihm wurde angesichts der drei Bergriesen vor ihm etwas mulmig zumute. Ein Tritt von ihnen, und er würde mit zerschmettertem Brustkorb vor der Felswand liegen.

Die Trolle beschnüffelten ihn abermals, blickten sich fragend an, dann beugte sich der Troll mit dem Fell vor der Brust vor, stützte sich auf seinen kolossalen Steinspeer und deutete auf ihn. Er brummte etwas, das Tandurin nicht verstand, und so schüttelte er hilflos den Kopf und zuckte gut sichtbar mit den Achseln.

Der Troll brummte wieder und presste seine borkigen Lippen aufeinander. Fast beiläufig beschrieb er mit der linken Pranke eine ausladende Bewegung, und vor Tandurins ungläubig aufgerissenen Augen verschoben sich hinter ihm auf dem Plateau die kolossalen Steine als wären es lediglich große Spielsteine auf einem Brett. Das Ganze geschah in gespenstischer Lautlosigkeit. Dort, wo sich die Felskolosse eben noch befunden hatten, befand sich jetzt blanker Fels.

Der Troll griff unter sein Fell und zückte einen kopfgroßen Kreidestein. Dann ging er mit knackenden Knien in die Hocke und kratzte mit dem Kreidestein über den Felsboden.

Irritiert trat Tandurin hinzu und betrachtete die grobe Zeichnung eines Drachen, über den der Troll eine Wolke und eine gezackte Linie malte, die beides miteinander verband. Der Troll tippte darauf und sah ihn fragend an.

Tandurin schüttelte den Kopf, da er nicht begriff, was ihm der Troll mitteilen wollte.

Der Troll bemühte abermals seinen Kreidestein und diesmal malte er einen zweiten Drachen, der so aussah, als würde er … abstürzen.

Er tippte auf die erste Zeichnung, dann auf die zweite und deutete schließlich zum Nebeltal.

Wieder tippte er auf die erste Zeichnung, dann auf die zweite, dann zum Tal.

Und plötzlich verstand Tandurin.

»Da ist ein Drache von einem Blitz getroffen worden und hier irgendwo abgestürzt?« Tandurin sah aufgewühlt zu dem nebligen Tal. »Meinst du das?«

Der Troll schnaubte und sah sich zu Catalea um, die leichtfüßig herankam und noch immer etwas in sich gekehrt wirkte.

»Ich glaube, das ist die Prüfung, von der König Huskar sprach«, erklärte sie ernst. »Wenn du willst, dass uns die Trolle helfen, musst du diese Prüfung bestehen.«

»Und was wollen die Trolle, das ich tue?«

Der Troll vor ihm brummte einem seiner riesigen Kameraden etwas zu. Der stampfte zu dem aufgeschreckten Packesel, hielt das verängstige Tier kurzerhand am Hals fest und durchwühlte ihr Gepäck.

Grunzend kehrte der Troll mit einem langen Seil und Tandurins Schwert zu ihnen zurück und warf ihm beides vor die Füße. Klirrend schlug das Schwert vor ihm auf dem Fels auf.

Der Anführer deutete wieder auf Tandurin und dann nachdrücklich hinunter zum Nebeltal.

»Ich glaube, ich weiß, was die wollen«, ächzte Tandurin. »Ich soll einen leibhaftigen Drachen töten.«

»Wie lange sollen wir hier noch warten?«, fragte Geron, während er unruhig auf und ab marschierte. »Es ist jetzt bereits zwei Stunden her, seit wir erwacht sind – und bislang hat sich hier noch niemand blicken lassen.«

»Lass ihnen Zeit«, erwiderte Kyrell, die ruhig an einem Fenster des lichtdurchfluteten Zimmers stand. »Für die Elfen muss es einem Schock gleichkommen, dass wir überhaupt hergefunden haben.«

Geron sah missmutig zu der gläsernen Sanduhr in Gestalt eines Kranichs mit aufgerichtetem Schnabel hinüber. Sie thronte auf einem schlanken runden Tischchen mit fein gedrechselten Beinen, und ihm war als wolle der rieselnde Sand sie verhöhnen. Man ließ sie hier vermutlich ganz bewusst schmoren.

Streng genommen konnten sie sich nicht beschweren, denn alles hier in diesem Gästezimmer war von erlesener Schönheit: die beiden Betten mit blütenweiß bezogenen Leinenkissen und -decken, die luftigen, himmelblauen Vorhänge vor den Spitzgiebelfenstern, das Bücherregal voller Werke mit Elfenlyrik und selbst die großzügige Sitzecke mit den wunderschön gestalteten Korbstühlen und dem niedrigen Tisch, auf dem eine Schale mit frischem Obst Platz gefunden hatte.

Dennoch fühlte sich Geron hier wie in einem Gefängnis, woran auch die meisterhaft ausgeführten Wandgemälde mit Meeres- und Auenlandschaften nichts änderten, die selbst wie Fenster zur Außenwelt wirkten. Die beiden bewaffneten elfischen Wachen mit ihren ovalen Helmen und den aufwendig ornamentierten Plattenpanzern, die auf dem Korridor vor dem Zimmer standen, ließen hingegen keinen Zweifel daran, wie wenig Sympathie sie hier genossen. Natürlich hatten die Elfen ihnen ihre Waffen abgenommen. Speziell der Verlust Ceredrils schmerzte Geron.

Immerhin war der magische Schlaf, in den die Elfen sie kurzerhand versetzt hatten, erfrischend gewesen. Auch fühlte sich Geron sauber, als habe man ihn gebadet, bevor er in eine leichte Elfentunika gesteckt worden war. Er empfand deswegen zwar eine gewisse Dankbarkeit, allerdings behagte ihm die Vorstellung nicht, zwischenzeitlich nackt und wehrlos irgendwelchen Elfenbadern ausgesetzt gewesen zu sein.

»Komm her und sieh dir das an.« Kyrell winkte ihn zu sich ans Fenster.

Geron trat missmutig neben sie, blickte nach draußen und betrachtete das malerische Panorama der Elfenmetropole; zumindest jenen Teil, der von ihrer erhöhten Position einzusehen war. Der Ausschnitt wirkte, als wäre er einem Gemälde entsprungen, wie sie im Königspalast Waldaleths hingen.

Von hier aus konnten sie auf ein bewaldetes Tal samt lauschigem kleinem See blicken, der von einem malerischen Wasserfall gespeist wurde. Auf dem Bergkamm, unweit des Wasserfalls, und damit erhaben über der übrigen Stadt, thronte gut sichtbar ein schwanenweißes Schloss mit schlanken, hoch aufragenden Rundtürmen, Mauern und verspielten Erkern, dessen Architektur den beim Bau verwendeten Marmor schier zum Schweben brachte. Geron war sich sicher, dass dort oben Elfenkönig Erlcoron residierte.

Der Bergkamm selbst war von immergrünen Tannen und bunt gesprenkelten Laubbäumen bedeckt, die dem Höhenzug einen herbstlichen Charakter verliehen. Ein Eindruck, zu dem das gelbliche bis orangerot leuchtende Himmelszelt beitrug, das sich über die unwirkliche Szenerie spannte, und dessen mildes Licht den Anschein eines lauschigen Spätsommerabends erweckte. Die Sonne selbst konnten sie nirgendwo ausmachen. Das Himmelsgestirn hätte nicht nur dem Lichtschein, sondern auch der Zeit nach, die seit ihrem Erwachen verstrichen war, schon lange untergegangen sein müssen. Doch das war es nicht.

Die Wohnhäuser der Stadt zeichneten sich wie helle Tupfer an den Talrändern ab. Ihre markantesten architektonischen Gemeinsamkeiten waren geschwungene Dächer, breite Veranden, verspielte Balkone und hohe Spitzbogenfenster mit kunstvollen verflochtenen Fenstergittern. Die Gebäude schmiegten sich unaufdringlich und auf verschiedenen Höhenebenen an den Berghang bis hinunter zum Wasser, wo zwei kleine Segelboote auszumachen waren. Zwischen den Wohnhäusern waren säulenumgrenzte Hallen, üppige Gärten und weiße Pavillons zu sehen. Am wundersamsten aber empfand Geron die vielen mächtigen Eichen im Tal. An einigen Stämmen führten Treppenaufgänge spiralförmig in die Höhe, die an stattlichen Baumhäusern mit verspielten Erkern endeten.

Dazwischen konnten sie Bewegungen erkennen. Elfen in bequemen Gewändern bevölkerten die Wege und Aufgänge. Manche von ihnen ritten auf stolzen Eoberi-Rössern durch die waldige Stadt, die meisten jedoch waren zu Fuß unterwegs.

An alledem hatte sich in den letzten Stunden kaum etwas verändert.

Geron fragte sich, warum Kyrell ihn herangewinkt hatte, als auch er die spitzen Raubvogelschreie vernahm. Sogleich landeten auf einer von Zinnen bewehrten Plattform an der oberen Stadtgrenze zwei Greifen samt ihren elfischen Reitern. Die stolzen Wesen, die mit ihren Schnäbeln, Flügeln und Pranken an riesenhafte Kreuzungen aus Löwen und Adlern erinnerten, galten in den Jungen Königreichen schon lange als ausgestorben. Dass es sie hier noch gab, glich einem Wunder.

»Meine Güte!«, wisperte Geron. »Stell dir nur vor, die Elfen würden auf den Greifen in den Kampf gegen Yolsulgur eingreifen.«

»Leider leben von ihnen nicht mehr viele«, erklang hinter ihnen eine wohlklingende elfische Frauenstimme.

Geron und Kyrell schreckten herum.

In der Tür stand eine ebenso schlanke wie hochgewachsene Vertreterin des Alten Volkes mit mandelförmigen blauen Augen und hellem, leicht gelocktem Haar, das ihr bis auf die Schultern fiel. Die Elfe musterte sie freundlich und auch die praktische, grünblaue Elfentunika, die ihr bis zu den Knien reichte, wirkte alles andere als kriegerisch.

»Yarvala!«, rief Kyrell erfreut.

Seine Gefährtin löste sich vom Fenster und begrüßte die Elfe, indem sie sie wie eine gute Freundin herzlich an den Unterarmen ergriff. »Ich hatte zwar darauf gehofft, dich wiederzusehen, aber ganz sicher nicht so rasch.«

»Dass du und dein Begleiter unsere Welt gefunden haben, hat sich hier in Sil'Glyntra schnell herumgesprochen«, sagte die Elfe mit melodischer Stimme. »Auch die Umstände eures Zusammentreffens mit Vilsayar.« Sie seufzte. »Viele von uns hat das besorgt, aber manche eben auch mit großer Neugier erfüllt. Ich wusste sofort, dass du die Halbelfe sein musst, von der die Rede war.«

Yarvala blickte Geron interessiert an, und so verbeugte er sich formvollendet.

»Dann bist du der Thronerbe von Waldaleth?«, fragte sie ihn. »Ich hörte bereits von dir.«

»Wie man es nimmt.« Geron warf Kyrell einen gequälten Blick zu. »Mein Vater ist tot und mein Status ist … prekär.«

»Ich weiß. Kyrell hat mir von den tragischen Umständen berichtet«, sagte die Elfe mitfühlend. »Meine Herzwärme ist ganz bei dir.«

»Was machst du hier?« Kyrell blickte skeptisch zu den Wachen draußen auf dem Korridor und senkte die Stimme. »Du weißt ja, wie unser erstes Zusammentreffen mit deinem Volk verlaufen ist.«

»Ich bin hier als eure Beljova«, erklärte Yarvala ernst.

»Was ist das? Eine Art Abgesandte?«, hakte Geron nach.

»Nein.« Die Elfe lächelte und überlegte. »Eine Beljova ist so etwas wie eine Patin, die für eure Redlichkeit bürgt. Begeht ihr auch nur die kleinste Verfehlung, die die Sicherheit meines Volkes gefährdet, zahle ich dafür mit meinem Leben.«

Geron und Kyrell sahen sich befremdet an.

»Solange ihr euch aber friedlich verhaltet und alles tut, was ich euch sage, dürft ihr euch an meiner Seite etwas die Füße vertreten.«

»Du bürgst für uns mit deinem Leben?«, wiederholte Kyrell bestürzt.

»So ist es.« Die Elfe nickte feierlich. »Und Vilsayar kennt da kein Pardon. Er hält unser Tun eh für einen Fehler, da er euch zutiefst misstraut. Aber als Tochter der obersten Brunnenmeisterin genieße ich gewisse Privilegien, an denen auch er nicht rütteln kann.«

»Wer ist dieser Vilsayar eigentlich?« Geron erinnerte sich an den Anführer der Elfentruppe und wusste, dass mit dem Kerl nicht gut Kirschen essen war.

»Er ist der Hauptmann der Turmgarde«, antwortete Yarvala, als sei damit alles gesagt. »Und er genießt das hundertprozentige Vertrauen König Erlcorons.«

»Na gut.« Kyrell seufzte. »Dann versäum es nicht, uns gut über alles in Kenntnis zu setzen. Nicht, dass wir dein Leben durch eine Unbedachtheit gefährden.«

»Oh, dafür werde ich schon sorgen.« Die Elfe zwinkerte gut gelaunt.

»Was ist mit dem Elfenkönig?« Geron sah zu dem strahlend weißen Schloss am gegenüberliegenden Talrand auf. »Er wurde doch über unser Erscheinen in Kenntnis gesetzt?«

»Verlass dich darauf, Geron von Waldaleth, Vilsayar wird dies geflissentlich tun, sobald Seine Majestät wieder ansprechbar ist. Wie ich hörte, weilt er derzeit in der königlichen Krypta. Bei seiner geliebten Frau. Und dort wünscht er für gewöhnlich nicht gestört zu werden.«

Geron zog eine Augenbraue hoch; Kyrell hatte ihm bereits berichtet, dass Elfenkönig Erlcoron noch immer sehr um seine Frau Estrediel trauerte – die bei dem Fall Sil'Bariaths zu Tode gekommen war. Am Ende des Zweiten Drachenkrieges. Nach ihrer Zeitrechnung lag dies bereits sechshundert Jahre zurück. Er wusste zwar, dass die Zeit hier, in dieser seltsamen Parallelwelt, langsamer verging als in ihrer Welt, dennoch mussten auch hier seitdem ein oder zwei weitere elfische Generation erblüht sein.

Tief atmete er ein. »Na gut, und was geschieht jetzt?«

»Ich dachte mir, dass ihr vielleicht etwas mehr von unserem Reich sehen möchtet. Und auch wir haben viele Fragen.«

»Wir?«, fragte Kyrell.

»Ihr habt noch drei weitere Paten.« Yarvala bedeutete ihnen, ihr nach draußen zu folgen.

Die beiden Wachen im Korridor musterten sie scharf, gaben aber den Weg frei. Und so folgten Geron und Kyrell der Elfe durch den Korridor und eine angrenzende Eingangshalle mit weiteren Sitzmöbeln und prachtvollen Wandgemälden, bevor es nach draußen auf eine breite Veranda mit großer Freitreppe ging. Die Stufen führten hinunter auf einen von Erlen gesäumten Vorplatz, durch deren gelblichgrünes Blätterkleid ein frühlingshafter warmer Wind wehte, der leicht nach Laub und Tannennadeln roch.

Geron blickte zurück und erkannte, dass man sie in einem zweigeschossigen Gebäude untergebracht hatte, das offenbar irgendeine offizielle Funktion erfüllte. Nicht nur das kunstvolle Geländer, sondern auch die Säulen des geschwungenen Vordaches waren mit geschnitzten Motiven versehen, die ernst dreinblickende Elfen in prachtvollen Roben und langen Schriftrollen in den Händen zeigten.

Interessanter jedoch war die kleine Schar Elfen, die auf dem Vorplatz samt einem halben Dutzend beeindruckend großer Eoberi-Stuten mit geraden Köpfen und elegantem Wuchs warteten. Zwei Männer und eine Frau. Die drei waren ähnlich jung wie Yarvala, trugen ebenfalls bequeme Elfentuniken, während ihre halblangen Haare von goldenen, silbernen und hölzernen Spangen und Stirnreifen zurückgehalten wurden. Sie blickten ihnen neugierig entgegen und schienen speziell an Geron interessiert zu sein.

»Darf ich vorstellen«, sprach Yarvala, während im Hintergrund die Rösser schnaubten. »Das sind meine drei besten Freunde. Zum einen Delayar, den wir gern den Klugen nennen, da er meist in der Halle der Pergamente anzutreffen ist.« Yarvala zwinkerte einem braungelockten Elf mit asketischen Gesichtszügen und schmalem Körperbau zu, der unsicher lächelte. »Indem wir ihn hin und wieder an die frische Luft führen, haben wir ihn bislang davor bewahrt, dort vollends zu verstauben.« Die übrigen Elfen lachten verhalten, während der Angesprochene leicht mit den Augen rollte.

»Dann wäre da Iniva, ohne deren Sanges- und Spielkunst wir vermutlich alle schon vor Langeweile gestorben wären ...« Es grüßte eine schwarzhaarige Elfe mit auffallend großen mandelförmigen Augen und schmalem Kinn, die an einem Gurt eine Leier bei sich trug.

»... und natürlich mein Geliebter Torindel, Sohn unseres besten Elfenschmieds.« Vor ihnen verbeugte sich ein auffallend kräftiger blonder Elf mit tiefgrünen Augen, dessen breite Kinnpartie fast menschlich wirkte. Er war der Einzige, der an einem Gürtel ein langes Elfenmesser mit kunstvoll gestaltetem Griff trug.

»Kyrell und Geron muss ich euch vermutlich nicht eigens vorstellen«, fuhr Yarvala an die Gruppe gewandt fort, »ihr wisst bereits, was ich weiß.«

»Wir haben uns erlaubt, euch ein paar Reittiere mitzubringen«, platzte es aus Delayar heraus. Der schmal gebaute Elf wies zu der bewaldeten Metropole in seinem Rücken. »Wir haben uns gedacht, dass ihr vielleicht Interesse an einem Ausritt habt. Dabei könntet ihr uns berichten, wie es in der wirklichen Welt zugeht. Ich habe auch ein paar Pergamentrollen mitgebracht, um zu notieren, was ihr –«

»Du plapperst!«, unterbrach ihn Iniva. Die schwarzhaarige Elfe mit der Leier schob ihn beiseite und führte zwei der Eoberi-Stuten an die Treppe heran. »Aber was Delayar sagt, stimmt. Wir hoffen sehr, dass euch die Auswahl der Stuten zusagt.«

Geron und Kyrell warfen sich kurze Blicke zu. Er wusste nicht, wie sich Kyrell das Zusammentreffen mit den Elfen ursprünglich ausgemalt hatte, aber er wäre nie im Leben darauf gekommen, dass es Teile des Alten Volkes gab, die diese Begegnung als ebenso aufregend erlebten wie er selbst.

»Die Auswahl ist sogar vorzüglich.« Geron lächelte freundlich, trat an eines der Pferde heran und musste angesichts des hellen Fells unwillkürlich an seine Stute *Marmorfell* denken, die ihm damals so treue Dienste geleistet hatte. »Wie heißt das Tier?«

»Die Stute hört auf den Namen *Elsterblick*«, erhob der junge Elfenschmied seine Stimme. »Aber pass auf, denn sie ist tatsächlich wie eine Elster und lässt sich gern von allem ablenken, was blinkt.«

Geron schürzte amüsiert die Lippen, während er dem Elfenross über die Nase strich.

Iniva drückte Kyrell derweil die Zügel der anderen Eoberi-Stute in die Hand. »Und das hier ist *Grünzunge*.« Sie zwinkerte der Halbelfe zu. »Würde man sie lassen, würde sie vermutlich den ganzen Tag fressen.«

»Habt Dank!« Kyrell sah sich kurz zu Yarvala um, die noch auf der Treppe stand, saß elegant auf und tätschelte das Pferd am Hals.

Geron, Yarvala und die übrigen Elfen taten es ihr nach, und Geron betrachtete missmutig seine leichte Elfentunika. »Ich gebe zu, ich bin schon sehr gespannt auf eure neue Welt – aber wenn ihr dazu eine Möglichkeit seht, hätte ich ehrlich gesagt gern meine alte Kleidung wieder.«

»Ich denke, sie wird längst gewaschen und ausgebessert sein. Folgt mir!« Yarvala setzte sich an die Spitze und sie ritten über einem serpentinenartigen Weg Richtung Talgrund, der wie eine Allee in Waldaleth von hohen Bäumen gesäumt wurde. Schon bald tauchten zwischen dem Bewuchs weitere schmucke Elfenbauten an Hängen und Straßenzügen auf, die so in die bewaldete Landschaft eingebettet waren, als seien sie dort aus dem Untergrund emporgewachsen. Sie ritten an Bäumen vorbei, die mit lachsfarbenen Kletterrosen bewachsen waren – und die auf irritierende Weise vor ihm ihre Blütenköpfe neigten, wenn er dicht an ihnen vorbeiritt. Als Geron aufblickte, entdeckte er zwischen den Ästen und Ranken Baumhäuser und Plattformen, Rampen und Hängebrücken, die die hoch liegenden Wohn- und Arbeitshallen der Elfen wie ein luftiges Wegenetz verbanden. Sie waren mit filigranen Geländern aus Blattwerk verziert, die sich vollkommen an die allgegenwärtige elfische Ornamentik anpassten.

Sie begegneten nun auch anderen elfischen Bewohnern der waldigen Metropole. Viele kamen ihnen auf den Straßen entgegen, andere beobachteten sie von ihren Häusern aus. Wieder andere vergnügten sich in lauschigen Lustgärten, wo sie beim plätschernden Spiel von Harfen und Lauten Getränke und Speisen zu sich nahmen. Geron entdeckte am Hang einen quadratischen und mit hellbraunem Sand bedeckten Platz, an dessen Ecken Körbe an hohen Stangen befestigt waren. Auf ihm gingen sechs Elfen einem sportlichen Wettstreit nach, bei dem sie einen federgeschmückten Ball mit Holzschlägern in einen der hoch liegenden Körbe beförderten.

Die meisten Elfen folgten ihnen mit neugierigen Blicken, manche begegneten Kyrell und ihm jedoch mit sichtbarer Skepsis. Insbesondere die Älteren schienen von Argwohn erfüllt.

Delayar ritt an Gerons Seite. »Verzeih meinem Volk, dass es dich so anstarrt, aber insbesondere wir Jüngeren haben noch nie einen leibhaftigen Menschen zu Gesicht bekommen.«

Geron lächelte dem schlanken Elf zu. »Nun, dann geht es euch so wie uns. Bis ich Kyrell traf, musste ich meine Fantasie und alte Gemälde bemühen, um mir eine Vorstellung von euch zu machen.«

»Das ist interessant ...« Der Elf kramte in einer Packtasche nach einem leeren Pergamentbogen, um darauf mit einem Stift umständlich eine Notiz zu machen. »Das ist eine erste Gemeinsamkeit, die unsere beiden Völker eint. Also, zumindest die Jüngeren von uns. Ich bin mir sicher, ich finde noch viele weitere, da wir uns dem äußeren Erscheinungsbild nach ja durchaus ähneln. Unsere Völker können sich sogar mischen, wie du durch deine Freundin weißt – allerdings gehen aus diesen Verbindungen ausschließlich weibliche Nachkommen hervor, die ihrerseits nur weibliche Nachkommen hervorbringen. Das ist so aufregend ... Und ich habe so viele Fragen.«

»Frag, ich antworte dir gern.«

»Es heißt in den alten Aufzeichnungen, dass eure Zivilisation eher rückständig sei. Ist das richtig? Ihr verfügt angeblich nicht einmal über anständige Latrinen, sondern – nun ja – geht eurem Bedürfnis überall nach, wo es euch beliebt. Sogar auf den Straßen. Das ist doch ein schlechter Witz, den sich die damaligen Chronisten erlaubt haben, oder?«

»Delayar, hat man dir eine Pergamentrolle durch die Ohren geschoben?« Iniva warf ihrem Begleiter einen fassungslosen Blick aus ihren großen Augen zu, drängte ihn energisch mit ihrer Eoberi-Stute ab und lächelte Geron entschuldigend an. »Verzeih ihm diese ungehörige Frage.«

»Was hast du? Das dient der Forschung.« Der junge Elf sah sie irritiert an.

»Eines ist mal sicher«, sagte Geron, »Delayar würde sich gewiss gut mit einem Freund von mir verstehen, der sich ebenfalls ganz der Gelehrsamkeit verschrieben hat. Sein Name ist Boltan.«

»Doldan?«, kam es von weiter hinten, denn der junge Elf versuchte mitzubekommen, worüber sie sprachen.

Iniva winkte ab. »Sag uns lieber, was seit Yarvalas Begegnung mit Kyrell bei euch in der wirklichen Welt geschehen ist. Yarvala berichtete uns, dass ihr damals auf der Flucht vor euren magischen Lehrmeistern wart und sogar einem Drachen begegnet seid.«

Geron sah nach vorn zu Kyrell, Yarvala und Torindel, die sich ebenfalls unterhielten.

»Der Drachenkönig Yolsulgur ist zurückgekehrt«, begann er und berichtete, während sie weiter durch die Elfenmetropole ritten, was sich seit dem Kampf am Drachenthron zugetragen hatte. Delayar ritt wieder an seiner Seite und lauschte erschrocken seinen Worten, wobei er sogar vergaß, sich Notizen zu machen.

»Jetzt wisst ihr, wie wir hergelangt sind«, schloss Geron. »Und ihr ahnt nun vermutlich auch, warum: Wir erhoffen uns von eurem Volk Hilfe im Kampf gegen den untoten Drachenkönig.«

Seine elfischen Begleiter sahen einander an und Iniva berührte seufzend ihre Leier. »Bei uns heißt es, dass jedes Heldenlied mit Blut geschrieben sei. Und wenn ein Sänger singt, dann stimmt er die Stimme der Toten an.«

»Ich weiß, um was wir euch bitten wollen.« Geron sah traurig auf, fuhr jedoch kämpferisch fort. »Aber viele Drachen sind es jetzt nicht mehr. Und genau das ist unsere Chance. Würden wir vereint kämpfen, dann wären wir gewiss siegreich.«

Seine elfischen Begleiter warfen sich skeptische Blicke zu – als Yarvala weiter vorn die Hand hob und ihr Pferd zum Stehen brachte. »Ihr wolltet eure Kleider zurück?«

Sie hatten einen Bach erreicht, der von dem prächtigen Wasserfall am Talrand über ihnen gespeist wurde. Munter gurgelnd sprudelte das Wasser unter einer eleganten weißen Brücke aus fugenlosem Holz hindurch, dessen Geländer reich mit Schnitzereien verziert war, die Einhörner, Greifen und Eoberi-Rösser zeigten. Yarvala wies auf ein angrenzendes Gelände hinter einigen Bäumen, das von einem schmucken elfischen Säulenbau dicht am

Wasser dominiert wurde. Dort hingen an langen Leinen zahllose Tuniken, Hosen und Hemden. Dahinter, am Rande des Säulenbaus, waren rhythmisch singende Elfen damit beschäftigt, im Bachlauf Kleidungsstücke zu waschen, die sie neben sich zu großen Haufen stapelten.

Yarvala saß ab und führte sie durch ein geschwungenes Tor, das von den lachsfarbenen Kletterrosen umrankt wurde, die Geron schon mehrfach im Stadtbild gesehen hatte.

»Das hier ist eine unserer Wäschereien für grobe Kleidungsstücke«, sprach sie. »Hier wird lediglich mit Wasser gewaschen. Vilsayar hat es nicht für nötig empfunden, eure Kleidung auf die übliche Weise reinigen zu lassen.«

Geron, der nun ebenfalls absaß, sah sie stirnrunzelnd an, da er sich fragte, was die übliche Methode war. Doch er schwieg vorsichtshalber und folgte ihr zusammen mit Kyrell auf das Gelände, wo sofort zahlreiche neugierige Augenpaare zu ihnen aufblickten.

Abermals beugten die lachsfarbenen Blüten am Tor ihre Köpfe – jedoch nur vor ihm, wie Geron feststellte. Verwundert blieb er stehen und nahm eine von ihnen zwischen die Finger. Sie wirkte schlapp und schlaff. Allerdings duftete sie herrlich.

»Du bist es, der das bewirkt«, erklärte Yarvala.

»Weil ich ein Mensch bin?«, fragte Geron misstrauisch.

»Nein, weil du das Königsheil trägst«, antwortete sie feierlich.

»Richtig, davon haben auch eure Kameraden gesprochen, kurz bevor sie uns schlafen legten«, sagte Kyrell. »Und wir haben den Begriff schon einmal gehört, erinnerst du dich, Geron?«

»Ja, haben wir.« Er sah auf. »Damals, im Königsarchiv von Waldaleth. Diese Marmorbüste meinte, es verknüpfe das Wohl meiner Blutlinie auf magische Weise mit dem Schicksal von euch Elfen.«

»Und das ist eine große Ehre, die nur treuen Bundesgenossen gewährt wird.«, Yarvala strich lächelnd ihr helles Haar aus der Stirn. »Es muss deinem Geschlecht – angesichts des Alters deines Königreichs – noch von Elfenkönig Merdarion verliehen worden sein, dem Großvater Erlcorons. Das Königsheil hilft seinem Träger dabei, auch in schweren Zeiten weise zu herrschen. Nur die Vornehmsten der Vornehmen tragen es.«

»Tja, nur ist davon derzeit wenig zu spüren.« Geron schürzte die Lippen. »Wie du weißt, werde ich als Mörder meines Vaters gejagt.«

»Dass die Majestätsrosen ihre Köpfe vor dir neigen, ist ein untrügliches Zeichen dafür, dass du mit dieser Missetat nichts zu schaffen hast. Andernfalls hättest du dein Heil verwirkt.«

Geron ließ die Blüte los. »Wir werden sehen.«

Er folgte Yarvala und Kyrell auf das Gelände der Wäscherei, und während sich die Blüten hinter ihm wieder aufrichteten, wurden sie von einem älteren Elf mit mürrischem Gesichtsausdruck begrüßt, dessen graue Haare ihm wirr ins Gesicht hingen.

»Sieh an«, sprach er gegen das laute Plätschern des nahen Baches an, »unsere Besucher aus der Außenwelt!« Er rieb sich die lange Nase und beäugte Geron und Kyrell aufmerksam.

»Meister Lofyr« – Yarvala nickte ihm kurz zu – »wir sind hier, um die Kleidungsstücke unserer Gäste abzuholen.«

»Sind fertig. Sind fertig.« Er klatschte in die Hände und von weiter hinten kam ein unterwürfiger Elf in grauer Tunika herbei, der ihm, ohne aufzusehen, zwei Kleiderbündel brachte. Auf die gleiche Weise verschwand er wieder.

Geron, dem das Gebaren seltsam vorkam, blickte ihm rätselnd hinterher.

»Hier, bitte!« Der alte Elf händigte ihnen die Kleiderbündel aus. »Wenn ihr euch hier umziehen wollt, da hinten bei der Halle befinden sich entsprechende Räume.«

Kyrell und Geron nickten dankbar, und sofort tastete Geron das Bündel ab.

»Wo ist der Ring?«, fragte er misstrauisch.

»Ihr meint den hier?« Lofyrs Lippen zuckten spöttisch, als er einen protzigen goldenen Siegelring mit dem Wappen Waldaleths zückte.

Geron nahm ihm den Ring rasch ab.

»Trägst du den schon länger mit dir rum?«, fragte Kyrell erstaunt.

»Sicher. Er war eingenäht in meine Kleidung – so wie das Gold, das uns damals in Waldaleth weitergeholfen hat.« Er steckte den Ring an seinen Finger. »Er trägt das Familiensiegel. Ich muss mich doch nötigenfalls ausweisen können.«

Sie hob eine Augenbraue und folgte ihm dann in die von Lofyr gewiesene Richtung, wo sie sich umzogen. Man hatte die Kleidung nicht nur gereinigt, wie Geron zufrieden feststellte, sondern auch geflickt. Mit seinem leeren Waffengürtel in der Hand kehrte er zurück. Auch Kyrell trug wieder ihr grünes Reisegewand.

Yarvala und Meister Lofyr unterhielten sich leise, als sie sich ihnen näherten.

»Ich werde mich darum kümmern«, sagte Yarvala, sah auf und beäugte sie leicht fragend.

Der alte Elf verabschiedete sich mürrisch und kehrte zu seinen Untergebenen zurück, die noch immer neugierig herübersahen. »Hatte ich eine Pause angekündigt? Los, weitermachen!«

»Wer sind die Elfen, die hier arbeiten?«, fragte Kyrell, als sie unter dem Rosentor hindurchtraten. »Sie wirken … anders als ihr.«

»Es sind Gesetzesbrecher«, antwortete Yarvala gleichmütig. »Auch bei uns kommt es gelegentlich zu Straftaten. Die für mindere Vergehen Verurteilten werden meist für einige Jahre zum Dienst in den Wäschereien verurteilt. So ursprünglich auch Meister Lofyr. Er hat hier so viele Jahre abgesessen, dass er gleich hiergeblieben ist, als seine Strafe um war.«

»Was zählt zu den Straftaten?«, wollte Geron wissen.

»Diebstahl, Meineid, Liebeszauber und solche Dinge«, erklärte Yarvala beiläufig, die einen kleinen Gegenstand in ihren Finger drehte und betrachtete. »Lofyr hat einst die Poesie eines alten elfischen Dichters als die seine ausgegeben. Zu seinem Pech kannten die Ältesten von uns die Gedichte noch.«

Geron und Kyrell warfen sich erstaunte Blicke zu.

»Aber zu etwas anderem.« Yarvala präsentierte das Objekt in ihrer Handfläche. Es handelte sich um eine der Kletten, mit denen sie Mutter Valeskas Zaubergestrüpp beschossen hatte. Sie war feucht und zerdrückt. »Unsere Wäscher haben das hier in eurer Kleidung gefunden. Woher stammt das?«

Kyrell erklärte es ihr und Yarvala brummte missmutig.

»Das sind Suchdisteln«, sprach die Elfe misstrauisch. »Ihr solltet künftig besser auf euch Acht geben, denn mit ihrer Hilfe kann ein Zauberer euch aufspüren. Es heißt, diese Kletten schreien in Tönen, die nur der Zauberer selbst hören kann.«

»Dann war es gut, dass wir im Grauwald einen Schritt zugelegt haben«, meinte Kyrell. »Wir hatten die ganze Zeit über das Gefühl, dass uns meine einstige Lehrmeisterin dicht auf den Fersen war.«

Geron nickte missmutig, während er seinen Waffengurt anlegte.

»Stimmt es, dass du Ceredril bei dir trugst?« Torindel blickte auf die leere Waffenscheide.

Geron sah überrascht auf. »Du kennst den Langdolch?«

Der Elfenschmied mit dem kantigen Gesicht lächelte grimmig. »Natürlich. Ich kenne jede der nunmehr über zehntausend Zauberwaffen und -rüstungen, die unser Volk einst erschuf, namentlich. Jene, die wir noch besitzen, jene, die wir verloren, und auch jene, die wir verschenkten. Das gilt auch für die Artefakte, die wir einst dem ersten König Waldaleths zum Geschenk machten. Ceredril besitzt noch einen großen Bruder.«

»Richtig«, sagte Geron. »Das Langschwert Kaya'thar. Außerdem Thomorn, den goldenen Brustharnisch, und Larnywn, den königlichen Stirnreif. Leider ruhen all diese kostbaren Geschenke in der königlichen Waffenkammer Waldaleths und nur meine verräterische Schwester Shira hat Zugriff auf sie.«

Torindel nickte verstehend.

Sie saßen auf und ritten über die Brücke weiter zum Talausgang, indem sie den See in der Mitte umrundeten. Dabei kamen sie an einer großen, weißen Säulenhalle mit auffallender Kuppeldecke vorbei, unter der Elfen irgendwelche Dienste verrichteten.

Ein spitzer Vogelschrei gellte von dort an ihre Ohren.

»Eine Falknerei?«, fragte Kyrell.

»Nein, eine Halle zur Greifenaufzucht«, antwortete ihr Delayar eifrig. »Unsere Welt ist leider zu klein, als dass sie den Greifen genug Raum böte, damit sie sich ohne Hilfe vermehren. Wir müssen ihnen daher bei der Entwicklung ihrer Eier und der Aufzucht ihrer Brut helfen. Jene von uns, die hier arbeiten, tragen eine große Verantwortung, damit die Greifen nicht aussterben.«

»Wie groß ist eure Welt denn?«, wollte Geron wissen.

»Ihr werdet es bald sehen«, antwortete Iniva und deutete zum Talausgang. »Aber ich kann es schon jetzt verraten: Sie ist viel zu klein.«

Die Eoberi-Rösser verfielen allmählich in einen Galopp, es wurden zunehmend weniger Häuser ringsum, schließlich lichteten sich die Bäume und auch der bewaldete Höhenzug senkte sich ab. Sie ritten auf eine hübsche Auenlandschaft, bestehend aus Hügeln und kleineren Wäldern zu, hinter denen sich ein diffuser Horizont abzeichnete, der ebenso wie der seltsame Himmel pastellfarben schimmerte.

Rechterhand lagen große Felder mit Leinenpflanzen und gelbem Korn, zwischen denen einsame hohe Bäume standen.

Geron riss überrascht die Augen auf, als einer dieser Bäume plötzlich losstapfte, dem nahen Waldrand entgegen. Und einen Lidschlag lang glaubte er, dort im Unterholz einen Schatten ausmachen zu können, der sich wegduckte. Doch er war so schnell wieder verschwunden, wie er aufgetaucht war.

»Meine Güte, sind das etwa weitere Eichenknechte?«, rief Kyrell.

»Ja, sie helfen uns hier bei der Ernte«, erklärte Iniva. »Wenn ihr es wünscht, kann ich euch später einige Lieder über sie vorspielen.«

Geron sah sich noch immer misstrauisch zu dem mächtigen Baumwesen um, das nun in den Wald eintauchte – als er hinter ihnen, auf dem bewaldeten Höhenzug, den sie verlassen hatten, ein riesiges schlankes Bauwerk bemerkte: Ein großer blauer Turm, der aus dem bewaldeten Höhenzug wie ein mahnender Finger hervorstach. Er überragte selbst das weiße Schloss des Elfenkönigs um mehrere Dutzend Schritte. Der breite Turmaufbau mit der klobigen Turmspitze erinnerten ihn an einen der Leuchttürme, wie sie unten an der Wogensee anzutreffen waren. Denn ebenso wie bei den Leuchttürmen der südlichen Stadtstaaten ging von der Spitze dieses Turms ein regenbogenfarbenes Leuchten und Strahlen aus. Ein überaus seltsames Licht, dass grell war und doch nicht blendete.

Geron brachte seine Eoberi-Stute zum Stehen und schaute den wundersamen Turm staunend an.

Yarvala und die übrigen wendeten und hielten neben ihm. Auch Kyrell sah erstaunt auf.

»Was ist das da?« Geron deutete zu dem regenbogenfarbenen Licht an der Turmspitze.

»Was da oben leuchtet, ist der Glyntril«, sagte Yarvala. »Der größte Schatz unseres Volkes.«

Fragend blickte Geron sie an, und Delayar ergriff das Wort. »Der Glyntril-Turm ist das Herz unseres Reiches. Und der Glyntril selbst ist es auch, dessen Magie diese Welt im Innersten zusammenhält.«

»Und was ist dieser Glyntril?«, wollte Kyrell wissen.

»Ein magischer Stein«, antwortete der Elf vage. »Woher er stammt oder wie er einst erschaffen wurde, ist in den Nebeln unserer Geschichte verloren gegangen. Es ist lediglich bekannt, dass er aus jenem fernen Reich weit jenseits des Westmeeres stammt, das unser Volk vor über eintausend Jahren gemäß eurer Geschichtsschreibung verlassen musste. Also noch bevor wir in den heutigen Jungen Königreichen eine neue Heimat fanden.«

Geron fiel auf, dass sich der Name der Elfenstadt von diesem Stein ableitete: Sil'Glyntra.

»Der Stein birgt eine ungeheuerliche arkane Machtfülle«, dozierte Delayar und lächelte versonnen. »Mit seiner Hilfe errichteten unsere Vorfahren einst das heute verheerte Sil'Bariath – und das nicht nur sprichwörtlich in einer Nacht. Der Glyntril half ihnen auch bei der Errichtung der Kurzen Wege, die ihr ja bereits bereist habt. Als Yolsulgur den Ahrvarien in seinen Besitz brachte und fast die Hälfte aller Goldblätter zu seiner Drachenkrone einschmolz, um so Tausende unseres Volkes am Tag des großen Sterbens allein Kraft seines Willes auszulöschen, erschufen König Erlcoron und die Ältesten mithilfe des Glyntril diese Welt als Rückzugsort.«

»Meine Güte!« Erschüttert schüttelte Geron den Kopf.

»Nur war diese Welt nie als dauerhafter Lebensraum gedacht«, sprach Yarvala missmutig. »Meine Eltern berichteten mir, dass sie ursprünglich bloß eine Enklave war. Als Rückzugsort, der unserem Volk Zeit geben sollte, sich zu erholen. Doch Erlcoron und die anderen Ältesten des Rates haben dann anders entschieden.« Die Elfe wandte sich unglücklich an Kyrell. »Der Einzige, der sich diesem Willen widersetzte, war mein Onkel Galahain, der diese Enklave früh genug verließ, um schließlich dir einen Weg zu weisen, um uns von Außen zu erreichen. Ich bedaure wirklich sehr, dass ich ihn nie kennenlernen durfte.«

»Aber *ihr* wollt in die wirkliche Welt zurück?«, fragte Geron.

»Ja, wir Jüngeren hoffen darauf.« Inivas Ross trabte neben seines, und die Elfe verzog missmutig den Mund. »Unser Volk steckt hier seit knapp einhundertfünfzig Jahren fest – zumindest nach unserer Zeitrechnung. Ein Tag hier gleicht dem anderen. Und unsere Welt reicht bloß zwanzig Meilen in jede Richtung. Dann beginnt der undurchdringliche Nebel mit dem Labyrinth der Elfenpfade. Unsereins empfindet diese Welt wie ein Gefängnis.«

»Dann konntest du mich damals finden, weil du die Elfenpfade erkundet hast?«, fragte Kyrell Yarvala.

Yarvala nickte wehmütig, was Torindel dazu veranlasste, neben sie zu reiten und ihr seine Hand auf die Schulter zu legen. »Yarvala ist von uns allen die Einzige, die sich auf den Elfenpfaden hinreichend genug auskennt, um sich dort nicht zu verlieren. Doch ihre Kenntnis hilft uns nicht. Der Glyntril bindet uns an diese Welt. Niemand von uns kommt hier ohne Erlaubnis des Königs weg.«

»Das war auch der Grund, warum ich dich nicht begleiten konnte, als ich dir aus den Elfenpfaden heraushalf«, wandte sich Yarvala an Kyrell. »Es war nur dir möglich, da du von Außerhalb stammst.«

Kyrell nickte nachdenklich.

»Unsere komplette Jugend geht hier ungenutzt dahin«, schimpfte nun auch Delayar. »Ihr seht es ja selbst: Das alles hier gleicht mehr einem Traum als der Wirklichkeit. Hier gibt es keinen Sommer und auch keinen Winter. Wir kennen die Jahreszeiten überhaupt nur aus den alten Schriften. Alles hier gleicht einem ewigen Herbst – und wir haben auch einen Verdacht, warum dem so ist. Denn letztlich steuert Erlcoron den Glyntril. Und Erlcoron ist von Schwermut erfüllt.«

Gerons Hoffnung schwand. »In diesem Fall ist es vermutlich egal, was wir Elfenkönig Erlcoron berichten – er wird unsere Bitte abschlagen.«

»Mehr noch«, sagte Iniva. »Wenn bekannt wird, dass der Drachenkönig wieder herrscht, wird ein großer Teil unseres Volkes ihm zustimmen. Du darfst nicht vergessen, dass es unter den Unseren noch immer viele gibt, die die Schreckensherrschaft der Drachen selbst miterlebt haben. Sie haben beim Tag des großen Sterbens zahllose Angehörige verloren. Sie fürchten sich. Ich sag es nur ungern, aber unser so stolzes Volk ist nur noch ein Schatten seiner selbst. Es will nicht gut leben – es will bloß überleben.«

Die Elfen in ihrer Begleitung schwiegen.

»Und doch haben wir die Hoffnung, dass sich mit eurem Erscheinen etwas ändern wird«, sprach Yarvala. »Denn seit meiner Begegnung mit Kyrell sind Ereignisse ins Rollen gekommen, die uns alle betreffen werden. Euer Erscheinen ist der erste Hinweis.«

»Ich verspreche«, sagte Geron, »dass ich mein Möglichstes tun werde, um König Erlcoron ins Gewissen zu reden. Vielleicht gewährt er ja euch eine Ausnahme?«

»Vielleicht …« Yarvala zog an den Zügeln. »Doch jetzt lasst uns weiter, denn ich würde euch gern noch etwas anderes zeigen. Denn einen Ort hier gibt es, durch den wir wissen, wie schön es außerhalb ist.«

Geron sah sich noch einmal zu dem Eichenknecht um, der vorhin einen so aufgeschreckten Eindruck gemacht hatte, doch er blieb verschwunden.

Gemeinsam ritten sie weiter durch die unwirkliche Auenlandschaft und erreichten bald den Ausläufer eines weiteren kleinen Waldes, als Geron erstmals den Eindruck gewann, dass sich das Licht am Himmelszelt abschwächte.

»Gibt es bei euch auch so etwas wie eine Nacht?«, fragte er.

»Die gibt es«, antwortete Delayar. »Das Licht des Glyntrils folgt angeblich dem gleichen Tagesablauf, der auch in der wirklichen Welt gilt. Jedenfalls steht das so in den Schriften … Wir sollten uns daher beeilen, da es jetzt sehr bald dunkel wird.«

Sie trabten auf ihren Pferden durch den Wald, als sie unvermittelt ein leises Plätschern hörten. Kurz darauf zeichnete sich vor ihnen ein marmorner Brunnen mit breitem Muschelbecken zwischen den Bäumen ab, aus dessen Mitte blubbernd Wasser sprudelte, das über die Beckenränder ablief, um dort sofort im Waldboden zu versickern.

Er stand auf einer kreisförmigen Lichtung und rings um ihn herum lagen Blumengebinde und geschnitzten Figuren auf dem Waldboden. Manche der Blumen waren verblüht, andere wirkten frisch.

Yarvala sprang ab und die anderen folgten ihr schweigend.

Die Elfe wandte sich an Kyrell. »Das hier ist der Brunnen der Ahnen. Ich dachte mir, dass du ihn vielleicht sehen möchtest.«

»Was hat es mit ihm auf sich?« Neugierig näherte sich Kyrell dem mit klarem Wasser gefüllten Becken.

»Es heißt, dieser Brunnen stand schon in Sil'Bariath«, erklärte Yarvala. »Und er erschien hier auf wundersame Weise, nachdem mein Volk diese magische Welt erschuf.«

»Er erschien hier? Einfach so?«

»Einfach so«, bekräftigte Delayar. »Es gibt sogar Hinweise, dass er schon in unserer einstigen Heimat jenseits des Westmeeres existierte. Nur, wer diesen Brunnen einst erschaffen hat, ist nicht bekannt. Auch nicht, woher sein Wasser stammt – doch es scheint alle Sphären und Zeiten zu durchströmen.«

»Und was bewirkt es?«

»Manchmal zeigt es Bilder«, meinte Yarvala ehrfürchtig. »Viele von uns erblicken darin Geschehnisse, die vor langer Zeit stattgefunden haben. Und stets sind es Dinge, die Familienmitglieder und Freunde des Betrachters erlebt haben, die heute nicht mehr leben – deswegen auch der Name dieses Brunnens.«

»Man kann mittels des Brunnenwassers Kontakt zu den Ahnen aufnehmen?«

»Nein, so einfach ist es nicht. Die Bilder klären vielmehr Geschehnisse auf, die selbst unter den heutigen Generationen Streit und Hader verursachen. Manchmal enthüllen sie auch den Blick auf Vergangenes, das noch eine gewisse Bedeutung für den Betrachter und seine Familie haben wird. Manchmal bleiben die Bilder, die in dem Wasser dieses Brunnens aufsteigen, auch rätselhaft. Doch stets beeinflussen sie das Schicksal des Betrachters auf die eine odcr andere Weise.«

»Was erhoffst du dir davon, dass ich ihn sehe?«, fragte Kyrell.

Yarvala musterte sie. »Galahain war dein direkter Vorfahre. Sein Wirken hat euch hergeführt. Vielleicht gelingt es dir, mehr über ihn und seine Motive herauszufinden.« Die Elfe griff unter ihre Kleidung und reichte Kyrell eine kristallene Phiole. »Hier, schöpfe etwas Wasser aus dem Brunnen und füllte es in einer ruhigen Minute in eine Schale, auf die du dich dann konzentrierst. Denn um die Bilder heraufzubeschwören, benötigst du Ruhe und Kontemplation.«

»Hier vor Ort geht das nicht?«

»Doch, natürlich. Aber« – die Elfe sah zum dunkler werdenden Firmament auf – »die Nacht naht mit zügigen Schritten. Es ist wohl besser, wenn wir uns jetzt auf den Heimweg begeben. Dort wirst du genug Zeit haben, um das Wasser zu befragen.«

Kyrell warf Geron einen kurzen Blick zu, und schöpfte etwas von dem Wasser des munter sprudelnden Brunnenbeckens in die Phiole, die sie anschließend in ihrer Kleidung verstaute.

Sie verließen die seltsame Lichtung, bestiegen ihre Pferde und ritten in Richtung Sil'Glyntra. Die Nacht zog rasch herauf. Bleiern legte sich die Dunkelheit über das wundersame Land und nicht einmal Sterne tauchten am Himmelszelt auf. Allein das wundersame Licht des Glyntrils erstrahlte vor ihnen wie ein Nordstern.

In seinem kühlen Licht machten sie vier Reiter aus, die ihnen entgegenkamen. Unter ihnen befanden sich die beiden Elfenkrieger, die Geron und Kyrell in ihrem Quartier bewacht hatten. Er war sich ziemlich sicher, dass die beiden sie die ganze Zeit über nicht aus den Augen gelassen hatten. Angeführt wurde der kleine

Trupp von einem Elf auf einem stattlichen Eoberi-Hengst. Auch dieser Mann war ihm nicht unbekannt: Hauptmann Vilsayar.

Er war in einen Elfenkürass gehüllt, der im Schein des Glyntrils leicht blinkte, und sein grimmiger Gesichtsausdruck sowie die Hand an seinem Schwert ließen Geron annehmen, dass ihm der Kerl noch nicht verziehen hatte.

»Hauptmann Vilsayar!«, begrüßte ihn Yarvala betont freundlich. »Was verschafft uns die Ehre? Wir befinden uns gerade auf dem Rückweg.«

»Ich bin hier im Auftrag des Königs!«, blaffte er sie an. »Seine Majestät wünscht, dass ich die beiden Fremden unverzüglich zu ihm in den Palast schaffe.«

Er maß Kyrell mit einem strengen Blick und ritt dann an Gerons Seite. »Dort werden sie nicht nur Rede und Antwort stehen, wie sie es überhaupt hergeschafft haben, sondern sie werden auch für die Toten geradestehen, die sie zu verantworten haben.«

»Tote?« Geron richtete sich alarmiert auf. »Wovon sprecht Ihr?«

»Von den Folgen, die euer Eindringen in unsere Welt hatte.«

»Was für Folgen? Wir wissen von keinen Toten und würden nie etwas tun, das Eurem Volk schadet.«

»Es ist mir egal, welche Ausreden ihr bemüht«, sprach Vilsayar kalt. »Durch euer selbstsüchtiges Tun habt ihr schwerste Schuld auf euch geladen.« Er beugte sich in seinem Sattel vor. »Verlasst euch darauf: Wenn mich Seine Majestät um Rat bittet, wie mit euch zu verfahren sei, dann werde ich ihm empfehlen, das zu tun, was wir schon längst hätten tun sollen: nämlich mit euch kurzen Prozess zu machen …«

Vorabend des Krieges

Die Kriegstrommeln der Gaale wummerten durch die Nacht.

Dania lüpfte die Zweige des hohen Busches, hinten dem sie und Vala sich versteckt hielten, und sah auf die Vielzahl an Lagerfeuern, die vor ihnen in der Dunkelheit ein Meer aus flackernden Lichtern bildeten. Die Feuer begannen an den Ausläufern des Großen Flusses im Westen, der von ihrer Position aus nicht einsehbar war, und spannten sich über die Höhenzüge der Knochenauen bis hin zu einem tief verschatteten Wald etwa drei Meilen im Osten, dessen Bäume so dicht standen, dass dort nicht gekämpft werden konnte.

Dieser Wald war in der allgegenwärtigen Finsternis kaum zu erahnen, denn Walmar der Weise hatte das Wetter bereits am Nachmittag manipuliert und so dafür gesorgt, dass über dem Aufmarschgebiet der Gaale fast eine Stunde lang ein schwerer Sturm mit krachenden Blitzeinschlägen, fürchterlichem Hagelschlag und monströsen Windhosen niederging, die tiefe Schneisen in den Untergrund gerissen hatten. Auch jetzt lagen dichte Wolkenfelder vor der Mondscheibe, sodass das alte Schlachtfeld verschattet blieb. Dies sollte es Dania und Vala ermöglichen, möglichst weit voranzukommen, ohne von den Gaalspähern entdeckt zu werden. Und tatsächlich war es den Schwestern so gelungen, bis auf eine halbe Meile an das Heerlager der Gaale heranzuschleichen, ohne ihre eigene Magie bemühen zu müssen.

Dania schlug das Herz bis zum Hals, woran nicht bloß das bedrohliche Wummern der Trommeln schuld war, das seit Ende des

Sturms die Auen erfüllte. Ihr bereitete vor allem das flackernde Lichtermeer Sorge, deutete es doch auf eine viel größere Zahl an Gaalen hin, als die Späher der Verbündeten gemeldet hatten. Und noch war nicht klar, welche Verluste Walmars heraufbeschworener Orkan dem Feind beschert hatte.

Oder sollten die vielen Lichter bloß eine größere Anzahl an Gegnern vortäuschen?

Dania war nicht in den Spitzfindigkeiten der Militärstrategie bewandert. Doch das Heer der Verbündeten lag inzwischen gute drei Meilen hinter ihnen und sie waren hier nun gänzlich auf sich allein gestellt.

Die Verbündeten lagerten bereits seit zwei Tagen an den südlichen Knochenauen, um die Gaale auf dem alten Schlachtfeld zu stellen. Da es hieß, dass die Kopfzahl der Echsengestaltigen um vier- bis fünftausend kreiste, und die Truppen der Verbündeten ihnen zahlenmäßig um das Doppelte überlegen waren, war die Stimmung unter den Soldaten verhältnismäßig gut gewesen. Insbesondere, nachdem sie aus der Ferne dabei hatten zusehen können, welch verheerende Zerstörungskraft der Sturm ihres Meistermagiers auf der Gegenseite entfaltet hatte.

Zu diesem Zeitpunkt hatte auch die Blide noch Bestand gehabt – ein haushohes Katapult mit schwerem Gegengewicht, das Konstrukteure aus Silbersteig dem Arsenal an Torsionsgeschützen hinzugefügt hatten. Das schwere Geschütz war dazu gedacht gewesen, morgen – in der eigentlichen Schlacht –, ganze Gesteinsquader auf den Gegner herabregnen zu lassen.

Jedoch hatte der Feind die Verteidigungsanstrengungen der Verbündeten offenbar längst ausspioniert gehabt. Denn kaum, dass der magische Orkan verebbt war, nutzten die Gaale die bleierne Finsternis, die auf den Sturm folgte, um ihrerseits die Kampfhandlungen zu eröffnen.

Gänzlich ohne Vorwarnung war ein echter Drache am Abendhimmel erschienen. Ein junges Exemplar mit blauem Schuppenleib und anthrazitfarbenen Schwingen war aus der Wolkenbank herabgeschossen, um das schwere Katapult in Trümmer zu legen, bevor er mit seinem Drachenodem das Zeltlager der Toresunder in ein Meer aus Flammen verwandelte. Zwanzig oder dreißig Mann waren bei der Attacke getötet worden. Und vermutlich wären es noch viel mehr gewesen, wenn Erzmarschall Drazahr bei Errichtung des Feldlagers nicht verfügt hätte, die üblichen Abstände zwischen den Zelten zu verdoppeln und die Geschützmannschaften auf das Erbittertste zu drillen. Da sie den Drachen schnell ins Visier nahmen, war dieser rasch wieder entschwunden.

Leider war das erst der Auftakt gewesen. Denn die Gaale zermürbten anschließend das Heer im Halbstundentakt. Kurz bevor Dania und Vala aufgebrochen waren, hatten die Echsengestaltigen einen Trupp Schwimmer über den Großen Fluss entsandt, der zahllose Wagen und Zelte des Trosses in Brand gesteckt hatte. Und im Dunkeln nutzten sie ihre Luftüberlegenheit aus, um Massen an kopfgroßen Steinen auf das Heerlager herabregnen zu lassen, die beständig für weiteres Chaos und Verluste sorgten.

Dania war klar, dass dieser Terror erst enden würde, wenn Walmar das Wolkenfeld über ihnen auflöste und die anfliegenden Drachen so dem Mondlicht preisgegeben waren. Nur würde er das erst dann tun, wenn die Schwestern ihm das versprochene Zeichen gaben, dass sie das Heerlager der Gaale erreicht hatten. Bis dahin maß er ihrer Mission eine solche Bedeutung zu, dass er für ihr Gelingen sogar eine Vielzahl weiterer Toten in Kauf nahm.

Irgendwie bedrückte Dania die Vorstellung.

»Kannst du mir noch mal sagen, warum wir uns auf diesen Scheiß überhaupt eingelassen haben?«, murrte Vala neben ihr.

»Meine Güte, weil uns diese Mission in die Lage versetzen wird, bald ebenfalls so zu zaubern, wie es die Drachen tun«, zischte Dania gereizt. »Nämlich gänzlich ohne Verlust unserer Lebenskraft. Dann sind wir beide die mächtigsten Magierinnen in den Jungen Königreichen – neben Walmar. Danach steht uns die Welt offen und jeder wird uns fürchten.«

»Ja, ja, aber ich meine diesen Dreck hier.« Angewidert löste Vala ihre Hand von dem sturmdurchfeuchteten Boden. »Ohne die Aussicht auf eine derartige Macht wäre ich gar nicht erst mitgekommen.« In ihre Stimme mischte sich ein lauernder Unterton. »Und wenn uns der Zauberer am Ende verrät?«

»Wie sollte er das tun?« Dania tastete nach Valas Arm. »Er fühlt sich doch durch den Vertrag mit uns gebunden. Und ich verspreche dir, das hier ist das allerletzte Mal, dass wir uns von ihm herumkommandieren lassen.«

»Ich hoffe es!«, fauchte ihre Schwester. »Allerdings frage ich mich, warum der Wichser seine Macht nicht dazu benutzt, selbst da rüberzugehen und den Gaalen den Arsch aufzureißen?«

»Weil das eben nicht ungefährlich ist«, gestand Dania beklommen ein. »Und ich schätze, auch deswegen, weil … er nicht so gut in der Illusionsmagie ist wie du und ich.«

Dania spürte, wie es im Kopf ihrer Schwester arbeitete. »Du glaubst allen Ernstes, dass wir etwas besser können als er?«

»Ja, glaube ich«, sagte Dania. »Hast du ihn schon einmal dabei beobachtet, wie er seine Gestalt mit einem Trugbild verändert? Ich nicht. Ich glaube, er kann das nicht – oder zumindest nicht so gut.«

»Vielleicht ist er auch nur ein listiger alter Greis, der lieber andere die Pilze aus dem Feuer holen lässt, als selbst hineinzugreifen.« Vala stieß einen missgelaunten Laut aus. »So oder so. Wenn er uns hintergeht, werde ich ihm seine eigene Zunge aus dem Hals schneiden. Ach was« – sie lachte hämisch – »ich werde es in jedem Fall tun. Und danach werde ich seinen Kopf explodieren lassen, so wie bei diesem Drecksack neulich in der Stadt. Ja, das würde mir gefallen …«

»Mach, was du willst«, erwiderte Dania verärgert. »Aber zunächst einmal müssen wir diese Gaalzunge besorgen. Und dafür ist es wichtig, zu erkennen, wer von diesen Kreaturen ein Schamane ist.«

Vala sah ebenfalls zu den fernen Feuern. »Was wird der Zauberer mit der Gaalzunge machen? Sie essen?«

»Nein, er deutete an, dass er daraus einen alchimistischen Trank brauen würde. Die Zunge ist nur der wichtigste Bestandteil der Zauberrezeptur, die ihn die Drachenrunen verstehen lässt.«

»Könnten wir ihm die Formel nicht einfach stehlen?«, schlug Vala vor. »Du bist doch selbst gut im Tränkebrauen. Danach eignen *wir* uns das Wissen auf dieser Lederrolle allein an, und der Arsch kann uns mal.«

Überrascht wandte Dania ihren Kopf.

»Keine schlechte Idee«, sagte sie nachdenklich. »Nur müssten wir bis dahin herausfinden, wo er die Rezeptur verwahrt. Und noch haben wir die Zunge dieses Gaalschamanen nicht.«

Irgendwo in der Wolkendecke hinter ihnen war dumpfes Drachengebrüll zu hören, was darauf hindeutete, dass ein Drache seine tödliche Last über dem Heerlager der Verbündeten abwarf. Dania spürte wieder, wie die Angst vor dem Bevorstehenden ihre Glieder lähmte.

»Und das wird vermutlich schwierig genug werden«, fuhr sie fort. »Da hinten sind nicht nur zahllose Gaale, sondern auch Drachen. Und ich habe keine Ahnung, was ein Gaalschamane für Tricks auf Lager hat.«

»Wir werden den Drachen schon aus dem Wege gehen – viele sind es ja vermutlich nicht«, meinte Vala. »Und was diese Schamanen betrifft, die können doch gar nicht richtig zaubern.«

»Walmar sagte, dass ihre Zauberei eher in Rituale eingewoben sei, nicht dass sie nichts können.«

»Sag ich doch: Was auch immer sie tun, sie sind nicht so schnell wie wir beide. Und wenn wir vorsichtig sind, werden uns die Geschuppten eh nicht sehen.« Vala klopfte auf ihren Rucksack. »Außerdem hat uns der alte Mann ja genug Spielzeuge mitgegeben, um da hinten ordentlich aufzuräumen, wenn es hart auf hart kommt.« Sie lachte gehässig. »Ich kann es ehrlich gesagt kaum abwarten, das Zeug zum Einsatz zu bringen. Schließlich hat niemand gesagt, dass diese Echse auf zwei Beinen tot sein muss, wenn wir ihr die Zunge herausschneiden.«

War Vala nun mutig, oder ließ sie die Aussicht, Unheil und Zerstörung über die Gaale zu bringen, so reden? Dania seufzte innerlich, denn immer häufiger musste sie sich eingestehen, wie sehr die schweren Jahre in Kesselfurt Vala verändert hatten.

»Ich hoffe, dass dir klar ist, dass wir da hinten im Zweifel sogar mit Yolsulgur selbst rechnen müssen«, mahnte sie. »Und wenn nicht mit ihm, so doch mit Gerons Lehrmeisterin, dieser Drachin. Du weißt, wie stark sie ist.«

Vala schnaubte und schwieg.

Dania hoffte, dass die Warnung saß.

Zumindest für eine Weile.

»Was ist jetzt? Packen wir es an?«, murrte Vala.

»Ja, aber halte dich zurück!«, zischte Dania. »Und wenn es brenzlig wird, dann gib dich als meine Gefangene aus. So wie wir es besprochen haben.«

Dania kam vorsichtig auf die Beine, dann huschte sie an der Seite ihrer Schwester weiter auf das Lager der Gaale zu, das sich auf breiter Front vor ihnen abzeichnete. Dort dröhnten die Kriegstrommeln, sodass sie wenigstens nicht befürchten mussten, gehört zu werden.

Sie waren bis auf etwa dreißig Schritte an die Feuer herangekommen, als sie Bewegungen zwischen den Lichtinseln ausmachen konnten. Außerdem waren jetzt zahllose spitz zulaufende Pfähle zu erkennen, die schräg im Boden steckten, und mit denen die Echsengestaltigen ihr Lager auf breiter Front vor einem überraschenden Angriff der Reiterei der Verbündeten geschützt hatten.

Da bewegte sich plötzlich etwas schräg vor ihnen in einer Bodenkuhle: ein Wachposten der Gaale!

Die Kreatur fauchte gereizt und im Zwielicht des Feuerscheins war vage zu erkennen, dass er einen Kurzbogen in der Hand hielt. Vala handelte schneller, als Dania es ihr zugetraut hätte, und ballte die Finsternis über ihrem Gegner zusammen. Dicht an ihrem Kopf zischte ein Pfeil durch die Nacht.

Vala zückte ihr scharfes Messer und stürmte in das Dunkelfeld, dann waren Kampfgeräusche zu hören, die rasch verebbten.

Die absolute Finsternis dort wich der üblichen Düsternis und Vala robbte mit einigen Gegenständen in den Händen auf Dania zu.

»Es waren sogar zwei«, wisperte sie siegestrunken und wischte das Blut ihrer Klinge am Boden ab. »Die haben gar nicht begriffen, wie ihnen geschah. Glaube mir, das sind keine Gegner, das sind Opfer.«

Dania sah nun, was ihr Vala mitgebracht hatte: Gaalwaffen. Einen gezackten Gaalsäbel und einen gezackten Krummdolch jener Machart, wie sie ihn schon vor einigen Wochen zum Einsatz gebracht hatte. »Was soll ich damit?«

»Ist doch klar«, zischte ihre Schwester. »Du kannst zwar die Gestalt eines Gaals annehmen, nur sind dann auch ihre Waffen Illusion. Jetzt nicht mehr.«

Dania nahm die Beutewaffen an sich und kontrollierte, ob einer der Gaale an der Grenze zum Lager auf sie aufmerksam geworden war. Nichts deutete daraufhin. Der Lärm der Trommeln hatte die Kampflaute übertönt.

»Tarn uns, damit wir dichter an das Lager herankommen«, forderte Dania ihre Schwester auf. Die Feuer an der Südseite des Gaallagers loderten so hoch auf, dass das komplette Feld bis zu den angespitzten Pfählen beleuchtet war.

»Nichts lieber als das.« Unvermittelt umgab sie Schwärze, die nur Vala mit ihren Blicken durchdringen konnte. Dania spürte die Hand ihrer Schwester, die sie vorsichtig weiter voran und sicher über die meisten Unebenheiten am Boden hinweg führte.

»Lust auf eine kleine Wette, wer von uns die meisten Gaale absticht?«, wisperte ihre Schwester.

»Lass das!«, zischte Dania. »Wir haben Besseres zu tun.«

Vala murrte, dann drückte sie ihr auf die Schulter und bedeutete ihr so, sich hinzuhocken. Die Schattenzone um sie herum löste sich auf und sie hockten nun zwischen zwei ramponierten Lederzelten.

Unweit von ihnen standen drei ledergerüstete Gaale mit Zackenklingen und Speeren, die sich leise in ihrer zischelnden Sprache unterhielten und offenbar dafür verantwortlich waren, dass eines der großen Feuer am Lagerrand nicht erlosch. Hinter ihnen waren weitere Drachendiener zu erkennen.

Grundsätzlich unterschied sich das Lager ihrer Feinde nicht sehr von jenem der Verbündeten. Allerorten erhoben sich bucklige Lederzelte, auch wenn diese etwas niedriger als die Unterkünfte der Menschen waren. Und ungeordneter über den Platz verteilt. Der Boden war matschig und die Grasnarbe allerorten aufgerissen. Eine Erinnerung an den magischen Orkan, der sich hier vor wenigen Stunden ausgetobt hatte.

Die Gaale schien dies wenig zu kümmern. Ähnlich wie die Soldaten im Heerlager der Verbündeten vertrieben sich die Echsengestaltigen ihre Zeit damit, dass sie ihre Klingen schärften oder ihre Panzer ausbesserten. Außerdem waren auffallend viele von ihnen damit beschäftigt, ihre Schuppenleiber sorgfältig mit Fingerfarben zu bemalen. Die geschlitzten Augen der Kreaturen schimmerten dabei kalt und gelb im Licht der vielen Feuer.

Unvermittelt waren am Himmel flappende Geräusche zu hören, denen sich lautes Drachengebrüll anschloss. Dania schreckte zusammen und beschwor panisch ein Trugbild herauf, das sie wie ein Gaal aussehen ließ.

Ihre Schwester hingegen hüllte sich komplett in Schatten und lehnte sich an eines der Zelte – als sich ein junger Drache mit goldgelbem Schuppenkleid und ausgebreiteten Schwingen vom Nachthimmel herabschraubte. Er hielt ein großes leeres Fischernetz zwischen seinen Pranken und landete keine zwanzig Schritte von ihnen entfernt auf einer Lichtung zwischen den Zelten.

Der geflügelte Lindwurm war recht jung und nur etwas größer als ein Gipfelalk. Und doch stoben Flammen aus seinen Nüstern.

Von allen Seiten eilten Gaale auf den Drachen zu, die das Netz in seinen Klauen mit kopfgroßen Steinen füllten. Zwei andere warfen der Feuerechse große Brocken rohen Fleisches zu, die diese gierig aufschnappte und verschlang. Irgendwann packte der Drache seine Fracht, schlug schwer mit den Schwingen und stieg wieder zum Nachthimmel auf, um das tödliche Bombardement über dem Heerlager der Verbündeten fortzusetzen.

Dania ahnte, dass das noch die ganze Nacht so weitergehen würde, wenn sie nichts unternahmen.

»Was jetzt?«, flüsterte Vala. »Hier sind einfach zu viele Geschuppte.«

Dania nestelte an ihrer Kleidung. »Jetzt werden wir erst einmal Walmar verständigen.«

Sie zog eine in ein weiches Tuch gehüllte Spiegelscherbe mit trüber Oberfläche aus ihrer Tasche, deren Rand mit verwirrenden Zauberglyphen übersät war. Sie rieb darüber und jäh begann die spiegelnde Fläche Schlieren zu werfen. Kurz darauf zeichnete sich Walmars bärtiges Gesicht unter der Oberfläche ab. Erwartungsvoll blickte er sie an, denn er verfügte über ein entsprechendes Gegenstück. Reden konnten sie nicht miteinander, sich aber Zeichen geben.

Dania formte Mittelfinger und Daumen vor dem Spiegel gut sichtbar zu einem Kreis.

Der Magier nickte und sein Abbild trübte sich wieder.

Dania wusste, dass er nun das Wolkenfeld über ihnen auflösen würde, sodass das Schlachtfeld vom Mondlicht beschienen wurde. Bis dahin mussten sie für etwas Verwirrung gesorgt haben, um weiter ungehindert vorstoßen zu können.

»Jetzt darfst du dein Spielzeug auspacken«, flüsterte sie Vala zu.

Sie hörte, wie Vala in der Dunkelheit begeistert an ihrem Rucksack nestelte. Von ihr war nicht mehr als ein waberndes Schattenfeld zu erkennen. Es dauerte etwas, bis sie ihre Mitbringsel ausgepackt hatte und sie jene Zauberformel sprach, die Walmar sie am Nachmittag gelehrt hatte.

Im Schattenfeld flatterte und schwirrte es und plötzlich schossen ein gutes Dutzend magisch belebter Tonvögel zum Nachthimmel hinauf. In einer Höhe von etwa zwanzig Schritten, unweit der tief hängenden Wolkendecke, leuchteten die künstlichen Vögel wie unter starker Glut rot auf, was prompt die ersten Gaale bemerkten, die alarmiert nach oben deuteten.

Kreuz und quer jagten die grellrot leuchtenden Vögel über den Himmel, legten dann wie auf ein geheimes Zeichen hin ihre künstlichen Flügel an und stürzten laut kreischend, wie kleine Kometen mit brennenden Schweifen zurück in die Tiefe. Wo sie aufschlugen, explodierten sie mit Donnerhall.

Gewaltige Dreckfontänen spritzten überall zwischen den Zelten in die Höhe, im Zwielicht konnten die Schwestern zuckende Leiber erkennen, die von der Wucht der Detonationen emporgewirbelt wurden, und alsbald brannten im Lager nicht nur gewöhnliche Feuer.

Vala lachte leise, als auch die letzten Gaale in ihrem Sichtfeld aufsprangen und unter gereiztem Fauchen zu den Explosionsorten eilten.

»Scheiße!«, flüsterte sie begeistert. »Warum hat der Alte nicht mehr von den Dingern gebastelt? Dafür würde ich mich glatt noch einmal auf den Rückweg machen.«

»Los jetzt!«, herrschte Dania sie an.

In Gaalgestalt trat sie zwischen die Zelte, verließ sich darauf, dass Vala ihr folgte, und schloss sich kleineren Gruppen anderer Gaale an, die auf dem schlammigen Untergrund erbost an ihnen vorbeihasteten. Ihre kurzen Schwänze pendelten aufgeregt hin und her, und sie zischelten in einer Sprache, die Dania nicht verstand. Sie hoffte verzweifelt darauf, dass sie von keiner der Kreaturen angesprochen wurde, denn dann würde sie auffliegen. Doch diese Kreaturen waren allgemein viel schweigsamer als Menschen.

So rasch es ging, schlüpfte sie immer wieder zwischen kugelförmige Zelte, um so tiefer in das Feldlager vorzudringen.

Über ihnen am Himmel grummelte es und jäh riss die Wolkendecke auf.

Dania sah mit gemischten Gefühlen zu dem seltsamen Spektakel am Nachthimmel auf. Die Wolken verflüchtigten sich rasend schnell, und weit im Süden krachte es wie bei einem fernen Gewitter. Am fernen Horizont erkannte sie eine Art Wetterleuchten und Dania war sich sicher, dass Walmar dort den Kampf gegen die Drachen und ihr Bombardement aufgenommen hatte.

Für sie und Vala hingegen würde es bei dem hellen Mondlicht schwerer werden voranzukommen. Und noch immer hatten sie nirgendwo einen Hinweis auf die Präsenz eines dieser geheimnisvollen Gaalschamanen entdeckt. Geschweige denn auf den Drachenkönig selbst. Kam er vielleicht erst morgen?

Sie zuckte zusammen, da abermals ein Trupp Gaale an ihr vorüberlief.

»Siehst du das da?«, wisperte hinter ihr Vala. Sie war ganz in den Schatten eines Zelts getaucht, und nur bei genauerem Hinsehen wirkte der Schatten viel zu lang.

»Was?«

»Na, der Hügel da vorn!«

Dania blickte nach Norden, wo das Mondlicht jenseits der

Zelte einen länglichen Hügel aus dem Zwielicht riss, der irgendwie seltsam aussah. Sie schlicht näher darauf zu – und riss schockiert die Augen auf.

Das war kein einfacher Hügel.

Das war ein Berg aus toten Gaallen.

Ihre Gliedmaßen waren verrenkt und einige wiesen entsetzliche Entstellungen auf. Der Höhe des Hügels nach zu urteilen, waren dort mindestens einhundert Tote aufgeschichtet worden. Es war leicht zu erkennen, dass das alles Opfer waren, die der magische Orkan den Gaalen abverlangt hatte.

Und noch immer schafften ihre Gegner weitere Tote heran.

Dania duckte sich unwillkürlich, denn aus dem Zwielicht stampfte ein mehr als pferdegroßer Salamander heran, der inklusive des langen Schwanzes dreimal so lang wie ein gewöhnliches Reittier war. Sie hatte von solchen Kreaturen noch nie gehört. Das mächtige Wesen wurde von einem Gaal geritten, der hinter sich – auf dem Rücken des Riesensalamanders – zwei weitere Tote transportierte.

Er ritt auf eine kleine Gruppe Gaale zu, die soeben zwischen den Zelten hervortrat und die schlagartig Danias Interesse weckte. Denn einer der Gaale war nicht nur einen guten Kopf größer als die Geschuppten in seiner Begleitung, er trug außerdem einen Federmantel, der ihn von seinen Artgenossen unterschied.

Er stieß einige knappe Befehle aus und sofort begannen seine Untergebenen damit, einzelne Leichen von dem Hügel herunterzuzerren und in einer Reihe auszulegen. Zwei weitere Gaale entnahmen mitgeführten Säcken Waffen, die sie den Toten in die Hände drückten.

Was war das? Ein Bestattungsritual?

Auch Vala, deren Nähe Dania hinter sich spürte, schien, wenn schon nicht befremdet, so doch beeindruckt.

»Meine Fresse«, flüsterte sie. »Ist *das* einer dieser Schamamen? Was machen wir jetzt?«

Der Gaalschamane beaufsichtigte das seltsame Treiben eine Weile, sah dann zum Himmel auf und wandte sich in ihre Richtung. Dania und Vala zogen sich rasch hinter ihre Deckung zurück. Der Schamane schnaubte, winkte zwei kräftige Gaalkrieger heran und entfernte sich von dem unheimlichen Ort.

»Erst einmal hinterher«, wisperte Dania und ihr Blick fiel wieder auf das mächtige Reittier der Gaale. Wenn ihre Gegner noch mehr von diesen Riesensalamandern besaßen, würde es die Reiterei der Verbündeten mit ernst zu nehmenden Gegnern zu tun bekommen.

Hastig entfernten sie sich von dem Zelt, passierten abermals eine Gruppe Gaalkrieger, die damit beschäftigt war, ihre Körper rituell zu bemalen, und folgten dem Schamanen ungesehen nach Osten.

Allmählich beruhigte sich Dania. Ihre Truggestalt war überzeugend genug, dass kaum einer der vielen Gaale, die sie am Wegesrand passierten, zu ihr aufsah. Auch Vala verbarg sich mittels ihrer Zauberei so gekonnt, dass es ihnen unbemerkt gelang, dem Schamanen zu einem natürlichen Erdhügel zu folgen, auf dem sich eine alte Trauerweide mit weit herabhängenden Zweigen erhob.

Unmittelbar unter dem Baum hatten die Gaale ein beeindruckend hohes Lederzelt mit Spitzdach aufgespannt, das ohne Zweifel ihrem Anführer als Quartier diente. Vor dem mit Fellen verhängten Eingang brannten zwei große Fackeln, und der große Gaal wischte einige im Weg hängende Äste beiseite, um in sein Zelt zu schlüpfen, während seine beiden Leibwächter unweit der Fackeln Posten bezogen.

»Siehst du hier sonst noch irgendwelche Gaale, die uns gefährlich werden könnten?«, fragte Dania leise.

»Nein«, kam es aus dem Schattenfeld neben ihr zurück. »Die übrigen Zelte stehen alle etwas weiter von dem Hügel entfernt. Wenn wir schnell zuschlagen, haben wir es lediglich mit drei Gegnern zu tun.«

»Wir riskieren besser keinen offenen Kampf«, wisperte Dania. »Du weißt selbst, dass das nicht gerade meine Spezialität ist. Ich denke, es ist besser, diesen Schamanen zu überraschen – nur wie?«

Vala kicherte. »Die Vögel waren ja nicht die letzten Hilfsmittel, die uns der Alte mitgegeben hat. Neben den Sturmringen haben wir auch noch diese Amulette, mittels derer wir uns lautlos anschleichen können.«

»Ja, aber nur einmal, dann ist ihre Wirkung verbraucht.«

»Wir benötigen sie ja auch nur einmal.« Vala wies zu der Trauerweide. »Ich tarne uns, wir robben von hinten an das Zelt heran und schneiden uns einen Weg durch die Planen. Sobald dieser Gaalschamane schläft, steche ich ihn ab und schneide ihm die Zunge heraus. Mithilfe unserer Sturmringe sind wir dann in nicht einmal einer halben Stunde wieder zurück.«

Dania durchdachte ihre Optionen. »Gut, aber lass uns vorsichtig sein.«

Sie umrundeten den Hügel weiträumig, aktivierten die Amulette, die ihnen Walmar mitgegeben hatte, und robbten lautlos und umhüllt von fließenden Schatten über die Rückseite des Hügels auf das Zelt des Schamanen zu. Erst als sie unter den überhängenden Zweigen hindurchgeschlüpft waren, erkannten sie, dass das Schamanenzelt nicht etwa vor dem Baum stand, sondern dass die Gaale die Behausung rings um den Baum errichtet hatten, mit dem Stamm des hohen Baums in der Mitte.

Die Schwestern zückten ihre Messer und nutzten die Magie der Amulette dazu, sich lautlos durch die hintere Lederwand des Schamanenzeltes zu säbeln. Ihr Vorhaben brauchte etwas Zeit, aber es funktionierte.

Vorsichtig schoben sie eine Lederbahn zur Seite und spähten ins Innere des Zeltes, das von mehreren trüben Tranlichtern ausgeleuchtet wurde.

Der komplette Innenraum war mit weißen und braunen Bergziegenfellen ausgekleidet, aus denen auch die Lagerstatt der Menschenechse gebaut war. An den Zeltwänden hingen seltsame, mit hellen Farben bemalte Holzmasken. Der Schamane besaß eine schwere Holztruhe aus menschlicher Fertigung, und neben dem Eingang erhob sich ein Stapel Tontöpfe und Schalen mit Knochen, über denen sich aromatischer Rauch kräuselte.

Der beeindruckende Gaalschamane selbst hockte im Schneidersitz und mit angewinkeltem Stummelschwanz jenseits des

Stamms der Trauerweide, deren Rinde übersät war mit eingeritzten Drachenrunen. Noch immer trug er sein auffallendes Federgewand und sein Blick war leicht gesenkt auf den gegenüberliegenden Eingang gerichtet. Auch die lockere Position seiner geschuppten, dreifingrigen Hände, die er auf den Knien abgelegt hatte, erweckte den Eindruck, als sei er weggetreten.

Wie in Trance.

Dania und Vala blickten sich erwartungsvoll an und Vala grinste.

Sie brauchten nicht auf den Schlaf des Gaals zu warten. Dank der Magie der Amulette schlüpften sie lautlos ins Zelt und erhoben sich.

Vala packte ihren Dolch fester, trat von hinten an den Gaal heran – als über ihnen die Lederplanen aufrissen. Ein dumpfes Knarren erklang und plötzlich schnellten die langen Zweige der Trauerweide wie Tentakel ins Zeltinnere, entrissen ihnen die Waffen und wickelten sich in Sekundenschnelle um ihre Körper und Gliedmaßen.

Vala schrie auf und schaffte es noch, einen Kugelblitz abzufeuern, der über ihren Köpfen im Laubdach explodierte, während Dania verzweifelt ihre eigene Magie heraufbeschwor, mittels derer sie Pflanzen manipulieren konnte. Doch der starke Wille, der sich ihr entgegenstemmte, war übermächtig.

Dania röchelte ebenso wie Vala, da sich dünne Äste um ihre Hälse wickelten und ihnen die Luft abschnürten. Ruckartig wurden sie von den Zweigen angehoben, bis sie hilflos unter dem Zeltdach baumelten wie eingesponnene Fliegen in einem Spinnennetz.

Der Zelteingang wurde aufgerissen und die Gaalkrieger drängten herein, doch der Schamane, der noch immer still vor dem Baumstamm saß, hob ruhig seine linke Schuppenhand, und die beiden Gaale verschwanden widerstrebend.

Dann erhob er sich und wandte ihnen sein grün geschupptes Antlitz zu, betrachtete sie mit seinen gelb geschlitzten Echsenaugen.

Interessiert. Lauernd. Und kalt.

Dania versuchte sich abermals mittels ihrer Magie gegen den Klammergriff der Äste aufzulehnen, doch die Kontrolle des Schamanen über den Baum war zu stark.

»Zzzauberrrerrr!«, zischelte der Schamane in einem kaum verständlichen Akzent. »Euerrr Gerrruchhh hat euch verrraten. Euerrr Plan, mich umzzzubringen, issst gessscheiterrrt.«

Vala würgte.

»Ihr seid zu wenige«, presste Dania zornig hervor. »Spätestens morgen werdet ihr alle verrecken!«

»Dessswegen, Zzzauberrrin, sind wir hierrr. Wirrr alle sssuchen den Tod! Fürrr ein höherrresss Zzziel!« Der Gaal trat näher an sie heran, schnüffelte und blinzelte auf befremdliche Weise. »Auch euerrr Leben dient jetzzzt einem höherrren Zzziel. Hörrrssst du esss?«

Der Gaal hob mahnend einen Finger seiner Pranke, und irgendwo im Lager erklang das Gebrüll eines Drachen. »Glaube mirrr. Sssie haben immerrr Hungerrr …!«

Boltan glitt an Ambras Hand durch das allgegenwärtige Grau. Inmitten der seltsamen Umgebung glitten immer wieder vage erkennbare Gestalten an ihnen vorüber, hin zu dem verheißungsvollen Licht, das sich fahl und trübe über ihnen im Dunst abzeichnete. Verstorbene Seelen.

Ihre Zahl wurde beständig geringer, während sie ihren Weg fortsetzten – und erstmals empfand er so etwas wie Kälte.

Kälte?

Bislang hatte er in dieser Sphäre überhaupt keine Temperaturunterschiede verspürt. Nun fröstelte es ihn. Boltan spürte in sich hinein und begriff, dass die eigentümliche Kälte in ihm selbst aufstieg. Sie speiste sich aus Empfindungen, die das Gegenteil dessen waren, womit das Licht über ihnen lockte.

Hoffnungslosigkeit, Hass und Gier.

Und niemals endende Rachsucht.

Boltan bekam Angst. Und als er panisch zu dem fernen Himmelslicht aufsah, hatte es sich deutlich von ihnen entfernt.

»Ambra, wohin bringst du mich?«, rief er besorgt.

Aus dem Dunst vor ihnen schälten sich ebenso schroffe wie scharfkantige Silhouetten, die unvermittelt unwirtliche Formen annahmen und schlagartig zu einem ebenso monströsen wie granitenen Gebirge emporwuchsen, das den kompletten Horizont ausfüllte.

Boltan ächzte angesichts des abrupten Szenenwechsels, denn irgendwie kamen ihm die gewaltigen Berggipfel, abschüssigen Felswände und steilen Grate vertraut vor.

Er und Ambra standen jetzt auf einer leicht abschüssigen Felsplattform, während rings um sie herum ein beunruhigendes Grummeln zu vernehmen war, das in der Bergwelt widerhallte. Aufgeschreckt blickte er zu der mächtigen Felsenkulisse auf und entdeckte linkerhand, jenseits der steil aufragenden Felswände, tiefschwarzen Rauch, über dessen Unterseite tiefroter, bedrohlicher Lichtschein flackerte.

Das beunruhigende Leuchten schien sich selbst am öden Himmelsgrau des Firmaments widerzuspiegeln. Plötzlich donnerte es in dem seltsamen Gebirge und lautes Getöse erfüllte die Schluchten und Täler. Erschrocken sah er mit an, wie dem Himmel in der Ferne gewaltige Feuerlohen entgegenschlugen.

Nein, das waren nicht bloß Feuerlohen.

Ein ganzer Berg inmitten der felsigen Einöde explodierte förmlich und schleuderte rote Glut an den Himmel. Unter rollendem Getöse prasselte das geschmolzene Gestein auf die umgebenden Grate und Bergzüge nieder, als schon der nächste Ausbruch erfolgte.

Rasend. Aufbegehrend.

Voller Hitze. Wut. Und Hass.

Glühende Lavamassen drängten aus den Gebirgspässen hervor, die wie schwärende Wunden von schwarzen Krusten wie Schorf überspannt wurden. Erbarmungslos walzte das Blut der Berge über Fels und Gestein, begrub Gebirgskämme und Grate unter sich und stürzte einer glühenden Zunge gleich hinab in ein finsteres Tal, in dem es immerzu leise summte.

Summte?

Boltan trat an die Abbruchkante des Plateaus heran, spähte in die Tiefe und glaubte weit unter sich ein seltsames Gewimmel aus bewegten Schatten auszumachen. Er blinzelte, um mehr zu erkennen, und begriff schlagartig, dass sich das Gewimmel dort unten aus Tausenden Leibern zusammensetzte. Das war kein Summen. Das war der leise Widerhall Abertausender gellender Schreie.

»Ambra«, ächzte er. »Sagst du mir endlich, wohin du mich gebracht hast?«

»Man nennt diesen Ort den Abgrund«, erklärte seine kahlköpfige Gefährtin tonlos. »Hierhin verschlägt es all jene, die sich von ihren alten Leben nicht lösen können. Gepeinigte Seelen. Neidische Seelen. Seelen voller dunklem Verlangen und Qual.«

»Haben die irgendetwas Böses angestellt, dass sie so bestraft werden?«

»Wer sollte sie hier bestrafen?« Ambra zuckte mit den Achseln. »Sie alle haben sich dem Licht freiwillig entzogen. Einige von ihnen aus missverstandener Liebe oder weil sie dachten, sie hätten noch eine Aufgabe im Leben zu erfüllen. Doch aus ihrer Liebe wurde dunkles Verlangen, aus den Aufgaben blinder Eifer, und aus alledem schließlich Hass, Gier und Neid auf die Lebenden.« Ambra seufzte. »Sie alle da unten wissen, dass sie eigentlich loslassen müssen. Dass nichts für immer ist. Dass sie sich all das, was sie im Leben gewannen, erneut aufbauen müssen. Doch dazu sind sie nicht bereit.«

Sie sah auf und in ihren Augen schimmerte die rote Glut der Berge. »Doch so sind nicht alle. Viele da unten fürchten, was sie im kommenden Leben erwartet. Denn wie du festgestellt hast, wiederholen sich einige Dinge in deinen Leben – und du wirst mit den Folgen deines verblichenen Tuns konfrontiert. Diese Seelen haben Angst vor ihren Schicksalen, die sie selbst zu verantworten haben. Vielleicht sind sie auch längst wahnsinnig. Sie wollen leben und brennen doch darauf, den Kreislauf des Lebens zu durchbrechen. Und so gieren sie nach der Körperlichkeit jener, die noch im Leben stehen.«

»Dann sind es diese Seelen, derer sich die Totenbeschwörer bedienen?«

»Vermutlich. Zumindest sind die da unten alle dazu bereit, ein Dasein als Sklave fremden Willens zu fristen, wenn sie nur endlich wieder etwas empfinden können.«

»Werden auch wir so enden?«

Ambra zuckte mit den Schultern. »Wer weiß. Vielleicht. Wenn wir nicht aufpassen …«

Boltan wandte sich von dem beunruhigenden Anblick ab und sah zu der monströsen Bergkulisse auf, aus der ihnen weiterhin dumpfes Donnergrollen entgegenschlug. Noch immer stoben in der nahen Bergwelt grelle Flammen zum Himmelsgrau auf.

»Dieser Ort … er könnte auch anders aussehen, oder?«

»Richtig. Ebenso wie die Bibliothek der Toten hat er die gewünschte Gestalt desjenigen angenommen, der ihn am stärksten geprägt hat.«

»Wenn das hier irgendetwas mit dem Drachenkönig Yolsulgur zu tun hat, dann hat er diesen Ort vermutlich den Fackelbergen nachempfunden. Seiner einstigen Heimat.«

»So ist es. Denn sie ist ihm Heimat und Albtraum zugleich.«

Boltan rieb sich über den Arm. Trotz der nahen Glut fröstelte er noch immer. »Du wolltest mir hier etwas zeigen.«

Ambra marschierte auf die schroffe Bergwand vor ihnen zu. Boltan folgte ihr.

Im Berg tat sich ein riesiger schwarzer Spalt auf, der anders und doch ähnlich war wie der Höhlenzugang zum Drachenthron. Die seltsame Kälte, die Boltan aus dem Dunkel des Berges entgegenschlug, war nun fast greifbar. Und anders als Ambra zögerte er zunächst, weiterzugehen. Doch da sie nicht innehielt, trat auch er in den Berg hinein.

Sie gelangten in eine riesige Tropfsteinhöhle mit einander entgegenwachsenden Stalagmiten und Stalaktiten, von denen viele scheinbar schon vor langer Zeit zu schwarzen Säulen erstarrter Pracht zusammengewachsen waren. Der Felsboden zu ihren Füßen hingegen war von langen Schrammspuren zerfurcht, die wie Hinterlassenschaften von riesigen Krallen wirkten. Und endlich begriff er, wohin ihn Ambra gebracht hatte.

»Wir stehen in Yolsulgurs Hort?«

»Ja, hier, nahe dem Abgrund, hat er sich in der langen Zeit, da er leibhaftig im Totenreich weilte, ein Refugium geschaffen.« Sie beugte sich vor und wies auf eine schwarze Drachenschuppe am Boden. Boltan runzelte die Stirn, denn diese wirkte … anders als der Rest der Umgebung. Konturierter. Echter.

Körperlicher.

»Meine Güte«, ächzte er, während er sich im Zwielicht der riesigen Höhle umsah. Überall auf dem Höhlenboden um sie herum und zwischen den gewaltigen Tropfsteinen lagen herabgerissene Hautfetzen und Brocken schwärenden Fleisches. »Vermutlich war Yolsulgur das erste Wesen überhaupt, das das Totenreich lebendigen Leibes betrat.«

»Mit *Lebewesen* hast du vermutlich recht«, erwiderte Ambra vieldeutig und führte ihn tiefer in die Drachenhöhle hinein. »Nur ist ihm das nicht gut bekommen. Die Sphären von Diesseits und Jenseits haben sich bei diesem Einbruch in die bestehende Ordnung vermischt, und er ist hier bei lebendigem Leib verrottet, ohne dass sich sein Geist von seinem Körper lösen konnte.«

Boltan stöhnte. »Was aus ihm wurde, haben wir ja am Drachenthron gesehen. Eine Kreatur der Nacht, die sich verzweifelt an den vermoderten Rest seiner stofflichen Existenz klammert. Ein Grenzgänger zwischen den Welten.« Er sah Ambra an. »Ist er denn überhaupt noch ein Drache?«

»Sicher. Ebenso, wie du und ich menschlich sind, solange man das von unseren Seelen behaupten kann. Nur dürfte sein Verstand in der langen Zeit hier schweren Schaden genommen haben. Alles, was ihn treibt – was ihn vermutlich schon früher trieb –, ist die unsägliche Gier nach Macht und Unterwerfung. Und um dieses Ziel zu erreichen, kennt er fortan keine Grenzen mehr.«

Ambra deutete auf einen breiten Felssims, auf dem sich in dem grauen Zwielicht kleinere Gegenstände abzeichneten.

Von Neugier erfüllt näherte sich Boltan dem Sims und blieb überrascht stehen. Dort lagen neben ein paar Fleischbrocken, die dem untoten Drachen vom Leib gefallen waren, einige weitere Objekte, die überaus konturiert und real wirkten. Scherben.

Boltan beugte sich vor und sah, dass dies die Überreste von

fünf kunstvollen, weiß lasierten Keramikgefäßen mit elfischen Ornamenten waren, von denen jede ursprünglich so groß wie eine Urne gewesen war.

Waren das Urnen? Rätselhaft waren die Pentagramme auf den einzelnen Deckeln. Auch sie waren zerbrochen. Er versuchte die Scherben zu berühren und spürte eine unsichtbare Kraft, die ihn abstieß. Er versuchte es abermals, doch es wollte ihm nicht gelingen.

»Was ist das hier?«

Ambra stand schräg hinter ihm, ihre Augen waren ebenfalls auf die Scherben gerichtet. »Etwas Schlimmes«, sprach sie. »Zumindest, wenn man den Blättern dort drüben glauben will.«

Boltan folgte ihrem Fingerzeig und entdeckte nicht weit von dem steinernen Sims entfernt einen riesigen Haufen welliger Laubblätter auf dem Höhlenboden, die offenkundig aus der Bibliothek der Toten stammten. Er sammelte eines auf und betrachtete stirnrunzelnd die enge Schrift. Sie war kaum zu entziffern.

»Er hat diese Blätter von den Lebensbäumen abgerissen und hergebracht?« Die Tat erschien ihm wie ein Sakrileg. »Was enthüllen sie über die Scherben da hinten? Die Gefäße stammen nicht von hier, oder? Die wirken so, als kämen sie ebenfalls aus der Welt der Lebenden. Nur … sind sie eindeutig elfischer Machart. Wie passt das zusammen?«

Ambra trat an seine Seite. »Es handelt sich bei den Objekten um Seelenkerker. Die grausamste Strafe, die es einst bei den Elfen gab.«

»Seelenkerker?« Boltan schwante Übles.

»Eine Methode, die die alten Elfen einst ersannen, um die schlimmsten Verbrecher unter den Ihren zu bestrafen. Sie richteten die Missetäter hin, fingen ihre Seelen nach ihrer Hinrichtung auf magische Weise ein und sperrten sie in magisch präparierte Stäbe, Gefäße und Masken.«

»Das heißt, in den zerbrochenen Gefäßen da hinten steckten die Seelen einstiger Elfen?«

Ambra nickte unheilvoll.

»Warum taten die alten Elfen das?«

»Kannst du dir das nicht denken? Jetzt, da du um so viele Geheimnisse des Lebens weißt.«

Boltan runzelte die Stirn.

»Jene Seelen, die in die Seelenkerker eingesperrt wurden«, erklärte Ambra, »sollten fortan aus dem Kreislauf des Lebens ausgeschlossen werden.«

»Aus dem Kreislauf des Lebens ausgeschlossen? Das ist ja fürchterlich!«, sprach Boltan bestürzt. »Aber … was machen diese Gefäße hier im Totenreich? Das ergibt doch keinen Sinn.«

»Die Gefäße befinden sich hier, weil die alten Elfen wussten, dass in der Welt der Lebenden selbst eine Ewigkeit nicht ewig währt. Die Seelen in diesen Gefäßen sollten jedoch dauerhaft vom Leben ausgeschossen bleiben. Die Elfen stießen die Behältnisse deshalb durch winzige Sphärenrupturen ins Totenreich, wo sie – ohne zu verrotten oder sonst wie Schaden zu nehmen – durch den Limbus treiben sollten. Für immer.«

»Aber der Zustand des Drachenkönigs deutet darauf hin, dass auch hier für stoffliche Objekte die Zeit verrinnt.«

»Das ist wahr.« Ambra seufzte. »Nur glaube ich nicht, dass das den Elfen damals bewusst war. Und wie du siehst, wurden diese hier von Yolsulgur aufgebrochen.«

Boltan beäugte die Scherben der einstigen Seelengefäße. Die Pentagramme auf ihren Deckeln kannte er von irgendwoher.

Nur woher?

»Welche Untaten gibt es, für die eine solch grausame Strafe angemessen ist?«, fragte er.

»Angemessen? Ich wage nicht, derart zu urteilen.« Auch Ambra musterte unglücklich die Überreste der Seelenkerker, die Yolsulgur irgendwo im Totenreich ausfindig gemacht und dann aufgesprengt hatte. »Jene Untaten, die diese fünf Seelen hier begangen haben, kannst du aber auf den Blättern ihrer Lebensbäume nachlesen. Wenn du erst begreifst, welchen Frevel die Fünf heraufbeschworen haben, dann begreifst du vielleicht auch, warum die Elfen damals so handelten, wie sie handelten. Und dann verstehst du auch, welches Interesse Yolsulgur einst an der Bibliothek der Toten hatte – und welche Gefahr den Jungen Königreichen heute droht.«

Boltan wollte soeben nach den welken Blättern der Lebensbäume greifen – als er bestürzt innehielt.

»Ambra«, wisperte er, »täuscht mich mein Gefühl, oder sind wir diesen fünf Elfenseelen schon einmal begegnet? Dein alter Lehrmeister Rasgath Tiefwasser deutete damals in Helgrinshall ihre wahre Natur an. Es handelt sich bei ihnen um diese fürchterlichen, kaum bezwingbaren Blutgeister, habe ich recht?«

Ambra deutete auf die Blätter. »Lies, Boltan. Lies, was sie getan haben.«

Boltan hockte sich auf den Felsboden und ergriff ihre Lebensblätter. Er hatte Schwierigkeiten, die winzige Schrift zu entziffern. Doch je länger er las, desto besser gelang es ihm und desto kälter wurde ihm zumute.

Irgendwann blickte er auf. Er zitterte.

Er mühte sich wieder auf die Beine und kämpfte gegen den aufsteigenden Schwindel an. Wie konnte ihm hier schwindlig werden?

»Ambra«, sagte er schockiert. »Wir müssen zurück ins Leben. Wie auch immer wir das anstellen … wir müssen zurück. Unbedingt. Und wir müssen die anderen warnen.«

»Ich weiß«, sprach Ambra leise. »Nur wirst *du* tun müssen, was getan werden muss. Denn ich weiß nicht, ob und wie sich mein Schicksal erfüllt. Dieses Blatt ist noch nicht geschrieben.« Sie trat dicht an ihn heran. »Du weißt es vielleicht nicht, aber es gibt Kräfte, die dir den Weg zurück geebnet haben. Allerdings gibt es Orte in diesem Reich, an denen die Sphären durchlässiger sind als andernorts.«

Irritiert sah Boltan sie an.

In Ambras Augen funkelte es. »Hast du Lust, etwas zu spuken?«

Tandurin blieb mit dem Zügel in der Hand stehen, vernahm hinter sich das leise Schnauben des Packesels und versuchte sich in der grauen Suppe zu orientieren, die ihn seit Stunden umgab. Schemenhaft waren vor ihm dunkle Felsen zu erahnen, die scharfkantig in die Höhe ragten, und immer wieder musste er aufpassen, dass er nicht auf den Matten rutschigen Mooses ausglitt, die das Gestein zu seinen Füßen bedeckten. Und doch veränderte sich die Umgebung allmählich. Vor ihm im Dunst ragten erstmals zwei kleine Tannen auf. Und vorhin war er an einer Krüppelkiefer vorbeigekommen, was bedeutete, dass er sich wieder auf eine Höhe herabgearbeitet hatte, wo Bäume wuchsen.

Das neblige Tal, zu dem ihn die Trolle hinuntergeschickt hatten, war viel tiefer, als er angenommen hatte. Den kompletten letzten Nachmittag hatte er sich bereits mit dem Abstieg abgemüht, die Nebelgrenze jedoch erst erreicht, als bereits der Abend über dem majestätischen Gebirge dämmerte. Die Nacht hatte er frierend unter einem kleinen Felsenüberhang verbracht, und war nun schon wieder zwei oder drei Stunden unterwegs, seit die Sonne über ihm als trübe Funzel aufgegangen war. Leider wurde der Nebel immer undurchdringlicher, je tiefer er zum Talgrund herabstieg.

Tandurin seufzte, denn ursprünglich hatte er einfach den Schwebering benutzen wollen, um sich mit seiner Hilfe auf den Grund des Tals herabsinken zu lassen.

Nur sahen die Regeln der Prüfung keine Zauberartefakte vor.

Er hatte nicht nur den nützlichen Schwebering bei Catalea zurücklassen müssen, sondern auch sein nutzloses Gipfelalkhorn, das er seit Wochen mit sich herumschleppte. Am meisten aber schmerzte ihn der Verlust des goldenen Amuletts, das er damals in Silbersteig erbeutet hatte, und das ihn schon mehrfach davor bewahrt hatte, im Feuer zu verbrennen.

Alle anderen Mittel schienen im Kampf gegen den Drachen erlaubt zu sein. Selbst List und Tücke. Statt sich also leichtfertig in den Zweikampf mit dem abgestürzten Drachen zu werfen, war er dazu gezwungen gewesen, einen Plan zu entwickeln. Und das war vermutlich auch gut so.

Anders als die meisten Bewohner der Jungen Königreiche hatte er den Drachen schon mehrfach gegenübergestanden. Und noch immer war ihm das schreckliche Schicksal seiner einstigen Lehrmeisterin Escalia Rotdrud im Gedächtnis, die von Alruna von Greifenfels in ihrer Drachengestalt auseinandergerissen worden war.

Er hatte es Catalea gegenüber nicht eingestanden, aber bei der Aussicht, diesmal einer dieser monströsen feuerspeienden Echsen allein gegenüberzustehen, grauste es ihn.

Tandurin hatte daher ein kühnes Vorhaben gefasst. Er würde den Drachen in eine Falle locken. Im Tal gab es vermutlich nicht viele Tiere, die einem Drachen als Nahrung dienen konnten. Das Untier musste inzwischen ausgehungert sein, Tandurin würde ihn also mit dem Packesel ködern. Wie genau, wusste er noch nicht, aber er war es gewohnt zu improvisieren.

Tandurin zog das Tier weiter hinter sich her. Sie passierten weitere hohe Felsen und Bäume und immerzu waberten Schwaden grauen Dunstes an ihnen vorüber. Schließlich wurde der Untergrund weniger abschüssig. Hatte er den Talgrund endlich erreicht?

Misstrauisch verengte er die Augen, denn von nun an galt es, höchste Vorsicht walten zu lassen.

Er lauschte. Doch abgesehen von einem gelegentlichen Säuseln des Windes, der die Nebelfinger leicht aufwirbelte, war nichts zu hören.

Eine gute weitere Stunde stapften Tandurin und der Packesel weiter durch das allgegenwärtige Grau. Die vereinzelten Bäume wurden zu einem lichten Wald aus mittelhohen Kiefern und Fichten, deren schlanke Schemen dazu beitrugen, seine Sinne zu verwirren. Der dichte Nebel verschluckte die meisten Geräusche. Wann immer sich seine Stiefel auf dem moosigen, nebelfeuchten Untergrund mit einem Schmatzen lösten, schreckte er zusammen. Tandurin umrundete vorsichtig hohe Felsen, die zwischen den Fichten aufragten, suchte den Boden nach Spuren des Drachen ab und wollte schon aufgeben, da er nirgendwo fündig wurde – als der Esel hinter ihm ängstlich schnaubte.

Alarmiert fuhr Tandurin herum. Das Tier zog an den Zügeln, so als habe es die Witterung von etwas aufgenommen, das es beunruhigte. Auch er hielt seine Nase in den Dunst, doch da war nichts. Es roch hier bloß leicht nach Moosen und altem Gestein.

Oder irrte er sich?

Rasch führte er den Esel zurück zu dem kleinen Baumbestand,

den er zuletzt erblickt hatte. Dieser war in dem undurchdringlichen Nebel kaum wiederzufinden, doch erinnerte er sich, dass der Untergrund dort deutlich erdiger gewesen war als hier.

Er erreichte die Stelle, band den Esel an einem Stamm fest, nahm den mitgeführten Spaten zur Hand und überprüfte, ob sich die Stelle für sein Vorhaben eignete.

Allzu bald schrammte das Spatenblatt über Fels. Er hätte sich eigentlich denken können, dass es hier keine Möglichkeit zum Ausheben einer Grube gab. Überhaupt, was hatte er eigentlich geglaubt, wie lange er für eine solche Buddelei Zeit hatte? Allein ein kellergroßes Loch auszuheben und dieses mit einigen angespitzten Pfählen zu versehen, war kompletter Unsinn. Er musste sich etwas anderes einfallen lassen.

Er sann darüber nach, ob sich die Bäume mittels magischer Hilfe hin zum Boden biegen lassen würden. Ihm schwebte eine übergroße Kaninchenfalle samt dem Esel als Köder vor. Er könnte das angepflockte Tier großflächig mit einer Seilschlinge umgeben und das Ende des Seils an einer niedergedrückten Baumspitze festmachen. Wenn der Drache den Auslöser umriss, würde der Baum hochschnellen und den Drachen vielleicht mit sich reißen.

Bedauerlicherweise beherrschte er Boltans Formel zum Anheben und Bewegen von Dingen nicht. Mehrere Wochen lang hatte sein Gefährte versucht, ihm den nützlichen Trick beizubringen, doch entweder war Tandurin zu dumm für den Zauber – oder sein Talent reichte nicht aus.

Er vermisste Boltan.

Tandurin fasste wütend eine der Fichten über ihm ins Auge, konzentrierte sich und versuchte, den Baum Kraft seines Willens zu bewegen. Doch alles, was er erreichte, war, dass sich weit oben einige Nadeln lösten, die auf ihn herabrieselten.

Aufgebracht schüttelte er die Nadeln aus seinen Haaren – und plötzlich dämmerte ihm, dass auch dieser Plan an einem grundsätzlichen Problem krankte: Drachen waren keine einfachen Tiere. Das waren hochintelligente Wesen.

Würde er in eine derart primitive Falle laufen? Natürlich nicht.

Im Gegenteil, der Esel musste sogar frei herumlaufen, wenn

er als Köder taugen sollte. Tandurin dachte verzweifelt darüber nach, wie er daraus Vorteil schlagen konnte – da erklang im Tal fürchterliches Drachengebrüll.

Auch der Nebel schien dichter zu werden.

Der Esel blökte verzweifelt und zerrte an dem Strick, mit dem er ihn an dem Baum festgemacht hatte.

Das Brüllen wiederholte sich, und rechterhand – inmitten des allgegenwärtigen Graus – war plötzlich flackernder Lichtschein auszumachen.

Tandurin durchrieselte es eiskalt. Wurde er gerade vom Jäger zum Gejagten? Er musste hier schleunigst weg.

Gedämpft war im Nebel das Brechen junger Bäume zu hören, als Tandurin beschloss, seinem Schicksal gerecht zu werden.

Er brauchte keine Falle. Er besaß Zaubermacht.

Er würde den Drachen mittels seiner Magie überraschen.

Den Spaten noch in der Hand, entfernte er sich von dem bemitleidenswerten Tier, suchte in der nahen Umgebung eine höhere Position und erklomm hastig einen nicht allzu weit weg stehenden Baum, von dem aus er die Stelle, an der er den Esel festgemacht hatte, vage einsehen konnte. Böse lächelte er, denn er würde den Drachen einfach mit der Illusion einer Felswand umgeben, die ihn an Ort und Stelle festhielt, während er die Kreatur mit seiner Magie angriff.

Gespannt hielt er Ausschau nach seinem Gegner, denn im Nebel war es wieder still.

Fast so, als traue die Feuerechse dem aufgetischten Braten nicht.

Der Esel blökte und riss an dem Seil, und Tandurin ärgerte sich darüber, dass er es nicht gelöst hatte. Andererseits war das Tier im Nebel eh nur als vager Schemen auszumachen. Bis der Drache begriff, dass das Tier einen Besitzer hatte, war es zu spät für ihn.

Nur, wo war das Ungeheuer?

Das panische Gebaren des Esels deutete darauf hin, dass der Drache in unmittelbarer Nähe lauern musste.

Tandurin hielt sich zum Zaubern bereit, als er aus den Augenwinkeln heraus einen bläulich dunklen, schlanken Schatten bemerkte, der aus dem Grau hervorschnellte, gegen den Baumstamm hämmerte, auf dem er hockte, und diesen durchschüttelte. Ein Drachenschwanz. Unter Tandurin brach Holz, die junge Fichte knirschte und kippte. Tandurin begriff, dass ihn sein übermächtiger Gegner längst gewittert hatte; er brüllte erschrocken auf und versuchte verzweifelt, sich irgendwo festzuhalten.

Abermals röhrte Drachengebrüll durch den Nebel, diesmal ganz nah. Ein gefährliches Rasseln folgte, dass Tandurin nur zu gut kannte: Drachenfeuer!

Ohne nachzudenken sprang er von dem halb umgerissenen Baum, dann stob eine grelle Feuerwolke aus dem Dunst und der Baum hinter ihm ging knisternd in Flammen auf.

Tandurin rollte sich auf dem moosigen Untergrund ab und feuerte ohne nachzudenken einige Steinschrapnelle auf den Schatten im Nebel ab. Das Ungetüm ließ sich davon kaum beirren. Im Gegenteil. Abermals fegte infernalisches Drachengebrüll heran und ein weiterer Glutstrahl schoss auf Tandurin zu.

Er warf sich mit einem Aufschrei zur Seite, während schräg hinter ihm ein weiterer Baum Feuer fing, schlug einen Haken und rannte in jene Richtung, aus der der Drache ursprünglich gekommen war.

Hinter ihm rasselte es laut und es brachen Äste, als sein Verfolger hinter ihm her walzte. Tandurin versuchte sich abermals an einem Zauber: diesmal einem illusionären Bollwerk. Er beschwor zwischen sich und seinem Verfolger das Trugbild einer großen, schweren Mauer nach Art der Albenhainer Trollmauern herauf, die ihm Zeit verschaffen sollte, sich zu verstecken.

Durch das trügerische Gestein sah er abermals Drachenfeuer aufflackern. Wie konnte das sein? Der feurige Odem der Echse brannte gewaltige Löcher in das Blendwerk, als bestünde die Mauer aus schwelendem Pergament. Ungläubig schaute Tandurin dabei zu, wie sich die Mauerillusion innerhalb von Augenblicken auflöste.

Drachen konnten Trugbilder durchschauen – und diese brechen?

Warum, verdammt noch einmal, hatte ihn niemand davor gewarnt?

Er wirbelte herum und rannte.

Nur knapp wich er Felsen und Bäumen aus, die sich vor ihm aus dem Dunst schälten, dann ging es bergauf und an hohen Felsen vorbei, während der Drache näher rückte.

Seinen Fehler bemerkte Tandurin erst, als es zu spät war. Bei seiner Flucht geriet er in ein hoch aufragendes Felsmassiv, dessen Wände sich vor ihm verengten. Dicht hinter ihm ertönten rasselnde Laute und stampfende Geräusche.

Panisch sah er sich um, als er begriff, dass er in das Lager des Drachen geraten war. Darauf deuteten die Schrammspuren von Drachenkrallen auf dem Flechtwerk an den Felsen sowie die Fell- und Knochenreste zerbissener Kaninchen ringsum hin.

Hinter ihm erklang ein gereiztes Fauchen.

Flink sprang er an einer Felswand empor und kraxelte vier oder fünf Schritte nach oben, indem er sich an Vorsprüngen und kleineren Rissen im Gestein festhielt. So erreichte er einen überhängenden Felsbuckel, auf den er sich erleichtert zog, als er den Drachen abermals vernahm. Diesmal direkt unter sich.

Krallen kratzten über das Gestein und er hörte, wie die Feuerechse enttäuscht schnaubte.

Tandurin linste über die Felskante und entdeckte unter sich im Nebel einen schwarzen, länglichen Schatten. Genaueres war nicht zu erkennen, aber es wirkte so, als würde der Drache eine seiner Schwingen hinter sich her schleifen.

Diesmal konnte er seinen Gegner auch riechen. Von ihm ging ein leichter Geruch nach Säure und Schwefel aus, der ihn an das alchimistische Labor seiner einstigen Lehrmeisterin erinnerte.

Tandurin überlegte, abermals einen ganzen Hagel aus Schrapnellen auf ihn abzufeuern, als er den großen Felsen neben sich erblickte. Er stand unmittelbar an der Kante des Felsbuckels und schien von weiter oben auf den Sims herabgestürzt zu sein.

Vorsichtig trat Tandurin von hinten an den Felsklotz heran und versuchte ihn zu bewegen. Er rührte sich kaum, wackelte lediglich ein kleines Stück auf dem steinernen Untergrund. Tandurin mühte sich an ihm ab, doch seine Kräfte reichten nicht aus, um den schweren Brocken über die Kante zu schieben.

Doch das musste er. Unbedingt.

Entschlossen stierte Tandurin den Felsen an, konzentrierte sich abermals auf den Zauber, den Boltan versucht hatte ihm beizubringen, und ließ ihn los wie eine schnellende Sehne. Der Klotz begann nicht zu schweben, doch die Kraft versetzte ihm einen heftigen Stoß. Und der reichte, um den Brocken über die Kante kippen und in die Tiefe stürzen zu lassen.

Unter ihm ertönte ein unangenehmes dumpfes Geräusch, wie Stein auf Knochen, ein wimmerndes Jaulen drang aus der Tiefe, dann rumpelte es, und es wurde still.

Lauschend zog Tandurin sein Schwert, denn er konnte nichts sehen.

Als er nichts weiter hörte, machte er sich an den Abstieg. Und zum ersten Mal sah er seinen Gegner aus der Nähe.

Der Drache schnaubte kaum wahrnehmbar und schien bewusstlos zu sein. Sein Schuppenkleid war bis zu den Nüstern von anthrazitfarbener blauer Färbung und eine seiner Schwingen war gebrochen. Allerdings war er auffallend jung und zu Tandurins Überraschung gerade mal so groß wie der Packesel.

Erstaunt schüttelte er den Kopf, denn er konnte kaum glauben, dass er vor diesem Drachen Reißaus genommen hatte. Und doch …

Misstrauisch trat er vor und betrachtete ihn eingehend.

Tandurin war sich nun sicher, dass dieses Exemplar hier nicht bei der Brut gewesen war, die Alruna von Greifenfels in Helgrinshall von den Gaalen hatte großziehen lassen. Und das bedeutete, sie unterhielt noch weitere Orte, an denen sie alte Dracheneier ausbrütete.

Bei der Erkenntnis durchrieselte es ihn kalt.

Womöglich standen ihnen also weit mehr Drachen gegenüber, als sie gedacht hatten. Er lächelte grimmig.

Bald einer weniger.

Entschlossen trat er an den Hals des Drachen heran und sah grünes, leicht dampfendes Blut aus einer Wunde zwischen den Schuppen quellen. Offenbar waren die Schuppen an dieser Stelle deutlich weicher, und dort hatte er ihn mit seinen Steinschrapnellen verwundet. Auch am Schädel blutete der Drache. Sein Drachenhaupt war fast doppelt so groß wie ein Pferdeschädel, und der blutige Höcker zwischen den Augen konnte sich sehen lassen. Der Felsklotz musste die Echse dort hart erwischt haben.

Tandurin setzte sein Schwert unmittelbar über der Halswunde an, atmete entschlossen ein – als das Ungetüm seine gelben Augen aufschlug.

Er und der Drache sahen sich aus unmittelbarer Nähe an und Tandurin entdeckte in dem unerwarteten Blick eine Mischung aus Gefühlen, die ihn schier überwältigten: Angst. Panik. Schmerz. Erkennen.

Und schließlich … Trauer.

Der Drache wirkte so hilflos. So, als wäre er viel zu früh auf die Welt losgelassen wurden. Und doch wusste dieses Wesen ganz genau, was ihm nun blühte.

Er schnaubte und nur schwach bewegte er seine intakte Schwinge, so als habe er längst aufgegeben. Und irgendwie las Tandurin in dem Blick die Bitte, es schnell zu machen.

Tief atmete er ein, umfasste abermals den Griff des Schwertes, um dieses tief in den Hals des Drachen zu rammen … und schaffte es nicht.

Stattdessen ächzte er, taumelte zwei Schritte zurück, ließ das Schwert klirrend zu Boden fallen und setzte sich auf einen Stein.

Die Echse schnaubte wieder, und noch immer schauten er und der benommene Drache einander an.

»In was für eine Scheiße sind wir beide geraten?« Tandurin stöhnte, ohne dem Blick auszuweichen. »Leider *muss* ich dich umbringen, Kamerad. Sonst helfen uns die Trolle nicht. Bestimmt wissen sie nicht, wie jung du noch bist. Also los, tu wenigstens so, als ob du dich wehrst.«

Der Drache mühte sich langsam in die Höhe und Tandurin sprang auf die Beine, sammelte rasch das Schwert auf.

»Komm schon, bringen wir es zu Ende!« Tandurin hob die Klinge und machte sich zum Zaubern bereit.

Etwas Rauch quoll aus den Nüstern des kleinen Lindwurms.

Doch die Echse machte noch immer einen armseligen Eindruck, und das nicht nur wegen ihrer versehrten Schwinge, die schlaff und wie ein gebrochener Fahnenmast an ihrer rechten Seite herabbaumelte.

Sie taumelte und schwer kippte sie wieder zu Boden.

»Mann, gib dir mehr Mühe!«, herrschte Tandurin den Drachen an. »Wenn irgendjemand erfährt, dass ich dich bloß mit einem Felsklotz bewusstlos geschlagen habe, dann nimmt mir niemand den Drachentöter ab!«

Der Drache schnaubte schwach und schloss müde die Lider.

Tandurin ließ das Schwert wieder sinken. Er seufzte schwer. Er konnte sich ja gern weiter vormachen, bloß auf die richtige Gelegenheit zu warten, sich mit diesem Drachen messen zu wollen. Aber die Wahrheit war, dass er es schlicht nicht fertigbrachte, ihn in diesem Zustand abzustechen.

Was jetzt?

Prüfung war Prüfung.

Wenn er den jungen Drachen so betrachtete, gab es für all das vermutlich bloß eine Lösung. Das Vieh musste aufgepäppelt werden, damit der Kampf eine Bedeutung hatte.

Tandurin schmiedete einen neuen Plan.

Er markierte den Weg hinter sich im Nebel vorsichtshalber mit Steinen, suchte im Dunst nach den brennenden Bäumen und fand so seinen störrischen und aus gutem Grund panischen Lastesel, den er zurück zu der Felsklamm mit dem verletzten Drachen zerrte. Die kommenden Stunden verbrachte er damit, mit seinen Werkzeugen eine solide Trage zu bauen, auf die er den verletzten Drachen mithilfe seines Packesels zerrte. Da er im Gebirge mit einigen Kletterpartien gerechnet hatte, hatte er genug Seile dabei, die er zum Festbinden des Drachen und als improvisiertes Zuggeschirr für die Trage nutzen konnte.

Es war schließlich später Nachmittag, als er sich endlich in die Zugschlingen lehnte und den verletzten Jungdrachen zusammen mit seinem Esel Richtung Talrand schleppte. Und je länger er die schwere Kreatur über den Untergrund zog, desto wütender wurde er. Auf den Drachen. Auf seinen mangelnden Mut.

Und schließlich auf die Trolle selbst.

Die mussten doch gewusst haben, was für ein Exemplar über den Bergen abgestürzt war. Hatten die allen Ernstes geglaubt, er würde einfach so ein vergleichsweise wehrloses Wesen abstechen? Das Vieh hinter ihm war vermutlich nicht mal halb so alt wie er und hatte noch nichts von der Welt gesehen.

Gut, aus dem Biest würde irgendwann ein richtiger Drache werden – und dann würde es vermutlich auch Zeit werden, ihn zu bekämpfen. Aber jetzt … konnte er es einfach nicht.

Aufgewühlt hielt er inne und sah sich erstaunt zu dem Drachen um. War das überhaupt möglich? Er empfand tatsächlich Mitleid mit diesem Wesen.

Und es war vermutlich völlig egal, ob die Trolle ihn heilten.

Er hatte ihm in die Augen geblickt und darin die gleichen Empfindungen wie bei jeder anderen lebenden Kreatur gesehen.

Er konnte ihn nicht mehr töten.

»Das ist eine beschissene Prüfung«, brüllte er zornig in den Nebel, riss sein Schwert aus der Scheide und schleuderte es fort. »Wenn ihr diesen Drachen tot sehen wollt, dann macht das gefälligst selbst!«

Über ihm im Gebirge rumorte es, als würde sich jenseits des Nebels ein Gewitter ankündigen. Argwöhnisch blickte Tandurin auf, dann vernahm er das Stampfen mächtiger Füße.

Abermals blökte der Esel hinter ihm panisch – und gleich fünf kolossale Gestalten mit langen zotteligen Haaren, baumlangen Speeren, Fellschürzen und steinern wirkender Haut traten aus dem Dunst hervor. Grimmig blickten sie auf ihn und den Drachen herab.

Zwei von ihnen traten vor, knüpften den Drachen von dem Gestell, das Tandurin gebaut hatte, und trugen ihn fort. Die anderen beiden ergriffen den nur noch quiekenden Packesel und schleppten ihn ebenfalls in den Nebel.

»Was, verdammt noch mal …?« Rätselnd blickte ihnen Tandurin hinterher.

Der riesige Anführer der Trolle trat vor ihn, blickte aus seinen geröteten Augen über der großen Knollnase auf ihn herab und brummte etwas in tiefen Basslauten.

Dann drehte auch er sich um und war kurz darauf im Nebel verschwunden.

Tandurin sah ihm konsterniert nach.

»Hey, kann mir mal jemand erklären, was das alles zu bedeuten hat?«, rief er ihnen hinterher. »Ich wollte euch nicht beleidigen. Es ging mir bloß ums Grundsätzliche.«

»Du hast die Prüfung längst bestanden – und mich sehr stolz gemacht«, kam es aus dem Nebel. Dort tastete sich eine schlanke Frauengestalt in seine Richtung.

»Catalea!« Tandurin lief auf sie zu und stützte die Seherin. Verwirrt sah er in die Richtung, die die Trolle eingeschlagen hatten. »Ich verstehe das nicht. Ich habe den Drachen doch gar nicht getötet.«

Catalea lächelte, während sie ihre marmornen Augen auf ihn richtete. »Das *war* die Prüfung, Tandurin. Wir waren es, die in unserer Not gekommen sind, um die Trolle um Hilfe zu bitten. Doch bevor sie uns diese gewähren, wollten sie wissen, ob auch wir helfen würden, wenn ein fremdes Wesen in Not ist.«

»Aber … das war immerhin ein Drache!«

»Umso mehr hat deine Tat Bedeutung.« Die rothaarige Seherin schloss die Augen und rezitierte zwei Teile der Prophezeiung der einstigen Babajuschka:

»Zweimal, nicht einmal, wirst du Fehler begehen.
zweimal, nicht einmal, den Weg nicht sehen.
Dreimal, nicht zweimal, droh'n dir Feuer und Schmerz.
Einmal, von dreimal, hör auf dein Herz.«

Tandurin sah sie ergriffen an. »Das heißt, sie helfen uns?«

»Das werden sie.«

»Gut!« Er lächelte erstmals. »Sehr gut. Und jetzt?«

Catalea reichte ihm seine zurückgelassenen Zauberartefakte und rasch streifte er sich das Goldamulett und den Ring über. Als er das Gipfelalkhorn am Riemen über die Schulter werfen wollte, hielt sie es fest.

»Nein«, sprach sie. »Du sollst es anstimmen.«

»Ich soll es …?« Aufgewühlt sah er sich zum Nebel um. »Hier? Ernsthaft? Aber wir befinden uns doch gar nicht in den Blauen Zinnen.«

»Mach es.«

Feierlich packte er das Horn, sah Catalea noch einmal an – und stieß hinein.

Ganz so wie früher entlockte er dem Instrument einen tiefen, durchdringenden Ton, der weit durch die Bergwelt schallte.

Das Echo des Signalrufes verebbte allmählich, und nach einer Weile vernahm Tandurin wuchtige Flügelschläge. Ein monströser Schatten fegte im Nebel über sie hinweg, ein langer spitzer Raubvogelschrei erfüllte das Tal, als der Schatten irgendwo über ihnen einen Kreis beschrieb und zu ihnen zurückkehrte.

Unter lauten Flügelschlägen landete ein riesiger Raubvogel mit schiefergrauem Gefieder und ausladenden Schwingen auf einem nahen Felsen, wo er überraschend sanft mit seinen Krallen aufsetzte. Er fixierte sie mit kaltem Raubvogelblick.

Und wie damals war er mit Reitgeschirr ausgestattet.

»Meine Güte, das ist Escalia Rotdruds Gipfelalk«, sprach Tandurin ergriffen. »Ich dachte, er sei damals in Kesselfurt gestorben.«

»Er hat überlebt und vermochte bis ins Wolkenkammgebirge zu fliehen, wo ihn die Trolle fanden und heilten«, erklärte Catalea. »Er wird uns zu unserer letzten Etappe bringen. Nalanis Grab, wo wir alles finden, damit sich das Schicksal unseres Volkes erfüllen kann.«

Die Hufe der Eoberi-Rösser klapperten über das Pflaster, als Kyrell an Gerons Seite unter dem Torbogen des stolzen Elfenpalastes hindurchritt.

Eskortiert wurden sie von Hauptmann Vilsayar und seinen Elfenkriegern, die sie mit grimmigen Mienen ins Innere der Anlage begleiteten, während hinter ihnen Yarvala und deren Elfenfreunde ritten.

Sie gelangten auf einen von Bäumen gesäumten Burghof und trotz der Dunkelheit, die sich mittlerweile über Sil'Glyntra und die übrige Elfenwelt gesenkt hatte, offenbarte sich ihnen hier eine wehrhafte Pracht, die ihresgleichen suchte.

Kyrell richtete sich im Sattel auf und sah staunend zu den blütenweißen Türmen, Gebäuden und Mauern rings um sie herum. Schon vom Tal aus hatte sich die Burg schwanengleich über der übrigen Elfenstadt erhoben, doch jetzt aus der Nähe erkannte Kyrell, von welch überlegener Architektur und Schönheit sie war.

Allerorten brannten Laternen und Zauberlichter, die zum Teil weit oben an den Turmmauern angebracht waren und deren bunter Schein die Fensterscheiben der schlanken Spitzbogenfenster zum Funkeln brachten. Auch über den Wehren schwebten federleichte Lampions, die dazu beitrugen, die durchweg aus Marmor bestehende Prachtanlage auszuleuchten.

Neben den erhabenen Wohnbauten und Türmen entdeckte Kyrell eine Vielzahl üppig bepflanzter Dachgärten. Sie passierten prachtvolle Kolonnaden, geschwungene Treppen führten zu säulenumgrenzten Innenhöfen mit Wasserbecken, Volieren und weiteren hübschen Anpflanzungen, und die verspielten Erker über ihnen an den Zinnen schienen beinahe in der Luft zu schweben. Es gab hier kein Gebäude, das nicht mit begrünten Balkonen und prachtvollen Tier- und Pflanzenornamenten verziert war. Selbst Lagerhallen und Pferdeställe ähnelten mehr Pavillons und schmucken Säulenhallen denn profanen Zweckbauten.

Der stolze Elfenpalast schien nicht einfach erbaut, sondern mit leichter Hand gemalt worden zu sein. Türme, Dächer, Erker, Balkone, sie alle trotzten der Schwerkraft durch Anmut und durchbrachen die Logik mit Gefühl.

Sie passierten einen zweiten Torbogen in einen weiteren Innenhof, und auch hier entdeckte sie dank der bunten Lichter Bäume und Blumenbeete, die sich wie grüne Oasen vor dem weißen Mauerwerk abhoben. Zwischen ihnen durchzogen künstlich angelegte Wasserläufe die Elfenfestung, die vermutlich von dem nahe des Palastes liegenden Wasserfall gespeist wurden. Kyrell vernahm von irgendwoher den melodischen Klang einer Harfe, und wo auch immer sie vorüberritten, blickten ihnen Elfen in weißblauen Tuniken nach.

Elfenhauptmann Vilsayar stoppte sein Ross und nur allmählich vermochte sich Kyrell von dem atemraubenden Anblick um sie herum zu lösen.

»Absitzen!«, befahl er grob.

Kyrell und Geron kamen der Aufforderung nach, und auch Yarvala, Torindel, Delayar und Iniva saßen ab.

Aus dem von Säulen umrahmten Zugang eines der Hauptgebäude trat ein schlanker Elf in blauem Gewand, der sich höflich vor dem Hauptmann verbeugte und dann einladend ins Innere deutete. Vilsayar nickte ihnen energisch zu und so folgten Kyrell und Geron ihm und dem Bediensteten in das Gebäude hinein, während ihre Begleiter auf dem Hof zurückblieben.

Es ging durch großzügige marmorne Hallen und Korridore, die ebenfalls von erhabener Pracht waren. Große Wandgemälde, auf denen Sil'Bariath gezeigt wurde, säumten die Gänge, offenbar um die Erinnerung an die verheerte Elfenstadt wachzuhalten. Sie kamen an plätschernden Springbrunnen vorbei und konnten einen Blick auf ein begrüntes Atrium erhaschen, in dem Elfenkinder faustgroßen Leuchtkäfern hinterhereilten.

Gelegentlich kreuzten weitere Bedienstete ihren Weg, die sich höflich vor den Kriegern verneigten, dann endlich erreichten sie eine riesige offen stehende, doppelflügelige Tür, vor der vier Elfengardisten Posten bezogen hatten. Durch die Öffnung war die riesige Königshalle des Palastes mit dem verwaisten Thron am Ende auszumachen.

Vilsayar führte sie an den reglos dastehenden Elfengardisten vorbei in die Basilika, und Kyrell sah Geron an, wie beeindruckt auch er von dem Ort war. Die Königshalle war doppelt so groß wie jene in Waldaleth und mit ihren prachtvollen mächtigen Marmorsäulen sowie den schwebenden Lichtern unter der hohen, von goldenem Stuck bedeckten Kuppeldecke war auch sie ein Traum in Weiß und Gold, der die Überlegenheit der Elfen nicht nur in architektonischer Hinsicht aufs Vortrefflichste widerspiegelte.

Der eigentliche Blickfang war ein gewaltiges, kreisrundes Fenster an der Kuppeldecke, das die riesige Halle tagsüber mit Licht erfüllte. Im Augenblick bot es einen Ausblick auf den blauen Glyntrilturm am gegenüberliegenden Talrand, an dessen Spitze dieses wundersame, prismatische Licht gleißte.

Vilsayar führte sie an den verwaisten und etwa zwei Schritte aufragenden Thron heran, zu dem marmorne Stufen emporführten. Er war ein ebenso filigranes wie kunstvoll gefertigtes elfisches Wunderwerk aus rotem Elfendamast, Holz und Gold. Die goldene Rückenlehne mit dem roten Sitzbezug war der mächtigen Laubkrone eines Ahornbaums nachempfunden und erinnerte sicher bewusst an den verlorenen Ahrvarien. Die Armlehnen mündeten in ebenfalls goldenen Greifenhäuptern mit roten Rubinaugen, die die Besucher gefährlich anfunkelten.

Hauptmann Vilsayar und die Elfenkrieger blieben ruckartig stehen, und so hielten auch Kyrell und Geron inne. Dann warteten sie.

In der Halle war es totenstill und nur einmal vernahm Kyrell ein Räuspern von Geron, was ihrem Gefährten einen erbosten Blick von Vilsayar einbrachte.

Endlich war von irgendwo der gedämpfte Klang eines aufgehenden Portals zu hören und links und rechts des Throns bauten sich stumm weitere Palastwachen in blinkenden Rüstungen auf, bevor sich jeweils sechs ältere Elfen beiderlei Geschlechts in farblich unterschiedlich gestalteten Gewändern dazugesellten und die Ankömmlinge argwöhnisch musterten.

War das dieser Ältestenrat, von dem Delayar und Yarvala gesprochen hatten?

Dann erschien König Erlcoron.

Der Elfenkönig war mit einem prächtigen, golddurchwirkten Gewand aus grünem Elfendamast bekleidet, und das fast silberne Haar, das ihm bis auf die Brust fiel, wurde von einem goldenen Stirnreif zusammengehalten, an dessen Spitze ein funkelnder grüner Smaragd von magischer Schönheit thronte. Sein asketisches Antlitz war faltig, die Augenhöhlen eingesunken und seine Nase ähnelte den gebogenen Schnäbeln der Greifenköpfe an den Armlehnen. Mit strenger Miene nahm er die Besucher in Augenschein, während er sich umständlich auf den Thron setzte.

Er neigte das Haupt, betrachtete sie missmutig und gab Hauptmann Vilsayar schließlich mit einem Zucken seines linken Zeigefingers zu verstehen, dass er beginnen konnte.

»Eure Majestät.« Vilsayar und seine Männer verbeugten sich tief. »Wir sind hier, wie Ihr es gewünscht habt.«

Geron tat es ihren Wächtern formvollendet nach und Kyrell knickste.

»Ihr beide seid also die Eindringlinge, derentwegen Wir Unseren kleinen Plausch mit Unserer Frau unterbrechen mussten?«, schlug ihnen die gereizte Stimme Erlcorons entgegen. »Jene, die – kaum hier – auch schon Unglück über unsere Welt bringen.«

Kyrell und Geron wechselten kurze Blicke und wie zuvor abgesprochen, ergriff zunächst sie das Wort.

»Es tut uns leid, Eure Majestät, wenn Ihr unseretwegen Unannehmlichkeiten hattet. Von einem Unglück wissen wir nichts – ebenso wenig von Todesfällen, die Euer Hauptmann andeutete.«

»Doch, die gab es ...« Erlcorons dürre Lippen zuckten. »Und noch immer sind Wir Uns uneins, wie Wir in einem Fall wie dem euren entscheiden sollen.« Er beugte sich leicht vor und betrachtete sie abschätzig. »Wie seid ihr hierhergelangt?«

Kyrell atmete tief ein. »Mittels eines Weges, den mein elfischer Urahne einst angelegt hat. Sein Name war Galahain und vermutlich kanntet Ihr ihn noch.«

Sie berichtete dem Elfenkönig wahrheitsgetreu von dem Geheimnis ihrer Blutlinie, die Spuren, die Galahain in Schloss Erlengrund zurückgelassen hatte und ihrem mehrtägigen Marsch zum Mondsee. Der Elfenkönig lauschte ihr mit verkniffenem Gesicht.

»Und wir sind hier, um Eure Hilfe gegen den Drachenkönig Yolsulgur zu erflehen«, fuhr Geron ungeduldig fort, kaum, dass sie endete. »Denn er ist in die Welt der Sterblichen zurückgekehrt.«

Einige der Ältesten neben dem Thron strafften sich, als Geron von den zurückliegenden Geschehnissen berichtete: dem Treiben der Magier vom Orden der Stäbe in den letzten 420 Jahren, ihrer Zeit als Adepten und ihrem verzweifelten Kampf gegen die Zauberer und jetzt gegen Yolsulgur.

Kyrell betrachtete währenddessen aufmerksam die Gesichtszüge des Elfenkönigs. Sie fragte sich, inwieweit Erlcoron über die Ereignisse in den Jungen Königreichen seit dem Auszug der Elfen informiert war. Den Dritten Drachenkrieg vor 420 Jahren, den die Menschen allein ausgefochten hatten, hatten die Elfen schließlich nicht miterlebt. Doch hatte Yarvala bei ihrer beider ersten Begegnung davon gesprochen, dass ihr Volk über die verbliebenen Blätter des Ahrvaricn noch immer die Präsenz der Drachen spüren konnten – womit eigentlich nur Alruna von Greifenfels gemeint sein konnte, die als Drachin in Menschengestalt gemeinsam mit ihren fünf Kollegen die Drachenkrone in regelmäßigen Abständen eingesetzt hatte.

Der Elfenkönig ließ sich nicht anmerken, wie er zu alledem stand. Scheinbar geistesabwesend lauschte er mit unbewegter Miene. Fast wirkte er gelangweilt. Nur hin und wieder blitzte in seinen eingesunkenen Augen ein Anflug von Ärger auf, doch nicht so sehr über das Erzählte, sondern als fühle er sich durch Gerons Bericht belästigt.

Die Ältesten hingegen runzelten leicht befremdet die Stirn und warfen sich kaum merkliche Blicke zu.

Geron kam ebenfalls zu einem Ende und blickte flehend zu dem Thron auf. »Ich bitte Euch und Euer Volk also im Namen aller Menschen in den Jungen Königreichen: Helft uns! Wir stehen der Rückkehr des Drachenkönigs völlig unvorbereitet gegenüber. Es gibt kaum noch Zauberer, die über genügend Macht gebieten, Yolsulgur standzuhalten. Die wenigsten Königreiche dürften auf einen solchen Krieg vorbereitet sein und wir wissen nicht, welche Tücke er ausbrütet.«

Eine Weile lastete Stille über dem Königssaal.

»Das alles bedauern Wir sehr«, erhob Erlcoron irgendwann seine Stimme. Fast theatralisch lehnte er sich zurück und sein Blick verlor sich auf dem riesigen Fenster, in dessen Rund der strahlende Glyntril-Turm zu erkennen war. »Vieles war Uns natürlich nicht bekannt, denn die Natur dieser Welt bringt es mit sich, dass wir hier gänzlich von der Außenwelt abgeschirmt leben. In selbst gewählter Enklave …«

Eines seiner Augenlider zuckte, und Kyrell beschlich der Eindruck, dass er log. Erlcoron wusste wahrscheinlich sehr genau, wie es um die wirkliche Welt seit dem Auszug der Elfen stand.

»Heilung war Unser Ziel«, fuhr Erlcoron mit schwermütiger Stimme fort. »Heilung und Trost. Und die Bewältigung Unserer Trauer … Denn Unser Volk hat so sehr leiden müssen. Und noch immer sind die Wunden, die Uns geschlagen wurden, nicht verheilt. Falls das überhaupt möglich ist …«

»Und doch können wir den Drachenkönig gemeinsam schlagen!«, begehrte Geron auf. »Die Drachen sind so gering an Zahl wie nie zuvor. Wenn Ihr –«

»Und doch bringt ihr weiteres Unglück über uns, Geron von Waldaleth!«, herrschte ihn König Erlcoron an. Sein wütender Blick heftete sich auf ihn und seine Stimme nahm einen schneidenden Klang an. »Dass du hier überhaupt sprechen darfst, hast du lediglich der Torheit meines Großvaters zu verdanken, der deinen Ahnen so leichtfertig das Königsheil zum Geschenk machte. Einst waren wir Verbündete, doch erwiesen sich die Menschen als schwach und zögerlich. Wo waren die Waldalether, als die Drachen Sil'Bariath dem Erdboden gleichmachten? Wo waren sie, als das Große Sterben fast die Hälfte Unseres Volkes ausrottete? Als … auch meine geliebte Frau starb?« Seine Lippen zuckten voller Schmerz. »Ich sage dir, wo sie waren: Sie sind feige vor den Drachen geflohen, statt uns beizustehen. Ihr habt mit eurer Schwäche sogar einen so brillanten Geist wie jenen meines einstigen Baumeisters Galahain infiziert. Und ich spüre diese Schwäche noch immer in Teilen meines Volkes. Sie ist wie eine unausrottbare Krankheit, gegen die kein Kraut gewachsen ist.«

»Aber so ist es nicht«, widersprach Geron. »Auch wir Menschen haben gelitten. Yolsulgur hat nach Eurem Auszug alle Königreiche des Nordens verheert. Und nach allem, was ich weiß, geschah der Angriff der Drachen damals so überraschend, dass –«

»Nach allem, was du weißt … Nur weißt du nichts!«, herrschte ihn der Elfenkönig an. »Als es darauf ankam, wart ihr nicht da. Als es darauf ankam, standen wir Elfen alleine einem übermächtigen Feind gegenüber. Eure kurzlebige und so vermehrungsfreudige Rasse hat sich vielmehr darauf verlassen, ihre Reihen über die Generationen wieder zu füllen. Wie Ungeziefer, das sich schlicht nicht ausrotten lässt. Wir Elfen waren gut genug, um euch aus dem Schlamm der Unwissenheit zu ziehen. Doch als es an der Zeit war, Seite an Seite mit den wohlmeinenden Mentoren eures heutigen Wohllebens zu streiten, da habt ihr kläglich versagt. Und schon wieder bringt ihr Unheil über unser Reich!«

König Erlcoron winkte einer der Wachen am Thron zu, die sich militärisch steif umwandte und nach hinten ein Zeichen durchgab. Abermals erklang der dumpfe Laut eines aufgehenden Portals und sie vernahmen gereiztes Schimpfen und das Geräusch eines Körpers, der in die Halle geschleift wurde.

Kyrell riss entgeistert die Augen auf, denn sie wusste, noch bevor sie die Person sah, wer hier zum Thron geschleift wurde. Zwei schwer bewaffnete Palastgardisten traten zwischen den Säulen hervor und schleuderten Mutter Valeska zwischen sie und Elfenkönig Erlcoron auf den Hallenboden.

Die alte Hexe schlug dort in ihrer ganzen Widerwärtigkeit auf. Kyrells ehemaliger Lehrmeisterin waren die Hände auf den Rücken gefesselt worden. Ächzend richtete Valeska ihren Oberkörper auf, entdeckte ihre einstige Adeptin, und ein höhnisches Grinsen umspielte kaum merklich ihre Lippen.

»Warum habt ihr uns getäuscht und meinen Leuten verheimlicht, dass ihr noch eine Freundin mitgebracht habt?«, brauste der Elfenkönig auf. Er betonte das Wort *Freundin* aufs Abfälligste. »Während ihr unsere Gastfreundschaft genießen durftet, wurde sie am Talrand entdeckt, wo sie sich den wachsamen Blicken meiner Krieger zu entziehen suchte.«

»Magistra Valeska ist keine Freundin, sie ist eine der Zauberinnen, von denen Geron berichtete«, erklärte Kyrell entsetzt.

»Also gebt ihr beide zu, dass ihr sie mitgebracht habt?«, fuhr sie Hauptmann Vilsayar an.

»Nein, tun wir nicht!«, widersprach Kyrell wütend. »Valeska ist ein ebenso widerliches wie intrigantes Weibsstück, vor dem wir auf der Flucht waren. Ich habe keine Ahnung, wie sie es hierhergeschafft hat. Sie muss unser Tun … beobachtet haben.« Ihr kamen die magischen Suchdisteln in den Sinn. Mit ihrem Ahrvarienblatt hatte vermutlich auch Valeska es vermocht, das Tor in diese Welt zu öffnen. »Und auch Ihr solltet Euch vor ihr hüten«, fuhr sie gereizt fort, »denn wir wissen inzwischen, dass sie dem Drachenkönig Yolsulgur dient.«

Die Krieger um sie herum warfen sich alarmierte Blicke zu.

»Ihr spracht von Toten, die Ihr zu beklagen habt«, hob Geron vorsichtig an. »Was meintet Ihr damit? Denn ich schwöre bei meinem Leben, dass wir damit nichts zu tun haben. Wie Ihr wisst, standen wir seit unseres Eintreffens unter Beobachtung.«

»Zwei Männer der Turmwache«, grollte Vilsayar, als ihm König Erlcoron leicht zunickte. »Wir wissen noch nicht, wie sie zu Tode kamen, doch ihre Leichen wirken wie ausgedörrt. Außerdem wird seit Einbruch der Nacht einer unserer Eichenknechte vermisst.«

Kyrell musterte Valeska, die lauernd und zugleich spöttisch zu ihnen aufsah.

»Hast auch du etwas dazu zu sagen, Menschenzauberin?«, erklang vom Thron die Stimme des Elfenkönigs.

Mutter Valeska sah sich aufgeschreckt zu ihm um und wimmerte los. »Eure Majestät, das alles ist ein fürchterlicher Irrtum. Diese zwei lügen. Ich bin selbst ein Opfer der Umstände. Auf der Flucht bin ich – vor dem rachsüchtigen Drachenkönig, der wieder die Jungen Königreiche terrorisiert.« Mühsam richtete sie sich auf. »Ich war auf der Suche nach einem Ort, der mir Schutz vor ihm bietet. Allein deswegen bin ich meiner Schülerin gefolgt. Ich weiß nicht, warum mir meine undankbare Adeptin solch böse Absichten unterstellt. Ich bin unschuldig.«

Ungläubig sah Kyrell mit an, wie die Alte es tatsächlich fertigbrachte, in Tränen auszubrechen.

Ihr Blick wurde von etwas anderem abgelenkt: Die Rubinaugen der Greifenköpfe an den Armlehnen des Throns schimmerten jetzt in einem auffallenden Rot.

König Erlcoron berührte sie mit seinen Fingern, fixierte Valeska und schürzte geringschätzig die Lippen.

»Wenn ich Eurer Majestät einen Rat geben dürfte«, sagte

Hauptmann Vilsayar, »dann schlage ich vor, dass Ihr mit allen Dreien …«

Erlcoron hob eine Hand, da ein Mitglied des Ältestenrats an ihn herantrat und ihm etwas ins Ohr flüsterte. Danach trat ein Zweiter zu ihm, dann ein Dritter, und das Schauspiel wiederholte sich. Er lauschte ihnen aufmerksam und Kyrell sah, wie es unschlüssig in seinem Gesicht zuckte.

Die Ratsmitglieder traten wieder an ihre Plätze.

»Wahrheit und Lüge wurden unterschieden«, knurrte der Elfenkönig und seine Finger fuhren beiläufig über die Rubinaugen der Greifenköpfe am Thron. »Urteil und Entschluss folgen daher den Umständen entsprechend in aller Weisheit und mit aller zu Gebot stehender Strenge.«

Kyrell blickte ihn verwirrt an, denn sie konnte kaum glauben, dass das bereits alles gewesen war. Wollte er denn nicht mehr wissen? War ihm das Schicksal der Jungen Königreiche wirklich gleichgültig?

Erlcoron strich sich über sein langes silbernes Haar, während er vom Thron aus gebieterisch auf sie herabblickte. »Die Menschenzauberin hat gelogen. Sie werde Unseren Wahrheitssuchern überstellt, die ergründen sollen, welch dunkle Ränke sie mit dem Drachenkönig verbindet. Bei Morgengrauen wird sie hingerichtet.« Er fixierte Kyrell. »Du, junge Halbelfe, sollst die Wahl haben, der grausamen Außenwelt zu entfliehen. Denn dort gibt es keine Hoffnung. Du magst also hierbleiben, um dich deinem Volk anzuschließen und eine Erziehung zu genießen, die dich die Unbilden bei den Menschen vergessen lässt.« Er richtete seinen Blick auf Geron. »Du, Geron von Waldaleth, wirst Unseres Reiches verwiesen. Da dich das Königsheil noch nicht verlassen hat, gebieten es der Respekt vor Unseren Ahnen und die Gesetze Unseres Volkes, dein Gesuch als das anzusehen, was es vermutlich war: das törichte Flehen eines Menschen, der um seine eigene Sterblichkeit fürchtet, es jedoch nicht besser wusste. Wir gestatten dir, Abschied zu nehmen. Bis Mitternacht wird man dir deine Habseligkeiten bringen und dich in die Welt der Menschen zurückschaffen, wo es dir freisteht zu tun was du willst. Solltest du aber noch einmal Wege in diese Welt finden, wird dich das gleiche Schicksal wie die Zauberin ereilen. Das gleiche gilt für dich, Halbelfe, solltest du dich wider Erwarten für ein Leben unter den Menschen entscheiden. Wähle also klug.«

»Ihr zieht nicht einmal in Erwägung, uns zu helfen?«, entfuhr es Geron ungläubig.

»Unsere Welten sind voneinander getrennt und damit sind es auch unsere Schicksale. Wie du selbst ausführtest, seid ihr Menschen schon einmal mit dem Drachenkönig fertig geworden. Wenn euch das Schicksal gewogen ist, dann wird euch das wieder gelingen.« Erlcoron blickte kummervoll zu dem großen Fenster auf und sein Blick verlor sich darin. »Falls nicht – dann *ist* das euer Schicksal. Wir haben gesprochen.«

Er erhob sich und verließ samt den Mitgliedern des Ältestenrats in seinem Gefolge den Thronsaal. Kyrell und Geron standen da, wie vom Donner gerührt.

Die Elfen der Palastgarde packten Mutter Valeska und schleppten sie an ihnen vorbei. Kyrell stellte sich ihnen wütend in den Weg.

»Warum seid Ihr wirklich hier?«, herrschte sie ihre einstige Lehrmeisterin an.

Die Hexe grinste verschlagen, als sie kaum merklich wisperte. »Bleib hier, dann erfährst du es, Närrin. Denn ich bin noch lange nicht fertig ...«

Die Elfen drängten Kyrell aus dem Weg und zerrten die Zauberin mit sich.

»Ihr habt mehr Glück als Verstand«, sagte Hauptmann Vilsayar verärgert, dann gab er Kyrell und Geron einen Wink. »Mitkommen, ich führe euch jetzt hinauf in euer Gemach, wo ihr eure Entscheidungen treffen und dann Abschied nehmen könnt. Um Mitternacht bringen wir euch an die Grenze.«

Er und seine Männer eskortierten Kyrell und Geron aus der Basilika hinaus, es ging über Korridore und Treppen einen Turm innerhalb der Elfenfeste hinauf, wo er sie in ein luxuriöses Gemach mit Baldachinbett brachte. Es wurde von Kerzen aus Honigwachs beleuchtet, die flackernd auf einem Tisch standen.

Durch einen offenen Durchlass mit wehenden weißen Vorhängen ging es auf einen Balkon. Davon ab unterschied es sich wenig von jenem Zimmer, das sie bereits kannten.

Die Zimmertür hinter ihnen schloss sich, und sie waren wieder allein.

Kyrell und Geron sahen sich betroffen an und Kyrell ließ sich niedergeschlagen auf einen Stuhl sinken.

»Es tut mir leid«, sprach sie leise, während sie sich die Schläfen rieb.

»Warum tut dir das leid?« Geron trat müde an den Durchlass zu dem Balkon. An den Vorhängen vorbei blickte er nach draußen, wo sich ihm vermutlich eine prächtige Aussicht auf das nächtlich beleuchtete Tal bot. »Du kannst doch nichts für die Entscheidung Erlcorons. Ehrlich gesagt war wohl wenig anderes zu erwarten.«

»Aber ich weiß, welche Hoffnungen du auf die Elfen gesetzt hast«, sagte sie aufgebracht. »Außerdem spüre ich, dass Erlcoron sein Volk seit Jahrhunderten darüber im Ungewissen lässt, wie es wirklich um die Welt steht. Ich konnte es ihm ansehen. Er ist es, der seinen Lebensmut verloren hat. Niemand anderes. Ich begreife nicht, dass die Elfen das nicht erkennen.«

»Einige von ihnen tun das doch. Nur ist er eben der König.« Geron sah sie verlegen an. »Wirst du denn hierblieben?«

»Wie kannst du das denken?«

»Na ja, ich könnte dich durchaus verstehen.« Er räusperte sich. »Hier ist es friedlich und schön – und in der wirklichen Welt erwartet dich außer einem hoffnungslosen Krieg nicht viel …«

»Hier wäre ich aber allein.«

Geron lächelte unsicher.

Auch sie lächelte – als es unerwartet an der Tür klopfte.

Stirnrunzelnd sahen sie sich an, dann erhob sich Kyrell, öffnete die Tür. »Yarvala?«

»Wir hörten, es sei Zeit, Abschied zu nehmen?«, sprach die Elfe traurig.

Kyrell bat Yarvala und Torindel herein, wo sie unschlüssig nahe dem Baldachinbett stehen blieben. Ihnen war anzumerken, wie sehr sie die Entscheidung des Elfenkönigs bedauerten.

»Ja, es ist Zeit, Abschied zu nehmen. Denn auch ich verlasse diese Welt wieder«, erklärte Kyrell.

Die Elfen nickten, als hätten sie nichts anderes erwartet.

»Delayar und Iniva wären auch gern gekommen«, sagte Yarvala. »Aber es war nur zweien von uns gestattet, euch noch einmal zu sehen. Iniva lässt ausrichten, dass sie euch in einem Lied verewigen wird. Und Delayar wird einen Bericht über die Begegnung mit euch anlegen.«

»Danke!«, meinte Geron vom Durchgang aus. »Richtet ihnen aus, dass auch wir sie nicht vergessen werden.«

»Es tut uns sehr leid, dass ihr den König nicht zu überzeugen vermochtet«, sprach nun der Elfenschmied. »Sehr gern hätten wir die wirkliche Welt kennengelernt.«

Er nestelte an seiner Kleidung und zog Ceredril hervor. Mit einer leichten Verneigung gab er Geron den Dolch zurück. »Diese Waffe gehört dir – und es ist mir eine Ehre, dass mir erlaubt wurde, sie dir zurückzugeben.«

»Danke, Torindel.« Geron lächelte gerührt, als er die Waffe wieder in der Hand hielt.

Torindel wandte sich an Kyrell, knüpfte seinen Waffengürtel auf und händigte ihn ihr samt einem geschliffenen Dolch aus, den er kurz aus der Waffenscheide zog. Die Waffe war etwas kleiner als Gerons Klinge. »Mir ist aufgefallen, dass du unbewaffnet bist. Du solltest nicht schutzlos in deine Welt zurückkehren. Ich möchte dir daher Nifredil, den Zielsucher, zum Abschiedsgeschenk machen. Wirfst du diese Klinge, trifft sie stets ihr Ziel. Verlier sie nicht.«

Staunend betrachtete Kyrell den Dolch. »Das kann ich nicht annehmen.«

»Doch. Es wäre mir eine große Ehre.«

Kyrell nahm ihn mit Tränen in den Augen entgegen und umarmte den Elf herzlich, der nun ebenfalls lächelte.

»Da wir nichts mehr tun können, gehen wir jetzt wieder«, sagte Yarvala. »Wir wünschen euch alles Glück der Welt. Möge sich Galahains Wille auf eine andere Weise erfüllen.«

Sie und Torindel nickten Geron zu und wandten sich zum Ausgang.

»Wartet!«, rief Kyrell. »Eine Sache gibt es, die wir doch noch tun können: das Wasser der Ahnen.«

Schnell griff sie unter ihre Kleidung und fischte die Phiole mit dem geheimnisvollen Brunnenwasser hervor.

Yarvala hob eine Augenbraue. »Das Brunnenwasser zu befragen ist sehr persönlich. Das solltest du allein tun.«

»Nein, ich denke, das geht euch ebenso viel an wie uns.« Aufgeregt sah sie zu Geron, der die Phiole in ihrer Hand beäugte. »Vielleicht hat Galahain die Entscheidung des Elfenkönigs vorausgesehen?«, fuhr sie fort. »Vielleicht hatte er etwas gänzlich anderes im Sinn, als er uns den Weg hierher ebnete?«

»Was soll das sein?«, fragte Torindel.

»Finden wir es heraus.« Kyrell stand auf, suchte eine flache Schale, stellte sie vor sich auf einen Tisch und füllte sie mit dem Wasser.

Überaus ernst verfolgten die Elfen ihr Tun und auch Geron kam näher.

Kyrell berührte die Schale, schloss die Augen und versuchte sich zu konzentrieren. Es fiel ihr schwer, obwohl keiner ihrer Begleiter auch nur einen Ton von sich gab. Hin und wieder blinzelte sie, um zu erkennen, ob sich in dem Wasser etwas tat, doch alles, was sich dort zeigte, war ihr schwaches Spiegelbild.

Sie überlegte, ob sie wieder singen sollte, so wie sie es am Mondsee getan hatte, da flackerten unvermittelt die Kerzen und es wurde kühler im Raum.

Geron sah sich misstrauisch um. »Irgendetwas geht hier vor sich.«

Jäh wehte vom Balkon ein heftiger Windstoß in den Raum, der die Vorhänge blähte und die Kerzen schlagartig erlöschen ließ. Yarvala stieß einen überraschten Laut aus, da rings um sie herum Gegenstände auf den Kommoden und in den Regalen klapperten. Ein Buch fiel zu Boden und hinter ihnen segelte unvermittelt ein Teller quer durch den Raum, der innehielt, in der Luft schwebte, nur um jäh zu Boden zu fallen, wo er klirrend zerbarst.

In der Schale begann das Wasser zu brodeln.

Kyrell schreckte davor zurück, als es plötzlich emporspritzte als habe jemand mit der Hand hineingeschlagen. Doch die Spritzer fielen nicht wieder herab, stattdessen schwebten die vielen Tropfen vor ihnen in der Luft und formten Konturen.

Menschliche Konturen.

Entgeistert rissen die beiden Elfen ihre mandelförmigen Augen auf und auch Kyrell und Geron schauten verwirrt die geisterhaft im Licht des Glyntrils glitzernde Tropfengestalt an, die sich jetzt inmitten des Gemachs manifestierte.

Kyrell erkannte sofort, wer da vor ihnen stand.

»Boltan?«, krächzte sie.

Kyrell? ... Geron? Die Stimme ihres Kameraden geisterte verzerrt von den Wänden des Turmzimmers. *Ihr könnt mich hören?*

»Ja, verdammt, hören und sehen!«, antwortete Kyrell irritiert. Abermals ging hinter ihnen ein Teller zu Bruch. »Was tust du hier?«

Tja, das ist eine echt dumme Geschichte, wehklagte es um sie herum. *Ihr würdet sie mir vermutlich kaum glauben, wenn ich sie euch erzähle. Aber wo auch immer ihr euch befindet, irgendwas bei euch begünstigt den Kontakt. Nur so viel: Ich hab die Bibliothek der Toten gefunden.*

»Ich dachte, dafür müsse man sterben?«, meinte Geron, der ungläubig vortrat.

Ich sag ja: eine echt dumme Geschichte ...

»Du bist tot!?« Kyrell schlug sich schockiert die Hand vor den Mund, denn erst jetzt fiel ihr auf, dass Boltan wieder beide Beine besaß.

Unglücklicherweise ja. Und nicht bloß das: Cyrnachon ist in meinen Leib eingefahren und treibt jetzt in den Jungen Königreichen sein Unheil. Aber darum geht es im Augenblick nicht ... übrigens Grüße von Ambra.

Geron klappte der Mund ebenso auf wie den beiden Elfen.

Ihr müsst mir jetzt unbedingt zuhören. Denn ich weiß, was der Drachenkönig plant. Boltans Stimme überschlug sich, rollte mal aus einer Ecke durch den Raum, dann wieder aus einer anderen, was Kyrell einen Schauer über den Rücken laufen ließ. *Er hat den Riss ins Totenreich damals aufgestoßen, um einem fürchterlichen Geheimnis der Elfen auf die Spur zu kommen. Die haben vor weit über tausend Jahren ihre Heimat mittels eines unglaublichen Frevels zerstört. Nicht die Drachen, sondern Elfenzauberer waren es, denen es als Erste gelang, ein Tor ins Totenreich aufzustoßen. Unter ihnen der einstige König der Elfen. Ihr Plan war es, die Beschränkungen der Zauberei zu durchbrechen. Sie versuchten auf ruchlose Weise, aus einem bestimmten Teil ihres damaligen Reiches Zaubermacht zu extrahieren. Ein gewaltiger Lebenskraftraub …*

»Was bitte?«, ächzte Kyrell.

Sie haben die aufgestoßene Pforte ins Totenreich mit einem magischen Kristall versiegelt, geisterte ihnen Boltans aufgeregte Stimme entgegen, *den die Seelen ihrer Opfer durchstoßen mussten. Ähnlich wie Licht, das durch eine Linse fällt … Der Prozess ist schwierig zu erklären. Aber dieser Stein lud sich dann mit der Lebenskraft ihrer vorzeitig um ihre Existenz gebrachten Opfer auf und speicherte sie. Doch als der Prozess einmal in Gang gekommen war, ließ er sich nicht mehr aufhalten, und das alles schlug katastrophal fehl. Die betroffene Zone weitete sich beständig aus. Nichts blieb übrig. Jede Pflanze, jedes Tier und jedes vernunftbegabte Wesen hat es damals dahingerafft … Die Elfen haben so ihre komplette einstige Heimat in eine lebensfeindliche Wüste verwandelt.*

»Der Glyntril!«, stöhnte Kyrell und blickte unwillkürlich zum Fenster des Turmgemachs. »Daher also rührt seine unvorstellbare Zauberkraft.«

Ihr wisst doch sicher, dass die Drachen schon früher Mittel und Wege kannten, ihre Lebenskraft bei der Zauberei zu schonen, hallte Boltans Stimme verzerrt durch den Raum. *Doch Yolsulgur will mehr. Viel mehr. Ich glaube, sein Ziel war es in all der Zeit, hinter das Geheimnis der Elfen zu kommen, die diese Tragödie einst heraufbeschworen. Und ich glaube, es ist ihm gelungen. Er hat im Totenreich jene Elfenseelen befreit, die für die Katastrophe verantwortlich waren. Wir nehmen an, es handelt sich dabei um diese Blutgeister, vor denen wir damals in der Zitadelle des Ordens der Stäbe fliehen mussten.*

»Wir *sind* derzeit bei den Elfen!«, sagte Geron bestürzt. »Mit diesem Zauberstein haben sie ihre komplette neue Welt errichtet.«

Dann müsst ihr sie informieren, dass Yolsulgur weiß … Boltans Stimme wurde leiser und seine glitzernde Tropfgestalt schmolz allmählich dahin. *… keine Grenzen. Er ist komplett wahnsinnig. Ich … sicher, dass er nichts Geringeres plant … Katastrophe … den Jungen König… wiederholen.*

Sein geisterhaftes Abbild trübte sich und erste Tropfen fielen wie Regen zu Boden.

»Boltan!«, Kyrell sprang vor und versuchte ihn zu berühren. Doch alles, was sie spürte, war klamme Kälte. »Was ist mir dir? Können wir dir helfen?«

Ich gebe zu … blödes Dilemma, für das … keine Lösung …

Die in der Luft schwebenden Wassertropfen regneten ab, klatschten zu Boden und bildeten dort eine Pfütze. Der Wind schwoll ab, die Umgebungstemperatur stieg und der seltsame Spuk fand ein Ende.

Es wurde wieder still im Turmgemach, und allein ihr aufgeregtes Atmen war noch zu hören. Kyrell und Geron blickten sich entsetzt an.

Auch Yarvala und Torindel standen kreidebleich und verstört da.

»Das alles … wussten wir nicht«, ächzte die Elfe.

Torindel trat ungläubig vor die Pfütze und blickte auf sie herab. »Euer Freund hat seinen Tod auf sich genommen, um *das* in Erfahrung zu bringen?«

»Ich weiß es nicht«, meinte Kyrell betroffen. »Aber wir müssen Boltans Warnung ernst nehmen. Yolsulgur will offenbar einen neuen Glyntril erschaffen. In diesem Fall geht es ihm nicht bloß darum, die Jungen Königreiche zu unterwerfen. Er will sie komplett auslöschen!«

»Ich glaube, sein Plan reicht noch weiter«, meldete sich Geron zu Wort. »Erinnerst du dich an Valeskas Worte vorhin, dass sie hier noch nicht fertig sei?«

Kyrell nickte beklommen.

»Ich bin davon überzeugt, der Drachenkönig hat sie ausgesandt, um den Glyntril zu rauben. Entweder für den Fall, dass sein Vorhaben nicht gelingt. Oder um zu verhindern, dass die Elfen die einzige Macht gegen ihn einsetzen, die der seinen gewachsen ist. Und ich befürchte, sie ist nicht allein in diese Welt eingedrungen.«

»Nicht allein?« Yarvala blickte ihn alarmiert an.

»Ich glaube, sie hat diese Blutgeister mit hierhergebracht«, erklärte er unheilvoll. »Sprach Hauptmann Vilsayar nicht von ausgedörrten Leichen? Genau solche Opfer haben diese unheimlichen Spukgestalten damals in Helgrinshall hinterlassen. Ich bin mir sogar sicher, vorhin bei unserem Ausritt einen seltsamen Schatten in den nahen Wäldern gesehen zu haben.«

»Wir müssen sie aufhalten!« Kyrell sah wütend auf. »Yarvala, geht und informiert den Elfenhauptmann, dass er nach Valeska sehen soll. Und er soll seine Leute zum Glyntril-Turm schicken.«

»Da kommt niemand hinein«, sagte Torindel überzeugt. »Allein der Elfenkönig hat die Macht, ihn zu betreten.«

»Mag sein, nur solltet ihr euch besser nicht darauf verlassen.«

»Was ist mit euch? Der Elfenkönig wird euch hier vermutlich nicht so rasch rauslassen.«

»Solange ihr noch diese Patenschaft für uns tragt, solltet ihr nicht mehr wissen«, meinte Kyrell. »Geht und alarmiert die Euren.«

Yarvala und Torindel nickten und verließen eilig das Gemach.

»Und was machen wir jetzt?«, fragte Geron. »Da draußen greift Yolsulgur nach der Elfenmacht und wir sind hier eingesperrt.«

Kyrell schürzte böse die Lippen. »Nein, sind wir nicht.«

Menschenblut

Magister Rasgath Tiefwasser griff müde nach dem trockenen Brot, mit dem ihn seine Bewacher seit Wochen fütterten, ignorierte die gellenden Schreie, die von den Felswänden widerhallten, und auch den schweren Blutgeruch in der Luft. Stattdessen sah er lethargisch zu dem gewaltigen, offen stehenden Doppelportal am Zugang des Drachenthrons, durch das etwas Sonnenlicht in die gewaltige und von Tropfsteinen erfüllte Höhle fiel.

Wie sehr sehnte er sich nach ihrem Schein auf seinem Gesicht.

Zugleich wusste er, wie dankbar er dafür sein durfte, zumindest bei seinen Fütterungszeiten etwas von dem Himmelslicht zu erhaschen, bevor es zurück zu seiner kühlen Arbeitsstätte tiefer im Berg ging.

Auf der weiten Ebene vor dem Drachenthron dröhnten die Gaaltrommeln. Dumpf. Rhythmisch.

Und das, soweit er wusste, den ganzen Tag über und die ganze Nacht.

Fast war er den Drachendienern dankbar für den Lärm. Denn er ertrug das verzweifelte Flehen, die Todesschreie und den monotonen Singsang der Gaalschamanen kaum noch. Eben tauchten dort vorn am Eingang weitere Gaalkrieger auf, die die nächste Kolonne Sklaven in den Berg trieb.

Männer, Frauen, Kinder. Vermutlich aus Wyverhaven oder Walskar.

Sie waren an langen Stricken zusammengebunden und wurden von den Gaalen wie Vieh durch die riesigen Portalflügel ins Dunkle getrieben.

Rasgath Tiefwasser kaute mechanisch, während er die ausgemergelten Gestalten betrachtete, deren Augen sich langsam an die Dunkelheit in der Höhle gewöhnten. Als sie begriffen, was sie hier erwartete, brachen sie in fürchterliches Geschrei aus, zerrten verzweifelt an den Fesseln und versuchten zurückzudrängen.

Wie immer mischte sich der satte Laut der Gaalpeitschen in das vielstimmige Schreien und Wehklagen – und ihr Widerstand brach.

Tiefwasser griff sich das übrige Brot und wandte den Blick ab. All das Geschrei würde nichts an dem Schicksal der Gepeinigten ändern. Sie sollten dem nahen Tod mit Freude entgegenblicken, denn dann hatte ihr Jammertal ein Ende.

Anders als bei ihm. Der Drachenkönig hatte ihm unmissverständlich klargemacht, dass er seine Seele jederzeit aus dem Totenreich zurückholen würde, sollte er Selbstmord begehen. Und zwar so lange, bis Rasgath ihm dabei geholfen hatte, das Werk zu vollenden.

Rasgath wurde von zwei Gaalwächtern flankiert und um seinen Hals lag ein mit Drachenrunen versehener Eisenreif, der ihn daran hinderte, die Höhlen zu verlassen. Er konnte zwar nach wie vor zaubern, doch keiner seiner Tricks hatte es ihm ermöglicht, den Reif zu lösen, der seine Haut seit Wochen aufscheuerte.

Rasgath Tiefwasser kicherte leise.

Der Drachenkönig wusste, wie man einen Gegner brach. Und das nötigte ihm durchaus Anerkennung ab. Auch sein Widerstand war längst gebrochen.

Beeindruckt sah er zu den mächtigen Stalaktiten auf, zwischen denen dieser wundersame ätherische Dunst trieb, und deren gravitätische Macht dafür sorgte, dass sich das Fluidum nicht verlor, sondern weiter an der Höhlendecke entlangkroch. Es wirkte so rein, klar und licht …

Widerwillig wandte er sich um und machte sich, eskortiert von den beiden Gaalkriegern, auf den Rückweg in die Höhle mit dem goldenen Ahrvarien.

Um ihn herum echoten verzweifelte Todesschreie von den Wänden.

Die Gaale hatten in der Eingangshöhle des Drachenthrons einen mächtigen Stalagmit auf etwa drei Schritten Höhe zum Einsturz gebracht und seine platte Bruchkante zum Herzstück eines mächtigen Blutaltars gemacht, um den herum sie die übrigen Trümmerteile des Tropfsteins pyramidal aufgeschichtet hatten. Stufen führten empor, über die die Gaale immerzu weitere menschliche Sklaven hinauftrieben. Dort oben erwartete die Unglücklichen ein Schamane der Geschuppten, der den Bedauernswerten unter hohlem schnatterndem Singsang die Kehlen durchschnitt, ihnen die Herzen aus der Brust riss und die zuckenden Körper ausbluten ließ.

Ströme an Blut flossen an dem steinernen Altar herab; es bedeckte inzwischen den kompletten Untergrund der Höhle. Wie ein knöcheltiefer See. Rasgath Tiefwasser wusste nicht, wie viele hundert Menschen dort oben schon in diesem erstaunlichen Ritual geopfert worden waren, denn die Gaale entsorgten die Toten rasch im Berg, vermutlich dort, wohin auch er und seine Kollegen einst die Leichen ihrer Adepten verbracht hatten.

Rasgath Tiefwasser raffte sein verschmutztes Magiergewand, watete durch den klebrigen Lebenssaft und versuchte auch die Schreie des neuen Opfers zu ignorieren, das die Echsengestaltigen soeben auf den Tropfsteinaltar zerrten.

Eine junge Frau, die vor Gebrüll fast heiser war.

Kurz blieb er stehen, denn das, was folgte, war auf seine Weise faszinierend. Das Mädchen wand sich verzweifelt im Griff der Gaale, als sie ihr das Kleid vor der Brust herunterrissen, sie an den langen Haaren auf den Altar zogen und dort festhielten. Der Gaalschamane dort oben schnitt ihr routiniert die Kehle durch, um ihr dann das Messer in die entblößte Brust zu rammen. Er schnitt tief, griff in den Brustkorb und riss ihr das schlagende Herz heraus. Kaum, dass er das pumpende und spritzende Organ in die Höhe reckte, stieg von diesem ein leichter Silberstreif zur Höhlendecke, der sich dort oben mit dem übrigen Fluidum mischte.

Reinste Lebenskraft.

Natürlich vermochte diese Form der arkanen Kraftaneignung nur einen Bruchteil der eigentlichen Lebensspanne des Mädchens abzuschöpfen, vermutlich nur wenige Stunden ihres Lebens. Diese Methode war zu grob. Außerdem wusste Rasgath Tiefwasser durch seine jahrhundertelangen Erfahrungen mit dem Ahrvarien, dass Nichtmagier vertrockneten Trauben glichen, aus denen sich für gewöhnlich kaum Saft gewinnen ließ. Umso faszinierender war das unkonventionelle Vorgehen, das die Drachen ersonnen hatten. Sie machten dieses Manko durch Masse wett.

Der Gaalschamane stieß den Leichnam des Mädchens mit einem groben Tritt vom Blutaltar und der schlaffe Körper kollerte über das aufgeschichtete Gestein zu den übrigen Toten, die dort ausbluteten.

Rasgath Tiefwasser nahm seine Brille ab, um sie zu putzen, da ein kleiner Blutspritzer darauf gelangt war – da brandete von weiter hinten, aus den gigantischen Stollen und Gängen der unterirdischen Bergwelt, majestätisches Drachengebrüll heran.

In den ätherischen Dunst über ihm an der Höhlendecke kam Bewegung. Gleich der Brandung des Meeres, die sich bei Ebbe zurückzog, wurde das helle Fluidum über ihm an der Höhlendecke von einem unsichtbaren Sog erfasst und innerhalb weniger Augenblicke an der Höhlendecke entlang und durch den großen Tunnel hinüber zu der Berghalle mit dem Ahrvarien gezogen.

Yolsulgur speiste mit der erbeuteten Lebenskraft der Menschen einen seiner Drachenzauber. Und da der Dunst fast gänzlich entschwand, musste der Zauber, den der Drachenkönig wirkte, sehr machtvoll sein.

Natürlich. Nach allem, was er erfahren hatte, stand weit im Süden der Jungen Königreiche eine große Schlacht bevor. Er wusste nicht, was Yolsulgur plante, aber ganz sicher galten seine derzeitigen Anstrengungen dem Bemühen, das Heer der Menschen unter Walmars Führung zu zerschmettern, bevor dieses kopfstark genug war, um eine ernsthafte Bedrohung zu sein.

Und Walmar hatte keine Ahnung.

Er wusste nicht, was Rasgath wusste.

Fast tat ihm sein einstiger Kollege leid.

Er beschleunigte seine Schritte und marschierte an der Seite seiner beiden Wächter durch den gewaltigen Tunnel mit den zerstörten Elfenfriesen, an dessen Ende ihn die Halle mit dem goldenen Ahrvarien erwartete. Hier hatte sich noch kein Blut gestaut.

Fast hatte er den jenseitigen Zugang des Tunnels erreicht, als ihm von dort markerschütterndes Heulen entgegenschlug.

Schlagartig verfinsterte sich der riesige Felsstollen, und es wurde eiskalt. Das Kreischen, Heulen und Zähneklappern fegte ihm wie ein brüllender Sturmwind entgegen, brauste unter tosendem Jaulen und Wimmern an ihm vorbei und ließ ihm die Haare zu Berge stehen.

Nach einem schier endlosen Moment endete es. Rasgath öffnete die Augen. Sein rechtes Brillenglas war gesprungen und doch sah er sofort, dass sowohl der Tunnel als auch die vor ihm liegende Höhle mit dem Lichtschein von Fackeln erfüllt war als sei nichts gewesen. Die beiden Gaalkrieger neben ihm sahen sich jedoch aufgeschreckt an. Ihr Schuppenkleid war fahlweiß.

Schlotternd hob Rasgath Tiefwasser eine Hand und griff sich ins Haar, das ihm dünn und ausgemergelt erschien. Er riss sich ein ganzes Büschel aus. Auch seine Haare waren jetzt von schlohweißer Färbung.

Welch gewaltige, unvorstellbare Macht.

Er kicherte wieder.

Er brachte den Rest des Weges hinter sich und betrat die große Höhle mit dem Ahrvarien. Golden, fast hoffnungsvoll schimmerte der Baumstumpf mit seinen verzweigten goldenen Ästen. Zugleich wirkte er kahl und trostlos.

Außerdem stank es in der Höhle bestialisch nach Verwesung. Doch daran hatte sich Rasgath schon gewöhnt.

Yolsulgurs riesiger schwarzer Leib thronte weiter hinten vor dem violett glosenden Riss zwischen den Sphären, der die Höhle wie ein eingefrorener Blitz ausfüllte. Majestätisch breitete der Drachenkönig seine vermoderten Schwingen aus, walzte zu ihm herum und präsentierte ihm so sein löchriges schwarzes Schuppenkleid, durch das helle Knochen stachen. Grinsend bleckte er die Reißzähne seines halbverwesten Mauls und maß Rasgath mit seinem fahl glosenden Echsenblick.

»MENSCHENZAUBERER«, rasselte Yolsulgurs Stimme, »ICH SEHE, DU BIST RECHTZEITIG ZURÜCK, UM DAS WICHTIGSTE ELEMENT ALL UNSERER ANSTRENGUNGEN VORZUBEREITEN.«

Rasgath Tiefwasser musste sich zwingen, ein weiteres Kichern zu unterdrücken.

Er ahnte, was Yolsulgur meinte, denn in den letzten Wochen war er damit beschäftigt gewesen, diesen Ort vorzubereiten und dem Drachenkönig dabei zu helfen, das Zusammenspiel all der elfischen Zaubersymbole zu verstehen, die ihm der Drache präsentiert hatte. Mit ihnen hatten sie beide fast die komplette Höhle bemalt. Wohin er hier auch blickte, Wände, Decke und Boden, ja, selbst die unpassenden alten Elfenfriese am Fels rechts über ihm, waren über und über mit komplizierten Glyphen, Zeichen und Zaubersymbolen bedeckt, die teilweise ineinander verschlungen waren und so ein gewaltiges arkanes Kraftnetz bildeten, das die komplette Höhle umspannte.

»Dann haben Eure Diener einen geeigneten Stein gefunden?«, krächzte er.

»DAS HABEN SIE!« Yolsulgurs mächtiger Schädel fuhr zu jenem Tunnel herum, durch den Rasgath und seine Kollegen einst vom Drachenthron geflohen waren und entdeckte dort drei Gaale, die mit ihren gelben Augen unterwürfig zu dem Drachenkönig aufblickten. Einer von ihnen hielt ergeben ein Bündel in den Pranken.

Rasgath leckte sich neugierig über die spröden Lippen und eilte zu ihnen.

Die Gaale beäugten ihn misstrauisch, doch auf ein aufforderndes Rasseln des Drachenkönigs hin enthüllten sie das Objekt.

Es handelte sich um einen ungeschliffenen, fast kopfgroßen Bergkristall von ausgesuchter Reinheit, transparent und durchscheinend wie das berühmte Glas aus Albenhain.

»DU WIRST DIESEN KRISTALL AUF MAGIERART SCHLEIFEN UND IHN MIT DER KRAFT DES ARKANEN

NETZES VERBINDEN, DAS WIR HIER AUFGESPANNT HABEN«, donnerte die Stimme des Drachenkönigs. »ZUR BELOHNUNG FÜR DEINE DIENSTE WERDE ICH DIR EIN LEBEN IN FREIHEIT SCHENKEN. IN JENER NEUEN WELT, DIE ICH ERSCHAFFEN WERDE, SOBALD VOLLBRACHT IST, WAS VOLLBRACHT WERDEN MUSS.«

Rasgath Tiefwassers Lippen zuckten hoffnungsvoll. Er verbeugte sich untertänig. »Eure Milde, drachenkönigliche Majestät, ist eines Herrschers würdig.«

Vorsichtig nahm er den schweren Kristall entgegen, als neuerliches Drachengebrüll erschallte. Es kam aus dem Tunnel zum Blutaltar.

Unter stampfenden Geräuschen erschien dort ein weiterer Drache. Er besaß ein feuerrotes Schuppenkleid, war etwas kleiner als der Drachenkönig, und verneigte sich mit ergeben ausgebreiteten Schwingen. »MAJESTÄT …«

Rasgath Tiefwasser sah die ihm nur zu gut bekannte Drachin an. Das war die wahre Gestalt seiner einstigen Kollegin Alruna von Greifenfels.

»SRASZZZ!«, dröhnte Yolsulgurs Stimme durch die Höhle und irgendwo an seinem halb verwesten Schuppenleib fiel ein Fleischbrocken ab. »ICH WILL HOFFEN, DASS MEINE TREUESTE DIENERIN GUTE NACHRICHTEN BRINGT.«

»SOWOHL ALS AUCH.« Die Drachin richtete sich auf, beäugte Rasgath Tiefwasser kalt aus ihren geschlitzten Pupillen und wandte sich dann wieder Yolsulgur zu.

»SOWOHL ALS AUCH?«, donnerte seine Stimme durch die Höhle. »WAS SOLL DAS HEISSEN?«

Dampf quoll aus Srazzz' Nüstern. »BEI UNSEREM ANGRIFF AUF KESSELFURT LETZTE NACHT HAT SICH EINE WEITERE PARTEI OFFENBART, DIE SICH UNS WIDERSETZT – EIN ZAUBERER NAMENS CYRNACHON!«

»CYRNACHON?«, grollte der Drachenkönig misstrauisch. »IN WELCHER VERBINDUNG STEHT ER ZU DIESEM WALMAR, DEN DIE MENSCHEN ANMASSEND ›DEN WEISEN‹ NENNEN?«

»ER WAR VOR VIERHUNDERT JAHREN EIN GEGNER VOM ORDEN DER STÄBE«, röhrte die Drachin, »UND EBENSO WIE IHR, MAJESTÄT, HAT ER ES GESCHAFFT, DEN TOD ZU BEZWINGEN. ER BEANSPRUCHT KESSELFURT JETZT FÜR SICH. UND ER HAT EINEN DRACHEN GETÖTET.«

Yolsulgur schnaubte gereizt. »WIRD ER DIESEM WALMAR HELFEN?«

»KAUM, MAJESTÄT«, antwortete Srazzz. »ER WAR IHM DAMALS EIN FEIND UND ICH DENKE, ER IST ES HEUTE NOCH. DOCH AUCH ER PLANT ETWAS. OFFENSICHTLICH BAUT ER KESSELFURT ZU EINER BASTION AUS.«

Der Drachenkönig lachte röhrend, und abermals fiel eine schwarze Schuppe von ihm ab. »ER SOLL SICH DORT RUHIG VERSCHANZEN. WENN ER BEGREIFT, WELCHES SCHICKSAL IHM BLÜHT, WIRD ES ZU SPÄT ZUR GEGENWEHR SEIN.« Er hob lauernd den Schädel. »UND JETZT ZU DEN GUTEN NACHRICHTEN.«

»ZWEITAUSEND KARJATEN AUS DER DRACHENSTEPPE SIND AUF DEM WEG ZUM DRACHENTHRON. SIE WERDEN DIE GAALE VERSTÄRKEN, SOLLTEN DIE MENSCHEN IHRER VERNICHTUNG IN GAALSTRUTZ ENTGEHEN.«

Dunkler Rauch quoll aus dem Schlund des Drachenkönigs. »IHR PREIS?«

»DIE VERSICHERUNG, IHR NOMADENVOLK ZU VERSCHONEN, WENN EURE HERRSCHAFT GEFESTIGT IST, MAJESTÄT.«

Der Drachenkönig klang amüsiert. »SIE WERDEN IHREN PLATZ IN UNSERER NEUEN WELT ERHALTEN ... ALS UNSER FUTTER!« Schwer walzte sein untoter schwarzer Drachenleib zum Ausgang. »LASS SIE MICH WÜRDIG BEGRÜSSEN.«

Yolsulgur zwängte sich in den Tunnel, nur kurz war noch sein halbskelettierter Schwanz zu sehen, dann war er fort.

Rasgath Tiefwasser hielt zittrig den schweren Bergkristall umklammert und wollte nun ebenfalls gehen, als ihn die Stimme der Drachin zurückhielt. »DU BLEIBST!«

Vor seinen Augen schrumpfte der rotgeschuppte Drachenleib zu Alrunas vertrauter Menschengestalt zusammen. Als sie ihm in ihrer roten Robe und der altbekannten Gelehrtenhaube gegenübertrat, lächelte er fast dankbar. Ohne Zweifel tat sie dies als vertrauensbildende Maßnahme. Mit einer herrischen Geste schickte Alruna die Gaale fort. Offenbar wollte sie etwas von ihm, wovon nicht einmal der Drachenkönig etwas erfahren sollte.

Ein Anflug von Hoffnung stahl sich in sein Bewusstsein.

»Du hast inzwischen viel Zeit mit Yolsulgur verbracht«, sprach seine einstige Kollegin ernst. »Wie ist dein Eindruck von ihm?«

»Mein … was?« Der Zauberer sah sie misstrauisch an.

»Sprich offen.«

»Ich … sein Geist ist von brillanter Schärfe. Seine Macht unerreicht und sein –«

»Du bist zu seinem Schoßhündchen verkommen«, unterbrach Alruna ihn scharf. »Glaubst du ernsthaft, du wirst alledem hier entrinnen, wenn es erst vorbei ist?«

Lauernd musterte Rasgath Tiefwasser die Drachin in Menschengestalt an. »Du stellst mich auf die Probe, oder?«

»Nein.« Ihr Blick verfinsterte sich. »Hast du gedacht, ich hätte mir seine Wiederkehr so vorgestellt? In diesem Zustand?«

»Ich … weiß nicht, was du dir gedacht hast«, ächzte er.

Alruna sah ihn verärgert an. »Mir ging es darum, meine Art wieder aufblühen zu lassen, die ihr fast ausgerottet hattet. Doch je mehr ich davon mitbekomme, was ihr beide hier treibt, desto mehr beschleicht mich die Sorge, dass Yolsulgur vergessen hat, für welche Ziele wir kämpfen.«

Rasgath schluckte. »Er wird die Welt neu gestalten und ein gewaltiges Drachenimperium errichten.«

»Wird er das?« Argwöhnisch trat sie vor. »Ist er denn noch … der Drachenkönig? Niemand vermag das besser zu beurteilen als du.«

Abermals leckte er sich über die rissigen Lippen. Ihre Sorge war echt.

»Ich weiß es nicht«, krächzte er. »Er ist jetzt eine untote Kreatur. Ich kann dir nicht sagen, wie sehr er sich dem Leben noch verbunden fühlt.«

»Das ist das Problem.« Sie blickte sich argwöhnisch um, so als befürchte sie, dass der Drache sie hören könnte. »Yolsulgur lebt nicht mehr. Er fühlt nichts mehr. Und er denkt nicht mehr wie eine lebende Kreatur. Ganz zu schweigen davon, dass er in diesem halbverrotteten Zustand auch nicht mehr in der Lage ist, gemeinsam mit mir und den übrigen Drachinnen eine neue Drachengeneration zu zeugen. Er ist ein Schatten seiner selbst, und das wortwörtlich.«

Rasgath starrte sie an und schwieg.

»Was willst du von mir?«, fragte er irgendwann. »Willst du, dass ich seine Pläne hintertreibe und all das hier verhindere?« Er hob den Bergkristall in seinen Händen. »Das kann ich nicht. Du weißt, dass er alles kontrolliert, was er mir zu tun aufgibt. Ein Fehler, und seine Strafe wird fürchterlich sein.«

»Genau darum geht es. Er kontrolliert das, mit dem er dich beauftragt – nicht unbedingt das, was du hier noch so treibst.« Alruna kramte ein dickes, ledergebundenes Buch unter ihrem Gewand hervor, das ihm vertraut erschien. Er betrachtete es stirnrunzelnd – und erkannte es wieder.

Das war jener Wälzer, den er in Wyverhaven zusammen mit dem Zepter der Nacht aufgespürt hatte. Er hatte dem Band kaum Beachtung geschenkt, da seine Suche allein der Waffe gegen Yolsulgur gegolten hatte. Aber wenn beides zusammen im Turm der Toten versteckt gewesen war, bedeutete dies, dass die Schrift ebenfalls von seinem einstigen Kollegen Hasraban el Sayed stammte.

Alruna hielt ihm das Buch hin. Vorsichtig stellte er den Bergkristall am Boden ab und nahm das Buch entgegen. »Was ist das? Eine Anleitung, um das Zepter der Toten erneut zu erschaffen?«

»Nein.« Höhnisch sah sie ihn an. »Ich will nicht, dass du seine drachenkönigliche Majestät zurück ins Totenreich schickst. Wir benötigen ihn und seine überlegenen Fähigkeiten. Ich will, dass du ihn zurück unter die Lebenden bringst.«

»Wie soll ich das tun?«

»Indem du die Methoden Hasrabans studierst.« Die Drachin schnaubte. »Befreie Yolsulgur aus seinem verrotteten Körper und ermögliche ihm, dass er wieder etwas spürt. Vollende, was ich begonnen habe, und beende seine untote Existenz. Bring ihn endgültig zurück ins Leben.«

»Ich kann seinen vermoderten Körper nicht heilen. Das ist unmöglich.«

»Das weiß ich, aber Hasraban beschreibt in dieser Schrift eine Methode, mittels der du seine Seele in einen anderen Körper transformieren kannst.«

»Ein Seelentausch?«

In Alrunas Augen gloste es feurig. »Ich habe in den zurückliegenden Jahrhunderten ein Dutzend Dracheneier aufgespürt und vor euch in Sicherheit gebracht. Die meisten von ihnen sind bereits geschlüpft.«

Rasgath stöhnte. »Ich habe sie in Helgrinshall gesehen.«

»Das war nur eines der Gelege, die ich im Verborgenen unterhielt.« Sie blickte ihn hochmütig an. »Und wir Drachen wachsen schnell, wie du weißt. Eines unserer Jungen haben wir kürzlich leider im Wolkenkammgebirge verloren, einen Drachen hat Cyrnachon getötet –«

»Cyrnachon ist wirklich zurück?«, unterbrach Tiefwasser sie ungläubig.

»Kümmere dich nicht um ihn«, fauchte Alruna gereizt, bevor sie fortfuhr. »Und gestern hat Walmar nahe Gaalstrutz einen weiteren unserer Art vom Himmel geholt, der jetzt von mir aufgepäppelt wird. Yolsulgur schenkt ihm derzeit nicht viel Beachtung.«

Irritiert blickte Rasgath sein Gegenüber an.

»Ich meine damit«, erklärte sie, »dass er allen übrigen Drachen bereits Aufgaben zugewiesen hat. Diesem jedoch nicht. Er ist derzeit der Einzige, der nicht unter seiner Beobachtung steht.« Sie beugte sich vor. »Er ist zwar verletzt, aber es handelt sich um ein männliches Exemplar mit großartigen Anlagen. Ich will, dass du mir dabei hilfst, Yolsulgurs Seele aus seinem alten Körper zu befreien und sie in dieses Exemplar zu übertragen. Du wirst dafür Hasrabans Methoden studieren und alles für die Transformation vorbereiten.«

»Wieso ich?«

»Weil es dazu deiner nekromantischen Fähigkeiten bedarf«, zischte sie.

»Warum solltest ich dir helfen?«, fuhr er sie an.

»Weil wir die alte Welt so oder so auslöschen und neu erschaffen werden. Und darin hast du keinen Platz. Yolsulgur wird dich verraten – und uns Drachen am Ende vielleicht auch, wenn er nicht endlich wieder einer von uns wird.« Siegesbewusst richtete sie sich auf. »Hilfst du mir jedoch, dann rette ich dich und einen Teil der Menschheit und sorge dafür, dass ihr in der neuen Welt eine Existenz führen dürft, die über eine Mahlzeit für die Unsrigen hinausgeht. Also entscheide dich. Rette dich und deine Art – oder geh mit ihr unter.«

Krieg an mehreren Fronten

Geron lehnte sich misstrauisch über das Balkongeländer und beäugte aus großer Höhe die Dächer und Marmorbauten des elfischen Palastes. Selbst auf den Wehren waren nur vereinzelt Wächter auszumachen. Kein Wunder, denn in dieser Welt gab es für gewöhnlich keine Feinde. Nicht weit entfernt war das Rauschen des nahen Wasserfalls zu hören.

»Die Luft ist rein«, sprach er leise. »Niemand schenkt uns Beachtung.«

»Das wird sich vermutlich gleich ändern«, erwiderte Kyrell leise und trat ebenfalls aus dem Turmgemach ins Freie. Sie ließ ihren Blick über die von zahllosen bunten Lichtern übersäte Elfenstadt schweifen, sah entschlossen hinüber zum strahlenden Glyntril-Turm auf der anderen Talseite und suchte schließlich nach der Aufzuchtstation der Greifen. »Du weißt, was du zu tun hast?«

»Ja, weiß ich.« Geron trat neben sie und hielt sie vorsichtshalber fest.

Kyrell schloss die Augen und wirkte sofort wie weggetreten, als ihr Geist sich auf die Suche nach einem geeigneten Reittier machte. Es dauerte eine Weile und Geron befürchtete schon, dass sie erfolglos blieb, als er im Tal einen lauten Raubvogelschrei vernahm. Angestrengt hielt er in der Düsternis Ausschau und konnte kräftige Flügelschläge vernehmen. Unvermittelt schälte sich ein imposanter braungrauer Körper, halb Raubvogel, halb Löwe, aus der Finsternis, der auf ausgebreiteten Schwingen zielstrebig auf den Balkon zuglitt.

Geron führte Kyrells schwankenden Körper vorsichtig zum Durchlass an der Turmwand, während sich der Greif zur Landung bereitmachte. Seine Pranken berührten kurz die Balustrade, dann setzte er mit einem sanften Sprung unmittelbar vor ihnen auf dem Turmvorbau auf, wo er seine Flügel zusammenfaltete und Geron auffordernd aus seinen Raubvogelaugen über dem scharfen Schnabel ansah.

Am Hals des Greifen baumelte ein durchgenagter Strick, der klarstellte, mit welchen Problemen Kyrell zwischenzeitlich zu kämpfen gehabt hatte.

Geron zwinkerte dem beeindruckenden Wesen zu. »Alles klar, geh in die Knie, damit wir besser aufsitzen können.«

Etwas umständlich hievte er Kyrells Körper auf den Greif, sicherte sie vor sich und sich selbst mit dem Seil am Hals des Greifen – als im Tal Posaunenklänge dröhnten.

Sie klangen wie Alarmzeichen.

»Mist, offenbar haben sie dein Eingreifen bemerkt.« Er versuchte nicht daran zu denken, was ihm bevorstand. Bislang war er nur einmal in seinem Leben geflogen – und das vergleichsweise gemächlich auf einem fliegenden Teppich. Was jetzt folgte, würde vermutlich deutlich anderes werden. »Lass uns los!«

Geron presste seine Beine verzweifelt an die Flanken des übergroßen Löwenleibs und hatte dennoch Mühe, sein Gleichgewicht zu wahren, als der Greif zur Balustrade emporsprang, die mächtigen Flügel ausbreitete und sich in die Tiefe kippen ließ.

Schon spürte Geron den Wind in Kleidung und Haaren und kämpfte gegen einen Aufschrei an. Allmählich stabilisierte sich ihre Position, während der Greif mit flappenden Schwingenschlägen über das Tal hinwegsetzte und auf den strahlenden Glyntril-Turm zuhielt.

Noch immer erklangen in Sil'Glyntra die Posaunen und etwas verwundert entdeckte Geron auf einem der beleuchteten Wege der Elfenmetropole eine Schar Reiter in blinkenden Rüstungen, die auf Eoberi-Rössern ebenfalls zum gegenüberliegenden Talrand preschte. An ihrer Spitze glaubte er sogar Hauptmann Vilsayar ausmachen zu können.

Kyrell flog über sie hinweg, weiter auf den kolossalen blauen Turm zu. Der Alarm endete nicht.

»Kyrell«, rief Geron gegen den Flugwind an, »da stimmt etwas nicht. Yarvala und Torindel können Vilsayar unmöglich schon Bescheid gegeben haben. Und doch sind die Turmwachen bereits unterwegs. Ich glaube, die Posaunen gelten nicht dem Greif – da muss etwas anderes vorgefallen sein!«

Kyrell antwortete mit einem lang gezogenen Greifenschrei und beschleunigte das Flugtempo. Der zum Himmel strebende Glyntril-Turm, der majestätisch zwischen den Bäumen des Bergkamms aufragte, rückte immer näher.

Erstmals erkannte Geron Einzelheiten. Der riesige Turm bestand durchweg aus Marmor von intensiver hellblauer Farbe, ähnlich einem klaren Frühlingshimmel. Nahezu fugenlos türmten sich die glatten Blöcke kolossale zweihundert Schritte in die Höhe. Der elegante Turm verjüngte sich nach oben hin, sodass der Eindruck eines Blütenstiels entstand, der weit oben an einer breiten Plattform mit mäuseohrförmigen geschwungenen Außenbalustraden endete. Geron fühlte sich an den überdimensionierten Blütenkopf eines Vergissmeinnichts erinnert.

Auf der Plattform thronte eine hohe Säulenhalle mit Kuppeldecke, in dessen Zentrum ein prismatisch gleißendes Licht schwebte, dessen Ursprung viel kleiner zu sein schien, als es auf die Ferne den Anschein erweckte. Trotz der intensiven Lichtfülle, die von dem Glyntril ausging, blendete das Licht nicht. Im Gegenteil, je näher sie kamen, desto weicher wurde es.

Kyrell hielt in ihrer Greifengestalt direkt auf die Säulenhalle zu. Das gigantische Bauwerk wuchs vor ihnen in die Höhe, doch die Lichtquelle selbst schmolz immer weiter zusammen.

Plötzlich löste sich schräg unter ihnen ein heulender Schatten von dem Bauwerk und jagte gleich einem düsteren Nebelstreif auf sie zu. Der Greif stieß einen panischen Raubvogelschrei aus, kippte nach rechts ab und der wehklagende Schemen rauschte dicht an ihnen vorüber. So dicht, dass sich Geron vor Grausen die Nackenhaare aufstellten und er die eisige Kälte spürte, die von dem Angreifer ausging.

»Ein Blutgeist! Weg hier!«, brüllte er, doch Kyrell hatte längst andere Probleme. Der Greif stieß kreischende Schmerzenslaute aus und Geron sah zu seinem Entsetzen, dass sein Gefieder am linken Flügel nun zur Hälfte stumpf und grau war. Der Greif verlor Federn.

Verzweifelt schlug das Wesen mit seinen Schwingen, doch unaufhaltsam ging es abwärts und sie trudelten spiralförmig in die Tiefe. Nur am Rande nahm Geron war, dass Kyrell vor ihm ächzte.

Die Wipfel von Tannen und Laubbäumen rasten auf sie zu, noch einmal lehnte sich der Greif mit aller Macht gegen das Unvermeidbare auf, dann durchstieß der geflügelte Löwenkörper Äste und Zweige und schlug hart auf dem Waldboden auf. Geron versuchte Kyrells Körper zu schützen, indem er ihn umklammerte, schon wurden sie beide abgeworfen und überschlugen sich, bis sie ein Stück hangabwärts in einem Gebüsch liegen blieben.

Schmerzerfüllt richtete er sich auf. Außer Prellungen und Schürfwunden hatte er keine Verletzungen davongetragen. Gleiches galt für Kyrell, die endlich wieder die Augen aufschlug.

»Ich habe diesen fürchterlichen Spuk nicht kommen sehen.« Sie stöhnte. »Was sollen wir gegen ihn unternehmen? Diese Blutgeister sind übermächtig.«

»Keine Ahnung, erst einmal weg von hier.« Geron zog sie rasch mit sich, denn am Himmel war neuerliches Heulen und Wehklagen zu hören. Eilig brachten sie Abstand zwischen sich und den Greif, der einige Schritte entfernt lag und klagend kreischte. Er war so schwer verletzt, dass er es nicht mehr schaffte, sich aufzurichten.

Der Blutgeist stieß wie ein wehender schwarzer Nebelstreif vom Himmel herab und umhüllte den Greifen wie ein Mantel. Ihr geflügeltes Reittier schrie gellend auf, dann verstummte es.

Da es hangabwärts zunehmend steiler wurde, flüchteten Geron und Kyrell zwischen den Bäumen nach oben und erreichten so einen breiten Waldpfad, der in einigen Baumlängen Entfernung bis an den Sockel des riesigen Glyntril-Turms heranreichte.

Von hier unten wirkte der Turm noch gigantischer.

Der Turmschaft besaß eine Breite von fünf oder sechs Schritt und wurde hier unten bis auf eine Höhe von etwa zehn Schritt von den eigentümlichen Majestätsrosen umrankt. Zwischen den Kletterrosen zeichneten sich die Umrisse eines Portals ab, zu denen muschelförmige Treppenstufen emporführten.

Geron glaubte dort oben jemanden zu sehen.

Ohne weiter darüber nachzudenken, zog er Kyrell mit sich zum Glyntril-Turm, als hinter ihnen, zwischen den Bäumen, wieder dieses fürchterliche Heulen zu hören war. Sie rannten.

Als sie am Fuße des Turms anlangten, war klar, dass sie hier keine Hilfe erwarten konnten. Vor den Treppenstufen lagen die ausgedörrten, wie mumifiziert wirkenden Überreste zweier elfischer Wachen, die nicht einmal dazu gekommen waren, ihre Waffen zu ziehen.

Das Heulen und Brausen hinter ihnen wurde lauter, und als Geron herumwirbelte, erblickte er ihren Verfolger erstmals aus der Nähe. Der Blutgeist war schwarz und finster und wie damals in Helgrinshall wirkte sein Schlierenkörper, als rüttle ein geisterhafter Wind an ihm. Er richtete sich vor der Baumgrenze zu voller Größe auf und starrte sie bösartig an. Seine Augen waren große ovale Löcher, ins Groteske verzerrt, in denen nadelfeine rote Lichter wie Pupillen glommen.

Geron schleuderte der Spukgestalt verzweifelt eine Feuerlohe entgegen, während Kyrell hinter ihm bis an die Turmwand drängte. Als er sah, dass sein Feuer wirkungslos von dem Geisterleib verschluckt wurde, zückte er Ceredril und entriss einer der bedauernswerten Elfenmumien ihr Schwert.

Bei der Waffe handelte es sich um eine schmale funkelnde Klinge mit fein ziseliertem und von prachtvollen elfischen Ornamenten geschmücktem Silbergriff, die ihm in der Hand lag als sei sie für ihn maßgefertigt worden.

Dabei ahnte er, dass er mit keiner seiner Waffen gegen einen Gegner wie diesen bestehen konnte. Er erinnerte sich an Ambra, die diese Kreaturen nur mittels ihres seltsamen Lebensfeuers hatte vertreiben können. Und doch würde er nicht kampflos untergehen.

»Komm schon!«, zischte er zornig.

Der Blutgeist glitt lauernd auf ihn zu – als vom Waldweg her das Donnern von Pferdehufen zu hören war. Die Kreatur fuhr wütend herum, starrte Geron noch einmal an und rauschte wie wehender Rauch zum Nachthimmel empor, wo er mit der Dunkelheit verschmolz.

Kurz darauf erkannte Geron auf dem Weg Eoberi-Stuten, die in hoher Geschwindigkeit auf sie zugaloppierten. Hauptmann Vilsayar preschte in Begleitung von fünf Elfenrittern auf den Vorplatz des Turms, sprang gewandt ab und zückte sein Schwert.

Die übrigen Elfen bauten sich mit ihren Rössern im Halbkreis vor den Stufen auf und auch sie zogen ihre Waffen.

Vilsayar hockte sich kurz neben seine beiden toten Kameraden, untersuchte sie und sah zornig auf. »Wie auch immer ihr es geschafft habt, König Erlcoron zu täuschen«, herrschte er sie unter seinem ovalen Helm an, »ich wusste, dass euch nicht zu trauen ist!«

»Begreift Ihr es denn nicht?«, zürnte Geron und schob sich schützend vor Kyrell. »Wir haben mit alledem nichts zu tun. Valeska hat Blutgeister mit in diese Welt gebracht, Kreaturen der Nacht, die den Glyntril über uns stehlen sollen.« Aufgebracht deutete er mit dem schlanken Schwert zur Turmspitze hinauf. »Wenn ihr uns nicht endlich glaubt, dann wird Yolsulgur ein weiteres Mal über euch triumphieren.«

Der Elfenhauptmann riss die Augen. Doch der entgeisterte Blick des Elfs galt nicht dem Gehörten, sondern dem Schwert in Gerons Hand. »Wie hast du es geschafft, diese Klinge an dich zu nehmen?«

Verwundert musterte Geron das Schwert in seiner Hand.

»Ich habe mir eben erlaubt, es an mich zu nehmen«, antwortete er mit beißendem Spott, »da sich kurz vor Eurem Eintreffen einer dieser Blutgeister anschickte, uns zu töten. Inzwischen ist er wieder zur Turmspitze aufgestiegen.«

»Das ist ein Glyntra-Schwert, das allein von vereidigten Turmwachen gehandhabt werden kann.« Fassungslos sah der Elf ihn an. »Es wählt seinen Träger selbst …«

»Und das heißt?«, fragte Geron überrumpelt.

»Dass es dich zur Turmwache erwählt hat.« Vilsayar und die übrigen Ritter warfen sich ungläubige Blicke zu und zögernd senkten sie ihre Waffen.

»Dann hört uns endlich zu!«, vernahm Geron hinter sich Kyrell.

Die Halbelfe trat energisch an seine Seite und berichtete den Elfen kurz und bündig, was sie über den einstigen Frevel der Elfen und die Erschaffung des Glyntrils in Erfahrung gebracht hatten. Keiner der Sechs schien überrascht, sah man davon ab, dass sich die Augen in den ausdruckslosen Gesichtern verengten. Sie waren also längst in das Geheimnis des Glyntrils eingeweiht.

»Zu den Aufgaben der Turmwache zählt auch, unser Volk vor der niederschmetternden Wucht dieses Geheimnisses zu bewahren«, erwiderte Vilsayar tonlos. »Außer dem König, uns und einigen des Ältestenrates weiß niemand um die wahre Natur des Glyntrils. Und das soll auch so bleiben.«

»Gut, haltet Euer Volk ruhig weiter in Unwissenheit«, blaffte ihn Geron an, »aber die Seelen eurer Vorfahren, die den Glyntril einst erschufen, sind jetzt hier. Was gedenkt Ihr also zu tun?«

»Diese Kreaturen mögen meine Männer überrumpelt haben«, knurrte Vilsayar, »aber niemand außer dem König selbst vermag den Turm zu betreten. Das ist unmöglich.«

»Habt Ihr nicht zugehört: Sie sind bereits hier«, fuhr ihn Kyrell an. »Einer von ihnen hat den Greif von Himmel geholt, auf dem wir hergeflogen sind.«

Vilsayar presste die Lippen aufeinander und blickte zum Turm auf. »Der Elfenkönig ist bereits informiert und wird in Kürze samt der Palastgarde hier sein.«

»Und wenn das zu spät ist?«, fragte ihn Geron. »Überhaupt, was macht Ihr hier eigentlich? Unsere Nachricht kann Euch noch nicht erreicht haben.«

»Nachricht?« Vilsayar sah sie verständnislos an. »Wir sind hier, weil sich diese Zauberin befreien konnte, kaum dass man sie aus dem Palast geschafft hat.«

»Valeska ist nicht zu trauen«, brauste Kyrell auf. »Sie arbeitet für den Drachenkönig, und Ihr solltet seinen Listenreichtum kennen. Ich verstehe nicht, dass Ihr nicht endlich eingreift!«

»Wir *können* nichts tun!«, kam es fast verzweifelt zurück. »Ich würde dort oben gern nach dem Rechten sehen, aber auch wir vermögen den Turm nur in Begleitung Seiner Majestät zu betreten.«

»Wartet ...« Kyrell wandte sich dem Portal hinter ihr zu und betrachtete es aufmerksam. »Geron, versuch du es.«

»Was?« Irritiert sah er sie an. »Du hast doch gehört, dass –«

»Vielleicht reagiert dieses Portal auf das Königsheil?« Ernst sah sie ihn an. »Sieh dir all diese Majestätsrosen an.« Sie deutete zu den lachsfarbenen Kletterrosen an der Turmwand. »Warum wachsen sie hier? Falls es kein spezieller Zauber ist, mittels dessen sich Erlcoron hier Eintritt verschaffen kann, dann ist es vielleicht sein königliches Wesen selbst.«

Geron wechselte kurze Blicke mit dem Elfenhauptmann. Auch die übrigen Turmwachen warfen sich fragende Blicke zu. Da kein Einwand kam, marschierte er die Stufen hinauf, trat unmittelbar vor das Portal und berührte es. Die Kletterrosen an den Turmwänden verneigten sich und mit einem satten Laut öffnete sich das Portal.

Fassungslos sahen Vilsayar und die übrigen Elfen zu ihm auf.

»Gut, dann sei es so«, bellte der Hauptmann. »Männer, absitzen! Wir werden das Herz unserer Heimat bis aufs letzte Blut verteidigen.«

Geron und Kyrell traten in den Turm, der im Inneren völlig leer war. Ein geisterhafter Wind umwehte sie. Allein weit über ihnen, wie an dem jenseitigen Ende einer Röhre, war funkelnder Lichtschein auszumachen.

»Wie kommen wir da rauf?«, wollte Geron wissen.

»Werdet ihr gleich sehen«, antwortete Vilsayar mürrisch. »Noch eins: Da oben wirkt keinerlei Magie. Jeder Zauber nahe dem Glyntril wird den Lippen seines Wirkers entrissen. Das ist eine Sicherungsmaßnahme. Allein solche Magie hat dort oben Bestand, die bereits eine feste Form in Gestalt von Waffen, Amuletten und ähnlichem erhalten hat.« Mahnend sah er Geron an. »Also verlier dein Schwert nicht.«

Bevor Geron nachfragen konnte, was dieser meinte, berührte der Hauptmann eine Stelle an der Wand, und der seltsame Wind im Turm schwoll zu einem Orkan an, dessen windige Finger Geron, Kyrell, Vilsayar und seine Männer packten, anhoben und unter lautem Brausen in die Höhe trugen.

Rasend schnell glitten die Turmwände an ihnen vorbei, und schreiend jagten sie auf das Licht über ihnen zu, das durch eine große runde Öffnung in die Tiefe sickerte.

Jenseits der Öffnung spuckte sie der Luftwirbel aus. Gerons Füße berührten wieder Boden, und ein leichter Wind blies ihm ins Gesicht. Diesmal war es der Höhenwind.

Staunend sah er sich um.

Sie standen jetzt in der marmornen Säulenhalle auf der Plattform des Glyntril-Turms, dessen beeindruckende Kuppeldecke sich weit über die im Zentrum der Halle schwebende Quelle des gleißenden Lichts spannte. Geron erkannte, dass es sich bei dem Glyntril um einen knapp kopfgroßen Bergkristall oder Diamanten von prismatischem Schliff handelte. Der Lichtschein, der ihm entströmte und die Elfenwelt in ihrem Innersten zusammenhielt, drang tief aus dem Kern. Der Schein war warm und rein, und Geron vermochte seinen Blick kaum von der funkelnden Pracht abzuwenden. Und doch schockierte ihn die Vorstellung, dass eine derartige Schönheit der Lebenskraft Abertausender zerstörter Existenzen entsprungen war. Der Lebenskraft eines ganzen Landes, vielleicht sogar eines ganzen Kontinents.

Der leuchtende Kristall schwebte einige Handspannen über einem marmorblauen Podest, zu dem ringförmig ebenfalls marmorne Treppenstufen emporführten. Genau zehn Sarkophage umringten das Podest mit dem Glyntril weiträumig.

Vilsayar trat vor und sah sich misstrauisch in der Halle um. »Ich sehe hier keinen Eindringling.« Auf einen Wink von ihm schwärmten drei seiner Elfenritter aus.

Da der Lichtschein des Glyntrils zwar hell war, aber nicht blendete, erkannte Geron, dass die Sarkophagdeckel allesamt mit aufwendig gestalteten elfischen Schmuckornamenten sowie den Namen unbekannter Elfen versehen waren.

»Sieh!« Kyrell deutete auf einen Sarkophag und Geron las den dortig eingeprägten Namen: Merdarion. Jener Elfenregent, der seinen Waldalether Ahnen einst das Königsheil verliehen hatte. Die hoch liegende Halle diente also auch als Ruhestätte der Elfenkönige.

»Also, wo sind diese Blutgeister, von denen ihr spracht?«, knurrte Vilsayar, der ganz am Rand der Plattform stand und dort über die geschwungene Balustrade spähte. »Ich sehe hier nichts. Alles andere hätte mich auch gewundert, denn –«

Aus dem großen Loch am Boden hinter ihm brach unvermittelt wehklagendes Sturmgeheul. Die beiden dort stehenden Elfenwächter wirbelten herum, als aus der Tiefe fünf schwarze Schemen mit rötlich glosenden Schlieraugen hervorbrachen, sie ansprangen, in fettige Dunkelheit hüllten und ihnen innerhalb weniger Augenblicke die Lebenskraft aussaugten. Völlig vertrocknet stürzten ihre Leichen zu Boden und einer brach der Kopf ab, der samt dem Helm bis zu einem Sarkophag kullerte.

»Schwerter!«, brüllte Vilsayar, und wie ein Mann zogen er und die verbliebenen drei Elfenritter ihre Waffen, über deren Klingen plötzlich blaue Flammen waberten.

Ein Blutgeist fegte wie Rauch auf einen Elf zu, doch der sprang reaktionsschnell auf einen Sarkophag und attackierte seinen unheimlichen Gegner beherzt mit einer raschen Folge von Schlägen und Stichen.

Wo seine feurigen Hiebe trafen, zischte es und der schwarze Schlierenleib wallte an den Stellen brandig auf. Die grässliche Spukgestalt kreischte derart, dass sich Geron die Nackenhaare aufstellten. Unter schaurigem Wehklagen zog sich die Kreatur zurück, um sich nahe des Aufstiegsloches mit den übrigen vier Blutgeistern zu vereinen. Die Spukgestalt wirkte … geschwächt. Verletzt.

Geron und Kyrell warfen sich überraschte Blicke zu.

Die riesigen Leiber der übrigen Blutgeister richteten sich unter gereiztem Fauchen zu voller Größe auf und starrten sie lauernd aus ihren roten Schlieraugen an. So, als warteten sie lediglich auf einen Befehl.

»Zum Glyntril!«, kommandierte Vilsayar.

Geron und Kyrell reihten sich bei den Elfenrittern ein, die sich mit ihren wabernden Flammenschwertern vor den Stufen zum Glyntril aufbauten. Verzweifelt versuchte Geron, auch sein Schwert in Flammen zu setzen. Nur wusste er nicht, wie.

In diesem Moment rauschte Mutter Valeska mit wehenden Gewändern aus dem Loch am Boden. Sie setzte dicht neben den Blutgeistern auf und leckte sich gierig über die Lippen, als sie sich in ihrer ganzen Hässlichkeit aufrichtete und zum Glyntril starrte. »Da ist ja das gute Stück.«

»Wie seid Ihr hier reingekommen?«, wollte Hauptmann Vilsayar ungläubig wissen.

Mutter Valeska wandte ihren Blick von dem Glyntril ab und sah ihn an. Dann heftete sich ihr höhnischer Blick auf Kyrell und Geron.

»Na, ich musste bloß warten, bis mir jemand die Tür öffnet.« Sie lachte meckernd, während die Blutgeister ausschwärmten und sie in einem lockeren Ring umkreisten. »Eigentlich dachte ich ja, dass Euer König hier aufschlagen würde, um im Turm nach dem Rechten zu sehen. Ehrlich gesagt hatte ich mich schon gefragt, wie viele Eurer Leute meine Freunde noch aussaugen sollten, um sein Interesse zu wecken – aber eigentlich hätte ich mir denken können, dass ihn nicht einmal mehr das Schicksal dieses Turms interessiert.« Gereizt funkelte sie Geron an. »Dass es dann ausgerechnet Alrunas blaublütiger Zögling sein würde, der mir hier die Türen öffnet, kam dann doch überraschend. Allerdings scheint es mir bestimmt zu sein, ihm und meiner eigenen blonden Plage ständig über den Weg zu laufen.«

Er selbst war es gewesen, der Valeska und den Blutgeistern den Zutritt zum Turm ermöglicht hatte? Gerons Züge entgleisten und Mutter Valeska lachte meckernd.

»Ihr werdet scheitern!«, sprach Vilsayar kühl. »Eure Magie wirkt hier oben nicht.«

Valeskas Augen zuckten unruhig. Sie beschrieb eine knappe Zaubergeste. Ohne Resultat.

»Und das ist nicht alles. Wie Ihr sehen könnt, Zauberin, gelten hier für die Unheimlichen an Eurer Seite andere Regeln. Wir sind die Turmgarde. Wir werden mit ihnen aufräumen, bevor sie uns auch nur zu nahe kommen.« Er hob sein brennendes Schwert und machte sich schlagbereit. »Also probiert es.«

Valeska stierte den Elf finster an und schürzte dann herausfordernd die Lippen. »Schwerter sind Schwerter. Was, wenn sie vor Euren Klingen geschützt sind?« Sie gab den Blutgeistern, die lauernd um die Stufen des Podests kreisten, ein Zeichen. »Los, ihr Schätzchen, überprüfen wir, ob mein Wissen über die elfischen Bestattungsriten stimmt: Sucht Euch passende Gefäße!«

Unter schaurigem Geheul stoben die fürchterlichen Schemen zu den Sarkophagen, quollen durch Ritzen in ihr Inneres und brachten sie zum Beben. Im nächsten Moment explodierten die marmornen Monumente, steinerne Fragmente prasselten auf sie nieder und aus dem Steinstaub erhoben sich stöhnend fünf der hier oben zur Ruhe gebetteten Elfenkönige.

Ihre Körper waren bis hinauf zu den skelettierten Schädeln längst verwest, und nur bei zweien von ihnen spannte sich noch pergamentene Haut über die Knochen. Bösartige rote Lichter funkelten in den Tiefen ihrer Schädelhöhlen – und sie alle waren wie zur Schlacht gerüstet. Ihre Knochen steckten in kunstvoll ornamentierten Elfenrüstungen, die über die Jahrhunderte und Jahrtausende nichts von ihrer Pracht verloren hatten. Und ein jeder der untoten Elfenkönige hielt eine prachtvolle königliche Klinge in den Skeletthänden.

»Räumt sie beiseite!«, fauchte Valeska.

Die Blutgeister heulten schauerlich auf, und schon gingen die untoten Elfenkönige zum Angriff über. Diesmal hämmerte Stahl auf Stahl, als die Flammenschwerter der Turmwachen von ebenbürtigen Waffen pariert wurden oder über harte Rüstungen schrammten, statt tief in die sphärischen Leiber der Spukgestalten zu schneiden. Auch die Blutgeister verstanden es erschreckend gut zu kämpfen.

Einer der Untoten tauchte auch vor Geron auf und deckte ihn mit Schwerthieben ein, die Geron nur mit Mühe zu kontern vermochte und ihn sogar eine Stufe zum Glyntril hinauftrieb.

Verzweifelt fintierte er und versuchte die Deckung seines unheimlichen Gegners zu durchbrechen, doch im Gegensatz zu Geron war dieser gerüstet und nahm es sogar in Kauf, von den Waffen getroffen zu werden, da ihn keine der beiden Elfenklingen verletzen konnte. Hohnlachend schickte sich der Blutgeist schon an, den untoten Leib wieder zu verlassen, um in seiner Spukgestalt nach ihm zu greifen – als sich Geron trotz Vilsayars Hinweis an einem Zauber versuchte.

In der Hoffnung, den Untoten verbrennen zu können, beschwor er seine Flammen. Doch statt der Lohe reagierte diesmal das Schwert der Turmwache und endlich überzog sich die Klinge mit geisterhaftem blauen Feuer.

Die Spukgestalt schreckte sofort in den gepanzerten Totenleib zurück und Geron ging wütend zum Gegenangriff über. Hart prasselten seine Schläge auf die untote Kreatur ein, die auswich und parierte. Er trieb den Untoten bis zu einem der intakten Sarkophage, während neben ihm einer der Elfenritter in die Knie ging. Sein untoter Gegner hielt dessen Kehle und Waffenarm umklammert – dann kippte der Blutgeist aus dem besetzten Leib vornüber und es wirkte so, als würde sich die schattenhafte Kreatur im Hals des Wächters verbeißen.

Der Elf schrie auf, seine Haut wurde stumpf und grau, und er dörrte innerhalb von Augenblicken aus.

Weiter hinten gelang es Hauptmann Vilsayar, sein Flammenschwert durch eine Lücke im Panzer seines Gegners zu treiben und ihm die Klinge tief in den Leib zu stoßen. Der Blutgeist kreischte getroffen auf, und plötzlich züngelten überall an dem toten Elfenkönig blaue Flammen in die Höhe. Sogleich brach er zusammen und dem Blutgeist gelang es nicht mehr, sich aus dem Toten zurückzuziehen. Mit grässlichem reißendem Geräusch explodierten Blutgeist und Leichnam, und die Wucht der Detonation trieb Vilsayar ein Stück zurück.

Hoffnung durchströmte Geron, denn erstmals schien es, dass sich die heimtückischen Blutgeister besiegen ließen. Endgültig.

Erfüllt von neuem Mut deckte er seinen Gegner mit weiteren Stichen und Schlägen ein, wehrte einen überraschenden Konter mit Ceredril ab und stieß dem Untoten das Flammenschwert durch einen Riss im Panzer, den er zuvor mit dem Elfendolch geschlagen hatte.

Die untote Kreatur kreischte auf, erzitterte und ging nun ebenso in Flammen auf wie jener Gegner, mit dem es Vilsayar zu tun gehabt hatte. Dann explodierte auch sie, und Geron riss den Arm hoch, um sich vor den umherwirbelnden Leichenteilen zu schützen.

Vilsayar kämpfte mit einem zweiten Blutgeist, der einen weiteren seiner Männer jedoch schwer verwundet hatte. Geron bekam es mit jenem Gegner zu tun, der den Elfenritter neben ihm umgebracht hatte – da erblickte er hinter dem dritten kämpfenden Paar Valeska und Kyrell.

Die beiden standen am Podest des Glyntrils und schlugen wüst aufeinander ein.

Blutige Schrammen wie von langen Fingernägeln prangten auf Valeskas Gesicht, Kyrell blutete aus einer Wunde über ihrem linken Auge. Sie hielt Nifredil, den Zielsucher, in der Rechten.

Geron parierte derweil einen Schlag seines Gegners, und lenkte ihn so, dass er die beiden Frauen im Blick behielt.

»Elendes Miststück!« Valeska packte Kyrells Waffenhand, rang sie zornig nieder und versetze ihr einen wuchtigen Kopfstoß, der die Halbelfe quer auf die marmornen Stufen stürzen ließ. Dann sprang sie vor, griff nach dem Glyntril – und schlagartig erlosch sein Licht.

Die Halle lag im Finsteren und wurde nur noch von dem bläulichen Lichtschein der drei verbliebenen Flammenschwerter erhellt.

»Verdammt sei Yolsulgur – er ist jetzt mein!«, kreischte die Hexe begeistert.

Geron schlug weiter auf seinen untoten Gegner ein. Er musste ihn loswerden, musste eingreifen, doch er schaffte es nur mühsam, den Blutgeist von sich fernzuhalten.

Valeska lachte triumphierend und rannte mit dem Glyntril in den Händen einem unbekannten Ziel am Rande der Turmplattform entgegen.

»Neiiiin!« Kyrell sprang auf und schleuderte Valeska den Elfendolch mit Wucht hinterher. Die blitzende Klinge fegte über die Trümmer eines zerstörten Sarkophags hinweg und schlug in der rechten Seite der Zauberin ein. Valeska gurgelte schmerzerfüllt auf und stürzte zu Boden, ohne den Glyntril loszulassen.

Geron ließ all seine Wut heraus, und endlich gelang es ihm, den lebenden Leichnam vor ihm zu entwaffnen. Sein Flammenschwert beschrieb einen fauchenden Halbkreis und er schlug dem Untoten kurzerhand den grinsenden Schädel von den Schultern. Grellblaue Lohen züngelten an Kopf und Torso empor und auch dieser Blutgeist explodierte.

Kyrell rannte zu Valeska, die sich die Klinge soeben aus dem Leib zog, sie fortwarf und stöhnend weiterhastete.

Was hatte die verdammte Hexe vor?

Da Hauptmann Vilsayar und sein Elfenritter sich noch immer erbitterte Zweikämpfe mit ihren verbliebenen Gegnern lieferten, nahm auch Geron die Verfolgung Valeskas auf. Er steckte sein Schwert ein und ergriff im Vorbeilaufen Nifredil.

Trotz ihrer blutenden Stichwunde zog sich Valeska über die Balustrade, zückte ihr Goldblatt und ließ sich hohnlachend in die Tiefe fallen.

Fassungslos blickten Geron und Kyrell der Fallenden hinterher, als der Glyntril in ihren Händen plötzlich aufleuchtete und sich sein Licht mit dem goldenen Schein ihres Ahrvarienblatts mischte. Irgendwo unterhalb von Valeska öffnete sich jäh ein wallender Nebelring wie ein Tor. Die Zauberin stürzte hindurch. Dann war sie verschwunden und der Nebelring schloss sich allmählich.

»Nein! Das lasse ich nicht zu!«, schrie Kyrell, kraxelte zornentbrannt ebenfalls auf die Balustrade und zückte ebenfalls ihr Ahrvarienblatt.

»Das ist nicht dein Ernst?« Sofort war Geron neben ihr, drückte ihr den Dolch in die Hand.

Kyrell packte ihn, zog ihn an sich – dann stürzten auch sie jenseits des Glyntril-Turms in die Tiefe, direkt auf den sich schließenden Nebelring zu.

Kyrell spürte wie damals am Katarakt von Kesselfurt, wie der Fallwind an ihrer Kleidung zerrte. Voller Todesangst konzentrierte sie sich auf ihr Ahrvarienblatt und hoffte, dass sie den Körperkontakt mit Geron nicht verlor, als sie beide lotrecht durch den Nebelring schossen.

Um sie herum rumorte es wie bei einem Gewitter, als sich das magische Tor hinter ihnen schloss. Dann war nur noch Rauschen zu hören, und sie stürzten weiter durch eine grau wabernde Zwischenwelt, die erfüllt war von dunstigen Schleiern und flackernden Bildern unterschiedlicher Landschaften: Wälder, Dörfer, Burgen, Seen …

Rasend schnell sausten sie an all diesen Szenerien vorbei – als der sphärische Dunst rechterhand urplötzlich aufriss und sie ein Sog erfasste, der sie beide in einen weiteren Wirbel katapultierte, der sich vor ihnen wie der düstere Schlauch einer Windhose auftat. An seinen Wänden glosten violette Lichter und von allen Seiten schlug ihnen ein unheimliches Heulen und Wehklagen entgegen.

Kyrell spürte, dass hier etwas nicht stimmte, und dass auch Valeska diese Wendung nicht beabsichtigt hatte, die von dem unheimlichen Sog ebenfalls erfasst worden war. Sie konnten die Elende weit vor sich ausmachen, wo sie hilflos wie ein Blatt im Wind durch den gespenstischen Sphärenschlauch wirbelte. Und inmitten all des Brausens und Heulens glaubte Kyrell sogar, ihre wütenden Schreie zu hören.

Unvermittelt wurde das allgegenwärtige Heulen leiser und machte anderen Geräuschen Platz.

Schreie. Schwerterklirren. Und der dumpfe Schlag von Trommeln.

Schlagartig änderte sich die Szenerie und der rotierende Schlauch spuckte sie unsanft auf einem Hügel aus, an dessen Rand dicht an dicht stehende Bäume wuchsen, über denen sich ein wolkenschwerer Nachmittagshimmel spannte.

Ähnlich wie nach dem Absturz des Greifen überschlugen sie und Geron sich mehrfach und krachten gegen einen mächtigen Birkenstamm, wo sie stöhnend liegen blieben.

Und jetzt war es überdeutlich zu hören: Schlachtenlärm!

Er schien von überallher zu kommen.

»Scheiße, wo sind wir hier?« Geron richtete sich auf und Kyrells Augen weiteten sich schockiert, als sie begriff, wo sie so überraschend gelandet waren.

Sie mussten in die Nähe von Gaalstrutz geraten sein. Dania hatte ihnen berichtet, dass sich nahe der geschichtsträchtigen Stadt das Heer der Verbündeten unter Walmars Oberbefehl gesammelt hatte.

Von ihrem leicht erhöhten Standpunkt aus konnten sie eine weite Ebene überblicken, auf der Gaale und Waffenträger unterschiedlicher Herkunft erbittert miteinander rangen. Wüst stachen, hackten und droschen sie mit ihren Speeren, Äxten und Klingen aufeinander ein, und selbst dort, wo die Kämpfer beider Seiten in enge Knäuel verstrickt waren, blitzten Dolche und Kurzschwerter.

Es waren Hunderte. Tausende.

Ihre Kampfes- und Schmerzensschreie erfüllten die Ebene, sodass Kyrell die Nackenhaare zu Berge standen. Soeben stiegen am Himmel beiderseits des Schlachtgeschehens Pfeilschwärme auf, um zwischen den Kämpfern blutige Ernte zu halten.

Wie lange die Schlacht schon tobte, vermochte Kyrell nicht einzuschätzen. Das riesige Schlachtfeld war übersät mit Aberhunderten Leichen beider Seiten. Dazwischen galoppierten herrenlose Pferde und am wolkenbedeckten Himmel machte sie einen röhrenden Drachen aus, der einen tödlichen Felshagel auf die Verbündeten niederregnen ließ.

Und doch wirkte es, als würden Walmars Truppen Oberwasser haben. In einiger Entfernung weiter südlich, auf einem lang gezogenen Hügel, entdeckte sie eine Reihe Panzerreiter, die sich dort offenbar als Entsatz bereithielten.

Ebenso verhielt es sich mit einem großen Trupp Lanzenträgern an einer Stelle nahe dem Fluss – war das der Große Fluss? – nur, dass sich die Soldaten dort eines Ausfalls der Gaale erwehren mussten. Am Ufer brach soeben ein gutes Dutzend riesiger Laufechsen durch die Schlachtreihen, auf deren Rücken zinnenbewehrte Körbe thronten, aus deren Schutz Gaale hartnäckig Pfeile auf die Verbündeten niederregnen ließen. Unerbittlich räumten die kraftvollen Schwänze der Riesensalamander jeden Soldaten auf dem Schlachtfeld beiseite, der es wagte, sie anzugreifen, dann hatten die seltsamen Reittiere die Lanzenträger erreicht und brachen in ihre Reihen ein.

Der Vorstoß wirkte verzweifelt.

»Die Gaale verlieren«, rief Geron hoffnungsfroh. »Doch sie fliehen nicht. Es wirkt fast so, als würden sie vollkommen aufgerieben.«

Die Reihen der Geschuppten brachen nach und nach unter dem Druck der Verbündeten ein. An einigen Stellen waren ihre Reihen längst in Auflösung begriffen, doch keiner der Drachendiener gab auf. Ein jeder von ihnen kämpfte trotzig bis zum bitteren Ende und versuchte offenbar Yolsulgur zu ehren, indem er so viele Soldaten mit in den Tod riss, wie er nur konnte.

»Das nützt uns nichts, solange wir nicht Valeska finden.« Kyrell hielt verzweifelt nach ihrer einstigen Lehrmeisterin Ausschau. Wenn sie und Geron hier gelandet waren, dann musste es ihr ebenso ergangen sein.

Da entdeckte sie die Hexe.

Mutter Valeska hatte weniger Glück gehabt als sie, denn sie war etwa einhundert Schritte von ihnen entfernt inmitten der Kämpfenden niedergegangen, derer sie sich nun erwehrte. Kyrell glaubte, den Glyntril regenbogenfarben erstrahlen zu sehen, dann fuhr ein Donnerschlag durch die Reihen der Schlachtteilnehmer und Gaale und Verbündete gleichermaßen wurden wie hilflose Gliederpuppen ringförmig von ihr fortgeschleudert.

»Da hinten!«, schrie Geron zornig.

Panisch überlegten sie, wie sie zu Valeska durchdringen konnte, denn zwischen ihr und ihnen befanden sich unzählige Gaale, die sich todesmutig der Übermacht an Verbündeten entgegenstürzten.

Abermals flammte der Glyntril auf und zwischen den Kämpfern bildete sich ein golden schimmernder Riss. Valeska stürzte humpelnd darauf zu, der Riss schloss sich – und sie war verschwunden. Nur Augenblicke später stürmten Soldaten über den Platz hinweg.

»Nein, das darf einfach nicht sein!« Kyrell schrie ihre Wut hinaus. Da vernahm sie wieder das unheimliche Heulen.

Nein, nicht wieder – das beängstigende Geräusch war nie fort gewesen, das Geschrei auf dem Schlachtfeld hatte es lediglich übertönt.

Schräg vor ihnen stürmte ein Gaal den Hügel empor, von dem aus sie bislang unbemerkt das Schlachtfeld hatten überblicken können. Geron nahm ihn mit wütenden Hieben seiner beiden Elfenklingen in Empfang.

Kyrell folgte besorgt dem unheimlichen Heulen und sah, dass sich am nördlichen Himmel ein eigentümliches Unwetter zusammenbraute, das das Schlachtfeld zunehmend verdunkelte.

Und jetzt erblickte sie auch den benachbarten Höhenzug.

Er war von ihrer Position durch einige Bäume verdeckt, doch schien es sich um eine Art Feldherrenhügel zu handeln. Und was sie dort entdeckte, ließ ihr das Blut schier in den Adern gefrieren. Mittig auf der buckligen Erhebung thronte ein gewaltiger, blutgetränkter Holzpfahl, auf dessen aufgerichtetem Ende, in fünf oder sechs Schritten Höhe, ein Mensch aufgespießt war und qualvoll zuckte. Die Gaale hatten den Unglücklichen grausam gepfählt und Kyrell war angesichts des Anblicks derart entsetzt, dass sie nur am Rande mitbekam, wie Geron neben ihr mit dem Gaal kurzen Prozess machte.

Violette Blitze zuckten unentwegt über den Leib des Gepfählten, die sich über seinem Haupt wie knisterndes Elmsfeuer zum Sturmhimmel entluden.

In unmittelbarer Nähe des Pfahls stand ein hünenhafter Gaal in Federkleid und zum Himmel gerichteten Echsenblick, der offenbar sang oder zischelte, während ihm andere Gaalkrieger unentwegt Gefangene zuführten. Er packte sie, ohne sie anzusehen, riss ihre Köpfe nach hinten, und schnitt ihnen mit einem langen Messer die Kehlen durch.

Kyrell fühlte die gravitätische Macht, die von dem Hügel ausging. Wohin Valeska auch immer hatte flüchten wollen – es musste diese Kraft gewesen sein, die sie aus der seltsamen Zwischenwelt gerissen und an diesen Ort geschleudert hatte. Das Heulen und Wehklagen über ihnen am Himmel wurde nun immer lauter.

Geron zog sie tiefer zwischen die Bäume, die ihnen etwas Sichtschutz versprachen, und sah fassungslos zu dem benachbarten Hügel hinüber.

»Die Gaale haben ebenfalls Zauberer?«, sprach er ungläubig.

»Sieht so aus. Und er plant etwas Fürchterliches«, antwortete Kyrell. »Ich kann das spüren. Du auch?«

Geron sah sich zu dem Schlachtfeld um, auf dem erbittert gekämpft wurde. »Ja, ich spüre es ebenfalls. Es fühlt sich an wie kribbelnde Ameisen auf der Haut. Irgendetwas kommt ...« Er sah beklommen zu den Sturmwolken auf.

»Yolsulgur?«, fragte Kyrell panisch.

»Ich weiß es nicht.« Sorgenvoll schüttelte er den Kopf. »Wenn er es ist, dann sollten wir zusehen, dass wir hier wegkommen. Und zwar schnell.«

Kyrell sah mit an, wie der Gaalzauberer einem weiteren seiner Gefangenen die Kehle durchschnitt, sodass Blut über den Hügel spritzte, und ihn dann zu den übrigen Leichen warf – als sie zwischen den Gefangenen, die zu ihm geführt wurden, zwei geknebelte und gefesselte Personen entdeckte, die sie kannte: Dania und Vala!

»Geron!« Sie deutete hinüber zu den Gefangenen, und ihr Gefährte stöhnte.

»Das kann doch bitte nicht wahr sein.«

»Wir können die beiden unmöglich einem solchen Schicksal überlassen.«

»Diese elenden Weiber hatten kein Problem damit, *uns* sterben zu lassen«, erwiderte er zornig. »Am Drachenthron – erinnerst du dich? Sie wollten sich sogar an unseren Lebenskräften bedienen.«

»Aber wer wären wir, wenn *wir* so handelten?«

»Was sollen wir denn tun?«, sagte er patzig. »Siehst du nicht, wie viele Gaale zwischen ihnen und uns stehen? Wir beide sind nicht gerade die besten Kampfzauberer. Das ist Selbstmord.«

»Nicht, wenn es uns gelingt, die beiden zu befreien«, widersprach Kyrell energisch, »denn dann wären wir zu viert.«

Geron verdrehte die Augen und nickte sehr widerwillig. Kyrell ahnte, dass er sich nur ihr zuliebe auf eine Befreiungsaktion einließ.

»Gut«, murrte er. »Wir machen es so wie damals in Kesselfurt.«

Er erläuterte ihr hastig seinen Plan. Kyrell machte sich zum Laufen bereit, und ihr Gefährte konzentrierte sich.

Über ihnen zogen sich die seltsamen Sturmwolken schwefelgelb zusammen. Ein kalter Wind blies ihnen ins Gesicht und das schaurige Geheul wurde immer lauter, als Kyrell über das Schlachtgeschehen hinweg sah, wie sich über dem fernen Fluss dunkle Schwaden zusammenballten. Und nicht nur dort, auch an anderen Stellen über dem Kampfplatz.

Schwärme an Fliegen, Stechmücken und anderen Insekten.

Gleich dunklen Nebelfingern schwebten sie in dichten Trauben auf den gegnerischen Feldherrenhügel zu, dann stürzten sich die Insekten auf den Gaalzauberer und seine Untergebenen, die sofort wüst um sich schlugen. Weitere Insektenmassen schwirrten auf den Feldherrenhügel zu, der von einer immer dunkler werdenden, wabernden Wolke umhüllt wurde.

»Jetzt!« Geron stürmte mit gezückten Waffen los und Kyrell tat es ihm gleich.

Die Baumgrenze ließen sie rasch hinter sich, zwischen ihnen und den Gefangenen lagen jedoch noch gute fünfzig oder sechzig Schritte. Sie befanden sich zwar hinter den feindlichen Linien, doch auch hier lauerten Gaale. Gleich drei von ihnen ruckten zu ihnen herum und stürmten ihnen mit gezackten Klingen entgegen. Geron verwandelte einen der Drachendiener in eine lebende Fackel, dann züngelten wieder blaue Flammen an seiner Elfenklinge empor. Die Wirkung des Schwerts war auch in dieser Welt durchschlagend.

Klirrend wehrte er die Waffen seiner Gegner ab, unterlief einen Schlag, den Kyrell nicht einmal hatte kommen sehen, und setzte seinen Gegnern schwer mit Flammenschwert und Ceredril zu.

Wo die feurige Klinge auftraf, verbrannten ganze Rüstungsteile und Ceredril stieß durch die Schuppenhaut der Wesen, als bestünde diese aus weichem Talg.

Sie rannten weiter und wurden nun selbst von zahllosen Fliegen umschwirrt. Ihr Ziel war das halbe Dutzend übrig gebliebener Gefangener, darunter Zivilisten und einfache Soldaten, die von zwei Gaalen bewacht wurden. Zudem stürmte von weiter vorn ein ganzer Trupp Gaale auf sie zu, die offenbar zum Schutz des Feldherrenhügels abgestellt worden waren.

Dann endlich erreichten sie ihr Ziel.

Die beiden Wächter gingen sofort in Flammen auf und brachen kreischend unter Gerons Hieben und Stichen zusammen, während der Bluthügel unter dem Ansturm Tausender Insekten erstickte. Kyrell ignorierte zwei Bremsenbisse und zerrte und schnitt an den Fesseln der Gefangenen.

Als sie einer der Schwestern die Binde von den Augen riss, starrte diese sie ungläubig an. Geron befreite die andere.

Erst jetzt bemerkte Kyrell die blutigen Striemen auf ihren Rücken. Die beiden waren offenbar ausgepeitscht worden.

»Wie kommt ihr hierher?«, fragte jene, die Kyrell für Dania hielt. In ihrem Blick flackerte Schmerz ebenso wie Trotz.

»Frag nicht«, herrschte Geron sie an, während Kyrell einen gefangenen Soldaten befreite, »sondern haltet euch zum Zaubern bereit. Gleich bekommen wir es mit einem guten Dutzend Drachendiener zu tun!«

Sie hörten die Gaale bereits heranstürmen, während das unheimliche Wehklagen am verschatteten Himmel immer durchdringender wurde.

Die letzten Fesseln fielen und Kyrell scheuchte die übrigen Befreiten fort vom Hügel.

Geron, Dania und Vala bauten sich in der Zwischenzeit neben ihr in einer Reihe auf, dann ließen sie ihre Zauber sprechen.

Geron warf zwei rußende Lohen unter die Heranstürmenden, bevor er mit Ceredril und seinem Flammenschwert angriff, während Vala zornig mehrere Kugelblitze heraufbeschwor, die sprühend zwischen die Drachendiener fuhren und sie von den Beinen rissen. Dania hingegen verwandelte das Gestrüpp am Hügel in tückische Schlingfallen, die sich jäh um die Beine ihrer Gegner wickelten und den Gestürzten – wo es ging – die Kehlen zuschnürten.

Geron stieg zwischen ihre Gegner und stach unerbittlich auf all jene ein, die noch Widerstand leisteten. Auch die Zwillingsschwestern griffen sich Gaalklingen, mit denen sie unter den Verletzten aufräumten. Doch plötzlich stolperte auf dem Hügel der hünenhafte Gaalzauberer aus der Insektenwolke hervor.

Sein Echsenantlitz wirkte geschwollen und aufgedunsen, doch seine gelben Augen fixierten sie kalt, als er ungestüm einen Beutel nach ihnen schleuderte. Das Behältnis platzte auf, Rauch wölkte empor und aus dem Erdboden brachen plötzlich Hunderte faustgroßer schwarzer Käfer, deren Panzer schabend übereinanderschrammten und die wie eine Lawine auf Geron und die beiden Zwillingsschwestern zuwalzten.

»Geron!«, brüllte Kyrell.

Der Waldalether wirbelte herum, rief seinerseits eine Warnung und schleuderte gleich zwei Lohen, die die heranströmende Käferflut in Brand setzte. Dania versuchte erfolglos, einen Wall belebten Gestrüpps heraufzubeschwören, und auch Vala wehrte sich mit einem sprühenden Kugelblitz, der ein großes Loch in den Käferstrom riss. Dann waren die Insekten heran und stürzten sich auf die Vorderste.

Vala kreischte auf und schlug verzweifelt auf die Käfer ein, die an ihr hochkrabbelten und mit ihren Mandibeln blutige Wunden in ihre Haut frästen. Dania hingegen wurde von Geron nach hinten gerissen, der sich erfolgreich mit seinen Flammenlohen gegen die Käfer zur Wehr setzte.

Zornig hob der Gaalzauberer ein Signalhorn an die dürren Echsenlippen, dem er einen lauten weithallenden Ton entlockte. Zu einem zweiten Hornstoß kam er nicht, da nun Nifredil in seinem Hals steckte.

Der Hüne torkelte, und Blut sprudelte aus seiner Halswunde, als er sich die Elfenklinge herausriss – dann stürzte er tot vor ihnen zu Boden.

Kyrell las die Waffe rasch auf, während Geron und Dania Vala von den letzten Käfern befreiten. Sie war blutüberströmt. Unvermittelt erschallte hinter dem Feldherrenhügel fürchterliches Drachengebrüll und eine gewaltige Flammenwalze rollte den Hügel hinauf. Sie brannte dort alles nieder, auch die Insektenschwärme.

Panisch wich Kyrell vor dem lichterloh brennenden Hügel zurück, als im Rauch ein großer Drache mit grünblauem Schuppenleib, gezacktem Schuppenkamm und angriffslustig ausgebreiten Schwingen sichtbar wurde, dessen mächtiger Echsenschädel nach Feinden Ausschau hielt. Seine geschlitzten Pupillen verengten sich zornig, als er sie entdeckte.

Kyrell stolperte hilflos gegen Geron und Dania, die die schwer verletzte Vala umfasst hielten, als der Lindwurm rasselnd den Schlund öffnete.

Dania sprang vor. »Duckt euch!«

Kyrell und Geron sanken sofort in die Knie, bevor brüllend ein Flammenstrahl auf sie zuschoss.

Rasend schnell wuchs ein großer Schild aus klirrend kaltem Eis vor Dania in die Höhe – und die gegensätzlichen Elemente trafen aufeinander. Das Eis quietschte und knackste unter dem Ansturm des Drachenfeuers. Kochend heißer Wasserdampf umwehte sie in dichten Schwaden, dann endlich war der Drachenodem über sie hinweggeweht. Dania wankte unter der jähen Kraftanstrengung, die Reste ihres Eisschildes zerbröselten und sie kippte erschöpft hintenüber. Geron hielt bereits Ceredril umklammert und machte den Anschein, sich auf das Ungetüm stürzen zu wollen, als sich Kyrell wütend aufrichtete.

»Haltet euch die Ohren zu!«

Sie ballte die Hände zu Fäusten – und schrie!

Kyrell spürte, wie es in ihrer Leibesmitte rumorte, als der ohrenbetäubende Urschrei, den Yarvala sie einst gelehrt hatte, aus ihrer Kehle hervorbrach und den Drachen traf.

Schmerzerfüllt bäumte sich der geflügelte Lindwurm auf den mächtigen Hinterläufen auf und wandte seinen Echsenschädel von ihr ab. Dann fuhr er herum und ergriff benommen die Flucht.

Kyrells Schrei verebbte und als sie sich umsah, entdeckte sie hinter sich Geron und Dania, die sich verzweifelt die Hände auf die Ohren pressten, während Vala schockiert zu ihr aufsah.

Plötzlich brandete ein Jaulen, Heulen und Wehklagen vom Himmel, das sie alle bestürzt aufsehen ließ. Kyrell entdeckte Hunderte, nein, Tausende wabernder dunkler Schemen, die wie dünne Rauchsäulen aus dem schwefelgelben Zentrum des Wolkengebirges über ihnen hervorbrachen und klagend auf das Schlachtfeld niederfuhren.

Die Rauchgestalten ähnelten den Blutgeistern – und plötzlich begriff sie, welche Narren sie gewesen waren. Dass sie längst hätten begreifen müssen, was Yolsulgur plante. Der Sturm über ihnen war schlicht die gewaltigere Version dessen, was sie bereits bei Escalia Rotdruds Zitadelle erlebt hatten.

Was sie hier sahen, war ein Seelensturz!

Dutzende Spukgestalten jagten auch auf den Hügel herab und fuhren bösartig kreischend in die Leichen der Gaale ein. Schlagartig öffneten die Toten ihre Augen, in denen nun ein fahlweißes Licht gloste. Ruckartig erhoben sie sich.

Über Gerons Flammenschwert züngelten wieder lichterloh blaue Flammen und wütend drosch er mit der brennenden Klinge auf die wiederbelebten Gestalten rings um sie herum ein, während Dania abermals das Gestrüpp unter ihnen belebte und dafür sorgte, dass die meisten der Toten an Ort und Stelle festgehalten wurden.

Kyrell schleifte Vala aus der Gefahrenzone, kurz darauf standen Geron und Dania schwer atmend neben ihr, und sie alle sahen entsetzt mit an, wie sich auch der hünenhafte Gaalzauberer mit eckigen Bewegungen aufrichtete. Nichts Lebendiges war mehr an ihm. Noch immer quoll Blut aus dem Einstich in seiner Kehle, er gurgelte etwas und seine Echsenaugen glommen in einem kalten fahlweißen Licht.

Geron setzte den Hünen kurzerhand mit zwei geschleuderten Feuerlohen in Brand und der einstige Gaalzauberer schlug wüst um sich. Bei dem Versuch, die Flammen zu ersticken, kippte er wieder um, zuckte und verstarb endgültig.

Ein Moment, den Dania nutzte. Sie rannte zu der Gestalt

hinüber, schlug wüst auf seinen schwelenden Echsenkopf ein, löschte rasch die Flammen auf seinem Leib und schnitt ihm unter Kyrells ungläubigen Blicken die Zunge heraus.

»Was machst du da?«

»Später!« Dania verbarg die Zunge in ihrer Kleidung und durchsuchte den Gaal. Sie trennte einen Beutel von seiner Hüfte und entnahm ihm hastig einige Gegenstände, darunter eine rote Kerze, die von der Hitze leicht verformt war.

Kyrell sah nun zu dem brennenden Feldherrenhügel auf. Dort oben rührte sich nichts mehr, da die Opfer allesamt vom Drachenfeuer verkohlt waren. Allein der Gepfählte an der Spitze war zu neuerlichem Unleben erwacht, doch er stellte keine Gefahr dar. Unter zuckenden Bewegungen glitt er am Pfahl nach unten, allmählich den Flammen entgegen. Kyrell ahnte, warum sich während des Schlachtgeschehens keiner der Drachen seines Drachenfeuers bedient hatte. Offenbar hatten sie die Körper ihrer Opfer bewusst geschont, damit die Toten den beschworenen Geistern als Seelengefäße dienen konnten.

Das Schlachtfeld war mittlerweile von dem Wehklagen Tausender Kehlen erfüllt. Die Toten beider Seiten erhoben sich mit eckigen Bewegungen und geeint gingen sie gegen die Verbündeten vor, deren Soldaten panisch in südliche Richtung davonrannten, insofern sie nicht hinterrücks von Untoten umstellt und von ihnen niedergerissen wurden.

»Das war also Yolsulgurs Absicht.« Geron stöhnte. »Er hat sein Heer bewusst aufreiben lassen, weil anschließend alle Toten auf dem Schlachtfeld wiederauferstehen würden, um sich über die restlichen Verbündeten herzumachen.«

Ein Untoter stolperte röchelnd aus der Düsternis auf sie zu. Geron wirbelte herum und schlug ihm zornig den Kopf ab.

Im Süden ballten sich nun ebenfalls Sturmwolken zusammen, doch diese wirkten deutlich natürlicher als jene unmittelbar über ihnen. Es flackerte grell in der Wolkendecke und unter lautem Getöse schlug ein verästelter Blitz zwischen den vielen Untoten ein, um dort erneut Tod und Zerstörung zu säen.

Walmar reagierte auf die entsetzliche Wendung des Kriegsgeschehens. Doch das riesige Heer der Untoten hatte sich längst in Marsch gesetzt.

»Scheiße«, fluchte Dania, während Vala benommen stöhnte. »Was jetzt?«

Verängstigt blickte sie sich um, und auch Kyrell erkannte, dass ihnen der Fluchtweg nach Norden und Osten verstellt war. Fast so, als hätten die Gaale jene Orte zuvor mit Leichen präpariert, wankten auch von dort unzählige Gestalten auf sie zu.

Verzweifelt spähte Kyrell in Richtung des Großen Flusses, dessen Wasser in der Ferne leicht glitzerte. Da sie sich hinter den feindlichen Linien befanden und Gaale und Untote nun nach Süden vorrückten, befanden sich dort am wenigsten Gegner.

»Seht!« Sie machte die anderen auf ihre Entdeckung aufmerksam. »Vielleicht schaffen wir es zum Fluss!«

»Und dann?« Geron massierte seine verspannte Muskulatur. »Auf die andere Flussseite kommen wir nicht ohne Boote. Überhaupt dürfte die Strömung dort nicht ungefährlich sein.«

»Das lasst meine Sorge sein«, sagte Dania entschlossen. Sie stützte ihre benommene Schwester, die noch immer so wirkte, als könne sie nicht viel hören. »Ich gebe euch einfach als meine Gefangenen aus.«

Sie veränderte vor ihren Augen ihr Aussehen und plötzlich stand ein Gaalkrieger vor ihnen. »Los, schnappt euch die Stricke da hinten.«

Kyrell lief los, ergriff die Seile, mit denen die Gefangenen vorhin gefesselt waren, und streifte sie Geron, Vala und sich lose um.

Geron fluchte. Die Flammen an seiner Elfenklinge erloschen, und widerwillig spielte er seine Rolle als einer der Kriegsgefangenen, die von Dania in Echsengestalt vor sich her gen Westen getrieben wurden.

Immer wieder kreuzten andere Gaale ihren Weg, die dem Heer der Untoten triumphierend nachsahen, sich sammelten und dem neuerlichen Angriff auf das Heer der Verbündeten anschlossen. Sogar zwei Echsenreiter preschten an ihnen vorbei gen Süden. Ob es die Verbündeten inzwischen geschafft hatten, ihre verbliebenen Kräfte neu aufzustellen, konnten sie von hier aus nicht erkennen. Doch immerzu schlugen auf der Ebene weitere Blitze krachend in die Trauben an wankenden Untoten ein.

Kyrell, Geron, Dania und Vala, die sie stützen mussten, schafften es einmal quer über die Auen bis fast zum Ufer des Großen Flusses, als linkerhand einer dieser gefährlich aussehenden Riesensalamander auf sie zulief. Hinter dem mit Schilden bewehrten Rückenkorb standen drei schwerbewaffnete Gaale, von denen einer einen Helm trug, der dem Schädel eines Drachen nachempfunden war. Offenbar ein Anführer. Das Reittier blieb ruckartig neben ihnen stehen, und der Gaal fauchte Dania in seiner unverständlichen Echsensprache an. Kyrell sah, wie sich ihre Gefährtin in ihrer Truggestalt leicht verzweifelt zu ihnen umsah.

Kyrell konzentrierte sich …

… und versetzte ihren Geist in den Leib der Riesenechse. Sofort stürmte sie los, hielt auf den Fluss zu und stürzte sich in das Gewässer. Kyrell tobte so lange, bis sie sicher war, dass sie die Reiter abgeworfen hatte. Dann hielt sie nach den Gestürzten auf der Wasserfläche Ausschau, schlug mit ihrem langen Schwanz nach ihnen und stürzte sich auf sie, bis sie sie allesamt ersäuft hatte. Schnappend wälzte sie sich wieder ans Ufer, rannte eine Weile gen Norden …

… und kam schwer atmend wieder zu sich. Geron stützte sie, nickte anerkennend, dann hakten sie Vala wieder unter und liefen so schnell es ging ebenfalls zum Ufer.

Leider hatte das seltsame Gebaren der Riesenechse Aufsehen erregt, und einige Gaale rannten nun quer über das wolkenverhangene Schlachtfeld auf sie zu.

»Was jetzt?«, rief Geron, der ebenso wie Kyrell und Vala hinter Dania ins Flusswasser watete.

»Jetzt wünscht mir Erfolg!« Dania legte ihre Hände ins Wasser und gefror dieses zu einem dichten Block Eis, bis eine große Eisscholle auf dem Wasser vor ihnen schwamm, dick und breit genug, dass sie alle auf ihr Platz fanden. Kyrell und Geron wuchteten Valas Körper auf den gefrorenen Block, stießen die Scholle weiter auf den Fluss und mühten sich neben Dania ebenfalls hinauf.

Allmählich wurden sie von der Strömung erfasst, während links und rechts von ihnen Pfeile ins Wasser einschlugen. Zwei Gaale standen hinter ihnen am Ufer und schossen weitere Pfeile auf sie ab, bis sie außer Reichweite waren.

Sie entdeckten ein gutes Dutzend qualmender, halb verbrannter Flusskähne, die mitten im Strom vor Anker lagen und auf denen Mannschaften damit beschäftigt waren, Brände zu löschen und Katapulte zu bedienen, die gelegentlich schwere Geschosse auf die Landseite schickten. Derweil konnten sie aus der Ferne die Kämpfe beobachten, die dort noch immer ausgetragen wurden. Das Schlachtgeschehen verlagerte sich deutlich nach Süden.

Während sich Dania um ihre verletzte Schwester kümmerte, fischte Kyrell eine zersplitterte Planke aus dem Wasser und auch Geron fand in den Fluten ein halb verbranntes Trümmerteil, mit deren Hilfe es ihnen gelang, die Scholle über den Fluss zu steuern.

Niemand von ihnen sprach ein Wort, denn jeder von ihnen wusste, dass Yolsulgurs finsterer Plan aufgegangen war. All der Opferwille, all die Leben, die der Widerstand der Verbündeten gekostet hatte, all das war umsonst gewesen. Der Drachenkönig mochte vielleicht noch nicht gänzlich gesiegt haben, aber er hatte es geschafft, das Heer der Verbündeten zu zerschlagen. Und die Elfen, auf die sie ihre Hoffnung gesetzt hatten, waren ihres mächtigsten Artefaktes beraubt.

Als sie das gegenüberliegende Ufer endlich erreichten und nass und durchfroren an Land kraxelten, ließ sich Kyrell erschöpft fallen, und ihr kamen vor Verzweiflung die Tränen.

Dania sah im Licht ihres Lagerfeuers verblüfft dabei zu, wie Kyrell den Inhalt ihres Wasserschlauchs über Valas Körper goss und sich nun auch jene Wunden schlossen, die sie mit ihrer Magie nicht hatte heilen können.

Ihre Schwester, die fast nackt vor ihnen lag, ächzte erleichtert.

»Woher stammt dieses Heilwasser?«, wollte Dania erstaunt wissen.

»Aus einem Bachlauf, an dem wir auf den Elfenpfaden vorbeigekommen sind«, antwortete Kyrell und heilte mit den Resten des Wassers einige verbliebene Schrammen ihres eigenen Körpers. »Leider war das hier alles.«

»Schade.« Vala erhob sich, strich sich das lange schwarze Haar aus der Stirn, und betrachtete zufrieden ihren nunmehr makellosen Leib. »Mit dem Zeug hätte man vermutlich ein Vermögen verdienen können.«

Dania schüttelte angesichts der Bemerkung den Kopf. Sie selbst war einfach froh, dem Grauen auf der anderen Flussseite entronnen zu sein. Sie hatte längst mit ihrem Leben abgeschlossen gehabt, nun spürte sie weder die schmerzhaften Striemen der Gaalpeitschen auf ihrem Rücken noch eine der anderen Verletzungen, die ihr in den letzten Stunden beigebracht worden waren. Nur die Scham brannte in ihr, dass sie ihre Flucht ausgerechnet Kyrell und Geron zu verdanken hatten.

»Was habt ihr da drüben eigentlich verloren gehabt?«, fragte sie und spähte über das wärmende Lagerfeuer hinweg zu Geron, der im Dunkeln am Flussufer stand und über den breiten Strom hinweg nach Osten blickte, als ob er sich dort Antworten auf ihre vielen Fragen erhoffte.

Die gegenüberliegende Flussseite war jetzt fast gänzlich in Finsternis getaucht.

»Wir waren bei den Elfen«, antwortete Kyrell.

»Was?«, haspelte Dania. »Die Elfen sind doch vor langer Zeit verschwunden?«

»Ja. Und nein.« Kyrell sah sie unglücklich an und erzählte ihr, was sie und Geron seit ihrem Aufeinandertreffen in Escalia Rotdruds Zitadelle erlebt hatten; wo die Elfen heute lebten, was es mit dem Glyntril auf sich hatte und was dem magischen Stein widerfahren war.

»Mit dem Ding lässt sich eine ganze Welt erschaffen?«, fragte Vala mit leuchtenden Augen.

»Ja, wirkt fast so«, antwortete Geron, der ebenfalls an Feuer trat. Offenbar hatte er abgewartet, bis sich Vala bekleidet hatte. »Nur, dass jetzt Valeska den Stein an sich gerissen hat. Und das ist bei allem Unglück vermutlich auch die einzig positive Nachricht. Denn wenn wir ihrer letzten Bemerkung oben auf dem Turm trauen können, dann wird sie ihn für sich behalten, statt ihn dem Drachenkönig zu übergeben.«

»Sie könnte damit auf unserer Seite in die Kämpfe eingreifen«, meinte Dania, und erntete ein misstrauisches Stirnrunzeln Valas.

»Du kennst sie nicht.« Kyrell schüttelte den Kopf. »Was auch immer sie plant, sie wird allein ihren Interessen folgen.«

Vala grinste spöttisch.

»Schlimmer ist«, fuhr die Halbelfe fort, »dass wir annehmen müssen, dass Yolsulgur selbst plant, einen solchen Stein herzustellen. Und das kann er nur, indem er die Jungen Königreiche komplett zerstört und alles Leben aufsaugt.«

»Dass er längst an dieser Sache arbeitet, ist vermutlich auch der Grund dafür, warum er sein Heer da drüben so bereitwillig geopfert hat«, meinte Geron unheilvoll. »Ich schätze, er verfügt über weit weniger Kräfte als alle annehmen. Kein Wunder, seine Rückkehr kam vermutlich auch für ihn etwas überraschend. Allein mittels dieser fürchterlichen Totenbeschwörung in der Schlacht konnte er einen Vorstoß der Verbündeten zum Drachenthron aufhalten.«

»Und was hattet *ihr* bei den Gaalen zu suchen?«, wollte Kyrell wissen.

Dania winkte ab, während sie in die knisternden Flammen starrte. »Ein Einsatz für Walmar, den wir verbockt haben. Wir sollten eine alchimistische Zutat für ein Elixier besorgen, das ihn die Drachenrunen auf der Lederrolle verstehen lässt, die wir in der Zitadelle gefunden haben.«

»Doch nicht etwa diese Zunge, die du dem Gaalzauberer herausgeschnitten hast?« Kyrell sah sie ernst an.

»Genau die.«

»Was verspricht er sich von dem verdammten Text?«, fragte Geron.

Vala warf Dania einen warnenden Blick zu, doch sie ignorierte ihn.

»Darauf ist angeblich eine Methode vermerkt, wie man ohne Einsatz von Lebenskraft zaubern kann.«

»Wie bitte?« Sowohl Kyrell als auch Geron merkten auf, während Vala verärgert dreinschaute.

»Walmar verspricht sich davon einen Vorteil im Kampf gegen Yolsulgur.«

»Natürlich verspricht er sich das …« Geron schüttelte ungläubig den Kopf. »Und er kann die Runen nicht lesen? Das ist mit etwas Zauberei doch ganz einfach.«

»Nein, nur für dich ist es einfach«, erklärte Dania missmutig. »Walmar konnte es kaum glauben, als ich ihm von deiner Fähigkeit berichtete. Er war davon überzeugt, dass dir deine Lehrmeisterin leichtfertig einen Drachenzauber beigebracht hat, den sonst niemand beherrscht.«

Geron Augen weiteten sich. »Angesichts der Umstände könnte ich versuchen, ihn euch beizubringen – aber er war nicht ganz leicht zu erlernen. Und viel Zeit haben wir vermutlich nicht mehr.« Er seufzte. »Woher hatte Escalia Rotdrud diese Lederrolle überhaupt? Von einem Drachen?«

»Nein.« Dania warf missmutig einen Stock in die Flammen. »Aus der Hinterlassenschaft jenes Magiers, dessen Grab wir oben auf der Festung in Kesselfurt entdeckt haben. Dieser Cyrnachon. Er soll lange Jahre auf Drachenart gezaubert haben, wodurch er den Sechsen bis zu seinem Tod standhielt.«

»Dieser Cyrnachon ist zurück.«, sagte Kyrell. »Er hat sich Boltans Körper bemächtigt.«

Dania blickte sie überrascht an, als sie von Boltans Tod, Cyrnachons Zauberstab aus dem Grab des Magiers und die Art und Weise erfuhr, wie dieser Boltan hatte mächtiger werden lassen, ihn dabei aber auch zunehmend verändert hatte.

Bei alledem ging ihr die Nachricht von Boltans Tod seltsam nahe. Und irgendwie fühlte sie sich mitschuldig. Was, wenn sie nach ihrem Zusammentreffen auf der Zitadelle bei ihm geblieben wäre? Was, wenn sie nur einen Blick auf die Bücher geworfen hätte, die Tandurin aus der Zitadelle hatte holen wollen? Ganz sicher hätten ihre Heilkräfte etwas bewirkt.

»Müssen wir jetzt damit rechnen, dass sich mit diesem Wiedergänger eine weitere Partei in diesen Krieg einmischt?«, wollte Vala argwöhnend wissen.

»Keine Ahnung.« Kyrell zuckte mit den Schultern.

»Und Boltan hat euch sein Wissen als Geist zukommen lassen?«, fragte Dania ungläubig.

Kyrell nickte.

»Dann ... ist er noch irgendwie da? Vielleicht sogar jetzt?«

Kyrell seufzte. »Besser wir richten uns darauf ein, dass wir weiterhin allein sind.«

»Nicht ganz, denn irgendwo steckt auch noch Tandurin«, ergänzte Geron müde. »Leider haben wir nicht den blassesten Schimmer, was aus ihm wurde.«

»Und jetzt?«, fragte Dania niedergeschlagen.

Kyrell schaute resigniert drein, doch Geron sah sie entschlossen an. »Ihr müsst unbedingt zurück zu Walmar und ihm berichten, was wir euch erzählt haben. Gaalstrutz besitzt meines Wissens nach solide Stadtmauern. Wenn ich er wäre, würde ich meine Truppen dort für einen neuen Vorstoß sammeln. Und er muss den Herrschern der Jungen Königreiche Bescheid geben, dass wir diesmal um unsere nackte Existenz kämpfen. Es muss uns trotz allem gelingen, den Drachenthron anzugreifen. Und sollte er das nicht schaffen«, fuhr er bitter fort, »dann muss er wenigstens Valeska aufspüren, und ihr den Glyntril abjagen.«

»Das heißt, wir geben ihre Verfolgung auf?«, wollte Kyrell von ihm wissen.

»Wie sollten wir sie finden?« Geron sah sie unglücklich an. »Stattdessen brechen wir heute noch auf und versuchen, wieder auf die Kurzen Wege zu gelangen. Wir müssen unbedingt nach Waldaleth.«

»Zu deiner Schwester Shira?« Verblüfft sah die Halbelfe zu ihm auf. »Du weißt doch, dass sie mit Alruna unter einer Decke steckt.«

»Nein, nicht direkt zu ihr«, sagte er. »Aber wir wissen, dass Waldaleth und Schwalbensee Krieg miteinander führen. In diesem Fall wird sie vielleicht *die* Rückversicherung unseres Reiches bei sich haben: den Drakenstein. Eine Hinterlassenschaft des Drachen Reißzahn. Mit diesem Ring vermag man über einem großen Gebiet Feuer niederregnen zu lassen. Wenn es im Augenblick eine Waffe gibt, die sich erfolgreich gegen diese Horden an Untoten einsetzen lässt, dann ist es diese.«

Kyrell seufzte schwer. »Meinetwegen. Wann soll es losgehen?«

»Jetzt gleich.« Geron sah zu Dania und Vala. »Also, informiert ihr Walmar? Ich hasse den Kerl, aber im Augenblick müssen wir alle zusammenstehen.«

»Verlass dich darauf, wir werden hier nicht untätig herumsitzen«, antwortete Vala vieldeutig.

Dania musterte sie, denn sie ahnte, dass ihre Schwester etwas im Schilde führte.

Geron und Kyrell packten ihre Sachen.

Einen Moment sahen sich die Vier befangen an. Kyrell hob zögernd eine Hand zum Abschied, und sie und der Waldalether Königssohn marschierten aus dem Lichtkreis ins Dunkle.

»Sag mal, bist du eigentlich noch bei Trost?«, fuhr Vala sie an, kaum dass die beiden außer Hörweite waren. »Was sollte diese beschissene Verbrüderungsfeier?«

»Es ist vernünftig, Walmar zu warnen«, erwiderte Dania verärgert. Sie präsentierte die Spiegelscherbe, die sie mit viel Glück vor dem Zugriff des Gaalschamanen bewahrt hatte. »Außerdem wären wir ohne die beiden nicht mehr am Leben. Oder dir ging es jetzt verdammt viel dreckiger.«

»Kein Grund, die Idioten an unserem Wissensschatz teilhaben zu lassen«, blaffte Vala zurück. »Wir werden diese Freizaubermethode mit niemandem teilen, hörst du! Und schon gar nicht werden wir die Gaalzunge Walmar bringen.«

»Wir können doch gar nichts mit ihr anfangen.«

»Ja, aber auch Walmar ist ohne sie aufgeschmissen.« Vala grinste böse. »Stattdessen besorgen wir uns das Wissen auf andere Weise.«

»Wie denn?« Dania runzelte die Stirn.

»Hast du vorhin nicht zugehört?« Vala machte einen Schritt auf sie zu. »Dieser Cyrnachon ist zurück und der versteht sich auf

Drachenmagie. Was würdest du tun, wenn du total mächtig warst, gestorben wärst und plötzlich wieder in der Welt rumläufst?«

Dania dachte nach. »Vermutlich an den Ort meines einstigen Wirkens zurückkehren. Also … nach Kesselfurt!«

Vala grinste. »Ich habe meinen Sturmring verschluckt und muss jetzt nur warten, bis ich ihn wieder ausgeschissen habe. Wenn wir ihn haben, machen wir uns auf in die Kataraktstadt. Dieser Cyrnachon rechnet vielleicht mit Walmar oder Yolsulgur – aber sicher nicht mit uns. Und dann … werden wir ihm das Geheimnis auf unsere Weise entreißen.«

Rückkehr von den Toten

Der große Katarakt rauschte in der Ferne.

Dania atmete tief ein, als sie und Vala ans Ufer des Großen Flusses traten, um im Licht der untergehenden Nachmittagssonne einen Blick auf Kesselfurt zu erhaschen. Die Stadt der Vaganten thronte auf dem felsigen Eiland an der Abbruchkante über dem gigantischen Wasserfall. Wie immer wehte über dem rasch dahinfließenden Gewässer der Wind und die ewig feuchte Luft roch vertraut. Die tristen Wohntürme, die sich auf der Felsinsel dicht an dicht drängten, erschienen Dania heute wie Mahnmale der Trostlosigkeit.

Sie wusste nicht, was genau sie erwartet hatte, doch der Anblick der ungewöhnlichen Metropole löste eine Flut widerstreitender Gefühle in ihr aus. Ihr war, als spüre sie den bitteren Nachgeschmack eines Lebens, das zwar vergangen, doch nicht abgeschlossen war. Der Anblick der Kataraktstadt weckte zu viele schreckliche Erinnerungen. All die Jahre des Missbrauchs und der Versklavung …

Sie und Vala waren jetzt keine Huren mehr, die irgendein Besitzer nach Lust und Laune an den Meistbietenden verschachern konnte. Sie waren frei. Und sie wussten sich zu wehren. Dennoch empfand Dania bei dem Anblick der Stadt Beklemmung, Wut und sogar Ohnmacht. Ganz so, als würde die Stadt Unheil über sie bringen, wann immer sie auch nur einen Fuß hineinsetzte.

Auch Vala schien von düsteren Gedanken heimgesucht zu werden, denn ihr hübsches Gesicht wirkte wie gemeißelt, während sie zu der Stadt hinübersah. Allerdings waren es weniger Ohnmacht und Hoffnungslosigkeit, die in ihrem Blick glommen, sondern Hass und Rachlust.

Dabei sah auch sie, dass es hier in der Zwischenzeit zu einem bemerkenswerten Zwischenfall gekommen war

»Was meinst du, ist dort geschehen?« Dania deutete auf die lange Brückenkonstruktion, die sich vom Stadtgebiet Kesselfurts aus über die Ostseite des Großen Flusses spannte. Sie ruhte auf mächtigen Pfeilern aus dunklem Granit, an denen sich das reißende Wasser mit schäumenden Wirbeln und Wellen brach. Dania erkannte nicht, wie es um das Gegenstück auf der westlichen Flusseite bestellt war, doch hier, auf ihrer Seite, klaffte eine breite Lücke zwischen den Pfeilern. Jemand oder etwas hatte die Landverbindung zum Einsturz gebracht.

»Ich schätze, hier ist es ebenfalls zum Kampf gegen Drachendiener gekommen«, knurrte Vala. »Deswegen haben die Kesselfurter die Verbindung zum Ufer einfach gekappt. Sie scheinen hier überhaupt etwas erfolgreicher als in Gaalstrutz gewesen zu sein – sieh nur!« Sie deutete hinüber zum östlichen Stadtgebiet.

Dort, eingeklemmt in einer der engen Hausschluchten, steckte der abgestürzte Körper eines Drachen, auf dem winzig klein einige Kesselfurter herumturnten. Sie bearbeiteten den Echsenleib mit Äxten und anderen Werkzeugen, und soeben fiel ein Stück des Schwanzes ab.

»Meine Güte!« Dania suchte das Stadtgebiet aus der Ferne nach weiteren Auffälligkeiten ab, und sah, dass zwei der hohen Wohntürme ausgebrannt waren. Auf dem zur Stadtseite gewandten Brückenteil patrouillierten überdies ungewöhnlich viele Wachen, ebenso an der nördlichen Uferregion Kesselfurts. Etwas, was die Clans angesichts der reißenden Strömung üblicherweise kaum für nötig hielten.

»Herrschen hier überhaupt noch die Clans?«, fragte Dania.

Sie sah argwöhnend zu der schlanken, mehrstufigen und von Zinnen umgebenen Festungsanlage, die sich unmittelbar über dem tosenden Wasserfall wie der nach oben geschwungene Bug eines Schiffes erhob. Über der höchsten Zinne flatterte eine große blaue Fahne im Wind, auf der zwei weiße, überkreuzte Stäbe zu erkennen waren.

»Ich wüsste nicht, dass einer der Clans dieses Zeichen führt«, brummte Vala. »Für mich ist das neben dem toten Drachen ein weiterer Hinweis darauf, dass dieser Cyrnachon tatsächlich hierher zurückgekehrt ist.«

Dania seufzte. »Gut, dann schlage ich vor, dass wir uns hier bis zum Einbruch der Dunkelheit verstecken und dann mit Walmars Sturmring übersetzen.«

»Wieso verstecken? Die können uns von dort hinten unmöglich sehen.«

Dania rollte mit den Augen. »Ich spreche nicht von den Kesselfurtern, sondern von den Gaalen, die möglicherweise noch auf dieser Uferseite lagern. Wenn du richtig liegst, haben die da drüben die Brücke doch nicht umsonst zum Einsturz gebracht.«

Vala sah sich nun unbehaglich um.

Sie begaben sich zu einer Senke am Ufer, wo sie ihr weiteres Vorgehen besprachen, während sie darauf warteten, dass die Sonne unterging.

Vala schwelgte in Vorfreude und schmiedete Ideen, was sie tun würde, sollte sie drüben einstigen Zuhältern und Freiern begegnen. Dania beließ es bei wenigen beschwichtigenden Worten, denn ihre Schwester war in dieser Hinsicht kaum zu mäßigen.

Als die Sonne endlich hinter dem Horizont versunken war, zeichneten sie auf den sandigen Boden die vertrauten Zauberzeichen, nahmen sich in die Arme und Vala aktivierte ihren Sturmring.

Der Wind wurde sogleich stärker und steigerte sich rasch zu einem Orkan. Über ihnen ballten sich die Wolken, der dunkle Schlauch einer Windhose senkte sich herab, und umgeben von einem Wirbel aus Blättern, Steinen und angesaugtem Flusswasser erfasste sie der Sturmwird und trug sie im Schutz der Dunkelheit über den Fluss hinüber zum Stadtgebiet.

Vala steuerte die Windhose und sorgte dafür, dass sie nicht auf einem der gut bewachten und von Gärten gekrönten Hausdächern der hohen Wohntürme landeten, sondern am Grund einer der fast lichtlosen Häuserschluchten. Ihr Landeplatz war gerade so breit, dass sich zwei Passanten aneinander vorbeidrängen konnten.

Als das Brausen des magisch heraufbeschworenen Windes abebbte, versanken Danias Stiefel in Unrat und der Gestank von Fäkalien stach scharf in ihre Nase – was vermutlich auch daran lag, dass der magische Wind den Schmutz aufgewirbelt und an die Hauswände geschleudert hatte.

Dass sie hier unten mehr als nur ihre Umrisse erkennen konnten, war dem Fackelschein zu verdanken, der weiter vorn aus einer Seitengasse fiel. Von dort, jenseits einer der turmhoch aufragenden Hausecken, hallte eine eifernde Stimme an ihre Ohren.

»Wenn ihr weiterhin den Schutz unseres neuen Patriarchen in Anspruch nehmen wollt, dann muss auch eure Familie ihren Tribut leisten.«

»Aber warum mein Jüngster?«, klagte eine Männerstimme. »Er ist noch zu jung für schwere Arbeit. Nehmt mich.«

»Niemand ist zu jung, um Cyrnachon zu dienen«, kam es gereizt zurück. »Sei dankbar dafür, dass sich der Begründer unserer Stadt deines Sohnes annimmt und euch allen so einen Weg aus der Armut weist.«

Dania und Vala folgten den Stimmen vorsichtig und blickten in eine etwas breitere Nachbargasse, die ebenso wie jene, aus der sie kamen, von himmelwärts strebenden Hausfassaden gesäumt wurde. Etwa zehn Schritte von ihnen entfernt, inmitten einer von Fackeln und Laternen erzeugten Lichtinsel, stand ein Trupp Bewaffneter, in deren Begleitung sich neun ausgemergelte Kinder beiderlei Geschlechts befanden, die mehr Lumpen als Kleider am Leib trugen.

Die Jüngste von ihnen mochte sechs oder sieben Jahre alt sein und sah verstört zu den Bewaffneten auf. Zwei der Bewaffneten führten eben über eine Kellerstiege einen weinenden Jungen nach oben, den Dania auf höchstens fünf schätzte.

Der Kleine wurde von Vater, Mutter und einem Heranwachsenden begleitet, die ihn alle kurz drückten. Die Mutter legte ihm noch einen löchrigen Schal um die Schultern, dann packten ihn die Bewaffneten, reihten ihn in die übrige Kinderschar ein und zogen mit ihnen fort.

»Was war das denn?«, zischte Dania.

»Finden wir es heraus.« Vala zog sie kurzerhand mit zu den Eltern und ihrem verbliebenen Jungen, die vor der Kellerstiege standen und dem Trupp nachsahen.

Als die drei hinter sich Schritte vernahmen, fuhren sie herum und zückten hastig selbst gebastelte Messer und Knüppel.

»Alles gut!«, sagte Dania beruhigend.

Der Mann hob ein funzeliges Tranlicht und Dania und Vala traten in den Schein.

»Wer seid ihr? Und was wollt ihr hier?«, blaffte der Mann und musterte argwöhnisch ihre vornehme lederne Kleidung. Er besaß eingefallene blasse Gesichtszüge mit schweren Tränensäcken und versuchte, seine Furcht mit Lautstärke zu überspielen.

»Wir wollen lediglich von euch wissen, was hier vor sich geht«, erklärte Dania.

Sie ärgerte sich darüber, dass Vala nicht bedacht hatte, dass sie in ihrem Aufzug auffielen wie ein bunter Strauß Blumen. Speziell in diesem Stadtteil.

»Aber wer seid ihr?«, fragte der Heranwachsende. Der Junge war vermutlich zwölf oder dreizehn, hager, und sah seinem Vater vage ähnlich. In seiner trotzig zur Schau gestellten Furchtlosigkeit ähnelte er vielen anderen Jugendlichen Kesselfurts.

Dania entschloss sich zur Offenheit. »Wir sind Magierinnen vom Orden der Stäbe, die hier nach dem Rechten sehen.«

Unter Valas missmutigen Blicken strich sie über ihre linke Hand und veränderte den Hautton in ein dunkles Braun, wie sie sie einst bei einem Freier von jenseits der Wogensee gesehen hatte. Abermals strich sie über die Haut, sodass diese plötzlich mit den Trugbildern von Warzen übersät war. Dann löste sie die Illusion auf.

Der Mann ließ sein Tranlicht fast fallen und die Gruppe starrte sie fassungslos an.

»Wir sind hier, um euch zu helfen«, fuhr Dania betont freundlich fort. »Wohin bringen die Männer euren Sohn und die übrigen Jugendlichen? Wir wollen überhaupt alles wissen, was hier in Kesselfurt passiert ist. Der Angriff des Drachen. Euer neuer Patriarch. Alles.«

»Wir sind bloß einfache Straßenkehrer«, sagte die Frau. Auch sie war verhärmt, obwohl sie bei näherem Hinsehen kaum dreißig sein konnte.

»Versucht es trotzdem!« Vala schlug gereizt nach einer Stechmücke.

»Hier hat sich alles seit dem Angriff der Drachendiener vor etwa einer Woche verändert«, sprach die Frau mit tränenverschleiertem Blick. »Die Gaale stürmten nächtens die Ostbrücke und versuchten ins Stadtinnere zu gelangen. Sie hatten Unterstützung durch einen Drachen. Dabei dachten wir, dass die Drachen ausgestorben wären. Niemand von uns hat zuvor –«

»Bleib bitte bei der Sache«, mahnte Dania.

»Da war Datakar Askerios noch unser Patriarch«, fuhr ihr Mann fort. »Kennt Ihr ihn? Er war erst wenige Wochen zuvor durch einen Aufstand Patriarch geworden. Die Brücke rüber zum Ostufer hat er zerstört, als die Gaale kamen. Ich war selbst mit dabei. Etwas später hat uns dieser Drache angegriffen. Nur haben nicht Askerios' Männer den Lindwurm vom Himmel geholt, sondern ein Zauberer. Und dieser Zauberer soll auf einem … na ja, es heißt, er sei auf einem fliegenden Vorhang gekommen, als der Angriff begann. Erst hat er den Drachen bekämpft, dann hat er Datakar Askerios gestürzt. Askerios' Kopf steckt jetzt auf einem Pfahl vor dem Palast …«

»Habt ihr den Zauberer gesehen?«

»Nein«, sagte der Mann. »Aber seit gestern stehen Statuen von ihm in der Stadt. Und wann immer man an ihnen vorbeikommt, muss man sich davor verneigen.«

»Wie sieht er aus?«

Das Ehepaar zögerte.

»Jung«, meinte der Sohn.

»Ja, und das ist irgendwie seltsam, denn …« Der Ältere räusperte sich. »Denn dieser Cyrnachon schickt nun jeden Tag Ausrufer durch die Stadt, die verkünden, dass er … na ja, dass er

Kesselfurt einst gegründet hat. Ist das wahr, werte Zauberinnen?«

Dania atmete tief ein. »Ja, teils ...«

»Könnt Ihr bei Eurem Kollegen nicht ein gutes Wort für uns einlegen und uns unseren Jüngsten zurückbringen?«, fragte die Frau flehend. »Ich begreife nicht, was der Zauberer mit ihm will. Er ist doch viel zu klein für schwere Arbeit.«

Dania strich sich das dunkle Haar aus der Stirn. »Erzählt uns, was es mit diesem Tribut auf sich hat, von dem die Kerle eben sprachen.«

»Alle Jugendlichen ab fünfzehn müssen sich beim Palast des Patriarchen einfinden, um sich für den Kriegsdienst mustern zu lassen«, antwortete der ältere Sohn der Familie. »Ich bin aber noch keine fünfzehn ... und die Familien, die das nicht können, müssen das jüngste Kind zum Arbeitseinsatz schicken. Ich wollte eigentlich anstelle meines Bruders mitgehen, aber sie bestanden auf Larek.« Seine Augen schimmerten verdächtig feucht. »Ich weiß nicht, warum sie mich nicht wollten.«

Dania sah Vala an, die die Stirn runzelte. »Und wohin bringen sie sie?«

»Runter, nach Alt-Kesselfurt«, antwortete der Alte leise.

Dania dachte an ihren letzten Aufenthalt in der gewaltigen Höhle hinter dem Wasserfall zurück, als sie mit Boltans Hilfe den *Roten Stall* abgefackelt hatte. »Gut, wir werden dort nach dem Rechten sehen.«

»Da kommt Ihr nur mit Erlaubnis des Zauberers hin«, sagte ihr Gegenüber. »Der Magier kontrolliert jetzt die Lastenaufzüge und den großen Aufgang. Nicht mehr die Clans. Im Moment gelangt man nicht einmal mehr gegen Gold da runter.«

Dania nickte und verabschiedete sich schnell, da Vala allmählich ungeduldig wurde.

Auch in der nächsten Gasse ragten links und rechts trostlose dunkle Haustitanen in die Höhe, an deren Fassaden sich zahllose, von Kochfeuern beleuchtete Fensteröffnungen abzeichneten. Vor dem schmalen Streifen Nachthimmel waren die markanten Silhouetten von Brücken sowie die Ladebäume von Hebebühnen und Kränen zu erkennen. Darunter lag das ewige Rauschen des nahen Kataraktes, was die Bewohner immerzu daran erinnerte, wie nah die Stadt an dem gewaltigen Wasserfall lag.

Ab und an kamen ihnen Menschen entgegen. Bewaffnete, die in den Gassen patrouillierten, aber auch Arbeiter, Händler und manche Armutsgestalt, die es zu den beleuchteten Kneipen am Rand der Straßenschlucht zog. Die Laune der hiesigen Bewohner war nie sonderlich gut gewesen, heute aber schien die Stimmung besonders gedrückt zu sein.

Unvermittelt entdeckten sie an einer breiteren Kreuzung eine dieser Statuen, von denen der Alte gesprochen hatte. Doch niemand verneigte sich vor dem Standbild. Die Kesselfurter machten vielmehr einen Bogen um sie. Die Statue thronte auf einer schlanken Felssäule, war selbst etwa brusthoch, und bestand aus weißem Kalkstein. Sie stellte einen Zauberer mit herrischem Blick, knöchellangem Gewand und Stab in der Rechten dar, dessen gemeißelte Gesichtszüge Dania überaus vertraut waren.

»Dann ist es also wahr«, knurrte sie. »Cyrnachon ist in Boltans Körper eingefahren.«

»Wen kümmert es?« Vala zog sie weiter. »Hauptsache, der erinnert sich nicht an dich, sollten wir ihm irgendwann gegenüberstehen.«

Sie kamen an einem Torbogen vorbei, hinter dem ausgetretene und verdreckte Stufen steil in die Höhe führten – als aus einer Seitengasse ein weiterer Trupp Bewaffneter mit Fackeln trat, der ein gutes Dutzend Kinder mit sich führte.

Dania zog Vala rasch die Stufen hinauf, und sie warteten, bis die Gruppe an ihnen vorbeimarschiert war.

»Ich frage mich, was Cyrnachon mit all diesen Kinden will.« Dania wedelte mit ihrer Hand neben dem Kopf, um eine der lästigen Kesselfurter Mücken zu verscheuchen.

»Keine Ahnung. Interessiert mich auch nicht«, grunzte Vala. »Vielleicht braucht er sie, um in Felstunnel vorzustoßen, die für Erwachsene zu schmal sind.«

»Meinst du?«

»Meine Fresse.« Valas Stimme nahm einen gereizten Tonfall

an. »Vielleicht will er die Kleinen auch alle mal ordentlich durchpimpern. Ist mir scheißegal. Wir sind hier, weil wir das Geheimnis seiner Zauberei herausfinden wollen – und zwar, bevor Walmar das gelingt. Also, überleg dir lieber, wie wir das hinkriegen, statt dir um die Blagen Gedanken zu machen.«

Dania atmete tief ein. »Gut, trotzdem sollten wir mal in Alt-Kesselfurt vorbeischauen. Schließlich muss es einen Grund haben, warum er die Kinder dorthin bringen lässt. Wo sie sind, könnte auch er sich aufhalten.«

»Der hat sicher Besseres zu tun, als die Hosenscheißer selbst bei ihren Arbeiten zu beaufsichtigen.« Vala blickte zu den Treppenstufen. »Nein, ich denke, dass wir noch einmal heimlich in die Festung eindringen sollten. Dort finden wir am ehesten Bücher und Schriften, wie sie auch Walmar besitzt.«

»Die Magier vom Orden der Stäbe haben damals nach Cyrnachons Tod doch sicher alles an sich gerissen, was nicht niet- und nagelfest war«, wandte Dania ein.

»Und falls nicht?« Vala sah sie auffordernd an. »Der Kerl hat doch ganz offensichtlich seine Rückkehr geplant. Wäre ich er, hätte ich alles, was mir besonders wichtig gewesen wäre, zuvor versteckt. Und du weißt ja, die Festung ist groß.«

Dania gab nach. »Also gut. Nehmen wir wieder den Luftweg?«

»Ja.« Vala zog sie die Treppenstufen hinauf und über Brücken, Rampen und weitere Aufwege ging es immer höher in die reichere Oberstadt Kesselfurts, wo sie ihre Magie einsetzten, um unbemerkt an den dortigen Wachen vorbeizukommen.

Als sie endlich einen Balkon samt Balustrade erreichten, auf dem sie sich gänzlich unbeobachtet wähnten, zückte Vala ihren Sturmring.

Über Kesselfurt ballten sich wieder die Sturmwolken, und als der vertraute Windschlauch zu ihnen herabfuhr, hoffte Dania inständig, dass die Sturmgeräusche vom Rauschen des nahen Katarakts übertönt wurden. Schon wurden sie angehoben und der Wirbelwind trug sie über die Hausdächer gen Süden, unmittelbar auf die hohe Festung Kesselfurts zu.

Sie landeten auf einer der Zinnen der mittleren Festungsebene – und diesmal hatten sie nicht so viel Glück wie in der Stadt, denn zwei Wachen wurden trotz des tosenden Katarakts auf ihre Ankunft aufmerksam. Vala räumte sie kurzerhand mit Kugelblitzen beiseite, bevor sie Alarm geben konnten. Dann kippten sie die Männer über die Zinnen, wo die reißende Flut ihre Leichen zum Katarakt riss.

»Wohin jetzt?«, zischte Vala. »Die Festung ist leider wirklich groß.«

»Ich wüsste da was«, meinte Dania. »Erinnerst du dich noch an dieses Kaminzimmer, zu dem uns Goltar damals gebracht hat, nachdem er uns gefangen nahm?«

»Ja, sicher.«

»Wenn dort der alte Patriarch residiert hat, dann könnte es Cyrnachon ebenso halten.«

Vala grinste verschlagen. »So mag ich dich.«

Diesmal bestand Dania auf Heimlichkeit, und im Schutz von Trugbildern und heraufbeschworenen Schattenfeldern schlüpften sie in ein nahes Burggebäude, wo sie sich über von Fackeln beleuchtete Korridore und Treppenaufgänge auf die höchste Festungsebene schlichen.

Hin und wieder mussten sie Wachen ablenken, und einmal kamen sie an einem Schlafsaal vorbei, in dem zahllose junge Männer mit ihren Kampferfahrungen prahlten. Offenbar gehörten sie unterschiedlichen Clans an, die der Zauberer dazu zwang, in einer Einheit zu dienen.

Auch das war neu.

Sie erreichten einen von Öllampen ausgeleuchteten Korridor, und plötzlich erschien Dania die Umgebung vertraut. Sie war sich sicher, dass Goltar sie einst durch diesen Gangabschnitt geführt hatte. Sie schlichen ihn entlang, blickten um eine Ecke und schauten auf die prächtige Holztür zum Patriarchenzimmer.

Zwei schwer gerüstete Wachen standen davor – sie trugen blaue Wappenröcke mit weißen überkreuzten Stäben. Ihre Aufmerksamkeit galt einem Mann in hellem Gewand, der ein Tablett mit Weinkaraffe bei sich trug.

»Ich weiß, dass der Patriarch noch beschäftigt ist«, sprach der

Bedienstete in nasalem Tonfall, »aber mir wurde aufgetragen, dass bei seiner Rückkehr eine geöffnete Flasche Flutburger Katzenkopf des 73er Jahrgangs für ihn bereitsteht. Ich werde ihm gerne bestellen, dass ihr mich nicht durchgelassen habt.«

Die Wachen musterten ihn wütend, dann deutete einer von ihnen auf die Karaffe. »Du schenkst dir zuvor ein Glas ein und trinkst selbst etwas von diesem Gesöff.«

»Nichts lieber als das«, meinte der Bedienstete amüsiert. »Eine dieser Flaschen ist drei Goldmünzen wert.« Er schenkte sich ein, trank und sah die Wächter herausfordernd an.

Missgelaunt öffneten diese die Tür, erlaubten dem Diener den Zutritt und warteten, bis er wieder herauskam und ihren Blicken entschwand.

»Was jetzt?«, fragte Dania. »Wenn wir die da hinten auf die übliche Weise aus dem Weg räumen, fallen wir auf.«

Vala grinste spöttisch. »Zeit, uns auf das zu konzentrieren, was wir am besten können. Mach einfach das, was ich mache.«

Bevor ihr Dania widersprechen konnte, zog Vala sie mit sich. Sie setzte ihren unterwürfigsten Hundeblick auf und wog beim Gehen provozierend die Hüften.

Die Wachen sahen sie kommen und griffen sofort nach ihren Schwertern. »Wer, verdammt noch einmal, seid ihr? Und was wollt ihr hier?«

»Der Patriarch hat uns angewiesen herzukommen«, meinte Vala mit rauchiger Stimme, »da es ihn nach Zerstreuung gelüstet.«

Auch Dania besann sich auf die Rolle als Hure und strich sich verheißungsvoll über ihre Hüften.

»Zwillinge. Sieh an.« Die Wachen glotzten sie beide lüstern an. »Und der Begründer will mit euch beiden …?«

»Ja, will er. Aber wir können ihm gern bestellen, dass Ihr Einwände hattet.«

»Offenbar steht dem Zauberer heute der Sinn nach einer kleinen Feier«, murrte der Jüngere und öffnete auch ihnen die Tür.

Dania und Vala traten unter eine Balustrade samt benachbarter Holztreppe hindurch in das ihnen bekannte, runde und recht hohe Kaminzimmer. Wie damals, als Goltar sie gefesselt hergeführt hatte, brannte in dem hohen Kamin ein wärmendes Feuer. Und noch immer wurden die Wände von Gemälden arrogant dreinschauender Patriarchen vor der Kulisse Kesselfurts eingenommen. Ob Cyrnachon nicht dazu gekommen war, sie abzuhängen, oder er sich tatsächlich in einer Reihe mit ihnen sah, wusste Dania nicht. Auch die übrige vornehme Einrichtung war weitgehend gleich geblieben: weiche Felle, prachtvoll verzierte Truhen und Regale mit Büchern und Pergamentrollen.

Auf dem pompösen Schreibtisch, hinter dem sie einst der alte Patriarch in Empfang genommen hatte, stand das Tablett mit der Weinkaraffe.

»Ihr rührt hier aber nichts an«, warnte sie der ältere Wächter, musterte sie noch einmal scharf, dann schloss er die Tür, und sie waren endlich allein.

»Wollen wir doch mal sehen, ob dieses Reichengesöff wirklich so gut ist.« Vala trat an den Schreibtisch und schenkte sich ein Glas des teuren Weins ein, den sie in einem Zug herunterkippte. »Ja, nicht schlecht.«

»Trink nicht so viel, wir haben zu tun.« Dania blickte kurz zu der Treppe in ihrem Rücken auf, an deren oberem Ende eine weitere, deutlich schmalere Tür sichtbar war, und untersuchte hektisch Schreibtisch und Regale. Vala öffnete und durchwühlte die Truhen.

Schnell wurde offensichtlich, dass der Raum keinerlei arkane Hinterlassenschaften barg.

»Na gut«, sagte Dania schließlich. »Ich wusste, dass wir sie noch einmal brauchen können.«

»Was gebrauchen?«

Dania griff unter ihre Kleidung und zückte die rot-schwarze Suchkerze, die Tandurin damals im Arbeitszimmer seiner einstigen Lehrmeisterin entdeckt und bei der Suche nach Escalia Rotdruds wertvollsten Wissensschätzen eingesetzt hatte. Sie war zu einem Drittel abgebrannt.

»Sieh an!« Vala schürzte zufrieden die Lippen, als Dania die

Kerze auf den Boden stellte und den Docht mit Feuer aus dem Kamin entzündete.

»Bring uns zu dem Ort, an dem wir Cyrnachons Geheimnis der Drachenzauberei auf die Spur kommen.« Dania zweifelte, ob sie die Frage präzise genug gestellt hatte, als plötzlich Rauch emporwölkte und gleich einer dünnen schwarzen Fahne zielstrebig zum Kamin wehte, wo er sich am gefliesten Boden vor der Feueröffnung sammelte.

Vala sprang auf und klopfte den Boden ab – und tatsächlich tönte dieser dort dumpfer als die Umgebung. Eine Geheimtür?

Sie suchten Boden und Kamin akribisch ab und es dauerte etwas, bis Dania auf die Idee kam, ihre Finger in die Augenlöcher eines Frauenkopfs am Kaminsims zu stecken. Hinter ihnen ertönte ein schabendes Geräusch und die Steine am Boden senkten sich auf einem ein mal ein Schritt großen Feld ab und glitten beiseite.

Darunter erschienen steinerne Stufen, die steil in die Tiefe führten.

Vala ergriff einen bronzenen Kerzenständer auf dem Schreibtisch, entfachte die Kerzen am Kamin und stiefelte kurzerhand die Stufen hinunter. Dania folgte ihr.

Es roch nach Stein und schon bald wurde die Luft in dem engen Treppenschacht kühler. Wie in einem Treppenhaus führten die Stufen abschnittsweise in die Tiefe. Es gab hier keine Türen oder Korridore, nur Stufen, die immer weiter nach unten führten. Und allmählich dämmerte Dania, wo sie landen würden.

Unvermittelt endeten die Stufen und sie erreichten einen schmalen Felskorridor, an dessen Ende sich ein grau schimmernder Durchlass abzeichnete, durch den lautes Wasserrauschen zu hören war. Die Luft war feucht, außerdem stank es undefinierbar.

Im Schein der Kerzen traten sie hindurch auf einen breiten Balkon, der mehrere Handbreit dick mit steinhartem, weißgrauem Vogelkot bedeckt war.

Vala stieß einen beeindruckten Laut aus, denn unmittelbar über ihnen spannte sich die gewaltige Höhlendecke Alt-Kesselfurts auf. Hinter der verdreckten Balustrade jedoch ging es steil nach unten. Von hier oben aus sahen sie auf das von zahllosen Feuerstellen beleuchtete Dächermeer Alt-Kesselfurts, dessen ärmliche Unterkünfte sich auf vier künstlich geschaffenen Terrassen eng an eng bis zur schäumenden Wasserwand rechts von ihnen drängten. Dort, wo der gewaltige Katarakt in die Tiefe stürzte.

Der Wasservorhang wirkte zu dieser Tageszeit wie ein schwarzer, bewegter Schleier und als Vala sich im Kerzenschein umsah, stob unweit von ihnen ein Schwarm schiefergrauer Vögel mit hellen, falkenartigen Köpfen auf, der Reißaus nahm.

Gischtsegler.

»Wer hätte geahnt, dass es hier oben, so dicht unter der Höhlendecke, einen verborgenen Pfad gibt?«, sagte Vala.

Sie leuchtete zu dem schmalen, dick mit Vogeldreck übersäten Weg, der sich gut dreißig oder vierzig Schritt über dem Bodenniveau der riesigen Höhle an der Felswand entlangzog. Er führte zum rückwärtigen Höhlenbereich.

Der Kerzenrauch kroch wie ein bewegter langer Finger darüber hinweg.

Überaus vorsichtig und darum bemüht, nicht auszurutschen, folgten die Schwestern dem verdreckten Pfad, immer auf die rückwärtige Höhlenwand zu – als Dania unter ihnen eine von Fackeln beleuchtete Prozession bemerkte. Sie kniff die Augen zusammen und erkannte, dass dort zahllose Jugendliche eine gewundene Treppe hinaufgeführt wurden, ebenfalls dem hinteren Höhlenbereich entgegen. Soweit sie wusste, lagen dort die Kavernen, in denen Scharlachröhrlinge gezüchtet wurden. Der Stoff für die in den ganzen Jungen Königreichen beliebten Drogen aus Kesselfurt.

Jeder der Jugendlichen erhielt ein Trunk, dann wurden sie in einen Tunnel hineingeführt.

»Was geht da unten vor sich?«, fragte sie.

»Ich schätze, wir werden es bald herausfinden«, sagte Vala und deutete mit den flackernden Kerzen voran, »denn da hinten geht es ebenfalls weiter.«

Der schmale Pfad endete an einem Stollen. Sie drangen in die Felsröhre vor und folgten dem Weg, bis sie vor sich einen Ausgang ausmachten, hinter dem flackernder Feuerschein zu sehen war.

Eine weitere große Höhle?

Von dort hallten ihnen seltsame Geräusche entgegen, die wie ein mehrkehliges Wimmern klangen.

Dania und Vala traten durch den Ausgang, blickten nach unten – und Dania schlug sich entsetzt die Hand vor den Mund, um einen Schrei zu unterdrücken.

»… Ich bin mir sicher, dass er nichts Geringeres plant, als die Katastrophe in den Jungen Königreichen zu wiederholen!«, rief Boltan aufgeregt. Kyrells schlanke Silhouette zeichnete sich jenseits des Fensters ab, das vor ihm in der Luft schwebte.

Doch die Scheiben wurden allmählich grau, fast so, als würden Eisblumen auf ihnen wachsen. Und mit ihnen verblasste die Sicht auf Kyrell und Geron und die zwei Elfen.

»Boltan!«, raunte Kyrell, denn auch sie schien zu bemerken, dass der Kontakt abzubrechen drohte. *»Was ist mir dir? Können wir dir helfen?«*

»Ich gebe zu, das mit meinem Tod ist ein blödes Dilemma, für das ich noch keine Lösung weiß. Aber … Kyrell? Kyrell!«

Boltan trat dicht an die Scheiben heran, die nun mit einem undurchdringlichen Grauschleier überzogen waren. Kyrells sanfte Stimme war nicht mehr zu hören.

»Mist!« Boltan seufzte schwer. Andererseits, er hatte gesagt, was gesagt werden musste. Außerdem fühlte er sich ausgelaugt, als habe der Kontakt zu Kyrell und Geron an seiner Substanz gezehrt.

Müde drehte er sich zu Ambra um, die ihn beobachtete. Dann sah er über die seltsame Ebene, die sich am Horizont in waberndem Dunst verlor. Außer dem Fenster, vor dem sie standen, hingen auf verschiedenen Höhenebenen zahllose weitere in der Luft. Kleine Fenster. Große Fenster. Manche waren weit entfernt, andere deutlich näher. Solche mit Läden und Fensterkreuzen, aber auch welche mit Bleifassungen für runde Butzenscheiben. Viele der Scheiben schimmerten ebenso grau und trostlos wie jene, die sich vor ihnen eingetrübt hatten. Hinter anderen zeichneten sich vage unbekannte Szenerien ab.

»Tut mir leid«, sagte er an Ambra gewandt. »Was auch immer mir dabei geholfen hat, die Grenzen zwischen Diesseits und Jenseits zu verwischen … es ist fort. Ob mir vielleicht noch ein anderes Fenster einen Blick zu unseren Freunden gestattet?«

»Es kostet Mühe, ein geeignetes Fenster zu finden«, sagte Ambra. »Immerhin wissen sie jetzt Bescheid.«

»Ja«, hauchte er. »Ebenso wie wir jetzt wissen, dass die beiden die Elfen gefunden haben. Ist das nicht unglaublich?«

Ambra Lippen kräuselten sich spöttisch.

»Na gut«, sagte er. »Ich gebe zu, das hier mit uns ist vermutlich das Unglaublichste von allem …« Boltan dachte nach, während er zu den vielen merkwürdigen Fenstern aufblickte.

»Ambra, ich muss zurück«, sagte er schließlich.

»Ich weiß.«

»Nur weiß ich nicht, wie ich das hinkriegen soll.«

»Ich sagte dir doch, dass dir eine Möglichkeit dazu eröffnet wurde.«

Boltan sah sie an. »Ich verstehe ehrlich gesagt nicht, was du damit gemeint hast.«

»Denk nach.«

»Worüber?«

Ambra legte den Kopf schief.

Boltan rieb sich über den Kopf, noch immer verblüfft darüber, dass er sein Geisterselbst spüren konnte. Er dachte darüber nach, ob er nicht vielleicht durch eines der Fenster springen könnte – als ihm etwas einfiel.

»Da war diese alte Frau auf dem Platz der Fahrenden, als ich starb«, sprach er aufgewühlt. »Ihr Licht hatte mich umhüllt.«

Ambra lächelte.

»Oh Mann. War das etwa die Greisenmaid, von der uns Tandurin berichtet hat? Jene mit den Prophezeiungen?«

»Du kannst also, wenn du nur willst.« Ambra nickte. »Konzentriere dich auf ihr Licht, denn ein Teil von ihr ist noch bei dir.«

»Sie ist noch …?« Verwirrt sah sich Boltan um, doch außer ihnen beiden war niemand zu sehen. Und doch … wenn er in sich ging und über das eigentümliche Erlebnis nachdachte, spürte er wieder ihre sanfte Berührung. So, als wäre sie tatsächlich noch da. Als wäre da etwas, was ihn sanft hielt und verhinderte, dass er sich hier … verlor.

Boltan blickte an sich herab, ging dem Gefühl nach und sein Blick weitete sich. Plötzlich sah er, was Ambra gemeint haben musste. Von seinem Seelenselbst, irgendwo auf Höhe seiner Leibesmitte, ging eine dünne, schwach leuchtende Silberschnur aus, die bei genauerem Hinsehen weit über die Ebene mit den Fenstern reichte und sich im Grau des Horizonts verlor. Diese Lichtschnur war ein Teil von ihm selbst – und doch wieder nicht.

»Was ist das?«, flüsterte er ergriffen.

»Ein letztes Geschenk«, antwortete seine kahlköpfige Begleiterin. »Es weist dir den Weg zurück. Folge der Schnur und du findest deinen Körper, egal, wo er sich jetzt befindet.«

»Aber in dem steckt ein anderer.«

»So ist es.« Ambras Augen verengten sich draufgängerisch. »Du wirst mit Cyrnachon um deinen Körper kämpfen müssen.«

»Aber wie?«, fragte Boltan verzweifelt. »Es ist mir haushoch überlegen. Ich weiß nicht einmal, wie er es überhaupt geschafft hat, seinen Geist all die Jahrhunderte …« Er verstummte und sah Ambra aufgeregt an. »Ambra, wir müssen zurück in Yolsulgurs Hort.«

Diesmal schaute sie irritiert, doch Boltan ergriff ihre Hand, konzentrierte sich und schon raste das ewige Grau des Limbus an ihnen vorbei. Von einem Moment zum nächsten standen sie in der gewaltigen Drachenhöhle mit den vielen Tropfsteinen, während vor dem Höhleneingang das Feuer der Berge dröhnte.

Boltan trat vor das Plateau mit den seltsam real wirkenden Scherben jener Gefäße, in denen einst die Seelen der Blutgeister gefangen gewesen waren. Dann ging er zu dem Haufen welliger Lebensbaumblätter und studierte diese ein weiteres Mal.

»Was genau suchst du da?«, fragte ihn Ambra.

Boltan deutete zu den Resten der einstigen Krüge. »Siehst du die Pentagramme auf den Scherben?«

»Ja?«

»Ich hätte früher darauf kommen können, denn das Symbol habe ich schon einmal gesehen.« Boltan hob einige Blätter an, als er grimmig fortfuhr. »Und zwar auf der drachenbeinernen Einlegearbeit von Cyrnachons Zauberstab. Ich glaube, es handelt sich bei dem Stab um nichts anderes als einen weiteren Seelenkerker – den Cyrnachon dafür verwendet hat, seinen eigenen Geist über den Tod hinaus zu bewahren. Wie auch immer der Zauberer an das elfische Wissen um die Herstellung dieser Seelenkerker gelangt ist, er muss das Zauberritual modifiziert haben, um sich so die Möglichkeit zu eröffnen, irgendwann in den Körper eines neuen Stabbesitzers zu fahren. Komm …«

Er griff wieder nach Ambras Hand und diesmal konzentrierte er sich auf die haarfeine Silberschnur, die von ihm bis zum Höhlenausgang und weit darüber hinaus reichte.

Momente später rauschten sie abermals durch das allgegenwärtige Grau des Totenreichs, bis zu einem gespenstischen Ort, der so wirkte, als befänden sie sich weit über den Wolken.

Über ihnen spannte sich scheinbar endlos der graue Himmel samt dem trüben Licht, das Boltan noch immer lockte. Vor ihnen jedoch, inmitten der wolkigen Ebene, rotierte lautlos ein riesiger dunkler Mahlstrom. Und die Silberschnur führte unmittelbar ins Zentrum des unheimlichen Wirbels.

»Keine Ahnung, was das hier ist, auch wenn ich annehme, dass das mit Yolsulgurs Sphärenriss zu tun hat, aber ich schätze, da müssen wir rein.«

»Nicht wir, Boltan – du!« Ambra blickte ihn wehmütig an.

Boltan nickte traurig.

»Ich hoffe, das ist kein Abschied auf immer«, sprach er leise.

»Ich hoffe es auch nicht.« Ambra lächelte schmal. »Wie du ja schon erraten hast, verfolge auch ich einen Plan. Falls er aber nicht funktioniert, dann verspreche ich dir, dass wir uns im nächsten Leben sehen.«

Ambra trat vor und umarmte ihn.

Ihre Gestalt verblasste – dann war sie fort.

Boltan blickte beklommen zu der Stelle, an der sie eben noch gestanden hatte. Von jetzt an war er komplett auf sich gestellt, und plötzlich spürte er eine große Einsamkeit.

Doch davon durfte er sich nicht beirren lassen, denn ihm stand ein Kampf bevor. Also folgte er der Silberschnur und stürzte sich ins Zentrum des Mahlstroms.

Dania kämpfte mit der Übelkeit. Wohin sie auch blickte – die von Tropfsteinen durchzogene Höhle, zu der sie Zugang gefunden hatten, bot einen Schrecken, der alles übertraf, was sie in Kesselfurt an Grausamkeiten je erlebt hatte.

Denn die Höhle ertrank regelrecht in Blut und Leichen.

Mittig unter ihnen ragte eine künstlich erschaffene Felspyramide auf, die Dania auf gute fünf bis sechs Schritte Höhe schätzte. An ihrer Spitze befand sich ein wuchtiger Felsblock, in den offenbar Drachenrunen eingemeißelt worden waren. Genaueres war im Licht der vielen Fackeln nicht zu erkennen, denn der Block troff vor Blut.

Und Blut floss immerzu über das aufgeschichtete Gestein, sickerte zwischen die Fugen und Ritzen der Blöcke und bildete am Boden rings um die pyramidale Erhebung einen See aus rotem Lebenssaft.

Inmitten der gewaltigen Blutlache, aber auch auf den verschiedenen Höhenebenen der Gesteinspyramide selbst lagen vierzig oder fünfzig ausgeblutete Leichen mit verrenkten Gliedmaßen.

Alte Leute. Kranke mit Entstellungen.

Weiter oben jedoch vor allem Kinder und Jugendliche.

In ihren Hälsen klafften tiefe Schnitte, und fast allen war die Kleidung heruntergerissen worden. Ihre Leiber waren getränkt von Blut.

Oben auf dem Zentrum der Pyramide aber stand … Boltan.

Zumindest sah der Zauberer, der dort einen gutturalen Gesang angestimmt hatte, wie Boltan aus. Er trug eine lederne Schürze wie ein Schlachter, während ihm ein grobschlächtiger Bewaffneter über einen Aufstieg einen Jungen von vielleicht acht Jahren zuführte, der wie weggetreten wirkte.

Cyrnachon packte den Jungen am Haarschopf, presste dessen

Oberkörper auf den Blutaltar und schnitt ihm routiniert die Kehle durch. Sein Gesang steigerte sich, er rammte ihm das Messer in die Brust, griff tief hinein und entriss ihm das noch schlagende Herz.

Blut spritzte von dem zuckenden Organ nach allen Seiten, und Dania stand kurz davor, sich zu übergeben.

Zeitgleich geschah etwas Seltsames. Von dem Herz stieg ein ätherischer, leicht illuminierender Dunst hoch zur Höhlendecke. Dort oben, zwischen der Vielzahl langer Tropfsteine, vereinte sich das Fluidum mit einem leichten Nebel, dessen Herkunft Dania längst klar war.

»Was … macht der Kerl da?«, würgte sie hervor.

Vala warf ihr einen abfälligen Blick zu, bevor sie weiter ruhig die Höhle taxierte. Ihr Interesse galt nicht den vielen Toten, sondern der steinernen, geländerlosen Treppe, die von ihrem Standpunkt aus über eine bogenförmige, frei stehende Pfeilerkonstruktion bis zum Grund der Tropfsteinhöhle führte. »Keine Ahnung. Vermutlich irgendein Zauber gegen die Drachen. Hauptsache, er ist beschäftigt.«

Cyrnachon stieß den reglosen Körper des Jungen wie Abfall nach unten und nahm einen weiteren willenlosen Jugendlichen in Empfang. Er entstammte einer auf nunmehr drei Jungen zusammengeschmolzenen Gruppe am Fuß der Pyramide, neben der ein weiterer Bewaffneter stand.

»Aber wir können doch nicht dabei zusehen, wie –«

»Reiß dich gefälligst zusammen«, giftete Vala sie an. »Sind schließlich nicht wir, die da unten bluten müssen. Sieh's so: Aus den Kerlen werden bloß Männer, die später nichts anderes im Sinn haben, als zu ficken. Und so wie es aussieht, stehen die eh alle unter Drogen. Also krieg dich ein.« Mit einem verschlagenen Gesichtsausdruck deutete sie voraus. »Sieh lieber mal dorthin.«

Dania folgte dem Fingerzeig und entdeckte etwa sieben oder acht Schritte von der blutgetränkten Felspyramide entfernt einen langen Tisch, der in der Höhle völlig deplatziert wirkte. Er war übersät mit aufgerollten Schriftrollen.

»An *das* Zeug da müssen wir ran.« Gierig leckte sich Vala über die Lippen. »Ich wette, da steht alles, was wir wissen wollen – und noch viel mehr!«

Dania wandte sich ab, als Boltan ... als Cyrnachon sein blutiges Werk an dem nächsten Jungen fortsetzte. Unkonzentriert lauschte sie Valas Plan, der darauf hinauslief, mittels ihrer Illusionsmagie unentdeckt zum Höhlengrund vorzustoßen, sich die Schriftrollen zu schnappen und Cyrnachon eine Weile mit Trugbildern der Schriften zu narren, bis sie aus der Höhle heraus waren.

Dania nickte widerwillig, denn die fürchterliche Schlächterei Cyrnachons und der allgegenwärtige Blutgeruch erfüllte sie mit einer betäubenden Leere. Und doch stolperte sie hinter Vala her, die sie beide mit Schattenfeldern tarnte und über die geländerlose Treppe schräg nach unten führte.

Sie hatten den unebenen Höhlenboden soeben erreicht, als durch einen Tunnel rechts von ihnen eine weitere Gruppe Gefangener drängte. Vornehmlich Kinder. Unmittelbar über dem Eingang, an einer gewaltigen eisernen Kette, hing ein zimmergroßer granitener Gesteinsblock, der vermutlich den Zugang zur Höhle versperrt gehabt hatte.

Dania suchte gar nicht erst nach dem Mechanismus, mittels dessen sich der schwere Quader anheben und absenken ließ, da sie unter den Neuankömmlingen unvermittelt den verstörten Fünfjährigen aus der Stadt entdeckte. Der Blick des Kleinen war ebenso glasig wie jener der übrigen Kinder. Und doch ging ihr gerade sein Anblick nah.

Sie erblickte die beiden Männer, die die Schar in die Tropfsteinhöhle führten, und Dania dämmerte, dass sie einen von ihnen kannte: ein junger Kesselfurter, der ein schwarzes Tuch um den Kopf gewickelt trug. Der prachtvolle Säbel in seinem Wehrgehänge stellte nicht nur klar, dass er eine höhere Funktion als die übrigen Bewaffneten in der Höhle bekleidete, die Machart der Klinge erinnerte Dania auch wieder daran, wo sie den Kerl schon mal gesehen hatte. Nämlich bei der denkwürdigen Zusammenkunft oben im Kaminzimmer des einstigen Patriarchen der Stadt, zu der Goltar sie, Boltan und Vala vor einigen Wochen als Gefangene geführt hatte.

Dania kannte den Namen des Kopftuchträgers nicht, aber sie erinnerte sich daran, dass es sich bei ihm um den verräterischen Neffen des kürzlich gestürzten Datakar Askerios handelte. Der Kerl hatte damals nicht nur seinen Onkel verraten, er hatte auch Geron, Kyrell und Tandurin in eine Falle locken wollen – nur dass diese offenbar nicht sehr erfolgreich gewesen war.

Vala zog ihre Schwester rasch mit sich hinter einen Felsen und hüllte sie weiter in Schatten, als Datakar Askerios' Neffe samt der Schar Kinder an ihnen vorbeimarschierte.

Cyrnachon oben auf der Blutpyramide brach seinen Gesang ab, betrachtete die Neuankömmlinge und steckte sein Messer weg. Dann griff er zu einem knorrigen Zauberstab, der oben in einem henkelförmigen Astloch samt drachenbeinerner Schmuckintarsie auslief, und humpelte an der Seite der Pyramide nach unten.

»Jarre, lasst mich sehen, wen Ihr mir diesmal gebracht habt.«

Es löste seltsam widerstreitende Gefühle in Dania aus, Boltan zu hören und ihn agieren zu sehen, und zugleich zu wissen, dass sich ein anderer seines Körpers bemächtigt hatte.

Datakar Askerios' Neffe gab das Zeichen zum Halt, während sein Blick die vielen Toten in der Höhle streifte.

Cyrnachon stiefelte zum Tisch mit den Pergamenten, wischte sich dort die bluttriefenden Hände und Unterarme mit einem Tuch ab, und schenkte sich Wein in einen Kelch ein. »Auch ein Glas?«

Jarre Askerios schüttelte stumm den Kopf.

»Eine verdammt schweißtreibende Angelegenheit, glaubt mir …« Cyrnachon stakte auf seinem Holzbein der Gruppe Jugendlicher entgegen, während er gierig den Wein kippte. Der rote Rebensaft lief ihm über das Kinn und mischte sich auf dem Schlachterkittel mit dem Menschenblut. Er sah nun aus, aus habe er seine Opfer totgebissen. Zufrieden schritt er die Kinder ab, die hier wie Vieh zur Schlachtbank getrieben wurden. Eines sank mit glasigem Blick zu Boden.

»Vielleicht nicht ganz so viele Drogen«, schlug Cyrnachon vor. »Die sollen es schließlich auch noch die Stufen raufschaffen.«

»Warum Kinder?«, fragte Jarre Askerios mit kratziger Stimme. »Ich meine … da hinten in Alt-Kesselfurt gibt es zahllose andere, die kaum von Nutzen sind.«

»Na, Ihr werdet mir deswegen doch jetzt keine Vorhaltungen machen, oder?« Cyrnachon maß sein Gegenüber mit strengem Blick. »Schließlich dient all das der Verteidigung unserer Stadt. Mal davon abgesehen, dass Ihr mir verspracht, keine Schwäche zu kennen, als ich Euch aus diesem Loch holte, in das Euch Euer Onkel stopfen ließ.«

»Ich frage … aus reinem Interesse.«

»Ach ja?« Cyrnachon schürzte verächtlich die Lippen, stürzte den Rest des Weins hinunter und warf den Kelch hinter sich, wo er klappernd in der großen Blutlache liegen blieb.

»Die Antwort liegt in ihrer Jugend«, sprach er fast liebevoll, als er dem Jungen des Straßenkehrer-Ehepaars in die Wange zwickte. Der Kleine weinte trotz seines Drogendämmers. »Doch würdet Ihr die Notwendigkeit meines Tuns eh nicht begreifen … Aber glaubt mir, auch der übrigen Reserven dieser Stadt werden wir uns bedienen, wenn es für Kesselfurt erst ums Ganze geht.«

Cyrnachon dehnte seine verspannte Nackenmuskulatur. »Also dann, diese hier noch, dann werde ich für heute eine Pause einlegen. Oben erwartet mich eine Flasche Flutburger Katzenkopf. Genau das Richtige nach einem arbeitsreichen Tag.« Unwirsch sah er Jarre Askerios an. »Und Ihr seht zu, dass Ihr endlich meinen alten Zauberring findet. Euer Onkel muss ihn irgendwo versteckt haben. Wenn ich ihn nicht bald erhalte, wird auch Euer Kopf einen Pfahl vor der Burg zieren. Obwohl …« Cyrnachon sah zur Pyramide auf und lächelte böse. »Ich schätze, wir verstehen uns.«

Auf seinen Zauberstab gestützt erklomm er die Pyramide schwerfällig, auf deren Stufen noch zwei Jugendliche ausharrten.

Dania sah ihm fassungslos nach und bemerkte kaum, wie Vala sie anstupste und etwas zu ihr sagte.

»Meine Fresse«, drang die Stimme ihrer Schwester wie durch einen blutigen Nebel zu ihr hindurch, »dann bleib eben hier und halt den Kopf unten. Ich zieh das jetzt allein durch.«

Umhüllt von Dunkelheit schlich sie davon.

In Danias Kopf hingegen drehte sich alles. Ihr war speiübel und ihr Atem ging stoßweise.

Jarre Askerios wandte sich eilig um und marschierte zu dem Tunnel, durch den er gekommen war, während sein Begleiter die vielen Kinder hinüber zur Pyramide trieb.

Dania sah den unter Drogen gesetzten Kindern wie betäubt nach, bemerkte den verschlagenen und zugleich feigen Gesichtsausdruck dieses Jarres, und spürte plötzlich eine kalte Ruhe in sich aufsteigen.

Etwas hier musste dem ein Ende setzen.

Sie musste dem ein Ende setzen.

In ihren Ohren rauschte es. Und als würde sie eine unbekannte Macht fremdsteuern, erhob sie sich und nahm die Gestalt von Jarres bewaffnetem Begleiter an.

Cyrnachon oben auf der Pyramide stimmte wieder seinen fremdartigen Gesang an, als sie hinter dem Neffen des letzten Kesselfurter Patriarchen hereilte und ihn am Tunnelzugang abpasste. Jarre drehte sich überrascht zu seinem vermeintlich Untergebenen um – dann traten seine Augen weit aus den Höhlen, da ihm Dania die Gaalklinge tief in die Eingeweide gerammt hatte. »Verrecke, du feiges Stück Verräterscheiße!«

Der Blick des jungen Mannes brach und hastig rollte sie seinen Leichnam in eine Gesteinsspalte, bevor sie nun seine Gestalt annahm und zu seinem Kumpan zurücklief, mittels dessen Äußeren sie soeben Jarre getäuscht hatte.

»Bring die Kinder zurück«, fuhr sie ihn mit verstellter Stimme an. »Hol solche, die die Stufen nach da oben auch schaffen.«

»Ich dachte –«

»Du sollst nicht denken, sondern gehorchen!«

Der Unbekannte sah sie überrumpelt an, und schien fast froh darüber zu sein, die Kinder zum Ausgang der Höhle zurücktreiben zu können.

Dania hastete in Jarres Gestalt die von Blut schlüpfrigen Stufen der Gesteinspyramide nach oben, sah mit stierem Blick, wie der verbliebene Bewaffnete Cyrnachon den letzten Jungen aus der ersten Gruppe übergab – und stach ihm die Gaalklinge zornig in den Hals, als er ihr auf halber Höhe entgegenkam.

Überrascht gurgelte er auf, dann kollerte sein Körper zwischen die übrigen Leichen am Fuß des Felsbergs.

Dania wechselte fließend in seine Gestalt.

Dabei wurde sie von einem Gefühl getragen, endlich das Richtige zu tun.

Und jetzt … würde sie Boltan einen letzten Dienst erweisen.

Das war sie ihm schuldig.

Voller Wut erklomm sie die Pyramide, bis sie schräg unter Cyrnachon stand, der dem Jungen auf dem Altarblock soeben das Herz herausriss und unter verklärtem Singsang dabei zusah, wie über dem heftig spritzenden Muskel das silbrige Fluidum zur Höhlendecke aufstieg.

Dania stürmte vor und stach abermals zu – als der Magier in Boltans Körper ansatzlos herumwirbelte und zielsicher ihre Waffenhand packte, bevor ihm die Klinge zu nahe kam.

»Was …?!« Zornig brannte sein Blick auf ihr – dann stach er seinerseits mit dem Opfermesser zu. Die scharfe Klinge schrammte über Danias geistesgegenwärtig errichteten Eisschild. Zugleich verlor sie die Konzentration, um ihre Truggestalt aufrechtzuerhalten.

»Eine Zauberin?« In Boltans vertrauter Stimme lag Unglaube, dann verengten sich seine Augen, und ein jäher Schattenwirbel packte Dania, ergriff sie an den Beinen und warf sie kopfüber in die Luft, wo sie schreiend hängen blieb.

Cyrnachon lachte gehässig. »Wer auch immer du bist, du bist ein Geschenk. Denn dich werde ich auspressen wie eine saftige Fuhre Kirschen!«

Dania wand sich schreiend in dem Schattenwirbel, der sie zum Blutaltar zwang – da jagten zwei sprühende Kugelblitze zur Pyramidenspitze empor. Cyrnachon sah auch diese Attacke kommen. Eine Bewegung des knorrigen Zauberstabs genügte, und die sprühenden Geschosse jagten nach oben weg, wo sie zwischen den Stalaktiten explodierten. Ein Tropfstein schräg über ihnen brach ab und schlug krachend auf dem Höhlenboden auf.

»Noch eine mit Talent!« In Boltans Augen blitzte Triumph, als er seinen Stab vorstieß und nun auch Vala aufschrie, die ebenfalls von einem Schattenwirbel in die Höhe gerissen wurde.

Zornig kreischend feuerte sie eine ganze Salve an Kugelblitzen ab, die jedoch nicht auf Cyrnachon zuschnellten, sondern hinauf zur Höhlendecke, wo sie unter Donnerhall explodierten.

Cyrnachon, der abwehrbereit den Stab erhoben hielt, lachte abfällig, bis er begriff, dass dies kein Versehen gewesen war. Gleich mehrere der schweren Tropfsteine brachen entzwei, und ihre Trümmer stürzten lotrecht in die Tiefe.

Fluchend wehrte der Magier die schweren Gesteinskolosse, die auf ihn zusausten, mit seinen Zauberkräften ab – und der Schattengriff um Danias Körper löste sich.

Verängstigt kullerte Dania die blutüberströmte Schräge jenseits des Blutaltars hinab, und landete auf einer ausgebluteten Leiche, während um sie herum die Felsen aufprallten.

Vala stolperte aus der Düsternis heran. Bei sich trug sie zahllose Schriftrollen, während sie weitere Kugelblitze an die Höhlendecke über der Pyramide schickte, um das Bombardement an Tropfsteinen zu befeuern. Berstend und krachend schlugen die schweren Bruchstücke auf der Pyramide auf.

Cyrnachon stolperte zornig zurück, und schoss durch die Wolken an Steinstaub mehrere grellgelbe Lichtlanzen grob in ihre Richtung ab. Der ersten Attacke entgingen sie nur mit Glück, die zweite Lanze jagte dicht über sie hinweg und schlug einen gewaltigen Krater in den Höhlenboden, die dritte zerschmetterte die Kette des gewaltigen Felsblocks über dem Tunneleinstieg, durch den die Kinder verschwunden waren. Der Block stürzte unter ohrenbetäubendem Getöse herab und versiegelte den Fluchtweg.

Dania und ihre Schwester rannten im Zickzack zu der Freitreppe, über die sie in die Höhle gelangt waren. Und sie befürchtete schon, spätestens jetzt von einem der magischen Geschosse getroffen zu werden, doch plötzlich stellte Cyrnachon seine wüsten Angriffe ein. Dabei stand er noch immer aufrecht, und seine Gestalt zeichnete sich vage, aber seltsam steif auf der Spitze der Pyramide ab.

Dania und Vala hetzten auf der von Pfeilern getragenen Treppe nach oben, während Vala abermals einige ungezielte feurige Grüße an die Höhlendecke schickte. Als sie den geheimen Stollen endlich erreichten, sauste dicht hinter ihnen ein weiterer Tropfstein in die Tiefe, der die Treppe zwischen den Pfeilern traf und ein riesiges Loch in sie riss.

Keuchend stürmte Dania hinter ihrer Zwillingsschwester her, die ohne innezuhalten erst durch den engen Stollen in der Felswand, dann über den von Vogelkot verschmutzten Aufweg in der Katarakthöhle bis zurück zu der Geheimtreppe hinauf zur Burg flüchtete. Dort war es stockfinster. Und so blieb ihnen nichts anderes übrig, als sich unter Mühen die Stufen hinaufzutasten, bis sie nach einer schier endlos langen Zeit irgendwann wieder Lichtschein bemerkten.

Vala kicherte, als sie wieder das Kaminzimmer erreichten.

»Scheiße«, keuchte sie siegestrunken, als sie durch die Öffnung stieg. »Scheiße sind wir gu–«

Dania zog sich mühevoll nach oben – und begriff, warum Vala plötzlich schwieg.

Sie wurden erwartet.

In einem Lehnstuhl nahe dem Kaminfeuer saß Walmar der Weise und sah sie missmutig an. Sein Antlitz über dem langen Bart war von einer Vielzahl Falten und Runzeln entstellt. Er wirkte deutlich älter als bei ihrer letzten Begegnung.

»Da sind ja meine beiden verloren geglaubten Schäfchen«, knurrte er.

Ungläubig starrten Dania und Vala den Zauberer an, der mürrisch ihre blutbesudelte Kleidung musterte.

»Ihr seid hier?«, fragte Dania tonlos, weil ihr nichts Besseres einfiel.

»Ja, bin ich.« Walmar schürzte unter dem grauen Bart die Lippen zu einem spöttischen Lächeln. Dann hob er seine Spiegelscherbe. »Diese Methode erlaubt uns nicht nur die Kommunikation, Mädchen, sie erlaubt es mir auch, euch ausfindig zu machen. Nach der desaströsen Schlacht bei Gaalstrutz, die mich weit mehr als nur meinen Ruf gekostet hat, war es mir ein überaus dringliches Anliegen, herauszufinden, warum sich meine rechte und linke Hand nicht zurückgemeldet hatten – sondern vielmehr eigene Wege gingen. Wege, die euch bis nach Kesselfurt führten, wo, wie ich zwischenzeitlich erfahren durfte, einer meiner hartnäckigsten Konkurrenten wieder seine Ränke spinnt.«

Vala stierte Walmar mit trotzig zusammengepressten Lippen an und schwieg.

»Wir sind hier, weil wir im Lager der Gaale gescheitert sind«, haspelte Dania. »Wir wurden von diesem Gaalschamanen gefangen genommen. Aber von den Gaalen erfuhren wir auch, dass dieser Cyrnachon wieder aufgetaucht ist. Wir konnten entkommen. Und dann … dachten wir uns, es wär sinnvoll … ihm direkt einen Besuch abzustatten, um so an die … diese Freizaubermethode zu gelangen.«

Misstrauisch beäugte Walmar sie und ihre Schwester. »Du willst mir weismachen, dass ihr beiden Närrinnen euch eigenständig aufgemacht habt, einen der machtvollsten Zauberer dieser Welt auszutricksen? Oder … wolltet ihr vielmehr ein kleines Schlupfloch in unserem magischen Vertrag nutzen und euch hinter meinem Rücken mit ihm verbünden?«

Ein unsichtbarer kalter Griff umklammerte Dania und machte sie nahezu bewegungsunfähig. Vala neben ihr schien es ebenso zu ergehen.

Walmar erhob sich und seine Stimme war kalt. »In diesem Fall wird es Zeit für eine harte Bestrafung! Denn es zaubert sich auch mit einem Auge weniger –«

»Nein, wollten wir nicht«, rief Dania panisch. »Bitte, glaubt uns. Wir *haben* den Zauberer ausgetrickst. Er ist noch immer unten in einer der Höhlen unter Kesselfurt, wo er irgendeinen Blutzauber gegen die Drachen durchführt. Wir haben mit ihm gekämpft und es am Ende geschafft, ihm seine Aufzeichnungen abzunehmen. Seht doch!« Verzweifelt drehte sie ihre Augäpfel und blickte zu der Vielzahl an Pergamenten, die unter Valas Arm klemmten.

In Walmars Zügen zeigte sich ein Anflug von Überraschung. »Ihr habt ihn bestohlen?«

»Sag ich doch, Magister!« Dania keuchte. »Bitte, seht Euch an, was wir für Euch erbeutet haben, bevor Ihr vorschnell ein Urteil über uns fällt.«

Walmar entwand Vala die Rollen, entrollte eine von ihnen, überflog den Inhalt und riss die Augen auf. »Ihr habt es tatsächlich geschafft«, murmelte er wie im Fieber. »Ihr habt es tatsächlich geschafft … Und das alles fein leserlich in unsere Sprache übersetzt.«

Der magische Klammergriff löste sich, und aufgeregt breitete Walmar auch die übrigen Pergamente auf dem Schreibtisch aus.

Er lachte triumphierend. »Wo ist Cyrnachon jetzt?«

»Sagte meine Schwester doch«, presste Vala hervor, deren Gesicht fahlweiß vor Wut und Enttäuschung war. »Er ist unten in der Höhle.«

»Oh, ich werde mich um ihn kümmern …« In Walmars Blick lag ein seltsam entschlossener Ausdruck. »Und Cyrnachon war dabei, einen Blutzauber durchzuführen?«

Dania schluckte. »Er reißt dort unten Kindern das Herz heraus. Wir wissen nicht, warum. Aber jetzt verfügen auch wir über die drachische Freizaubermethode – und Ihr verspracht, sie uns ebenfalls zu lehren.«

»Freizaubermethode?« Walmar sah auf und lachte abfällig. »Du dumme Gans! Es gibt keine Freizaubermethode – es gibt nur eine Methode, anderen die Lebenskraft zu entreißen, um sie statt der eigenen zu benutzen. Wessen ihr da unten Zeuge wurdet, *ist* dieser Weg.« Fahrig leckte er sich über die Lippen. »Und hier steht alles, was wir brauchen, um es fortan ebenso zu halten wie Cyrnachon und der Drachenkönig.«

»Ihr wollt … Menschen opfern?!«, fragte Dania ungläubig.

»Ich sagte es bereits«, antwortete der Zauberer geistesabwesend, »letztlich ist das eine Sache des Willens. Entweder wir bringen ihn auf – oder wir gehen alle zusammen unter.«

Dania und Vala traten an den Schreibtisch.

»Werdet Ihr denn ebenfalls Kinder umbringen?«, wollte Dania wissen.

Walmar schnaubte abfällig, während er sich mit beiden Händen auf dem Tisch abstützte und über Cyrnachons Aufzeichnungen brütete. »Zunächst haben wir genug Menschenmaterial. Wir beginnen mit all dem Abschaum, der dem Heer geblieben ist. Der Tross, samt all den Huren, Marketenderinnen, Dieben und Glücksspielern. Menschlicher Abfall, der so seinen Teil zum Sieg über den Drachenkönig beiträgt.«

»Ja, lasst uns mit all dem menschlichen Abfall beginnen«, zischte Vala. Sie berührte Walmar am Arm und innerhalb von Augenblicken froren seine Hände in einem dicken Eisblock am Tisch fest.

»Was tust du da!«, brüllte er. Panisch versuchte er, mittels eines Zaubers den Eisblock zu sprengen, doch längst blitzte Valas Gaalklinge, dann steckte sie bis zum Schaft im Rücken des Zauberers. Vala schrie all ihre Wut und all ihren Zorn heraus, als sie immer und immer wieder auf den hilflosen Zauberer einstach.

Schmerzerfüllt sank er zusammen, starrte sie ungläubig an.

»Der Vertrag ...«, röchelte er. »Er wird euch zur Rechenschaft –«

»Alter Narr! Wir beide haben jeweils mit dem Namen der anderen unterzeichnet«, giftete Vala siegestrunken. »Wir haben dich ausgetrickst! Kein Vertrag. Keine Strafe. Und jetzt stirb endlich.« Mit einem raschen Schnitt durchtrennte sie die Kehle des Zauberers.

Der sank endgültig in sich zusammen und blieb mit den eingefrorenen Händen am Tisch haften.

Dania starrte Vala fassungslos an. »Du hast ihn ...«

»Getötet. Ja. Und ich habe mich noch nie so gut gefühlt!« Vala lachte, bis ihr die Tränen kamen. Sie krümmte sich vor Heiterkeit, wischte sich die Tränen mit ihren besudelten Fingern ab und ihr Antlitz ähnelte nun Cyrnachons blutverschmierter Fratze.

Sie löste den Eisblock auf, stieß den Leichnam des Zauberers beiseite und beugte sich ihrerseits über die Aufzeichnungen. In ihren Augen funkelte es böse.

»Was hast du vor?«, fragte Dania vorsichtig. Der Ausdruck in Valas Gesicht behagte ihr ganz und gar nicht.

»Jetzt sind wir die Meister über Leben und Tod!«, wisperte ihre

Schwester. »Wir packen den Kram ein und verschwinden, bevor dieser Cyrnachon noch hier hoch findet. Dann werden *wir* die Jungen Königreiche retten. Und uns dann zu Kaiserinnen ausrufen lassen.«

»Wie denn?«, fragte Dania tonlos.

»Indem wir uns dieser Blutmagie bedienen. Aber keine Bange, Schwesterherz.« In Valas Augen blitzte Irrsinn. »Wir werden uns an all jenen rächen, die es verdient haben. Wir werden ausschließlich Männer aufschlitzen. All diese Vergewaltiger und Schweineficker, die keine Sau braucht. Wir werden das Land mit ihrem Blut tränken. Wir werden ihnen nicht nur die Herzen rausreißen, sondern ihnen auch ihre Schwänze und Eier abschneiden und sie ihnen in den Rachen stopfen, bevor wir sie umbringen. Nicht nur hier. Überall. In allen Städten und Dörfern. Mit ihrer Lebenskraft werden wir eine neue Ordnung in den Jungen Königreichen errichten. Sie alle werden bluten, bluten, bluten ...«

Vala Augen leuchteten im Wahn.

Dania hingegen durchrieselte es eiskalt.

Als sie vortrat und ihre Schwester umarmte, lachte Vala noch immer. Glücklich. Fast befreit – bis es unvermittelt endete.

Dania weinte, während sie das Gaalmesser in Valas Bauch mit einem Ruck nach oben stieß, in Richtung Herz.

»Es tut mir so leid ...« Dania schluchzte, während sie mit ihrer Schwester im Arm neben Walmar zusammensackte. »Aber du lässt mir keine Wahl ...«

Blut sprudelte aus dem Mund ihrer Zwillingsschwester, während sie ungläubig zu ihr aufsah.

Dann brach ihr Blick.

»Finde Frieden. Finde endlich Frieden ...« Dania schluchzte unkontrolliert, während sie ihre Schwester liebevoll im Arm wog. Und mit jeder Träne, die sie vergoss, dachte sie an die Zeit mit ihr. An das wenig Schöne, was sie beide gehabt hatten, und all den Schmerz, den die Welt ihnen zugefügt hatte. Und den auch Vala über die Welt hatte bringen wollen.

Doch die Welt bestand nicht nur aus Missbrauch, Bosheit und Entsetzen.

Es gab auch Unschuld, Hoffnung und die Aussicht auf Gutes.

Spätestens im Angesicht des Schreckens da unten in dieser Höhle, war Dania klar geworden, dass ihr das Schicksal eine besondere Verantwortung auferlegt hatte. Dass Boltan damals recht gehabt hatte.

Dass sich die Welt nicht ändern würde, wenn nicht auch sie sich änderte.

Dass es sich lohnte, für eine bessere Welt zu kämpfen.

Nicht nur für den kleinen Jungen der Straßenkehrer, sondern vielleicht sogar für sich selbst. Auch wenn Vala es am Ende nicht mehr hatte sehen können.

Dania löste sich weinend von ihrer Schwester und zog mit bebenden Schultern das Messer aus ihrem Leib – als sie hinter sich ein Geräusch vernahm.

Erschrocken wirbelte sie herum.

Und erblickte Cyrnachon.

Boltans Seele erfasste ein starker Sog, als er der schimmernden Silberschnur folgend in den Mahlstrom stürzte. Kurz glaubte er, sein Selbst würde schweben und zugleich in die Länge gezogen werden, schon packte ihn eine schwindelerregende Stofflichkeit, die ihn jedweden Zeitgefühls beraubte.

Boltan atmete keuchend ein.

Luft!

Wirkliche, echte Luft, die seine Lungen füllte!

Mit dem schweren Atemzug prasselte ein Sturm von Empfindungen und Sinnesreizen auf ihn ein, die sein Bewusstsein erzittern ließen: Wut und Zorn, die sein Herz zum Rasen brachten, eine klamme Kälte, die den Schweiß auf seiner Stirn notdürftig kühlte, donnerndes Getöse, das seine Ohren zum Klingen brachte, ein scharfer Schmerz an seinem Oberarm – und ein fürchterlicher, allgegenwärtiger Geruch nach Blut und Tod, der ihn fast erbrechen ließ.

Boltan ächzte und fühlte sich schlapp. Er begriff, dass all das seine und doch nicht seine Empfindungen waren. Dann klarte sich sein Blick, und er sah zu seinem Erstaunen, dass er auf einer

Art Pyramide inmitten einer Tropfsteinhöhle stand, von deren Felsendecke schwere Stalaktiten auf den Höhlengrund herabstürzten, wo sie unter Donnerhall zerbrachen.

Und da war Blut. Und Leichen.

Viele Leichen!

Geschockt sah er, dass er nicht bloß Cyrnachons Zauberstab, sondern auch ein blutbesudeltes Messer in der Hand hielt. Zugleich flackerte in seinem Kopf der Widerhall einer fürchterlichen Zauberformel, die seine Gegnerinnen sogleich mit einem feurigen Flammenregen überziehen würde …

Gegnerinnen?

Ja, da hinten. Inmitten des Trümmerstaubs rannten zwei junge Frauen verzweifelt vor ihm davon.

Er kannte sie. Dania und Vala!

Trotz der seltsamen Schlappheit kämpfte er sofort gegen den Impuls an, der den Zauber auslösen sollte. Dabei übermannte ihn das beengende Gefühl, einer Person in den Arm zu fallen, die gemeinsam mit ihm in einem engen Schacht eingeklemmt war.

Boltan hörte sich einen zornigen und zugleich überraschten Schrei ausstoßen, der der seine und doch nicht der seine war. Seine Sicht verschwamm und sein Schädel dröhnte, als wollte er platzen. Wie bei einer drohenden Ohnmacht. Er wurde zurückgestoßen und stieß zurück …

… und fand sich unvermittelt am Boden in einer düsteren Dachkammer wieder, deren Deckenschrägen ihn an die Kemenate seines Adeptenzimmers erinnerten, das ihm Walmar der Weise damals in Siebenbrücken zugeteilt hatte. Die Wände des Zimmers waren übersät mit leeren Regalen, die in ihm den Wunsch weckten, sie mit Büchern und Schriften zu füllen.

Licht drang einzig durch zwei riesige augenförmige Gaubenfenster, hinter denen sich die von Feuerschein erfüllte Tropfsteinhöhle abzeichnete. Durch die Scheiben hindurch sah er, wie dort die gefährlichen Gesteinskolosse von der Felsdecke regneten. Der Lärm drang seltsam gedämpft an seine Sinne. Und die Dachkammer schien immer wieder wie von einem Erdbeben erschüttert zu werden. Sie schwankte, und doch hielt sie dem Chaos da draußen stand.

Das war kein gewöhnliches Zimmer …

Hektisch sah er sich um und bemerkte, dass er nicht allein war. Mit ihm befand sich eine fremde Person in der Kammer. Auch sie lag am Boden.

Ebenso wie der andere, mühte sich Boltan auf die Beine. Noch immer besaß er derer zwei. Doch ein bleiernes Gefühl ließ ihn schwindeln.

Lauernd beäugten sie sich, und der flackernden Schein, der durch die großen Gaubenfenster fiel, riss den Fremden aus dem Dunkeln: ein hagerer Mann in schwarzem Zauberergewand, mit langen strähnigen Haaren, in das wie bei Tandurin bunte Bänder eingewoben waren, einer Hakennase und wutverzerrtem Blick aus tief eingesunkenen Augen.

Boltan wusste, wer ihm da gegenüberstand: der Zauberer Cyrnachon.

Zumindest sein Seelenselbst.

»Sieh an«, hallte ihm die verärgerte Stimme seines Gegenübers entgegen. Außerhalb der Dachkammer erklang abermals Donnerhall. »Du hast es also tatsächlich zurückgeschafft …«

»Das ist mein Körper!«, entfuhr es Boltan ungehalten.

»Ach ja?« Cyrnachon hob in gespielter Theatralik die Hände. »Dabei war mir so, als seist du hier ausgezogen und als habe ein anderer all jene Renovierungsarbeiten erledigt, um dieses schmucke Heim zu erhalten.«

»Das ist mein Körper!«, zürnte Boltan. »Und ich werde ihn mir zurückholen.«

Er kämpfte die bleierne Schwere nieder und versuchte sich an einer jener Lichtlanzen, mit denen er damals Alruna von Greifenfels angegriffen hatte. Doch das grelle Geschoss löste sich nicht hier aus seinen Fingern – sondern dort draußen, jenseits der großen Gaubenfenster.

Entgeistert blickte er zu den Fensterfronten auf und sah, wie das grelle magische Geschoss irgendwo an einer Felswand einschlug und einen Krater hineinsprengte.

Cyrnachon verzog seine Lippen zu einem gehässigen Grinsen, während er langsam auf ihn zukam. »Hast du geglaubt, du würdest mich mittels eines magischen Duells los? Junge, du begreifst es offenbar nicht« – der Zauberer tippte sich an die Stirn – »wir beide stecken in deinem Kopf fest.«

Boltan wich vor ihm zurück, denn er hatte tatsächlich geglaubt, dass er nur schnell genug sein müsse. Die Irrwitzigkeit dieser Idee wurde ihm nun selbst schmerzhaft bewusst.

»Na gut«, sprach Boltan wutbebend, »ich werde Euch vielleicht nicht los, Ihr mich aber auch nicht.«

Cyrnachon lachte gehässig. »Ich schätze, da unterliegst du einem Irrtum. Zumindest in einer Sache sind wir uns einig: In diesem Heim hat nur einer Platz. Ich werde dich hinauswerfen.«

»Und wie wollt Ihr das anstellen? Jeder Gedanke ist unser Gedanke. Jede Handlung unsere Handlung. Ich werde mich all Euren Handlungen widersetzen. Ich werde Euch Euer Dasein hier so derart verleiden, dass Ihr Euch wünschtet, weiter in Eurem Seelenkerker verrotten zu dürfen.«

Cyrnachon verzog misstrauisch die Augen. »Du weißt, wie ich den Tod überwunden habe?«

»Oh ja«, gab Boltan zurück. »Woher auch immer Ihr von dieser elfischen Bestrafungsmethode Wind bekommen habt, ich habe die Lebensberichte jener studiert, die zuerst Opfer dieses Wahnsinns wurden. Ihr alle, die alten Elfen ebenso wie ihr Magier, pervertiert das Schicksal aufs Unsäglichste.«

Cyrnachon lachte trocken. »Sagt ausgerechnet einer, der selbst nicht von seinem alten Leben lassen kann.«

»Ich bin hier, weil genau das mein Schicksal ist«, widersprach Boltan.

»Kühne Worte – denen wir nun Taten folgen lassen sollten. Denn in diesem Körper steckt nun einmal eine Seele zu viel.« Cyrnachon sah zu den großen Fenstergauben auf, trat an ein Regal heran und überprüfte seine Festigkeit und Verankerung.

»Da du gerade erst angekommen bist: Spürst du eigentlich diese Schlappheit?« Der Zauberer zwinkerte. »Diese Müdigkeit des Geistes?«

Boltan stierte ihn verunsichert an.

»Ich erkläre dir gern, woran das liegt«, sagte sein Gegenüber. »Deine Seele braucht etwas, bis sie sich wieder an einen Körper gewöhnt. Der Verschmelzungsprozess dauert ein bis zwei Stunden, bis er abgeschlossen ist. Ganz im Gegensatz zu mir, der sich in diesem Körper bereits häuslich eingerichtet hat.« Cyrnachon lächelte breit. »Da ich Untermieter noch nie sonderlich geschätzt habe, werden wir beide es jetzt auf eine Willensprobe ankommen lassen.«

»Was bitte?«

»Nun, wir werden überprüfen, wie stark dein Wille ist, hier auch zu bleiben. Siehst du den Seelenkerker?« Cyrnachon sah konzentriert zu den riesigen Gaubenfenstern auf, vor denen nun eine gewaltige Hand erschien, die Cyrnachons Zauberstab samt der drachenbeinernen Schmuckintarsie am oberen Ende gepackt hielt. »So ein Seelenkerker ist eigentlich dafür gedacht, eine Seele einzufangen, die sich von ihrem Körper gelöst hat. Bedauerlicherweise ist das fast unmöglich, wenn diese Seele noch über ihren Körper verfügt, an den sie sich klammern kann. Aber … die Betonung liegt auf ›fast‹. Denn in unser beider Fall verhält es sich damit etwas anders.«

»Worauf läuft Euer Vortrag hinaus?«, fragte Boltan beunruhigt.

»Ganz einfach: Ich werde meinen Stab erneut aktivieren – und ihn auf diesen Körper richten.« Cyrnachon atmete tief ein. »Und das wird für uns beide sehr, sehr unangenehm. Für mich, weil ich hier ehrlich gesagt ein Fremder bin. Für dich, weil du gerade erst angekommen bist und du dich noch nicht richtig verankert hast.«

»Warum solltet Ihr das tun?« Boltan glaubte an einen Bluff. »In diesem Fall lauft Ihr doch selbst Gefahr, aus diesem Körper gezogen zu werden.«

»Ja, das ist mir durchaus bewusst, Junge – aber was bleibt uns in dieser Pattsituation anderes übrig?« Cyrnachon zwinkerte. »Ich bin eben eine Spielernatur. Und wenn ich mich auf eines verlassen kann, dann ist es meine unbedingte Entschlossenheit.

Also« – Cyrnachons Antlitz versteinerte – »zeig mir, wie es um deinen Willen bestellt ist.«

Er brüllte die elfische Aktivierung. »*Fae Boltanar mistabori gadora!*«

Das Pentagramm auf der drachenbeinernen Schmuckintarsie des Zauberstabs außerhalb der Gaubenfenster leuchtete grell auf, und auf dem Boden der seltsamen Dachstube zeichnete sich plötzlich ein großer fünfzackiger Stern ab.

Sogleich spürte Boltan einen Sog, der ihn packte und auf das Symbol zuzog.

Nur mittels einer erheblichen Willensanstrengung gelang es ihm, sich herumzuwerfen und seinerseits nach einem Regal zu greifen, um sich dort festzuhalten – während Cyrnachon, offenbar zu seinem eigenen Erstaunen, von dem Sog weitestgehend verschont blieb.

Der Zauberer lachte schallend. »Das funktioniert ja noch besser, als ich dachte!«

Boltan hielt sich fest, rutschte mit den Füßen über den Boden und kämpfte erbittert gegen den Zug an, der zunehmend stärker werdend von der Raummitte ausging.

Und doch: Jeder Gedanke war ihr Gedanke. Jede Handlung ihre Handlung. Und auch er kannte jetzt die Aktivierungsformel.

Wütend sah er zu Cyrnachon hinüber und brüllte die Formel ebenfalls – nur diesmal versehen mit dessen Namen: »*Fae Cyrnachor mistabori gadora!*«

Auch sein Gegner wurde jetzt von dem Sog des Seelenkerkers gepackt und hielt sich entschlossen am Regal fest.

Aufgebracht starrten sie einander an, während sie sich die Aktivierungsformel wechselweise immer und immer wieder entgegenbrüllten und sich zugleich an den Wänden festhielten. Und je häufiger sie sich anbrüllten, desto stärker wurde der Sog.

Ihrer beider Beine rutschten über den Untergrund, dann hoben sie ab, während von dem Pentagramm in der Raummitte ein unheimlicher werdendes Rauschen und Sausen ausging.

Cyrnachon lachte. Er kämpfte zwar ebenfalls mit dem Sog,

doch sein Griff umfasste die Halterungen an der Wand wie ein Schraubstock. Sein Überlebenswille schien so stählern, wie er behauptet hatte.

Anders bei Boltan. Je länger er sich festhielt, je länger der Sog an seinem Seelenselbst rüttelte, desto mehr machte sich diese elende Erschöpfung bemerkbar.

Boltan schrie angestrengt, während ein geisterhafter Sturmwind an ihm riss und zerrte. Sein Körper befand sich jetzt in einer fast waagerechten Position, und seine Finger verloren allmählich den Halt.

Cyrnachon lachte trotzig die Kräfte aus, die an ihm rissen.

»Gib auf, Junge, und mach dir nichts vor!«, schrie er höhnisch. »Du bist nur ein dummer Junge, der niemals zu einem echten Zauberer wird.«

Boltan wehrte sich. Er hatte die Amputation eines Beins überstanden. Er hatte den Drachenkönig bekämpft und war dem Tod von der Schippe gesprungen. Er war kein dummer Junge!

Der Sog zerrte an seinem Seelenselbst, während Cyrnachon zum Hohn ein Spottlied anstimmte. Boltan kämpfte – und bemerkte plötzlich das silbrige Schimmern, das noch immer von seiner Leibesmitte ausging.

Die Silberschnur der Babajuschka!

Je länger er sich darauf konzentrierte, desto deutlicher wurde sie wieder sichtbar. Boltan schrie zornig auf, nahm all seine verbliebenen Kräfte zusammen, ließ eine Hand los, ergriff die Schnur und wickelte sie kraft seines Geistes um eine Regalstange, wo er sie mit einer letzten Willensanstrengung verknotete.

Dann übermannte ihn die Erschöpfung, seine Finger lösten sich und er sauste schreiend zur Raummitte – um nur zwei Schritte weiter mit einem Ruck hängen zu bleiben.

Cyrnachon schrie erbost auf, als er sah, was Boltan gerettet hatte, während Boltan spürte, wie ihm durch die Schnur neue Kräfte zuflossen. Als wäre sie eine Nabelschnur, die ihn mit seinem Körper verband.

Sogleich endete der grässliche Sog und Boltan fiel zu Boden. Er kam auf die Beine, während Cyrnachon nach wie vor waagerecht im Raum hing. Panisch brüllte er, während er sich vor dem Sturz in den Seelenkerker zu retten versuchte. Und noch immer ließ er nicht los …

Boltan kannte kein Erbarmen. Wütend trat er an den kreischenden Zauberer heran und bog ihm brutal die Finger zurück. »Verpiss dich aus meinem Körper, Cyrnachon. Verschwinde dahin, woher du gekommen bist!«

Cyrnachon schrie gellend auf und rauschte kreischend an ihm vorbei. Dann schluckte ihn das Pentagramm. Das grelle Strahlen außerhalb der Giebelfenster erlosch …

… und Boltan kam japsend und leicht schwankend in seinem Körper zu sich.

Noch immer hielt er den Zauberstab umklammert, außerdem das blutige Messer. Er warf es angewidert fort und riss sich den Schlachterkittel vom Leib. Schockiert sah er sich in der Tropfsteinhöhle um und begriff, was Cyrnachon in seinem Leib getrieben hatte. Dessen zornige Stimme war nun wieder leise aus dem Stab heraus zu hören, doch diesmal drückte Boltan sie erfolgreich Kraft seines Willens weg.

Nie wieder würde er ihm auf den Leim gehen.

Es brannten nur noch wenige Fackeln in der Höhle, doch ihr Schein reichte aus, um zu sehen, wie etwas weiter vor ihm ein langer Tropfstein in die Tiefe sauste und dabei eine große Freitreppe zerschlug, die auf schwungvollen Pfeilern in die Höhe führte.

Kurz glaubte er am oberen Ende der Stufen Bewegungen auszumachen.

Boltan beschwor ein Zauberlicht herauf, humpelte mühsam den grässlichen, von Leichen bedeckten Felshügel hinunter, und kämpfte, als er den Blutsee jenseits der seltsamen Pyramide erreichte, mit der Übelkeit.

Er musste raus hier, wenn er nicht wahnsinnig werden wollte. Doch wie?

Nirgendwo war ein Ausgang zu sehen. Er war in dieser fürchterlichen Kaverne eingesperrt.

Verzweifelt sah er zu der langen Treppe auf, in deren Mitte jetzt ein unüberwindlich langer Einschnitt klaffte, suchte die Möglichkeiten, die ihm blieben – und ihm kam eine Idee. Er kannte noch immer die Zeitformel, die er in der Bibliothek der Toten gelernt hatte. Er könnte versuchen, die Zeit rückwärts laufen zu lassen, bis die Treppe wieder intakt war.

Vermutlich war es bereits gute fünf Minuten her, dass der Tropfstein die Treppe durchschlagen hatte. Und der Zeitzauber zehrte bereits bei einer Manipulation von wenigen Sekunden erheblich an der Lebenskraft seines Beschwörers. Wenn, dann musste er sofort handeln.

Boltan humpelte keuchend zur Treppe hinüber, konzentrierte sich auf die breite Lücke zwischen den Bögen, wisperte die Formel – und ließ die Zeit zurücklaufen, kaum dass er die unterste Stufe erreicht hatte.

Die Formel funktionierte. Die Bruchstücke des Tropfsteins, der die Treppe entzweigeschlagen hatte, setzten sich vor seinem fassungslosen Blick wieder zusammen, dann stieg der Stalaktit wie von Geisterhand bewegt zur Höhlendecke auf und zog dabei die Trümmer der Treppe mit sich, die sich wieder zu Stufen ausformten.

Sogleich spürte Boltan, wie ihm der Zauber auf schmerzliche Weise Lebenskraft entriss. Die Manipulation würde ihn sicher vier oder fünf unwiederbringliche Lebensjahre kosten. Mindestens. Und doch schien der Effekt deutlich milder auszufallen als erwartet, was irgendwie mit dem seltsamen Dunst zu tun hatte, der unter der Höhlendecke waberte. Denn dieser zog sich schlagartig über Boltan zusammen, strömte ihm entgegen und trug spürbar dazu bei, die Zeitmanipulation zu speisen.

Boltan stolperte mit seinem Holzbein die Stufen hinauf, stoppte die Manipulation und erreichte den oben liegenden Felsgang, als die Zeit wieder voranlief. An der Höhlenecke ertönte eine Explosion, der Tropfstein stürzte wieder zu Boden und die Treppe hinter ihm brach zusammen.

Boltan humpelte im Zauberlicht durch den Stollen und kam an einem hoch liegenden und dick von Vogeldreck verschmutzten Aufweg heraus, der sich unterhalb der Decke einer riesigen, ihm sehr bekannten zweiten Höhle entlangzog: Alt-Kesselfurt mit seinem ewigen Wasserschleier.

Entgeistert blieb er eine Weile stehen und starrte auf die vielen Lichter in der Höhle hinter dem Katarakt. Hinunter kam er nicht. Er mühte sich daher über den hoch liegenden Felsweg bis zu einem weiteren Durchbruch, der an einer Art Treppenhaus mündete, das kerzengerade in die Höhe führte. Schwitzend stiefelte Boltan die Stufen nach oben, Absatz um Absatz, und meinte schon, dass diese Treppe magisch in die Unendlichkeit verlängert worden sei, als er über sich flackernden Lichtschein bemerkte, der durch eine quadratische Öffnung fiel.

Argwöhnend hielt er sich zum Zaubern bereit, wirkte den zweiten neuen Zauber, den er im Totenreich gelernt hatte, und der es ihm gestattete, sich absolut lautlos zu bewegen, und erreichte so ein ihm unliebsam vertrautes Kaminzimmer.

Jenes des Patriarchen von Kesselfurt.

Jemand dort weinte herzergreifend.

Er stieg aus der Bodenöffnung und hielt bestürzt inne. Denn im Raum lagen zwei Leichen. Jene seines einstigen Lehrmeisters Walmar des Weisen.

Und jene Valas – was er aus den gestammelten Worten Danias schloss, die über ihre Schwester gebeugt war. Leise, und vermutlich ohne es selbst zu bemerken, redete sie mit ihr. Und als sie sich schließlich erhob und das Messer aus dem Bauch ihrer Schwester zog, offenbarte sich ihm das ganze Drama.

Boltan beendete seinen Zauber – und Dania fuhr erschrocken herum.

Ihr hübsches Gesicht war tränenüberströmt und ihre Maske der Gleichmut und Härte abgefallen. Stattdessen zeichnete sich in ihrem Gesicht eine Verzweiflung ab, die ihn so traurig stimmte wie zuvor nur der Tod Ambras.

Zitternd streckte sie ihm das Messer entgegen.

»Schon gut!« Boltan hob rasch eine Hand. »Ich bin es: Boltan! Cyrnachon ist nicht mehr hier. Ich habe ihn aus meinem Körper vertrieben.«

Dania sah ihn ungläubig ab, wischte sich die Tränen ab, die

breite Linien in ihr verschmutztes Gesicht gegraben hatten, und die doch immer weiterliefen. Sie wollte etwas sagen – stattdessen sank sie mit bebenden Schultern wieder über dem Körper ihrer toten Schwester zusammen und berührte deren Wangen.

»Ich musste das tun«, sprach sie, ohne ihn anzusehen. »Ich musste es tun, weil sie … wie die anderen wurde.«

Boltan sah sie mitleidig an, legte nach kurzem Überlegen Cyrnachons Zauberstab ab und hockte sich neben sie.

Stockend und von Weinkrämpfen geschüttelt berichtete Dania ihm, was sich in den letzten Tagen zugetragen hatte. Boltan erfuhr von der katastrophal ausgegangenen Schlacht bei Gaalstrutz, von ihrer Begegnung mit Geron und Kyrell und was Cyrnachon da unten in der Höhle getrieben hatte. Während die Worte aus Dania nur so hervorsprudelten, wirkte sie so elend und verloren, dass Boltan das Herz schmerzte.

Und allmählich dämmerte ihm, dass seine Versehrtheit nichts gegen jenes Leid war, das Dania zeit ihres Lebens zugefügt worden war. Sanft legte er ihr die Hand auf die Schulter, dann zog er sie an sich und klopfte ihr dabei hilflos auf den Rücken. »Es tut mir leid. So leid …«

Boltan hielt sie so lange, bis ihre Schluchzer seltener wurden, sie sich von ihm löste, tief einatmete und aufstand.

Auch er mühte sich hoch.

»Wenn du irgendjemandem von eben erzählst, dann schneide ich dir die Zunge raus«, sprach sie mit rauer Stimme.

»Ich weiß.« Boltan sah sie traurig an. »Du verstümmelst mich ja überhaupt ganz gern …«

Danias Lippen zuckten, doch beim Anblick ihrer toten Schwester wurden ihre Züge rasch wieder ernst.

»Was machen wir jetzt?«, fragte sie leise.

»Das, wozu wir bestimmt wurden: die Welt von dem Drachenkönig erlösen. Was sonst?« Boltan humpelte zu seinem einstigen Lehrmeister. »Erzähl mir genau, was du von Geron und Kyrell erfahren hast. Speziell, was die Elfen betrifft.«

Dania erzählte ihm, was die beiden ihr berichtet hatten, während er Walmars Leiche sorgfältig durchsuchte.

»Und wie vorhin schon gesagt«, schloss sie, »haben sie mir auch von der spukhaften Begegnung mit dir erzählt. Dann« – sie blickte niedergeschlagen zu Vala – »warst du tatsächlich tot?«

»Ja, war ich.« Nach und nach förderte Boltan eine Spiegelscherbe, ein in Leder gefasstes Notizbuch, zwei magische Ringe, ein Stück magische Kreide, drei Zauberamulette und zwei Phiolen mit blauen und gelben Flüssigkeiten hervor. Als Erstes klappte er das Notizbuch auf und überflog interessiert die Seiten.

»Wie ist es … drüben?«, hakte Dania leise nach.

Er sah zu Vala. »Man findet dort seinen Frieden. Jeder von uns … Was mich betrifft, na ja … Ohne Ambra wäre es dort vermutlich deutlich uninteressanter gewesen.«

»Du bist Ambra begegnet?«

»Allerdings. Denn auf gewisse Weise ist sie ebenfalls noch im Spiel.« Er lächelte wehmütig. »Ich erzähle dir später alles. Sag mir lieber, ob du mit dem Zeug hier etwas anfangen kannst?« Boltan wies auf die Funde.

Dania trat blass neben ihn und aufgrund ihrer beider Zeit mit Walmar, ihrer Runenkenntnisse und Entzifferungskünste identifizierten sie unter den Objekten zunächst einen von Walmars Sturmringen; den zweiten zog Dania Vala sanft vom Finger. Außerdem einen Zauberring, mit dem sich offenbar ein Hagel an Steinsplittern heraufbeschwören ließ. Dania unterwies Boltan im Gebrauch der Spiegelscherbe, deren Gegenstück sie ihm zeigte, und sie fanden den Zweck zweier der drei Amulette heraus. Mittels des einen ließ sich ein magischer Schutzschild heraufbeschwören, in dem anderen war offenbar ein Zauber eingewoben, der den Träger vor dem Ertrinken schützte. Auch den Inhalt der beiden Phiolen vermochten sie zu identifizieren: eines war ein potentes Antidot, also ein Gegenmittel gegen zahlreiche Gifte, die andere Flüssigkeit ließ die Haut des Trinkers zäh wie Drachenleder werden.

Boltan reichte Dania kurzerhand alle Schmuckstücke und Phiolen – allein die zweite Spiegelscherbe behielt er.

»Das ist alles, was du willst?«, fragte sie ungläubig.

»Was ich brauche, habe ich hier.« Er tippte sich an die Stirn.

»Und die Sturmringe dürften bald ausgebrannt sein, deswegen nimm besser beide. Ich werde schon mit dem Greifenteppich zurechtkommen, selbst wenn ich dafür noch mal runter muss, um ihn … zu füttern. Cyrnachon hat sicher denselben Weg wie ihr nach Alt-Kesselfurt benutzt und den Teppich irgendwo hier versteckt. Wobei …«

Boltan ging in sich und konzentrierte sich auf etwaige Erinnerungsfetzen, die der blutrünstige Zauberer in seinem Kopf hinterlassen hatte. Es dauerte eine Weile, bis er einige Bilder von Geschehnissen heraufbeschwörte, die sich in den letzten Tagen zugetragen hatten. Darunter, was mit seinen Sachen passiert war.

Boltan humpelte zu einer der Truhen und öffnete sie. Darin lag seine alte und leider verschmutzte Kleidung. Aber auch jene seiner wenigen Habseligkeiten, die Cyrnachon offenbar als nutzlos eingestuft hatte. Rasch zog er sich um und nahm auch die gefaltete Karte an sich, die er schon so lange bei sich getragen hatte, und mit der der Magier nichts hatte anfangen können.

»Was ist das?«, fragte Dania.

»Du warst dabei, als wir das gute Stück bei Goltar gefunden haben.« Er präsentierte sie ihr, doch sie schien sich nicht zu erinnern. »Warte nur ab, ich bin mir sicher, dass wir die Karte noch benötigen werden.«

Er steckte sie weg, während Dania Anstalten machte, nach Cyrnachons Stab zu greifen.

»Nicht!«, protestierte er und nahm den Stab an sich. »Besser den berührt fortan niemand außer mir.«

Dania fügte sich. »Was machen wir jetzt?«

»Wir werden uns trennen, aber mittels dieser Spiegelscherben Kontakt halten.« Er steckte seine weg.

»Trennen?« Dania warf ihm einen überraschten Blick zu.

»Ja, denn du wirst dem hier nachgehen müssen.« Er drückte ihr die ledergebundenen Notizen des Magiers in die Hand. »Sieh selbst. Auf diesen Seiten hat Walmar in den vergangenen Jahrhunderten – neben vielem anderem mehr – akribisch jeden Hinweis auf mögliche geheime Verstecke seiner einstigen Rivalen notiert.«

Dania blätterte die Seiten durch. Boltan deutete auf einige Einträge, und plötzlich begriff sie. »Oh Mann … das sind verdammt viele Orte. Ein paar neue Tricks kenne ich, aber einem echten Duell bin ich unmöglich gewachsen.«

»Wer sagt, dass es dazu kommen muss?«, merkte Boltan an.

»Warum begleitest du mich nicht? Zu zweit stünden unsere Chancen deutlich besser.«

»Weil wir nicht umhinkommen, Yolsulgur in Sil'Bariath anzugreifen.«

»Sicher … nur steht zwischen ihm und uns ein Heer an Gaalen und Drachen«, merkte Dania an. »Eigentlich bräuchten wir die Hilfe bewaffneter Truppen, um zu ihm durchzudringen. Doch das Heer der Verbündeten ist zerschlagen.«

»Genau darum geht es.« Boltan trat zum Schreibtisch und zog eine Karte der Jungen Königreiche hervor, die er dort unter den übrigen Unterlagen entdeckt hatte. »Kannst du mir die Stelle zeigen, wo ihr mir damals das Bein abgenommen habt?«

Dania studierte die Karte verwundert. »Ja, hier.«

Sie deutete auf das Ostufer der Flussschlaufe des Großen Flusses oberhalb von Kesselfurt, etwas nördlich eines Seitenarms des Stroms, dort, wo der nordwestliche Grauwald Schattenberge und Strom trennte. »Was willst du da?«

Boltan sah entschlossen auf. »Einen neuen Zauber ausprobieren – und uns so ein Heer beschaffen.«

Offenbarungen

»Das sieht gar nicht gut aus«, sagte Geron, der neben Kyrell auf einer bergigen Anhöhe lag, von wo sie im Schutz der Bäume auf das bewaldete und von einem breiten Bachlauf durchströmte Tal herabsahen, das die Bussardshöhen wie ein glitzerndes Band durchschnitt. Diesseits des breiten Wasserlaufs bis hinauf zu den rückwärtigen Bergzügen im Norden, wo sie sich versteckt hielten, erstreckte sich ein gewaltiges Meer an weißen Zelten. Darüber wehten die gelb-grünen Fahnen und Wimpel der Waldalether im Wind.

Die Soldaten hatten dort unten auf großer Breite Bäume gefällt, um für das riesige Heerlager samt den Zelten, Trosswagen und Pferdekoppeln Platz zu schaffen. Wohin Geron auch blickte, entdeckte er Bogen- und Armbrustschützen sowie Ritter und Fußsoldaten, deren Lärm das Tal erfüllte und die sich einer unsichtbaren Ordnung folgend durch das Lager bewegten, Stellungen am breiten Wasserlauf bezogen oder Sturmleitern und anderes Belagerungswerkzeug bauten.

Wofür die Waldalether all das Kriegsgerät benötigten, war offensichtlich. Auf der anderen Talseite, thronend auf einem schroffen Höhenzug, der kantig über den Baumwipfeln aufragte, erhob sich Burg Bussardstein mit schroffen Wehren und Türmen. Sie war der Herrschersitz des Waldalether Markgrafen Rupert von Semmering, dem die Wacht über Waldaleths Südgrenze zum Königreich Schwalbensee anvertraut worden war. Doch einige der Mauern dort oben waren geschwärzt und über der Festung wehten jetzt die rot-weißen Fahnen Schwalbensees, unter denen die mit dem goldbestickten Wappen König Sirins von Goldheim hervorstach. Es zeigte ein von einem Greifen getragenes Königszepter.

»Offenbar hat Schwalbensee die Markgrafschaft überrannt«, sagte Geron. »Die Grenzregion war schon immer ein Zankapfel zwischen unseren Reichen. Speziell seit es hier vor einigen Jahrzehnten zu Goldfunden kam. Warum der Konflikt ausgerechnet jetzt offen ausgebrochen ist, kann ich nur mutmaßen ...«

»Wie viele Soldaten sind das da unten?«, fragte Kyrell.

»Nun, Shira hat offenbar den Heerbann ausgerufen«, sagte Geron. »Wenn ich richtigliege, dann sind das da unten etwa anderthalbtausend Berittene und vielleicht doppelt so viele Fußkämpfer. Dürfte etwas gedauert haben, die Truppen zusammenzuziehen. Waldaleth unterhält zwar im Gegensatz zu den anderen Königreichen ein Berufsheer von etwa fünfhundert Mann, aber auch hierzulande müssen die Vasallen, Lehnsmänner und Freien erst von der Rechtmäßigkeit des Heerzugs überzeugt werden – was angesichts der Eroberung vonseiten Schwalbensees vermutlich nicht schwer war. In jedem Fall hat es einen Aufmarsch wie diesen schon seit vierzig Jahren nicht mehr gegeben.« Er richtete sich etwas auf, um auf der gegnerischen Seite mehr erkennen zu können. »Ich glaube nicht, dass König Sirin mit der Waldalether Truppenstärke mithalten kann. Aber die haben sich da oben auf Burg Bussardstein vermutlich gut verschanzt und den Aufweg in eine tödliche Falle verwandelt. Ich schätze, spätestens morgen wird Shira die Rückeroberung wagen – und dann wird es sehr hässlich für alle Beteiligten.«

Unwillkürlich sah er zu den ungewöhnlich vielen Krähen am Himmel auf, die vermutlich von dem nahen Pass stammten und sich schon auf ihr Festmahl freuten.

Er wandte den Blick ab, hin zum prächtigen Königszelt mit der großen gelb-grünen Heerfahne Waldaleths samt dem Königswappen – einer Krone, umrahmt von zwei Pferdeköpfen –, in dessen Nähe eine Koppel mit mehreren weißen Eoberi-Rössern lag. Das Zelt lag gut geschützt inmitten des Zeltmeeres. Er deutete hinüber. »Shira dürfte sich dort unten befinden.«

»Trägt sie diesen Drakenstein?«

Verblüfft schaute Geron sie an. »Ob sie ihn … trägt?«

Kyrell runzelte angesichts seiner Frage die Stirn. »Wenn dieses Artefakt eine derartige Feuersbrunst heraufbeschwören kann, wie du angedeutet hast, würde ich es keinem anderen überlassen.«

Geron dämmerte, dass er vergessen hatte, Kyrell über ein wichtiges Detail des Drachenrings aufzuklären. Praktisch jeder in Waldaleth wusste um den Drakenstein, und er hatte dieses Wissen für derart selbstverständlich gehalten, dass er gar nicht auf die Idee gekommen war, näher darauf einzugehen.

»Das, äh, ist kein gewöhnlicher Ring.« Er räusperte sich. »Der wurde dem Drachen Reißzahn damals von den Klauen geschnitten. Er besteht aus geläutertem Gold und besitzt den Umfang eines kleinen Weinfasses.«

»Was bitte?« Entgeistert sah Kyrell ihn an. »Ist dir klar, wie wahnsinnig schwer der sein muss? Wie sollen wir den jemals ungesehen wegschaffen?«

»Ich weiß«, erwiderte er zerknirscht. »Er wird im Kriegsfall auf einem von Kaltblütern gezogenen Wagen transportiert. Und der wird stets in einem speziellen Zelt untergebracht, das nicht weit vom Königszelt entfernt aufgebaut wird.« Er deutete Richtung Königszelt und von dort etwas weiter westlich, wo ein zweites, fast ebenso großes Zelt stand. In seiner Schlichtheit wirkte es wie ein Küchenzelt, doch die Wachen davor stellten klar, dass in seinem Innern etwas Besonderes verwahrt wurde.

Kyrell rollte mit den Augen, was Geron leicht beschämte.

»Tut mir leid, dass ich diesen Umstand nicht erwähnt hatte«, sagte er kleinlaut, »aber ich habe bereits einen Plan. Es muss uns bloß gelingen, die Pferde anzuschirren – was mit deinen Fähigkeiten ja gar kein Problem ist. Außerdem benötige ich die Kleidung eines Waldalether Offiziers und natürlich das hier …« Er präsentierte den Siegelring, der seit den Geschehnissen im Elfenreich an seinem Finger steckte.

»Dein Siegelring?«, Kyrell hob eine Augenbraue. »Wofür?«

Geron lächelte wehmütig. »Das ist natürlich nicht das offizielle Königssiegel, aber ein Familiensiegel und ihm damit recht ähnlich. Zumindest sollte man beides im Dunkeln kaum voneinander unterscheiden können. Wir schreiben einfach einen Überstellungbefehl für die Fracht, machen daraus mit dem Siegel ein hochoffizielles Dokument und schaffen den Drakenstein so aus dem Lager.«

Kyrell sah ihn eine Weile an – und seufzte. »Na gut. Eine andere Wahl haben wir ja wohl nicht. Und wo willst du die Offizierskleidung herbekommen?«

»Tja, die müssen wir uns noch beschaffen. Ebenso wie alles andere …« Geron fasste das Heerlager wieder ins Auge und entdeckte unweit ihrer Position einen berittenen Ritter im Kürass des Berufsheeres, der soeben einen Trupp Pioniere zum Bach schickte. Aufgeregt wies er Kyrell auf ihn hin. »Kannst du dafür sorgen, dass sein Pferd durchgeht?«

»Und dann?«

»Dann führst du ihn hier rauf, damit wir ihn gefangen nehmen können«, antwortete er. »Wir müssen sowieso mehr über all das in Erfahrung bringen, was sich hier in den letzten Wochen zugetragen hat.«

Kyrell atmete tief ein und nickte. Dann konzentrierte sie sich – und Augenblicke später stürmte das Reittier des Ritters los. Der Mann versuchte überrascht, das Pferd zu zügeln, aber es ging mit ihm durch, als wurde es von einer Hornisse gestochen, und jagte auf die Baumgrenze hinter dem Lager zu, wo es mit ihm verschwand.

Geron sprang auf, lief nach einem letzten Blick zu Kyrell geduckt den Hang hinauf und wartete dort auf jenem Waldpfad, über den sie hierhergelangt waren. Es dauerte fast eine Viertelstunde, bis er endlich Hufgetrappel vernahm.

»Bleib stehen, du Mistvieh!«, schallte ihm eine verärgerte Stimme entgegen, dann tauchten Pferd und Reiter zwischen den Bäumen auf.

Geron trat ihm mit erhobenem Elfenschwert in den Weg und das Pferd stoppte jäh.

»Wer bei allen …?« Entgeistert schaute ihn der Ritter an und sein Gesicht verfinsterte sich. »Prinz Geron!«

Geron nickte und ließ die Waffe sinken, als der Mann seinerseits ein Schwert zog. »Dann hatte Eure Schwester also recht, als sie sagte, dass wir damit rechnen müssten, dass Ihr hier aufkreuzt.«

»Sagte sie das?«, fragte Geron argwöhnend.

»Ja, Königsmörder!« Der Ritter spuckte zu Boden. »Eure vornehme Abstammung ist mir gleich. Jeder in Waldaleth hasst Euch. Es wird mir nicht nur eine Ehre, sondern auch ein Vergnügen sein, Euch Eure Schandtat im Namen König Almerdins heimzuzahlen.«

Wüst drückte der Mann seinem Pferd die Stiefel in die Flanken, um ihn niederzureiten, doch stattdessen stieg der Gaul jäh auf die Hinterbeine und warf ihn ab. Es schepperte, als er auf dem Pfad aufschlug.

Geron rannte zu ihm und setzte dem Benommenen das Schwert an die Kehle. Doch der Ritter war kaum zu einer Gegenwehr fähig. Geron schleppte ihn zwischen die Bäume, befreite ihn von seiner Rüstung und suchte nach etwas, womit er ihn an einen Baum fesseln konnte.

Allmählich kam der Ritter wieder zu sich und blickte erbost auf die Klinge an seiner Kehle. »Macht schon«, sprach er furchtlos. »Bei Eurem Vater hattet Ihr ja auch keine Skrupel.«

»Ich habe meinen Vater nicht umgebracht«, brauste Geron auf. »Er fiel einem Komplott zum Opfer. Aber mir ist egal, was Ihr denkt, denn deswegen bin ich nicht hier. Erklärt mir, was hier zuletzt vorgefallen ist.«

Der Ritter funkelte ihn böse an, und so verstärkte Geron den Druck der Klinge.

»Schon gut.« Der Mann ächzte. »Die Armee Schwalbensees hat mit einer List Burg Bussardstein eingenommen, und sie kontrollieren jetzt auch den Krähenpass nach Süden.«

»Das sehe ich – aber warum ausgerechnet jetzt, da die Drachen zurück sind?«

»Die Drachen?« Aufmerksam sah ihn der Mann an.

»Ja, verdammt. Die Drachen!«, rief Geron. »Wollt Ihr mir weismachen, dass Ihr von alledem nichts mitbekommen habt? Yolsulgurs Rückkehr, die große Schlacht bei Gaalstrutz … Und Ihr lasst Euch hier in einen Grenzkonflikt verwickeln?«

»Das … müsst Ihr Eure Schwester fragen«, erwiderte der Ritter. »Die Brücken bei Kesselfurt sind zerstört – warum, ist nicht bekannt. Von dort kommen schon seit Längerem keine Nachrichten. Und hier im Süden kontrolliert Schwalbensee die Grenze.«

»Etwa im Auftrag des Drachenkönigs?«

»Das weiß ich nicht«, antwortete der Mann. »König Sirin betrachtet die Landnahme offiziell als Wiedergutmachung für die aufgelöste Verlobung zwischen Eurer Schwester und Prinz Harald von Schwalbensee. Es heißt, Sirins Sohn hätte vor Wut getobt, als Eure Schwester ihn nach dem Mor…, nach dem Tod Eures Vaters unverrichteter Dinge zurück nach Goldheim schickte.«

Geron atmete tief ein. »Irgendwann muss Euch doch eine Nachricht über die übrigen Geschehnisse in den Jungen Königreiche erreicht haben.«

»Ich schätze, Alruna hat sie abgefangen«, hörte er hinter sich Kyrells Stimme.

Der Soldat blickte misstrauisch zu der Halbelfe auf, während sie das Pferd festband.

»Ich hab mir eben die vielen Krähen im Tal vorgenommen«, sprach sie beunruhigt. »Mit ihnen ist es so wie damals bei den Tauben in Waldaleth. Ein Zauber kontrolliert sie. Ich vermute, Alruna setzt sie nicht nur zur Beobachtung ein, sondern sie fängt mit ihnen auch jede Brieftaube ab.«

Geron wandte sich wieder an den Ritter. »Ist meine Schwester hier?«

Der zögerte. »Nein … nicht mehr jedenfalls. Sie ist vor drei Tagen in die Nachbargrafschaft Elfenbrunn aufgebrochen, wird aber heute Abend mit Entsatz zurückerwartet.«

»Und die Zauberin?«

»Habe ich hier noch nicht gesehen.«

»Gut«, sagte Geron. »Ihr habt nichts vor uns zu befürchten. Wir sind keine Mörder. Und sollte ich meine Unschuld je beweisen können, dann werde ich mich Eurer Loyalität meinem Vater gegenüber erinnern – nur kann ich Euch im Augenblick nicht ins

Lager zurücklassen, denn ich benötige Eure Sachen. Und falls Ihr nicht zufällig ein Seil dabeihabt, werde ich Euch bewusstlos schlagen müssen.«

Kyrell berührte ihn an der Schulter. »Lass mich das machen.«

Sie beugte sich über den Ritter, der sie skeptisch ansah – und stimmte jenen beruhigenden Gesang an, mit dem sie damals Boltan außer Gefecht gesetzt hatte. Ihrem Gefangenen fielen die Augen zu und er schlief ein.

Geron machte ein anerkennendes Geräusch. »Oder so. Wie lange hält das an?«

»Wenn ihn niemand weckt, bis morgen früh.«

Geron zog einen Teil seiner Sachen aus und schlüpfte mit Kyrells Hilfe in Kettenhemd, Wappenrock und Kürass des Ritters, die ihm erstaunlich gut passten.

Fehlte nur noch das Schreibzeug.

Geron und Kyrell kehrten in ihr Versteck zurück, suchten das Lager aufmerksam ab, bis Kyrell ein Herold samt Esel auffiel, der soeben aufsaß. Sie wiederholte die Prozedur an ihm und keine halbe Stunde später lag der Mann schlafend neben dem Ritter im Wald.

Anschließend fertigten sie mithilfe seiner Besitztümer einen gefälschten Überstellungsbefehl aus, den sie mit Gerons Ring siegelten.

»Ich danke dir«, sagte Geron. »Ich wüsste nicht, wie ich all das ohne dich bewerkstelligt hätte.«

»Schon gut – du hast ja sonst niemanden.« Kyrell lächelte.

Sie warteten, bis die Sonne hinter den Höhenzügen verschwunden war und sich Dunkelheit über das Tal senkte, dann eilten sie zu Pferd und Esel. Geron saß auf und griff nach dem Helm des Ritters, während Kyrell die Kapuze ihres Reisegewands hochschlug und auf dem Esel neben ihm her ritt.

Keine zehn Minuten später drang eine Stimme aus dem Wald. »Halt!«

Ein Posten.

Zwei Soldaten mit Speer und Armbrust stellten sich ihnen in den Weg, und eine Blendlaterne strahlte sie an.

Geron schirmte seine Augen ab. »Alles gut. Ich bin Kunert von Berg, und ich bin hier auf Weisung der Weißen Burg. Außerdem bringe ich eine Heilerin.«

Die Männer kontrollierten sie und ließen sie passieren. Wenig später lichtete sich das Waldstück und vor ihnen spannte sich die weite Talebene mit den Lichtern des Heerlagers auf.

Zwei weitere Wachen kontrollierten sie, dann tauchten sie in die Enge zwischen Zelten und Trosswagen ein. Hunde bellten und irgendwo wurden Befehle gebrüllt. Sie passierten Soldaten an Lagerfeuern, die aßen, prahlten, sangen und Glücksspielen frönten. Noch immer waren einzelne Gruppen damit beschäftigt, Sturmleitern und rollende Wehren zu bauen.

Sobald sie das Lager betreten hatten, beachtete sie kaum noch jemand.

Geron saß ab und gemeinsam mit Kyrell näherte er sich dem Bezirk mit dem Königszelt, wo die Dichte an Rittern der Weißen Burg wuchs. Hin und wieder glaubte er im Dunkeln Krähen über das Lager fliegen zu sehen, und trotz des Helms senkte er den Blick.

Ein Ritter trat auf sie zu, ein Mann mit Bart und wachem Blick. »Waldaleth zum Gruß, Kamerad. Was gibt es?«

»Ein Überstellungsbefehl!«, antwortete Geron wortkarg und überreichte ihm das gesiegelte Schreiben. »Außerdem muss ich zum Platz mit den Feldscheren. Die junge Dame hier lehrt an der Philosophenschule Medizin.«

Kyrell berührte den Hals des Esels und nickte höflich.

Der Ritter brach das Siegel, las das Schreiben und sah sie beide überrascht an.

»Der Drakenstein?« Misstrauisch sah er sich um. »Ihr werdet einige Reiter als Eskorte brauchen.«

»Nicht nötig«, erwiderte Geron und improvisierte. »Ich bin natürlich nicht allein hier und das alles soll möglichst unauffällig vonstattengehen. Die Männer von Graf Lorenz erwarten mich bereits – etwas weiter hinter den Linien.« Er wählte den Namen bewusst, denn jeder Garderitter wusste, dass Lorenz ein alter Freund seines Vaters war. »Sollte hier jedoch noch etwas Essbares aufzufinden sein, dann wären wir über einen kleinen Hinweis dankbar. Ehrlich gesagt, hängt uns der Magen bis zu den Kniekehlen.«

»Einfach zu einem der Küchenzelte«, sprach der Ritter amüsiert. »Ich werde euch dennoch zwei Männer mitgeben, wenn ihr mit dem Wagen durchkommt.«

Geron nickte freundlich, denn mit denen würden sie fertig werden. Überhaupt mussten sie es mit dem Karren nur zwei Meilen weiter schaffen, bis zu jenem Ort, an dem sie auf die Elfenpfade gelangten.

Sie marschierten an den Zelten vorbei, und die meisten Männer würdigten sie kaum noch eines Blickes. Besorgt hielt Geron nach dem gut bewachten Königszelt in einiger Entfernung Ausschau. Hauptsache, sie waren hier weg, bevor Shira im Feldlager aufkreuzte.

Dann endlich gelangten sie zum Zelt mit dem Wagen des Drakensteins. Dort hielten vier Ritter der königlichen Garde Wache.

Geron präsentierte ihnen das gefälschte Überstellungsschreiben und einer der Ritter lief zu einem offenen Nachbarzelt, wo ein Offizier über einer Karte brütete. Der Mann begutachtete das Schreiben, sah überrascht auf und kam zu ihnen herüber.

»Warum wurde ich nicht informiert?«, blaffte er Geron grußlos an.

Der verbeugte sich militärisch knapp. »Das vermag ich nicht zu sagen, Hundertschaftsführer. Ich schätze, um mutmaßliche Spione aus Schwalbensee auszutricksen.«

Der Mann musterte das Schreiben, dann winkte er die Wachen vor dem Zelt zu sich. »Die Pferde herbringen und anschirren!«

Geron konnte sein Glück kaum fassen, als die Ritter losliefen und dem Befehl Folge leisteten. Sie kamen mit zwei Kaltblütern wieder, die Zeltplane wurde zurückgeklappt und Geron sah einen massiven Wagen, der ihn an eine Bierkutsche erinnerte, nur dass die Räder mit Metallbeschlägen versehen waren. Auf der Ladefläche war eine große, mit Schlössern versiegelte Kiste vertäut: Reißzahns Goldring mit dem namensgebenden Drakenstein!

Die Ritter schirrten die Pferde an und der Hundertschaftsführer wies mürrisch zum Zelt, als in der Ferne der Klang von Hörnern hörbar wurde.

Shira kehrte zurück!

Geron und Kyrell erklommen eilig den Kutschbock, als der Offizier noch einmal vortrat. »Wollt Ihr die Fracht nicht inspizieren?«

»Ja, natürlich.« Geron lächelte verkniffen, nahm den dargereichten Schlüsselbund entgegen und kraxelte auf die Ladefläche, während der Offizier zurücktrat.

Kaum berührte er die Kiste, leuchteten an den Zeltplanen arkane Glyphen auf.

Ein Fauchen ertönte, wie Segel im Sturmwind, und jäh klappte das Zelt zusammen. Geron schrie überrascht auf, denn nun wickelten sich die Zeltplanen um ihn und Kyrell. So eng, dass er kaum noch Luft zum Atmen fand.

Um ihn herum gellten Alarmschreie. Zornig setzte Geron die Plane über seiner rechten Hand in Flammen, als von allen Seiten Rufe ertönten. Männer packten ihn, etwas krachte hart gegen seinen Schädel – und er verlor das Bewusstsein.

Der Gipfelalk stieß einen Raubvogelschrei aus, als er mit Tandurin und Catalea die Wolkendecke durchstieß und auf gewaltigen Schwingen in die Tiefe glitt.

Flugwind rüttelte an Tandurins Kleidung, und Cataleas rote Haare wehten ihm ins Gesicht. Dennoch hielt er die blinde Seherin eng an sich gepresst, als der Riesenvogel zielstrebig auf ein ebenso hohes wie schroffes Klippmassiv zuhielt, das wie eine natürliche Festung aus der unter ihnen liegenden Wipfeldecke des Waldes herausstach.

Wo sie sich befanden, vermochte Tandurin nur grob zu schätzen. Am Anfang ihrer Reise hatte der Gipfelalk sie über eine größere Stadt hinweggetragen, die er für Goldheim hielt. Angesichts der eingeschlagenen Himmelsrichtung und eingerechnet der vielen Stunden, die seitdem verstrichen waren, sollten sie sich jetzt irgendwo in dem weitläufigen Gebiet zwischen Waldaleth und Kesselfurt befinden.

»Haben wir unser Ziel erreicht?«, rief Catalea aufgeregt, da sie das jähe Absacken des Riesenvogels spürte.

»Ja, sieht so aus. Ein Klippmassiv!« Tandurin beschrieb ihr, was er sah, während sich der Gipfelalk dem Felsberg beständig näherte, noch einmal mit den Flügeln schlug und mit seinen Krallen überraschend sanft auf einem hoch liegenden Felsplateau aufsetze.

Erleichtert atmete Tandurin ein. Zwar pfiff der Wind auch hier über das Gestein, dennoch war es hier deutlich wärmer als am Himmel. Er warf die Leinen und half seiner blinden Begleiterin beim Abstieg.

»Wo sind wir?«, fragte Catalea, während sie sich fröstelnd die Arme rieb.

Tandurin warf einen Blick auf den Mischwald, der das von Türmen und Zinnen durchsetzte Felsmassiv bis zum Horizont umgab, und richtete sein Augenmerk dann auf die gewaltige Felserhebung, die sich vor ihnen gute zwanzig Schritte hoch auftürmte. Sie standen vor der höchsten Zinne des Massivs.

»Um uns herum erstreckt sich endlos Wald«, berichtete er. »Und hier oben ist ehrlich gesagt nichts als blanker Fels. Allerdings muss es einen Grund haben, warum uns der Vogel hierhergebracht hat.«

Der Gipfelalk krächzte, starrte sie aus seinen kalten Raubvogelaugen an und putzte sich fast gelangweilt das Gefieder.

Tandurin trat vor, berührte einen der mächtigen Felskolosse und hoffte darauf, an ihnen ein Zeichen zu finden, das ihnen weiterhalf. Doch da war nichts.

»Ist das Trollwerk?«, fragte Catalea hinter ihm.

»Hm …« Tandurin trat zu ihr und sah zu der mächtigen Zinne auf. »Schwer zu sagen. Nein. Sieht jedenfalls nicht so aus wie die Mauern in Albenhain.«

»Und doch …« Die blinde Seherin legte ihre Stirn in Falten und hob eine Hand. »Ich kann hören, dass sich der Wind vor uns anders bricht. Es klingt … hohl.«

Überrascht sah Tandurin seine hübsche Begleiterin an und trat abermals vor, um die massive Felswand zu inspizieren. Ohne neues Ergebnis.

»Ich schwöre es dir, hier gibt es keine Auffälligkeiten. Vielleicht jenseits des Plateaus.«

Mit einem wachsamen Blick zum Gipfelalk, der mit seiner Federpflege beschäftigt war, trat er an den Rand der hoch liegenden Plattform heran und spähte in die steil abfallende Tiefe. Es mussten gut dreißig Schritte bis zu den Bäumen sein. Aber auch zwischen ihnen fand er nichts Auffälliges.

Er wollte soeben die andere Seite des Plateaus überprüfen, als er sah, wie Catalea auf die Felswand zu und durch das Gestein hindurchmarschierte, als bestünde es aus Nebel. Im nächsten Moment war sie verschwunden.

»Catalea!« Tandurin lief zu der Stelle, an der sie verschwunden war, und lief dort beinahe gegen Fels. »Das gibt es doch nicht … Catalea!«

Da dämmerte ihm, mit welchem Phänomen er es hier zu tun hatte: ein arkanes Trugbild, das seine Sinne narrte!

Aufgebracht reckte er eine Faust – und eine Energiewelle wie eine flirrende Hitzewand jagte auf das Gestein zu. Die Illusion wurde wie Rauch fortgeblasen und vor ihm tat sich nun ein breiter Felsstollen auf, in dem Catalea stand und nach ihm rief. Tat sie das schon länger?

»Ich bin hier – nur fasse ich es nicht«, sprach er kopfschüttelnd. »Ausgerechnet ich lasse mich von einer Illusion narren.«

»Eine Illusion?« Catalea wirkte irritiert.

»Ja. Denn genau das waren diese Felsen. Offenbar wirkt der Täuschzauber bei dir nicht, weil du einer deiner Sinne beraubt bist.« Er trat neben sie und beschwor ein Zauberlicht herauf, um die Felsröhre auszuleuchten. »Egal, sehen wir uns an, was uns hier erwartet.«

Hand in Hand durchmaßen sie den Felstunnel, bis sich der Stollen weitete und in eine große, nach oben hin spitz zulaufende Höhle mit unregelmäßig geformten Felswänden mündete, die wie ein Flutburger Käse mit Löchern und Hohlräumen übersät war.

Doch das war es nicht, was Tandurin erstaunt innehielten ließ.

Inmitten der düsteren Kaverne, auf einem hohen Podest, zu

dem zwei Stufen hinaufführten, saß still und starr eine vage fraulich wirkende Gestalt.

Ihr kompletter Körper war wie von weißem Zuckerguss bedeckt, der an ihren Haaren, Armen und Beinen zu dünnen, herabhängenden Stalaktiten geronnen war. Ein weißer Überzug, der sich auch über das Antlitz der Unbekannten gelegt hatte, als trüge sie eine Totenmaske.

»Meine Güte!«, ächzte Tandurin und erkannte, dass es sich bei der Verkrustung um Kalk von der weit über ihnen liegenden Felsendecke handelte. Auch jetzt tropfte es gelegentlich auf die gespenstische Gestalt herab.

»Was?«, wisperte Catalea.

Aufgewühlt schilderte er ihr, was die Höhle barg.

»Trägt sie elfische Gesichtszüge?«, fragte sie.

Tandurin löste seine Hand aus der ihren und trat näher an die wächserne Frauengestalt heran, um ihr ins Gesicht zu leuchten. Der dünne Kalkpanzer auf ihrem Antlitz offenbarte einst asketische Gesichtszüge mit hohen Wangenknochen und vollen Lippen. Die geschlossenen Augenlider erweckten den Anschein, als würde sie schlafen. Und doch stand er vor einer Leiche. Unter dem Kalkpanzer, der den Körper der Frau wie Firnis bedeckte, schimmerten blanke Knochen. Er schluckte, und betrachtete eingehend die vom Kalk konservierten Ohrmuscheln der Frau. Sie liefen spitz zu.

»Ja, eine Elfe«, sagte er. »Und sie scheint schon lange tot zu sein.«

»Dann haben wir die blinde Elfenseherin Nalani gefunden.« Catalea trat näher. »Gibt sie uns irgendein Zeichen?«

»Ein Zeichen?« Tandurin trat einen Schritt zurück, um die erstarrte Gestalt im Ganzen zu betrachten. »Nein, an ihr ist kein Zeichen. Keine Schrift, rein gar nichts. Sie sitzt einfach so da.«

Seine rothaarige Begleiterin trat dicht vor die kalkverkrusteten Stufen des Podests und berührte die Verstorbene ehrfürchtig an den Knien. Sie stieg die Stufen empor, und ihre Finger tasteten sich vorsichtig über die zuckergussartige Totenhülle bis hinauf zu den Schultern, dann wanderten sie über die Arme der Elfenseherin wieder hinab, bis sie die erstarrten Hände auf ihrem Schoß berührte. »Doch, da ist ein Zeichen. Siehst du ihre Hände?«

Die Hände der Konservierten lagen mit den Handflächen nach oben aufeinander. Mit etwas Fantasie formten sie eine flache Schale.

»Das ist ein Zeichen?«

»Ja, ich sehe darin ein Zeichen.« Catalea griff unter ihre Kleidung und entnahm ihr den Satz bunter Orakelkarten. Dann rezitierte sie:

»Zweimal, nicht einmal, eine Blinde wird sehen,
zweimal, nicht einmal, das Schicksal verstehen.
Zweimal, nicht einmal, nimm das Erbe als Preis,
Zweimal, nicht einmal, dann schließt sich der Kreis.
Einmal, nicht keinmal, naht das Ende der Flucht,
Einmal, nicht keinmal, in der Heimat, die ihr sucht.«

Sie legte Nalani den Kartenstapel in die Hände und mit einer tiefen Verneigung trat sie an Tandurins Seite, als erwarte sie, dass die Tote plötzlich die Augen aufschlagen und sich vor ihnen erheben würde.

Stattdessen bewegten sich die Orakelkarten.

Das Blatt fächerte auf und wirbelte über dem Schoß der Elfe empor. Und Tandurin beschlich der unangenehme Eindruck, als habe die Tote ihren Kopf bewegt, um sie mit ihren marmorweißen Augen anzustarren.

Die Karten flatterten, wirbelten … und verwandelten sich vor seinen Augen in bunte Falter.

»Catalea«, ächzte er, während er unmerklich die Arme ausbreitete. »Die Karten verwandeln sich in bunte Schmetterlinge.«

Fasziniert sah er dabei zu, wie die vielen herrlichen Tiere sie beide umschwirrten, wobei sich manche der Insekten auf ihre Körper setzten, sanft die Flügel bewegten und sie mit ihren Fühlern betasteten. Catalea stieß einen staunenden Laut aus, als sie die sachten Berührungen auf ihrer Haut spürte. Dann, plötzlich, erhob sich der Schwarm. Die Schmetterlinge stiegen über der toten Elfenseherin auf und bewegten sich auf eine der vielen Höhlungen in den Felswänden zu.

»Wo sind sie hin?«, fragte Catalea, die vermutlich sogar den sanften Flügelschlag der Schmetterlinge vernahm.

Der Schwarm verschwand nach und nach in einer Felsröhre über ihren Köpfen.

»Ich glaube, sie wollen uns irgendwohin führen«, antwortete er.

Er ließ die Lichtkugel die unregelmäßig geformten Höhlenwände ableuchten und bemerkte, dass die Felsen schmale Stege und treppenartigen Aufwege ausformten, über die man viele der Spalten und Löcher erreichen konnte. Er nahm Catalea an der Hand und führte sie über einen dieser Aufwege vorsichtig nach oben bis vor jene unscheinbare Felsröhre, in der die Schmetterlinge verschwunden waren. Hier oben war ersichtlich, dass es sich bei ihr um einen mannshohen Stollen handelte, der kerzengerade weiter in den Berg führte.

Sie zogen die Köpfe ein und folgten dem Tunnel einige Schritte, dann weitete er sich und sie erreichten eine zweite große Höhle. Wieder hielt Tandurin staunend inne.

In ihr ruhte das Skelett eines Gipfelalks mit ausgebreiteten Knochenschwingen, dessen Gebeine von schlanken Stalagmiten getragen wurden. Ein jeder von ihnen erweckte den Eindruck, als wäre er eigens aus dem Untergrund emporgewachsen, um das Skelett des Riesenvogels zu stützen.

Und vielleicht waren sie das auch.

Doch es war nicht der verstorbene Vogel, zu dem die Schmetterlinge sie hatten führen wollen. Der komplette Schwarm hatte sich auf einem alten Gerüst niedergelassen, auf dem das mit Metalllamellen ausgestattete Reitgeschirr des einstigen Gipfelalks ruhte: Sattel, Zaumzeug und sogar eine Kopfmaske für den Riesenvogel.

Und noch immer schimmerte das alte Leder geschmeidig.

Das war kein Geschirr wie jenes, das seine Lehrmeisterin dem Gipfelalk draußen vor der Grabhöhle angelegt hatte. Das hier war ein elfisches Kriegsgeschirr, das mit einer speziellen Tragevorrichtung an der rechten Seite für eine ganz besondere Waffe ausgestattet war. Diese erhob sich lotrecht neben dem Gerüst und ruhte mit der Spitze in einer Felsgabel: eine gewaltige, silberbeschlagene Kriegslanze. Sie besaß Ähnlichkeiten mit den Tjostlanzen der Ritter, nur war sie ein gutes Stück länger.

»Meine Güte!« Tandurin schilderte Catalea, welchen Schatz die Höhle barg. »Das da vorn ist eine der legendären Drachenlanzen aus den Sagen. So eine, wie sie einst Radulf aus den Blauen Zinnen im dritten Drachenkrieg besessen hat.«

Ergriffen berührte er das Goldamulett an seinem Hals, das ihn vor Drachenfeuer schützte und aus dem Nachlass des berühmten Helden stammte.

»Deshalb ist der Tunnel so schnurgerade«, murmelte er. »Offenbar kann man durch ihn Rüstzeug und Lanze nach draußen schaffen.«

Allerdings fand er keine Öffnung, durch die der skelettierte Vogel gepasst hätte. Trollwerk?

»Offenbar ist es an dir, die alten Sagen wiederaufleben zu lassen«, sprach Catalea feierlich. Sie hob ihre Hände, der Schmetterlingsschwarm stieg von dem Gerüst auf und flatterte durch die Höhle zu ihr zurück. Kaum, dass die Tiere ihre Hände berührten, verwandelten sie sich zurück in Karten. Nur, dass all die bunten Motive verschwunden waren. Die eine Hälfte der Karten zeigte jetzt eine schwarze, die andere eine weiße Oberfläche.

»Du musst nach Eresor, um unseren Leuten beizustehen.« Catalea sah mit ihren trüben Augen zu ihm auf und wirkte traurig.

Tandurin schluckte. »Und dann?«

»Kein dann. Die Orakelkarten haben ihre Schuldigkeit getan, das Muster hat sich erfüllt. Licht und Dunkel ringen miteinander, und die Zukunft ist von nun an ungewiss …«

Geron erwachte durch einen Schwall kalten Wassers.

Prustend schlug er die Augen auf, wollte das Wasser abstreichen und bemerkte, dass ihm die Hände auf dem Rücken zusammengebunden worden waren. Sein lädierter Kopf schmerzte. Er lag in einer Pfütze am Boden eines karg eingerichteten Zeltes, hinter dessen Planen sich schwach das Licht der Morgensonne abzeichnete.

Wie lange war er bewusstlos gewesen?

Und wo war Kyrell?

Er sah sich um – und war schlagartig wach.

Neben ihm befand sich ein Soldat im grün-gelben Wappenrock Waldaleths, der einen leeren Eimer in der Hand hielt. Und hinter diesem stand Alruna von Greifenfels!

Wie bei ihrer letzten Begegnung in der Zitadelle von Escalia Rotdrud war seine einstige Lehrmeisterin mit einem fließenden Magiergewand aus dunkelrotem Stoff und der kunstvoll zu den Seiten hochgezogenen Gelehrtenhaube bekleidet. Ein hochmütiges Lächeln umspielte ihre Lippen.

Mit einer beiläufigen Bewegung ihres Zauberstabes schickte sie den Soldaten nach draußen, dann waren sie allein.

»Geron von Waldaleth.« Das Weiß ihrer Augen bekam einen Gelbstich und sie offenbarte ihm ihre geschlitzten Drachenpupillen. »Du bist berechenbar. Ich wusste, dass du hier auftauchen würdest. Wenngleich ich eher damit gerechnet hatte, dass du versuchen würdest, dir die übrigen Teile der königlichen Elfenrüstung unter den Nagel zu reißen, zu der dein Dolch gehört. Dass du jedoch versuchen könntest, ausgerechnet den schweren Drakenstein zu rauben …«

»Ich werde Euch auffliegen lassen!« Geron zerrte an seinen Fesseln und versuchte, die Stricke in Flammen zu setzen. Vergeblich.

Die Drachin in Menschengestalt lächelte spöttisch. »Versuche es gar nicht erst. Das sind Stricke aus dem Schweifhaar von Einhörnern. Sehr reißfest – und absolut immun gegen Magie.«

»Ich werde alle darüber aufklären, wer Ihr wirklich seid, Drachin!«

»Versuch es«, erwiderte die Drachenzauberin gelangweilt. »Ganz sicher wird man dem Mörder König Almerdins Glauben schenken …«

Geron presste die Lippen aufeinander.

»Aber es kommt bald die Zeit, da ich mich selbst offenbare«, fuhr sie fort. »Natürlich erst, *nachdem* sich Waldalether und Schwalbenseer gegenseitig die Köpfe eingeschlagen haben.« Sie lächelte grausam. »Vermutlich ahnst du es bereits. Ich berate natürlich beide Seiten: deine Schwester Shira ebenso wie König Sirin. Und meine Ratschläge laufen darauf hinaus, dass der Konflikt zwischen euren Reichen nur auf eine Art beendet werden kann – auf gewaltsame.« Ihre geschlitzten Pupillen weiteten sich belustigt. »Wenn dann irgendwann das große Begreifen einsetzt, wird es zu spät sein.«

»Ja, wird es – für Euch«, entfuhr es Geron böse. »Ihr wisst doch, was diese Monstrosität, die Ihr aus dem Totenreich zurückgeholt habt, plant. Glaubt Ihr denn, Yolsulgur verschont Euch, wenn er bei der Herstellung eines neuen Glyntrils die Jungen Königreiche ausradiert?«

Erstaunt richtete sich Alruna auf. »Sieh an, du weißt mehr, als ich dachte. Aber so weit wird es nicht kommen. Ich habe Vorsorge getroffen, dass Seine drachenkönigliche Majestät nicht vergisst, wer er ist … Aber das muss dich nicht kümmern. Ebenso wenig wie die hiesige Schlacht, die in einer guten Stunde beginnt. Denn bis dahin wirst du tot sein.«

Außerhalb des Zeltes waren Schritte zu hören.

»Was heißt das?«, fragte er alarmiert.

»Du wurdest bereits vor zwei Wochen in Abwesenheit zum Tode verurteilt. Jetzt, da Waldaleth deiner habhaft wurde, wird man dich und deine Begleiterin hinrichten.« Alruna blickte voller Genugtuung auf ihn herab. »Schließlich kann sich deine Schwester kurz vor der Schlacht keine geschwisterlichen Rivalitäten erlauben.«

Hinter ihr wurde die Plane zurückgeschlagen und Shira betrat begleitet von zwei Garderittern der Weißen Burg das Zeltinnere. Seine verlogene Schwester war prächtig zum Kampf gerüstet; stolz trug sie die königliche Elfenrüstung zur Schau: über dem Kettenhemd lag Thomorn, der vergoldete Brustharnisch, der seinen Träger vor Kampfzauberei schützte; und um dem Helm schlang sich Larnywn, der königliche Stirnreif, der verhinderte, dass jemand sich ihres Geistes bemächtigte. Außerdem prangte an ihrer Seite das prächtige Schwert Kaya'thar und ... Ceredril, der Geron all die Zeit so treue Dienste geleistet hatte.

Es schmerzte, den Langdolch in ihrem Besitz zu sehen.

Davon ab sah Shira aus, wie er sie in Erinnerung behalten hatte. Das schulterlange dunkle Haar fiel ihr auf den Stoßkragen der Rüstung und ihr schmales Gesicht mit den ausdrucksvollen braunen Augen erinnerte ihn an das ihrer Mutter. Nur ihr Blick war härter als früher.

Und auch trauriger.

»Herzogin, seit wann seid Ihr hier?«, sprach Shira die Zauberin an, ohne Geron eines Blickes zu würdigen. »Und warum wurde ich nicht sofort über Euer Erscheinen in Kenntnis gesetzt?«

»Ich entschuldige mich, Königliche Hoheit.« Alrunas Augen wurden schlagartig wieder menschlich und sie verneigte sich vor Shira. »Ich bin eben erst eingetroffen und ich hielt es für ratsam, Euren Bruder noch einmal in Augenschein zu nehmen, bevor er zum Schafott geführt wird. Er ist zwar nur mäßig in der Magie begabt, aber ich wollte nicht riskieren, dass er Euch und uns überrascht.«

Shira nickte, trat vor, und eine Weile maßen die Geschwister sich schweigend. Gerons Zähne malmten, denn er hatte noch lange nicht vergessen, dass seine Schwester in das Mordkomplott gegen seinen Vater verstrickt gewesen war.

»Bruder ...«

»Halten wir uns nicht mit Höflichkeiten auf«, fuhr er sie an. »Du solltest wissen, mit wem du dich gemein gemacht hast: Alruna von Greifenfels ist in Wahrheit eine Drachin!« Hasserfüllt sah er die Zauberin an. »Eine Drachin in Menschengestalt, so wie einst der Drache Reißzahn. Hat sie dir offenbart, dass Yolsulgur zurück ist? Er plant, die Jungen Königreiche zu verheeren.«

Er rechnete damit, dass ihm Alruna magisch den Mund versiegeln würde. Doch seine einstige Lehrmeisterin tat nichts dergleichen. Stattdessen ruhte ihr amüsierter Blick auf ihm.

Shira sah kurz zu ihren Begleitern, die Zeuge der Unterhaltung waren, und schüttelte den Kopf. »Es tut mir leid, dass du in deinem Wahn nicht mehr Wahrheit und Lüge voneinander unterscheiden kannst, Geron.«

»Verdammt, Shira!« Aufgebracht zerrte Geron an seinen Fesseln. »Da draußen tobt längst der Vierte Drachenkrieg, während Waldaleth und Schwalbensee um einen beschissenen Flecken Land streiten. Alruna benutzt dich. Yolsulgur hat vor Gaalstrutz bereits ein großes Heer der südlichen Stadtstaaten zerschlagen. Und jetzt droht er, die Jungen Königreiche komplett auszulöschen. Und mit komplett meine ich *komplett*. Er will jedwedes Leben vernichten. Ist deine Machtgier so groß, dass du die Traditionen Waldaleths vergisst? Hasst du Vater so sehr, dass du sein Erbe derart mit Füßen trittst?«

»Dass du es wagst, Vater überhaupt zu erwähnen!«, schrie sie ihn an und trat wutbebend näher. »Ich weiß um die Gefahr aus dem Norden, Bruder. Und zwar durch niemand Geringeren als Herzogin von Greifenfels, die du hier anklagst. Waldaleth wird sich seiner historischen Verantwortung stellen. *Ich* werde mich meiner Verantwortung stellen. Aber wir können nicht in den Krieg ziehen, solange König Sirin in maßloser Gier unsere Südflanke bedroht.« Shiras Augen schimmerten feucht. »Denkst du, ich wollte das alles? Verflucht, ich hatte dir damals die Gelegenheit gegeben zu verschwinden. Weil ich wusste, wie es ist, eingesperrt zu sein. Damit du Heilung finden kannst.«

»Heilung?« Fassungslos sah Geron sie an.

»Ja, Heilung! Dass du dann stattdessen …« Sie hielt inne und Trauer umflorte ihren Blick. »Ich dachte wirklich, ich könne dir irgendwann vergeben. Aber jetzt bleibt mir nichts anderes übrig, als Recht zu sprechen, wie man es von der künftigen Königin Waldaleths erwartet. Ich habe einen Krieg zu führen.«

»Kannst du nicht wenigstens Kyrell verschonen?«, flehte er. »Sie hat mit alledem nichts zu tun.«

»Sie war deine Komplizin, und wie ich inzwischen weiß, teilt sie deinen Irrsinn! Nein.«

Geron presste zornig die Lippen aufeinander. »Eines Tages wirst du für den Mord an Vater büßen.«

Shira schlug ihm ins Gesicht. »Völlig egal, wie verwirrt du

bist – aber du wirst mich nie wieder für dein Tun verantwortlich machen.« Sie wandte sich brüsk um und marschierte zum Ausgang. »Bringen wir es hinter uns. Schafft ihn raus!«

Die Männer der Garde zerrten ihn auf die Beine, während Alruna im Hintergrund still grinste. Dann stießen sie Geron in seinen durchfeuchteten Sachen aus dem Zelt.

Davor standen Soldaten und Ritter Spalier und bildeten eine Gasse, die auf ein hölzernes Gerüst samt hoch liegender Plattform in etwa dreißig Schritten Entfernung zuführte – auf der ein Richtblock thronte. Niemand sprach.

Der Scharfrichter in seiner schwarzen Kapuze erwartete ihn dort, außerdem ein Gelehrter der Philosophenschule Waldaleths im vornehmen, blassblauen Gewand. Rechterhand erklang jetzt der getragene Klang von Trommeln.

Die beiden Garderitter stießen ihn unsanft voran und Geron sah sich ebenso verzweifelt wie ungläubig um. Erstmals sickerte die Erkenntnis in sein Bewusstsein, dass er tatsächlich und unwideruflich gescheitert war.

Das alles konnte doch verdammt noch einmal nicht sein.

Es *durfte* einfach nicht sein.

Nicht, nach allem, was er bislang durchgemacht hatte.

Doch in der Menge um ihn herum waren nur unbekannte, feindselige Gesichter zu sehen, die ihm einen möglichst schmerzhaften Tod wünschten. Soldaten. Hundeführer. Pikeniere. Ritter.

Abermals spürte Geron einen Stoß in seinem Rücken und er taumelte voran. Noch einmal versuchte er die Stricke in seinem Rücken zu lösen. Umsonst. Und ihm fiel kein Zauber ein, der geeignet war, ihn aus seiner misslichen Lage zu befreien.

Es war hoffnungslos.

Alles, was ihm noch blieb, war den letzten Rest seiner Würde zu bewahren.

Mit steinernem Gesicht marschierte er auf das Blutgerüst zu, und aus der Menge erklangen Verwünschungen.

»Königsmörder!« »Vatermörder!« »Verräter!«

Sein Körper wurde von gammligen Nahrungsmitteln getroffen und immer wieder wurde er angespuckt. Er hatte das Gerüst kaum erreicht, als er sah, wie von rechts eine weitere Gestalt durch ein Spalier herangeführt wurde. Kyrell!

Die Halbelfe war ebenso gefesselt wie er, doch sie wurde nicht von Rittern zum Richtplatz getrieben, sondern von Hundeführern, deren Kriegsdoggen zum Vergnügen der Umstehenden immerzu nach ihr schnappten. Die Menge bedachte sie mit obszönen Schmähungen, von denen »Mörderhure« und »Prinzenflittchen« noch die harmlosesten waren.

Geron sah die tiefe Verzweiflung in ihren Zügen.

Und das war es, was ihn am meisten schmerzte.

Nicht die unwürdige Art, wie er in die Geschichtsbücher Waldaleths eingehen würde, als Hochverräter und Erster seiner langen Ahnenreihe, der sein Leben auf dem Schafott verlor. Auch nicht, dass sie so trostlos gescheitert waren. Sondern dass er Kyrell enttäuscht hatte. Dass er sie leichtfertig in all das mit hineingezogen hatte.

Die Männer packten sie beide an den Schultern und stellten sie dicht nebeneinander vor die Stufen des Blutgerüsts, während jenseits des Schafotts Shira, Alruna von Greifenfels und ein halbes Dutzend Waldalether Herzöge und Grafen auf einer hölzernen Tribüne Platz nahmen, hinter der in der Ferne Burg Bussardstein aufragte. Unter ihnen auch Graf Lorenz, der alte Freund seines Vaters, dessen Namen Geron erst vor einigen Stunden missbraucht hatte. Enttäuscht blickte dieser zu ihm.

Schließlich hob seine Schwester die Hand und die aufgebrachte Menge verstummte. Ein Würdenträger des Kronrats trat mit einer Pergamentrolle vor und verlas laut alle Punkte der Anklageschrift. Geron vernahm Begriffe wie Hochverrat, Mord, Heimtücke, Wahnsinn und mehr – sie alle rauschten an ihm vorbei.

Alles, was im Augenblick zählte, war Kyrell.

»Es tut mir leid«, wisperte er und seine Augen füllten sich mit Tränen. »Vermutlich hat das keine Bedeutung mehr, aber wenn ich da oben gleich sterbe, dann sollst du wissen, dass ich ohne dich nichts war. Ich liebe dich, seit ich dich zum ersten Mal am Drachenthron erblickt habe. Du hast mir in all der Zeit Kraft und Hoffnung geschenkt. Und ich schäme mich zutiefst, dich derart enttäuscht zu haben. Ich kann nicht ändern, was geschehen ist. Aber wenn ich etwas bereue, dann, nicht schon früher den Mut dazu gefunden zu haben, dir all das zu sagen.«

»Ich weiß.« Kyrell zitterte. »Aber all das hat Bedeutung. Denn ich liebe dich ebenfalls …«

Sie sahen sich schmerzlich an, dann packten die Garderitter Geron und stießen ihn hinauf zum Schafott. Die Verlesung der Anklageschrift war beendet, stattdessen dröhnten nun wieder die Trommeln. Der Scharfrichter hielt sein Richtbeil bereit und der Gelehrte der Philosophenschule trat mit ernster Miene an ihn heran.

»Wünscht Ihr zum Trost, dass ich Euch ein Gedicht vorlese, Königliche Hoheit?«

Geron schnaubte freudlos, während er auf die sensationsgierige Menge herabblickte. Noch immer hoffte er darauf, ein vertrautes Gesicht zu finden. Vielleicht das von Tandurin. Oder von Dania …

Aber da war niemand.

Sie waren hier vollkommen allein.

»Nein, ich verzichte«, sprach er mit schwerer Stimme, während er wieder Kyrells Blick suchte.

»Wie Ihr wünscht.« Der Philosoph lenkte seine Aufmerksamkeit auf einen Ritter neben der Treppe zum Schafott, der ein Tuch mit drei Geron gut bekannten Objekten präsentierte. Das Goldblatt des Ahrvarien, das magische Schwert der Turmgarde und Kyrells magischer Dolch Nifredil.

»Eure Schwester hat verfügt«, führte der Gelehrte aus, »dass Ihr eingedenk der Krankheit, die sich Eures Geistes bemächtigt hat, nach Eurer Hinrichtung mit den Würden Eures Hauses beigesetzt werden sollt. Befindet sich unter diesen Gegenständen etwas, an dem Euer Herz hängt und das Euch ins Grab gelegt werden soll?«

Geron schürzte abfällig die Lippen. »Nein, aber ich will zu dem Heer sprechen!«

Der Philosoph warf Shira einen fragenden Blick zu, die ihn starr ansah und sich zu Alruna von Greifenfels beugte. Die Zauberin in Drachengestalt bedachte ihn mit einem misstrauischen Blick, während sie Shira etwas zuflüsterte. Die schüttelte den Kopf.

»Es tut mir leid« Der Gelehrte zuckte bedauernd mit den Schultern. »Eurem Wunsch kann nicht entsprochen werden.«

»Die Herzogin ist eine Drachin!«, brüllte Geron wütend los. »Sie ist es, die unser Reich –«

Die beiden Garderitter neben ihm traten ihm grob in die Knie und er stürzte auf die Plattform, während die Menge johlte. Bevor Geron mit seinen Anschuldigungen fortfahren konnte, wurde ihm ein Knebel in den Mund gestopft. Er spuckte und wehrte sich, doch er hatte gegen die Männer keine Chance, die ihm zum Richtblock zerrten.

Geron schrie in den Knebel, doch niemand hörte ihn, als sein Oberkörper auf den Richtblock gepresst wurde. Die Trommeln verstummten, der Scharfrichter hob das Beil – als in der Ferne der melodische Ruf eines Signalhorns durch die Talebene schallte.

Tandurin? Geron rollte mit den Augen und suchte aus seiner unbequemen Position heraus verzweifelt die Umgebung ab. Der Ton erschallte abermals, und nun entdeckte er vier Reiter auf Eoberi-Rössern, die von Westen her durch die Menge galoppierten.

Die Soldaten und Schaulustigen teilten sich vor ihnen und Geron begriff, warum. Die Neuankömmlinge trugen blinkende Elfenrüstungen.

Der Vorderste von ihnen riss sich den ovalen Helm vom Kopf, und dunkle Haare flatterten im Wind, der die spitz zulaufenden Ohrmuscheln des Reiters offenbarte.

Yarvala!

Auch ihre Begleiter nahmen die Helme ab: Delayar, Iniva und Torindel.

Geron konnte es kaum glauben.

»Elfen!« Einer der beiden Ritter, die Geron gepackt hielten, sah staunend zu den Vieren hinüber und der Scharfrichter ließ verblüfft das Beil sinken.

Unruhe breitete sich im Heer aus. Shira erhob sich und blickte den Elfen fassungslos entgegen. Alruna von Greifenfels hingegen verengte wütend die Augen.

Die Vier ritten an das Gerüst heran und sahen besorgt zu ihm auf. Yarvala saß ab und trat selbstbewusst an die Tribüne, vor der rasch eine Reihe Ritter der Weißen Burg Aufstellung bezog.

»Königliche Hoheit! Ehrwürdiger Kronrat!«, sprach sie in melodischem Elfisch und verbeugte sich unter dem Gemurmel der Menge. Die Herzöge und Grafen auf der Tribüne erhoben sich ungläubig. »Wir sind hier, um im Namen Elfenkönig Erlcorons ein Leumundszeugnis für Euren Bruder abzulegen.«

»Elfenkönig Erlcoron?«, entgegnete Shira. »Wie kann das sein … Ihr Elfen seid vor über sechshundert Jahren verschwunden.«

»Und nun sind wir zurück, um die Bande zwischen unseren Königreichen zu erneuern. Lasst mich Euch zunächst ein Geschenk überreichen.« Yarvala präsentierte einen Rosenzweig mit lachsfarbenen Blüten. Sie reichte ihn einem der Ritter, der die Blüten misstrauisch beäugte und sie dann zu Shira durchreichte.

Geron sank auf die Knie. Er ahnte, was Yarvala beabsichtigte. Das Königsheil musste auch auf Shira liegen, doch als Mörderin ihres Vaters hätte sie es verwirkt.

Allein – die Rosen neigten auch vor Shira ihre Blütenköpfe.

Wie konnte das sein?

»Was sind das für Blumen?«, fragte Shira.

Sie sah zu Alruna, die wie versteinert dasaß.

»Majestätsrosen, meine Herrin«, rief der Gelehrte vom Schafott herab. »Es existieren Abbildungen von ihnen im Westtrakt der Weißen Burg. Es ist überliefert, dass sie ihre Blüten vor jenen Eurer Blutlinie neigen, die Anspruch auf den Thron haben. Ein Anspruch, den Euer Bruder verwirkt haben sollte …«

Der Mann hatte das Prinzip zwar nicht ganz verstanden, dennoch konnte Geron nicht glauben, was er sah. Warum neigten die Rosen vor Shira ihre Köpfe?

»Bringt die Rosen meinem Bruder. Dann wird sich ja zeigen, ob Ihr recht habt.«

Der Ritter nahm den Zweig wieder an sich, trat durch die Umstehenden zum Schafott und reichte den Zweig dem Gelehrten, der ihn dicht neben Geron hielt.

Auch bei ihm neigten sich die Blütenköpfe.

Geron und Shira warfen sich zweifelnde Blicke zu.

Yarvala deutete zu ihm. »Wir wissen, dass Ihr Eurem Bruder den Mord an Eurem Vater König Almerdin anlastet, doch der königliche Rat sitzt einem Irrtum auf. Er ist unschuldig.«

»Ist er nicht!« Alruna von Greifenfels, die das Tal misstrauisch nach weiteren Elfen absuchte, hob mit funkelndem Blick ihren Zauberstab. »Nur, weil hier nach weit über einem halben Jahrtausend Elfen auftauchen, solltet Ihr, verehrter Kronrat, Euch Euren gesunden Menschenverstand bewahren.«

Shira umfasste Kaya'thars Griff und ihr Blick wanderte unruhig zwischen Geron und Alruna hin und her. »Runter mit dem Knebel.«

Einer der Ritter befreite Geron von dem Stoff.

Geron schluckte schwer, sah kurz zu Kyrell, die wie weggetreten wirkte und hinter deren Rücken eine der Kriegsdoggen knurrte, dann schaute er wieder zur Tribüne.

»Ich wiederhole es, Shira!« Er warf den Elfen jenseits des Schafotts einen mahnenden Blick zu und wies dann mit dem Kinn zu der Drachenzauberin. »Die Herzogin ist eine leibhaftige Drachin. Füge ihr mit Ceredril eine Verletzung zu, dann ist sie gezwungen, sich in ihre wahre Gestalt zu verwandeln.«

Shira sah die Zauberin beunruhigt an. »Wäret Ihr dazu bereit?«

Die Magierin lächelte kalt. »Natürlich … NICHT!«

Ihre Pupillen schlitzten sich, das Weiß ihrer Augen färbte sich schockgelb und ihrem Schlund entfuhr ein fürchterliches Gebrüll, als sie sich vor aller Augen in ihre Drachengestalt verwandelte. Ihr Hals wuchs in die Länge, ihr Kopf blähte sich zu dem einer angriffslustigen Echse mit scharfen, von Reißzähnen bewehrten Schlund und der Stoff ihres Gewandes platzte entzwei, als darunter mächtige schuppenbewehrte Schwingen und Extremitäten zum Vorschein kamen. Adlige und Soldaten schrien gleichermaßen entsetzt auf – dann brach die Tribüne unter dem wachsenden Gewicht der Drachin zusammen. Sraszzz' langer roter Echsenschwanz peitschte inmitten des Getöses über die Sitzreihen und fegte die Menschen wie hilflose Gliederpuppen beiseite.

»Weg hier!« Geron, der das Unglück längst hatte kommen sehen, stürzte sich ebenso wie einer der Ritter über die Kante der Plattform in die Tiefe, denn schon stob eine Flammenwalze über sie hinweg und die Welt versank in Drachenfeuer.

Hart schlug er auf dem Boden auf. Schreie aus zahllosen Kehlen ertönten. Auf dem Schafott verglühten Scharfrichter, Gelehrter und Ritter; ihre Körper brachen unter der sengenden Hitze wie brennende Scheite auseinander, während die Soldaten schreiend fortrannten.

Die Drachin brüllte und ein neuerlicher Feuersturm fegte im Halbbogen in die Fliehenden, der Aberdutzende weiterer Opfer fand, die schreiend und brennend zusammenbrachen.

»Meine Fesseln! Schneide meine Fesseln auf!«, brüllte Geron den Ritter an, der unmittelbar neben ihm aufgeprallt war.

Der konsternierte Ritter riss einen Dolch aus der Scheide und säbelte verzweifelt an den Stricken aus Einhornhaar, während hinter dem lichterloh brennenden Schafott der massige rotgeschuppte Leib der Drachin Sraszzz in die Höhe wuchs.

Zornig fuhr ihr Echsenschädel herum, während sie ihre Schwingen angriffslustig ausbreitete. »STERBT, MENSCHEN. STERBT ALLE!«

Inmitten der Flammen kam eine einsame Gestalt auf die Beine, die die Drachin unerschrocken und mit erhobenem Schwert angriff. Shira schrie zornig auf, warf mit der Linken Ceredril, dessen Klinge bis zum Heft in der geschuppten Brust der Drachin stecken blieb, um dann mit dem königlichen Schwert Kaya'thar auf sie loszugehen.

Alruna brüllte auf, riss sich die Klinge mit den Zähnen aus dem Fleisch und fegte Shira mit einem Schwanzschlag von den Beinen. Shira überschlug sich und schlug dabei der Drachin eine tiefe Wunde, aus der heißes Drachenblut spritzte, bevor sie benommen liegen blieb.

Sraszzz hob ihr von Reißzähnen bewehrtes Maul und es glühte bereits in ihrem Schlund, als von mehreren Stellen jenseits des brennenden Schafotts flirrende silbrige Blitze mit Wucht in ihrem Schuppenkleid einschlugen.

Der mächtige Echsenschädel fuhr gereizt herum – und die Drachin schrie gepeinigt auf.

In ihrem linken Auge steckte jetzt eine Waffe.

Kyrells magischer Wurfdolch Nifredil.

Abermals versanken Schafott und Umstehende in Drachenfeuer, doch der Feuerstrom wirkte ungezielt, wenngleich ihm erneut drei oder vier Kämpfer zum Opfer fielen, die Shira zu Hilfe eilten.

Endlich schaffte es der Ritter, Gerons Fesseln zu durchtrennen.

Der sprang auf, während sich unter dem brennenden Schafott eine Gestalt hindurchrollte, um sich vor dem Drachenodem in Sicherheit zu bringen. Geron erkannte Yarvalas Gefährten Torindel.

»Wo sind die anderen?«, rief er ihm zu.

»Ich hoffe, irgendwo da hinten.« Der Elf stöhnte. »Ich weiß nicht, was mit Yarvala ist. Sie war ganz vorn.« Sofort kam er auf die Füße und traktierte die Drachin wieder mit Silberblitzen.

»Die Männer sollen angreifen«, herrschte Geron den Ritter an. »Sofort!«

Der Mann rannte davon. Weiter hinten ging ein beherzter Trupp Soldaten mit langen Piken auf die Drachin los. Sie verbrannte ihre Leiber zu Asche, bevor sie ihr nahe kommen konnten. Endlich entdeckte Geron Kyrell. Die Halbelfe stolperte inmitten des Rauchs auf ihn zu und reichte ihm das Elfenschwert der Turmgarde.

»Ich weiß nicht, was wir noch tun sollen«, sagte sie keuchend.

»Alruna so hart wie möglich zusetzen!« Zornig setzte Geron die Elfenklinge mit seinen Zauberkräften in Brand. Dann rannte er Torindel nach, der Yarvalas Körper unter einigen Trümmern hervorzerrte.

Die Elfe lebte noch.

Auch Shira kam wieder auf die Beine.

Geron lief an ihre Seite, sie beide sahen sich entschlossen an, dann gingen sie gemeinsam auf die Drachin los.

Sraszzz wäre dennoch mit Leichtigkeit mit ihnen fertig geworden, wenn nicht schräg hinter ihnen plötzlich Delayar und Iniva mit ihren silbrigen Kampfzaubern die Aufmerksamkeit der Drachin auf sich gezogen hätten. Der mächtige rote Leib wurde ein Stück zurückgeworfen – als ein grausamer Schrei gellte, der ihnen allen durch Mark und Bein fuhr. Kyrell!

Die halb blinde Drachin röhrte gepeinigt auf und ein Hagel an Pfeilen regnete jetzt auf ihren harten Schuppenleib, der sie weiter zurückweichen ließ. Ein halbes Dutzend der Pfeile blieb sogar im Schuppenkleid stecken. Kriegshörner erschallten und von allen Seiten ertönten Schlachtrufe.

Die Soldaten hatten sich endlich formiert und gingen brüllend zum Angriff über.

Wütend schüttelte die Drachin ihr mächtiges Echsenhaupt, wob einen flirrenden Schutzschild um sich und breitete fauchend ihre riesigen Schwingen aus. »WIR SEHEN UNS WIEDER!«

Mit einem Satz war sie in der Luft und schraubte sich mit wuchtigen Schlägen empor. Noch einmal schlug sie mit ihrem Drachenfeuer eine brennende Schneise in die heranstürmenden Soldaten, dann verschwand sie über den Baumwipfeln.

Geron kam schwer atmend auf die Beine, seine Kleidung schwelte an einigen Stellen. Wütend blickte er der Drachin nach, dann betrachtete er die vielen Toten. Schließlich sah er seine Schwester an.

Shiras Stirn zierte eine Platzwunde, und sie wirkte niedergeschlagen.

»Ich habe mich vor allen zur Närrin gemacht.« Müde ließ sie Kaya'thar sinken. »All das ist meine Schuld …«

»Du hast wirklich nichts mit Vaters Tod zu tun?«, fragte Geron. »Warum dann dieser Auftritt damals?«

Shira ließ den Kopf hängen. »Alruna von … das Biest versprach mir damals, auf Vater einzuwirken, damit ich der Hochzeit mit Harald von Schwalbensee entgehe. Sie ließ offen, ob sie damit ihre Magie meinte oder ihre Überredungskünste. Mir war das ehrlich gesagt egal. Ich war so wütend – und so enttäuscht. Von euch allen. Und für diese Gegenleistung musste ich ihr versprechen, nach Vaters Tod und … im Falle meiner Krönung, getreu ihren Anweisungen dem Orden der Stäbe zu dienen. Dazu gehörte insbesondere, dem Orden zu helfen, deiner habhaft zu werden. Und ich musste Stillschweigen über alles bewahren. Sie hat mich sogar einen magischen Vertrag unterschreiben lassen, der mich an sie bindet.«

»Nach deiner Krönung?«

»Ja …« Shira seufzte. »Immerhin hat sie uns allen weisgemacht, dass du wahnsinnig geworden bist. Dass du eh nicht mehr als Thronfolger infrage kommst. Ich dachte natürlich, dass sie mit meiner Krönung einen Zeitpunkt in einigen Jahren meinte. Irgendwann in der Zukunft, wenn Vater abdankt – oder auf natürliche Weise stirbt. Ich wusste nicht, was sie tatsächlich plante. Als du dann so unerwartet in Waldaleth aufgetaucht bist … da sah ich plötzlich alle Pläne gefährdet. Alruna war so besessen von dir. Ich dachte, sie würde unser beider Vereinbarung hinsichtlich Harald vergessen, wenn sie dich selbst geschnappt hätte.« Shira rieb sich über das Gesicht, verwischte Schweiß und Dreck. »Alles, was ich wollte, war, dich noch ein paar Tage fernzuhalten, bis Vater die Verlobung gelöst hätte. Oder dass du weggehst. Dass dein Geist wirklich umnachtet sein könnte, das habe ich erst geglaubt, als ich dich mit der Waffe in der Hand bei seinem Leichnam sah. Vielleicht wollte ich es auch glauben …«

Geron atmete tief ein. »Und doch hast du in Kauf genommen, dass Vater verhext wird?«

Shira schwieg – und nickte. Unglücklich fiel sie vor ihm auf die Knie und überreichte ihm demütig Kaya'thar. »Du bist der Erste in der Thronfolge«, sprach sie leise. »Ich überantworte mich deinem Urteil.«

Geron wurde bewusst, dass sie beide von Rittern und Soldaten in gelb-grünen Wappenröcken umringt wurden, die sie gespannt ansahen. Unter ihnen waren auch Kyrell, Yarvala, Torindel, Iniva und Delayar, der selbst jetzt einige Notizen machte.

»Komm hoch!« Statt das Schwert zu nehmen, zog Geron seine

verblüffte Schwester empor. »Wie du vorhin selbst gesagt hast, haben wir einen Krieg zu führen. Nur eben gegen Yolsulgur!«

»Und was ist mit Schwalbensee?«

»Vergiss Schwalbensee.« Geron sah sich im Kreis der Umstehenden um – und entdeckte Graf Lorenz, den alten Freund seines Vaters, der es geschafft hatte, dem Wüten der Drachin zu entgehen.

»Graf Lorenz, meine Schwester und ich benötigen Eure Hilfe.« Er winkte auch Kyrell und den Elfen zu, als er an Shiras Seite auf eines der unversehrten Offizierszelte zumarschierte, vor dem sofort Wachen Aufstellung bezogen.

»Königliche Hoheiten!« Der Freund ihres Vaters verneigte sich, als sie im Inneren waren, und Geron sah ihm an, dass ihn die unverhoffte Gesellschaft der Elfen mindestens ebenso verwirrte wie das fürchterliche Drama eben.

»Graf, ich bestimme Euch hiermit zum offiziellen Emissär Waldaleths, um Friedensverhandlungen mit König Sirin aufzunehmen«, sprach Geron. »Waldaleth wird Schwalbensee die hiesige Markgrafschaft als Wiedergutmachung für die gelöste Verlobung abtreten und künftig auf alle Ansprüche verzichten.«

Erstaunt sah ihn der Graf an. »Seid Ihr Euch bewusst, dass –«

»Wir benötigen das Heer zu einem anderen Zweck, denn wir werden gegen den Drachenkönig in den Krieg ziehen.«

»Dann müssen wir neue Vorräte heranschaffen«, erklärte Shira. »Nach Sil'Bariath sind es mindestens drei Wochen Wegmarsch.«

»Ich weiß, und … ich arbeite daran. Nur bitte, das hier muss sofort umgesetzt werden.«

»Ich werde gleich eine entsprechende Gesandtschaft zusammenstellen.« Der Graf verneigte sich und verließ das Zelt.

Geron wandte sich mit einem schweren Seufzer an die Elfen. »Ihr seid nicht wirklich im Namen König Erlcorons hier, oder?«

Yarvala, Torindel, Delayar und Iniva warfen sich betretene Blicke zu.

»Nein.« Iniva berührte traurig ihre Leier. »Das Elfenreich ist in Aufruhr, seit der Glyntril fort ist. Und es heißt, König Erlcoron habe den Hohen Rat zusammengerufen, aber dort ist noch keine Entscheidung gefallen.«

»Unsere Welt bricht ohne den Glyntril allmählich zusammen«, merkte Delayar an. »Sie verschmilzt mit der wirklichen Welt und es bilden sich schon jetzt Risse. Noch ein paar Wochen, dann sind wir endgültig wieder Teil dieser Welt.«

»Das heißt also, dass wir allein auf uns gestellt sind«, meinte Geron und sein Blick streifte Shira, die verständnislos dreinschaute. »Was mich eigentlich interessiert: Kann man einem ganzen Heer den Durchmarsch über die Kurzen Wege ermöglichen?«

»Sicher.« Torindel musterte ihn neugierig. »Das ist in früheren Zeiten schon geschehen. Allerdings solltest du wissen, welche Risiken der Gebrauch der Ahrvarienblätter birgt.«

»Ich weiß, was ich von euch erbitte.« Geron sah kurz zu Kyrell. »Aber derzeit weiß Yolsulgur nicht, dass wir gegen ihn ziehen werden. Selbst in ihrer Drachengestalt benötigt Alruna mindestens ein oder zwei Tage, bis sie am Drachenthron ist und von Eurem Auftauchen berichten kann. Wir müssten nur schnell genug sein.«

»Die uns bekannte Pforte direkt am Drachenthron können wir nicht nehmen«, wandte Kyrell ein. »Dort kämen wir vermutlich inmitten des Gaalheeres heraus und dem Heer böte sich keine Möglichkeit zur Aufstellung.«

»Es existiert noch eine andere Pforte, die vielleicht geeignet wäre«, merkte Yarvala an. »Sie liegt zwar ungefähr hundertfünfzig Meilen von Sil'Bariath entfernt, doch sie würde die Marschzeit zum Drachenthron auf vier oder fünf Tage verkürzen.«

»Gut, dann machen wir es so und hoffen auf unser Glück.« Geron wandte sich an Shira. »Du wirst das Heer Waldaleths führen. Denn auf uns Zauberer kommen vermutlich andere Aufgaben zu.«

Erstaunt sah seine Schwester ihn an. »Du vertraust mir das Heer an, trotz allem, was vorgefallen ist?«

Geron atmete tief ein. »Du trägst das Königsheil ebenso wie ich.«

»Es gibt auch noch einen anderen Grund, warum wir es so halten sollten«, ergänzte Kyrell. »Yarvala, erzähl Geron, wie ihr uns überhaupt gefunden habt.«

Die dunkelhaarige Elfe lächelte. »Ganz so wie damals, als ich Kyrell erstmals aufgespürt habe. Mittels ihres Ahrvarienblattes. Mitglieder einer Familie sind durch sie auf besondere Weise miteinander verbunden.«

»Und?« Geron runzelte die Stirn.

»Das gilt in schwächerer Form auch für Blattträger, denen man auf andere Weise verbunden ist. Etwa durch einen langjährigen Dienst.«

»Ich verstehe nicht.«

Kyrells Augen funkelten. »Was Yarvala meint, ist, dass ich auf diese Weise Mutter Valeska aufspüren kann. Während unsere Freunde Shira dabei helfen, das Heer in den Norden zu führen, werden wir uns den Glyntril zurückholen!«

Luft & Stein

Tandurin spähte über die verschatteten Flussauen hinweg zu den Ruinen von Eresor. Schwarz zeichneten sich die geborstenen Mauerstümpfe der einstigen Königsmetropole im Mondlicht ab, während linker- wie rechterhand des verheerten Stadtgebietes das fahle Glitzern der Nada auszumachen war, ein Nebenarm des Großen Flusses, der die Stadt durchströmte.

Üblicherweise mieden seine Leute die Ruinenstadt. Denn schon seit sechs Jahrhunderten wucherte dort der schwarze Schimmel. Ein Fluch Yolsulgurs aus dem Zweiten Drachenkrieg, der bis heute dafür sorgte, dass krank wurde, wer sich hier niederließ, und der bis heute einen Neuaufbau verhindert hatte. Dass Eresor noch immer eine gewisse Bedeutung im Leben der Jungen Königreiche spielte, lag einzig an der maroden alten Brücke über den Fluss, über die der Warenverkehr hinauf nach Walskar rollte. Doch der Handelsverkehr über den Wasserlauf war vermutlich schon vor Wochen zum Erliegen gekommen, denn Eresor lag im Einflussbereich des Drachenthrons.

Und was mit den Einwohnern Walskars geschehen war, wusste er …

Aus der Luft hatte er auf dem Stadtgebiet jenseits des Stroms zahllose Wachfeuer erblickt, die auf eine Besatzung durch Gaale hindeuteten, während die Ruinen diesseits des Flusses weitgehend im Dunkeln lagen. Und doch wehte von dort ein unangenehmer Geruch von Schwefel und Feuer an seine Nase.

»Kannst du irgendetwas hören?«, flüsterte er Catalea zu, die neben ihm hockte und mit ihren blinden Augen in die Dunkelheit starrte. »Denn ich kann ehrlich gesagt nichts erkennen.«

»Unsere Leute sind da, wie die Babajuschka es anwies«, sprach die junge Seherin. »Aber sie halten sich versteckt. Ich höre leisen Gesang ... Lieder unseres Volkes. Und auch Geräusche von Pferden.«

Tandurin lauschte seinerseits, doch er vernahm nichts außer dem Rauschen des Windes und des Flusses. »Gut, dann lass uns rüber. Nur wirst du mich in die richtige Richtung führen müssen.«

Catalea lächelte. »Wer hätte gedacht, dass einmal eine Blinde einen Sehenden führt?«

»Ich hätte früher so einiges nicht für möglich gehalten«, erwiderte Tandurin.

Er nahm ihre Hand, sie verließen ihr Baumversteck, und er führte sie den bewaldeten Hügel hinunter zur Ruinenstadt. Catalea korrigierte ihre Marschrichtung hin und wieder nach Gehör, und so dauerte es keine zwanzig Minuten, bis sie die südlichen Ausläufer der einstigen Königsmetropole erreichten. Dort erwarteten sie zerfallene Häuser und ein geborstener Wachturm, dessen schwarzschimmlige Mauern neben einem Straßenzug aufragten, der dicht von Bäumen und Gestrüpp überwuchert war. Der Brandgeruch war hier besonders intensiv – genauso wie der nach Schimmel.

Hand in Hand schlichen sie weiter, querten verfallene Plätze und Häuser, deren Dachgiebel schon vor langer Zeit eingestürzt waren. Tandurin imitierte einen Käuzchenruf, um so etwaige Wachposten auf sich aufmerksam zu machen, und tatsächlich dauerte es nicht lange, und der Ruf wurde auf gleiche Weise beantwortet. Er löste sich von Catalea und stellte sich gut sichtbar neben ein halb im Erdboden versunkenes Reiterstandbild, von dem nicht viel mehr als das Unterteil des Tiers geblieben war.

»Wer seid ihr?«, kam es aus dem Dunkel in der Sprache seines Volkes.

»Mein Name ist Tandurin und ich bin ein Abgesandter des Ordens der Stäbe!«, antwortete er in gleicher Zunge und ließ auf bewährte Weise eine Lichtkugel über der Hand erstrahlen, um seine Antwort zu unterstreichen.

»Tandurin?«, schallte es überrascht. »Bögen runter – das ist mein Neffe!«

Augenblicke später lösten sich zwei, drei Schatten aus dem Dunkel, und Männer in Lederrüstungen, wattierten Waffenröcken und Tüchern vor den Gesichtern betraten den Platz. Sie hielten Säbel, Äxte und Speere in den Händen. Tandurin erkannte seinen Onkel Darion sofort an den bunten Stoffstreifen ihrer Sippe im lichter werdenden Haar.

»Darion!« Erleichtert lief Tandurin ihm entgegen, dann lagen sie sich in den Armen. »Ich hatte mich schon gefragt, was aus dir wurde.«

Sein Onkel zog sich das Tuch vom Gesicht und enthüllte ein strahlendes Lächeln unter seinem wippenden Schnauzbart. »Tja, Unkraut vergeht eben nicht«, meinte er erleichtert. »Offenbar gilt das für uns beide. Ich befürchtete schon, dieser Drache in Kesselfurt hat dich gefressen. Du kommst genau rechtzeitig, denn wir stehen hier vor unlösbaren Problemen.«

»Warte.« Tandurin eilte zurück und führte Catalea aus den Schatten.

Die Männer blickten ihr aufmerksam entgegen.

»Seid Ihr nicht die Gehilfin der Babajuschka?«, fragte einer der Kämpfer erstaunt.

»Sie *ist* die Babajuschka«, erklärte Tandurin ernst.

Darion und seine Begleiter warfen sich bestürzte Blicke zu, dann verneigten sie sich. Jeder von ihnen wusste, was diese Nachricht zu bedeuten hatte.

»Bitte lasst das«, sagte Catalea, so als könne sie sie sehen. »Die Karten haben sich getrübt – wenngleich noch ein paar Prophezeiungen darauf warten, sich zu erfüllen …«

»Wir bringen euch am besten direkt zu Jovar«, sprach Darion sorgenvoll. »Er ist es, der unseren Haufen anführt.«

Tandurin nahm Catalea wieder an die Hand und erblickte drei Bogenschützen, die kurz aus ihren Verstecken traten, um ebenfalls einen Blick auf ihn und die Seherin zu erhaschen. Darion gab den Männern einige Befehle, dann geleitete er ihn und Catalea hinein ins Stadtgebiet, wo sich der Brandgeruch verstärkte. Sie kamen an zusammengestürzten Hausruinen vorbei, in denen alte Balken schwelten. Qualm wehte ihnen entgegen, der Tandurin argwöhnend zum Himmel blicken ließ.

Darion lotste sie zu der gespenstischen Ruine eines einstigen Prachtbaus, an dessen Fassade ihnen leere Fensterlöcher entgegengähnten, und von dort auf einen Innenhof, auf dem ein mächtiger Baum mit verkohlten Zweigen und Ästen an den Mauern emporwucherte. Neben dem Wurzelwerk befanden sich ausgetretene Treppenstufen ins Erdreich, außerdem eine weitere Wache.

Die Stufen führten sie in ein uraltes Gewölbe mit Tonnendecke, in dem es nach Schimmel stank. Dennoch harrten hier unten einige Dutzend Kämpfer mit Tüchern vor den Gesichtern aus, die aufgeregt zu ihnen aufsahen, als sie an ihnen vorbeimarschierten. Sie passierten künstliche Mauerbrüche, eilten durch neu gegrabene Erdgänge und weitere Kellergewölbe.

Überall bot sich ihnen der gleiche Anblick, denn überall saßen im Licht von Laternen Bewaffnete mit Halstüchern vor den Atemwegen, die gelegentlich husteten und in deren grimmige Gesichter sich ein Anflug von Hoffnung stahl, als sie Tandurin und Catalea entdeckten.

Schließlich erreichten sie ihr Ziel: ein riesiger und von Fackeln beleuchteter Weinkeller, den ein grob gezimmerter Tisch mit Kartenwerk des alten Eresors dominierte. Auch hier bedeckte schwarzer Schimmel die Wände, den ihre Leute nur unzureichend vom Mauerwerk hatten schaben können. Wachen waren vor allen drei Ausgängen postiert, und Tandurin entdeckte am Tischende Jovar, den Gatten der einstigen Greisenmaid, zusammen mit drei Unteranführern.

Der Mittvierziger mit dem schulterlangen roten Haar, in das bunte Bänder eingeflochten waren, trug einen Lederpanzer und sogar ein Schwert. Jovar sah auf, als sie das Gewölbe betraten, und sein Blick blieb sofort an Catalea hängen.

»Dann ist Lathinka nicht mehr?«, fragte er tonlos.

»Nein. Sie ist übergetreten«, antwortete Catalea betrübt.

Der Mann presste die Lippen aufeinander und verharrte eine Weile. »Sie hat mir bei unserem Abschied gesagt, dass wir uns nicht wiedersehen würden. Und doch … ist es etwas anderes, es nun von Euch zu hören, Babajuschka.«

Er räusperte sich, rang kurz nach Fassung und winkte die beiden Neuankömmlinge dann heran. »Für Trauer ist im Augenblick keine Zeit. Denn so, wie es aussieht, werden uns die Gaale besiegen, ohne dafür auch nur ein weiteres Mal ihre Waffen heben zu müssen.«

Tandurin berührte das Schwert an seiner Seite. »Ich verspreche zu tun, was in meiner Macht steht. Könntest du uns einen Lagebericht geben?«

Jovar nickte. »Kommt mit.«

Er führte sie zu einem Ausgang und über eine steile Wendeltreppe nach oben. Beide Männer halfen Catalea beim Aufstieg, und zusammen erreichten sie ein höher liegendes Turmgeschoss mit offener Decke, über dessen Mauerschründe der Wind pfiff. Ein Posten hielt hier oben Wache, der sich beim Anblick von Cataleas Perlenstola rasch verneigte.

Von hier oben aus hatten sie einen hervorragenden Blick auf die im Mondlicht glitzernde Nada und das von Wachfeuern übersäte Ruinenfeld, das dreißig oder vierzig Schritte entfernt am jenseitigen Flussufer lag.

Jovar deutete über den Fluss. »Als wir hier eintrafen, hielten die Gaale Eresor mit etwa zweihundert Mann besetzt. Was kein Wunder ist, bedenkt man, wie strategisch wichtig Eresors Brücke war. Denn nur über sie gelangt man auf die andere Uferseite.«

»War?« Tandurin sah den Flusslauf entlang und entdeckte den Ort, an dem sich die Brücke einst über den Fluss gespannt hatte. Allein die mächtigen Steinpfeiler ragten noch aus dem Wasser.

»Du siehst es selbst. Sie ist nicht mehr.« Jovar verzog missmutig sein Gesicht. »Zunächst war uns das Kriegsglück hold, denn mit uns rechneten die Echsen offenbar nicht. Es gelang uns, in den diesseitigen Stadtteil einzufallen und die Gaale zu vertreiben. Als wir dann aber zum Angriff auf die Brücke übergingen, brachten sie diese unter unseren Leuten zum Einsturz. Wir versuchten es daraufhin mit Flößen, doch ihre Bogenschützen sind zu gut. Jetzt halten sie die komplette gegenüberliegende Uferseite und wir stecken hier fest. Inzwischen haben sie Verstärkung erhalten, und wir vermuten, dass ihre Zahl auf dreihundert Köpfe angewachsen ist. Außerdem … haben sie einen Drachen. Dieses Drecksvieh setzt uns bereits seit Tagen schwer zu. Uns blieb daher nichts anderes übrig, als uns im Untergrund in Sicherheit zu bringen.«

»Wie viele harren hier aus?«, fragte Catalea.

»Anfangs waren wir knapp eintausendfünfhundert Mann, ehrwürdige Babajuschka«, erklärte Jovar niedergeschlagen. »Bei den Kämpfen haben wir fünfzig Mann verloren, beim Brückensturz noch einmal vierzig. Und dann kam der Drache, in dessen Feuer viele weitere gute Männer verbrannten. Und längst wirkt Yolsulgurs Fluch. Wir siechen zunehmend dahin. Weit über zweihundert Mann sind verletzt oder mittlerweile so krank, dass wir sie zurück in den Süden schaffen mussten. Aber auch dort ist niemand sicher, da dieser elende Drache Jagd auf jeden macht, den er oberirdisch entdeckt.« Er seufzte schwer. »Jetzt sind wir noch etwas mehr als eintausend, doch jeden Tag werden es weniger.«

»All das wird nun ein Ende haben«, versprach die junge Seherin. »Die Prophezeiung besagt, dass ihr Hilfe erhaltet. Stein und Luft werden euch beistehen, um Wasser und Feuer zu bezwingen. Diese Hilfe ist jetzt da. Macht die Männer zum Kampf bereit, denn ihr müsst die Dunkelheit nutzen.«

Jovar sah sie erstaunt an. »Gebt mir eine halbe Stunde, und wir sind bereit.«

Tandurin musterte Catalea skeptisch, während Jovar nach unten eilte. »Was es mit dem Feuer auf sich hat, ist mir klar. Und beim Anblick des Flusses weiß ich auch, was mit Wasser gemeint ist, das bezwungen werden will. Aber was ist mit dem Rest?«

»Ahnst du es wirklich nicht?«, fragte ihn die rothaarige Seherin. »Bleib hier oben und mach dich zum Kampf bereit. Wenn es so weit ist, blas dein Gipfelalkhorn dreimal. Dann wirst du es sehen.« Sie berührte wehmütig seine Wange. »Und versprich mir, dass du auf dich Acht gibst.«

Tandurin umfasste ihre Finger. »Du auch.«

Sie legte kurz ihre Wange an seine Hand, dann löste sie sich von ihm. »Ich werde unten gebraucht.«

Tandurin sah ihr nach, wie sie sich von dem Posten die Stufen hinabführen ließ, und warf dann einen Blick über die Turmmauern, wo sich die Ruinen allmählich mit Leben füllten. Dies wurde auch auf der anderen Flussseite bemerkt, denn auch dort waren jetzt Bewegungen auszumachen.

Von dort vernahm er nun wieder Drachengebrüll.

Tandurin setzte kurzerhand sein Signalhorn an die Lippen und ließ dreimal einen weithallenden Ruf über den Ruinen erschallen.

Und der Ruf wurde beantwortet.

Irgendwo in den Hügelketten südlich Eresors war ebenfalls der getragene Klang von Hörnern zu hören. Tandurin spähte verwirrt in die Richtung und entdeckte dort, unter dem Sternenhimmel, den mächtigen Schatten des Gipfelalks, der geradewegs auf die Stadt zuhielt.

Doch der Vogel kam nicht allein.

Aus den Bäumen brach zeitgleich ein Gruppe Trolle hervor, die mit mächtigen Laufschritten auf die Ruinenstadt zustampfte.

Waren das Luft und Stein?

Auf der anderen Flussseite stob grell eine Stichflamme empor, dem abermals fürchterliches Drachengebrüll folgte.

Das Erscheinen des Riesenvogels wurde von staunenden Rufen aus zahllosen Kehlen begleitet. Kurz darauf hallten dröhnende Laufgeräusche durch die Gassen, als die Trolle in die Stadt einmarschierten. Tandurin zählte zehn der Bergriesen. Ihr Anführer ragte bis zum zweiten Stockwerk eines höheren Gebäudes auf und selbst von hier oben aus wirkten die mit Fellen und Keulen bewehrten Gebirgsbewohner monströs.

Tandurin sah, wie ihnen Catalea an der Seite Jovars entgegentrat, dann setzte der Gipfelalk mit rauschendem Federkleid auf einer Turmmauer auf, legte die Flügel an und starrte abwartend aus seinen kalten Raubvogelaugen auf ihn herab. Vor Anspannung schlug Tandurin das Herz bis zum Hals.

Geschwind kletterte er auf den Rücken des Vogels, schnallte

sich auf dem Elfensattel fest und betrachtete die prächtige silberbeschlagene Drachenlanze, die auf einem eigenen Gestell rechts des Vogelleibs ruhte. Die mächtige Stoßwaffe erschien ihm endlos lang, doch der Schaft bestand aus einem Holz, der sie gerade so schwer machte, dass er die gut ausbalancierte Waffe mit einem Ruck anheben, einlegen und so zum Stoß bereit machen konnte.

All das hatte er auf dem Herflug mehrere Male geübt – aber ein echter Luftkampf war etwas völlig anderes. Und er wusste auch, dass er nur einen Versuch hatte, um erfolgreich zu sein.

Unter ihm marschierten Trolle und Kämpfer seines Volkes Seite an Seite über die Straßen in Richtung der zerstörten Brücke, während auf der anderen Flussseite dumpfe Trommeln ertönten. Plötzlich sah Tandurin eine Vielzahl kleiner Bewegungen in der Luft, und um ihn herum schlugen zahllose schwere Felsen im Stadtgebiet ein, die unter Getöse Mauern einrissen und eine frei stehende Hausfassade zum Einsturz brachten.

Verdammt, Jovar hatte nicht von Katapulten gesprochen! Die Gaale besaßen offenbar welche.

Tandurin drückte dem Gipfelalk die Stiefel in die Seiten, der Riesenvogel breitete seine Schwingen aus und schraubte sich mit machtvollen Flügelschlägen in den Nachthimmel.

Auf der anderen Flussseite stieg ebenfalls etwas aus den Ruinen empor: ein kapitaler grüngeschuppter Drache, der fast anderthalbmal so groß war wie der Gipfelalk, und den Tandurin sogar zu kennen glaubte: Das war einer der Lindwürmer, die sie in Helgrinshall gesehen hatten. Ihm kam die Weissagung der Greisenmaid in den Sinn:

Dreimal, nicht zweimal, droh'n dir Feuer und Schmerz.
Einmal, von dreimal, hör auf dein Herz.

Diesmal hatte er keine Veranlassung, auf sein Herz zu hören. Das Mistvieh hatte zahllose der Seinen getötet. Er musste es vom Himmel holen.

Das geschuppte Monstrum hatte ihn längst entdeckt. Im Mondlicht taxierte ihn der Drache mit seinen gelben Echsenaugen über dem mächtigen Schlund, während er kräftig mit den Schwingen schlagend auf ihn zujagte. Statt zur Brücke zu fliegen, wo Trolle und Menschen Aufstellung bezogen, umkreisten sie sich über dem glitzernden Flusslauf.

Luft und Feuer.

Lauernd. Abwartend.

Und der Drache war schnell.

Der Flugwind rüttelte an Tandurins Kleidern, als der Drache plötzlich an Höhe gewann, flügelschlagend auf der Stelle verharrte, und ihm einen grellen Flammenstrahl entgegenspie.

Tandurin war von dem Manöver derart überrascht, dass ihm nichts anderes einfiel, als rasch nach rechts auszubrechen und auf den Fluss zuzustürzen. Und doch streifte ihn die Feuersbrunst. Sein Schutzamulett erhitzte sich, und die Glut wehte wirkungslos an ihm vorbei. Allerdings stieß der riesige Raubvogel Schmerzenslaute aus.

Offenbar schützte das Amulett das Tier nur unzureichend.

Zornig schoss Tandurin einige magische Steinschrapnelle auf seinen Gegner ab, und konnte doch nicht verhindern, dass sich die Feuerechse hinter sie setzte und mit wuchtigen Schwingenschlägen die Verfolgung aufnahm.

Tandurin jagte flussab über den Wasserstrom hinweg, vernahm hinter sich triumphierendes Drachengebrüll und beschrieb immer wieder Ausweichmanöver, um neuerlichen Attacken des Drachenodems zu entgehen. Doch es gelang ihm nicht, den Drachen abzuschütteln. Bald war die Stadt nicht mehr zu sehen. Immerhin hatte er den Lindwurm von Eresor fortgelockt. Er brach endgültig nach rechts aus und hielt wieder auf die Hügelkuppen südlich der Ruinenstadt zu, in der Hoffnung, dass sein Verfolger zurückkehrte, und ihm so die Gelegenheit verschaffte, sich seinerseits hinter ihn zu setzen. Doch die Feuerechse tat ihm den Gefallen nicht. Rasend schnell jagte sie hinter ihm her und schien jetzt erst recht gewillt zu sein, ihn zur Strecke zu bringen.

Kurz spähte Tandurin hinüber zum Stadtgebiet, auf das die Katapultgeschosse der Gaale niedergingen. Doch auch drüben, auf der anderen Flussseite, schlugen jetzt Felsblöcke zwischen den Ruinen ein.

Die Trolle warfen Felsen!

Abermals stob ein Strahl Drachenfeuers an ihm vorbei, als sich Tandurin wütend seiner Zauberfähigkeiten besann. Vor ihnen, dicht über den Baumwipfeln des Höhenzugs, ließ er das Trugbild eines weiteren Gipfelalks aufsteigen, der pfeilschnell an ihnen vorbeijagte und sich auf den Drachen stürzte.

Die Echse brüllte überrascht auf, stellte sich dem vermeintlich neuen Gegner mit wuchtigen Schwingenschlägen und spie ihr Feuer, in dem sich die Illusion wie Rauch auflöste. Endlich hatte Tandurin Zeit gewonnen.

Zeit, die es ihm ermöglichte, aufzusteigen, im Halbbogen zu wenden, um nun seinerseits auf den Drachen zuzuhalten.

Der Lindwurm fuhr wütend zu ihm herum, und sie kamen einander derart rasch nah, dass Tandurin keine Gelegenheit bekam, die Drachenlanze einzulegen. Panisch zog er sein Schwert, dann prallten die Leiber von Gipfelalk und Drachen in der Luft aufeinander. Krallen schrammten unter fürchterlichen Geräuschen über Schuppenleib und Gefieder, beide Wesen brüllten und kreischten, brachten sich blutende Schrammen bei, und Tandurin hieb zornig mit dem Schwert zu.

Die Klinge prallte fast wirkungslos an den harten Schuppen des Drachen ab. Dann waren sie aneinander vorbei – und ihn traf ein mächtiger Schlag des Drachenschwanzes.

Tandurin wurde die Luft aus den Lungen gepresst, mit hässlichem Geräusch rissen seine Gurte, dann stürzte er in die Tiefe. Allein seinem Schwebering verdankte er es, nicht wie ein Stein auf dem Boden aufzuschlagen. Stattdessen trieb er benommen und mit geprellten Gliedern durch die Luft, während Drache und herrenloser Gipfelalk einander am Nachthimmel unter Gebrüll umkreisten.

Abermals versuchte es Tandurin mit der Illusion eines weiteren Gipfelalks, der aus der Finsternis hervorbrach. Und abermals zerstörte der Drache die Illusion mit seinem Feuer. Doch als könne sein Reittier ihn spüren, jagte der Riesenvogel nun auf ihn zu und setzte sich unter ihn. Tandurin griff nach dem Zaumzeug, dann wurde er mitgerissen und mühte sich unter Schmerzen wieder in den Sattel.

Vom Himmel ertönte neuerliches Drachengebrüll. Tandurin jagte Richtung Stadtgebiet, schraubte sich steil empor und wob gewaltige Schattenfelder zwischen sich und den Drachen, um diesem die Sicht zu rauben. Erfolgreich.

Brüllend spie die Flugechse Drachenfeuer gegen die Truggespinste, und Tandurin fand endlich die Gelegenheit, die Drachenlanze einzulegen – als er schräg unter sich das Treiben an der eingestürzten Brücke bemerkte. Dort türmten die Trolle wie von magischer Hand bewegt Felsblock um Felsblock auf die alten Brückenpfeiler, die sich passgenau ineinanderfügten und allmählich einen neuen Brückenbogen bildeten.

Auf dem Fluss waren derweil zahllose Flöße unterwegs, mit denen Jovars Männer gedeckt von großen Schilden versuchten, zum gegenüberliegenden Ufer zu gelangen. Heftiger Pfeilbeschuss von dort forderte zahllose Opfer.

Auch der Drache bemerkte, was unten ihnen vor sich ging. Er ließ er von ihm ab und schlängelte sich zur Brücke hinab.

Tandurin jagte mit angelegter Drachenlanze hinter ihm her. Doch er konnte nicht verhindern, dass der Lindwurm einen grellen Strahl Drachenfeuer auf Trolle und Menschen spie. Viele von ihnen sahen das Unglück kommen und versuchten fortzulaufen, aber schon brannte es dort unten auf breiter Fläche. Auch zwei der Trolle erwischte es, die wie übergroße lebende Fackeln in den Fluss stürzten.

Tandurin schrie all seine Wut heraus, denn das war seine Chance. Der Drache präsentierte ihm jetzt seine Flanke. Er hielt von oben auf das Untier zu, stemmte sich in die Eisen, hob die Lanze mühevoll an – und kollidierte mit dem Drachenleib. Mit aller Macht trieb er dem Lindwurm die magische Stichwaffe zwischen die Schuppen.

Die Lanze wurde ihm beim Aufprall aus dem Arm gerissen, und die Feuerechse brüllte vor Schmerz. Abermals versuchte sie sich mittels ihres Drachenfeuers zu wehren, doch der grelle Strahl schoss weit an Tandurin vorbei. Der hatte vielmehr damit zu kämpfen, nicht abermals vom Vogelleib zu stürzen. Als er wieder sicher auf dem Gipfelalk saß, sah er, wie der Drache kreischend niederging und sein Leib eine breite Schneise in die Ruinenlandschaft schlug. Regungslos blieb er liegen, und die Lanze stach dabei wie ein silberner Dorn aus dem grünen Schuppenkleid.

Tandurin stöhnte erleichtert. Derweil tobte der Kampf am Fluss mit unverminderter Heftigkeit weiter. Zahllose leere Flöße trieben inzwischen auf dem Wasser, doch irgendwie hatten es die Trolle geschafft, den Brückenbogen mit der ihnen eigenen Magie weiter über den Fluss wachsen zu lassen. Es fehlten vielleicht noch zehn Schritt bis zum jenseitigen Ufer und die feindlichen Bogenschützen legten nun auf all jene an, die über sie hinwegstürmten. Die Männer versuchten, sich und die Trolle mit großen Schilden zu schützen, doch ihr Blutzoll war hoch und ein weiterer Troll kippte von Pfeilen übersät in den Fluss.

Der Angriff kam ins Stocken.

Sie besaßen einfach nicht genug eigene Bogenschützen, um sich entsprechend zur Wehr zu setzen.

Tandurin jagte auf die Gaale zu und traktierte sie mit seinen magischen Geschossen. Doch sein Reittier war verletzt und so selbst dem feindlichen Beschuss ausgesetzt. Der Gipfelalk schrie und schraubte sich wieder in die Höhe. Hilflos sah Tandurin in die Tiefe.

Da ertönten aufseiten der Fahrenden plötzlich Fanfaren.

Aufgewühlt hielt Tandurin in der Dunkelheit Ausschau und sah fassungslos mit an, wie das Mondlicht auf ihrer Seite des Flusses zahllose Kämpfer in gelb-grünen Wappenröcken enthüllte, die ans Ufer traten: Waldalether Bogenschützen!

Augenblicke später jagte ein dichter Pfeilregen über den Fluss hinweg und hielt unter den Gaalen blutige Ernte.

Der Feindbeschuss an der Brücke endete und zornig türmten die Trolle weitere Steinstelen und -platten aus dem Ruinenfeld nebeneinander, die sie mit einer Leichtigkeit heranschafften, als wären es Bastmatten. Die schweren Felskolosse schienen in ihren Pranken gar zu schweben. Nur noch wenige Schritte trennten sie von der Traube feindlicher Drachendiener, die nun zu Dutzenden am Ufer zusammenströmten, um den kommenden Angriff abzuwehren.

Tandurin riss den Gipfelalk herum, jagte auf die Stelle zu und hüllte die Uferregion in Dunkelheit.

Dann war es so weit und die letzte Platte war gelegt.

Johlend stürmten die Seinen voran und Tandurin verschob die illusionäre Finsternis beständig weiter nach hinten in die erste Reihe der nachrückenden Gaale, dann galoppierte ein großer Trupp Reiter über die neu geschaffene Brücke: Jovar und einige Kämpfer der Fahrenden, außerdem Panzerreiter Waldaleths, die brutal in die Reihen der Echsen einbrachen und alles niederritten, was sich ihnen in den Weg stellte.

Immer mehr Gaale wandten sich zur Flucht, während die Verbündeten beständig weiter in den jenseitigen Stadtteil Eresors einfielen.

Tandurin verfolgte das Geschehen aus der Luft und entdeckte auf der Südseite des Flusses Reiter auf weißen Eoberi-Rössern, die die Kämpfe beobachteten. Auf dem vordersten saß dem Anschein nach eine junge dunkelhaarige Frau in prachtvoller Rüstung, die soeben den Helm abnahm, um besser sehen zu können. Sie schien die Anführerin zu sein. Unmittelbar hinter ihr saß Catalea. Und dann waren da noch vier … Elfen?

Tandurin rauschte auf dem Gipfelalk über den Fluss hinweg auf die Gruppe zu und landete unweit der seltsamen Schar.

Verdammt, das waren tatsächlich Elfen!

Die Vertreter des Alten Volkes musterten ihn und den Gipfelalk ebenso erstaunt wie er sie. Tandurin saß von dem Riesenvogel ab, humpelte zu der prachtvoll gerüsteten Reiterin und verbeugte sich knapp.

Er ahnte, wen er vor sich hatte, denn ihre Ähnlichkeit mit Geron war unverkennbar.

»Ich nehme an«, hob er an, »dass Ihr Shira von Waldaleth seid, königliche Hoheit?«

Die junge Frau musterte ihn und den Gipfelalk anerkennend.

»So ist es. Ihr dürftet demzufolge Tandurin vom Fahrenden

Volk sein? Mein Bruder berichtete mir von Euch. Obwohl … künftig wird man Euch wohl eher Tandurin Drachentöter nennen.«

»Euer Bruder?« Interessiert sah er sie und die Elfen an. »Also sind Geron und Kyrell tatsächlich noch am Leben – und Ihr habt Euch versöhnt?« Er grinste breit. »Mit ihrer geplanten Suche nach den Elfen scheinen sie ebenfalls Erfolg gehabt zu haben?«

»So ist es.« Shira lächelte. »Allerdings hat keiner von uns mit euch Fahrenden gerechnet. Umso mehr freuen wir uns darauf, von nun an Schulter an Schulter mit Euch kämpfen zu dürfen.«

Catalea hinter ihr saß ab und kam zielsicher auf ihn zu. »Ich hatte nie Zweifel daran, dass du es schaffen wirst.«

Tandurin berührte sie liebevoll und sah wieder zu Shira und den Elfen auf. »Wo sind Geron und Kyrell?«

»Nicht hier, sondern auf einer gefährlichen Mission.« Shira von Waldaleth seufzte schwer. »Es scheint überhaupt so, als ob das Schicksal der Welt an euch Magiern hängt.«

»Ich erkenne den Ort wieder«, flüsterte Kyrell gegen das Rauschen des Windes in den Bäumen an. »Hier haben Valeska und ich uns ein gutes halbes Jahr aufgehalten, bevor wir die Blauen Zinnen nach Drachenschätzen abgesucht haben.«

Sie spähte hinüber zu einer schiefwinkligen und aus grob behauenen Steinquadern errichteten Waldhütte, die von einem eingesunkenen Schieferdach samt Schornstein gekrönt wurde. Das verwunschen wirkende Häuschen erhob sich an der Flanke eines dicht mit Tannen bewachsenen Hügels und grenzte an einen kleinen Waldsee, auf dessen Wasseroberfläche ein auf dem Kopf stehendes Abbild der Hütte zu erkennen war, aus dessen Schornstein sich Rauch kräuselte.

»Ernsthaft?«, meinte Geron neben ihr. »In all den Jahrhunderten müsste die Alte doch immense Reichtümer angehäuft haben – und dann lebt sie in so einer Hütte?«

»Oh, sie besitzt Reichtümer«, sagte Kyrell. »Nur ist sie zu geizig, sie auszugeben. Sie unterhält überall im Land geheime Schatzverstecke, und das hier ist auch nicht ihr einziges Domizil. Allerdings sind sie alle eher … bescheiden.«

»Ich beneide dich nicht um die Zeit, die du mit ihr verbringen musstest.«

»Nein.« Kyrell seufzte und berührte kurz das Goldblatt des Ahrvarien. »Nur ist eine Sache komisch … Noch vor einer Viertelstunde war ich mir sicher, sie zu spüren – aber jetzt ist es, als wäre sie irgendwie fern.«

Abermals betrachtete sie Hügel und See und Kyrell war, als würde sie etwas Wichtiges übersehen. Nur was? Ihr Freund berührte Ceredril, den ihm seine Schwester wieder überlassen hatte. »Schleichen wir rüber?«

»Was bleibt uns anderes übrig?« Sie wollte sich erheben, doch Geron hielt sie zurück.

»Warte.« Er zog sie an sich, küsste sie zärtlich und sah sie ernst an. »Versprich mir, dass du vorsichtig bist. Ich würde nicht mehr glücklich werden, wenn dir etwas passiert.«

Kyrell berührte liebevoll seine Wange und wünschte sich mit ihm an einen anderen Ort. »Lass uns einfach gegenseitig aufeinander Acht geben. Denn wir müssen damit rechnen, dass Valeska ihr Versteck gut gesichert hat.«

Vorsichtig umrundeten sie den See und hatten bald den bewaldeten Hügel erreicht, über den ein schmaler, serpentinenartiger Weg hinauf zur Hütte führte. Sie versteckten sich abermals.

»Lass mich die Hütte zunächst auskundschaften.« Kyrell konzentrierte sich auf ein Eichhörnchen …

… und sprang und kletterte im Körper des Tiers von Baum zu Baum den Hügel hinauf, bis sie mit aufgerichtetem Schweif auf der Spitze eines Tannenzweiges hockte, von dem aus sie das abgeschiedene Versteck einsehen konnte.

Das schief stehende Häuschen mit den krummen Fensterlöchern erhob sich auf einer kleinen Lichtung, grenzte an einen ihr bekannten verwilderten Garten mit Kräutern und Zauberpflanzen, und selbst der alte Kohlemeiler stand wie früher an seinem Ort.

Vorsichtig sprang sie auf den Boden, huschte zu der geschlossenen Tür und kletterte über die Hauswand zu einem Fenster hinauf, dessen Butzenscheiben der einzige Luxus waren, den die Hütte bot. Argwöhnend spähte sie ins Innere und entdeckte so feine Schutzrunen, die in die Scheiben eingeätzt waren. Das passte zu Valeska. Sie würden unmöglich in die Hütte gelangen, ohne Tod und Verderben heraufzubeschwören.

Im Innern jedoch war alles ruhig. Das geräumige Zimmer war mit den von der Decke herabbaumelnden Zauberkräutern, den verdreckten Glas- und Tongeräten in der Labornische und den gewaltigen Stapeln an Geschirr, Büchern und Töpfen in genau dem Zustand, in dem Valeska gern ihre Behausungen hinterließ – wenn Kyrell nicht hinter ihr aufgeräumt hatte. Doch in der Feuerstelle brannte kein Feuer. Dabei war sich Kyrell sicher, vorhin Rauch gesehen zu haben.

Sie sprang zurück auf den Waldboden, richtete sich auf den Hinterbeinen auf und spähte hinauf zu dem Schornstein über den moosbewachsenen Schindeln.

Nichts.

Stattdessen vernahm sie unweit ein leises Schnauben. Irritiert hoppelte sie um die Hütte herum und entdeckte dort einen grob zusammengezimmerten Stall. Und in diesem stand … ein Einhorn.

Kyrell saß wie vom Donner gerührt da.

Das wundersame Geschöpf, das Valeska dort gefangen hielt, war größer als jedes gewöhnliche Pferd. Sein Fell war weißer als selbst jenes der Eoberi-Rösser, und aus seiner Stirn ragte ein armlanges, in sich verdrehtes Horn. Als sich das stolze Wesen bewegte, zeichneten sich unter dem Fell Muskeln ab. Allerdings blutete es am Hals. Dort lag eine Schlinge aus eigentümlichen schwarzen Fasern, die das edle Geschöpf wundgescheuert hatte.

Kyrell erinnerte sich daran, dass Valeska einst ein Einhorn erwähnt hatte. Angeblich das letzte seiner Art … Das war genau die Art von Schätzen, nach denen Valeska stets gierte.

Kyrell hoppelte bestürzt an den Stall heran, und das Einhorn betrachtete sie mit schmerzerfülltem Blick. Seine Augen waren so grün, dass Kyrell glaubte, auf eine saftige Wiese zu blicken. Und der Ausdruck in ihnen verriet die Intelligenz des Wesens.

Es musste der seltsame Strick sein, der es seiner Kräfte beraubte. Andernfalls hätte dieser grobe Verschlag dieses kraftvolle Geschöpf niemals aufgehalten.

Ohne abzuwägen schlüpfte sie in den Stall, kletterte an der Innenwand hoch und sprang dem Tier auf den Rücken. Dann knabberte sie an dem Seil. Obwohl ihre Nagezähne kräftig waren, dauerte es eine Weile, bis sie die Fasern durchtrennt hatte. Der Strick fiel, und das Einhorn schnaubte erleichtert. Kyrell sprang wieder an eine Wand, dann bäumte sich das Einhorn zornig auf, zerschlug mit seinen Vorderhufen die Brettertür und galoppierte nach draußen.

Kyrell folgte ihm und sah, dass es nicht weit gelaufen war. Vielmehr schien es auf sie zu warten. Kurz dachte sie daran, sich in ihren Menschenleib zurückzuziehen, als das Einhorn mehrfach den Kopf hob und mit dem Horn zum nahen Wald deutete. Dann trabte es los. Kyrell folgte ihm gespannt ins Dickicht und entdeckte zwischen den Bäumen eine seltsame Ansammlung knorriger und in sich verschlungener Wurzeln, die einen kleinen Hügel auf dem Waldboden bildeten.

Das Einhorn berührte eine der Wurzeln mit seinem Horn, und vor Kyrells ungläubigen Blicken zog sie sich wie der Tentakel eines Kalmars zurück, der unerwartet mit Feuer in Berührung gekommen war. Das Einhorn wiederholte das Prozedere an zwei weiteren Strängen. Kyrell hoppelte vorsichtig näher – und sah zu ihrem Entsetzen, dass das wundersame Tier einen Arm freilegt hatte.

Unter dem Wurzelberg lag ein Mensch!

War er in eine magische Falle gestolpert? Kyrell stieß ein aufgeregtes Piepsen aus, um das Einhorn dazu zu bringen, mit seinem Tun fortzufahren – als das stolze Wesen alarmiert das schneeweiße Haupt hob und zwischen den Bäumen in Richtung See blickte.

Aufgebracht sah es sie wieder an.

Kyrell begriff nicht, was das Einhorn ihr mitteilen wollte, doch auch sie spürte eine drohende Gefahr. Fast körperlich. Und da begriff sie, dass das die Richtung war, in der Geron über sie wachte.

Sie wollte ihren Geist aus dem Eichhörnchenleib zurückziehen, als das Einhorn zu ihr herumfuhr und nun sie mit seinem Horn berührte. Kyrell jaulte überrumpelt, denn ihr Geist wurde sofort in den Tierkörper zurückgeschleudert.

Das Einhorn schüttelte seine Mähne und in seinem Blick lag eine stumme Warnung. Es spähte abermals in Richtung See, schien zu warten, dann setzte es sich jäh in Bewegung. Kyrell folgte ihm über Gebüsch und an Baumstämmen entlang bis hinunter zur Wasserfläche, die das Einhorn rasch umrundete, bis es vor ihrem und Gerons Waldversteck stand.

Es lag verwaist vor ihnen.

Kyrells Gedanken rotierten. Wenn Valeska Geron und sie überrumpelt hatte, dann beraubte sie sich möglicherweise aller Handlungsmöglichkeiten, wenn sie sich in ihren richtigen Körper zurückzog.

Das Einhorn schnaubte, trabte an den See und blickte auf die Wasserfläche. Auffordernd hob es sein Haupt und sah sie an.

Tatsächlich, da waren Schleifspuren. Zutiefst beunruhigt hoppelte Kyrell ans Ufer – und endlich begriff sie. Es war das Spiegelbild der Hütte auf dem See, aus dessen Schornstein es qualmte. Nicht jedoch aus seinem realen Gegenstück.

Was, bei allen Schicksalsmächten, ging hier vor sich?

Das Einhorn blickte zurück zur Hütte, dann wieder zu ihr. Schließlich senkte es den Kopf und drängte sie mit dem Horn zum Wasser. Es wollte, dass sie …?

Kyrell sah noch einmal zu dem stolzen Wesen auf, dann sprang sie in ihrer Eichhörnchengestalt über die Uferböschung, tauchte unter, paddelte aufgeschreckt mit den Pfoten, kam wieder an die Oberfläche und kraxelte einem Überlebensinstinkt folgend zurück ans Ufer.

Das Einhorn war fort.

Und sie war nicht nass.

Und doch erstreckte sich um sie herum der vertraute Wald samt dem Hang mit der Hütte – aus deren Schlot es qualmte.

Sie musste sich in dieser seltsamen Spiegelwelt befinden. Bei genauerem Hinsehen fiel ihr auf, dass zahllose Bäume rings des

Sees absolut identisch waren. Und nicht nur die Bäume, auch viele Sträucher am Ufer wirkten, als habe ein Maler immer und immer wieder die gleiche Vorlage abgemalt. Und doch waren sie auf eine seltsame Weise real.

Unvermittelt war leises Gelächter zu hören. Oben bei der Hütte.

Kyrell flitzte am Seeufer entlang, hinüber zu dem serpentinenartigen Weg und erreichte so zum zweiten Mal die Hütte im Wald. Diese war etwas größer und stattlicher als das Original. Der angrenzende Kräutergarten mit seinen Beeten wirkte ordentlich und aufgeräumt, allerdings gab es hier keinen Stall und auch kein Einhorn. Was sie vielmehr interessierte, war, dass die Tür offen stand. Und von dort schnarrte ihr Valeskas gehässige Stimme entgegen.

»… ihr Narren denn wirklich geglaubt, dass ihr mich so leicht überrumpeln könntet?« Die Hexe lachte schrill. »Nein, das gute Mütterchen Valeska wäre nicht so alt geworden, wenn sie Verrat und Heimtücke nicht schon zehn Meilen gegen den Wind wittern würde.«

Kyrell hoppelte zur Türschwelle. Ihre einstige Lehrmeisterin stand in ihrem stinkenden Flickengewand in der Raummitte. Sie hatte ihren Zauberstab vor sich aufgebaut und hielt den sanft schimmernden Glyntril in der anderen Hand, während ihre Gefangenen von einer unsichtbaren Kraft gehalten und mit ausgebreiteten Gliedmaßen neben dem brennenden Kamin an der Wand hingen.

Zornig, doch vergebens kämpfte Geron gegen die Kräfte an, die ihn dort fesselten. Ihr eigener Körper hing wie schlafend neben ihm.

»Warum helft Ihr uns nicht einfach?«, flehte Geron mit Blick auf den Glyntril, der den Raum in einen regenbogenfarbenen Schimmer tauchte. »Mit dieser Macht könntet Ihr Euch zur gefeierten Retterin der Jungen Königreiche aufschwingen!«

»Scheiß auf die Königreiche!«, keifte die Hexe. »Ich bin doch nicht so bescheuert und unterschätze Yolsulgur. Nein …« Sie grinste verschlagen und offenbarte dabei ihre Zahnlücken. »Ich halte es wie die Elfen. Soll Yolsulgur die Welt ruhig in Schutt und

Asche legen. Ich bin raus. Ich erschaffe mir hier mit dem Elfenstein meine eigene Welt.«

»Ihr seid ein selbstsüchtiges Miststück!«, brauste Geron auf.

»Was glaubst du, warum ich nach all der Zeit noch lebe?« Valeska lachte ordinär, während sie an ihn herantrat. »All das hier ist bloß eine Fingerübung für das Kommende. Denn die Wahrheit ist leider, dass es gehöriger Übung bedarf, um dieses Ding hier zu nutzen.« Sie hob den Glyntril missmutig an. »Aber ich werde mit jedem Tag besser. Allerdings könnte es mir hier ohne Gesellschaft etwas langweilig werden. Ich mache dir daher ein Angebot, mein Hübscher.« Sie steckte den Glyntril weg und griff dem entsetztem Geron zwischen die Beine. »Ich biete dir einen Platz in meinem Bett an –«

»Lieber verrecke ich!« Geron spuckte sie an.

»Du wirst dich schon fügen.« Valeska wischte sich über das Gesicht und Kyrell sah, wie sie nun mit verschlagenem Lächeln an ihren Körper herantrat. »Sicher, vom Prinzen zum Lustknaben degradiert zu werden, ist natürlich nicht jedermanns Sache. Und vermutlich hoffst du darauf, dass dich meine Kleine rettet. Schließlich kenne ich diesen Augenausdruck.« Sie hob die Augenlider an. »Kyrell dürfte wieder in ein Vögelchen eingefahren sein und heckt jetzt sicher irgendetwas aus. Aus diesem Grund« – sie packte die Kehle – »werde ich die Verbindung besser kappen. Sollte ich sie später noch finden, dann stelle ich dir gern ein Vogelbauer ins Zimmer und du darfst sie dann nach Herzenslust füttern.«

»Nicht!« Geron keuchte entsetzt, während Valeska lachte und zudrückte.

Mit einem Satz sprang Kyrell in die Hütte, schoss an Valeska empor und biss ihr mit aller Kraft in die Hand, die den Zauberstab hielt.

Ihre einstige Lehrmeisterin schleuderte sie unter Wutgebrüll von sich und Kyrell versuchte abermals ihr Glück – als eine grelle gelbe Lichtkugel auf sie zuraste …

… und Kyrell japsend in ihrem eigenen Körper zu sich kam. Sogleich spürte sie die unsichtbaren Kräfte, die sie unvermindert gegen die Wand drückten.

Zornig starrte sie Valeska an, doch sofort war die Alte bei ihr und drückte ihr den Mund zu. Der grelle Elfenschrei in ihrer Kehle erstickte.

»Sieh an, wusste ich doch, dass meine undankbare Schülerin in der Nähe weilt.« Valeska grinste triumphierend. »Nur wirst du dein Schandmaul nie wieder aufreißen!«

Die Hexe ließ den Zauberstab fallen, während sie ihr weiterhin den Mund zuhielt. Mit der anderen Hand drückte sie ihr nun die Kehle zu.

»Hört auf! Bitte!«, schrie Geron hilflos, während sich Kyrell erfolglos im Griff der Hexe wand. Zunehmend panisch rang sie nach Luft. Schatten umwölkten ihren Blick, ihre einstige Lehrmeisterin lachte – und in diesem Augenblick wurde Valeskas Kopf von einem krachenden Schlag zur Seite geprellt.

Schreiend fuhr die Hexe herum, schon traf sie ein zweiter Hieb, unter dem sie zu Boden ging, dann ein dritter, mitten ins Gesicht, der ihre Zähne splittern ließ.

Kyrell rang nach Luft.

Neben Valeska, die heulend am Boden lag, stand jetzt Dania, den Zauberstab der Alten wie einen Kampfstab erhoben.

Valeskas Körper fror mit einer dicken Eisschicht am Boden fest. »Wasch … tuscht du?«, greinte die Hexe mit blutverschmiertem Maul. »Isch … bin die Einschige, die euch helfffen kann …«

»Du bist bloß eines – im Weg!«, fauchte Dania hasserfüllt.

Wie ihm Wahn prügelte sie mit dem Stab so lange auf die Hexe ein, bis Kiefer und Knochen knackten und sich ihr Kopf in eine blutige Masse verwandelt hatte, aus dem weiße Knochensplitter und Zähne stachen.

Endlich ließ sie den Zauberstab der Alten fallen und wischte sich fahrig ihr schwarzes Haar aus dem verschwitzten Gesicht.

»Dania!«, keuchte Geron ebenso überrascht wie schockiert, und rappelte sich auf. Die Fesseln waren verschwunden.

»Schätze, jetzt sind wir quitt«, erwiderte die Kesselfurterin mit rauer Stimme.

Kyrell fiel es schwer, ihren Blick von dem schrecklich zugerichteten Leichnam abzuwenden. Mühsam kam sie auf die Beine. »Wo … kommst du so plötzlich her?«

Dania wandte sich ab und hob den Glyntril auf. Er war aus dem Flickengewand der Hexe gerollt und tauchte den Raum in prismatisches Licht. »Boltan hat mich ausgeschickt, um diesen Elfenstein zu besorgen.«

»Boltan? Dann …?«

»Ja, er lebt wieder. Nur bin ich blöderweise oben bei Valeskas Hütte in eine Falle dieses Drecksstücks getappt, aus der mich dann, na ja, ein Einhorn befreit hat …« Sie zuckte mit den Schultern, als könne sie diesen Teil ihres Berichts selbst noch nicht so recht glauben. Sie betrachtete den Glyntril fasziniert. »Den Rest erzähle ich euch später, denn wir müssen los. Boltan erwartet uns.«

»Wo?«, wollte Geron wissen.

Dania sah ihn entschlossen an. »Dort, wo hoffentlich bald alles endet: am Drachenthron!«

Drachenmacht

»Sie sind auf unseren Angriff vorbereitet«, verkündete Tandurin den Bericht des Spähers. Um ihn herum im Zelt standen Shira, Jovar, Catalea, die vier Elfen und zwei Grafen Waldaleths. »Die komplette Ebene vor dem Drachenthron ist gerodet. Außerdem haben sie überall Wälle und angespitzte Pfähle gegen den Ansturm der Reiterei aufgebaut. Hinter den Verschanzungen lauern mindestens zweitausend Gaale und sicher noch einmal die gleiche Anzahl karjatische Steppenreiter.«

»Die Karjaten kämpfen für Yolsulgur?«, fragte Tandurin.

»Vermutlich nicht ganz freiwillig«, erwiderte Shira ruhig.

»Yolsulgur hat die Steppenreiter auch im Zweiten Drachenkrieg an seine Seite gezwungen«, pflichtete ihr der Elf Delayar bei. »Aber sprecht bitte weiter.«

»Außerdem haben wir am Himmel zwei Drachen entdeckt. Jüngere Exemplare, wenn wir richtig liegen.« Der Späher sah Tandurin an. »Nicht ganz so groß wie das Exemplar, das Ihr in Eresor vom Himmel geholt habt. Aber … der Drachenkönig bedient sich noch anderer Schrecken. Wandelnder Toter. Die Gaale haben sie zu großen Haufen zusammengetrieben.«

»Wie viele?«, wollte einer der Grafen wissen. Ein Mann namens Lorenz.

»Schwer zu sagen … noch mal mindestens eintausend. Eher mehr. Sie treiben sie nach Westen, da sie zu wissen scheinen, dass wir aus dieser Himmelsrichtung angreifen werden. Mit ihnen werden wir es zuerst zu tun bekommen.«

»Was ist mit den Sklaven aus euren Städten Walskar und Wyverhaven?«, fragte die Elfe Yarvala.

»Ich befürchte, sie sind es, die jetzt dieses schreckliche Unleben führen«, klagte der Späher. »Jedenfalls der Kleidung nach. Bei der nahe gelegenen Ascheschlucht mit den Ruinen der Elfenstadt Sil'Bariath gibt es jedoch gut bewachte Areale, die von hohen Palisaden umgeben sind. Wenn es Überlebende gibt, dann findet Ihr sie vermutlich dort.«

»Auch sie müssen wir befreien«, meinte die Elfe.

»Noch etwas?«, hakte Shira nach.

»Nahe dem Drachenthron stehen drei mächtige Katapulte. Und wir haben Gaale auf riesigen Laufechsen gesehen.« Der Mann seufzte. »Das ist alles. Näher kamen wir nicht heran.«

»Gut gemacht. Hol dir etwas zu Essen und ruh dich aus.«

Der Späher verbeugte sich und verließ das Zelt.

»Das deckt sich alles mit meinen Erkundungen«, sprach Tandurin beunruhigt. »Wobei es allerdings seltsam ist, dass uns Yolsulgur auf dem Hermarsch keine weiteren Drachen entgegengeschickt hat.«

»Eure kühne Tat hat sich offenbar herumgesprochen«, meinte der andere Graf.

Tandurin schüttelte den Kopf. »Ihr vergesst, dass uns neben den Jungdrachen auch noch die Drachin Sraszzz und Yolsulgur selbst erwarten.«

»Wir sind eh unterlegen«, erklärte Shira. »Wir verfügen lediglich über anderthalbtausend Panzerreiter und nicht einmal mehr viertausend Mann Fußvolk. Für einen erfolgreichen Angriff bräuchten wir viel mehr Männer.«

»Und die Trolle?«

»Verrichten einen Dienst an einem anderen Ort«, sagte Catalea bestimmt. »Nur vermag auch ich nicht zu sagen, wo …«

Tandurin betrachtete die junge Seherin. Ihm war nicht wohl dabei, dass sie sie bis kurz vor den Drachenthron begleitet hatte.

»Tandurin hat recht.« Shira beugte sich über die militärischen Karten, die auf einem Tisch in der Zeltmitte lagen. »Die Frage ist tatsächlich, warum Yolsulgur seine Kräfte am Drachenthron zusammenhält, statt seine Möglichkeiten offensiver zu nutzen. Mit seinen Drachen hätte er uns bereits beim Anmarsch schweren Schaden zufügen können. Es sei denn …« Sie richtete sich nachdenklich auf. »Es sei denn, er scheut davor zurück, seine Kräfte aufzuteilen und den Drachenthron so womöglich einem weiteren Gegner preiszugeben, vor dem er sich fürchtet: euch Elfen!« Sie sah zu Yarvala und ihren drei Begleitern. »Nach eurem Erscheinen in den Bussardshöhen muss er mit dieser Möglichkeit rechnen.«

»Erhalten wir denn Hilfe durch Euer Volk?«, fragte Jovar die Elfen. »Jetzt, da ihr wieder Teil dieser Welt werdet.«

Die Vier warfen sich verlegene Blicke zu.

»Es beschämt mich, das auszusprechen«, sagte Torindel, »aber die traurige Wahrheit ist, dass Elfenkönig Erlcoron ein schwacher Herrscher ist. Dabei bin ich mir ziemlich sicher, dass sich inzwischen jene Teile unseres Volkes durchgesetzt haben, die uns nur zu gern unterstützen würden. Allerdings können sie uns kein Heer schicken.«

»Warum?«

»Weil Yolsulgur längst die Drachenkrone tragen dürfte«, führte Iniva aus. »Dass wir es so rasch hierhergeschafft haben, lag allein daran, dass wir die Kurzen Wege genutzt haben, bevor Yolsulgur von unserem Erscheinen erfuhr. Jetzt wird er jeden Versuch, die Blätter des Ahrvarien zu benutzen, auf grausame Weise ahnden.«

»Ohne die Blätter des Ahrvarien keine Kurzen Wege. Ohne die Kurzen Wege kein Heer aus Sil'Glyntra.« Delayar ließ die Schriftrolle in seiner Hand sinken. »Wir stehen allein.«

»Dennoch werden zumindest wir alles in unser Macht Stehende tun, um euch zu helfen«, versprach Yarvala mit Blick zu ihren drei elfischen Begleitern.

»Gut, aber wie sollen wir vorgehen?« Shira strich sich sorgenvoll über ihr Haar. »Wenn Yolsulgur erst begreift, dass wir die einzigen sind, die ihn aufzuhalten versuchen, wird er keine Zurückhaltung mehr kennen. Und doch müssen wir angreifen, wenn wir die Jungen Königreiche retten wollen. Doch unsere Möglichkeiten sind begrenzt. Wir verfügen zwar über den Drakenstein, aber nur über drei fahrbare Geschütze, um ihn gegen die Drachen zu schützen. Und Tandurin ist unser einziger Zauberer.« Sie sah ihn bedauernd an.

»Vergesst uns nicht«, widersprach Yarvala. »Wenn es Euer Wunsch ist, werden meine Freunde und ich dieses mächtige Feuerartefakt ebenfalls schützen.«

Shira atmete tief ein. »Aber was machen wir, wenn Yolsulgur selbst in den Kampf eingreift?«

Beklommenes Schweigen erfüllte das Zelt.

»Verlasst Euch auf die Prophezeiung«, sagte Catalea in die Stille. »Die Karten haben verkündet, dass der Kampf gegen ihn nicht Euer Kampf ist. Und doch steht dieser Kampf nun kurz bevor – und das bedeutet, dass auch die übrigen der Sechs nahe sind. Die Ereignisse sind längst ins Rollen gekommen.«

Die Blicke aller Anwesenden ruhten noch auf Catalea, als unvermittelt ein Ritter der Weißen Burg die Zeltplane zurückschlug und sich verneigte.

»Königliche Hoheit!«, sprach er aufgeregt. »Im Lager ist ein Gesandter eingetroffen. Auf … einem fliegenden Teppich.«

Tandurin schreckte hoch. »Redet Ihr etwa von Boltan?«

»Nein – auch wenn der Mann behauptet, eine Nachricht dieser Person bei sich zu tragen.« Der Ritter wirkte irritiert. »Der Gesandte erklärt, aus dem Königreich Telavar zu stammen …«

»Telavar!?« Shira sah überrascht in die Runde. »Das Königreich existiert nicht mehr. Es wurde im Zweiten Drachenkrieg von den Gaalen überrannt.«

Tandurin stürmte an dem Ritter vorbei nach draußen in den Wald, in dessen Schutz das große Heer aus Waldalethern und Fahrenden lagerte. »Wo ist der Mann?«

Der Ritter wartete, bis auch Shira und die anderen an seiner Seite waren, und führte sie zwischen den Bäumen und vielen Zelten vorbei zu einer Lichtung, die von gelb-grün gekleideten Soldaten Waldaleths umringt wurde. Hastig verbeugten sich die Männer vor Shira.

Auf der Lichtung lag der Tandurin bekannte Flickenteppich aus Greifenresten. Neben ihm stand abwartend ein bärtiger Mann in den Dreißigern, der einen grün-roten Wappenrock über seinem Lederpanzer trug. Shiras verblüffte Reaktion zeigte, dass dies tatsächlich die Wappenfarben Telavars waren.

»Ich bin Shira von Waldaleth, Tochter König Almerdins«, sprach sie den Fremden an. »Ihr tragt die Botschaft eines Zauberers bei Euch?«

»Königliche Hoheit! So ist es. Er war es, der mir diese wundersame Reise zu Euch ermöglichte.« Der Mann verneigte sich auf altmodische Weise und offenbarte beim Reden einen seltsam fremden Dialekt. Er zog eine Pergamentrolle unter der Kleidung hervor, die nicht gesiegelt war, sondern von einer Schnur zusammengehalten wurde. »Diese Botschaft ist für Euch bestimmt.«

Shira rollte die Nachricht auf und las sie. Mit jeder Zeile wurden ihre Augen größer. »Verdammt. Ihr Magier seid wirklich für eine Überraschung gut.« Aufgewühlt drehte sie sich zu Tandurin um und drückte ihm die Rolle mit einem beschwörenden Blick in die Hand. »Jetzt haben wir einen Plan!«

Tandurin las die Zeilen und seine Augen wurden größer. Insbesondere, als er Boltans eindringliche Bitte den Boten betreffend las. Er reichte das Schreiben an Jovar weiter, der die Nachricht überflog und leise Catalea vortrug, während er selbst den Telavarer traurig musterte.

»Fliegt zurück, guter Mann, und bleibt dicht über den Bäumen, damit der Feind Euch nicht bemerkt«, sagte Tandurin. »Richtet Boltan aus, dass Tandurin vom Fahrenden Volk hier ist, ebenso wie die Fahrenden selbst. Sagt ihm, dass wir unser Bestes tun werden.«

»Was tun werden?«, fragte Graf Lorenz.

Shira verengte ihre Augen. »Das, warum wir hier sind: Wir greifen noch heute den Drachenthron an!«

»Scheiße, der Drachenthron ist zu weit weg«, jammerte Geron von weiter oben. »Ich kann von hier oben aus nichts sehen.«

Dania beschäftigte sich missmutig mit dem letzten ihrer ausgebrannten Sturmringe. Kurz überlegte sie, ob der Glyntril ihn reaktivieren könnte, doch leider verfügte keiner von ihnen über Walmars magisches Wissen.

»Und wo bleibt Boltan?«, drang wieder Gerons ungeduldige Stimme durch die Baumkronen. »Sagtest du nicht, er wolle uns hier treffen?«

»Woher soll ich das wissen?« Dania steckte den Ring weg und sah zu dem schroffen Felsen auf, der einige Schritt weit über die Laubkronen des Waldes ragte. Geron kraxelte wieder herab, und sie kramte nach der magischen Spiegelscherbe. »Wenn du willst, kannst du ja selbst noch einmal einen Versuch starten, ihn zu kontaktieren.«

»Wir haben andere Probleme«, meldete sich Kyrell zu Wort. Die Halbelfe, die vor ihr auf einer Baumwurzel saß, war aus ihrer magischen Trance erwacht. »Da hinten im Wald nahen zahlreiche Bewaffnete. Und sie kommen direkt auf uns zu.«

»Wer?« Geron sprang auf den Waldboden.

»Die Bewaffneten tragen grün-rote Wappenröcke, wie ich sie noch nie gesehen habe. Ich weiß nicht, wer sie sind. Aber es sind viele.«

Geron wirkte irritiert. »Und Yolsulgur?«

Besorgt dreinschauend kam Kyrell auf die Beine. »Vor dem Drachenthron lagert ein weitaus größeres Heer, als ich dachte. Nicht bloß Gaale und Untote, auch Reiternomaden aus der Drachensteppe. Leider machen die Drachen sogar Jagd auf Vögel, ich musste also wieder umkehren.«

Dania spähte in den Wald. Sollte Boltan tatsächlich Erfolg gehabt haben?

»Wenn Yolsulgur die Steppenreiter auf seine Seite ziehen konnte« – Geron griff nach seinem Elfenschwert – »dann nahen da hinten vielleicht weitere Drachenverbündete?«

»Beruhigt euch«, meinte Dania. »Ich schätze, er ist gekommen.«

»Wer?«, fragte Kyrell.

»Ich«, ertönte im Wald eine Stimme.

Dania wirbelte herum – und entdeckte keine fünf Schritte hinter ihnen zwischen den Bäumen Boltan. Gestützt auf Cyrnachons

Zauberstab und bekleidet mit seinem schäbigen Kaufmannsmantel stand er da und grinste schief.

Wie hatte er es geschafft, sich ihnen trotz seines Holzbeins so lautlos zu nähern? Dania musterte ihn. Er wirkte … reifer, als sie ihn in Erinnerung hatte.

»Boltan!« Kyrell lief auf ihn zu und umarmte ihn herzlich. Dann nahm sie sein Gesicht zwischen ihre Hände und betrachtete ihn argwöhnend, da offenbar auch ihr seine Alterung aufgefallen war. »Wie, bei allen Schicksalsmächten, schaffst du es bloß immer wieder, dem Tod von der Schippe zu springen?«

»Naja, also ehrlich gesagt …«

»Ernsthaft, du bist der ausgefuchsteste Kerl, dem ich je begegnet bin.« Geron boxte dem einstigen Kaufmannssohn anerkennend gegen die Brust, dann wurde er ernst. »Valeska ist tot. Dania hat sie erschlagen und so« – unglücklich sah er zu ihr – »und so hoffentlich Valas heldenhaftes Opfer beim Kampf gegen Walmar gerächt. Wir haben auch ihr viel zu verdanken.«

»Tatsächlich?« Boltan warf Dania einen scheelen Blick zu, doch sie bewahrte eine kühle Miene. Sie war sich sicher, dass die Wahrheit gut bei ihm aufgehoben war.

»Und der Glyntril?«, fragte Boltan.

»Hier.« Dania präsentierte ihm den wundersamen magischen Elfenstein, der die umstehenden Bäume sofort in ein regenbogenfarbenes Licht tauchte.

Boltan nahm ihn entgegen und betrachtete ihn fasziniert. »Wie kann ein derart grausames Ritual nur ein so schönes Objekt hervorbringen?«

»Kannst du seine Kraft nutzen?«, wollte Kyrell wissen. »Valeska meinte, es erfordere Übung, um seine Möglichkeiten auszuschöpfen.«

Boltan konzentrierte sich eine Weile auf den wundersamen Kristall und atmete tief ein. »Ich schätze, damit hatte sie recht. Alles, was wir derzeit mit ihm anzustellen vermögen, ist, unsere Zauber mit seiner Macht zu speisen, ohne dafür unsere eigene Lebenskraft aufzubrauchen. Die Zauber werden dadurch aber nicht mächtiger. Ebenso wenig, wie ein Krug voller wird, nur weil einem zum Füllen ein ganzes Bierfass zur Verfügung steht.«

Prüfend sahen sie sich an.

»Behalte du ihn«, meinte Dania schließlich. »Keiner von uns verfügt über mehr arkanes Wissen als du.«

Ihre Begleiter nickten und Boltan steckte den Glyntril weg.

Geron sah sich zu den Bäumen um. »Kyrell sprach davon, dass von da hinten Bewaffnete nahen. Hast du damit zu tun?«

»Ja.«

»Wie viele sind es?«

»Fünfhundert.«

»Fünfhundert?« Fassungslos sah der Waldalether Boltan an. »Das ist ja … ein ganzes Heer! Wo hast du das bitte rekrutiert?«

»Hast du ihnen nichts gesagt?«, wandte sich Boltan erstaunt an Dania.

Die zuckte mit den Schultern. »Ehrlich gesagt habe ich nicht für möglich gehalten, dass du das tatsächlich schaffst.« Sie wandte sich an Geron und Kyrell. »Ambra hat uns damals nach der Flucht vom Drachenthron in ein Waldgebiet nahe dem Großen Fluss geführt. Dort haben wir Boltan das Bein abgenommen. Allerdings fanden wir in dem Wald außer einer Zuflucht noch etwas: ein komplettes versteinertes Heer. Opfer eines Fluchs von Yolsulgur.«

»Aber …«

»Ich habe inzwischen eine Formel erlernt, mit der sich Zauber dieser Art aufheben lassen«, erklärte Boltan.

»Du hast ein ganzes Heer entsteinert?«, fragte Kyrell ungläubig.

»Wie du siehst« – er deutete auf sich – »es hatte seinen Preis.«

»Wo sind die Männer?«

»Sie warten auf mein Zeichen, sich zu offenbaren.« Boltan sah sie betreten an. »Ich wollte erst mit euch sprechen. Denn sie stammen allesamt aus dem Königreich Telavar.«

Geron sah ihn stirnrunzelnd an. »Aber Telavar …«

»… wurde bereits vor sechshundert Jahren vernichtet. Ich weiß das. Jeder weiß das. Nur die Männer nicht. Und das soll möglichst auch so bleiben. Wenn sie erfahren, dass alles, für das sie zu kämpfen glauben, heute nicht mehr existiert, werden sie verzweifeln.«

Betreten sahen sie sich an.

»Dürfen wir das?«, fragte Kyrell unglücklich.

»Wir müssen sogar!«, erwiderte Dania mitleidlos. »Immerhin sind sie einst ausgezogen, um den Drachenkönig zu bekämpfen. Und daran hat sich bis heute nichts geändert.«

»Wir können nicht auf sie verzichten«, stimmte Geron zu. »Nur werden auch sie uns keine große Hilfe sein, wenn es Shira und den anderen nicht rechtzeitig gelingt, zum Drachenthron vorzustoßen.«

»Sie sind längst da und haben sogar Verstärkung durch das Fahrende Volk erfahren.« Boltan zwinkerte. »Ich habe ihnen eine Nachricht zukommen lassen. So wie sie mir. Tandurin ist ebenfalls bei ihnen.«

»Tandurin?« Dania hatte sich schon gefragt, was aus dem Zauberdieb geworden war. »Selbst er wird uns nicht dabei helfen können, ungesehen in den Berg vorzustoßen. Nicht angesichts der vielen Drachendiener, die zwischen uns und dem Drachenthron liegen. Nicht einmal die Sturmringe funktionieren noch. Und Yolsulgurs Pläne dürften weit fortgeschritten sein.«

»Ja, sehe ich ebenso.« Geron stöhnte. »Dieser Krieg ist anders als alle vorherigen. Yolsulgur geht es nicht um einen militärischen Gewinn. Ihm geht es vermutlich allein darum, einen jeden von uns so lange wie möglich davon abzuhalten, sein Ritual zur Schaffung eines neuen Glyntrils zu stören. So lange, bis es zu spät ist.«

»Ich weiß«, sprach Boltan. »Aber ich habe einen Plan.«

Er drehte sich um, schob zwei Finger in den Mund und ließ einen lauten Pfiff erklingen.

»Bitte wundert euch nicht«, sagte er ernst. »Abgesehen von den Telavarern haben wir nämlich noch weitere Hilfe erhalten. Wenn ich das richtig verstanden habe, haben wir ihr Eingreifen Tandurin zu verdanken.«

»Wen meinst du?« Kyrell sah ihn gespannt an.

Dania keuchte erschrocken auf, als zwischen den Bäumen schwere Schritte dröhnten. Unvermittelt schälten sich zwei monströse Kreaturen mit Knollnasen, böse funkelnden Augen, grauer Haut, Fellen und strähnigen langen Haaren aus dem Dunkel des Waldes. Die Wesen waren so groß wie junge Bäume, und sie hielten schwere Keulen mit Steinspitzen in den Pranken, die geeignet schienen, ein Burgtor einzuschlagen. Beide trugen lange Schleudern und Bündel aus Bärenfell bei sich, in denen sie Aberdutzende kopfgroßer Steine verwahrten.

»Trolle?«, keuchte Dania. »Boltan, du hast Trolle mitgebracht?«

»Meine Güte!« Auch Geron kam aus dem Staunen nicht heraus. »Wie viele sind es?«

»Sieben«, antwortete Boltan knapp. »Sie haben es uns ermöglicht, über eine Furt des Großen Flusses bis hierher vorzustoßen.«

Nach und nach traten die Kämpfer in rot-grünen Wappenröcken zwischen den Bäumen hervor, bewaffnet mit Speeren, Rundschilden, Bögen, Äxten und Streitkolben.

»Kommt! Und seid ab jetzt still.« Boltan winkte den Soldaten zu und humpelte voran in nördliche Richtung. Dania und die anderen folgten ihm, während überall um sie herum weitere Kämpfer auftauchten, die ebenfalls diszipliniert schwiegen.

Eine gute Stunde marschierten sie durch den dichten Wald, bis sich die Bäume zu lichten begannen. In der Ferne war gedämpfter Kampfeslärm zu hören.

Boltan gab das Zeichen zum Halt, und Dania, Geron und Kyrell folgten ihm geduckt bis zum Waldrand. Vor ihnen erhob sich die stolze Kulisse der Fackelberge, deren steile Gipfel, Grate und Zacken den kompletten nördlichen Horizont ausfüllten. Sogar der hoch liegende Drachenthron samt dem riesigen Portal war in der Ferne zu erkennen. Er war ringförmig mit einem schräg zulaufenden Wall aus spitzen Pfählen geschützt, hinter dem sich Tausende Gaale zum Kampf bereithielten.

Im Westen der Ebene hingegen tobte bereits eine grausame Schlacht.

Waldalether Soldaten in grün-gelben Wappenröcken, aber auch große Gruppen an Fahrenden rückten dort in militärischen

Keilformationen auf den Drachenthron zu, während sich ihnen Aberhunderte wankender Gestalten entgegenstellten.

Pfeile regneten von beiden Seiten aufeinander nieder, mindestens eintausend Steppenreiter mit Bögen und Lanzen versuchten, in die südwestliche Flanke der Waldalether einzubrechen, als aus den bewaldeten Hügeln ein gewaltiges Ritterheer hervorbrach, das unter donnernden Hufen und mit eingelegten Kriegslanzen auf die Steppenreiter zuhielt. Unzählige Ritter fielen unter dem raschen Pfeilbeschuss der wendigen Karjaten, dann trafen die ungleichen Gegner aufeinander und beide Seiten überzogen einander mit Tod und Verderben.

Ebenso schockiert wie fasziniert verfolgte Dania das blutige Treiben, als im Nordwesten greller Feuerschein aufflackerte, der eine gewaltige Schneise in das Heer der Untoten brannte.

War das die Wirkung dieses Drakensteins, von dem Geron gesprochen hatte?

Vom Himmel ertönte fürchterliches Wutgebrüll. Zwei Drachen kreisten dort. Einer von ihnen hatte weiter hinten, im westlichen Aufmarschgebiet der Waldalether, ein großes Stück Wald in Brand gesetzt – kehrte nun aber um. Der andere jagte dicht über das Schlachtfeld hinweg, im Zweikampf mit einem Gipfelalk. Auf diesem saß ein Reiter mit langer Lanze.

Dania ächzte. War das da oben etwa Tandurin?

»Verdammt, wir müssen eingreifen!«, zürnte Geron, da sie nun alle sahen, wie sich im Osten Hunderte weiterer Steppenreiter aufmachten, um ihren Kameraden im Westen zu Hilfe zu eilen.

»Nein, wir warten!«, widersprach ihm Boltan entschieden. »Denn all das ist Teil des Plans.«

Er kramte die Karte hervor, die sie einst in Goltars Burg gefunden hatten, und deutete entschlossen nach Norden. Nicht zu dem gut bewachten Drachenthron, wo nun mächtige Katapulte ihre tödliche Fracht an den Himmel schleuderten, sondern etwas weiter nach Osten: zu der Schlucht neben dem hohen Berg. Dort, wo die Ruinen der einstigen Elfenhauptstadt Sil'Bariath vor über sechshundert Jahren unter dem Ascheregen der Vulkane begraben worden waren.

»Es wird uns unmöglich sein, über das Tor des Drachenthrons in den Berg zu gelangen. Es ist viel zu gut gesichert. Wir vier müssen daher versuchen, unterirdisch bis zum Drachenthron vorzustoßen.«

»Unterirdisch?« Geron sah Boltan an, als habe er seinen Verstand verloren.

»Walmar und die anderen haben in den letzten Jahrhunderten mithilfe der Gaale die Ruinen Sil'Bariaths nach Schätzen abgesucht.« Boltan zeigte ihnen die Karte und auch Dania besah sich all die runden und quadratischen Einträge, die mit Markierungen verbunden waren. »Das hier ist ein Plan der Gänge und Gewölbe, die sie freigelegt haben. Unter all der Asche und dem Bimsstein existiert heute ein regelrechtes Tunnellabyrinth«, fuhr Boltan fort. »Wenn ihr genauer hinseht, dann erkennt ihr an der Schluchtwand hinauf zum Drachenthron eine verborgene Treppe. Aber die Elfen haben die Stadt direkt per Tunnel mit dem Drachenthron verbunden. Kurz: Es gibt zwei weitere Zugänge in den Berg. Es muss sie geben, denn wie sonst hätten die Zauberer nach Yolsulgurs Rückkehr entkommen können? Erinnert ihr euch – die sind damals über einen anderen Weg geflohen als wir.«

Dania, Geron und Kyrell sahen sich überrascht an, und Dania ärgerte sich ein wenig, dass sie die Karte als unnütz abgetan hatte.

»Mit anderen Worten« – Geron sah wieder zum Schlachtgeschehen – »dient Shiras Angriff bloß dazu, die Drachendiener in den Westen zu locken?«

»Richtig. Du siehst es ja selbst: Die östliche Ebene ist jetzt derart ausgedünnt, dass wir es in Kürze wagen können, uns zur Schlucht durchzuschlagen.«

»Was, wenn wir Yolsulgur dadurch auf unser Vorhaben aufmerksam machen?«, fragte Dania.

»Den werden wir täuschen.« Boltan deutete zu einem großen, von Palisadenzäunen umgebenen Areal nahe des Schluchtzugangs. »Seht ihr die Palisaden dort hinten? In ihrem Innern vegetieren die verbliebenen Sklaven aus Walskar und Wyverhaven. Wir werden es wie eine Gefangenenbefreiung aussehen lassen. Und ich hoffe, dass sich die Männer und Frauen dem Kampf anschließen, wenn es unter ihnen noch welche gibt, die eine Waffe halten können.«

»Aber da hinten lauern zahllose Gaale«, wandte Kyrell ein. »Willst du die Telavarer opfern? Wenn sie erst am Ziel sind, werden sie es unmöglich zurückschaffen. Schon gar nicht mit den Gefangenen.«

»So hoffnungslos ist es nicht«, widersprach ihr der Waldalether Königssohn. »Denn einmal am Ziel, können sie sich innerhalb der Palisaden verschanzen. Damit binden sie im Zweifel unzählige Drachendiener.«

»Letztlich ist all das ein Spiel auf Zeit. Wir werden uns nämlich zuvor absetzen und in die Schlucht vordringen. Das hier ist unser Ziel.« Boltan hob die Karte und wies auf einen vermeintlichen Einstieg im Süden des Aschetals.

»Das sind gute drei Meilen …« Dania atmete tief ein. »Was für eine verkackte Scheiße!«

Boltan wandte sich um und formte die Hände zu einem Trichter. »Hauptmann Quewin! Bereitmachen!«

Befehle wurden gebrüllt, die vielen Soldaten im Wald verließen ihre Deckung und formierten sich zwischen den Bäumen zu wehrhaften Gruppen. Zwischen ihnen stampften die Trolle heran. Die Bergriesen ließen mit sausenden Geräuschen ihre gewaltigen Schleudern kreisen und beäugten sie abwartend.

»Dann sei es.« Geron zog sein Schwert, das sich mit blauen Flammen überzog. »Greifen wir an!«

An Tandurin zerrte der Flugwind, während er über den rauchgeschwängerten Bäumen auf den blaugeschuppten Drachen zujagte, der den Wald im Westen der Ebene in eine Flammenhölle verwandelt hatte. Der Gipfelalk stieß einen grellen Raubvogelgeschrei aus und Tandurin beschwor einen Hagel aus steinernen Geschossen herauf, die im Schuppenkleid des Lindwurms einschlugen.

Der Drache brüllte wütend auf, und war wie erhofft abgelenkt von dem Karren mit dem Drakenstein, den die Soldaten schräg unter ihm in Richtung Drachenthron schoben und von dem alle paar Minuten grelle Flammenlohen ausgingen. Sie fraßen breite brennende Schneisen in das Meer Untoter. Fast wirkte es, als besäßen sie selbst einen Drachen.

In der Nähe des Karrens sah Tandurin zwei der Elfen, die den Drachen ebenfalls mit ihrer Magie abzuwehren versuchten. Iniva und Delayar?

Tandurin verlor sie aus den Augen, da ihn das ungestüme Jungtier wie erhofft als gefährlicheren Gegner ausmachte. Der Drache jagte frontal auf ihn zu und Tandurin kippte zur Seite, um der Glutwolke zu entgehen, die der Lindwurm nach ihm spie. Schon stieg er mit dem Riesenvogel wieder über das Schlachtfeld auf und schaffte es so, den Drachen zur Verfolgung zu animieren.

Sein Gebrüll ging in dem Getöse unter, das von der Ebene heraufstieg: Kampfeslärm und Todesschreie, Schwertergeklirr, Wiehern und Hufgetrappel von Pferden, die Einschläge von Katapultgeschossen und das beständige Sirren von Pfeilen. Doch nirgendwo konnte Tandurin Alruna von Greifenfels in ihrer Drachengestalt oder gar Yolsulgur selbst ausmachen.

Und das beunruhigte ihn am meisten, denn ihr Fernbleiben deutete darauf hin, dass die beiden etwas Fürchterliches ausheckten. Die Drachendiener hätten durchaus Hilfe gebrauchen können. Die Massen an Untoten bremste den Angriff der Waldalether und Fahrenden zwar, und die Unheimlichen schienen auch bloß dadurch aufzuhalten zu sein, indem man sie in Stücke hackte, doch waren sie deutlich langsamer als Lebende. Außerdem war die Ebene vor dem Drachenthron nicht groß genug, als dass die karjatischen Steppenreiter ihre volle Beweglichkeit hätten ausspielen können. Schon jetzt war es erschreckend, wie tapfer sie der gepanzerten Kavallerie Waldaleths standhielten. Immer wieder durchschlugen ihre treffsicheren Pfeile die Rüstungen der Ritter, die den Vorteil hatten, die Karjaten durch das Gedränge in Nahkämpfe verwickeln zu können. In denen behielten sie meist die Oberhand.

Die Gaale hinter ihren Wehren vor dem Drachenthron hielten sich zurück. Es war offensichtlich, dass sie zunächst ihre Hilfstruppen opfern würden, bevor sie selbst in die Schlacht eingriffen.

Tandurin versuchte Abstand zu dem blaugeschuppten Jungdrachen zu gewinnen, der hinter ihm herjagte, und sah entsetzt, wie der andere Drache, ein orangefarbenes Exemplar mit auffallend dunklem Schuppenkamm, weiter südlich von ihm Aberdutzende Waldalether Panzerreiter und ihre Reittiere mit seinem Feuer verbrannte. Dann flog die Feuerechse gen Osten, um sich dort den neuerlichen Feinden entgegenzustellen.

Denn aus den Wäldern stürmten jetzt Hunderte Telavarer über das ausgedünnte Schlachtfeld in Richtung des nördlich gelegenen Aschetals. Riesige Trolle eilten dem Heer der Fußkämpfer mit raumgreifenden Schritten voran und räumten ihnen mit wuchtigen Schlägen ihrer Keulen den Weg frei. Und immerzu zischten vom Himmel Kugelblitze auf die überrumpelten Drachendiener herab, und hielten blutige Ernte.

Unglücklicherweise hatten auch jene Steppenreiter den Ausfall in ihrem Rücken bemerkt, die eigentlich ihren Kameraden im Westen beistehen wollten. In dichten Trauben kehrten sie auf ihren Pferden um, um den Telavarern in die Flanke zu fallen.

Tandurin konnte sich nicht um zwei Drachen gleichzeitig kümmern, aber er konnte seine Gegner vielleicht gegeneinander ausspielen.

Er provozierte den blaugeschuppten Drachen, der hinter ihm her jagte, mit magischen Geschossen, dann rauschte er dicht über die Köpfe der Steppenreiter hinweg. Zahlreiche Pfeile schlugen im Körper des Gipfelalks ein, und hinter ihm ertönte das laute Rasseln des Drachen. Tandurin ließ den Gipfelalk einen Haken schlagen; schon fuhr ein greller Flammenstrahl vom Himmel herab und brannte eine tödliche Schneise in das überraschte Reiterheer. Der Drache brüllte voller Wut, während Tandurin sein Flugtier dazu zwang, dicht über die Karjaten hinweg zu fliegen und mit seinen Krallen unzählige von ihnen aus den Sätteln zu reißen. Einige Pferde kamen ins Straucheln, rissen andere Reiter mit sich zu Boden, und der Anritt der Steppenreiter geriet zunehmend zu einem Fiasko.

Der orangefarbene Drache jedoch hing flügelschlagend über dem Heer der Telavarer und überzog zahllose Streiter mit tödlichem Drachenfeuer, bis er von Geschossen – gelbe Lichtlanzen und große Schleudersteine – durchgeschüttelt wurde, die ihn dazu zwangen wieder aufzusteigen.

Tandurin blinzelte ungläubig, denn durch die magische Attacke vermochte er Boltan auszumachen. Sein Freund wurde von einem Troll getragen. Und nicht weit von ihnen entfernt erkannte er nun auch Geron, der soeben mit einem Flammenschwert einen Gegner beiseite räumte.

Die Gaale weiter im Norden reagierten. Erstmals setzten sich die Geschuppten in Bewegung, um den Ausfall der Telavarer und Trolle zu stoppen, die trotz der Drachenangriffe weiter nach Norden stürmten.

Tandurin wandte den Blick von seinen Freunden ab, denn noch immer jagte der blaugeschuppte Lindwurm hinter ihm her. Und ebenso wie in Eresor, ließ sich das Mistvieh kaum abschütteln.

Wütend legte er die Drachenlanze ein, die er eigentlich für Alruna oder Yolsulgur hatte aufsparen wollen, schlug einen weiten Bogen und jagte auf dem Gipfelalk nach Süden, wo er seinen Verfolger mittels mächtiger Schattenfelder zu narren versuchte. Unglücklicherweise erhielt der Drache Hilfe von seinem orangefarbenen Artgenossen, der ebenfalls wütend herbeiflog.

Hilflos wich Tandurin den beiden Feuerechsen und ihrem Feuer immer wieder aus und beschwor wie in Eresor Trugbilder weiterer Gipfelalken herauf, die von den Drachen rasch zerstört wurden. Dabei jagte er kreuz und quer über den Himmel, und vermochte so zumindest, die Drachen vom Heer fernzuhalten. Doch der verletzte Riesenvogel unter ihm verlor allmählich an Kraft.

Tandurin stieß einen Fluch aus, brachte den Gipfelalk noch einmal dazu, steil zum Himmel aufzusteigen, dann beschwor er hinter sich abermals ein gewaltiges Schattenfeld herauf. Anschließend stürzte er zurück in die Tiefe und orientierte sich am Flackerschein, mit dem die Drachen die Illusion zerstörten.

Tandurin stieg in die Eisen, ein gewaltiger Schatten tauchte jäh vor ihm auf und mit splitternden Lauten brach die Drachenlanze durch das Schuppenkleid eines geflügelten Ungetüms. Dann prallten Gipfelalk und Drache aufeinander und Tandurin sah, dass er das orangefarbene Exemplar erwischt hatte.

Unter infernalischem Geheul stürzte der tödlich getroffene Drache in die Tiefe, wo er inmitten der Steppenreiter aufschlug und eine breite Schneise in ihre Reihen riss. Im nächsten Moment war das blaugeschuppte Monstrum heran. Der Gipfelalk versuchte noch, mit mächtigen Flügelschlägen fortzukommen, doch es war zu spät. Brüllend verbiss sich der Drache in seinem Federkleid. Tandurin beschwor verzweifelt einen magischen Geschosshagel herauf, dann kippte sein Sichtfeld, denn die beiden geflügelten Monstren verkeilten sich in der Luft und hackten und bissen wüst aufeinander ein.

Hilflos versuchte Tandurin, seine Gurte zu lösen, um mit dem Schwebering aus der Gefahrenzone zu gelangen, doch er wurde derart durchgeschüttelt, dass er jedwede Orientierung verlor. Fürchterliches Drachengebrüll und lautes Vogelkreischen gellte in seinen Ohren, sein Körper wurde mit Blut bespritzt, dann traf ihn ein mächtiger Schlag.

Der Gipfelalk kam ins Trudeln, und jäh ging es abwärts.

Tandurin schrie verzweifelt auf, sah das Schlachtfeld auf sich zurasen, dann erfolgte ein fürchterlicher Aufprall und der sterbende Riesenvogel begrub ihn halb unter sich.

Tandurin stöhnte benommen, während überall um ihn herum Kampfeslärm erschallte. Verzweifelt versuchte er, sich unter dem schweren Vogelleib hervor ins Freie zu ziehen, doch seine Beine waren eingeklemmt. Der Vogel bewegte schwach einen Flügel, als jäh angriffslustiges Rasseln ertönte. Hinter dem Vogel tauchte ein mächtiger, blaugeschuppter Drachenschädel mit gelb geschlitzten Pupillen und mächtigen Reißzähnen auf. Auch der Drache war von Wunden gezeichnet, die ihn offenbar nur noch wütender machten. Sein mächtiger Echsenschädel stieß auf den Alk herab, und Knochen knackten, als er dem Vogel den gefiederten Hals durchbiss.

Mit angriffslustig ausgebreiteten Schwingen baute sich der Drache über Tandurin auf. »ICH WERDE DICH ZERMALMEN, MENSCH!«

Seine mächtigen Kiefer klappten bereits auf, doch in diesem Moment fegten hinter Tandurin wirbelnde Lichtbälle heran, die den Lindwurm durchschüttelten. Dann waren Yarvala, Torindel und Shira heran und bedrängten den Drachen mit all ihrer Macht. Die Elfen traktierten den Lindwurm mit ihrer Magie, während Shira von der Seite her auf den Leib der Feuerechse zupreschte und kraftvoll mit ihrem königlichen Schwert zuschlug.

Schuppen platzten entzwei, Drachenblut spritzte, und die Feuerechse brüllte unter fürchterlichen Schmerzen. Sofort fuhr der mächtige Schädel herum und schnappte zu. Shiras Eoberi-Hengst wurde von den Reißzähnen erfasst, und Shira stürzte aus dem Sattel. Geschwind kam sie wieder auf die Beine und stach und hackte abermals auf den Drachen ein. Jeder ihrer Schläge riss weitere klaffende Wunden in den Drachenleib.

»Komm schon!« Yarvala und Torindel packten Tandurin und zerrten ihn unter dem Vogelleib hervor, als der sterbende Drachen noch einmal zu ihnen herumfuhr.

Yarvala schleuderte ihre Kampfzauber – da ertönte sein Rasseln.

»Nicht!« Panisch packte Tandurin Torindels Hand und reckte sich nach Yarvala, doch es war zu spät. Ein brüllender Feuersturm fegte über sie hinweg.

Als er die Augen aufschlug, vernahm er den Fall des Drachen – und den verzweifelten Aufschrei Torindels, den Radulfs magisches Amulett ebenso wie ihn selbst geschützt hatte.

Yarvalas ausglühender Körper fiel in einer Wolke aus Asche und Knochen in sich zusammen. Der Elf heulte auf und brach weinend neben den Überresten seiner Geliebten zusammen.

Tandurin kam mühsam auf die Beine, gestützt von Shira, die noch immer ihr königliches Schwert in Händen hielt. Beide blickten entsetzt auf die schwelende Asche. Da erklang vom Himmel neuerliches Drachengebrüll.

Schockiert sah Tandurin auf und sah im Norden, vor der

mächtigen Kulisse der Fackelberge, fünf weitere Drachen mit mächtigen Schwingenschlägen nahen. Ein großer, rotgeschuppter Lindwurm, bei dem es sich zweifellos um Alruna in ihrer Drachengestalt handelte; außerdem vier halbwüchsige Drachen mit silbriger, grüner, blauer und brauner Schuppenfarbe. Endlich begriff er, wo die elende Zauberin gesteckt hatte: Sie hatte Verstärkung geholt.

Doch statt selbst anzugreifen, schoss Alruna zum Eingang des Drachenthrons hinab, als gälte es dort Wichtigeres zu erledigen. Die übrigen Feuerechsen hingegen machten sich brüllend zum Angriff bereit.

Shila ächzte verzweifelt. »Wir sind verloren.«

Kyrells Lungen brannten, während sie inmitten all der Kämpfer versuchte, mit dem Troll Schritt zu halten, der Boltan Huckepack genommen hatte. Mit wuchtigen Schritten stürmte der Bergriese auf das von Palisaden umgebene Areal nahe dem Aschetal zu, während rings um sie herum Pfeile einschlugen. Immer wieder wurden Telavarer von den tödlichen Geschossen umgerissen. Geron lief schräg vor ihr und zertrümmerte eben den Schild eines Gaals mit seinem Flammenschwert.

Tandurin, der dem Heer der Telavarer und Trolle vorhin noch auf seinem Gipfelalk beigestanden hatte, war verschwunden, und mit ihm der orangefarbene Drache, der den Truppen schwer zugesetzt hatte.

Jetzt sammelten sich große Gruppen von Steppenreitern mit Lanzen in der Schlachtfeldmitte, während vor ihnen, beidseits des Areals mit den Sklaven, erstmals Gaale vorrückten. Darunter Salamanderreiter, wie sie Kyrell in Gaalstrutz gesehen hatte.

Boltan störte ihren Aufmarsch umgehend mittels eines Gewitters aus Kugelblitzen und grellen gelben Lichtlanzen. Die vom Glyntril gespeisten Geschosse rissen große Lücken in die Reihen ihrer Feinde, und immer wieder ließen Explosionen die Erde erbeben.

Ungestüm setzte der Troll Boltan ab, als Echsenreiter auf ihn zuhielten und ihn mit Pfeilen beschossen. Wütend schwang der

Bergriese seine monströse Keule und zertrümmerte mit einem brachialen Schlag den Korb eines der ungewöhnlichen Reittiere samt seinen Insassen.

Kyrell stolperte, während Telavarer an ihr vorbeirannten. Das war ganz sicher keine koordinierte Aktion. Sie flohen vor den feindlichen Reiterhorden, die auf breiter Front auf ihre Flanke zuhielten. Wütend kam sie wieder auf die Beine – dann schrie sie.

Gellend fegte ihr magischer Kampfschrei über das Schlachtfeld, ließ die Ohren der Karjaten klingeln und die Pferde der Steppenreiter panisch aufsteigen. Überall dort, wo der Schrei seine schreckliche Wirkung entfaltete, stürzten die Reittiere und brachen die Linien der feindlichen Streiter zusammen.

Zahllose Pfeile regneten auf die Karjaten nieder und größere Gruppen Telavarer wagten ihrerseits den Ausfall, indem sie mit Schilden und Speeren den gestürzten Reitern zu Leibe rückten.

Kyrell hatte längst den Überblick verloren. Alles um sie herum war erfüllt von lautem Geschrei und Kampfeslärm. Kämpfer stürmten vorbei und brachen zusammen. Irgendwo weiter vorn schlugen die Schleudersteine der Trolle breite Schneisen in das Heer der Gaale, während ein Bergriese hinter ihr unter dem Ansturm der Lanzenreiter erbebte, sich jedoch trotzdem mit mächtigen Keulenhieben zur Wehr setzte.

»Weiter!« Kyrell wurde von Dania gepackt, die sie mit sich hinüber zu Geron zerrte, den sie nur deswegen nicht aus den Augen verloren, da er dank seines Flammenschwertes im Getümmel gut zu erkennen war. Soeben schlug er einer herrenlosen Reitechse den Kopf ab, während weiter vorn die mächtige Palisadenwand des Sklavengeheges unter einem Ansturm an magischen Geschossen explodierte. Eine weitere Hilfe Boltans, der inmitten des Treibens auf sie zuhumpelte. Abermals beschwor er mit dem Glyntril eine Salve von Kugelblitzen herauf, die sprühend und zischend zwischen ihre Gegner fuhren und dort unter Donnerhall explodierten.

»Weg hier!«, keuchte er.

Kyrell und Dania stützten ihn, während Geron ihnen den Weg nach Nordosten freischlug. Obwohl sie jede Deckung nutzten und sich das Schlachtfeld zum Gebirge hin zunehmend ausdünnte, stellten sich ihnen immer wieder Gaale in den Weg. Erst am äußersten Rand des kämpferischen Geschehens wurden sie kaum noch beachtet. Vor ihnen erstreckte sich der Zugang zum Aschetal.

Die breite, trostlos wirkende Schlucht reichte tief ins Gebirge hinein und war zur Gänze mit weißlich-schwarzem Geröll gefüllt. Bimsstein. Und alte vulkanische Asche.

Inmitten des lang gezogenen Geröllfeldes klafften große Trichter, wo schon vor langer Zeit Hohlräume eingestürzt waren.

Die Ruinen des einstigen Sil'Bariaths zeichneten sich auch über ihnen, an den Steilhängen der Schlucht ab. Rechterhand ebenso wie linkerhand, dort wo der hohe Berg mit dem Drachenthron aufragte.

Boltan humpelte auf seinem Holzbein einen Hang hinab, nahm die Karte zur Hand und blickte voraus.

»Da hinten!« Aufgeregt deutete er zu einem schwarzen Lavabrocken, der in Gestalt einer hoch aufragenden Pfeilspitze deutlich über dem übrigen Geröllfeld aufragte. Er war gute sechzig Schritte von ihnen entfernt.

So rasch es ging, mühten sie sich auf dem tückischen Untergrund voran, und bald sah Kyrell, dass unmittelbar vor dem Brocken ein dunkles Loch im Boden klaffte.

Ein Einstieg in den Untergrund.

Die Sprossen einer Leiter ragten ins Freie.

»Offenbar suchen die Gaale die verschüttete Stadt noch immer nach Schätzen ab.« Dania keuchte.

»Umso vorsichtiger sollten wir sein.« Geron kletterte als Erster in die Tiefe.

Erst als er Entwarnung gegeben hatte, folgten sie ihm viele Schritte in den Untergrund, wo sich ihnen im Schein ihrer Zauberlichter ein von Balken gestützter Stollen offenbarte, der geradeaus verlief und sich dann teilte.

Hier unten war es totenstill.

Boltan wirkte mithilfe des Glyntrils einen Zauber, der es ihnen gestattete, sich völlig lautlos fortzubewegen. Er blieb hinter Geron, der mit seinem Elfenschwert misstrauisch vorauseilte, und gab ihm mithilfe der Karte Anweisungen. Nach und nach offenbarte sich ihnen so eine Welt vergangener Pracht. Laut der Karte verbanden die Stollen große und kleine Hohlräume unter dem Geröllfeld, wo sich vor Jahrhunderten Gebäude oder große Hallen und Säle befunden hatten. Die Gaale hatten bei ihrer Suche nach Gold und magischen Artefakten ganze Straßenzüge, verkohlte Brücken und Brunnen freigelegt. Am wundersamsten war, dass ihre Zauberlichter auch Bodenmosaike und bunte Wandgemälde aus der Finsternis rissen, die farbenprächtige Szenen aus der Blütezeit der Elfen zeigten: Hochzeiten. Jagden. Elfen bei Spiel und Tanz.

Dazwischen stießen sie immer wieder auf Knochen.

Boltan ließ sich von alledem nicht beirren und führte sie zielstrebig gen Westen, auf den Berg mit dem Drachenthron zu. Relativ zügig erreichten sie einen lichtlosen Aufstieg mit Treppenstufen, die die Gaale aus dem Gestein geschlagen hatten.

»Ab jetzt besondere Vorsicht!«, wisperte Geron.

Lautlos schlichen sie unter seiner Führung die Stufen nach oben, bis plötzlich Lichtschein auszumachen war. Sofort löschten sie ihre Zauberlichter und erreichten wenig später eine große Höhle mit Grabungsgeräten, ausgeleerten alten Truhen und umgekippten Weidenkörben, in der zwei Gaale mit Speeren hockten und zischelnd miteinander sprachen.

Dania schlüpfte kurzerhand in Gaalgestalt an Kyrell vorbei, trat zu den Wachen und schlitzte ihnen die Kehlen auf, bevor die beiden wussten, wie ihnen geschah.

Ohne ein weiteres Wort folgten sie ihr zu einer weiteren Treppe, an deren Ende eine einstmals mit blauen Fliesen ausgekleidete Halle lag, deren Tonnendecke mit halbzerstörten elfischen Blumenornamenten ausgeschlagen war. Wofür die Elfen die Halle nach der Eroberung des Drachenthrons vor rund 1000 Jahren benutzt hatten, vermochte Kyrell nicht zu sagen. Von hier zweigten allerdings weitere Gänge ab, und abermals waren sie gezwungen, Gaalwachen auszuschalten.

Schließlich erreichten sie einen gewaltigen Tunnel, der sogar einem Drachen das Durchkommen ermöglichte. An der Tunneldecke befanden sich schräg nach oben verlaufende Lüftungsschächte, durch die gedämpftes Gaalgeschrei in die Tiefe drang. Wasser aus dem Berg hatte im Tunnel Pfützen hinterlassen.

»Leider habe ich keine Ahnung, wo wir sind.« Boltan hatte die mittlerweile nutzlose Karte weggesteckt. »Allerdings deutet das Geschrei da oben darauf hin, dass wir uns unterhalb der Eingangshöhle in den Berg befinden.«

»Folgen wir dem Tunnel«, schlug Geron vor. »Ich bin mir sicher, er wird uns zwangsläufig hinauf zu der Höhle mit dem Ahrvarien bringen.«

Dania eilte den beiden jungen Männern bereits nach, als Kyrell sie stoppte.

»Wartet!« Sie blinzelte ungläubig, denn einen Moment lang glaubte sie, in einer Pfütze eine fahle Gestalt schimmern zu sehen. »Leute, das war … Ambra!«

»Ambra?« Aufgeschreckt fuhr Boltan zu ihr herum. »Wo?«

»Dort.« Kyrell trat aufgewühlt vor die Pfütze, die wieder unverdächtig glitzerte, sah den Tunnel entlang und meinte, die Kleine abermals zu sehen. In einer Pfütze in der entgegengesetzten Marschrichtung.

»Ich glaube, Ambra will uns führen. Folgt mir!« Sie lief den Tunnel zurück, und die anderen eilten ihr nach, bis sie unvermittelt vor neuerlichen Stufen nach oben standen.

»Bist du dir sicher?«, fragte Dania zögernd.

»Glaub ihr besser«, meinte Boltan. »Ich sagte euch doch, dass Ambra noch immer im Spiel ist. Irgendwie jedenfalls …«

Geron eilte lautlos voran, und die Stufen führten sie in eine kleinere Höhle, die mit Truhen, Büchern, alchimistischen Gerätschaften und Werkbänken gefüllt war. Eine Laterne auf einem der Tische spendete etwas Licht, und sie entdeckten Schleifgeräte, neben denen funkelnder Edelsteinstaub lag.

»Wo sind wir hier?«, wollte Kyrell wissen. Rasch inspizierten sie die Hinterlassenschaften.

Boltan widmete sich zuerst den Büchern. »Das sind alles nekromantische Schriften.«

Dania stöhnte. »Ich ahne, wem die gehören: Rasgath Tiefwasser!«

»Ambras Lehrmeister?« Geron zog verwundert die Augenbrauen zusammen.

»Seit dem Überfall auf Wyverhaven ist er doch verschwunden.« Dania verzog die Lippen. »Was, wenn Yolsulgur ihn nicht getötet, sondern entführt hat? Passt doch, schließlich ist er Nekromant. Einen besseren Helfer als ihn gibt es nicht.«

»Gut möglich«, brummte Boltan. »Auch Ambra deutete an, dass er noch lebt.«

Kyrell wandte sich indes zwei offenstehenden Koffern mit Hunderten Glasflaschen zu. In ihnen befanden sich Haare, Fingernägel, Zähne, Knochen, Hautschuppen und weitere körperliche Hinterlassenschaften. Ein jedes Gefäß war mit einem Namensetikett versehen.

»Ich weiß zwar nicht viel über Geister- und Totenbeschwörungen«, sagte sie. »Aber das hier wirkt wie eine akribische Sammlung an Zauberingredienzien, die für solche Zwecke benötigt werden.«

Unvermittelt blitzte eines der Glasgefäße im Schein ihrer Zauberlichter auf und Kyrell nahm es irritiert zur Hand. In seinem Innern lag ein Haarbüschel. Ihr Blick fiel auf den Namenszug auf dem Etikett: *Ambra.*

»Boltan, sieh dir das an!«, raunte Geron hinter ihr. Er stand vor einem Pult mit einem aufgeklappten Lederband, mit dem sich Tiefwasser offenbar eingehend beschäftigt hatte. »Irre ich mich, oder geht es hier um ein Ritual für so etwas wie einen Seelentausch?«

Sofort umringten sie ihn.

»Wirkt so.« Boltan blätterte die eng beschriebenen Seiten durch. »Das Zauberritual soll es dem Nutznießer offenbar ermöglichen, seinen Körper mit dem eines anderen zu tauschen.«

»So was ist möglich?«, fragte Dania beunruhigt.

»Sieht so aus.« Boltan zuckte mit den Achseln. »Und wenn ich die Notizen hier am Rand richtig interpretiere, dann handelt es sich dabei um die Modifikation einer üblichen Totenbeschwörung.«

»Wir sollten wir uns hier besser nicht länger als nötig aufhalten«, mahnte Kyrell.

»Gut, dann weiter!« Geron schlug kämpferisch sein halblanges Haar zurück und führte sie aus dem Raum heraus, eine weitere Treppe nach oben. Sie endete in einer Wachkammer der Gaale, die leer stand. Sie schlüpften in einen dunklen Quergang – und vernahmen von rechts Geräusche. Stimmen.

Lautlos hasteten sie zu einem Durchbruch in der Felswand, der in eine große, von mächtigen Säulen gestützte Halle von beeindruckender elfischer Architektur führte – und hielten erschrocken inne. Denn das Erste, was sie dort sahen, war die massige Drachengestalt Alrunas. Sraszzz' rotes Schuppenkleid schimmerte im Licht großer Feuerschalen, das auch die alten Elfenmalereien an den Wänden aus dem Dunkeln riss. Offenbar war die Drachin durch einen gewaltigen Tunnel auf der gegenüberliegenden Seite in die Halle gelangt. Über dessen Zugang ragten die Spitzen eines gewaltigen eisernen Fallgatters aus der Felsdecke.

Und sie war nicht allein. Inmitten eines großen Oktogramms in der Hallenmitte lag ein weiterer Drache, mit geschlossenen Lidern und zusammengefalteten Schwingen. Es handelte sich um ein halbwüchsiges Exemplar mit goldgelbem Schuppenkleid. Der Lindwurm war etwas größer als Tandurins Gipfelalk und schien zu schlafen. Oder war er betäubt?

Und noch jemand befand sich an diesem Ort: Ambras einstiger Lehrmeister Rasgath Tiefwasser. Sein Haar war schlohweiß, seine Brille besaß einen Sprung, und im Gegensatz zu früher wirkte er vollkommen verwahrlost. Um seinen Hals lag ein Eisen mit Drachenrunen.

Der Magier bückte sich soeben, um einen prächtigen feuerroten Rubin an einer Spitze des achtzackigen Sterns zu platzieren. Auch an den übrigen Spitzen funkelten prachtvolle Edelsteine im Feuerschein; Kyrell erkannte Smaragde, Diamanten, Saphire.

»WIR MÜSSEN UNS BEEILEN!«, rasselte die ungeduldige

Stimme der Drachin durch die Halle. Unruhig bewegte sie ihre Schwingen, während ihr mächtiger Echsenschädel dem Magier zugewandt war. Kyrell sah, dass Nifredil ihr linkes Auge zerstört hatte. Die Drachin war jetzt halb erblindet. »SEINE DRACHENKÖNIGLICHE MAJESTÄT DÜRFTE JEDEN MOMENT MIT DEM RITUAL BEGINNEN.«

»Ich weiß, ich weiß«, hechelte Tiefwasser. »Da du mir das letzte benötigte Kleinod gebracht hast, kann es jetzt losgehen. Der junge Drache ist bereits von seiner Seele befreit, ich habe ihn gewissermaßen« – er kicherte – »entkernt. Lass mich nur noch einmal alles kontrollieren, denn wir haben nur einen Versuch, um Yolsulgur wieder ins Leben zu holen.«

Über Sraszzz' Nüstern stieg Rauch auf. »KANNST DU MIR GARANTIEREN, DASS ER NICHTS VON UNSEREM TREIBEN MITBEKOMMT?«

»Wie sollte ich?« Tiefwasser sah fahrig zu ihr auf. »Und wenn, dann dürfte es vermutlich zu spät für ihn sein …« Aufmerksam schritt er das Oktogramm ab. Sraszzz' Krallen kratzten unruhig über den Boden, während sie ihn misstrauisch beäugte.

Geron zog sie ein Stück zurück in den Gang.

»Verstehe ich das richtig?«, wisperte er. »Die wollen Yolsulgurs Geist in den Jungdrachen zwingen? Warum?«

»Ich schätze, weil er kurz davor steht, endgültig zu verrotten«, mutmaßte Dania.

»Vielleicht ist das auch für uns von Vorteil.« Boltan umklammerte aufgeregt Cyrnachons Zauberstab. »Lebend dürfte er deutlich leichter zu bezwingen sein als in seiner jetzigen, untoten Gestalt.«

»Dann warten wir einfach ab?«, fragte Kyrell leise.

»Warum nicht?«, erwiderte Boltan. »Das da vorn sind eh ein paar Gegner zu viel. Und das, obwohl ich den Glyntril bei mir trage.«

Entschlossen sah Geron sie an. »Gut, dann muss einer von uns Alruna ablenken. Das mache ich. Sobald sie weg ist und Tiefwasser diesen Seelenaustausch eingeleitet hat, kümmert ihr euch um ihn. Und zwar möglichst, bevor Yolsulgurs Geist in seinen neuen

Leib eingefahren ist. Denn gegen den Drachenkönig wird es auch ohne weitere Gegner schwer genug.«

»Was, bitte, hast du vor?« Misstrauisch sah Kyrell ihn an.

»Meiner Bestimmung nachkommen.« Geron lächelte traurig. »Aber keine Angst, ich habe einen Plan!« Er trat vor, küsste sie und huschte dank Boltans Zauber lautlos in die Halle.

Kyrell wollte ihm nacheilen, doch Dania hielt sie energisch zurück.

»Lass ihn!«, zischte sie. »Es muss sein.«

Sie ließen Geron etwas Vorsprung, dann schlichen auch sie zum Eingang der Halle. Geron nutzte die Säulen als Deckung und schlüpfte unbemerkt hinter Alrunas massiger Drachengestalt in den großen gegenüberliegenden Tunnel, über dem das Fallgatter hing.

»Alles, was ich jetzt noch benötige, ist eine Schuppe von Yolsulgur – oder ein anderes seiner Körperteile, das uns als Fokus dient.« Tiefwasser beendete seine Inspektion und leckte sich fahrig über die Lippen. »Wie ich dir bereits sagte, behält er mich ständig im Auge. Mir war es daher nicht möglich, eines seiner Körperteile aufzusammeln.«

»HIER!« Sraszzz' riesige Schwingen bewegten sich leicht, als sie ihm eine schwarze Schuppe vor die Füße spuckte. Tiefwasser las sie hastig vom Boden auf, umwickelte sie mit Stoff und schritt zu dem schlafenden Jungdrachen im Oktogramm hinüber, um sie dort abzulegen.

Kyrell riss die Augen auf, als Geron plötzlich hoch erhobenen Hauptes die Halle auf der gegenüberliegenden Seite betrat.

»Weiß Yolsulgur, was ihr hier treibt?«, rief er provozierend.

Alarmiert fuhr Alrunas mächtiger Drachenschädel zu ihm herum. »DU!? WIE HAST DU ES HIERHER GESCHAFFT?« Brüllend spie sie ihr Drachenfeuer, das die komplette hintere Hallenecke in Brand setzte.

Doch Geron war längst zurück in den Tunnel gestürmt.

Die Drachin heulte auf vor Wut und fuhr noch einmal zu Tiefwasser herum. »BEGINNE DEN ZAUBER UND WAGE ES JA NICHT, ZU SCHEITERN!«

Schon schlüpfte ihr riesiger geschuppter Leib in den Tunnel, der Zackenkamm berührte die Spitzen des Fallgatters, und verschwand – als sich die schwere Sperre plötzlich von der Decke löste und den Tunnel mit donnerndem Getöse versperrte.

Kyrell schlug sich entsetzt vor den Mund.

Tiefwassers spöttisches Gelächter erfüllte die Halle.

Dania wollte vorstürmen, doch Boltan hielt sie zurück. »Warte! Vielleicht können wir ihn überraschen.«

Kyrell, Dania und Boltan machten sich bereit und ließen den Magier nicht aus den Augen, der offenbar nicht mit weiteren Störenfrieden rechnete.

»Elende Schlange!« Verächtlich spie Tiefwasser zu Boden. »Wenn du ernsthaft glaubst, dass ich dir dabei helfe, deinen Meister vom Wahnsinn zu erlösen, dann hast du dich geirrt. Denn so lange er lebt, so lange bin ich nichts als sein elender Sklave.« Wütend zerrte er an seinem Halsreif, während aus dem versperrten Tunnel Drachengebrüll erklang. »Nein ...« – er lachte heiser – »es ist nun an der Zeit, diese armselige Erscheinungsform abzustreifen und die Freiheit zu erlangen.«

Er griff erbost nach Yolsulgurs Drachenschuppe, murmelte etwas und verwandelte sie zu Staub. Dann ging er vor dem Jungdrachen auf die Knie und wisperte eine Formel, während er die Arme weit von sich streckte. Jäh glühten die Kristalle an den Ecken des Oktogramms in bunten Farben auf und inmitten des Sterns begann die Luft zu flirren.

»Er ... will den Seelentausch an sich selbst vollziehen!«, ächzte Dania ungläubig.

Alarmiert stürmten sie in die Halle, und Boltans Hand schoss vor. Eine unsichtbare Kraft ergriff den überraschten Nekromanten, wirbelte ihn jäh empor und schleuderte ihn gegen eine Hallenwand.

Tiefwasser schrie zornig auf und ging sofort zum Gegenangriff über. Fettig wirkende, schwarze Kugeln schossen aus seinen Handflächen und jagten auf Boltan zu. Trotz des magischen Schildes, den Boltan vor sich errichtet hatte, schüttelten sie ihn schwer durch. Ihr Freund strauchelte und fiel zu Boden. Dania hielt ein

Amulett hoch und scharfkantige Gesteinsschrapnelle jagten auf den Nekromanten zu. Der bewegte sich plötzlich mit doppelter Geschwindigkeit und so verletzte sie ihn lediglich an der Schulter. Kyrell schleuderte Nefridil. Doch die magische Klinge wurde von dem Nekromanten wie beiläufig aufgefangen – dann schleuderte er sie zurück.

Zu ihrem Glück stieß Dania sie geistesgegenwärtig beiseite, und die Klinge zerfetzte statt ihres Fleisches bloß eine ihrer Taschen. Beide gingen zu Boden und Kyrell sah aus den Augenwinkeln, wie einige ihrer Habseligkeiten davonkullerten.

»Was glaubt ihr, mit wem ihr es zu tun habt?«, keifte Tiefwasser, während er Boltan und Dania, die sich mit einem flirrenden Schild vor Kyrell aufbaute, abwechselnd mit seinen schwarzen Kugeln traktierte. Dania schrie getroffen auf, während Boltan allmählich hochkam und sich zunehmend sicherer der Attacken erwehrte.

In der Mitte des Oktogramms mit dem Jungdrachen waberte die Luft, als stiege große Hitze vom Boden auf.

Boltan griff den Zauberer mit einem Gewitter aus Kugelblitzen an – da wurde es in der Halle schlagartig stockfinster. Die Blitze explodierten dumpf in der Dunkelheit, und von irgendwoher vernahmen sie Tiefwassers höhnisches Gelächter. »Das wird jetzt sehr schmerzhaft für euch!«

Boltan bellte einen Gegenzauber und die Finsternis riss schlagartig wieder auf.

Tiefwasser stand jetzt mit hassverzerrtem Gesicht direkt vor ihm und schlug ihm mit voller Wucht ins Gesicht.

Boltan stolperte benommen zurück und der regenbogenfarben strahlende Glyntril rollte über den Boden. Fassungslos starrte der Nekromant den Elfenstein an – als der junge Drache hinter ihm plötzlich seine Schwingen ausbreitete und sich unter rasselnden Lauten aufrichtete.

»WAGE ES NICHT, DEN STEIN AUCH NUR ZU BERÜHREN, RASGATH!«

Schockiert wirbelte der Magier zu dem Lindwurm herum. »Wie …? Aber …«

»DACHTEST DU, ICH HÄTTE DIR IN WYVERHAVEN GRUNDLOS GEHOLFEN, HASRABANS BUCH SAMT DEM SEELENZAUBER AUFZUSPÜREN?«

Tiefwasser glotzte den Drachen begriffsstutzig an, dann richtete sich sein Blick auf ein gläsernes Objekt, das unter dem Leib des Drachen lag: eine Flasche mit Haaren.

Kyrell griff unwillkürlich nach ihrer zerrissenen Tasche.

In Tiefwassers Blick spiegelte sich jähes Begreifen. »Ambra?!«

Mit einem Aufschrei wob er einen Zauber, doch Ambra spie bereits ihr Drachenfeuer.

Tiefwassers grausiger Schrei erstarb in dem brüllenden Feuersturm, der über ihn hinwegfegte, ihm das Fleisch von den Knochen brannte und seine Gebeine schmelzen ließ. Vor ihren Augen brach sein verkohlter Körper entzwei.

Kyrell stöhnte entsetzt.

Boltan, der sich rasch aus der Gefahrenzone gerollt hatte, griff nach dem Glyntril. Ebenso wie Kyrell und Dania sah er ungläubig zu dem goldgelben Drachen auf. Dann lächelte er.

»Willkommen zurück, liebe Freundin.«

»STRENG GENOMMEN BIN ICH JETZT EIN FREUND«, rasselte Ambra in ihrer neuen Drachengestalt und wirkte dabei leicht enttäuscht. »WAS DIE SACHE NICHT LEICHTER MACHT … ABER DAS KANN WARTEN.« Sie schnaubte und starrte Kyrell und Dania aus ihren kalten Echsenaugen an.

Kyrell schüttelte ungläubig den Kopf – und lächelte.

Dania hingegen starrte den Drachen noch immer verwirrt an. »Du bist …?«

»JA! UND JETZT MACH SCHON: HEILE ALLE, DIE GEHEILT WERDEN MÜSSEN, UND DANN LASST UNS ENDLICH YOLSULGUR AUFHALTEN!«

Geron hetzte in den großen Tunnel, während hinter ihm Sraszzz' Drachenfeuer den Zugang in Brand setzte. Ein heißer Windzug schlug ihm in den Rücken, und er vernahm ihr enttäuschtes Wutgeheul.

Dann ihre herrschsüchtige Stimme: »BEGINNE DEINEN ZAUBER UND WAGE ES JA NICHT, ZU SCHEITERN!«

Der Tunneleingang verdunkelte sich, als Sraszzz die Verfolgung aufnahm.

Jetzt! Bitte! Verzweifelt sah Geron zu dem mit eisernen Spitzen ausgestattetem Fallgatter, dessen Hebel er umgelegt hatte. Doch das verrostete alte Ding steckte in seiner Verankerung fest – womit sein Plan scheiterte, Sraszzz damit schweren Schaden zuzufügen.

Stattdessen walzte die Drachin auf ihren mächtigen Krallenläufen in den Tunnel, und kaum, dass sie das schwere Fallgatter passiert hatte, krachte es nun doch mit Getöse in die Tiefe. Zu spät.

Geron hätte vor Wut schreien mögen.

Verzweifelt warf er sich in den erstbesten Raum, der von dem großen Tunnel abzweigte. Die Welt hinter ihm versank erneut in Feuer, er hörte Gestein knacken und die gewaltige Hitzewelle ließ ihn vor Schmerz aufschreien. Sofort stolperte er weiter, hackte mit seinem Flammenschwert auf eine verschlossene Tür ein und riss sie auf.

»ICH WEISS, WO DU STECKST!«, rollte die Stimme seiner einstigen Lehrmeisterin ihm nach.

Darauf hoffend, dass ihm Alruna in ihrer Drachengestalt nicht so rasch folgen konnte, stürzte er in einen schmalen Korridor, der in einen Durchbruch mündete.

Von dort trat ihm ein überraschter Gaalwächter entgegen.

Geron hielt nichts mehr. Im Anlauf zertrümmerte er den Speer des Geschuppten, schlug ihm mit seinem Flammenschwert eine tödliche Wunde und stolperte über ihn hinweg in eine Höhle, in der es unangenehm nach Abfällen stank.

Überall standen Holzeimer, und der einzige Ausgang aus der Höhle war ein großes Loch im Boden, durch das er auf einen riesigen Haufen Unrat in etwa zwei Schritten Tiefe blicken konnte. Und dieser Haufen war von einem beständigen Gewimmel erfüllt. Fingerlange Tausendfüßer.

Das alles durfte doch nicht wahr sein!

Unglücklich blickte er zum Korridor zurück, in dem Schritte erklangen. Er kannte das Geräusch. Alruna hatte sich offenbar in ihre Menschengestalt zurückverwandelt.

Geron wog verzweifelt seine Möglichkeiten ab, wissend, dass er seiner einstigen Lehrmeisterin hoffnungslos unterlegen war, egal in welcher Gestalt sie ihm gegenübertrat.

Also sprang er durch das Loch in die Tiefe und seine Beine versanken in einem stinkenden Haufen aus Essensresten, Gaalscheiße und anderen Abfällen, die die Drachendiener hier entsorgt hatten.

Um ihn herum raschelte es und sofort krabbelt das Ungeziefer von allen Seiten auf ihn zu. Angeekelt setzte er sein Elfenschwert in Flammen, stach wild in den Abfallhaufen, und spürte, wie einige der Tausendfüßer an seinem Körper emporkrabbelten. Er schrie auf – und ergriff sie Macht seines Geistes.

Verwundert hielt er inne, als er bemerkte, dass der Trick, mit dem er Insektenschwärme anzulocken vermochte, auch bei dem Gewimmel um ihn herum funktionierte. Auf einen stummen Befehl hin ließ der Tausendfüßerschwarm von ihm ab und er kämpfte sich aus dem Unrat frei, als sich das Loch über ihm verdunkelte.

»Welche Symbolkraft, Geron von Waldaleth!«, hörte er Alrunas gehässige Stimme über sich. »Du befindest dich bereits jetzt dort, wohin wir Drachen schon bald auch die übrige Menschheit verweisen werden: auf den Müllhaufen der Geschichte!«

Geron stolperte panisch in die Düsternis, während die Zauberin lachte. Er sah sich im Licht seines Flammenschwertes um und entdeckte zwei Gesteinsröhren, die von der Kaverne mit den Abfällen wegführten. Eine lag ihm gegenüber, war ebenfalls mit Abfällen übersät und führte weiter in die Tiefe. Die andere befand sich schräg hinter ihm, und über sie ging es offenbar wieder hinauf zu den Hallen des Drachenthrons.

Geron schlüpfte verzweifelt hinein und musste stellenweise den Kopf einziehen, um sich nicht an dem Fels zu stoßen.

Unter Gelächter setzte Alruna ihm nach.

Geron stolperte verzweifelt voran; der Tunnel war relativ eng und er konnte ihn nur geduckt entlanghasten. Doch so sehr er sich auch bemühte, Alruna bewegte sich im Dunkeln hinter ihm wie eine wendige Schlange. Er würde ihr nicht entrinnen, obwohl er bereits schräg über sich Fackellicht erkennen konnte.

Noch einmal gab er alles – da erstarrte sein Körper und eine unsichtbare Kraft riss ihn herum.

Es war wie damals im Thronsaal der Weißen Burg, als ihn Alruna schon einmal mit ihrer Geisteskraft gepackt hatte. Und ähnlich wie damals hielt er neben dem Flammenschwert auch Ceredril fest umschlossen. Verzweifelt konzentrierte er sich auf den vibrierenden Elfendolch, in der Hoffnung, dass er es ihm ermöglichte, ihrer Drachenmacht zu widerstehen.

Seine Hoffnung war vergebens.

Er kam gegen sie einfach nicht an.

Alrunas schlanke Silhouette tauchte leicht geduckt in dem Stollen auf. Sie trug eine schwarze Klappe über ihrem zerstörten linken Auge und schürzte herablassend die Lippen.

»Geron, Geron … nicht doch. Denkst du, ich habe nicht längst begriffen, wie gefährlich dieses Ding ist?« Mit einem Fingerschnippen entriss sie ihm den Langdolch und schleuderte ihn mit angewidertem Blick hinter sich in die Dunkelheit, wo er klirrend liegen blieb. »Auch dein neues Spielzeug wird dir nicht mehr helfen. Dabei erscheint mir die Klinge sehr viel mächtiger …«

»Gebt mir Gelegenheit, sie an Euch auszuprobieren«, ächzte Geron.

Alruna betrachtete ihn lauernd. »Wo du bist, sind die anderen nicht weit. Wo sind sie?«

»Findet es selbst heraus.«

»Ich könnte jedes deiner Körperteile einzeln verbrennen«, sprach die Drachenzauberin kalt. »Ich könnte dir aber auch die Haut in Streifen vom Leib schneiden, und das mit deiner eigenen Waffe …«

Die Flammen des Elfenschwertes spiegelten sich in Alrunas verbliebenem Drachenauge, als sie mit ihren Geisteskräften seine Finger zurückbog und lächelnd nach dem Schwert fasste.

Doch kaum, dass sie die Waffe berührte, zischte das Fleisch ihrer Hand, als sei es verbrannt. Alruna schrie auf, taumelte zurück und ließ das Schwert sofort fallen. Die Flammen auf der Klinge erloschen ebenso wie der unsichtbare Klammergriff, und Geron stürzte schwer zu Boden.

»Das ist eine Klinge der Turmwache – niemand sonst kann sie berühren!«, zischte er und gab stumm den Befehl.

In der Gesteinsröhre hinter der Drachin knisterte und raschelte es und jäh fielen von der Decke Aberhunderte Tausendfüßer auf sie herab. Alruna schlug sie ebenso belustigt wie angewidert von sich, doch Geron ließ ganze Ströme an Gliederfüßlern aus der Finsternis hervorbrechen. Hunderte krabbelten an ihr empor, stürzten auf sie nieder und versuchten in Kleider- und Körperöffnungen vorzudringen.

Alruna setzte zornig ihren Leib in Brand, die Tausendfüßer vergingen und fielen in dichten Aschewolken von ihr ab. Die Flammen sanken zusammen, und die Drachenzauberin trat kurzerhand auf Gerons Schwerthand, mit der er soeben nach der Elfenklinge griff.

»Dachtest du wirklich, mich mit diesem kleinen Trick überrumpeln zu können?« Gereizt beugte sie sich über ihn und musterte ihn mit ihrem einen Auge. »Ich bin eine Drachin!«

»Ich weiß«, stöhnte Geron. »Aber das war ja auch bloß die Ablenkung.«

In der Linken hielt er längst Ceredril, den ihm die Tausendfüßer unbemerkt gebracht hatten. Wütend rammte er ihr den Dolch ins Bein.

Alruna schrie vor Schmerzen.

Mit aller verbliebenen Kraft stieß Geron sie von sich, sprang auf die Füße und griff nach dem Elfenschwert, bevor er auf den Ausgang der Gesteinsröhre zurannte.

Er musste sich beeilen, denn er wusste, was jetzt geschah.

Er fürchtete keinen Zauber, denn dafür war Alruna viel zu sehr mit sich selbst beschäftigt. Er fürchtete vielmehr, dass sie gegen die Macht Ceredrils nicht lange bestand. Denn der Elfendolch zwang sie in ihre Drachengestalt zurück.

Geron hetzte durch die Gesteinsröhre dem Fackellicht entgegen, zog sich hastig in ein altes Gewölbe, dessen Boden mit Schrammspuren von Drachenkrallen bedeckt war – als aus der Tiefe hinter ihm panisches Gebrüll drang. Es wurde sogleich von einem fürchterlichen Geräusch erstickt; wie das Reißen von Fleisch, das Brechen von Knochen. Der Untergrund erbebte, und Geron fuhr entsetzt zurück, als aus dem Einstieg Fontänen heißen Drachenbluts in das Gewölbe spritzten, dem eine monströse Wulst aus zusammengequetschtem Drachenfleisch und roten Schuppen folgte.

Geron erbrach sich angesichts des fürchterlichen Anblicks.

Schließlich fing er sich, ging dem dampfenden Blutsee aus dem Weg, der sich am Boden gesammelt hatte, und stolperte auf einen anderen Ausgang zu.

Tandurin sah verzweifelt zum Himmel auf, wo sich die vier neu eingetroffenen Drachen anschickten, unter infernalischem Gebrüll auf das Schlachtfeld niederzufahren. Einer von ihnen entdeckte seinen toten Artgenossen neben dem reglosen Gipfelalk und stieß geradewegs auf sie herab – als im Süden Fanfarenstöße erschallten.

Shira und Tandurin wirbelten herum; er schirmte seine Augen vor der Sonne ab und erblickte zwölf geflügelte Schatten vor dem grellen Licht, die rasch ausschwärmten und in kleinen Gruppen den Drachen entgegenjagten.

»Meine Güte, das sind … Elfen!«, stöhnte er. »Greifenreiter!«

Die Reiter in ihren blinkenden Rüstungen zückten Flammenschwerter, wie auch Geron eines besaß.

Torindel erhob sich von den verbrannten Überresten seiner Geliebten und sah ebenfalls zum Himmel auf. Seine Augen waren gerötet und er packte sein Schwert mit neuer Wut.

»Das da oben sind Hauptmann Vilsayar und die Turmgarde«, rief er. »Aber sie kommen zu spät.«

»Und doch vielleicht noch rechtzeitig«, widersprach Shira.

Tandurin fuhr zu dem Elf herum. »Gibt es eine Möglichkeit, dass du ihn rufst? Ich muss rüber zum Drachenthron.«

»Ich wüsste nicht wie.« Bedauernd schüttelte Torindel den

Kopf. In seinen Augen glühte es. »Hilf mir lieber, Yarvalas Tod zu rächen.«

»Ich werde sie rächen«, versprach Tandurin. »Doch nicht hier.« Er wandte sich an Shira. »Bitte, leiht mir Euer Schwert. Denn wir werden jede Hilfe brauchen, die uns möglich ist.«

Shira sah ihn prüfend an und reichte ihm feierlich den Knauf Kaya'thars. Dann winkte sie einen der Ritter heran, die sie, den toten Gipfelalk und den toten Drachen schützend umringten, und ließ sich von ihm ein neues Schwert geben.

»Was auch immer du vorhast, Tandurin Drachentöter, rette die Jungen Königreiche!« Shira klopfte Torindel auf die Schulter, schnappte sich die Zügel von Yarvalas Eoberi-Stute und saß auf. »Kommt, lasst uns Eure Geliebte ehren, indem wir Gaale töten!«

Der Elf folgte verbittert ihrem Beispiel – und Tandurin stieg mithilfe seines Schweberinges kerzengerade zum Himmel auf, von wo aus er auf die Schlacht herabblicken konnte, die noch immer aufs Fürchterlichste tobte.

Die Gaale hatten den Karren mit dem Drakenstein inzwischen überrannt, in dem gewaltigen Palisadenpferch mit den Sklaven tobten wüste Stellungsgefechte, und dem vereinten Heer der Waldalether und Fahrenden gelang es allmählich, den feindlichen Reihen im Südwesten beizukommen. Doch noch immer verschanzten sich die meisten Gaale vor dem Drachenthron. Es mochte Stunden dauern, bis sie geschlagen waren.

Stunden, die sie nicht hatten.

Tandurin sah sich erregt um und wurde so Zeuge, wie sich die Greifenreiter mit ihren Flugtieren und Flammenschwertern auf die Drachen stürzten, sie über den Himmel jagten und in erbitterte Gefechte verwickelten. Zwei der Elfen fielen unter der Gegenwehr der Lindwürmer, und auch einer der Drachen kam ins Trudeln und stürzte unter wehklagendem Gebrüll in die Tiefe. Ein weiterer Jungdrache drehte ab und suchte sein Heil in der Flucht.

Einer der Greifenreiter wurde auf Tandurins Winken aufmerksam, flog zu ihm und ließ den Greifen, auf dem er saß, mit mächtigen Flügelschlägen verharren.

»Wer seid Ihr, Zauberer?«, rief der Elf. »Ihr tragt das Schwert der Könige Waldaleths, doch Ihr seid kein König.«

»Seid Ihr Hauptmann Vilsayar?«

Der Elf nickte grimmig.

»Ich bin ein Freund von Kyrell und Geron«, rief Tandurin zurück. »Die beiden sind am Drachenthron, und Ihr müsst mir helfen, in den Berg hineinzugelangen.«

»Hinein?« Der Elf sah ihn überrascht an.

»Hinein!«

»Das schaffen wir nicht allein.« Hauptmann Vilsayar griff zu einer Brosche an seiner Brust und sofort lösten sich vier Greifenreiter aus dem Kampfgeschehen um sie herum und flogen samt einem herrenlosen Flugtier auf sie zu. Die verbliebenen Greifenreiter erweckten den Eindruck, mit den unerfahrenen beiden Drachen fertig zu werden, die noch immer Gegenwehr leisteten.

Tandurin saß rasch auf dem Greif auf.

»Folgt mir!«, brüllte der Hauptmann.

Die Greifenreiter begaben sich in eine Keilformation, und ihre Reittiere jagten flügelschlagend auf das Plateau vor dem Tor des Drachenthrons zu. Ein Angriff, den offenbar keiner der dortigen Gaale für möglich gehalten hatte, denn sie trieben jetzt erst ihre Bogenschützen zusammen.

Die Elfen fegten sie mit Kampfzaubern von den Beinen, Tandurin nutzte die Gelegenheit, eines der dort stehenden Katapulte mittels seiner Magie zu zerstören, dann rauschten sie auf den mächtigen Greifen über den Köpfen der Verteidiger durch das doppelflügelige Bergportal und in die riesige Tropfsteinhöhle hinein.

Was Tandurin hier erblickte, ließ ihn erstarren.

Die Höhle ertrank förmlich in Blut.

In der gewaltigen Kaverne ragte eine Pyramide aus Tropfsteintrümmern auf, zu der Gaale beständig menschliche Sklaven hinauftrieben, um sie dort grausam zu opfern. Ihre Leichen lagen zu Füßen der blutüberströmten Gesteinspyramide und wurden von anderen Gaalen fortgeschleift, vermutlich um sie in düsteren Ritualen zu Untoten zu erheben.

Von allen Seiten brandete alarmiertes Gaalgeschrei auf, und erste Pfeile wurden auf sie abgeschossen. Tandurin schrie vor Zorn. Sein Greif jagte schräg auf den seltsam mit Federn geschmückten Gaal an der Spitze der Pyramide zu, er kippte seitlich weg und zertrümmerte ihm mit einem brutalen Schlag Kaya'thars den Brustkorb. Dann stieg der Greif zur Höhlendecke empor, und Tandurin schoss Steinschrapnelle auf die Bogenschützen ab, die sich hektisch auf den Felsterrassen an den Seitenwänden der Höhle einfanden. Auch die Elfenritter brachen auf ihren Greifen in die Reihen der Gaale ein und sorgten unter den überrumpelten Drachendienern für Tod und Zerstörung.

Doch dies war nicht ihr Ziel.

»Vilsayar! Zum Ahrvarien!« Tandurins Ruf wurde gehört, und die Greifenreiter formierten sich hinter ihm, folgten ihm auf den Rücken ihrer Flugtiere zum großen Tunnel am hinteren Ende der Höhle, von dem Tandurin wusste, dass er direkt zu der Höhle mit dem Goldbaum und dem Sphärenriss führte.

Leider war selbst der riesige Tunnel nicht hoch genug, als dass die Riesenvögel hier noch hätten fliegen können. Tandurin ließ den Greif bis zur Mitte des Tunnels segeln, sprang dort ab, und die Elfen folgten seinem Beispiel.

Weiter vorn, dort wo der Ahrvarien stand, schimmerte es purpurfarben. Seltsamerweise wehte hier ein trockener Wind in Richtung der jenseitigen Drachenhöhle.

Von dort erklang fürchterliches Drachengebrüll.

Tandurin war sich sicher, dass seine Freunde bereits gegen Yolsulgur kämpften. Er musste ebenfalls dorthin.

Hinter ihnen stürmten nun Dutzende bewaffneter Gaale in den Felstunnel.

»Vilsayar, haltet die Drachendiener auf! Keiner von ihnen darf Yolsulgur zu Hilfe kommen.«

Der Hauptmann der Elfen brüllte einen Befehl.

Die Greifen stießen kampfeslustige Raubvogelschreie aus und gemeinsam mit den abgesessenen Elfenstreitern, die jetzt wie ein Mann ihre Flammenschwerter hoben, bauten sich die geflügelte Löwenwesen im Tunnel auf breiter Front auf. Dann waren die ersten Gaale heran, brandeten gegen den Wall aus Greifen und Elfen, und die Luft war erfüllt von Raubvogelkreischen, Waffengeklirr und Kampfgebrüll.

Tandurin packte Kaya'thar und rannte auf die Höhle mit dem Ahrvarien zu.

»Verdammter Mist, wir kommen hier nicht weg!«, fluchte Boltan, während er versuchte, mit seinen mentalen Kräften das Fallgatter in die Höhe zu wuchten. Er speiste den Zauber rücksichtslos mit der arkanen Energie des Glyntrils, der sanft in seiner Hand schimmerte, und doch bewegte sich das gewaltige Hindernis nur einen kurzen Ruck nach oben. Das verrostete Metall hatte sich im Gestein verkantet. Das Gatter war verbogen und die gefährlichen Spitzen steckten noch immer in den vorgesehenen Löchern.

»LASS ES!«, rasselte hinter ihm Ambras Stimme. »ES GIBT EINEN DIREKTEREN WEG ZUM AHRVARIEN.«

»Und wo?«, fragte Dania ungehalten, die mit ihrer Magie Kyrells Schrammen versorgt hatte. »Außer diesem verdammten Tunnel gibt es für dich keinen Weg raus. Es sei denn, du vermagst dich ebenso zu verwandeln wie Alruna.«

»KANN ICH NICHT«, rasselte Ambra, während sie in ihrer Drachengestalt auf die Stirnseite der Halle zustampfte. »ERINNERT IHR EUCH AN DAS GROSSE ELFENFRIES IN DER AHRVARIENHÖHLE? ES LIEGT UNMITTELBAR HINTER DIESER WAND.«

Boltan humpelte überrascht an ihre Seite. »Schaffst du es hindurch?«

»WENN DU MIR HILFST.«

»Nichts lieber als das. Also, weg da!« Boltan hob entschlossen den Glyntril, unterdrückte den Impuls, seinen Geist in Cyrnachons Zauberstab zu versenken, um so auf das arkane Repertoire des eingeschlossenen Magiers zuzugreifen, und feuerte ein Gewitter aller ihm bekannten Kampfzauber auf die Wand ab. Donnernde Explosionen und Laute brechenden Gesteins rollten durch die Halle, während die Zauber tiefe Krater in die Wand sprengten.

Das war kein blanker Fels, das war gewaltiges Mauerwerk.

Irgendwann stoppte ihn Ambra. Die Wand war nun völlig zerklüftet. »LASS MICH!«

»Warte!«, rief Kyrell. »Wir sind nur zu viert. Was machen wir, wenn wir Yolsulgur gegenüberstehen?«

»ÜBERLASS BOLTAN UND MIR DEN KAMPF«, schnaubte Ambra. »DU UND DANIA, IHR STÖRT DAS RITUAL.«

Kyrell und Dania warfen sich beklommene Blicke zu, dann schob sich Ambra mit ihrem massigen Leib zum Fallgatter zurück, nahm Anlauf und stürmte los. Mit aller Kraft warf sie sich gegen die Überreste der Wand, und unter Getöse stürzte diese endgültig ein.

Bestialischer Verwesungsgestank drang an ihre Nasen. Außerdem gloste ein unheilvolles, purpurfarbenes Licht zu ihnen, in das sich goldene Reflexe mischten. Dann vernahmen sie zorniges Drachengebrüll: Yolsulgur!

Ambra brüllte ebenfalls, walzte mit peitschendem Schuppenschwanz durch das Loch in die Nachbarhöhle, und auch Boltan kletterte mit seinem Holzbein über die Trümmer der Wand.

Endlich sah er, was auf der gegenüberliegenden Seite vor sich ging.

Die komplette Drachenhöhle bis hinauf zu jener Treppe, über die ihnen damals die Flucht aus dem Berg gelungen war, war mit einem unheimlichen Gitter aus pulsierendem purpurfarbenem Licht bedeckt, das ihn an ein bizarres Gespinst aus Adern erinnerte. Der pochende Lichtschein spiegelte sich auf den Verästelungen des blätterlosen Goldbaums in der Mitte der riesigen Kaverne, und selbst der Sphärenriss an der Stirnseite der Drachenhöhle, der wie ein eingefrorener, gezackter Blitz in der Luft waberte, leuchtete purpurfarben. Von allen Seiten brauste ein klagender Wind auf den Riss zu und sein Heulen wurde immer lauter.

Zwischen dem Riss und dem geschändeten Ahrvarien hing ein kunstvoll geschliffener, kugelförmiger Bergkristall in der Luft, auf dessen Oberfläche sich das purpurfarbene Licht spiegelte. Nein, mehr noch … es sah so aus, als würde der Kristall das Licht des

Gitternetzes bündeln und gleich einem scharfen Lichtstrahl auf den Sphärenriss ausrichten.

Ohne Zweifel handelte es sich bei diesem Ding um den zweiten Glyntril!

Der Weg zu ihm war versperrt. Unmittelbar vor dem geschändeten Goldbaum ragte der monströse schwarze Schuppenleib Yolsulgurs auf. Mit seinen verfaulten Schwingen und den gewaltigen Löchern in dem verrotteten Fleisch, durch das vermoderte Sehnen und blanke Knochen stachen, wirkte er wie der Gestalt gewordene Tod. Auf seinem halbskelettierten Schädel ruhte die schwere goldene Drachenkrone, und lauernd starrte Yolsulgur mit seinen von Unleben erfüllten Drachenaugen auf sie herab.

»WALMARS ADEPT UND EINE MENSCHIN IN DRACHENGESTALT!« Rasselndes Gelächter erfüllte die Höhle, während er unheilvoll seine löchrigen Schwingen spreizte. »ICH HATTE GEGENWEHR ERWARTET ... SEID IHR WIRKLICH ALLES, WAS MIR DIE LEBENDEN NOCH ENTGEGENZUSETZEN HABEN?«

Boltan zwang sich, nicht zurückzublicken, um Kyrell und Dania nicht zu verraten.

Ambra, die nur halb so groß wie der untote Drachenkönig war, baute sich in ihrer goldgelben Drachengestalt unerschrocken vor ihm auf. Flammen wölkten aus ihren Nüstern. »DU HAST DEINE GEGNER SCHON FRÜHER UNTERSCHÄTZT!«

Gereizt waberte das Unlicht in Yolsulgurs Augen, als er Ambra betrachtete. Erkennen blitzte in seinem Blick. »DAFÜR, DASS DU DIESEN DRACHEN MIT DEINEM SEELENSELBST BESUDELT HAST, WIRST DU EINES SCHRECKLICHEN TODES STERBEN, MÄDCHEN. AUCH DAS WIRD EUCH NICHT HELFEN.«

»Aber vielleicht das!«, rief Boltan. Er trat kampfbereit neben Ambra und präsentierte den Glyntril. Dessen regenbogenfarbener Schimmer wirkte in dem allgegenwärtigen purpurfarbenen Glosen um sie herum wie eine tröstliche Lichtinsel.

Yolsulgurs faulige Lefzen hoben sich zu einem bösen Grinsen.

»SIEH AN, DA IST ER JA. VERMAGST DU NARR DAMIT DENN AUCH UMZUGEHEN? VIEL ZEIT BLEIBT EUCH NICHT MEHR. SCHON IN KÜRZE WIRD ALLES LEBEN AUS DIESEN LANDEN WEICHEN UND MIR DIE KRAFT VERLEIHEN, EINE NEUE WELT ZU ERRICHTEN.«

Das purpurfarbene Lichtgitter um sie herum flackerte schneller, und auch der Windzug in der Höhle verstärkte sich.

Boltan wirkte einen starken magischen Schutzschild um sich, denn der untote Drache riss sein monströses Maul auf, und fauchendes, schwarzes Feuer hüllte ihn und Ambra ein.

Boltan spürte, wie sein arkaner Schutz unter dem Feuersturm durchgerüttelt wurde, und antwortete mit einer Kaskade an Kugelblitzen, die er dem Drachen entgegenschleuderte. Unzählige Explosionen erfüllten die Halle, als die sprühenden Geschosse im Leib des untoten Drachen einschlugen, ihm Schuppen und große Brocken fauligen Fleisches von den Knochen sprengten und leicht zurückwarfen.

Auch Ambra hatte den Angriff in ihrer Drachengestalt weitgehend unversehrt überstanden. Brüllend ging sie auf den Drachenkönig los und spie ihrerseits Drachenfeuer. Doch ihr greller Odem fegte beinahe wirkungslos über das faulige Fleisch Yolsulgurs hinweg, dessen Augen sich schlagartig rot färbten.

Jäh fuhren aus ihnen grelle Blitze herab, die Boltans Schild abermals durchschüttelten und Ambra vor Schmerz aufheulen ließen.

Boltan kämpfte. Zwischen den Kugelblitzen feuerte er seine bewährten gelben Lichtlanzen auf den untoten Drachen ab, der nun selbst einen Schutzschild vor sich aufbaute und stampfend auf seine Angreifer losging.

Ambra sprang ihn unter lautem Drachengebrüll an und verbiss sich in seinem modernden Fleisch, was Yolsulgur nicht im Mindesten zu kümmern schien. Gereizt fuhr sein Schädel auf sie herab und er vergrub sein mächtiges Gebiss in ihrem goldgelben Drachenleib. Drachenblut spritzte und Ambra brüllte auf. Dann riss er sie wie einen lästigen Köter von sich und schleuderte sie gegen den Ahrvarien. Yolsulgurs Krone vibrierte leicht und Ambra stieß einen gequälten Laut aus, wie ein Schwein, das zur Schlachtbank getrieben wurde.

Yolsulgur entzog ihr die Lebenskraft!

Boltan konzentrierte all seine vom Glyntril gespeiste Zaubermacht auf den halbskelettierten Kopf des Drachen und hoffte, dass Ambra durch die Attacke Zeit fand, von dem Ahrvarien wegzurollen.

Sie löste sich von dem Baum und hinterließ zu seinem Entsetzen eine breite Blutspur. Yolsulgur nutzte diesen Moment der Unaufmerksamkeit und schleuderte ein schwarzglühendes Netz auf ihn. Es umschlag ihn und begann sich unter grässlichen Lauten durch seinen magischen Schild zu brennen.

Boltan stolperte, speiste den Schild panisch mit weiterer Energie aus dem Glyntril – als Dania eingriff. Ihr Amulett hoch erhoben, rannte sie schräg an dem untoten Drachenkönig vorbei und schoss einen Hagel aus Steinsplittern auf ihn ab. Die magischen Geschosse rissen weitere Löcher in sein faulendes Fleisch.

Yolsulgurs Echsenschädel fuhr verärgert zu ihr herum; er spie sein schwarzes Drachenfeuer nach ihr, das auf eine kolossale Eiswand traf, die unter dem feurigen Ansturm knackste und dampfte. Schon stampfte er auf Dania zu, zertrümmerte die Reste der Eiswand – und blieb wie angewurzelt stehen, da plötzlich der komplette Grund der Höhle gefroren war und seine mächtigen Krallenläufe in einem dicken Panzer aus Eis feststeckten.

Yolsulgur röhrte voller Wut und wollte nach Dania schnappen, doch Ambra warf sich abermals auf ihn. Brüllend schlug sie ihre Krallen und Reißzähne in sein fauliges Fleisch. Der Drachenkönig riss seine Läufe aus dem gefrorenen Untergrund und schnappte nach ihr. Dania entging nur mit Mühe einem Schwanzschlag und warf sich zu Boden.

Die Halle erzitterte im Kampf der Drachen. Brüllend rangen die beiden Feuerechsen miteinander, bis es Yolsulgur gelang, Ambra am Schwanz zu packen und sie abermals weit von sich zu schleudern. Stalagmiten barsten unter ihrem wuchtigen Aufprall und blutüberströmt blieb sie liegen.

Endlich wirkte Boltans Gegenzauber. Das unheimliche Brandnetz löste sich auf und er speiste mit der arkanen Energie des Glyntrils erneut ein halbes Dutzend Kugelblitze, von denen es immerhin zwei schafften, im Zickzack den magischen Schild des Drachen zu umgehen und in seinem fauligen Leib einzuschlagen.

Doch was er auch tat, Yolsulgur nahm es stoisch hin, dass sie seinen untoten Körper versehrten. Zornig feuerte er grelle Blitze auf Boltan ab, als Dania wieder auf die Beine kam. Abermals beschwor sie ihre magischen Geschosse herauf. Doch diesmal zielte sie nicht auf den untoten Drachen, sondern auf den Bergkristall, der hinter Yolsulgur in der Luft schwebte.

Yolsulgur fuhr alarmiert herum und konnte doch nicht verhindern, dass die Geschosse die Kristallkugel mit Sprüngen übersäten. Der purpurfarbene Lichtstrahl, der den Sphärenriss speiste, wurde schwächer, und zwei weitere, deutlich dünnere Lichtlanzen brachen verirrt aus der Kugel hervor.

Wuterfüllt schwenkte das halbskelettierte Echsenhaupt zu Dania herum, doch die war verschwunden. Boltan konnte nur mutmaßen, dass sie sich irgendwie getarnt hatte. Stattdessen erblickte Yolsulgur Kyrell, die sich unbemerkt fast bis zum Sphärenriss geschlichen hatte, und eben ihren magischen Dolch nach dem Kristall warf.

Yolsulgur spie sein schwarzes Drachenfeuer, das den Dolch aus der Bahn warf. Wirkungslos fiel er an der Felswand herab.

Boltan humpelte voran und versuchte, Kyrell zu unterstützen, indem er erneut grelle gelbe Lichtlanzen auf den untoten Drachen abfeuerte. Doch er kam nicht weit, denn aus dem Halbdunkel fegte ihn ein machtvoller Schwanzschlag Yolsulgurs von den Beinen.

Schmerzerfüllt schrie er auf, verlor den Zauberstab und prallte gegen eine Felswand, wo er benommen liegen blieb.

Kyrell sah zu dem Kristall auf und ließ ihren magischen Kampfschrei erklingen. Er wurde zunehmend greller und spitzer – bis die kostbare Kugel vor ihrer aller Augen zerplatzte.

Kristallsplitter rieselten zu Boden, und das purpurfarbene Flackern um sie herum wurde schwächer.

Der neue Glyntril – er war nicht mehr!

Doch für Triumph blieb keine Zeit, denn Yolsulgur fuhr zu der Halbelfe herum, die panisch vor ihm zurückwich. »NICHT SCHLECHT, ELFE«, schlug ihr seine kalte Stimme entgegen. »DAFÜR GEBÜRT DIR IN MEINER NEUEN WELT EIN EHRENPLATZ. LEIDER WIRST DU EUER SCHEITERN NICHT MEHR ERLEBEN.« Er hob eine Pranke.

Boltans Schädel dröhnte, Blut rann ihm ins Auge und er schaffte es einfach nicht, sich auf einen Zauber zu konzentrieren. Er stemmte sich hoch, brach wieder zusammen und musste hilflos mit ansehen, wie Kyrells Haut grau und stumpf wurde und sie sich in eine steinerne Statue verwandelte.

Schnaubend fuhr der Drachenkönig herum und sein Blick erfasste Boltan. »AHNST DU ES, MAGIERLEHRLING? ICH BIN NOCH LANGE NICHT FERTIG. GIB MIR DEN GLYNTRIL UND RETTE DAMIT DEIN ARMSELIGES LEBEN. ER HAT SCHON EINMAL DIE LEBENSKRAFT EINES LANDES IN SICH AUFGENOMMEN – ER WIRD DIESEN ZWECK AUCH EIN ZWEITES MAL ERFÜLLEN.«

Boltan stöhnte, als er begriff. Der Drache benötigte den zerstörten Bergkristall nicht, solange es den Glyntril gab.

Er musste ihn zerstören. Sofort!

Doch er war noch immer so benommen, dass er sich auf keine einzige Formel konzentrieren konnte.

Drohend walzte der Drachenkönig auf ihn zu, als Ambra abermals ihren Drachenhals reckte. »AUCH ICH KANN MEINEN ZWECK EIN ZWEITES MAL ERFÜLLEN«, rasselte sie zornig.

Unter ihrer Brust leuchtete es grell auf, und Boltan wusste sogleich, dass sie ihr Lebensfeuer einsetzen wollte, mit dem sie Yolsulgur schon einmal schweren Schaden zugefügt hatte.

Der untote Drache reagierte sofort.

Mit einem Satz war er bei ihr, packte ihren Schädel mit seinen Krallen, und bevor sie ihren Plan in die Tat umsetzen konnte, rammte er ihn zweimal hart auf den Boden. Das grelle Leuchten unter Ambras Drachenbrust erlosch und sie blieb reglos liegen.

»ICH SOLLTE DICH ENDGÜLTIG ZERREISSEN.« Er lachte

dröhnend. »DOCH DEINE LEBENSKRAFT IST ZU KOSTBAR, MENSCHIN.«

Yolsulgur fletschte boshaft seine Zähne und wandte sich wieder Boltan zu.

In diesem Moment hörte er in der Höhle Laufgeräusche.

Boltan sah wie durch einen roten Schleier Geron durch einen kleineren Eingang in die Höhle hasten. Und er war nicht allein. Denn über den großen Tunnel zur riesigen Vorhöhle erreichte nun auch Tandurin den Schauplatz.

Beide trugen Elfenklingen und beide sahen sich bestürzt an, als sie Boltan zwischen sich am Boden liegen sahen.

»NOCH MEHR DILETTANTEN!«, rasselte Yolsulgurs Stimme ungläubig, fast amüsiert. »IHR KOMMT ZU SPÄT!«

Mit einem zornigen Aufschrei setzte Geron sein Schwert in Flammen, während Tandurin den untoten Drachen mit seinen magischen Geschossen traktierte. Yolsulgur fauchte gereizt, spie Tandurin schwarzes Drachenfeuer entgegen, das den Fahrenden wirkungslos umhüllte, während er und Geron zeitgleich auf den Drachen zustürmten.

Boltan versuchte, ihnen trotz seiner Schmerzen zu Hilfe zu kommen. Und wieder brach er erschöpft zusammen. Da spürte er eine Hand an seinem Kopf, von der eine wohltuende Wärme ausging.

»Boltan, dir muss etwas einfallen«, erklang Danias flehende Stimme neben ihm. »Sonst sind wir verloren.«

Geron und Tandurin hackten, schlugen und stachen erbittert auf Yolsulgur ein, der erstmals so etwas wie Schmerzenslaute ausstieß, als ihn die Elfenklingen trafen. Und doch waren die beiden gegen den riesigen untoten Drachen chancenlos. Mit einem mächtigen Blitzschlag fegte Yolsulgur zunächst Tandurin von den Beinen, dann schlug er mit einer Schwinge zu und brach Geron den Waffenarm. Der Waldalether schrie auf, fischte reaktionsschnell mit der Linken nach dem entglittenen Flammenschwert und stieß dieses nach oben, als der Schädel auf ihn herabstieß. Die mächtigen Reißzähne schnappten zu und bissen ihm kurzerhand die Hand samt Schwert ab.

Gerons Schrei war fürchterlich. Heulend wälzte er sich über den Boden, während Yolsulgur Elfenklinge und Hand angewidert ausspie. Beides landete neben Tandurin, dessen Kleider schmauchten, und der es nur mühsam schaffte, sich mit dem Elfenschwert in den Händen wieder aufzurichten.

»WANN BEGREIFT IHR ES ENDLICH?«, rasselte Yolsulgur mitleidlos. »ALL EURE WAFFEN SIND NUTZLOS. DIESER KÖRPER IST SCHON LANGE TOT. FLEISCH UND KNOCHEN WERDEN ALLEIN DURCH MEINEN WILLEN ZUSAMMENGEHALTEN. IHR KÖNNT MICH NICHT BEZWINGEN. NIEMAND KANN DAS.«

Boltan, dessen Gedanken sich unter Danias Heilzauber ordneten, sah zu dem Drachenkönig auf und begriff, dass er die Wahrheit sprach. Dass sie sich geirrt hatten und dass dieser Kampf anders entschieden werden musste.

Mit seltsamer Klarheit erkannte er, dass ihnen das Schicksal alle Möglichkeiten dafür in die Hände gespielt hatte. Dass es vielleicht sogar das Leben selbst war, das sich derart gegen den Frevel stemmte, der mit Yolsulgurs Erscheinen Einzug in die Welt gehalten hatte. Dass es eine Möglichkeit gab, ihn zu überwinden. Die Lösung hatte die ganze Zeit über offen vor ihm gelegen.

Denn noch besaß er den Glyntril.

Keiner seiner Zauber wurde durch ihn mächtiger. Keiner … außer einem.

»Dania, fass nach dem Glyntril und vereise ihn!«, zischte er alarmiert, denn Yolsulgur richtete seinen glosenden Blick nun wieder auf sie.

Dania packte den Glyntril ebenfalls, schrie zornig auf, und aus dem Untergrund wuchs ein mächtiger Eisblock, der Yolsulgurs Krallenläufe umschloss und ihn am Boden festfror.

Wütend kämpfte Yolsulgur gegen das frostige Element mit seinem Drachenodem an, und Boltan wob geschwind einen unsichtbaren Kokon, der den Körper des untoten Drachen umhüllte; dann riss er alles an arkaner Energie an sich, die er dem Glyntril entlocken konnte, und flüsterte jene Formel, mit der er die Zeit zu manipulieren vermochte.

In strahlenden Farben glühte der Elfenstein auf, und er ließ die Zeit voranrasen.

Nicht bloß um Augenblicke. Minuten. Oder Wochen.

Um Jahre und Jahrzehnte.

Der untote Drachenkönig brüllte, als sein Körper in Windeseile verweste. Schuppen und Fleischbrocken fielen von ihm ab wie Laub im Herbstwind und verschwanden im Nichts. Seine Schwingen lösten sich auf und zuletzt stand nur noch sein mächtiges Drachengerippe in der Höhle, aus dessen Schädelhöhlen fahlweißes Unlicht gloste. Doch auch dieses zerbröselte unter dem machtvollen Ansturm der Zeit.

Die schwere Drachenkrone polterte zu Boden und sphärisches Wutgebrüll brandete Boltan entgegen. Jetzt war es nur noch Yolsulgurs Geist, der ihm schattengleich und mit glühenden, fahlweißen Augen gegenüberstand.

Unter Zorngeheul fegte dieser auf ihn zu, und Boltan stellten sich die Nackenhaare vor Grausen auf, als der Geist kalt über ihn hinwegstrich. Und doch konnte Yolsulgur ihnen in dieser Gestalt wenig anhaben.

»Ohne einen Leib, der dich ans Diesseits bindet, bist du nichts«, zürnte Boltan. »Und ins Nichts werde ich dich angesichts all des Schreckens, den du über die Jungen Königreiche gebracht hast, nun verbannen.«

Sein Arm schnellte vor, und von unsichtbaren Kräften getragen flog Cyrnachons Zauberstab zu ihm. Er packte den Seelenkerker und sprach die Formel: *»Fae Yolsulgur mistabori gadora!«*

Der Geist des Drachenkönigs brüllte sphärisch auf, dann erfasste ihn der Sog des Seelenkerkers. Heulend und wehklagend fuhr er in den Zauberstab ein … und war verschwunden.

Endlich erlosch das purpurfarbene Glosen an den Höhlenwänden um sie herum.

Dania sprang auf und lief zu Geron hinüber, um dessen Blutung zu stoppen.

Boltan humpelte an Tandurin vorbei, der ihm verwirrt nachsah, auf den Sphärenriss im hinteren Teil der Höhle zu und betrachtete Cyrnachons Zauberstab ein letztes Mal. Er vibrierte leicht.

»Ich hoffe, ihr beiden leistet einander gute Gesellschaft«, zischte er böse, »denn es wird jetzt für sehr lange Zeit sehr einsam für euch beide.«

Wütend warf er den Stab durch die Sphären und der Seelenkerker verschwand im Limbus. Dann hob er den Glyntril. Der Stein erstrahlte abermals in regenbogenfarbenem Licht. Boltan beschwor seine arkane Kraft herauf.

Und der Sphärenriss schloss sich.

Diesmal endgültig.

»Dania, sieh nach Ambra.« Er ließ den Glyntril auf seine schwarzhaarige Gefährtin zuschweben, die den Elfenstein ergriff und auf die reglose Drachin zulief.

Dann humpelte er zu Kyrell, wob wie bei den erstarrten Telavarern seinen Gegenzauber, und verwandelte die Halbelfe in ihre menschliche Gestalt zurück.

»Boltan?«, ächzte sie und schwankte.

»Alles gut«, sagte er beruhigend.

Schräg hinter ihm erstrahlte der Glyntril ein weiteres Mal. Dania trat von dem goldgelb geschuppten Drachenleib zurück, und er sah, dass sich die meisten von Ambras Wunden geschlossen hatten. Sie schlug die Augen auf, kam mit dampfenden Nüstern auf die Beine, schüttelte ihr Haupt und sah sich überrascht um.

Boltans Blick wanderte zum großen Tunnel zur Vorhöhle, in dem noch immer gekämpft wurde. Dann dehnte er seine verspannten Nackenmuskeln und betrachtete ruhig seine Freunde, die ihn gespannt ansahen.

»Könnt ihr noch einmal?«, fragte er sie feierlich.

Selbst Geron, der trotz seiner versehrten Arme aufrecht stand, nickte grimmig.

»Dann lasst uns endlich diesen Krieg beenden!«

Morgenröte

Ambra setzte auf den Zinnen des Bergfrieds der Weißen Königsburg auf, klappte ihre großen Schwingen zusammen und warf einen kurzen Blick auf die weißen Erker und Zinnen der mächtigen Feste, die stolz über Waldaleth aufragte.

Neben ihr flatterte eine große, gelb-grüne Fahne im Wind, auf der in Gold das Königswappen eingestickt war: eine Krone, umrahmt von zwei Pferdeköpfen. Von den Wehren sahen misstrauisch Soldaten zu ihr empor. Ambra ignorierte sie. Sie würden sich schon daran gewöhnen, dass hin und wieder ein Drache in Waldaleth vorbeikam, den sie nicht zu fürchten hatten.

»Wir dachten schon, du kommst nicht«, schlug ihr Gerons Stimme entgegen. Anstelle seiner linken Hand trug er eine von Leder umwickelte Prothese, und er konnte von Glück sprechen, dass er dank der frühen Bemühungen Danias seinen gebrochenen Schwertarm wieder bewegen konnte.

Ihre dunkelhaarige Gefährtin stand neben Kyrell, die ebenfalls erfreut zu Ambra aufblickte und deren helles Haar vom Wind angehoben wurde. Auch Boltan und Tandurin hatten sich ihr zugewandt. Ebenso wie alle anderen waren auch sie in prächtig bestickte Festtagsgewänder gehüllt.

»ICH VERSAUERE DOCH NICHT IM GEBIRGE ANGESICHTS DER AUSSICHT, HEUTE RINDERHÄLFTEN IN DEN SCHLUND GEWORFEN ZU BEKOMMEN«, rasselte Ambra amüsiert. »IHR ALLE HABT JA KEINE AHNUNG, WELCHEN HUNGER MAN ALS DRACHE ENTWICKELT.«

»Doch, irgendwie verstehe ich das schon«, meinte Boltan und strich sich über sein deutlich gewachsenes Bäuchlein. »Dafür muss man kein Drache sein.«

Ihre Freunde lachten, und Ambra tat es gut, ihre Gesichter zu sehen.

Die Schlacht am Drachenthron war erst drei Wochen her, und die Auswirkungen des Vierten Drachenkrieges hallten in den Jungen Königreichen nach. Zwar hatten sich die Karjaten wieder in die Drachensteppe zurückgezogen, doch streiften bis heute Gaalhorden durch die Lande und rächten sich fürchterlich für die Niederlage. Im Westen plünderten die Korsaren Harveths noch immer Wyverhaven und auch im Süden, im Königreich Kronberg, hatte es größere Verwerfungen gegeben. Durch das Land zogen zahllose Untote, außerdem hatte sich der einstige, von Walmar bestallte Erzmarschall Drazahr ein großes Söldnerheer untertan gemacht, das jetzt über Gaalstrutz herrschte und den Ort zur Freistadt ausgerufen hatte.

Es würde vermutlich noch einige Zeit brauchen, bis Ordnung in die Länder südlich der Fackelberge einkehrte.

»UND, WANN GEHT ES LOS?« Ambra richtete ihren scharfen Blick auf das grüne Dächermeer Waldaleths, das sich jenseits des königlichen Parks bis zur fernen Stadtmauer ausbreitete. All die Bauten, angefangen bei der stattlichen Philosophenschule bis hin zu dem langen Aquädukt, das die Stadt mit den nahen Bergen verband, erstrahlte freundlich im Licht der Morgensonne. Auf den Straßen herrschte ausgelassenes Treiben.

»Jeden Moment«, versprach Geron und wandte sich ebenso wie die anderen der Stadt zu. Er deutete zu der schnurgeraden und von Ahornbäumen flankierten Königsallee, die sich bis zum Stadttor erstreckte.

Von dort war just der schmetternde Klang von Posaunen zu hören.

»Seht ihr, da hinten kommen sie«, rief er erfreut und deutete auf die Prozession aus Rittern und Würdenträgern, die jetzt unter dem fernen Jubel der Bevölkerung durch das Stadttor marschierte und über die lange Allee auf die Weiße Burg zuhielt. »Es ist Tradition, dass sich der neue Regent vor seiner Krönung dem Volk zeigt. Und zum ersten Mal seit über sechs Jahrhunderten wohnen Elfen diesem Ereignis bei.«

»Regentin«, korrigierte ihn Kyrell sanft und legte liebevoll eine Hand auf seinen Arm.

»Ja, Regentin ...«, wiederholte er etwas leiser und küsste sie.

»Ich gestehe, Goldjunge«, meinte Tandurin anerkennend, »dass ich es noch vor ein paar Wochen für unmöglich gehalten hätte, dass du deiner Schwester verzeihen und ihr zuliebe auf all deine Titel verzichten würdest.«

»Wir haben uns eben alle verändert.« Geron seufzte und sah kurz zu Ambra auf. »Shira wird eine gute Königin abgegeben, dessen bin ich mir sicher. Und ich werde meine neugewonnene Freiheit zu nutzen wissen. In drei Tagen brechen wir zum Mondspiegel auf, und ich bin gespannt darauf, wie Sil'Glyntra jetzt aussieht, da es mit der Wirklichkeit verschmolzen ist.« Er lächelte. »Elfenkönig Vilsayar hat Kyrell und mich gebeten, als Gesandte an den elfischen Königshof zu kommen, um ihn und sein Volk in den kommenden Monaten zu beraten.«

Dania sah ihn erstaunt an. »Der Elfenhauptmann, der uns damals vor dem Ansturm der Gaale beschützt hat, ist jetzt König?«

»Ja, er ist ebenfalls von königlichem Blut. Erlcoron hinterlässt keine Erben, und wie sich herausstellte, war Vilsayar der nächste Thronanwärter.«

»Was wurde aus diesem Erlcoron?«

»Es hat sich gezeigt, dass sein Verstand weit mehr umnachtet war, als die Elfen ahnten«, erklärte Kyrell, während am Stadttor nun auch Shira Einzug hielt. Die Waldalether jubelten Gerons Schwester zu, und Ambra sah mit ihren scharfen Drachenaugen, dass sie von zwei Elfen begleitet wurde: jenem Schmied Torindel und dieser Musikerin Iniva.

Torindel mied Ambra in ihrer neuen Gestalt, was sie angesichts seines schweren Verlustes verstehen konnte. Die junge Elfe hingegen hatte sie vor zwei Wochen in den Blauen Zinnen aufgesucht, wo Ambra heute lebte. Sie hatte sie dort um ihre Version des Vierten Drachenkrieges gebeten, da sie ein Heldenlied verfassen wollte.

Ein Heldenlied. Ambra schüttelte innerlich das Haupt.

So ganz würde sie die Elfen wohl nie verstehen.

»Was soll das heißen?«, fragte Boltan Kyrell. »Was wussten die Elfen nicht?«

»Erlcoron hat nicht bloß stille Zwiegespräche mit seiner einst verstorbenen Gemahlin Estrediel geführt«, führte sie aus, »sondern mithilfe des Glyntrils sogar ein bizarres Abbild von ihr erschaffen, das an die Elfenwelt gebunden war. Schon deswegen hatte er kein Interesse mehr an der richtigen Welt. Die Elfen pflegen Erlcoron jetzt an einem besonderen Ort.«

Entgeistert sah Boltan sie an. »Woher weißt du das alles?«

»Delayar hat es uns gestern anvertraut.«

»Der junge Elfengelehrte, von dem ihr spracht?« Boltan wandte sich nachdenklich wieder der Stadt zu, in der die Prozession vorrückte und von wo Trommeln und das Spiel von Schalmeien zu hören war. »Ich glaube, es wird Zeit, dass ich die Elfen ebenfalls kennenlerne. Nach der Schlacht blieb ja keine Gelegenheit, da Ambra und ich zunächst den Glyntril in Sicherheit bringen wollten.«

»Ich schätze, heute wirst du eine Gelegenheit dazu bekommen.« Geron zwinkerte ihm zu.

»Ja … Nur weiß ich ehrlich gesagt nicht, ob es klug ist, das Alte Volk darüber in Kenntnis zu setzen, dass der Stein noch existiert«, meinte Boltan.

»Du willst ihn den Elfen stehlen?« Tandurin betrachtete ihn aufmerksam.

»Nein, nur einstweilen ausborgen«, ereiferte sich Boltan. »Er ruht jetzt in Helgrinshall und es gibt so viel, was wir mit ihm bewirken können.« Aufgeregt sah er sie an. »Ich plane, nicht nur die Zitadelle wiederaufzubauen, sondern auch den Orden der Stäbe wiederzubeleben. Die Jungen Königreiche brauchen einen Hort des Wissens. Und seht uns an: Wir sind viel zu wenige. Da draußen gibt es noch andere Magiebegabte. An wen, wenn nicht an uns, sollen sie sich wenden?« Boltan sah sie der Reihe nach an und seine Stimme wurde leiser. »Ich hatte ehrlich gesagt darauf gehofft, dass ihr mitmacht. Der Orden braucht Lehrer. Und bislang hat bloß Dania zugesagt.«

»DU?«, rasselte Ambra erstaunt und blickte Dania an.

Die strich sich ihr schwarzes Haar aus der Stirn und schürzte die Lippen. »Ja. Aber erst, nachdem wir dafür gesorgt haben, dass sich die Zustände in Kesselfurt ändern.« Ihre Augen blitzen gefährlich. »Ich werde nicht eher ruhen, bis dort niemand mehr in Sklaverei gehalten wird.«

»Und der Orden wird dir natürlich dabei helfen«, versprach Boltan eilig.

Ambra beschlich der Verdacht, dass dieser Orden bisher nur aus ihm bestand.

»Auf uns wirst du leider noch etwas warten müssen«, erklärte Geron zögernd. »Kyrell und ich werden nicht bloß am Elfenhof gebraucht, die Elfen wollen in einem Jahr eine Expedition in den Westen ausrüsten, um herauszufinden, was aus ihrer einstigen Heimat wurde. Wir wurden gefragt, ob wir sie dabei begleiten.«

»Oh.« Boltan wandte sich an Tandurin. »Und du?«

»Ich muss einstweilen nach Eresor«, sagte er entschuldigend. »Mein Volk wird die Stadt neu aufbauen. Und wir haben den Überlebenden in Walskar versprochen, ihnen zu helfen.« Er räusperte sich. »Außerdem … werde ich bald heiraten.«

»Du heiratest?« Erfreut sah ihn Kyrell an. »Catalea?«

Tandurin nickte verlegen, und Geron grinste breit. »Glückwunsch, mein Freund. Sei froh, dass sie nie sehen wird, wen sie sich da angelacht hat …«

»Sagt mir einer, der jemanden braucht, der ihm beim Schuhe zubinden hilft!« Tandurin grinste ebenfalls. »Du darfst aber auch barfuß zu unserer Hochzeit kommen.«

Sie lachten, umarmten sich kurz, und Geron warf wieder einen Blick zur Stadt. »Und jetzt kommt. Ich muss rechtzeitig im Thronsaal sein, um Shira die Krone zu überreichen. Und natürlich erwartet man dort auch die übrigen Bezwinger des Drachenkönigs.«

Kyrell, Dania und Tandurin folgten ihm über die Stufen der

Plattform nach unten, allein Boltan blieb zurück und beäugte das Treiben in Waldaleth.

Traurig wandte er sich zu Ambra. »Und was ist mit dir? Wirst du mir dabei helfen, den Orden wiederaufzubauen?«

»DU WEISST DOCH …« Feiner Rauch wölkte aus ihren Nüstern. »ICH MUSS MICH UM DIE ÜBERLEBENDEN DRACHEN KÜMMERN. SIE SIND DER AUSROTTUNG NUR KNAPP ENTGANGEN. UND WENN ICH IHNEN KEINEN NEUEN WEG WEISE, WIRD ES VIELLEICHT WIEDER ZU EINEM UNGLÜCK KOMMEN.«

»Verstehe.«

»ABER …« Ambra senkte ihr mächtiges Drachenhaupt und stupste ihren Freund an. »WANN IMMER ICH KANN, KOMME ICH IN HELGRINSHALL VORBEI UND WERDE DIR HELFEN.«

»Dank dir.« Boltans presste bekümmert die Lippen aufeinander. »Weißt du, ich hatte mir das immer so schön ausgemalt, wie es nach unserem Sieg gegen Yolsulgur sein könnte. Wie es mit uns und dem Orden weitergeht. Und jetzt, da es so weit ist, erkenne ich, dass ich offenbar ganz allein bin.«

»Meister Boltan?«, ertönte eine melodische Stimme auf der Treppe. Dort stand jetzt ein junger drahtiger Elf, der eine Schriftrolle unter dem Arm geklemmt hielt.

Boltan wandte sich überrascht um und ein seltsamer Ausdruck huschte über das Gesicht ihres Freundes. Auch der Elf starrte ihn eine Weile an und wirkte nun verlegen. Kurz sah er zu Ambra auf, doch er schien seinen Blick kaum von Boltan abwenden zu können.

»Ihr seid doch Meister Boltan, oder?« Der Elf räusperte sich. »Jedenfalls sagte man mir, dass Ihr hier oben seid.«

»Ja, äh, ich bin Boltan. Aber … das mit diesem Meister, das ist vermutlich etwas übertrieben. Wer seid Ihr?«

»Mein Name ist Delayar!« Eifrig verbeugte sich der Neuankömmling.

»Aber ja, ich habe schon von Euch gehört«, sprach Boltan. »Ihr seid der Elfengelehrte, der so viel weiß.«

»Sagt man das?« Eine feine Röte umspielte die asketischen Gesichtszüge des Elfs. »Ehrlich gesagt ist mein Wissen eher begrenzt. Und üblicherweise ernte ich auch eher Spott dafür, weil ich meine Zeit lieber in den Hallen der Schriften verbringe als –«

»Nein, nein, ich verstehe Euch vollkommen.« Boltan lächelte schief, während er auf ihn zuhumpelte. »Würdet denn auch Ihr mir einige Fragen beantworten? Also … später? Nach der Krönung? Es gibt so viel, das ich gern von Euch erfahren würde.«

»Aber ja, sehr gern. Nichts lieber als das.« Der Elf strahlte ihn an und wies erfreut auf die Stufen. »Ich würde mich überaus geehrt fühlen. Ich, äh, hab eine kleine Studienecke in der Palastbibliothek eingerichtet. Dort könnten wir uns ungestört austauschen. Ich« – er zwinkerte verschmitzt – »ich lasse mir dort sogar mein Essen hinbringen.«

»Ich hoffe, es schmeckt Euch?« Boltan folgte ihm nach unten und vergaß ganz, sich zu verabschieden.

»Doch, sehr sogar«, ertönte die Stimme des Elfs. »Vor allem eine Spezialität mit einem wirklich ungewöhnlichen Namen. Kennt Ihr diese Schifferkringel …?«

Ambra schürzte amüsiert die Lefzen und war sich sicher, dass sie sich keine Sorgen mehr um Boltan machen musste. Er war nicht allein.

Und irgendwie erschien ihr das Leben nun selbst wie reinste Magie.

Sie hob ihren Drachenschädel, spürte dem Wind nach, der sich auf ihrem Schuppenkleid brach, und beschloss, diesen Tag in Erinnerung zu behalten. Vermutlich würde sie all ihre Gefährten lange überleben. Insbesondere Boltan, wie sie mit leisem Bedauern feststellte, da dieser seine Lebenskraft nur allzu verschwenderisch für seine Zauberei ausgab …

Aber vielleicht tat sie ihm unrecht.

Und vielleicht kam es auch nicht auf die Dauer eines Lebens an, sondern allein darauf, was man damit anfing?

Ambra breitete ihre Schwingen aus, stieß sich ab, und glitt über den Burghof.

In diesem Leben jedenfalls würde sie versuchen, es herauszufinden.